U0488690

丝路文化与中华文明研究丛书编委会

主　编：党怀兴　李西建
副主编：傅功振　张君仁
编　委：（以姓氏拼音为序）

陈亚斌　党怀兴　段永升　樊列武　傅功振
高　明　高益荣　姜　卓　兰　宇　李西建
刘智英　罗艺峰　牛晓牧　任竞泽　尚建科
石　杰　谭诗民　田文棠　许加彪　张锦辉
张君仁　赵　颖

陕西师范大学陕西文化资源开发
协同创新中心资助出版

丝路文化与中华文明研究丛书
陕西社科丛书

国家社会科学基金西部项目成果之一（项目号：15XZW038）
陕西师范大学教育部中华优秀传统文化传承基地（陕西皮影）建设成果
田家炳基金会中华优秀传统文化传承先导计划资金资助项目

秦腔文学史论稿

高益荣　著

陕西师范大学出版总社　西安

图书代号　　WX24N2125

图书在版编目（CIP）数据

秦腔文学史论稿／高益荣著.—西安：陕西师范大学出版总社有限公司，2024.11
ISBN 978-7-5695-3488-7

Ⅰ.①秦… Ⅱ.①高… Ⅲ.①戏曲文学—文学研究—中国 Ⅳ.①I207.3

中国国家版本馆CIP数据核字（2023）第008108号

秦腔文学史论稿
QINQIANG WENXUE SHI LUNGAO

高益荣　著

出 版 人	刘东风	
出版统筹	郭永新	
责任编辑	陈君明	
责任校对	王西莹	
封面设计	张潇伊	
出版发行	陕西师范大学出版总社	
	（西安市长安南路199号　邮编710062）	
网　　址	http：//www.snupg.com	
印　　刷	西安市建明工贸有限责任公司	
开　　本	720 mm×1020 mm　1/16	
印　　张	39.75	
插　　页	2	
字　　数	700千	
版　　次	2024年11月第1版	
印　　次	2024年11月第1次印刷	
书　　号	ISBN 978-7-5695-3488-7	
定　　价	168.00元	

读者购书、书店添货或发现印装质量问题，请与本公司营销部联系、调换。
电话：（029）85307864　85303629　　传真：（029）85303879

丝绸之路与人类文明多维空间的历史生成

（总序）

英国著名史学家弗兰科潘指出："我们可以按照自己的方式随意塑造过去的历史，但古代世界远比我们想象的复杂，其中千丝万缕的联系更不为我们所知。如果把罗马看成是西欧文明的祖先，我们就忽略了一个事实：它与东方紧密相连并在许多方面受到东方的影响。古代社会确实是我们今日社会的原始模板：充满生机，竞争进取，成熟高效，精力旺盛。一个布满了城镇的区域带，形成了一条横跨亚洲的锁链。西方开始注视东方，东方开始注视西方。东西方共同增进了印度、波斯湾和红海之间的交流沟通——古丝绸之路充满了生机。"[①] 这段颇带概括性的叙述表明，历史发展的规律不可随意塑造，尤其是不能忽略东方文明的巨大影响和存在，它不仅与西方文明同样古老，而且两种文明之间早已相互注视和影响，它们代表了世界文明史上迄今为止最早和最直接的对话。而古丝绸之路的开凿所引发的跨文明交流和对话，既彰显了东方文明的魅力，创造了无比丰富和珍贵的人类文明遗产，也无疑影响了人类文明的过去、现在和未来。

丝绸之路开启了文明交往之路。法国历史学者布罗代尔在分析"文明"这一术语的历史衍变时，把文明看作是一种大区域内，比较有长久性、持续性

[①] 弗兰科潘.丝绸之路：一部全新的世界史 [M].邵旭东，孙芳，译.杭州：浙江大学出版社，2016：22-23.

的生活方式，它包括物质文明、政治文明和精神文明。而不同文明的形成则往往与独特的地理空间、社会发展、经济状况及群体心理密切相关。文明的本质特征取决于它们的地理位置所带来的局限或便利，社会和文明永远密不可分，它们指的就是同一种现实，每种社会和文明都依赖于经济、技术、生态、人口等方面的环境，而集体心态则往往成为文明形态最强有力的特征，这始终是过去和今天文明的中心问题。①布罗代尔对文明的内涵和构成要素的分析极为深刻，对揭示丝绸之路自身文明构型及开启人类文明交往之路颇具方法论意义。

文明作为人类的创造物，依赖于人类自身的进化、发展及生存需要的提升和拓展。从某种程度上讲，人类自身的生产决定文明创造的内涵、丰富性和价值取向。如果说，促使文明形成的基础条件是与人的生存密切相关的地理环境，即肥沃的土地与河流的话；那么，决定文明发展的核心要素和持久动力，则是与人的社会性密切相关的文明间的互鉴和交往，这似乎已经成为一种历史发展的定律。农业革命是人类文明的起源，全世界早期的文明大多产生于欧亚大陆这个独特的地理版图上，并且沿江河而起。如人类早期美索不达米亚文明、尼罗河河谷文明、印度河河谷文明及黄河河谷文明的出现，就说明了文明起源对地理环境的依赖。正如有学者所分析的，每种文明都源于直接的机遇，即对地理环境优势的合理利用。"在历史的黎明时期，古代世界繁荣着许多大河文明：黄河流域的中国文明，印度河沿岸的前印度文明，幼发拉底河和底格里斯河沿岸的苏美尔、巴比伦和亚述文明，尼罗河沿岸的埃及文明。"② 它们毫无疑问是人类文明形成的范例。但事实上，没有交往就没有文明的发展。"没有一种文明可以毫不流动地存续下来：所有文明都通过贸易和外来者的激励作用得到了丰富。例如，倘若离开了阿拉伯商队横跨沙漠和大草原这样的'干燥的海洋'的流动，离开了他们在地中海地区和印度洋沿岸乃至远到马六

---

① 布罗代尔.文明史纲[M].肖昶，冯棠，张文英，等译.桂林：广西师范大学出版社，2003：23-42.
② 布罗代尔.文明史纲[M].肖昶，冯棠，张文英，等译.桂林：广西师范大学出版社，2003：30.

甲（Malacca）和中国的旅行，伊斯兰世界便无法想象。"① 布罗代尔的论述深刻表明，包括丝绸之路在内的人类早期所从事的探险、贸易以及那些保护部落的战争，对民族、文化间的接触、了解和互鉴，发挥和产生了十分重要的作用，文明发展的奥秘即在于此。

一、打开认知世界文明的方式

"路"是推动与促进文明交流和发展的媒介与桥梁，它既具有连接和纽带的功能，也不断地产生动力性的价值和作用。从文明交往的维度看，狭义的路是指物理时空中陆、海、空诸多通道的开凿、打通和形成，甚至包括信息和数字化时代各种媒介交流机制的生产和创造，它极大地缩短了不同洲际、国别间的距离，为不同民族间的密切交流提供了便利。而广义的路则是指随着物理时空中交通网络的丰富及全球化视域的形成，社会文化场域中不同文明形态间获得了更加广泛而深入的交往和接触，从商品贸易、物种流动、技术转移，到艺术交流、宗教传播和文化借鉴，它极大地推动了不同民族和文化间的交流、融合，从而促进了异质文明间的相互吸收和互鉴共享。公元前138年张骞出使西域在欧亚大陆版图上所开凿的"丝绸之路"，正体现了所谓"道路"开拓的双重含义。它不仅打通了一条由中国古代长安出发，经过河西走廊，穿越天山脚下，进入中亚、西亚，然后再通向地中海地区的交通道路。更为重要的是，这条横贯东西方的国际交通路线，成为一条连接欧亚各国贸易往来、民族融合、艺术交流和文化借鉴的活跃通道，极大地促进了欧亚大陆各种文明间的交流、对话和融合。

正像历史发展所证实的那样，丝绸之路将东方文明、印度文明、阿拉伯文明、波斯文明和欧洲文明串联在一起，而"中国围绕丝绸之路的地理发现，突破了地域限制，建立了对其他文明的认知。它最终形成了一种更为开阔的世界观与相对平等的交流方式，促成中国与其他文明之间的密切互动。在这个过

---

① 布罗代尔.文明史纲[M].肖昶，冯棠，张文英，等译.桂林：广西师范大学出版社，2003：30.

程中，通过丝绸之路，中国不断发现着世界，世界也逐渐认识了中国"①。概要地说，张骞的"凿空"之旅打开的是一种认知世界文明的特有的中国方式。它没有使用枪炮、利剑和火药，更没有依赖侵略、蚕食和占领，而是以平等贸易、友善交流和彼此尊重的方式，寻求不同文明间的和谐相处与利益共享。这大抵是中华文明固有的秉性和内涵，也是其接触和吸收世界文明的独特方式。在丝绸之路的早期开拓中，所谓"彩陶之路""玉石之路""青铜之路""草原之路"等诸多道路的开凿和形成，足以表明中华民族致力于与其他民族交往所付出的不懈努力，以及它所创造的文明交往方式和空间的多样性与丰富性，为丝绸之路的开辟、形成奠定了坚实的基础，创造了丰富的条件。值得注意的是，诸多道路的开通和命名所彰显的是中华文化的"美丽精神"。诸如彩陶的坚实与质朴、玉石的温润和透明、青铜的庄严与肃穆、草原的辽阔和生机等，无一不是中华文明的美丽符号与标识。正像"丝绸"所展现的内涵一样，这条通道拥有一个优雅浪漫的名称，它是地球上的金丝带。甚至中国丝绸从罗马帝国时代就令帝国的贵族迷醉不已，不管道德严谨的罗马人对此如何批评，也无济于事，"'丝绸'在当时的西方视野中依旧是完美的东方符号"②。

张骞两次出使西域的壮举，凿开了中华文明接触、认知和借鉴世界文明的通道，也开启了汉民族沿丝绸之路与亚欧国家诸多文明形态持续交往且互通互鉴的篇章。如97年，东汉西域都护班超在维护西域稳定和确保丝绸之路畅通的基础上，派下属甘英出使被称作大秦的罗马帝国，甘英虽然最终未能到达大秦，但他探索的步伐自东向西横穿整个安息帝国，到达波斯湾海边，发现和打通了经克什米尔至伊朗南部的路线，创造了中国人西行的一个新纪录。值得注意的是，在张骞通西域之后，为了巩固同西域的联系，汉朝先后在河西走廊设立了酒泉、武威、敦煌、张掖四郡，史称"河西四郡"。并任命在西域屯田守卫的将军郑吉为西域都护，驻屯乌垒城（今新疆轮台东北），统管西域诸国。这两大举措的实施，表明汉朝与西域各国的政治关系与经济文化交往纳入了制度化的轨道，为国与国间的平等贸易和政治、文化间的有序交流，提供了十分

---

① 李伟.穿越丝路：发现世界的中国方式 [M].北京：中信出版社，2017：7.
② 李伟.穿越丝路：发现世界的中国方式 [M].北京：中信出版社，2017：181.

重要的机制保障，在中华文明史上具有标识性的意义和价值。

汉代文明在中华文明史上之所以具有重要地位，某种程度上源于这一时代所体现的开拓进取的精神和包容开放的胸怀。而丝绸之路的开凿，极大地促进了东西方民族、文化与文明间的广泛交流，其中产生重要推动作用的是丰富的商品贸易和对西域作为地缘文明形态的发现。因为"商品贸易最能表现人类文明交往的开放性、合作性、物质性和全球性，它同时又是人类政治交往、社会交往、文化交往的先导、中介和沟通的渠道。商业贸易维系着古代东西方'丝绸之路'的交通大道。……基于共同利益的公平贸易，常常主导着民族与民族、国家与国家之间良好而富有成效的关系，甚至在存在严重分歧情况下，还能保持坦诚而全面的对话。贸易还主导着共同利益的扩大，在一定程度上缓和政治上的分歧而进行彼此合作"①。因此，汉代丝路商品贸易带给人类文明交往的经验和智慧值得深思和借鉴。地缘性是人类早期自然经济文明的固有特性，它囿于原始、狭小和保守的地理空间，是建立在血缘关系基础上的社会组织形态，也是传统文明的一大特征，往往阻碍了不同文明形态间的交流和借鉴。而丝路开凿的意义正在于打破了这种长期形成的地缘文明形态，把一种原始狭小地域内的点线空间交往，发展为区域空间内不同文明间的面上交往，尤其是对西域的发现、认知十分重要。从地缘政治角度看，"西域地区其实是世界文明的交汇点，两河流域的波斯文明、古希腊罗马文明、印度文明和中国文明都在这里汇聚。而在充分吸收这些文明的同时，西域也并没有被这些文化的洪流所吞没，而是经过自己的消化吸收，形成适合本地区本民族特点的独特文化"②。这正是丝路文明对人类社会做出的积极贡献和其魅力所在。

当然，汉民族对西方文明的认知还包括"海上丝绸之路"的开通。据史书记载："最迟在公元前2世纪，我国开始把丝绸等物产从海路向外传播，并从海路引进国外丰富的物产。这条途经南海传播丝绸的海路，就被称为'海上丝绸之路'。海上丝绸之路是古代中国与外国交通贸易和文化交往的海上通

---

① 彭树智. 文明交往论 [M]. 西安：陕西人民出版社，2002：15.
② 张国刚. 胡天汉月映西洋：丝路沧桑三千年 [M]. 北京：生活·读书·新知三联书店，2019：30-31.

道,它形成于秦汉时期,发展于三国至隋唐时期,是已知的最为古老的海上航线。"① 它与横贯欧亚大陆的丝绸之路相映生辉,合称"一带一路",对促进华夏文明与世界文明的交往、互鉴产生了重要的影响。

唐代之所以是丝绸之路最为辉煌和灿烂的时代,完全源于在当时的世界格局中,其已进入中国与人类历史的全盛时期,具有丰富成熟的文明形态和强大的经济文化综合实力,故被称为"盛唐气象"。而建立在这种坚实基础上的丝绸之路,已全面打开了一种更加开阔的认知世界、与世界文明交往的视野,不仅是商品贸易和物质交流,更多呈现的是民族融合、宗教传播、思想借鉴和艺术交流的繁荣景象,其交流互鉴水平已进入文化和文明形态的深层结构及内核,达到文明交往的较高程度。以佛教传播为例,从三国时期的朱士行开始,历经法显、玄奘、义净等高僧涉险探索、西行求法,佛教通过丝绸之路由印度传入西域和中国西部,然后经敦煌进入内地,不仅呈现出中外僧侣间彼此学习、取经传教的交融景象,也极大地提升了不同文明形态间的交往和融合。这条具有丰富文化内涵的"佛教之路",不仅传播了宗教思想、观念和信仰,还留下了无数与佛教东传相关的历史遗迹,如寺庙遗址、佛窟壁画、雕塑艺术,更重要的是通过这条文明交往纽带,"佛教的绘画、建筑、音乐艺术,以及佛教所携带、所裹挟的印度和沿途民族的艺术、医学、天文学、哲学和逻辑学等,源源不断、持续地传播到中国,给中国文化以深刻的影响,给中国文化的发展以巨大的刺激,给中国人以丰富的精神滋养"②。

关于中西文明交往的规律问题,有学者指出:"从思想文化交流的层面而言,汉唐时代,影响中国的主要是西域的佛教;宋元时代至于明初,传入中国的主要是伊斯兰文化。至于近代早期(1500—1800),则是欧洲的基督教文化通过传教士入华。这个时期的中西文化关系,基本上是一个中学西传的单向流动过程,虽然经耶稣会士之手,有部分西方科技与基督宗教思想传入中国,但与中学西传的规模和影响相比,可以说很不起眼。相反,汉唐时期佛教入华,无论是东来传法,还是西行取经,也几乎是单向的自西徂东。中国以'四大

---

① 武斌. 丝绸之路史话 [M]. 沈阳:沈阳出版社,2019:109.
② 武斌. 丝绸之路史话 [M]. 沈阳:沈阳出版社,2019:131.

发明'为主体的工艺性文明则在唐宋时代传到西方世界。"① 客观地说，这种对中西文明交往规律的判断十分中肯，它所提到的文明融合中宗教的作用和影响以及中国式的"工艺性文明"，既颇为深刻又耐人寻味，有助于我们更加科学地把握认知世界与文明交往的核心问题。

二、丝绸之路与西域文明

"西域"通常是对阳关、玉门关以西广大地区的统称。汉代的西域，狭义上是指天山南北、葱岭以东，即后来西域都护府统领之地，据《汉书·西域传》所载，大致相当于今天新疆天山以南，塔里木盆地及其周边地区。广义的西域则除了以上地区，还包括中亚细亚、印度、伊朗高原、阿拉伯半岛、小亚细亚乃至更西的地区，实际上指的是当时人们所知的整个西方世界。随着唐朝势力向中亚、西亚的扩展，西域被用来指中亚的河中地区及阿姆河以南的西亚、南亚地区。② 也就是说，随着历史上不同王朝政治势力的扩展，"西域"的地理区间和版图也在不断变化，但它绝不只是一个地理学的概念，而是一个融合了政治、社会与民族等多种内涵的历史学或文明学的概念。从文化史的角度看，张骞开凿丝绸之路最为重要和直接的意义，就是发现和激活了独特地理和民族情境下"西域文明"的丰富蕴涵。随着这条东西交通要道的打通和不断延伸，西域不仅成为文明的汇集地，也推动着多种文明间的碰撞、交流和融合。

据历史记载，公元前138年，张骞出使西域，被匈奴人抓获，软禁了10余年，并在匈奴部落结婚生子。公元前129年，他趁机逃走，继续向西翻越葱岭，经过大宛、康居等地，到达今天的阿拉木图一带。公元前128年，他在启程回国复命的途中，又被匈奴人抓获，扣留了一年多，终于在公元前126年回到长安。他把这十几年的见闻和在匈奴部落的切身感受向汉武帝做了汇报，进

---

① 张国刚.胡天汉月映西洋：丝路沧桑三千年[M].北京：生活·读书·新知三联书店，2019：13.
② 张国刚.胡天汉月映西洋：丝路沧桑三千年[M].北京：生活·读书·新知三联书店，2019：28-29.

一步强化了汉朝廷对西域和匈奴文化及游牧民族的认识。所以说，在张骞凿空丝路认识西域文明的进程中，首先开启的是农耕文明与游牧文明（或草原文明）的交流和接触。匈奴作为中国北方最早的草原民族，以畜牧业为生存条件和基础，过着不断迁徙、逐水而居的生活，形成了勇敢强悍的民族性格及开放流动的文化习性，与农耕文明所希冀的稳定保守的生产生活方式形成明显的差异与互补。早在古文明时期，欧亚大陆辽阔版图上已有了欧亚草原的存在，它构成了一个独特的生态系统，从公元前3000年开始，游牧经济逐渐成为欧亚草原所特有的一种经济形态。在草原上活跃的不同的游牧民族，居中西两大古典文明中间，扮演着东西方世界之间的桥梁的角色，充当了东西方文化交流的重要媒介。通往西域的"丝绸之路"出现以前，连接东西方文化的主要干线就是这条草原大通道。东西方人类最初的交往，就是通过这条通道实现的。① 而从汉景帝到汉武帝时期，汉与匈奴之间经历了战争、和亲、谈判、贸易等多种交流形式，这些早期文明交往的基本手段，极大地促进了文明间的接触和交流。匈奴、鲜卑等是历史上对中原影响最大、与中原交往最多的草原民族。他们的畜牧业、游牧生活方式及动植物产品输入中原后，不同程度地冲击和影响了农耕文明，促进了农耕文明与游牧文明的相互吸收和借鉴。

唐代丝绸之路的繁荣和兴盛带来了中华文明与西域文明之间的丰富交流与互鉴。著名史学家向达在《唐代长安与西域文明》中指出："中国与西域交通以后，两方面之文明交光互影：中国自汉魏以后各方面所受西域之影响甚为显著，而西域诸国间亦有汲华夏文物之余波者。如前汉元康时龟兹王绛宾之醉心中国文明，乐汉衣服制度；隋唐时代之高昌亦有中国诗书，兼为诗赋，其刑法风俗婚姻丧葬与华夏大同；是其例也。上来所述，于唐代长安所表见之西域文明，已就耳目所及，约陈大概。唯其时流寓长安之胡人似亦有若干倾慕华化者：或则其先世北魏以来即入中国，至唐而与汉人无甚殊异；或则唐代始入中国，亦慕华风；凡此俱应分别观之也。"② 这段表述不仅显示了唐代中华文明与西域文明"交光互影"的繁荣景观，也提出了流寓长安之胡人所裹挟的

---

① 武斌. 丝绸之路史话 [M]. 沈阳：沈阳出版社，2019：38.
② 向达. 唐代长安与西域文明 [M]. 北京：商务印书馆，2017：101.

"胡风",对促进两种文明交往所产生的积极作用。依据史学家的看法,丝绸之路对于中国方面来说,主要是边境贸易,中国人主动出境贸易不占主流。据文献记载,陆上丝绸之路担当东西贸易的商人主要是塞种人,即大月氏人、匈奴人,中古时期则以粟特人为主流。《北齐书·和士开传》说和士开这位北齐宠臣是西域胡商之后。唐人文献和小说笔记里,商胡(或胡商)是出现频率甚高的词汇。① 依向达先生的研究,"昔者汉灵帝好胡服,胡帐,胡床,胡坐,胡饭,胡箜篌,胡笛,胡舞……李唐起自西陲,历事周隋,不唯政制多袭前代之旧,一切文物亦复不闻华夷,兼收并蓄。第七世纪以降之长安,几乎为一国际的都会,各种人民,各种宗教,无不可于长安得之……开元、天宝之际……异族入居长安者多,于是长安胡化盛极一时,此种胡化大率为西域风之好尚:服饰、饮食、宫室、乐舞、绘画,竞事纷泊;其极社会各方面,隐约皆有所化,好之者盖不仅帝王及一二贵戚达官已也"②。由此可知,唐代长安之胡化,足以体现华夏文明与西域文明间的交流之广和互鉴之深,甚至达到水乳交融的程度。

从中西商品贸易和文化交流历史看,唐代胡人大多是来自河中地区的粟特人。所谓粟特人,在中国史籍中又被称为昭武九姓、九姓胡、杂种胡、粟特胡等。从人种上说,他们属于伊朗系统的中亚古族;从语言上说,他们操印欧语系伊朗语族中的东伊朗语的一支,即粟特语;文字则使用阿拉美文的一种变体,现通称粟特文。其主要范围在今乌兹别克斯坦,还有部分在塔吉克斯坦和吉尔吉斯斯坦。"粟特人大体上是沿着丝绸之路的主干道,在草原游牧汗国和中原王朝之间的夹缝中逐渐东迁,建立聚落。在公元3世纪到公元10世纪丝路沿线不断变化的政治背景下,粟特聚落必然打上多种文化色彩。在日常生活方面,我们可以看到一种以粟特文化为主体,杂糅了波斯的伊朗文化、北方游牧民族和西域其他胡人的色彩。……正如我们说粟特人是中古时期丝绸之路上

---

① 张国刚.胡天汉月映西洋:丝路沧桑三千年[M].北京:生活·读书·新知三联书店,2019:6-7.

② 向达.唐代长安与西域文明[M].北京:商务印书馆,2017:44.

各国间贸易的担当者一样,他们其实也是各种文化之间交流时的传递者。"①"粟特人建立过一个很大的商业网络,连接了东西方的文明,他们自己处在这个网络的中央地带。"② 这就是向达先生所讲的唐代中华文明与西域文明"交光互影"的繁荣景观。

值得关注的是,在唐代中华文明与西域文明频繁交流的版图上,还有一个与丝绸之路有关的重要文明形态,即吐蕃文明。这个由古代藏族建立的高原政权——吐蕃王朝,曾在7世纪至9世纪的200多年里,活跃于青藏高原及其临近地区,通过和借助丝绸之路所打通的"吐蕃—青海道""吐蕃—泥婆罗道""吐蕃—于阗道""吐蕃—勃律道",与周边的国家和民族进行了广泛的交流。并将自己的部落建制、告身制度、驿递方式、佛教文化、香料等,带到了西域及至更远的地方;同时也把西域的文字、佛经、建筑技术、玉石,中原的工艺、音乐、美术,突厥的法律制度等带回了吐蕃。应该说,丝绸之路上的文化交流促进了吐蕃文明的发展,同时吐蕃文明通过丝绸之路进行传播,影响了周边区域。就吐蕃文明与内陆文明的交流看,吐蕃与于阗在语言文字、佛教、艺术等方面有较多的沟通和互动,而突厥的制度、文化习俗则对吐蕃文明产生了一定的影响。另外,粟特人的生活用品、金银器具、丧葬风俗、服饰马具等也在唐代传入吐蕃,影响了其文明的发展。甚至从8世纪以来,在阿拉伯和波斯史学家、地理学家的著作中,开始有了大量关于吐蕃的记载。③ 这些交流促使吐蕃文明发展到令人瞩目的高度,成为唐代丝绸之路上一道亮丽的风景。

丝绸之路作为宗教传播之路,对华夏文明与不同文明间的交流、互鉴产生了十分重要的影响,其中最为突出的是佛教。大约在公元前1世纪后半叶,佛教传入西域的于阗、龟兹、疏勒、高昌等地,至魏晋、隋唐时期日益兴盛。在长达1000年的历程中,佛教文化广泛地渗入社会生活的各个方面,对中国的哲学、文学、艺术和民间风俗以及政治、经济等都有着深刻的影响。佛教文化与我国传统的儒学与道教等彼此融合,互为消长,经历了一个不断中国化的过

---

① 荣新江.丝绸之路与东西文化交流[M].北京:北京大学出版社,2015:239.
② 张信刚.丝路文明十五讲[M].北京:北京大学出版社,2018:101.
③ 杨铭,李锋.丝绸之路与吐蕃文明[M].北京:商务印书馆,2017:129-168.

程，逐渐发展成为中国的民族宗教，丰富了中国文化的内容，成为中国传统文化的组成部分，从而改变了中国乃至整个东方的文化结构和文化特性。佛教在中国的传播，是中印两种文明的价值观念、思维方式的系统交流，是两种不同文化相互接触、影响、作用的成功模式。① 除佛教以外，唐代还有祆教、景教和摩尼教，它们经丝绸之路传入中国，均不同程度地促进了诸种文化和文明间的交流融合，对唐代西域文化的发展、繁荣产生了积极的影响。

进入宋元时期，丝路文明日渐发展成熟，随着进入中国的阿拉伯人、伊朗人、波斯人及信奉伊斯兰教人数的增多，伊斯兰教及伊斯兰文明在中国的传播达到了一个高潮。与佛教和天主教不同，伊斯兰教是随着信奉它的阿拉伯人、波斯人以及其他西域人一起来到中国的，它首先是作为这些移民的宗教信仰而存在的。到了元代，来自阿拉伯和西域的移民数量庞大，逐渐在中国形成了新的族群，即"回族"。伴随着这个新族群而来的就是伊斯兰教。伊斯兰教在中国的传播与回族形成和发展的历史密切相关，它经历了一个与中国传统文化相接触、相融合及本土化的过程。"在这个过程中，伊斯兰文化、阿拉伯文化在中国得到广泛传播，其中的许多内容被吸收到中华文化的传统之中，成为中华文化的一个组成部分，促进了中华文化的丰富和发展。"②从全球性的视野看，"伊斯兰教也是一条强有力的纽带，一条比基督教更有力得多的纽带，因为它不仅是一种宗教信仰，而且是一种社会和政治体系与一种普遍的生活方式。如同语言为阿拉伯世界打下基础一样，宗教信仰也为伊斯兰教文明提供了基础。众所周知，伊斯兰教文明在征服后的几个世纪中，逐渐发展成为一种带有基督教、犹太教、琐罗亚斯德教和阿拉伯宗教的成分，带有希腊-罗马、波斯-美索不达米亚的行政、文化和科学诸成分的综合体。因此，它不是早先各种文化的简单拼凑，而是代表全新文明的一种融合。它虽然来源不一，有多种组成部分，但却明显带有阿拉伯伊斯兰教的独特印记"③。这一观点，既说明了伊斯

---

① 武斌. 丝绸之路史话 [M]. 沈阳：沈阳出版社，2019：129.
② 武斌. 丝绸之路全史 [M]. 沈阳：辽宁教育出版社，2018：429.
③ 斯塔夫里阿诺斯. 全球通史：从史前史到21世纪（上）[M]. 吴象婴，梁赤民，董书慧，等译. 北京：北京大学出版社，2012：221-222.

兰教文明对多元文明形态的融合，也体现了它在世界文明格局中的重要地位及影响。总之，自张骞凿空西域以来，在近3000年的历史发展中，丝绸之路早已成为一种显著的文明标识和符号，它不断改写和重塑着人类的发展命运。而丝绸之路版图上的西域文明，无论从其对人类多元文明形成所产生的促进作用看，还是从其独特的地缘优势和对当今国际政治面貌的深刻影响看，作为一种完整的文明形态，其对历史和未来的深广意义和巨大作用是绝不能被忽略和低估的。

三、丝绸之路与欧亚文明

斯塔夫里阿诺斯是享誉世界的历史学家，他的《全球通史》以新的"全球史观"的构建和对人类历史的客观解读，突破了长期以来西方学界根深蒂固的"欧洲中心论"或"西方中心论"的限制，对人类社会及文明的生成发展规律进行了极为深刻和富有见地的分析，是迄今为止全球史观颇具影响力的成果。其中最引人注目的是，该书对欧亚大陆由古典到中世纪文明构型问题的探讨，给我们探讨丝绸之路与欧亚文明间的关系提供了诸多的启发。

值得注意的是，《全球通史》打破了地区和民族的界限，按照历史本身的空间来阐释历史。作者在考察欧亚大陆文明兴衰时指出，如果其他地理条件相同，那么人类取得进步的关键就在于各民族间的"易接近性"；因为易接近性既为各民族提供了发展的机会，也制造了淘汰的压力；欧亚大陆的历史在很大程度上是欧亚大陆内部的游牧部落和周围的各大河流域文明区之间的历史；农业文明结束了长达数千年的种族平衡，建立起一直持续到今天的蒙古人种、高加索人种和黑人的优势；在古代文明的数千年里，中东一直是创始力的中心，但到了古典时代，中东的优势渐渐消失，除了宗教领域外，中东不再是创造发明的重要发源地；古典时代形成的，并在许多情况下一直存续至今的新思想和新制度，都是原先从欧亚大陆诸边缘地区发展起来的文明的产物，如希腊和罗马文明、印度文明和中国文明。① 在该书中，作者反复强调商业联结和文化联

---

① 刘德斌.《全球通史》第7版推荐序［M］//斯塔夫里阿诺斯.全球通史：从史前史到21世纪（上）.吴象婴，梁赤民，董书慧，等译.北京：北京大学出版社，2012：19-20.

结对文明形成的重要性:"希腊文化传播整个东方,主要是靠追随亚历山大军队东进的希腊商人。同样,印度佛教传布到中国的过程也可以沿着举世闻名的丝绸之路了解到。"① 作者不仅指出了丝绸之路对欧亚大陆文明产生的作用,也注意到了丝绸之路在世界文明版图上的影响力。通过丝绸之路上的商品贸易,帝国的疆界大大地向四面八方扩展。"最大的扩张发生于西面,在西面,中国探险队穿过中亚,与印度西北部的贵霜帝国建立了联系,从而大大增加了取道丝绸之路的贸易量。"② 可见,斯塔夫里阿诺斯以新的全球史观对人类文明进行了探讨和阐释,既提出了人类社会早期各民族因地域的"易接近性"所产生的文明间的关联性及共同体性质,也揭示了丝绸之路因交通的开凿和商业贸易所形成的欧亚文明间的密切交往及影响,显示出丝绸之路带动了商贸畅通与文明互鉴。

印度文明作为人类早期的四大古文明之一,其主要是指 3500 年前进入印度的雅利安人所创造的以《吠陀经》为基础的婆罗门教、耆那教、佛教以及后来演绎出来的许多被统称印度教的信仰和礼仪。印度文明与古希腊文明、罗马文明的主要差别不在职业、饮食、居住和服装等方面,这种差别要根本和广泛得多。"在西方,根本不存在与印度的诸如种姓、杀戒(非暴力主义)、轮回转世和因果报应(关于道德行为所招致的结果的规律)之类的基本观念和制度有些微相似的东西。这些东西不仅仅是印度思想中深奥的抽象观念。它们构成了印度文明的基础,决定了所有印度人的思想和日常生活。所以,如此形成的印度模式也完全与众不同,而且持续很久,以致印度文明至今仍具有将其与欧亚的其他一切文明区分开来的明显特点。"③ 毫无疑问,斯塔夫里阿诺斯的这一观点,成为理解丝路文明与印度文明交流互鉴的方向和基础。

中国和印度作为世界上的两大文明古国,有着漫长的交流历史。中印两国

---

① 斯塔夫里阿诺斯. 全球通史:从史前史到 21 世纪(上)[M]. 吴象婴,梁赤民,董书慧,等译. 北京:北京大学出版社,2012:91.
② 斯塔夫里阿诺斯. 全球通史:从史前史到 21 世纪(上)[M]. 吴象婴,梁赤民,董书慧,等译. 北京:北京大学出版社,2012:163.
③ 斯塔夫里阿诺斯. 全球通史:从史前史到 21 世纪(上)[M]. 吴象婴,梁赤民,董书慧,等译. 北京:北京大学出版社,2012:139.

很早就有广泛的人员往来、官方交聘、商贸交易、传教弘法等交流活动。尤其是佛教在中国的传播和发展，给古代中国的哲学文化、文学艺术、科学知识、日常生活以广泛的影响，成为人类文明史上交流互鉴的典范。也正是通过陆海丝绸之路，佛教不断传入中国，与我国传统的儒学和道教等彼此融合，逐渐发展成为中国的民族宗教。而西域作为中西文化交流的重要门户和枢纽，通过多条丝绸之路的开凿，推动了佛教从陆路经敦煌进入中国内地，形成了一条名副其实的"佛教之路"。根据历史记载，西域是佛教东传的主要通道，古代中印之间形成了"中印雪山道""中印缅道""吐蕃泥婆罗道"等三条文化交流通道。先后进入中国传经的印度和西域的僧人、佛经翻译者有迦叶摩腾、竺法兰、鸠摩罗什、安世高、支娄迦谶、安玄、竺佛朔、康巨、康孟详等，他们为佛教在中国的传播做出了贡献。自魏晋南北朝后，也有一些中国僧侣远赴西域取经求法，如法显、玄奘等成为"宗教之路"上推动文明交流的伟大的文化使者。由此看来，丝绸之路的打通开启了中印文化间的广泛接触和交流，也促进了两国文明的双向发展和建构。从佛教在中国传播的历史意义看，它丰富了中国文化的内容，并逐渐成为中国传统文化的组成部分，从而改变了中国乃至整个东方的文化结构和文化特性。"将近两千年来，中国人的生死观、宇宙观和不少行为模式（如打坐）与思维模式（如因果报应的观念），都是从印度传过来的。……佛教已经深入内化到中国人的方方面面，包括我们日常的语言，比如'刹那''放下屠刀，立地成佛'等等无不体现着佛教对中国文化的深刻影响。"[1] 如果从欧亚大陆地缘分布及文明运动的轨迹看，我们可以判断，印度文明无疑是连接中华文明与古希腊文明、罗马文明的桥梁与枢纽，它有较强的"易接近性"。

众所周知，人类最重要的具有源头性的四大文明均处于欧亚大陆版图上。斯塔夫里阿诺斯在《全球通史》中曾这样谈到，古典文明时代最明显的特点就是欧亚大陆趋于整体化。1世纪，罗马帝国、安息帝国、贵霜帝国和汉帝国一起，连成了一条从苏格兰高地到中国海、横跨欧亚大陆的文明地带，从而使各帝国在一定程度上能相互影响。在古典时代，地区之间的相互联系实际上更

---

[1] 张信刚. 丝路文明十五讲 [M]. 北京：北京大学出版社，2018：91-92.

为密切、持久、多样化。① 在这部有深刻影响力的著作中，作者始终坚持欧亚大陆文明形成和发展的整体性，以及伟大的希腊、罗马、印度和中国文明在欧亚核心区所居的统治地位。作者甚至借用怀特的观点强调，罗马时期和汉朝以后所出现的一切，使人感到西方和东亚之间的相互影响极为复杂。它包括沿许多路线进行的多种项目的双向交流，其交流量随时期的不同而变化。……尽管交流十分困难，但至少东半球的人类已长期生活在一个比我们所认识到的更加整体化的王国之中。② 而随着欧亚文明对未知世界的想象和探索，尤其是那些富有开拓性的地理探险、道路开凿、商品贸易等，加剧了欧亚大陆这一版图上不同文明间更加广泛和深入的交流。

1983年，日本学者前岛信次和加藤久祚在合编的《丝绸之路辞典》中，首次提出了丝绸之路包括"草原之路"的观点。并认为在欧亚大陆的东西交通中，中国的丝绸不仅通过横贯东西的"绿洲之路"即通常所说的"丝绸之路"运往西方，而且还通过北面的"草原之路"和南面的"海上之路"运往西方。这条以欧亚大陆草原为主线的东西向大通道，就是最早的丝绸之路的雏形。西方学者早在公元前5世纪，就已经注意到欧亚大陆上这条草原之路的存在，并把它称为"斯基泰贸易之路"。"斯基泰人"是古希腊人对这个古代民族的一种他称，在欧亚草原民族迁徙的过程中，随着斯基泰人的迁徙，形成了一条沟通欧亚大陆的草原之路。斯基泰人充当了东西方之间的交流媒介，成为中国丝绸最大的中介商和贩运者，最早的丝绸贸易就是从草原之路开始的。③它开启了欧亚文明间最古老、最直接的接触和交流。而同时期关于欧亚文明交往的事件中，还有古波斯"王家大道"的修筑。据历史记载，公元前553年，波斯人居鲁士为促进东西文化交流，重新打通了东起西亚、印度河，西到波斯湾、红海、里海、爱琴海、东地中海乃至非洲的通道，而且将亚洲的道路，跨越博斯普鲁斯海峡，向西延伸到了欧洲。并以帝国的四个都城（波斯波利斯、

---

① 斯塔夫里阿诺斯. 全球通史：从史前史到21世纪（上）[M]. 吴象婴，梁赤民，董书慧，等译. 北京：北京大学出版社，2012：83.
② 斯塔夫里阿诺斯. 全球通史：从史前史到21世纪（上）[M]. 吴象婴，梁赤民，董书慧，等译. 北京：北京大学出版社，2012：199.
③ 武斌. 丝绸之路全史[M]. 沈阳：辽宁教育出版社，2018：54-55.

苏萨、埃克巴坦那和巴比伦）为辐射中心，修筑了覆盖全帝国的驿道网，其中最著名的干线就是帝国西部的"王家大道"。这条从小亚细亚沿岸的以弗所经萨尔迪斯，通过美索不达米亚中心地区，到达波斯帝国首都苏萨城，全长2400多千米的大道，不仅有利于帝国境内各地域间的交往和密切联系，也打通了丝绸之路的西行路线。"可以认为，中国的丝绸早在古希腊时代就已经传到了欧洲的地中海地区。古希腊雕刻和陶器彩绘人像有的所穿衣服细薄透明，因而有人推测在公元前5世纪中国丝绸已经成为希腊上层人物喜爱的服装。"① 可见，丝绸之路的开辟和不断向西延伸，实际打开的是商贸交易背后的欧亚文明间的密切交流与互鉴。

古波斯"王家大道"的修筑，直接激发了欧洲人对亚洲与中华文明探索和了解的热情，推动了欧亚文明之间的进一步接触和借鉴，随后发生的亚历山大东征和罗马帝国商团抵达中国境内等，是丝绸之路上促进商品贸易和文明交流的重要事件。公元前330年后的10余年间，希腊马其顿国王亚历山大大帝陆续东征，建立了一个地跨欧亚非三大洲的帝国，其疆域东自费尔干纳盆地及印度河平原，西抵巴尔干半岛，北从中亚细亚、里海和黑海起，南达印度洋和非洲北部。亚历山大东征向西方人打开了亚洲通道，开辟了商业贸易的新道路，他"所建立的希腊化世界，实际上形成了以西亚为中心，以地中海和中亚印度为两端的交通体系。这些商路实际上与后来的丝绸之路西段的走向大体吻合。这也就说明，亚历山大东征开创的希腊化世界，为后来的丝绸之路的开通作了前期性的准备工作。……亚历山大的英雄业绩是一场政治、军事和文化交流的序曲，而这一切又是一个经过欧亚大陆上的人员与物资的交流大网络所必不可缺的"②。据罗马地理学家马林的《地理学导论》一书的记载，汉和帝永元十一年（99），马其顿巨商梅斯委托代理人组成商团，从马其顿出发，途经南欧、北非、西亚、中亚，历时一年后进入中国境内，穿大漠直抵罗布泊西岸的楼兰，再经山国、敦煌，最后在永元十二年（100）十一月到达洛阳，受到汉和帝的接见，并授予"金印紫绶"。这支商团返回罗马时贩运了大批中国

---

① 武斌. 丝绸之路全史 [M]. 沈阳：辽宁教育出版社，2018：99.
② 武斌. 丝绸之路全史 [M]. 沈阳：辽宁教育出版社，2018：101-103.

的丝绸和其他手工业品，成为欧亚文明早期交流史上一个重要的历史事件，直接促进了中华文明与罗马文明的接触和交往。时隔60余年后，即东汉桓帝延熹九年（166），大秦王安敦遣使自日南入华，被视为中国和罗马两个东西方大国官方交往的正式开始，也标志着横贯东西方的海上丝绸之路的最终形成。"安敦使团"后，穿梭于海上丝绸之路的还有魏晋南北朝时期的高僧法显，399年，他一行几人沿陆上丝绸之路西行，13年后乘船从海上丝绸之路返回，为中国佛教文化的发展做出了重要的贡献。隋唐后，历代朝廷都致力于海上丝绸之路的开发和经略，商品贸易和文化交流热点逐渐转向海上丝绸之路，中华文明与南亚、中西亚、北非及欧洲间的交往关系越来越密切。有学者认为，10—13世纪，由于宋朝重商政策和贸易发展的推动，海运贸易繁荣，北至东北亚，南到东南亚，形成了一个"贸易世界"，东北亚第一次被深入地整合到国际贸易网络中，东南亚进入"商业时代"，贸易和国家发展发生了根本性转变。① 而且较大程度地提升了文明交往的整体质量，促使中华文明的商业气息和风格日趋显著。

元代之后，通过海上丝绸之路影响和促进欧亚文明交流的事件中，意大利马可·波罗的中国之行和郑和下西洋是历史上的标志性事件。1271年，17岁的马可·波罗随父亲从威尼斯启程，到达霍尔木兹后，经陆上丝绸之路于1275年抵达元朝大都，他在东方漫游24年，于1295年回到故乡威尼斯。3年后，他在狱中口述完成了闻名于世的《马可·波罗游记》，成为向西方人详尽展现中国文明、系统介绍华夏文化辉煌成果的重要文献。明代时，郑和先后七次下西洋，历时近30年，到达亚非30多个国家和地区，在世界航海史上谱写了光辉的一页，进一步延伸和拓展了海上丝绸之路，促使中国与南海诸国以及更远的西方国家的贸易和文化交流达到了更高的水平。中华文明的礼仪典制、儒家思想、天文历法、度量衡制、农业技术、制造技术、建筑雕刻技术、医术、航海造船技术等对西洋各国，尤其是东南亚地区人民的生活形态和行为观念等，产生了十分重要的影响。迄今为止，这种文化交往的生成和不断渗透，对东亚和东南亚地区"中华文化圈"或"儒家文化圈"的形成发挥了重要的

---

① 武斌. 丝绸之路史话 [M]. 沈阳：沈阳出版社，2019：237.

作用，甚至还会继续影响未来中华海洋文明的自身建构，以及其与世界不同海洋文明间的交流与互鉴。毫无疑问，这已经成为新时代中华文明建设所面临的新命题。

四、丝绸之路与当代人类文明

综上看，与学界通常所讲的古希腊、罗马、印度及中华文明这些早期的文明形态相比，"丝路文明"无疑是一种颇为独特的文明类型，它极具包容性、多样性和互动性。从地理空间的构成看，它横跨欧亚非三大洲，与人类最重要的具有源头性的四大文明的关系十分密切，而并非隶属于某种特定的时代、国家或民族。丝路文明作为人类早期社会多民族国家共同构建和创造的丰富成果，是一种真正具有人类命运共同体属性的文明形态和空间类型。也正是由于欧亚大陆版图所具有的自然整体性和生存方式上千丝万缕的联系，才促使西方世界在公元前若干世纪，便开始对东方文明进行了解和探索，其中包括对丝绸之路的开拓和对丝路文明的探求与认知。

历史的发展证明，丝路文明本身就是一个不断被发现和优化的过程，随着这条道路不断延伸，中华文明与世界文明也同时被影响和塑造。丝路文明既是中国的，也是世界的。这是随着历史的发展，尤其是进入20世纪后西方社会从无数次的探索、考察和研究中获得的认知。21世纪，海外学者对丝绸之路与中西文明交流互鉴的研究已进入新阶段，一方面，随着全球化趋势的蔓延，它极大地增强了国家与国家、民族与民族间的密切联系和交往，人类社会和人的生存无疑进入了"地球村"和"网状化"时代。从这种时代语境和背景看，丝绸之路这条人类最早的"全球化"通道，将会在21世纪显示出更加重要的价值和意义。另一方面，我国政府在新的历史条件下向世界发出了共建"一带一路"倡议和提出了"人类命运共同体"思想。前者是对古"丝绸之路"价值和意义的历史性传承与当代激活，后者无疑是以更宽广的视野和胸怀绘制了人类文明的新图景。新的时代境遇和命题，引发了西方社会对丝绸之路的新的理解和探索，而在诸多研究成果中，美国耶鲁大学历史学教授、著名汉学家韩森撰写的《丝绸之路新史》和英国著名历史学家、牛津大学伍斯特学院高级研究员弗兰科潘撰写的《丝绸之路——一部全新的世界史》两部著作,对理解丝绸之路与构建人类文明新图景,提出了具有一定理论含量的深刻见解,促进了当代社会对人类文明的探索发现。

诚如著名汉学家韩森所强调的,丝"路"并非一条"路",而是一个穿越了广大沙漠山川的、不断变化且没有标识的道路网络。事实上,在这些艰苦的商路上往来的货物量很小,但是丝路确确实实改变了东方和西方的文化。这条路不仅传播了货物,还传播了思想、技术、图案。①作者研究楼兰、龟兹、撒马尔罕及长安诸城的意图,不仅是证明它们作为驿站所具有的"交通史"含义,而是要发掘它们在文明维度上所具有的文化传播和同化作用。丝路之所以改变了历史,很大程度上是因为丝路穿行者沿路撒播自己的文化,直至落户、融合及同化。这些城市有着持久的经济活动,像灯塔一样吸引着人们翻山越岭、穿越沙海而来。丝路在很大程度上并非一条商业道路,而是有着很重要的历史意义。这个路网是全球最著名的东西方宗教、艺术、语言和新技术交流的大动脉。②毫无疑问,作者关于丝绸之路是全球路网和中西文明交流大动脉的判断,是一种极具思想前瞻性和体现当代"人类命运共同体"意识的观念。

英国史学家弗兰科潘通过分析历史地理视域中丝绸之路对人类所产生的影响,揭示了"一带一路"倡议的逻辑,阐释了丝绸之路与世界史的构成、变化及未来发展之间的密切关系,深刻表达了自己信奉的一个基本理念:2000年来,丝绸之路始终主宰着人类文明的世界十字路口,它已改变了人类的过去,也必将决定世界的未来。作者认为,丝绸之路是整个世界的中枢神经系统,它将各民族各地区联系在一起。由丝绸之路连接的这一地区至关重要,但它被主流史学界长期忽略。原因之一是所谓的"东方学"——一个刺耳并带有否定意义的说法,认为东方不够发达,不如西方,因而不值得认真研究。这显然影响了有识之士去研究那些被几代人忽视了的族群和地域。③事实上,在

---

① 韩森. 丝绸之路新史 [M]. 张湛, 译. 北京: 北京联合出版公司, 2015: 5.
② 韩森. 丝绸之路新史 [M]. 张湛, 译. 北京: 北京联合出版公司, 2015: 297.
③ 弗兰科潘. 丝绸之路: 一部全新的世界史 [M]. 邵旭东, 孙芳, 译. 杭州: 浙江大学出版社, 2016: 前言 4.

2000多年以前,"丝绸之路"贸易网络就已经存在,它将中国太平洋沿岸和非洲及欧洲的大西洋沿岸联系在了一起,使波斯湾和印度洋之间的货物流通成为可能,同样还有穿越亚洲之脊的、连接城镇和绿洲的陆上通道。"所以当习近平主席于2013年宣布'一带一路'的创想之时,他是在重新唤起人们对于那段很久之前就已经熟悉的繁荣回忆。他的有关促进贸易发展、投资海陆通道并与各国建立合作交流关系的想法,都是基于一种常识——即今日纵横交错于亚洲,将中国与欧洲、里海、高加索山脉、波斯湾和东南亚各个角落连接在一起的新交通干线,追随的正是当年那些带着货物和信仰四处奔波的旅行者和圣贤者的足迹。"① 随着时代的发展和人类面临的新问题的增多,人们越来越深刻地认识到,各国都紧密地联系在一起,大家荣辱与共。因此,作者将丝绸之路作为一部全新的世界史的提法,实际上是在"人类命运共同体"的观念下对东西方文明关系的深刻思考与探索。在书的结语"新丝绸之路"部分,作者颇具反思性地指出,欧美国家试图在这个连接东西方的重要地区保有支配地位,但却徒劳无功。近几十年的局势表明,西方在面对该地区时,缺乏一种站在全球史角度的洞察力。今天,丝绸之路再次兴盛,我们应该关注的是这片世界真正的"地中海"。这里没有什么"野蛮的东方"或"新世界"等着被人发现,有的只是即将再次呈现在世人面前的世界十字路口。② 作者指出,习近平在2013年提出的"一带一路"倡议以及中国为此付出的巨大投入,都充分表明中国在为未来着想。"2000多年来,生活在这片连接着东西方的土地上的人们,不论其种族、信仰和文化背景,都可以合作共存、共同发展。……现在正是加强经济联系、道路联通、贸易畅通和货币流通的良机。"③ 准确地说,丝绸之路正在复兴。

至此,我们力图思考和探究的问题是,丝路文明究竟是一种什么样的文明

---

① 弗兰科潘. 丝绸之路:一部全新的世界史 [M]. 邵旭东,孙芳,译. 杭州:浙江大学出版社,2016:中文版序言11.
② 弗兰科潘. 丝绸之路:一部全新的世界史 [M]. 邵旭东,孙芳,译. 杭州:浙江大学出版社,2016:436-439.
③ 弗兰科潘. 丝绸之路:一部全新的世界史 [M]. 邵旭东,孙芳,译. 杭州:浙江大学出版社,2016:446.

形态或空间构型，它在历史场域中产生过哪些要素、内容、活动及事件，其构型意义和文化真谛到底是什么，这其实是一个饶有意味且引人深思的多元文化命题。迄今为止，从人类谈论文明形成的种种观念看，无论是从人类的生活方式、劳动创造进行审视，还是从物质文明与精神文明相统一的理论进行分析，丝路文明均具有人类早期文明形成的种种规律和特性，它无疑源于人类共同的开凿、培育和创造。丝绸之路虽然东起古都长安，根系华夏，但却穿越中华文明的发源地关中平原，一路向西不断吸收和汇集欧亚大陆版图上诸多民族丰富的文明因子和养分，从而成为连接和融合波斯文明、古希腊罗马文明、印度文明和中国文明的"共同体形态"，是一种真正超越传统文明构型中具有民族原生性和稳定生存空间特质、充分彰显"全球性"含义的文明形态。丝绸之路既是人类文明的珍贵遗产，更是推动人类文明发展进步，从而达到"美美与共"和"人类命运共同体"境界的纽带和桥梁。

李西建

2023 年 5 月

目　　录

绪　论　秦腔文学概论 …………………………………………… 001

第一章　康海的剧作及其对秦腔的贡献 ………………………… 020
 第一节　康海生平与创作概况 ………………………………… 020
 第二节　秦文化的个性特征与康海人格 ……………………… 025
 第三节　康海的杂剧作品 ……………………………………… 033
 第四节　康海的戏曲活动对秦腔的影响 ……………………… 052

第二章　王九思的剧作及其与秦腔的情缘 ……………………… 068
 第一节　王九思生平 …………………………………………… 068
 第二节　王九思的杂剧创作 …………………………………… 074
 第三节　王九思的戏曲活动及其对秦腔发展的贡献 ………… 097

第三章　秦腔著名剧作家李芳桂 ………………………………… 107
 第一节　李芳桂生平 …………………………………………… 107
 第二节　"十大本"的思想内容 ……………………………… 114
 第三节　"十大本"的人物群像 ……………………………… 126
 第四节　"十大本"的艺术特色 ……………………………… 144

第五节　"十大本"的文化精神 …………………………………… 163
　　第六节　"十大本"的流传与影响 ………………………………… 175

第四章　秦文化培育的戏曲作家王筠…………………………………… 180
　　第一节　王筠生平考证 ……………………………………………… 180
　　第二节　王筠戏曲研究 ……………………………………………… 189

第五章　明清无名氏秦腔剧作略述……………………………………… 225
　　第一节　《钵中莲》中【西秦腔二犯】：秦腔剧本的雏形 …… 225
　　第二节　《缀白裘》收录的秦腔剧目 ……………………………… 228
　　第三节　乾嘉时期以来经典的秦腔文学剧本概述 ………………… 231

第六章　易俗社前期的主要剧作家……………………………………… 238
　　第一节　李桐轩 ……………………………………………………… 238
　　第二节　孙仁玉 ……………………………………………………… 256
　　第三节　范紫东 ……………………………………………………… 269
　　第四节　易俗社早期其他剧作家 …………………………………… 302

第七章　三意社等秦腔团社的剧作家…………………………………… 316
　　第一节　三意社的剧作家 …………………………………………… 316
　　第二节　"新秦腔"的导路者赵伯平 ……………………………… 329

第八章　中华人民共和国成立至"文革"以前的秦腔剧作家………… 335
　　第一节　从延安走来的人民艺术家马健翎 ………………………… 335
　　第二节　其他著名秦腔剧作家与名作 ……………………………… 355
　　第三节　因"解放"获得新生的易俗社剧作家 …………………… 368

第九章　"文革"十年的秦腔剧作……………………………………… 380
　　第一节　样板戏一枝独秀 …………………………………………… 381

第二节　秦腔舞台移植样板戏及其他剧作 …………………… 383

　　第三节　《骆驼岭》《枣林湾》简论 …………………………… 384

第十章　"新时期"的剧作家及作品 ……………………………… 388

　　第一节　杨克忍等的《西安事变》和《白龙口》 ……………… 388

　　第二节　王保易的《卓文君》 …………………………………… 394

　　第三节　鱼闻诗、刘富民的《冼夫人》 ………………………… 396

　　第四节　朱学、毋政的《千古一帝》 …………………………… 399

　　第五节　丁金龙的《市井民风》和《白鹿原》 ………………… 403

　　第六节　王军武、冀福记的《郭秀明》 ………………………… 406

第十一章　新世纪秦腔文学剧作家的杰出代表陈彦 ……………… 410

　　第一节　陈彦及其戏剧创作简述 ………………………………… 410

　　第二节　陈彦剧作内容探析 ……………………………………… 415

　　第三节　陈彦剧作艺术特色 ……………………………………… 427

　　第四节　陈彦的戏剧创作理论 …………………………………… 440

余　论　丝绸之路与秦腔的形成与传播 …………………………… 443

　　第一节　秦腔中的西域文化因子 ………………………………… 443

　　第二节　丝绸之路在秦腔传播中的作用 ………………………… 447

附录一　秦腔主要剧目 ……………………………………………… 456

附录二　百种秦腔经典剧目提要 …………………………………… 463

附录三　秦腔剧本举例 ……………………………………………… 509

参考文献 ……………………………………………………………… 595

后　记 ………………………………………………………………… 606

绪 论　秦腔文学概论

秦腔是我国现存最古老的戏曲剧种之一，也是陕西皮影主要表演样式之一，因用"梆子"作为主要击拍乐器，对各地梆子腔戏曲的形成都具有较大影响，被称为梆子腔的代表。清代戏剧家李调元说："秦腔，始于陕西，以梆为板，月琴应之，亦有紧慢，俗谓'梆子腔'。"①号称中国梆子戏家族的鼻祖。它是三秦文化的活化石，诞生于陕西，受到西北五省，尤其是三秦人民的喜爱。当中国昆曲被联合国教科文组织宣布为首批"人类口头和非物质文化遗产"后，秦腔也受到重视，已经被选入我国首批非物质文化遗产推荐项目，这是国家对秦腔艺术予以的肯定。秦腔剧目众多，题材多样，思想意蕴丰富，既是秦腔文学的宝库，也是中国戏曲文学不可轻视的资料，值得加以整理与研究。在完成《20世纪秦腔史》课题时由于涉及演员、剧社等比较多的内容，对秦腔文学剧本不能深入研究，留有很多遗憾，故在完成这个项目之后，便产生了专门研究秦腔的经典文学剧本，写一部秦腔文学史论的专著的想法，这便是该课题的初衷。

一、戏曲文学的基本特点

戏曲属中国戏剧的具有本民族特点的艺术样式，是中华传统文化的通俗版展示。"戏曲"一词，就目前所能见到的材料看，最早出现于宋元时期。宋元间人刘埙（1240—1319）的《水云村稿·词人吴用章传》载："至咸淳、永嘉戏曲出，泼少年化之而后淫哇盛、正音歇。"②元末人夏庭芝在《青

---

① 俞为民，孙蓉蓉．历代曲话汇编——新编中国古典戏曲论著集成：清代编　第二集［M］．合肥：黄山书社，2008：320．

② 谢柏梁．中华戏曲文化学［M］．南京：南京师范大学出版社，2004：6．

楼集》说："龙楼景,丹墀秀,皆金高门之女也,俱有姿色,专工南戏。龙则染尘暗簌,丹则骊珠宛转。后有芙蓉秀者,婺州人。戏曲、小令,不在二美之下,且能杂剧,尤为出类拔萃云。"①元末明初人陶宗仪的《南村辍耕录·院本名目》亦云:"唐有传奇,宋有戏曲、唱诨、词说,金有院本、杂剧、诸宫调。"②戏曲在发展过程中融入了我们民族的道德观、人生观、伦理观和价值观。综合性是其最大的艺术特点,它融文学、音乐、美术、舞蹈、服装、绘画、建筑等艺术于一炉,形成了以虚映实、追求神似的美学特质。在这七大艺术属性里文学性是其根本,戏曲唱念做打有机融为一体的程式化表演,确立了文学性的第一位的作用,故曰:"剧本是一剧之本。"剧本规定了戏曲的文学性特质,它是作为戏曲表演的最重要的依据,是独特的文学样式,不同于小说、诗歌、散文,故称之为戏曲文学。它有其独特的艺术特征。

1. 舞台性

戏曲文学不能像小说、诗歌、散文仅供人案头阅读,而是要在舞台上演出,舞台性是戏曲文学的前提,正如清代戏剧家李渔所说:"填词之设,专为登场。"③戏曲家写剧本一定要有舞台意识。好的剧本一定是经过舞台演出检验的,加之中国戏曲表演的"写意性"特点,增加了中国戏曲以虚写实的艺术效果。故剧作家写戏时一定要心装舞台,熟悉舞台演出效果。

2. 包容性

中国戏曲文学当以元杂剧作为成熟的标志,它形成了中国戏曲剧本的写作规范。元杂剧既继承了中国文学的叙事传统,又吸纳抒情特质,形成了包罗万象、众体兼备的特点。它既有小说的容量,又具有诗歌的韵律,具有强大的包容性。一本戏中可谓中国文学众体兼备,诗、词、曲、赋、散、骈等体经过剧中人物穿插联结一起。另外,包容性还体现在中国戏曲题材的多样性上。戏曲小舞台,人生大世界。通过有限的舞台展示无限的人生社会是中国戏曲的独特特点。中国戏曲通过表演的虚拟化以拓展表现的空间,在题

---

① 俞为民,孙蓉蓉. 历代曲话汇编——新编中国古典戏曲论著集成:唐宋元编[M].合肥:黄山书社,2006:488.
② 陶宗仪. 南村辍耕录[M].北京:中华书局,1959:306.
③ 俞为民,孙蓉蓉. 历代曲话汇编——新编中国古典戏曲论著集成:清代编 第一集[M].合肥:黄山书社,2008:292.

材上广泛多样，既有神仙戏、神佛戏、鬼魅戏，也有清官戏、公案戏、风情戏，林林总总，无所不包。仅秦腔剧目中的历史题材剧目，就可以说是从先秦两汉到现代中国史的形象展示画卷。

3. 戏剧性

戏剧文学借舞台表演讲述故事、塑造人物形象，受到时空的限制，所以必须以紧张激烈的矛盾冲突来吸引观众，因此写戏曲剧本时戏剧性就显得尤为重要。戏剧性就是戏曲必须具有激烈的矛盾冲突，"可以说没有冲突就没有戏剧"。戏曲文学内容必须浓缩、精炼，但又必须有起承转合，结构井然。明代戏曲家王骥德说："作曲，犹造宫室者然，工师之作室也，必先定规式，自前门而厅，而堂，而楼，或三进，或五进，或七进，又自两厢而及轩寮，以至廪庾、庖湢、藩垣、苑榭之类，前后、左右、高低、远近，尺寸无不了然于胸中，而后可施斤斫。作曲者，亦必先分段数，以何意起，何意接，何意作中段敷衍，何意作后段收煞，整整在目，而后可施结撰。"① 这段话充分阐明剧本创作的内在安排特点，即剧作家应该在写剧本时对通篇了如指掌。戏剧性使戏曲情节具有高潮，内容有高度的浓缩性，如李渔所说的"立主脑""密针线""减头绪""戒浮泛""忌填塞"，突出矛盾冲突，强调戏剧效果。

4. 角色性

戏曲属于代言体，作家的思想情感不能直接登台表达，只有通过剧中人物来表情达意。尽管如是，剧中人物形象又是按照戏曲情节的发展所提供的人物性格轨迹发展的，不是由剧作家随意设定的。中国戏曲在其发展中形成了生、旦、净、丑四大当行，而且各有其表达的程式，故作家在创作剧本时必须具有角色性考量，只有这样，创作出的戏曲剧本才能符合中国戏曲的艺术特质。在过去的旧戏班里，编剧往往根据他们班社演员的特点来写戏，如果"角儿"扮相好，唱功略差，戏就多增加表现扮相的桥段；如果"角儿"唱功好就增加唱段，以表现演员的特长。塑造角色是戏曲文学第一要素，编剧不可不重视，论析者亦尤当重视。

---

① 俞为民，孙蓉蓉. 历代曲话汇编——新编中国古典戏曲论著集成：明代编 第二集[M]. 合肥：黄山书社，2008：81.

5. 通俗性

李渔说："曲文之词采，与诗文之词采非但不同，且要判然相反。何也？诗文之词采贵典雅而贱粗俗，宜蕴藉而忌分明；词曲不然，话则本之街谈巷议，事则取其直说明言。"① 戏曲文学与诗文由于受众有所不同，故追求的艺术风格各异。诗文是给读书人写的，是案头读物，而好的戏曲剧本必须经过舞台呈现，是写给读书人和不读书人的，贩夫走卒、妇老幼童皆可观看，故必须通俗。李渔就批评汤显祖《牡丹亭》的唱词过雅，能有几人知晓。从元杂剧开始，剧作家就非常重视剧本文辞的通俗，《元曲选》编者臧晋叔就说："填词者必须人习其方言，事肖其本色，境无旁溢，语无外假。"② 因此，与主要供案头阅读的诗文比较，通俗性是戏曲文学最大的特点。如杜甫的《春日忆李白》："白也诗无敌，飘然思不群。清新庾开府，俊逸鲍参军。渭北春天树，江东日暮云。何时一樽酒，重与细论文？" 用词典雅，适用于伏案阅读，如果演唱，就不好理解。再如剧本中的上下场诗和唱词，都要求易于演员演唱，而且要让观众能够听懂，如秦腔传统戏《八义图》赵盾上场诗："老夫性情烈，无故受磨折。仰面把天叫，天！哎呀苍天，我犯的何罪孽？"③ 庄姬的唱词："抱孤儿不由娘泪流满面，无福儿生在了寒宫内边。盼的是程婴兄忠心一片，救我儿到后来父子团圆。"④ 这些诗，类似口头诗，不仅易于演唱、表演，而且几乎不需要思索即可明白意思，同时对塑造剧中人物形象又有重要作用。

戏曲文学由于其受时空的限制，故剧本一定要具有舞台性、包容性、戏剧冲突性、人物形象鲜明性和语言的通俗性。编写剧本应从这些地方落笔，分析剧本亦应遵循如是原则。"戏曲文学充溢着一种中和美，通常按照现实生活把喜怒哀乐各种感情熔于一炉，给人以精神世界的和谐满足，并最终在现实世界或幻想天地里得到一个理想的结局。"⑤

---

① 俞为民，孙蓉蓉. 历代曲话汇编——新编中国古典戏曲论著集成：清代编 第一集[M].合肥：黄山书社，2008：248.
② 陈多，叶长海. 中国历代剧论选注[M]. 上海：上海古籍出版社，2010：204.
③ 丁科民. 秦腔传统经典剧目选：上[M]. 西安：太白文艺出版社，2010：9.
④ 丁科民. 秦腔传统经典剧目选：上[M]. 西安：太白文艺出版社，2010：11.
⑤ 陈彦. 陕西省戏曲研究院理论文集（2）[M]. 西安：陕西人民出版社，200：347.

二、秦腔文学的主要特点

秦腔文学就是研究秦腔剧目的文学特点。秦腔文学既具有中国戏曲文学的共性，又具有自身独特之处。秦腔属于板腔体，秦腔剧本必然遵从秦腔艺术的规律，适应秦腔板腔体的音乐体系。秦腔剧本的文学性尽管在写人抒情上具有戏曲文学的艺术特征，但在唱词对白等形式上与曲牌体的剧本具有明显的不同。秦腔经历了一个由曲牌联唱到板腔体的演变过程，正如秦腔音乐家吕自强先生所说："板腔体唱腔音乐的形成当在联曲体之后，初期秦腔是北曲杂剧的分支或别派，由于社会历史和地理环境等原因，它不仅继承了周秦汉唐音乐、歌舞、说唱、表演等艺术形式的技术与成果，而且受西域乐舞的影响，结合当地语言、乐调、民情、风俗而具有自己独特的风格特点。"① 秦腔音乐发展史如此，与之相适应的唱词的发展演变也经历了如此的过程，所以秦腔文学剧本的创作，带有鲜明的秦地文学的特质。

1. 丰富的秦腔剧目

秦腔剧目极为丰富，20世纪50至60年代陕西省剧目工作室整理抄存过的剧目就有3000余种。杨志烈、杨忠等人汇编的《秦腔剧目初考》收录了1600多种。甘肃省也抄存了1500多种秦腔剧目，宁夏、青海、新疆也整理出不少优秀的剧目。这些剧目取材广泛，"上自盘古开天辟地的神话、传说故事，中经几千年文明社会的历史，下至当今的重大政治事件和日常现实生活，古今中外，天上人间，冥司三界，应有尽有，无所不包，无所不备，俨然一部中华民族的'百科全书'"②。

秦腔传统剧目内容丰富，形式多样，有历史剧、神话剧，也有民间传说故事剧，但其中多数的取材于"列国""两汉""三国""隋唐故事""杨家将""包公""说岳故事"中的英雄传奇和悲剧故事，正所谓"唐三千，宋八百，演不完的三列国"。其中比较有影响的传统秦腔剧目有《进妲己》《斩李广》《苏秦拜相》《和氏璧》《八义图》《追韩信》《鸿门宴》《桃园三结义》《火烧赤壁》《临潼山》《金碗钗》《下河东》《辕门斩子》

---

① 吕自强. 秦腔音乐概论［M］. 西安：太白文艺出版社，1997：10.
② 焦文彬，阎敏学. 中国秦腔［M］. 西安：陕西人民出版社，2005：77.

《火焰驹》《游西湖》《铡美案》《法门寺》《四进士》《周仁回府》《蝴蝶杯》等。

20世纪，随着易俗社等新的戏班建立，尤其是新中国成立后，秦腔剧团在演出传统剧目的同时，创作了大量具有现代意义的新剧，其中具有代表性的有孙仁玉的《柜中缘》《三回头》《看女》，范紫东的《软玉屏》《三滴血》，李桐轩的《一字狱》，高培支的《人月圆》，封至模的《还我河山》《山河破碎》，马健翎的《血泪仇》《穷人恨》《游西湖》《窦娥冤》，王绍猷的《铡美案》，赵伯平的《破宁国》《辕门斩子》，姜炳泰的《法门寺》，袁多寿的《游西湖》《周仁回府》，鱼闻诗的《冼夫人》，朱学、毋致的《千古一帝》，杨克忍等的《西安事变》，王保易的《卓文君》，丁金龙的《市井民风》《白鹿原》，王军武、冀福记的《郭秀明》，陈彦的《大树西迁》《西京故事》，张民翔的《柳青》和张泓的《司马迁》等。

秦腔的剧目，从思想性到艺术性上，都表现出秦人强烈的爱憎情怀和明显的秦地民俗特色。从内容来看，有揭露社会黑暗，表现人民反抗斗争的戏，如《串龙珠》《哭长城》等；有表现爱国情怀、英勇抗敌的，如《文天祥》《郑成功》《精忠报国》等；有表现不畏强暴、舍己救人侠义精神的，如《八义图》《铡美案》《周仁回府》等；也有描写悲欢离合的爱情，表现女子对美好生活充满希望、忠贞不屈精神的，如《游西湖》《破镜重圆》《牛郎织女》等。从艺术上看，在戏曲美学精神上，有悲剧、喜剧、悲喜剧；从角色看，生、旦、净、丑各个行当的戏都有；从剧本篇幅上来看，有本戏、折子戏，也有连台本戏。总之，秦腔剧目都能做到唱、白结合，以人物塑造为第一要务，为舞台表演提供了最完美的文本。

2. 明暗结合的双线结构特色

秦腔属于板腔体戏曲样式，其剧本的结构特色与之相适应，采用灵活的"场"作为戏曲情节发展的基本结构单位。秦腔没有采用杂剧的"折"和传奇的"出"，而是采用"场"，正是秦腔艺术特质所决定的。元杂剧与明清传奇都属于"依曲填词"的曲牌体，受到戏曲音乐的严格限制。就目前保留的清代康乾时期成熟的秦腔剧本来看，其结构形式与板腔体音乐融合，"才正确地克服了以前中国戏曲的音乐结构与戏剧结构的矛盾，在戏剧创作中正确地处理了内容与形式的辩证统一的关系,保证了戏曲文学在综合艺术中的主导地位"①。秦腔剧本一般也都是由"场"构成,秦腔文学剧本故事情节单元也都是以"场"作为其故事发展的分段单位。一般本戏由五六场以至十几场组成,能够完整叙述一个故事,并具有某一高峰的亮点。秦腔本戏都有十分精彩的折子戏,譬如《铡美案》里的《杀庙》《三对面》,《火焰驹》里的《卖水》《打路》等,都是非常受观众欢迎的著名折子戏。常言道戏曲是结构的艺术,清代大戏剧家李渔就明确提出"结构第一"。秦腔剧本在叙事结构上多采用明暗结合的双线结构模式,根据人物塑造的需求,采用主次结合、明暗结合的结构方式推动情节发展。这种结构既照顾到人物性格塑造的需要,又具有引人入胜的情节故事,"剧本始终紧抓主线,有明场、暗场的处理。所谓明场,就是能够在舞台上通过唱做念打完成的戏;暗场则是不必在舞台上表现的场次,大都通过人物历史的交代,某些重大事件或具体事情的处理和往事的回忆等方面"②。传统秦腔剧本大多都能在场面的结构上处理好故事的推进与重头场次的结合,特别是易俗社创建后文化素养较高的编剧更是独运匠心,在剧本的结构上非常讲究,往往以双线发展来推动情节,如高培支的《夺锦楼》,范紫东的《三滴血》《战袍缘》《翰墨缘》和吕南仲的《双锦衣》等都采用传奇的双生双旦双线结构,既紧凑有序,又妙趣横生,是秦腔文学剧本的上乘之作。

3. 具有秦地文化精神的审美特质

常言道:一方水土养一方人。秦腔诞生于秦地,带有秦地文化精神的因子。这里所说的"秦地"是一个文化概念,泛指以陕西关中为中心,包括甘肃天水地区,乃至宁夏、青海部分受秦腔文化影响的地区。秦地是华夏文明的产生地,历经西周到秦统一六国,再经汉唐,一直是中华文化的核心区域,从而形成了以励精图治、勤劳勇敢、爱国爱家、关怀天下、尚武进取、诚信求善为内涵的秦文化。秦腔正是这种文化精神的外化。

秦腔起源与《诗经》中产生于秦地的诗歌《秦风》、《豳风》、"二南"有关。周、召二南,是周的王畿,其地风俗纯正。《豳风》述先人创业

---

① 焦文彬,阎敏学. 中国秦腔 [M]. 西安:陕西人民出版社,2005:50.
② 焦文彬. 长安戏曲. [M]. 西安:西安出版社,2002:108.

之辛苦；《秦风》风格刚劲，是当时秦地民众的音乐。《无衣》表现秦人同仇敌忾、生死与共、团结战斗的精神，洋溢着慷慨激昂的情怀。《小戎》则从女性回忆征战的丈夫的角度描写秦军兵强马壮、英勇善战，表现出秦人彪悍勇猛的精神气概，正如朱熹所言："秦俗强悍，乐于战斗。"①秦地西接戎狄，多有战事，《汉书·地理志》说："安定、北地、上郡、西河，皆迫近戎狄，修习战备，高上气力，以射猎为先，以射猎为先。故秦诗曰'在其板屋'，又曰'王于兴师，修我甲兵，与子俱行'。及《车辚》《驷驖》《小戎》之篇，皆言车马田狩之事。"②因而，形成了秦人尚武豪侠的精神风貌，秦腔便是在此时胚胎发育。《史记·李斯列传》中李斯说："夫击瓮叩缶，弹筝搏髀，而歌呼呜呜快耳目者，真秦之声也。"③这里所说的"秦声"，大概就是秦腔的雏形。

关于秦腔的起源与形成期的说法都各有其据，但似乎都难被学界认可而成为公论。究其原因不难理解。这就像中国戏剧的起源说一样，也存在诸多说法，一般认为元杂剧是中国戏剧成熟的标志，但也有人认为中国戏剧实际在唐，乃至汉，甚至在先秦就已成熟，人类的戏剧活动甚至可追到史前时期。为什么会有如此大的差别呢？出现这种情况实际很正常，分歧实际源于学者对"戏剧"概念内涵的不同理解，以及对构成戏剧的因素的不同划分标准。言归正传，秦腔经历了漫长的发展历程，用焦文彬先生的话来说，秦腔"从'秦风'到'秦声'，再到'秦腔'的由表及里的渗透，也总是随着时代的风起云涌而混杂交融"④，秦腔正是由其遥远的乐曲因素和秦陇民情风俗的逐渐融合而走向成熟的。《秦风》的同仇敌忾，秦声的慷慨悲壮，一直是秦腔的骨和魂，直到现在，秦腔仍然具有它远祖的这种精神因子。

文化精神是指一个群体不同于其他群体的那些文化特质的总合，是文化的主旋律。秦腔展示了秦人的文化精神。关中平原是中华民族文化的发祥地，历经周、秦、汉、唐，形成了关中特有的文化特质，具有重视人文教化

---

① 朱熹. 诗集传·国风·秦风·无衣 [M]. 上海：上海古籍出版社，1980：79.
② 班固. 汉书：卷二十八下 [M]. 北京：中华书局，1962：1644.
③ 司马迁. 史记：卷八十七 [M]. 北京：中华书局，1982：2543-2544.
④ 焦文彬，阎敏学. 中国秦腔：绪论 [M]. 西安：陕西人民出版社，2005：2.

的礼乐精神，耕稼本业的重农精神，包容并蓄的开放精神，经世致用的求实精神。如此的文化造就了关中人特立独行、卓尔不群的性格特征。历代先贤都有论述：

> 关中自汧、雍以东至河、华，膏壤沃野千里，自虞夏之贡以为上田，而公刘适邠，大王、王季在岐，文王作丰，武王治镐，故其民犹有先王之遗风，好稼穑，殖五谷，地重，重为邪。①

> 秦人之俗，大抵尚气概，先勇力，忘生轻死，故其见于诗如此。然本其初而论之，岐丰之地，文王用之以兴"二南"之化，如彼其忠且厚也。……雍州土厚水深，其民厚重质直，无郑、卫骄惰浮靡之习。以善导之，则易以兴起，而笃于仁义；以猛驱之，则其强毅果敢之资，亦足以强兵力农，而成富强之业，非山东诸国所能及也。②

> 西北之音慷慨，东南之音柔婉，盖昔人所谓系水土之风气。③

诚然如是，关中的地理条件形成了关中的独特文化，关中的独特文化又铸造了关中人独特的个性。被称为关中文化的"活化石"的秦腔，恰恰表现出秦人的豪迈个性。流传数千年的秦腔名剧正是关中文化精神的集中再现，正像焦文彬先生说："秦腔的风格是长期形成的，它是秦地人民性格、风俗、人情与区域特点在艺术上的一种集中表现，它的特点是：粗犷高亢、慷慨悲壮。"④

4. 与梆子腔音乐相适应的语言

秦腔剧本语言主要由道白和唱词两部分构成。道白既可是韵文，也可是散文；唱词必须是韵文。秦腔的唱词有五字句、六字句、七字句、八字句、九字句、十字句等，但喜欢运用结构整齐的七字句、十字句。上下两句唱词

---

① 司马迁.史记：卷一二九［M］.北京：中华书局，1982：3261.
② 朱熹.诗集传：卷六［M］.赵长征，点校.北京：中华书局，2017：120-121.
③ 东川子诗集序［M］//唐顺之.荆川先生文集·卷一○：第六册.四部丛刊本.
④ 焦文彬.秦腔史稿［M］.西安：陕西人民出版社，1987：45.

是一个基本音乐结构，秦腔唱段皆由若干个上下句连缀而成。秦腔音乐家王依群先生研究显示，秦腔的声腔与唐代变文诗赞体唱法关系密切。他在《秦腔声腔的渊源及板腔体音乐的形成》一文中说："一个剧种，总有它借以发展的基本曲调（基调），秦腔开初的基调是怎样的呢？我以为可能是唐宋时期的变文吸收了唐宋大曲音乐艺术，逐渐发展而成。唐宋时期的变文，是说说唱唱，又说又唱，唱词基本是整齐的七字句。其基本唱调是怎样的呢？因为宋代以前的曲谱极少留下来，现在已很难知道，但从现在仍然存在，并且流传下来的类似的说唱音乐，可以推断它发展的概况。"① 王依群先生通过大量的例证，得出结论：秦腔的基调二六板与关中很久以来流行的道教"劝善调"颇为相似。他的这一发现，为秦腔研究家们所接受，从而成为解开秦腔唱词喜欢用七字句、十字句的金钥匙。"现代的'劝善调'与唐宋时期的变文……从演唱方式来看，两者都是说说唱唱，唱的基本是七字句（劝善调亦有十字句的）。由此，我们说，现代的'劝善调'与唐宋时期的变文有一定的承袭关系。"②"在陕西关中长期流传的道教'劝善调'，它的这种七字句或十字句韵文的曲调，很可能是唐代以来诗赞体讲唱艺术的基本唱法。这种唱法就是秦腔的基本曲调——'二六板'的最早的来源……以一对七言或十言为基础、可长可短的唱词形式，成为秦腔剧本重要的特征。秦腔唱词这种形式，是与秦腔声腔在这种基础上反复吟唱互为因果，不可分离的。因此也可以说，正是秦腔声腔这种上下句反复吟唱的方法，决定了秦腔唱词是一对七言或十言的对偶句形式。"③ 秦腔剧本唱词的这些特点正是与其音乐形式相关联的，就像曲牌体的戏曲剧本的唱词必须按曲牌填词一样，但作为板腔体的秦腔唱词相对自由，以上下相对两句作为基本单位，因表情达意的需要可以增减。在一场戏中经典的久传不衰的唱段往往是七字句或十字句的唱段，七字句的如《花亭相会》里："打罢春来是夏天，春夏秋冬不一般。春天迎春齐开绽，夏日红莲映池边。秋风丹桂香千里，腊梅花开冬九天。开放

---

① 中国艺术研究院戏曲研究所，山西省文化厅戏剧工作研究室. 梆子声腔剧种学术讨论会文集［M］. 太原：山西人民出版社，1984：204.
② 焦文彬. 秦腔史稿［M］. 西安：陕西人民出版社，1987：181.
③ 苏育生. 中国秦腔［M］. 上海：百家出版社，2009：54.

红的胭脂染，开放白的赛粉团。太湖石下水不断，流来流去浇牡丹。进得花园静悄悄，巧手丹青难画描。银灯更比纱罗罩，一轮明月绕树梢。见得花园用目看，吕洞宾三戏白牡丹。牡丹虽好人作念，花开能有几日鲜。"①十字句的如《周仁回府》中周仁的唱段："见嫂嫂直哭得悲哀伤痛，冷凄凄荒郊外哭妻几声。怒冲冲骂严年贼太暴横，偏偏的奉承东卖主求荣。咕哝哝在严府曾把计定，眼睁睁我入了贼的牢笼。闷悠悠回家来说明情景，气昂昂贤德妻巧计顿生。急忙忙改形装要把贼哄，花喇喇鼓乐响贼把亲迎。气忿忿暗藏着短刃一柄，弱怯怯无气力大功难成。痛煞煞莫奈何自己刎颈，血淋淋倒在地严贼胆惊。一阵阵哭得我昏迷不醒，盼哥哥大功成衣锦回京。"②

秦腔剧本的文学语言是以纯正的关中中部方言为基础，又借鉴吸收了中国古典诗词的语言，形成其既具有地域特色，又具有普遍性的特点。语音主要采用泾阳、三原、高陵一带的语音。无论是唱段，还是对白，都充分体现出秦人抒发情感的张力和风范，具有强烈而直率的特点。秦腔剧本在文辞上追求自然朴实，发音上追求干脆利落，慷慨激昂，正如清代曲学大家焦循所说："其词直质，虽妇孺亦能解。其音慷慨，血气为之动荡。郭外各村，于二、八月间，递相演唱，农叟、渔父，聚以为欢，由来久矣。"③秦腔所采用的语言，确实具有不同其他戏曲的风格，更能体现出秦人的精神风貌。譬如《铡美案》包公斥责陈世美一段："此间有人把你告，先打官司后上朝……漫说你是驸马到，龙子龙孙也不饶。在头上打去他乌纱帽，身上再脱他蟒龙袍；把他犯官捆绑了……你本是不忠又不孝，不仁不义的小儿曹；将犯官押在监牢内，不除民贼不姓包。"④这段唱腔，与京剧、川剧、越剧等的语言风格明显不同。秦腔表现的是疾恶如仇、伸张正义的精神，故语言上明了直率、尖刻刚劲，这正与秦人的豪迈精神内核相一致。秦腔的道白语言多为口语的直接照搬，更贴近人民的生活，以此抒发人物的情感，推动剧情的

---

① 陕西省艺术研究所．陕西传统剧目汇编　秦腔：第四十集［M］．内部资料．1984：80-81．
② 陈彦．陕西省戏曲研究院剧作选（9）［M］．西安：陕西人民出版社，2008：217．
③ 焦循．花部农谭［M］//俞为民，孙蓉蓉．历代曲话汇编·新编中国古典戏曲论著集成：清代编　第三集．合肥：黄山书社，2008：472．
④ 陈彦．陕西省戏曲研究院剧作选（8）［M］．西安：陕西人民出版社，2008：230-231．

发展，更贴近观众的生活。语音是秦音，用词是秦人的方言口语，抒发的是秦地的具有极强的传统的儒家仁义忠信思想，故秦腔曲乐、语言正是秦人内在思想、情感的外化。

从如上方面来看，秦腔的主要艺术风格应该是慷慨激昂，这种风格的形成源于秦人内在慷慨悲壮、倜傥不羁、宁折不弯、爽朗耿直、是非分明的人格精神；显现于秦腔外在曲乐、表演、语言等艺术的形式上。当然，慷慨激昂不是秦腔的唯一风格，不能对其作机械地理解，作为梆子腔鼻祖的秦腔根据表现的内容、塑造人物的需要也可以做到曲尽人情，风姿多态。

三、秦腔文学剧本研究的基本文献

现存完整的秦腔剧本主要是清代的本子，大多藏于陕西省艺术研究院、甘肃省文化艺术研究院，新中国成立后相继整理出一部分，使得秦腔的传统经典剧本得以保留，也是研究秦腔文学的主要依据。研究秦腔剧目，首功当推杨志烈、杨忠、高非、仲居善等先生撰，陕西省艺术研究所编的《秦腔剧目初考》，其对现存秦腔剧本进行了整体介绍。本书共收录秦腔剧目1600多个，分为四编：甲编为明清时期剧目，乙编为民国时期剧目，丙编为陕西宁边区剧目，丁编为建国以后剧目。明清时期的剧目均为传统剧目，按故事朝代先后顺序排列。剧目条目按作者、剧名（包括别名）、剧情、本别、特色、流行、本事、存佚、评注等体例编写。之后出版的《中国梆子戏剧目大辞典》《中国秦腔艺术百科全书》即是在此基础上整理完善的。

除上述书目外，《中国戏曲志·陕西/甘肃/青海/宁夏/新疆卷》、《陕西省戏剧志》11卷本、《兰州戏曲志》、《甘肃省庆阳地区戏曲志》中，均有"剧目"条，对所涉地区的流行秦腔剧目按条目做了简要介绍，包括剧种、类型、创作者及创作时间、剧情梗概、现存版本等，其中多见秦腔传统剧目。秦腔剧本集[①]主要有如下：

1.《秦腔汇编》（四辑）

1954年长安书店出版，共4辑。收录当时流行的秦腔传统剧目14种，分别

[①] 赵莎莎. 传统秦腔剧目研究[D]. 西安：陕西师范大学. 2019：50-56.

是：《辕门斩子》《打銮驾》《广寒图》《探窑》《打金枝》《杀船》《断桥亭》《打柴劝弟》《卖画劈门》《拾玉镯》《女起解》《刘海打柴》《铡美案》和《别窑》。本书对所录剧本都做了初步的整理、改编与校订。

2.《陕西传统剧目汇编》

本书由陕西省文化局编，1958年至1963年共出71集，1964年至1979年中断，1980年4月继续编印，至1982年12月，共出版83集，全书共收录745个剧目。其中秦腔34集，选录《淮河营》《五典坡》《八件衣》等306个剧目；同州梆子2集，选录《江东》《打渔杀家》等25个剧目；西府秦腔2集，选录《朱仙镇》《下南唐》等23个剧目；汉调桄桄11集，选录《七星庙》《双相容》等81个剧目；另有华剧（碗碗腔）9集93个剧目，汉调二黄8集60个剧目，陕南道情6集30个剧目，眉户3集35个剧目，线戏3集36个剧目，弦板腔1集14个剧目，老腔1集12个剧目，跳戏1集9个剧目，阿宫腔1集12个剧目，弦子戏1集9个剧目。① 按陕西四路秦腔分类，其中的秦腔、同州梆子、汉调桄桄和西府秦腔四种剧都属于秦腔范畴。《中国秦腔艺术百科全书》收录秦腔共42集剧目近千种；《同州梆子》1961年编印第一集，1981年编印第二集，共收35个剧目；《汉调桄桄》为1961至1964年编印，共11集剧目约百个，多为老艺人口述抄录本；《西府秦腔》为1961年编印，共出2集，收录23个剧目，多为艺人口述抄录本和大本唱腔戏。② 除《西府秦腔》外，其他数据都和《中国戏曲志·陕西卷》有出入。因笔者未能见到全部剧集，故皆录于此并对确切数目存疑。

3.《甘肃传统剧目汇编·秦腔》（16辑）

甘肃省文化局戏曲艺术研究会（1980年更名为甘肃省剧目工作室）编印，1962年至1982年年底陆续编辑出版秦腔剧目汇集12集，收录甘肃省文化部门发掘整理的传统秦腔剧目共计91个。其中不少是甘肃特有剧目和已经在

---

① 中国戏曲志编辑委员会，《中国戏曲志·陕西卷》编辑委员会.中国戏曲志：陕西卷[M].北京：中国ISBN中心，1995：660.

② 王正强.中国秦腔艺术百科全书（上卷）[M].西安：太白文艺出版社，2017：470-471.

舞台失传的剧目。《中国戏曲志·甘肃卷》录有详细的各集收录剧目名。[①]

4.《甘肃省传统剧目整理改编汇集》

1982年甘肃省剧目工作室、中国戏剧家协会甘肃分会编，共出4集：《玉杯记》《牛郎织女》《八龙川玩景》《花亭会》。所收录剧本均对原剧中不适宜演出的部分进行了调整，出版意在解决甘肃省内剧团缺乏可上演的传统戏剧本问题。

5.《秦腔传统剧目选粹》

王正强选编，敦煌文艺出版社2009年12月出版。本套书全12册，前10册以剧目名为书名，每册4至5个剧目，共选编《白蛇传》《乾坤带》《玉堂春》《法门寺》《四进士》《五典坡》《游龟山》《玉虎坠》《忠保国》《周仁回府》等剧目48本。第11册为《秦腔传统折子戏》，有26个折子戏剧本；第12册为《甘肃曲子戏》，收《张连卖布》《十里亭》《下四川》等曲子戏剧本28本。这套书除对剧本中个别词句稍作纠误，基本保持传统剧目原貌。

6.《秦腔传统经典剧目选》（上、下）

这套书是"中国秦腔文化丛书"之一，丁科民主编，太白文艺出版社2010年8月出版。本套书以陕西省艺术研究院藏秦腔手抄本为底本，共收录18本戏，分别是：《八义图》《春秋笔》《斩单童》《五典坡》《下河东》《金沙滩》《狸猫换太子》《铡美案》《火焰驹》《游西湖》《黑叮本》《四进士》《法门寺》《蝴蝶杯》《白玉楼》《周仁回府（新忠义侠）》《玉凤簪》《三滴血》，并附有《秦腔剧目初考》总目。

7.《西安秦腔剧本精编》（68册）

这是继《陕西传统剧目汇编》后秦腔剧本之集大成之作，由西安市政协文史资料委员会、西安曲江新区管理委员会合编，西安出版社2011年出版。这套丛书共68卷，收录易俗社、三意社、尚友社、五一剧团四大西安著名秦腔社团自清末到当代，百年以来曾经上演于舞台的各类剧本，按传统戏、新编历史戏、现代戏三大类编目，共有剧目679个，共计2800多万字，可谓卷帙浩繁。

[①] 中国戏曲志编辑委员会，《中国戏曲志·甘肃卷》编辑委员会.中国戏曲志：甘肃卷［M］.北京：中国ISBN中心，1995：615. 王正强.中国秦腔艺术百科全书（上卷）［M］.西安：太白文艺出版社，2017：141.

8.《秦腔经典四十剧》

此是《西安秦腔剧本精编》之精简版，冀福记、刘养民、陈昆峰主编，西安出版社2013年5月出版。本书集本戏、折子戏共40个，包括秦腔传统剧目、新编秦腔剧目以及传统改编剧目三类，均为长盛不衰的秦腔"看家戏"，具体如下：《三滴血》《软玉屏（前后本）》《翰墨缘》《盗虎符》《柜中缘》《看女》《三回头》《镇台念书》《庚娘传》《双锦衣（前后本）》《夺锦楼》《杀狗劝妻》《杨三小》《卖画劈门》《打柴劝弟》《火焰驹》《玉堂春》《八义图》《黄河阵》《大回荆州》《葫芦峪》《下河东》《金沙滩》《狸猫换太子》《黑叮本》《八件衣》《法门寺》《周仁回府》《铡美案》《苏武牧羊》《娄昭君》《化墨珠》《打金枝》《游西湖》《游龟山》《蝴蝶杯》《五典坡（前后本）》《春秋笔》《貂蝉》《卧薪尝胆》。

9.《明清秦腔传统曲目抄本汇编》（17卷）

此丛书是在《甘肃传统剧目汇编》的基础上由甘肃文化艺术研究所搜集整理，敦煌文艺出版社2016年3月出版，共17卷，收录明、清两代秦腔剧目抄本175个，共计675万字。本书编选时秉持"稀、缺、精"的原则，尽量选取以下三类抄本中的曲目：全国秦腔戏班社捐献的"老箱底"积存；政府出资抢录的舞台孤本；仅在民间以口头传唱的形式流传，并无文本保存，今人重新整理的绝本。这套丛书是近年来搜集、整理民间秦腔传统剧目最为系统的成果。

10.《陕西省戏曲研究院剧作选》（10卷）

本丛书是为陕西省戏曲研究院七十年院庆献礼之作，由陈彦主编，陕西人民出版社2008年出版。丛书收录了陕西省戏曲研究院自1938年到2002年七十年间演出的优秀现代戏、新编历史剧和改编、移植演出的传统戏，共收录现代戏剧本46部，新编历史剧19部，改编传统戏35部。

除了以上著作外，还应特别注意以下两本明、清秦腔剧目选集与辑选，这两本书均收入少量秦腔传统剧目，其来源为口述本与抄本。

《陕西传统剧目汇编·秦腔·明清剧目专辑》（第三十三集）

本书收入明代剧目1个：《搬场拐妻》；清代剧目8个，分别为：《滚豌豆》（魏甲合口述）、《滚楼》（李德远口述）、《入侯府》（蒲天信口述)、《拿王通》(甘清泉口述)、《背娃进府》(陕西省剧目工作室保存本)、《回府刺字》[清乾隆三十八年(1773)手抄本,据同光时北京东泰山刊本校,焦文彬收藏]、《刺中山》[清嘉庆十三年(1808)腊月朔日抄,陕西省剧目工作室保存本]、《画中人》[清嘉庆十年(1805)老县班立,本主雷玉孝记)。并附录有花部(杂剧)剧目31折。其中《搬场拐妻》和附录的31折杂剧,均选自清乾隆年间(1736—1796)钱德苍所编戏曲选集《缀白裘》。

《明清戏曲珍本辑选》(上下)

孟繁树、周传家编,中国戏剧出版社1985年8月版,收录《钵中莲》《缀白裘》中的地方戏曲剧本、秦腔剧目3种以及楚曲5种。《钵中莲》与《缀白裘》是研究秦腔早期形态的重要剧目资料,秦腔剧目分别是清乾隆三十八年(1773)手抄本《回府刺字》、嘉庆十年(1805)老县班手抄本《画中人》以及嘉庆十三年(1808)手抄本《刺中山》。此书所收剧目根据《陕西传统剧目汇编·秦腔》第三十三集而来。

另有秦腔折子戏剧目汇编。

《秦腔传统折子戏剧本》

1981年甘肃省群众艺术馆编,共选录秦腔折子戏34个,每册1剧,具体剧目为:《二堂献杯》《三上轿》《三回头》《小姑贤》《五台会兄》《长亭别》《牛皋扯旨》《打金枝》《打銮驾》《打渔杀家》《古城会》《传信》《吃糠》《后三对》《老少换》《杀狗》《杨三小》《花亭相会》《拆书》《虎口缘》《拷红》《前三对》《拾玉镯》《柜中缘》《荆轲刺秦》《赶坡》《断桥》《清官册》《黄鹤楼》《野猪林》《庵堂认母》《楼台会》《潞安州》《藏舟》。该系列专为满足农村专业及业余剧团演出需要而编印。

《秦腔传统折子戏选》

本书由陕西省艺术研究所编,王琏、田夫、段言令、王槐蔚选编,1985年陕西人民出版社出版。本书共选编《龙王庙》《打镇台》《三回头》《劈门》《断桥亭》《杀庙》《苏三起解》《辕门斩子》《打柴劝弟》《探窑》《杀四门》和《鞭打芦花》等折子戏13个。编者对原剧本进行了一定的删改和修正。

综上所述，秦腔传统剧目古本多为20世纪五六十年代戏改时期从民间收集而来，现藏于陕、甘两省艺术研究院等机构，是研究秦腔文学重要的第一手文献。从20世纪60年代到80年代，一批秦腔传统剧目存目与汇编的整理出版也多是建立在戏改时期传统剧目收集整理工作的基础上。大部分汇编对传统剧目中封建迷信、有碍观瞻的内容作了删改处理，许多剧目汇编，尤其是折戏汇编目的是服务于当时民间剧团演剧活动的需要。近年来编辑出版的秦腔剧目与剧本汇编偏向于文献资料的整理保存，或是保存重要剧团的演出剧目信息，或是珍稀传统剧目资源的收集整理，为秦腔传统剧目的学术研究提供了可靠的剧目及剧本资源。

四、陕西关中皮影戏剧目略述

中国皮影戏的源头在陕西关中地区。关中皮影戏历史悠久、影响深远，是中国皮影戏的典型代表。关中皮影戏的演出剧本多由皮影戏班代代相传，并在多次演出中不断补充完善，后文专章分析的清代戏曲家李芳桂创作的"十大本"，便是文人参与皮影戏曲创作的重要实践。关中皮影戏的剧本剧目数量庞大、丰富博杂。目前已知的关中皮影戏部分剧本剧目的数量情况是：老腔皮影戏剧本200种左右；碗碗腔皮影戏剧目460余种；阿宫腔传统剧目300余种；弦板腔皮影戏常演剧目500余种；灯盏头碗碗腔剧目有100余种；西府秦腔皮影戏剧目448个；关中道情剧目170余部（1959年陕西省剧目工作室挖掘组抄录的传统剧目）；弦子戏的传统剧目有853本（1959年安康专区戏曲发掘组统计）；八步景的传统剧目有237个，已抄录128个；越调戏的传统剧目有528个，已抄录128个；汉调二黄剧目有1032个，已抄录614个（1960年安康专区戏曲发掘组调查核计）；大筒子皮影戏的传统剧目有124个。[①]从内容上看，关中皮影戏剧本囊括众生百态、历史事件、爱情婚姻、妖仙鬼怪等各色题材，全方位映照出关中地区民众的精神向度，为民俗学、社会学的研究提供了参考价值。

关中皮影戏剧目的来源主要有六个：古典戏曲和小说、民间说唱艺术、

---

① 梁志刚. 关中影戏叙论［M］. 郑州：大象出版社，2013：130.

姊妹剧种、文人原创作品、影戏艺人口授创编、新时期由艺人和文艺工作者编创。

关中皮影戏一大部分剧本来自民间说唱艺术。说唱艺术与戏曲有着千丝万缕的联系。元杂剧剧本上承的金代诸宫调，为元杂剧的创作提供了联曲体和曲白相生的剧本形制。在地方戏剧本中，仍能看到由讲唱文学向戏剧文体过渡的影子，在有的地方戏剧本中甚至直接使用说唱文本。

影戏从说唱文学中汲取素材最早可追溯至宋代。北宋高承《事物纪原》卷九"影戏"条云："宋朝仁宗时，市人有能谈三国事者，或采其说，加缘饰作影人，始为魏、吴、蜀三分争战之像。"[①]可见宋代时已经有人将三国故事沿引于影戏中。宋元南戏、元杂剧、明清传奇的经典剧目，有不少在关中皮影戏中得以传承下来。如碗碗腔剧目《兵火缘》（又名《兵火拉伞》《拜月记》《兵荒拜月》《双拜月》），便是从元代关汉卿杂剧作品《拜月亭》移植而来。再如灯盏头碗碗腔传统剧目《白兔记》亦源自同名南戏。

关中皮影戏，如秦腔、老腔、弦板腔、弦子戏等影戏内容多取材于《封神演义》《东周列国志》《三国演义》《隋唐演义》《杨家将》《说岳全传》《水浒》等历史小说。借助历史小说本身所具有的广泛阅读基础及跌宕起伏的故事情节，此类题材作品能够较容易地实现影戏剧本的二度改编。它们深受欢迎，同样是关中民众忠厚爱国、质朴敦厚性格气质的显现。

姊妹剧种的剧目同样为皮影戏所吸收借鉴。最为典型的是秦腔皮影戏，其所演出剧目都源于秦腔戏，如《泗水关》《斩黄袍》《二度梅》《金沙滩》《黄觉寺》《九华山》《下河东》《搜杯》《盗扇》等。汉调二黄也是如此。

任何一种戏剧样式，要实现自身剧种的成熟，原创作品的数量和水准是一个重要标志。除滦州影戏中的唐山皮影戏外，在原创作品方面占据一席之地的当属关中皮影。清代乾隆时期举人李芳桂创作的"十大本"，是关中原创皮影戏的代表作品；清中末期的一百多年间，渭北一带出现了专为碗碗腔皮影戏写剧本的渭北作家群，也都创作出了不少高质量的影戏剧本，如张元

[①] 高承. 事物纪原：卷九[M]. 影印文渊阁《四库全书》第920册. 台北：台湾商务印书馆，1982：256.

中《一笔画》、郭安康《大足图》和《鹦鹉图》，均为碗碗腔皮影戏的流行剧目；李荫堂所著《金碗钗》中的《借水》《题诗》是两出经典的折子戏，情词与表演俱佳，脍炙人口，至今依然是常演剧目。"渭北派"所编剧目的特点是雅俗共赏，在美学风格上能被民众欣然接受，为丰富碗碗腔影戏剧目、扩大戏剧的社会影响作出了较大贡献。

中国戏曲的传承有一张"师徒传承的网络"，许多戏曲表演中的绝活儿都在师门间口传心授，据岐山县秦腔皮影戏艺人王云飞讲：唱秦腔皮影戏，没有剧本，都是师徒间口耳相传，学到肚子里的，戏中有很多象声词、语气词，用剧本不方便，艺人也多不识字。王云飞经常唱的传统戏有《请石令》《斩李广》《请龙宫》《周公征东》《文王聘贤》《淮土宫》《王元伐赤国》《鸡阳关》《斩金堂》《王喜岐回归》等50多个。这就是所谓的"吃本"。艺人们把用脑子记住的剧本形象地说成将剧本内容"吃到肚子里"。弦板腔影戏老艺人张国政介绍，演皮影戏，识字的人可以看本演唱，不识字的只能"吃本"。因为不同艺人知识水平不同，对剧本理解的程度不同，演出时也经常出现讹误。

20世纪五六十年代，皮影戏创作者也创作了一批表现新生活、新观念的作品，如1960年，大荔县碗碗腔剧团田建军根据同名淮剧改编了《一家人》皮影戏；1965年刘遵义、谢蒙秋编写了碗碗腔现代影戏《渭滨春暖》；1958年，老艺人王维兴、黄正礼、华维瑞等成立了洋县皮影剧团，改编排练了《血泪仇》《三世仇》《红云岗》《小保管上任》《小二黑结婚》等一批现代影戏。

第一章　康海的剧作及其对秦腔的贡献

传统秦腔剧本多为民间艺人创作，代代口传心授，是集体智慧的结晶。但也留下一些名家芳名，譬如在明代对秦腔形成作出过贡献的康海、王九思；清代著名秦腔剧作家李芳桂；民国以后更是人才辈出，以李桐轩、孙仁玉、范紫东等为代表；新中国成立后，陕西省戏曲研究院首任院长、戏曲家马健翎先生以及当今成就斐然的剧作家陈彦，他们是秦腔文学发展史上的一颗颗耀眼的明星。以这些剧作家为书写重点，分析其主要代表作，可非常清晰地描绘出秦腔文学发展的轨迹。

在秦腔发展史上，康海的贡献不可遗忘，尽管他与王九思创制的"康王腔"严格意义上说，与今天的秦腔差距较大，但无疑对秦腔的形成影响巨大。康海、王九思被罢官后，几十年闲居乡里，吟诗作曲，组织家班，创作剧本，对秦腔早期声腔形成作出了巨大的贡献。

第一节　康海生平与创作概况

康海（1475—1540），字德涵，号对山，晚年又号沜东渔父、太白山人、浒西山人等，陕西武功人。他生于明宪宗成化十一年（1475），卒于明世宗嘉靖十九年（1540），享年六十六岁。弘治十五（1502）年高中状元，官授翰林院修撰，为明代"前七子"之一，又与李梦阳、何景明、朱应登、徐祯卿、顾璘、边贡、陈沂、王九思、郑善夫等一起号称"弘治十才子"。著有诗文集《对山集》，杂著有《纳凉余兴》《春游余录》等，尤以《武功县志》最为有名。评者认为康海编纂的《武功志》条分缕析，结构严谨，源自《汉书》，可谓"乡国之史，莫良于此"。后世之人编纂地方志，多以康氏此志作为范本。除诗文集外,康海还著有散曲集《沜东乐府》两卷,杂剧《中山狼》《王兰卿贞烈传》两部。

康海出身于书香门第,其父康镛,曾任平阳府知事。康海自幼机敏,童年时拜同乡之人冯寅为蒙师,习小学,"凡洒扫应对之属"。冯出仕后,康海又入关中理学名家之门习毛诗,他当时只有七八岁。康父对子管教甚严,当康海嬉戏玩耍时,父亲怒欲捶之,却发现他早已将该读的书读完了。即便如此,父亲仍不满足,他严格按照科举考试的标准教子,专门聘请了当时关中著名的理学家牛东原做康海的老师。据康海后来所作之文《送东原先生序》可知,牛东原教风极严,要求康海"言动视听,皆有典则"[1]。教学内容上"皆道德性命之微,浩然而出,靡有穷也"[2]。牛师的教学内容和苛刻的要求,极大地压抑了少年康海的身心和个性,使原本性格开朗、活泼好动的他"望之屏然不敢出息,居数日,心苦不自伸,数月弥苦"[3],然而恰恰是牛师严格的管教为他以后参加科举考试获取功名奠定了良好的基础。弘治五年(1492),康父临终时叮嘱康海定要发愤图强,考取功名,以报先公。康海从此更加用功读书,以兴复祖业为己任,立志要成为国之栋梁。十八岁时,康海为县学庠生,其文章见知于当时的督学杨一清,杨许以必中状元。后真如杨所言,康海于弘治十五年参加进士考试,以一篇《廷对策》而轰动朝廷,孝宗亲自审阅其文,后点为进士第一,授翰林修撰。

"腹有诗书气自华",因为康海的状元盛名和满腹才华,他迅速被朝廷重用,但并没有因此给他带来仕途上的光明和平顺。在文学方面,面对当时文坛萎弱卑冗的格局,康海提倡复古,主张"文必先秦两汉,诗必汉魏盛唐",这恰恰与当时何景明、李梦阳等人倡导的"文必先秦,诗必盛唐"的文学主张不谋而合,故其亦位列"前七子",一时颇有盛名。钱谦益在《列朝诗集小传》中道:"德涵于诗文持论甚高,与李献吉(梦阳)兴起古学,排抑长沙,一时奉为标的。"[4]康海不仅以他创作的诗文和杂剧而闻名,成为

---

[1] 康海.送东原先生序[M]//对山集:卷二十八.明万历十年潘允哲刻本.232.
[2] 康海.送东原先生序[M]//对山集:卷二十八.明万历十年潘允哲刻本.232.
[3] 康海.送东原先生序[M]//对山集:卷二十八.明万历十年潘允哲刻本.232.
[4] 钱谦益.列朝诗集小传(上)[M].上海:上海古籍出版社,1983:312.

明朝中期七才子的重要成员,而且在官场刚正不阿,藐视权贵,颇具秦人风范。康海在提倡复古的同时又反对以李东阳为首的茶陵诗派以及台阁体、八股文等,因而受到在朝守旧士大夫的排斥和记恨。不仅如此,康海被孝宗钦点为状元,青年得志,生性高冷、桀骜不驯,时常对当朝老大臣的文章进行删改;身在翰林院,他的母亲去世,父母合葬时没有按照惯例请朝中老大臣作状志碑传,而是自己撰写行状,让亲近的朋友为之作文,这些行为都先后得罪了不少人。正德初,刘瑾一手遮天,专擅国政。刘瑾是陕西兴平县人,以其与康海为同乡,又风闻康海的才名,企图拉拢康海作为同党。但康海洁身自好,任凭刘瑾以高官厚禄利诱,皆婉言谢绝。正德三年(1508),李梦阳代尚书韩文草拟弹劾刘瑾的奏章,事败后,刘瑾罗织罪名,将李梦阳逮捕入狱,准备处死。李梦阳从狱中传书"对山救我"①,康海素有"富贵不能淫,贫贱不能移,威武不能屈"之志,在收到李梦阳之托后,他义不容辞,慨然道:"吾何惜一官而弃二命!"②遂前往刘瑾处说情营救。在刘瑾面前,康海晓之以理,动之以情,多方为李梦阳辩解:"李则文章超绝可为乡里之光,倘若被戮,则公之凤望损矣!"③刘瑾一心想拉拢康海,遂看在康海面子上,第二天便释放了李梦阳,不承想康海却因此沦为刘瑾同党。正德五年(1510)刘瑾伏诛,康海也因此受到株连而被罢职,仕途之路便从此断送,精神上也受到沉重的打击。蒙冤之初,他还抱有幻想,期许不久就能平反昭雪,有时还自我宽慰:"玉石俱焚,自古有之。瑾诛,天下之幸,吾一人何足惜!"随着时光的流逝,康海期许的平反昭雪还是无望,于是将"仕宦之志""根株悉拔"④。他也逐渐意识到自己被罢官的原因是自身我行我素、疾恶如仇的性格以及为人处世的方式与黑暗官场、腐败政治的格格不入。实际上,他早先时期就不为当权者所容,刘瑾之案不过给朝中处心积虑想除掉他的人一个可乘之机而已。

作为明代"前七子"中的重要成员,康海的诗文集有《对山集》。《对

---

① 张廷玉,等. 明史:卷二八六[M]. 北京:中华书局. 1974:7348.
② 李开先. 李开先全集:中[M]. 卜键,笺校. 北京:文化艺术出版社,2004:760.
③ 李开先. 李开先全集:中[M]. 卜键,笺校. 北京:文化艺术出版社,2004:760.
④ 康海. 答蔡承之[M]//对山集:卷二十三. 明万历十年潘允哲刻本. 187.

山集》常见的版本有嘉靖二十四年（1545）刻19卷本，万历十年（1582）刻46卷本，康熙五十一年（1712）刻46卷本，清代虞山景氏刊45卷本，乾隆二十六年（1761）刻10卷本。早年康海本着崇儒济世的文化理想，为文也力求简朴质实。但经过刘瑾案，含冤受辱后的他心态发生了很大的变化，只专心于乐府曲子，对诗文皆不甚留意。正如清人钱谦益在《列朝诗集小传》丙集《康修撰海》中所说："居恒征歌选妓，穷日落月。尝生日邀名妓百人，为百年会。"①在文学主张上康海也一改先前，而为"夫因情命思，缘感而有生者，诗之实也"②，倡导缘情而作，有感而发。

康海罢官归里后，为寻求精神上的解脱，寄托忧郁苦闷的心情，遂以山水声妓自娱。他曾说道："辞章小技耳，壮夫不为。吾咏歌舞蹈于泉石间已矣"！③他的愤世和乐闲之曲就是在这样的心境下写出的，正如他在《沜东乐府自序》中所说：

> 自谢事山居，客有过余者，辄以酒肴声妓随之，往往因其声以稽其谱，……由是兴之所至，亦辄有作。岁月既久，简帙遂繁，乃命童子录之，以存箧笥，题曰《沜东乐府》。④

康海的散曲集《沜东乐府》二卷，收小令252首，套数32套；另附补遗一卷，收小令7首，套数5套；有明嘉靖三年（1524）刻本。今有《沜东乐府》（上、下册），广陵古籍刻印社本；1994年齐鲁书社出版的谢伯阳编《全明散曲》本。他的散曲多系罢官后放归乡里时作。当时他已看透污浊的官场，遂"日与酣酊为事，人间百事，一切置之"⑤，其曲作的主要内容就是他这种生活和精神状态的再现。曲中多慷慨激昂地抒发愤世嫉俗的情怀，风格基调以沉郁豪放为主。

康海罢官归乡后，曾有人劝他向朝廷申辩自己的冤屈，以图起复，他断然拒绝。他同知己好友、同乡兼儿女亲家的王九思遭遇颇为相似，志趣也甚是相投，于是经常在家乡武功沜西庄以及王九思的家乡户县一带，携歌姬舞

---

① 钱谦益. 列朝诗集小传（上）[M]. 上海：上海古籍出版社，1983：313.
② 康海. 太微山人张孟独诗集序[M]//对山集：卷三十三. 明万历十年潘允哲刻本. 291.
③ 马理. 对山先生墓志铭[M]//金宁芬. 康海研究：附录. 武汉：崇文书局，2004：362.
④ 谢伯阳. 全明散曲：第一册[M]. 济南：齐鲁书社，1994：1229.
⑤ 康海. 与彭济物[M]//对山集：卷二十二. 明万历十年潘允哲刻本. 167.

女畅饮,创乐作曲,制作歌辞,并自比为制乐排舞之艺人。康海可谓戏曲的全才,吹拉弹唱、编剧、导演样样在行,他把诸多精力和财力都用在了戏曲的创作和演出上,为重振北曲及秦腔艺术的发展,作出了不朽的贡献。他萧然物外,寄情山水,广蓄优伶,制乐府、谐声容,自操琵琶创家乐班子,人称"康家班社"。与好友王九思共同创制了慷慨悲壮的"康王腔",对日后秦腔的发展演变具有重要意义。此外,他还扶植周至张于朋、王兰卿夫妇二人组建"张家班",并广集千名艺人,参与关中地区的秋神报赛活动。"张家班"又叫"华庆班",不仅在关中各县演出,且跟随陕西商人到江浙地区演出。"张家班"在历史上活动的时间长达五百年,为秦腔艺术的发展,作出了不朽的贡献。康海自罢官以后,放歌泉林三十余年,初衷不改,去世时,遗命以山人巾服成殓。去世后,家人"检其遗囊,止百金,并酒器首饰,更有二百之数,然大小鼓却有三百副"①。

康海自创杂剧《中山狼》《王兰卿贞烈传》两种,其中《中山狼》是康海的代表作,也是明杂剧中的名篇。《中山狼》讲述东郭先生救一只中箭逃命的狼,自己几乎反被狼所害的故事。通过对狼的本性的揭露,骂尽一切负国家、负父母、负师友的无耻之徒,同时嘲讽了迂腐的东郭先生"无所不受"的"仁心",颇有深意。也有说康海落职时,已经官复原职的李梦阳不曾进一言以救之,康海愤于此,写成著名的杂剧《中山狼》谴责李梦阳负恩,但这种说法尚不能成定论。《王兰卿贞烈传》是康海根据当时秦腔名角王兰卿的真实事迹写成的杂剧作品,盛赞了兰卿技艺的精湛、人格的高尚、性格的刚烈。剧中,作者刻画从良妓女王兰卿忠实于夫妻感情,不为荣华富贵所动的坚贞品质,塑造的是一个封建烈女的形象。王在其夫生前孝敬公婆,恪守妇道;其夫死后,她不愿违背自己的初心嫁与富家郎,因而守节自尽。为歌妓艺人立传,却又以传统眼光塑造了一位封建烈女,这一定程度上代表了作者复杂的心态和其思想中民主的一面。总之,康海的两种杂剧创作,全面系统地展现了康海在罢官归里后,专心于家乡的曲艺事业,复振秦声的成就。

---

① 李开先. 李开先全集:中[M]. 卜键,笺校. 北京:文化艺术出版社,2004:762-763.

用"文章憎命达"这句古诗形容康海再恰当不过了。康海青年时高中状元，一生却没能实现自己"修身、齐家、治国、平天下"的壮志，最终含冤归乡，可谓官场不幸秦腔幸。康海在放浪形骸、纵情山水间，为秦腔艺术的发展，建树了不朽的功勋。

第二节　秦文化的个性特征与康海人格

一、秦文化的个性特征

秦文化历史悠久，源远流长，影响广泛。它根源于嬴秦文化，又称秦氏文化，是嬴姓氏族或秦人氏族在长期艰苦创业过程中精神凝结的产物。秦文化又有狭义和广义之分，狭义上的秦文化即春秋战国时期秦国的文化；广义上的秦文化指的是上古时期嬴姓氏族或秦地秦人以渭河流域的关中平原为中心，在长期的生活中所创造的物质文化和精神文化的总和。① 这也正是他们在应对种种挑战以发展自己、实现自己的历史长河中形成的一种独特的生存理念和生活方式。简而言之，秦文化即今秦岭北麓以陕西关中平原为核心的关中地区的一种古老文化。

秦文化是嬴姓秦氏祖先在秦氏文化的基础上，经过艰苦卓绝的劳动开创的人类文明成果，它既是我国古代法治思想和政治文化的典范，又是中华民族宝贵的历史文化遗产。秦文化发源于我国西北地区的秦国故地，在西周时期，它由宗族文化逐渐发展成为区域性文化，这一时期可以说是秦文化的起始时期；在春秋战国时期，秦国文化也是当时社会的主流文化，这一时期可视作秦文化的形成期；在秦统一中国后，秦文化作为秦王朝的文化又上升为全国性的主导文化。在中华民族以后两千多年的历史演变中，秦文化占据着重要的历史地位，它奠定了大一统国家形态和大一统国家观念，同时又在历史车轮的推动下转变为中华传统文化的精髓。

秦国地处西北边陲，靠近西北少数民族，长期遭受战争的洗礼，社会环境和地理环境对秦人的生活方式和生存理念都有较大影响。秦人性情坚强彪

---

① 王振伟. 秦文化是陕西古典文化的精华 [J]. 当代戏剧, 2011 (4): 53.

悍，性格率直质朴，有敢作敢当的气概，艰苦的环境造就了他们积极进取的精神。这些人文因素，体现在秦文化上就是敢于创造，注重实效；为了实现理想和目标，能够坚定信念，勇往直前，敢于冲破一切艰难险阻；同时又讲求方法，善于筹划，能够遵循法则，顾全大局。正是秦文化的这种精神特质成就了"跨海内制诸侯"[①]的强大秦国，从而为秦王朝的建立以及秦统一中国创造了有利的条件。从历史的发展演变中，我们可以看出秦文化作为一种地域文化形态，有着自己的个性与特征。[②]

第一，重义尚勇、敢于担当。从秦非子受封于秦地始，直到秦始皇统一中国，秦国经历了三十七代君王，大约六百七十八年的励精图治，在这一历史长河中，几乎每个历史阶段都要经受战争的考验与社会的变革。秦文化就是在诸侯纷争、硝烟弥漫的社会环境中不断发展完善和提升进步的。因此，秦文化有着重义尚勇的气质和敢于担当的精神。正如《诗经·秦风·无衣》中所描写的："岂曰无衣？与子同袍。王于兴师，修我戈矛，与子同仇。岂曰无衣？与子同泽。王于兴师，修我矛戟，与子偕作。岂曰无衣？与子同裳。王于兴师，修我甲兵，与子偕行。"李斯曾经这样描述秦国音乐的特点："夫击瓮叩缶，弹筝搏髀，而歌呼呜呜快耳者，真秦之声也。"[③] 秦乐的这一特点，将秦人豪放悲慨的个性反映了出来，也正是这种精神和气质在三秦大地生根发芽，传承流播，影响了无数三秦儿女。

第二，海纳百川、兼容并包。秦文化是秦国先祖在长期的历史活动中探索出来的精神财富，也是在不断吸收和融合异质文化的基础上发展而成的。早先生活在秦地的部落就是在与其他部落不断融合的基础上发展壮大起来的，黄帝、炎帝部落相互融合最终成为华夏始祖。之后，周人定居秦地周原，灭商而立，统一中原，史称西周。周人制定的礼乐规范为中国几千年的礼法规范积累了重要的理论经验。西周灭亡之后，周平王东迁，历史进入东

---

① 司马迁. 史记：卷八十七[M]. 北京：中华书局，1982：2544.
② 师海军. 秦文化的个性特征与关陇作家群的兴起——明代中期关陇作家群形成原因探析之三[J]. 西安财经学院学报，2013（2）：105-109；李继凯. 秦地小说与"三秦文化"[M]. 北京：商务印书馆，2013；田季生，刘志选. 三秦文化[M]. 北京：中央广播电视大学出版社，2012. 本文总结的三个秦文化的个性特征参照了以上文中的观点。
③ 司马迁. 史记：卷八十七[M]. 北京：中华书局，1982：2542-2543.

周,即春秋战国时期。处于西周故地的秦国继承了周文化中"尚勇"的成分。在诸侯纷争中秦采取了"河海不择细流"①的招贤纳才政策,在思想上也兼容并包,最终统一了六国,建立了秦王朝。辉煌灿烂的汉文化是秦楚文化的相互融合,并糅合了多种地域文化而形成的。西汉以来盛行治经学风:讲求实证,注重阐释推论。秦文化自是吸收了讲求实用的精神。张骞出使西域更是促进了秦文化与西域文化的交流、融合。魏晋南北朝时期,中国一度进入了漫长的战乱割据,此时,关陇地区多民族的聚居生活和融合,也为秦文化注入了刚健、奔放的异域风情。隋唐时期,在大唐帝国宽广的胸怀中秦文化达到了它前所未有的开放和兼容,多元文化的融合,在三秦大地上绽放出了世界上最灿烂的文明花朵。宋元时期,秦地一度作为战争前线,屡遭侵袭,异族侵入的同时,游牧民族的文化特性为秦文化注入新鲜的血液,使得秦文化的兼容性更强。这些也是秦人性情豪放彪悍,直率的原因之一。此外,宋时张载"关学"的创立,更是丰富了秦文化的内涵,为秦文化添注了担当天下之大任的顶天立地思想。

第三,刚直古朴、厚重质直。民情风俗是地区文化的重要组成部分,民风可以很大程度上反映出一个地区的风俗文化,同时也体现了这个地区的文化个性特征。《汉书·地理志》说:"凡民函五常之性,而其刚柔缓急,音声不同,系水土之风气,故谓之风;好恶取舍,动静亡常,随君上之情欲,故谓之俗。"②《汉书》中将形成性格的主要因素归结为水土等自然环境和王侯引导等社会环境。秦人朴实、豪爽的性格与他们赖以生存的自然环境有着不可分割的关系。秦地处于黄河中游的黄土高原辽阔地带,大河峻岭,旷野平原,一望无垠。秦人常年的旷野生活,使他们形成了英勇粗犷的民风。林语堂曾说:"北方的中国人,习惯于简单质朴的思维和艰苦的生活,身材高大健壮,性格热情……"③秦人自是有着北方人质朴、敦厚的典型特征。秦地朴实、厚重的民风早在上古时期的秦地民歌《秦风》《豳风》中就已被反复歌咏。在后世的文献中也多有记载:

---

① 司马迁. 史记: 卷八十七 [M]. 北京: 中华书局, 1982: 2545.
② 班固. 汉书: 卷二十八下 [M]. 北京: 中华书局, 1962: 1640.
③ 林语堂. 中国人 [M]. 杭州: 浙江人民出版社, 1988: 29.

关中自汧、雍以东至河、华，膏壤沃野千里……其民犹有先王之遗风，好稼穑，殖五谷……天水、陇西、北地、上郡与关中同俗……畜牧为天下饶。①

其民犹有先王之遗风，好稼穑，务本业，故《豳诗》言农桑衣食之本甚备。

天水陇西……及安定、北地、上郡、西河，皆迫近戎狄，修习战备，高上气力，以射猎为先……及《车辚》《四载》《小戎》之篇，皆言车马田狩之事。汉兴，六郡良家子，选给羽林期门，以材力为官，名将多出焉。②

关中风土完厚，人质直而尚义，风声习气，歌谣慷慨，且有秦、汉之旧。至于山川之胜，游观之富，天下莫与为比。故有四方之志者，多乐居焉。③

予览传记之所载，关中风声气习淳厚、闳伟、刚毅、强奋，有古之道焉。④

正所谓"智者所见略同"，根据以上文献资料，我们可以知道，从先秦时期的《诗经》始，到汉时的司马迁、班固，金元时的元好问一直到明时的康海，不同朝代的伟大人物都如出一辙地总结出了秦地朴实、厚重的民风，而这些反映到文化层面，正是刚直古朴、厚重质直的文化个性特征。可见，秦文化的这一特征从上古到先秦两汉到隋唐以至明清，早已植入每一代秦人的血液中。

---

① 司马迁. 史记：卷一二九[M]. 北京：中华书局，1982：3261.
② 班固. 汉书补注：地理志八下（二）[M]. 颜师古，注. 王先谦，补注. 北京：中华书局，1959：3019-3021.
③ 元好问. 送秦中诸人引[M]//遗山集：卷三十七. 四部丛刊景明弘治本. 362.
④ 康海. 陕西壬午乡举同年会录序[M]//对山集：卷二十八. 明万历十年潘允哲刻本. 225.

二、秦文化的个性特征对康海人格的影响

作为一种文化,秦文化以它"重义尚勇、刚直古朴、兼容并包"的个性特征流传千载,熠熠生辉。这种个性特征是一种文化基因,是一种集体无意识,流淌在秦人的血液里,滋养和熏陶了数代三秦儿女。作为明代文坛重要的文学家,著名的"前七子"之一的康海,是陕西首位状元,他为人正直、刚正不阿、藐视权贵,素以刚方耿介著称。康海的这种刚方正直、疾恶如仇、倔强生冷、重利轻义的性格品质与他作为陕西人,自幼生长在关中,受着秦文化的熏陶有很大的关系。

秦文化的个性特征对康海人格的影响,首先体现在文化环境对其性格的影响上。众所周知,地理特征和文化环境会促使一个地区的居民形成独特的心理素质和性格特点,而这种文化环境包括一个地区的历史积淀、历史文化、风俗习惯、生活方式等。生于秦地,长于广袤富饶的关中平原的康海,自小就受到"秦声"的滋润,在渭河水的哺育下长大,更重要的是他自小受着关中古朴、刚直、敦厚之民风的熏陶,这些造就了他刚方耿直、疾恶如仇的性格特征。很大程度上正是这种性格影响了他的仕途。作为他的儿女亲家兼知己好友的王九思曾在《明翰林院修撰儒林郎康公神道之碑》中云:"盖公在翰林时,论事无所逊避,事有不可辄怒骂,又面斥人过,见修饰伪行者又深嫉之,然人亦以此嫉公。"[①]耿直如康海,在鱼龙混杂的官场上,对那些心存邪念,做事有失公允之人,他常常是毫不避讳,当面指责,自然因此得罪了不少人,这也是他日后身陷泥淖之时,众人落井下石的一个重要原因。康海疾恶如仇,对于刘瑾之辈更是痛恨不已,从不因为其位高权重而趋炎附势。生性直率,敢作敢当的他毫不在乎刘瑾在朝中的地位,对于其拉拢更是断然拒绝:

> 瑾之用事也,盖尝数以崇秩诱我也,当是时持数千金寿瑾者而不能得一级,而彼自区区于我,我固谈笑而却之,使饕虣崄之人,

---

① 王九思. 明翰林院修撰儒林郎康公神道之碑[M]//渼陂集:续集卷中. 明嘉靖刻崇祯补修本. 242.

卒不敢加于我，此心与事亦雄且甚矣！①

关于此事，康海友人张治道在《翰林院修撰对山康先生状》中也有记载：

> 一日，瑾令亲密者谓先生曰："主上欲以汝为吏部侍郎。"先生曰："我服官才五阅岁矣，翰林未有五阅岁而升部堂者，请为我辞之。"事遂寝。②

从以上几条文献记载可知，作为铁骨铮铮的关中大汉，康海有着陕西人与生俱来的倔劲，黑白分明，直来直去，说话做事从不喜欢拐弯抹角。正如一代宗师、比较文学专家吴宓曾概括的陕西人的性格特征：倔、犟、硬、碰。③康海正是这样一位生性直率，不虚伪、不做作，敢说敢言的关中大汉。他的倔、硬不光体现在对奸佞之人的态度上，还体现在对朝廷、对最高统治者的态度上：朝廷一日不给他平反，他就一日不出仕，并认为自己"甚不宜出就官职"，还因此发生过掷琵琶追骂杨廷仪之事。李开先的《对山康修撰传》有记载：

> 杨少司马过其里，留饮而欢，君自起弹琵琶劝酒。杨言："家兄在内阁，久欲起君，何不以书自通，待吾到京首言之。"君乃盛怒掷其琵琶，挞杨，杨走，追而骂曰："吾岂效王维假作伶人，以琵琶讨官做耶？"④

三秦大地作为十三朝古都，孕育出了立志"究天人之际，通古今之变，成一家之言"⑤的司马迁，孕育出了"为天地立心，为生民立命，为往圣继绝学，为万世开太平"⑥的张载，也孕育出了刚正不阿，铁骨铮铮，才华横溢的状元郎康海。

秦文化的个性特征对康海人格的影响，还体现在文化背景、民俗风情对其品格等的影响上。当一种文化植入人心，深入骨髓的时候，它对一个人的影响就会是全方位的，从性格到品格乃至处世之道。韩愈、柳宗元都曾把司

---

① 康海. 与彭济物 [M] //对山集：卷二十二. 明万历十年潘允哲刻本. 168.
② 张治道. 翰林院修撰对山康先生状 [M] //金宁芬. 康海研究：附录. 武汉：崇文书局，2004：356.
③ 该部分主要参考陈忠实先生的《陈忠实谈西安的"淡定"》。
④ 李开先. 李开先全集：中 [M]. 卜键，笺校. 北京：文化艺术出版社，2004：761.
⑤ 班固. 汉书：卷六十二 [M]. 北京：中华书局，1962：2735.
⑥ 张载. 张子语录：中 [M]. 四部丛刊景宋本. 9.

马迁的文章风格总结为"雄深雅健",司马迁乃秦文化形成中极为重要的人物,也是秦文化的重要代表,对后来的秦地儒生影响甚大。"雄深雅健"一词所蕴含的意义自然也与秦文化的个性特征相贯通,因此,将秦文化的个性特征用"雄深雅健"一词来概括,更简洁凝练。就"雄"而言,它指的是秦地民风中气质雄豪、重义尚勇、英武刚健、敢于担当的个性特征。① 重义尚勇的秦文化和"关学"担当天下之大任的顶天立地思想,对康海人格的形成产生了深远的影响。他在文学创作上将司马迁奉为标的,正如王世懋在《康对山集叙》中说:"关中故多秦声,而先生又以太史公质直之气倡之……"② 康海身上自有一股太史公的雄豪质直之气。这种气概不仅体现在其本色豪放的散曲和雄豪的文风上,更体现在他的为人处世之道中。加之关中的水土养育了对山朴实、刚直、从善如流,对奸佞之人疾恶如仇的个性,这就使得他和当时官场"老成圆巧"之士风大相径庭。康海注重气节,为人正直,讲求一个"义"字,并敢于担当,他甘愿为"义"而放弃自己的仕途之路。当年李梦阳入狱,在狱中向康海传书求救,他大义凛然道"吾何惜一官而弃二命",遂前往刘瑾府邸,营救李梦阳。这为他日后落为瑾党埋下了祸根。康海重义,更有着敢于为天下人而牺牲自己的精神。刘瑾倒台后,他被牵连,有来安慰者,康海答道:"玉石俱焚,自古有之。瑾诛,天下之幸。吾一人何足惜!"出身于书香门第,生活在浓烈的秦文化氛围中,自幼师从关中理学名家接受良好的教育,"重义尚勇"和"为生民立命"的坚定信念早已扎根在康海的心中。因而,他能够舍弃自己的仕途救朋友于危难之中,能够在无辜受辱之后仍然发出"玉石俱焚,自古有之。瑾诛,天下之幸。吾一人何足惜"的慷慨之词。

作为出生在秦地的关中汉子,康海自幼受秦文化的熏陶和秦地民风人情的影响,正如刘师培在《南北文学不同论》中所言:"北方之地,土厚水深,民生其间,多尚实际。"③ 生性耿直、讲求实用精神的康海自然与官场的

---

① 将秦文化的个性特征概括为"雄深雅健"这一观点来自师海军《秦文化的个性特征与关陇作家群的兴起——明代中期关陇作家群形成原因探析之三》。

② 王世懋. 王奉常集:卷六[M]. 明万历刻本. 224.

③ 刘师培. 南北文学不同论[M]//刘师培学术论著. 杭州:浙江人民出版社,1989:162.

阿谀奉承、趋炎附势之风格格不入。康海自己也在《与彭济物》一文中认为自己"不可于当世者有五"：

> 性喜嫉恶而不能加详，闻人之恶辄大骂不已，今诸公者皆喜明逊而阴讥，此一不可。翰林虽皆北面事君，而勤渠阁老门下者以为贤能，仆懒放畏出，岁不能一造其户，此二不可。人皆好修饰、文诈、伪恭、假直，而仆喜面讦，人未有不怒者，此三不可。士大夫不务修身法事之业，而俱呻吟诗文以为高业，见其诗若文不能不怒，故见辄有言，而彼方望我以为美也，我以言加之，此四不可。与相好者接，必因其职事加勉戒之词，多忤其所好。彼或未从，即拒而绝之，以此亲疏多怨。苟复见其所爱者，又不忍不告，或又告之，彼即又不从，而仆又绝之，此五不可。①

这"不可于当世者有五"，正是康海的性格特点的反映。在相互倾轧，暗无天日的官场中，康海仍坚贞自守，洁身自好，始终坚持自己的原则，一片赤诚可昭日月。

在文学创作上康海曾主张复古，倡导秦汉盛唐的文气劲健、富有写实与批判精神的文风，极力反对粉饰现实、点缀太平的无病呻吟之风。务实的康海，在现实生活中更是如此。他的母亲病逝，依照当时官场的旧例，京官亲殁，须持厚币请馆阁大臣作志状碑传，康海则不听友人的劝阻，坚持"文在可传，不必官爵之高贵者"②的实用精神，打破常规，自己为母撰写行状，请友人王九思作墓志铭，李梦阳写墓表。这一行为，使得内阁诸老大臣更加记恨他。

康海曾在《陕西壬午乡举同年会录序》中指出，"关中风声气习淳厚、闳伟、刚毅、强奋"，勉励时人要有"闻伯夷之风"而奋起之精神，进德修业，而且要不失关中自古以来的刚毅、务实之风。③他还曾言："关西士子皆周汉之遗，咸仰范焉。岂可不自重乎？"④康海能在明代世风日下的社会中，

---

① 康海. 与彭济物 [M] //对山集：卷二十二. 明万历十年潘允哲刻本. 168.
② 李开先. 李开先全集：中 [M]. 卜键，笺校. 北京：文化艺术出版社，2004：761.
③ 康海. 陕西壬午乡举同年会录序 [M] //对山集：卷二十八. 明万历十年潘允哲刻本. 225.
④ 吕柟. 寿对山先生康子七旬序 [M] //泾野先生文集：卷五序五. 明万历刻本. 29.

坚守自己的原则，闻人之恶辄大骂不已；能在友人身陷囹圄之时，不顾个人安危，挺身而出，仗义相救；能在刘瑾被诛，自己反受牵连之时，发出"瑾诛，天下之幸。吾一人何足惜"的感慨；也能在浒西沜东饮酒高歌时，听闻不平时当场手掷琵琶，追骂首辅之弟杨廷仪；更能在罢官归里后，仍心系朝廷，关心百姓疾苦。这种藐视权贵、刚正不阿的风骨，威武不屈、贫贱不移的气节，舍生取义、为民请命的精神，正是秦文化中刚直古朴、敢于担当、崇尚气节、注重实用的文化特质影响所及。

第三节　康海的杂剧作品

在中国戏曲史上，杂剧经过了产生、形成、发展和成熟的漫长过程。有元一代是中国戏曲发展史上的黄金时代，杂剧以其崭新的姿态和独树一帜的风格开创了戏曲发展的新时代。由元入明以后，被王国维先生称为"一代之文学"的元杂剧开始急剧衰落，如同散曲在明初的发展一样，无论从作家数量、创作题材还是作品风格上，明初杂剧均不能与元杂剧同日而语。

明朝初建，朱元璋曾设置了教坊司以"掌宴会大乐"①，之后又于内庭之中设置了钟鼓司"掌管出朝钟鼓及内乐、传奇"②。由于统治者的政策所趋，明初杂剧开始从平民世俗之中走向宫廷贵族，杂剧创作和演出也不再像元代勾栏中的演出一样具有商业性质，而是供宫廷贵族消遣娱乐之用。加之明王朝建立之初就恢复了儒学的正统地位，重开科举，文人有了仕进机会，犹如重见天日，也因此出现了"家有弦诵之声，人有青云之志"③，文人热心科举，无意戏曲消遣的情况。在作家构成上，仅有由元入明的王子一、刘兑、谷子敬以及曾受到燕王朱棣礼遇的贾仲明、汤舜民、杨景贤等剧作家。此外，统治者过分干预杂剧的创作和演出，也是造成明杂剧衰落的一个原因。明洪武三十年（1397）刊本《御制大明律》的律条里明确规定：

> 凡优乐人搬做杂剧戏文，不许妆扮历代帝王后妃、忠臣烈士、

---

① 张廷玉，等. 明史：卷六十一 [M]. 北京：中华书局，1997：1500.
② 张廷玉，等. 明史：卷六十一 [M]. 北京：中华书局，1997：1505.
③ 徐一夔. 送赵乡贡序 [M] // 始丰稿：卷五. 清武林往哲遗著本. 59.

先圣先贤神像，违者杖一百；官民之家，容令装扮者与同罪。其神仙道扮及义夫节妇孝子顺孙劝人为善者，不在禁限。①

这种高压政策无疑导致了杂剧内容贫乏，题材也毫无新意，甚至成了纯为明王朝统治服务的工具。

大约从永乐到正统时期，杂剧作家便只有朱权、朱有燉这两位"溺情声伎以自晦"，避身世外、韬光养晦的王爷了。他们的作品主要以神仙道化、历史宗教、歌舞玩赏、妇女问题等为题材，从总体上来说，他们的杂剧作品跟宫廷杂剧一样，还是多宣扬宗教伦理、粉饰太平，作品也缺乏深度，缺少震撼人心之力。正所谓：

> 自洪武至成化百余年间，是元代至明代文学发展流程中的断裂时期。一方面，造成元代文学发展的诸特征——城市生活的欢快情调、个性的进取精神、隐逸与闲旷的自由、对艺术美的专注与追求都极度衰退，在政治的高压下，作家的个性遭到扭曲和限制，情感的自然表现在消亡；另一方面，为封建统治利益服务的范式正在形成，一度被抛弃的"文道合一"的主张又重新占取上风，以道德说教、歌功颂德、粉饰太平为主要内容而在艺术上平庸虚假的作品，成为文学的主流。②

此后，大约半个世纪，曲坛一直沿袭此种传统，直至正德年间，康海、王九思罢官归里后，他们长歌当哭以寄悲愤，创作出了发自肺腑、震撼朝野的佳作《中山狼》和《杜甫游春》等，才打破了明杂剧颓唐的局面。康海一生作有两部杂剧：一部是影响深远的社会讽刺剧《中山狼》，一部是被普遍认为说教气氛相当浓烈的烈女戏《王兰卿贞烈传》。正是自康海始，明杂剧的创作才展露出了全新的气象，作家的真实情感和个性才得到了最大限度的表露和张扬，文人作家们将郁积在心中的愤怒和不满在作品中加以倾泄。自此，杂剧开始摆脱了明初那种御用工具和宣扬教化的命运，呈现出焕然一新的面貌。

---

① 王利器. 元明清三代禁毁小说戏曲史料[M]. 上海：上海古籍出版社，1981：13.
② 章培恒，骆玉明. 中国文学史：下卷[M]. 上海：复旦大学出版社，1996：215.

一、《中山狼》

《中山狼》是康海杂剧的代表作,也是明杂剧作品中的名篇。中山狼的故事,源于宋代谢良创作的小说《中山狼传》,谢良原作已散佚,康海的老师马中锡将小说修改润色,改编成了同名散文,收录在其《青田漫稿》中。两者皆述中山狼被赵简子追赶,得到信奉"兼爱"之念的墨家信徒东郭先生相救,脱险后狼忘恩负义,反欲吃掉东郭先生,有幸遇见杖藜老人设计相救,把狼诓入囊中杀之,东郭才得以死里逃生的故事。

1.《中山狼》创作的背景

明人以《中山狼》的故事为题作剧唾骂世间负恩之人者,除康海外,还有王九思、汪庭讷、陈与郊等,今存王九思所作《中山狼》院本,陈、汪二人的作品今皆流失。就创作时代而言,康海的《中山狼》杂剧和王九思的《中山狼》院本,皆创作于二人罢官归里之后,从具体时间上讲康海的《中山狼》杂剧要早于王九思的《中山狼》院本。康海曾在为王九思所作《题紫阁山人子美游春传奇》中说:

> 夫抉精抽思,尽理极情者,激之所使也;从容舒徐,不迫不怒者,安之所应也。故杞妻善哀,阮生善啸,非异物也,情有所激,则声随而迁,事有所感,则性随而决,其分然也。予囊游京师,会见馆阁诸书,有元人传奇几千百种,而所躬自阅涉者,才二三十,意虽假借,而词靡隐逊,盖咸有所依焉。予读之,每终篇或潸然涕焉,曰:"嗟乎,士守德抱业,谓可久远于世,以成名亮节也如此,乃不能当其才,故托而鸣焉。其激昂之气,若谬乎其母已也,此其所感,且何如哉?且何如哉?今读《子美游春记》,悲紫阁山人之志,亦或犹是云尔,故题诸其首,使观者易识其所指,可以观士于穷达之际矣。①

康海的这篇文章虽然是在评论王九思的杂剧,但也表达出了他自己的创作主张"情有所激,则声随而迁,事有所感,则性随而决",唯有此,才可

---

① 蔡毅. 中国古典戏曲序跋汇编:二[M]. 济南:齐鲁书社,1989:855.

以创作出使作家个性得到最大限度发挥的作品，从而表达出作家强烈的情绪性格，使剧作成为抒情写意的工具。可见，康海正是在"情有所激""事有所感"的状态下写出了杂剧《中山狼》。

关于康海作《中山狼》杂剧的具体缘由，历来众说纷纭，很多人认为与讽刺李梦阳负恩有关。《明史·康海传》载："（康海）与梦阳辈相唱和，訾议诸先达，忌者颇众。正德初，刘瑾乱政。以海同乡，慕其才，欲招致之，海不肯往。会梦阳下狱，书片纸招海曰：'对山救我。'对山者，海别号也。海乃谒瑾，瑾大喜，为倒屣迎。海因设诡辞说之，瑾意解，明日释梦阳。踰年，瑾败，海坐党，落职。"①康海落难时，处于反刘瑾队列中且曾得康海相救的李梦阳却一言未发。关于当时马氏作《中山狼》文，何良俊曾在《四友斋丛说》中道：

> 李空同与韩贯道草疏，极为切直。刘瑾切齿，必欲置之于死，赖康浒西营救而脱。后浒西得罪，空同议论稍过严刻。马中锡作《中山狼》以诋之。②

后世之人也多承袭了何良俊的"李负康"之说。明人沈德符在《万历野获编·填词有他意》中认为：

> 填词出才人余技，本游戏笔墨，然亦有寓意讥讪者。……康对山之《中山狼》，则指李空同。③

沈氏此观点较早地指出了康海作《中山狼》杂剧之缘由，后世持此观点的学者不在少数。《曲海总目提要》卷五"《中山狼》"条云："时人以讥李梦阳也……瑾败，海落职为民，而梦阳不能为海讼冤，时人作《中山狼》杂剧以刺之。或云即海所作也。"按："反害"之说于此又变为"不能为海讼冤"。④吴梅在《中国戏曲概论》中认为"康对山《中山狼》一剧为李献吉而发"，"东郭，先生自谓也；狼，谓献吉也。"⑤郑振铎《插图本中国文学

---

① 张廷玉，等. 明史：卷二八六[M]. 北京：中华书局，1997：7348.
② 何良俊. 四友斋丛说[M]. 北京：中华书局，1959：126.
③ 沈德符. 万历野获编：卷二十五[M]. 北京：中华书局，1959：643-644.
④ 人民文学出版社编辑部. 曲海总目提要：卷五[M]. 北京：人民文学出版社，1959：209.
⑤ 吴梅. 中国戏曲概论[M]. 长沙：岳麓书社，2000：50.

史》亦认为:"此说或不无几分可靠。"①青木正儿《中国近世戏曲史》、傅惜华《明代杂剧全目》中亦持此观点。与此相反,另一种观点认为,康海的《中山狼》杂剧并非针对李梦阳而发。赵景深先生在《明清曲谈》中提出李梦阳没有负康海,②他在《戏曲笔谈》中也提出了自己的看法:"中山狼的故事,本是流传世界各国的一个民间故事,康海也许取为题材,借以讽世,把李梦阳比作狼,其实这是大不可信的。"③

自20世纪以来,不断有学者为李梦阳辩诬,认为康、李二人交情深厚,并且从各方面阐释康剧《中山狼》并非讥李之作。如张中《为李梦阳辨诬——谈明杂剧〈中山狼〉》认为康海归里后,康、李二人并未交恶,以此推断康剧并非骂李。④杨忠《康海及其剧作〈中山狼〉》中谈道,康归里后,康、李二人并非有隔阂,李在赴任宁夏途中还曾专程去武功拜访过康海,康海《中山狼》中忘恩负义之"狼"并非特指李梦阳,而是泛指世间像狼一样忘恩负义之人。⑤田守真《杂剧〈中山狼〉与李梦阳、康海关系考》从有关康、李事迹的史料,尤其是康、李本人的作品入手证明李梦阳并未反害康海,康、李关系始终是友好的,并从康海获罪原因等方面提出康剧并非讥讽李梦阳。⑥马美信、韩结根《〈中山狼〉杂剧与康、李关系考辨》认为,康作《中山狼》与李梦阳无关。⑦穆甲地《杂剧〈中山狼〉思想实质剖析》认为,康海的《中山狼》非为讽刺李梦阳而作,是为自己被诬陷罢官,揭露统治阶级的豺狼本性而作。⑧

关于此问题,笔者在前人研究的基础上,查阅并综合了各方资料,认

---

① 郑振铎. 插图本中国文学史:下[M]. 北京:社会科学出版社,2009:665.
② 赵景深. 明清曲谈[M]. 上海:古典文学出版社,1957:57.
③ 赵景深. 戏曲笔谈[M]. 北京:中华书局,1962:48.
④ 张中. 为李梦阳辨诬——谈明杂剧《中山狼》[J]. 西北师大学报(社会科学版),1982(2):66.
⑤ 杨忠. 康海及其剧作《中山狼》[J]. 陕西戏剧,1983(2):34.
⑥ 田守真. 杂剧《中山狼》本事与李梦阳、康海关系考[J]. 西南师范大学学报(人文社会科学版),1985(2):42-46.
⑦ 马美信,韩结根.《中山狼》杂剧与康、李关系考辨[J]. 复旦学报(社会科学版),1989(1):21-24.
⑧ 穆甲地. 杂剧《中山狼》思想实质剖析[J]. 唐都学刊,1998(2):69.

为李梦阳并未在康海救他之后，落井下石、以怨报德，只是没有舍生忘死地去为康海申诉冤屈而已。笔者认为在康被定为瑾党而落职时，李梦阳或是想出手相助，迫于心有余而力不足，未能如愿。且看李梦阳在康海受诬前后的经历：

> 正德二年正月刘瑾矫诏降李为山西布政司经历并勒致仕。李于是年二月归大梁，筑草堂而居。
>
> 正德三年五月，刘瑾又罗织他事矫旨诏狱，必欲置李于死地。得康海相救，李于是年八月八日被赦回大梁闲住。
>
> 正德六年二月、刘瑾被诛后半年，台谏交章荐李忠直，诏起为江西按察司提学副使。李于四月十七日得简书，五月赴官。在江西三年。其间，因拒阴怀逆图的宸濠招致，罪且不测，得何景明上书冢宰杨一清乞为申解。于八年冬寓南康府卧病待罪；九年正月，寓江西广信，候勘结；五月，罢官北还。此后，再未出仕。①

再看康海当年落职时的前后经过。根据《明史·康海传》知，正德三年（1508）李梦阳入狱，康海拜访刘瑾以诡辞解救之，正德五年（1510）八月刘瑾伏诛，海以其同乡被列为瑾党。可见，康海被列为瑾党落职之时，李梦阳正闲住在大梁，尚未被重新任用。因此，李落井下石，"后浒西得罪，空同议论稍过严刻"之说，便无从说起；另，刚从漩涡中抽身得以保全自身的李梦阳，此时身处朝廷权臣圈外，对于康海落职一事，即使有心相救也恐怕是"人微言轻"吧！或许，李梦阳此时一言不发，会让康海心里有些许失望，但以二人的交情还不至于讽刺、记恨。据马美信、韩结根《〈中山狼〉杂剧与康、李关系考辨》一文考证，康在罢官不久就与李有书信往来：

> 正德五年秋，康海作《怀李献吉》二首，约李梦阳共游五岳（明年游五岳，期尔共衔杯）。②

康海被罢不久，即想到李梦阳，可见他并未曾真正怀恨李，这一点也有力地驳斥了康作《中山狼》是为讽刺李梦阳负恩之说。因此，本文姑且以为

---

① 金宁芬. 康海研究[M]. 武汉：崇文书局，2004：61.
② 马美信，韩结根.《中山狼》杂剧与康、李关系考辨[J]. 复旦学报（社会科学版），1989（1）：21.

康海作杂剧《中山狼》是泛讽世间一切忘恩负义、有狼子野心之人，而非直指李梦阳。

2.《中山狼》的思想内容

杂剧《中山狼》是康海根据其师马中锡的同名散文《中山狼传》改编而成的。它的问世扭转了明杂剧粉饰太平、歌功颂德、说教气氛浓重、毫无深意的创作风气，具有开风气之先的意义。康海严格遵守元人的规矩，全剧共四折，批判那些善恶不分、以"兼爱"之心对待恶狼的愚蠢行为。《中山狼》写赵简子在中山国狩猎，遇狼，因而追捕欲杀之，狼乞求墨家信徒东郭先生帮助，东郭先生秉持着"兼爱"的信念将其藏在书囊，从而躲过了赵简子的追捕，结果脱险后狼忘恩负义，反欲吃掉东郭先生，幸遇一杖藜老人设计相救，将狼诳入书囊杀之，东郭才得以死里逃生。剧本深刻地揭露了中山狼凶残狡诈的吃人本性，辛辣地讽刺了东郭先生的墨守成规、迂腐懦弱，批判了他不分善恶的"兼爱"之心，从而警诫世人：狼本性恶，不论你对它是否恩重如山、仁慈怜悯，它吃人的本性是不会改变的。康海作《中山狼》杂剧饱含着满腔的愤怒，全剧充斥着强烈的批判色彩，正如明人程羽亦在《盛明杂剧》序中所说："盖才人韵士，其牢骚抑郁呼号愤激之情，与夫慷慨流连，谈谐笑谑之态，拂拂于指尖而津津于笔底，不能直写而曲摹之，不能庄语而戏喻之者也。"[①]

康海于弘治十五年（1502）高中状元，官授翰林院修撰，时明孝宗朱佑堂在位。孝宗是一位英明贤德的皇帝，《明史》称其"恭俭有制，勤政爱民，兢兢于保泰持盈之道，用使朝序清宁，民物康阜"[②]。孝宗执政的弘治时期也被认为是可与太祖洪武、成祖永乐、仁宗洪熙、宣宗宣德这几个时期相比肩的明代历史上政治清明的时代之一。这一时期的思想文化和世风基本保持着明初以来开拓进取、精益求精的优良作风。而康海于弘治末中状元，时年二十八岁，其一生主要还是生活在正德、嘉靖年间。而自正德始，明王朝在政治、思想、文化各方面每况愈下，可以说康海基本上目睹了明王朝由政治相对清明向黑暗奢靡的转变。加之正德五年（1510）因刘瑾案而无辜受

---

① 沈泰.盛明杂剧：一[M].北京：中国戏剧出版社，1958.
② 张廷玉，等.明史：卷十五[M].北京：中华书局，1974：196.

辱,满腔的义愤和对黑暗现实的痛恨全然倾泻于笔尖。因此,《中山狼》杂剧的意义首先在于深刻地批判了当时黑暗的社会现实和宦官当权的混乱政治,其次在于借杖藜老人之口骂尽了世间一切负恩之人。正如陈眉公所评:"读此剧真救世仙丹,使无义男子见之,不觉毛骨颤战。"① 可见其广泛的社会寓意。

继孝宗之后即位的皇帝是明武宗朱厚照,他是明建国后第一个行为怪诞、荒唐至极的皇帝。明王朝在他的统治下急剧走下坡路,他的荒淫无道暂且不论,他的是非不分、善恶不辨,给明王朝带来了巨大的灾难:重用宦官刘瑾等,对上书劝谏他的文官士大夫则严厉惩办,毫不留情,当初劝谏他的大臣刘健、谢迁以及韩文皆因此被罢黜。正是在这样的统治之下,明中叶的社会矛盾日益加剧,土地矛盾恶化,农民无地可种、无家可归,国家经济状况每况愈下。虽然刘瑾于正德五年被诛,但阉宦奸臣依然在朝作乱,继康海、王九思之后仍有许多文学名士相继被罢免,总之,奸佞当道,有志之士不能施展其才。康海含恨离官场而去,政治的黑暗,统治者的昏庸本已让他痛恨不已,加之"白璧成瑕"的耻辱,他心中的怒火早已熊熊燃烧。罢官后虽已置身边远的关中农村,远离了权力是非场,但这一切,让饱读圣贤书、心系天下苍生的他难以释怀,满腔的愤怒犹如沸腾的岩浆般倾泻在笔尖。所以,康海借《中山狼》来批判现实,抒泄怨愤,骂尽世间肮脏污浊的一切。且看东郭先生在剧末唱的两支曲子:

【仙侣·点绛唇】奔走天涯,脚跟消乏青驴跨。回首年华,打算来都虚话。

【混江龙】堪笑他谋王图霸,那些个飘零四海便为家。万言书随身衣食,三寸舌本分生涯。谁弱谁强排蚁阵,争甜争苦闹蜂衙。但逢着称孤道寡,尽教他弄鬼搏沙。那里肯同群鸟兽,说什么吾岂瓠瓜。有几个东的就,西的凑,千欢万喜;有几个朝的奔,暮的走,短叹长呀。命穷时镇日价河头卖水,运来时一朝的锦上添花。您便是守寒酸枉饿杀断简走枯鱼,俺只待向西风恰消受长途敲瘦

---

① 沈泰. 盛明杂剧:一[M]. 北京:中国戏剧出版社,1958.

马。些儿撑达，怎地波喳！①

【仙侣·点绛唇】和【混江龙】两首曲子直指黑暗现实和污浊官场，指出了读书人求取功名的艰辛情状，形象地揭示了社会、官场上相互倾轧、你争我夺钩心斗角的险恶环境。字里行间皆激进愤激之语，岂不是康海在批判黑暗现实，倾泻心中的怨愤？

康海生性耿直，为人仗义，敢为含冤遭祸者鸣不平，虽然这最终成了记恨者诬陷他的有力把柄，但正直仗义的他从不会吝于救人。据《明史》知，正德元年（1506）冬，曾于弘治八年（1495）在陕西担任巡抚的张敷华，时任左都御史，因上书言时政之弊而遭罢官，刘瑾欲置其于死地。为救张，康海不顾自身安危前去见刘瑾，为张说情。张虽得不死，但犹坐奸党，榜名朝堂。再有就是人尽皆知的康海救李梦阳一事。李开先在《康王王唐四子补传》中说："（康海）数次援人于死地，弗望报也。而获生者反造谤焉。因为《差差辞》及《中山狼传》，而后咎有所归矣。"②可见，康海曾救人于危难之间不止张、李。再者，从李开先的记载可知，在康海受辱遭祸之时，确实有曾接受过他帮助之人忘恩负义。康海生性耿直，疾恶如仇，忘恩负义之举必让他愤恨不已，这或许也是他创作《中山狼》杂剧的一个缘由。但以康海的为人和视野，不可能在剧中直指个人恩怨，而是关注社会、关注现实，在"情有所激""事有所感"的情况下，创作具有社会意义的剧作。因此，康海《中山狼》杂剧的另一个重要意义还在于讽刺世间一切负恩之人。在剧末，康海借杖藜老人之口痛快淋漓地骂尽了世间一切负恩之人：

> 那世上负恩的好不多也！那负君的，受了朝廷大俸大禄，不干得一些儿事，使着他的奸邪贪佞，误国殃民，把铁桶般的江山，败坏不可收拾。那负亲的，受了爹娘抚养，不能报答，只道爹娘没些挣扎，便待拆骨还父，割肉还母，才得亨通，又道爹娘亏他抬举，却不思身从何来。那负师的，大模大样，把个师傅做陌路人相看，不思做蒙童时节，教你读书识字，那师傅费他多少心来。那负朋友

---

① 王季思. 中国十大古典喜剧集[M]. 上海：上海文艺出版社，1982：345-346. 有关《中山狼》的引用皆出自这个版本，后不再注明出处。

② 李开先. 李开先全集：中[M]. 卜键，笺校. 北京：文化艺术出版社，2004：800.

的，受他的周济，亏他的游扬，真是如胶似漆，刎颈之交，稍觉冷落，却便别处去趋炎赶热，把那穷交故友撒在脑后。那负亲戚的，傍他吃，靠他穿，贫穷与你资助，患难与你扶持。才竖得起脊梁，便颠翻面皮，转眼无情。却又自怕穷，忧人富，划地的妒忌，暗里所算他。你看世上那些负恩的却不个个是这中山狼么！①

这段尖刻犀利的话语可谓包罗万象，涵盖了世间一切丑陋负恩之人。从祸国殃民的奸臣到负爹娘、老师、朋友、亲戚等等深恩的忘恩之徒，康海可谓用尽心思，用他的如椽大笔对社会现实进行了尖锐深刻的揭露。剧末的两支曲子，于嬉笑怒骂间讽刺了恩将仇报之人：

【沽美酒】休道是这贪狼反面皮，俺只怕尽世里把心亏。少什么短箭难防暗里随，把恩情翻成仇。只落得自伤悲。

【太平令】怪不得那私恩小惠，却教人便叫唱扬疾。若没有个天公算计，险些儿被么麽②得意。俺只索含悲忍气。从今后见机，莫痴。呀，把这负心的中山狼做傍州例。③

【沽美酒】中"少什么短箭难防暗里随，把恩情翻成仇。只落得自伤悲"在揭露世间负恩之人的同时，也暗含了自己惨遭陷害的经历，并领悟到"从今后见机，莫痴"，不能再被人算计了。

《中山狼》作为一部具有开创意义的寓言讽刺剧，深刻地揭露了当时社会中的黑暗情状并给予尖锐的批判，于嬉笑怒骂间斥责了世间一切负恩之人，在剧末借杖藜老人之口提出了：这世上负恩的人尽多，何止一个中山狼，意义深远，更是深化了全剧的主题。

3.《中山狼》的艺术特点

作为一部杰出的杂剧，《中山狼》全剧以寓言的形式展开，开创了明杂剧史上的寓言讽刺剧这一戏曲类型。除了在杂剧类型上具有开风气之先的意

---

① 康海.中山狼[M]//王秀思.中国十大古典戏剧集.上海：上海文艺出版社，1982：359.
② 么麽（yāo mǒ）：即"幺么"，微小；不足道的人，指小人、坏人。"幺""麽"都是细小的意思。
③ 康海.中山狼[M]//王秀思.中国十大古典戏剧集.上海：上海文艺出版社，1982：359-360.

义外，它在艺术表现上也颇具特色。

一是鲜明生动的人物形象。《中山狼》全剧共四折，以寓言形式展开，作者通过紧张而激烈的戏剧冲突塑造出了东郭先生和中山狼这两个鲜明生动的艺术形象。作者在撰写剧本时严格遵守元人规矩，将全剧冲突的发生、发展、高潮和结局恰到好处地安排为四折，结构紧凑而又不显矫作。开场即写赵简子打猎射中中山狼，狼带箭而逃，途中遇东郭先生，狼摇尾乞怜，苦苦哀求东郭先生相救。狼先以报恩相许，道："先生的大恩，不敢有忘。俺做隋侯之珠，来报您先生咱！"接着又以话语相激："枉了您个恻隐之心，人皆有之。……死于九泉之下，俺不怨赵卿，则怨着您！"①终于，在狼的软硬兼施下，东郭先生决定将中山狼藏入自己的书袋，这里初步显示出了狼奸诈狡猾的虚伪本性，同时表现了东郭先生认识不到狼的本性的迂腐。【赚煞】曲中，惟妙惟肖的心理描写，东郭先生的心慈胆怯全然展现出来："心慌脚怎移，胆小魂先怕。这蹇驴儿把布囊搭胯。……中山狼呵，则被您险些儿把俺管闲事的先生断送的眼巴巴。"②在接下来第二折中，赵简子很快气势汹汹满带杀气地追来，向东郭先生询问狼的去向，东郭先生答非所问，赵简子于是挥剑砍辕示威，又下令搜袋，情节愈发紧张。东郭先生冒着生命危险，花言巧语地瞒过了赵简子，救下了中山狼。赵卿如此气势汹汹，东郭先生救狼实在不易。在与赵卿周旋过程中，东郭明知狼本性贪狠，却百般庇护，尽显他的迂腐。第三折中，他们总算脱了险，可是狼一脱险便忘恩，呈现出一副贪婪丑恶的嘴脸："俺被赵卿赶来，走的路途遥远。这囊儿里又受了一日的苦。虽则是先生救活俺的性命，只是肚儿里饥饿的慌……先生可怜见，权把您来充饥罢！"③此言一出，冲突一下达到高潮：遭遇困厄时装出一副可怜样，得救后便反目成仇，露出吃人本性。东郭先生责其负心，他竟以自己的逻辑给东郭先生讲起墨者之道来。东郭先生只得与其周旋，并以"若要好，问三老"为由拖延时间。怎知老牛老杏竟然正话反说，东郭先生再一次陷入

---

① 康海. 中山狼［M］//王秀思. 中国十大古典戏剧集. 上海：上海文艺出版社，1982：347-348.

② 康海. 中山狼［M］//王秀思. 中国十大古典戏剧集. 上海：上海文艺出版社，1982：349.

③ 康海. 中山狼［M］//王秀思. 中国十大古典戏剧集. 上海：上海文艺出版社，1982：353-354.

了危险的境地。在东郭先生求生无望之际，有幸遇到了杖藜老人，可是狼又巧言善辩污蔑东郭先生是假意救他，想借它谋利才是真："他见俺被箭射伤，把俺缚了足，踡曲在囊中，受了多少苦楚……他假意儿救俺，却是要囊中谋害了，自己独受其利……"①这下给了东郭先生一个深刻的教训。当杖藜老人设计将狼重置于囊中，要他出刀杀狼时，他却道："虽然是他负俺，俺却不忍杀了它也。"反倒觉得是自己"命运低""晦气"，还说"那中山狼且放它去罢！"此时，教人不得不感叹东郭先生几近迂腐的菩萨心肠，他的仁慈，是不分善恶是非。第四折中，杖藜老人，一段骂尽世上负恩之人的尖刻话语，才使他幡然醒悟，杀了狼。

全剧结构紧凑，情节紧张，戏剧冲突也一次比一次更加激烈，让观者为之捏汗。作者正是通过这紧张激烈的冲突，深刻形象地揭示出中山狼虚伪狡诈、忘恩负义的本性以及东郭先生善恶不分、博爱仁慈、几近迂腐的性格特征。

二是拟人化的艺术手法。作者在剧中给老牛和老杏分别赋予人的灵性，让它们跟人一样有了思想，有了自己的个性，通过它们的思想性格来反映当时的社会情状。中山狼反目要吃东郭先生，东郭先生要求"问三老"，此时，老杏和老牛不光具备动物或植物的特征，还具有了人的属性：能思考，会言语。它们在舞台上作为"三老"中的"二老"先于杖藜老人登场，使本剧带有了浓厚的浪漫主义色彩，再同狼、东郭先生在舞台上展开对话，一下增强了整个戏剧的趣味性，深化了中山狼故事的戏剧性，让观者大开眼界。但作者所要呈现的不仅限于忘恩负义的中山狼和老杏、老牛的悲惨遭遇，更是要揭露社会的黑暗面。作者通过老杏、老牛的控诉来反映封建社会残酷剥削与奴役百姓的状况，用狼的负心来指斥整个是非颠倒、善恶不分的社会，从而告诫世人：狼本性恶，绝不能对其施以仁义怜悯之心。

三是富有特色的语言艺术。正如沈泰在《盛明杂剧》眉批中所说："此剧独揽澹宕，一洗绮靡，直掩金元之长，而减关、郑之价矣！韵绝快绝。"②《中山狼》剧语言本色自然，在剧坛盛行绮丽之风的明中叶，它上承金元杂

---

① 康海. 中山狼[M]//王秀思. 中国十大古典戏剧集. 上海：上海文艺出版社，1982：358.
② 沈泰. 盛明杂剧：一[M]. 北京：中国戏剧出版社，1958.

剧的长处，下开冯惟敏、徐渭等杂剧作家的本色之风。青木正儿也认为《中山狼》杂剧"宾白无寸隙，曲词语语本色，直摩元人之垒"[①]。康海剧中语言擅于运用本色自然的口语：

【哪吒令】只见那忽腾腾的进发，似风驰电刮；急嚷嚷的闹喳，似雷轰炮打；扑剌剌的喊杀，似天崩地塌。须不是斗昆仑触着天柱折，那里是战蚩尤摆列着轩辕法……

这些口语都极富表现力，将狩猎场的气氛全然渲染出来。

同其散曲一样，康海在杂剧《中山狼》中，还用了大量的方言俗语：

1)"兀那里走的一个狼来也！"（第一折）这里的"兀那"也叫"兀儿、兀搭"，指那里，一般指较近处，关中地区至今沿用这种说法。

2)"俺战兢兢遍体寒毛乍"（第一折），这里的"乍"是竖起来的意思，即因为恐惧或害怕毛发竖起来了，现今关中人仍常说"头发乍起来了"。

3)"恁的把俺相厄呵！"（第一折）这里的"厄"即欺骗的意思，关中人口头语"厄人"，至今关中地区仍沿用此说法。

4)"却被乌鸦啄，蝼蚁攒呵"（第三折），这里的"攒"指聚集，凑在一起，如"攒成一块儿"即聚集在一起。现今仍为常用语。

5)"这搭儿难回避"（第四折），"这搭儿"即这里，与上举第一例中的"兀那"相对。关中人常用"兀搭""那搭"等指方位。

这些方言词语的运用，无疑给《中山狼》剧注入了浓厚的乡土气息，增添了生活趣味，丰富了剧本的语汇，使剧本更具活力。

《中山狼》剧中除了上文所列的迄今为止关中一带仍沿用的方言、熟语外，康海还运用了叠词、排比、对仗等手法。如：

【滚绣球】看疏疏柳叶飘，听嘹嘹雁影排。最凄凉暮云残霭。只见他万马儿滚地飞来，闹喳喳乱打歪，忽剌剌齐喝彩。这威风天来多大，早则有几分儿软骨魂骇。则索是舒腰展脚迎头拜；乱掩胡遮步懒抬，怕的他快眼疑猜。

---

① 青木正儿. 中国近世戏曲史［M］. 北京：中华书局，2010：116.

【叨叨令】只见他笑溶溶的脸儿都变做赤留血律的色,提着那明晃晃的剑儿怕不是辛溜急剌的快。把一个骨碌碌的车儿止不住匹丢扑答的拍。却教俺战笃笃的魂儿早不觉滴羞跌屑的骇。

【越调·斗鹌鹑】乱纷纷叶满空山,淡氲氲烟迷野渡;渺茫茫白草黄榆,静萧萧枯藤老树;昏惨惨远岫残霞,疏剌剌寒汀暮雨。骑着这骨棱棱瘦驽骀,走着这远迢迢屈曲路。冷凄凄只影孤形,急穰穰千辛万苦。

曲中"看疏疏柳叶飘,听嘹嘹雁影排"用工整的对仗描写出了赵简子出场时的场景;连用"闹喳喳""忽剌剌"两个叠字增强了赵简子来时的气势;"明晃晃""骨碌碌""战笃笃"三个叠词连用生动形象地刻画出了赵简子询问东郭先生中山狼去向之时,东郭先生的紧张、恐惧的心理。"乱纷纷""淡氲氲""渺茫茫""静萧萧""昏惨惨""骨棱棱"渲染出了东郭先生在赵简子走后赶着驴儿上路时的那种萧瑟、凄凉的环境,令人读之有一种不祥之感。总之,康海在《中山狼》剧中可谓极尽用语之能事,从本色自然的口语到别具风味的方言再到叠词、对仗的运用,无不显示出其工巧的心思和高超的语言技能。

二、《王兰卿贞烈传》

《王兰卿贞烈传》是康海的另一部杂剧,写的是歌妓王兰卿从良守节的故事。作者盛赞了王兰卿技艺之精湛、人格之高尚和性格之刚烈。陕西周至县乐户王锦之女王兰卿,身处花街柳巷,但一心想做良家妇,偶然间同举人张于鹏邂逅、相爱,并相约厮守终生。在张上京求功名期间,王兰卿坚守贞操、忠贞不贰,拒绝接客,于鹏母亲得知此事,将其迎至家中给于鹏做妾。兰卿操持家务,孝顺勤恳。公公病死后,于鹏奔丧回家,感于官场险恶而退隐,修整暖泉精舍,兰卿也不辞辛苦,织布养家,二人过起了男耕女织的生活。时过六年,于鹏忽染重疾,命丧黄泉。一富家郎贪恋兰卿美色,预谋占有兰卿,千方百计逼兰卿嫁之,兰卿反抗不成,最终暗服砒霜,以死抗争,表明了自己忠贞不贰的决心。于鹏旧友敬仰兰卿的贞烈,前来祭奠,王学士作套曲【南吕·一枝花】悼念王兰卿。太白山真德洞天主人下凡，一边招于鹏、兰卿之魂魄对其加以旌表，一边令人唱此曲，最终二人携手登入仙界。康海给剧本安排了一个团圆美满的结局，最终有情人终成眷属。

1.《王兰卿贞烈传》本事及创作背景

《王兰卿贞烈传》取材于明正德年间（1506—1521）是发生在陕西周至县的真实故事。《盩厔县志》卷八《列女传》载："王氏名兰卿本娼家女也，嫁为青州府推官张附翱妾，附翱病卒，王氏服毒药以殉。"① 马理《陕西通志·乡贤》也有记载："王氏名兰卿，本倡家女也，嫁为人。青州推官张附翱妾，附翱因是官青州，七月失官，后病卒，王氏服毒以殉。"② 《西安府志》卷三八《人物志》载："王兰卿，马志本倡家女，盩厔张附翱妾。翱为青州推官，病卒。氏服毒以殉。"③ 正德十四年（1519）春，康海同吕柟访暖泉庄，且与王兰卿有诗文往来。关于兰卿事迹明人梅鼎祚在《青泥莲花记》中也有详细记载：

关中歌儿王兰卿，侍暖（暖）泉张子，张子死，乃饮药死。渼陂王太史九思，闻而异之，为词传焉。

尝记正德中，陕西盩厔县一倡死节，康太史海亦为传奇。④

引文中所说的词指王九思所作【南吕·一枝花】散套，《王兰卿》剧末尾录有全篇。

由这些史料记载可见，王兰卿服毒守节一事在当时关中一带影响颇大，康海正是有感于王兰卿的贞烈行为而作杂剧《王兰卿贞烈传》，以表彰兰卿的贞烈行为。当然，剧中作者也赞美了王兰卿重情义、有理想、有追求，甘为理想而受苦受累的精神。

康海创作《王兰卿贞烈传》表彰贞节烈女，一方面是"情有所激""事有所感"，另一方面也不乏受当时社会风气的影响。鲁迅先生在《我之节烈观》中指出：

---

① （乾隆）盩厔县志·卷八［M］//中国地方志集成·陕西府县志辑．南京：凤凰出版社，2007：118．
② 马理．陕西通志·乡贤［M］．西安：三秦出版社，1900：246．
③ 舒其绅，严长明．（乾隆）西安府志·卷三十八人物志．清乾隆四十四年刻本：2072．
④ 梅鼎祚．青泥莲花记·卷六：王兰卿［M］．明万历三十年鹿角山房刻本：378-381．

由汉至唐也并没有鼓吹节烈。直到宋朝,那一班"业儒"的才说出"饿死事小,失节事大"的话,看见历史上"重适"两个字,便大惊小怪起来……此后皇帝换过了几家,守节思想倒反发达。皇帝要臣子尽忠,男人便愈要女人守节。①

这里,鲁迅先生所说的宋朝的业儒指的是程朱等理学名家。程朱理学给自古备受压迫的妇女又加了一道锁链。据《明史》记载,有明一代烈女"其著于实录及郡邑志者,不下万余人"②。明成祖时期,颁布《古今烈女传》和《内训》作为妇女的必读之书后,更是加重了妇女殉夫守节的社会风气。除此,康海作此剧,还受传统节义剧的影响。从题材上来看,《王兰卿贞烈传》和周宪王朱有燉所作杂剧《香囊怨》讲述的烟花妓女刘盼春贞烈守节故事是一脉相承的。

2.《王兰卿贞烈传》的思想内容及影响

康海作《王兰卿贞烈传》歌颂王兰卿这个"三贞九烈女",写她矢志不渝、殉夫守节的故事惊动神仙,最终在太白山真德洞天主人的帮助下,夫妻二人双双升入仙界。此剧一直被认为是作者宣扬妇女守节,遵守三从四德、从一而终的古训,被认为是教化剧而不受推崇。但笔者认为此剧中作者不单表彰王兰卿的贞烈行为,重点更在于赞美王兰卿深明大义、坚韧不拔的品格。该剧一方面表现出了作者思想中保守正统的一面,另一方面则体现了作者浓厚的民主意识。

此剧一开场即写王兰卿容貌秀美,吹弹歌舞所事都通。她身在柳陌花街,却一心向往做个良家妇。自与举人张于鹏情定终身后,便坚决不去赶唱接客。在于鹏眼里兰卿也正是这样一个"性情贞良,全无花门柳户之气"的女子。在于鹏得了青州府推官后,张母便将兰卿娶回张府为子做妾。兰卿不在乎名利,不汲汲于富贵,实现了她的理想"做一个三从四德好人妻"。虽守空房却也心满意足,"我把这荆钗布袄甘心受,再不许游蜂戏蝶闲迤

---

① 鲁迅. 鲁迅选集:卷二[M]. 北京:人民文学出版社,2004:6.
② 张廷玉,等. 明史:卷三百[M]. 北京:中华书局,1974:7690.

逗"①。（第一折）她进张家后孝顺勤恳，悉心伺候公婆，不怕吃苦，不怕贫穷；于鹏有感于官场险恶而归隐后，她不辞辛苦织布以贴家用。丈夫染病不起，临终前嘱咐夫人"把兰卿寻个穿衣吃饭的主儿嫁了"，兰卿却道"我怎肯再嫁人"。丈夫死后，兰卿节俭办了丧事，并决心同大夫人"将家法齐，门户密，小俫儿指教苦攻习"，以便日后"志显名题"为祖上增光。后因富家子机关算尽，逼迫兰卿再嫁，她反抗不成，才服毒自尽。临死前还嘱咐"小官人休堕了弓裘志"，老夫人"好效前贤事体"（第三折）。从以上描写可以看出，康海作杂剧《王兰卿贞烈传》不单单是为了赞扬王兰卿的贞烈行为，他重点要赞美的是王兰卿身上闪闪发光的品格。作为身处封建社会的女子王兰卿，有理想、有追求，"不汲汲于富贵，不戚戚于贫贱"，有情有义、吃苦耐劳，甘为理想而努力，甚至献出生命。康海笔下的兰卿是为情而死，并不是陈旧的"从一而终""一女不嫁二夫"思想作祟。丈夫已死，她本打算同大夫人齐家法、密门户，教俫儿苦读书，以待日后为父增光，但富家郎用尽手段逼迫她，她不愿违背自己的爱情才索性一死了之。

由以上分析可知，康海作此剧，虽有对王兰卿贞烈行为的赞扬，但说《王兰卿贞烈传》"是一部节义剧，表现了康海迂腐的封建正统思想"②则稍有偏颇。从剧本看，康海最推崇的当属兰卿之为人品格以及其对理想、对爱情的执着精神。从康海不顾自身安危先后救他人于危难之间可知，康海是一个重情重义之人。并且，作为饱读诗书的状元郎，他对任何事情都有自己的判断标准，并不会死守封建教条。据史料知，当时武功人李锐之妻，在丈夫死后不肯改嫁而被驱逐，有女婴在怀，求死不能，只得不辞劳苦，日夜纺织以维持生计，待女婴长大成人，嫁人之后，遂跟随女儿度过余生。乡县士大夫欲表彰其节，康海友人杨用之却认为李锐妻未死于家中，不可旌表，康海因此而作了一首七言古诗《李节妇歌》为李氏辩护。在《李节妇歌》中康海道"忧君子之论不明于时而已"③，很明显是在指责杨用之死守教条，不知

---

① 康海. 王兰卿贞烈传[M]//王季烈. 孤本元明杂剧：二. 北京：中国戏剧出版社，1958. 有关《王兰卿贞烈传》的引用皆出自这个版本，后不再注明出处.

② 徐子方. 明杂剧史[M]. 北京：中华书局，2003：214.

③ 康海. 李节妇歌[M]//对山集：卷八. 明万历十年潘允哲刻本. 339.

变通。在这样一个为良家妇请求旌表都受阻的时代，康海敢于为风尘女子王兰卿立传，表明了其思想的开明，显示了他的民主意识。但是，《王兰卿贞烈传》也在一定程度上产生了恶劣影响。嘉靖八年（1529）康海长子康栗病死家中，其妻欲殉夫，家人虽严加防范，但终未能阻。数年后，杨氏之嫂、王九思的侄媳张氏亦相继自杀以殉夫。康海作此剧虽是为了赞美王兰卿的品格，而非全然宣扬烈妇守节的教条，却一定程度上对杨氏等殉夫起了推波助澜的作用，可见，封建礼教和当时社会风尚对女性的危害之深。

3.《王兰卿贞烈传》的艺术特色

《王兰卿贞烈传》有着鲜明的艺术特色。

一是鲜明的人物形象。《王兰卿贞烈传》的最大特色在于塑造了一个自尊自爱、有情有义、勇敢而坚定的王兰卿。王兰卿形象的特质首先表现在她性情贞良、自尊自爱、坚守自己的信念上。剧本开篇作者即借王母之口道："兰卿有些姿色，吹弹歌舞，所事都通。"接着又说："举人张于鹏爱她聪明典雅，近日与孩儿入马婚配了。这些时再不曾出去赶唱。"（楔子）从王母口中，观众初次了解到王兰卿，她与于鹏婚配后便不再去赶唱，初步显示了她洁身自好的品格。在于鹏眼里，"这妮子性情贞良，全无那花门柳户之气"。可见，兰卿虽身处烟花巷陌，但出淤泥而不染，始终保持着一颗纯净的心。在于鹏赴京赶考期间，小丫鬟试图劝兰卿接客，以便过上"桃源洞""仙音院"般奢华无忧的日子。这种荣华富贵的生活对于颇有姿色、精通吹弹歌舞之事的兰卿来说唾手可得，但她有着一颗平凡而坚定的心，"得个夫妻美满，便是我落叶归秋"，这种平凡的生活才是她的最终理想。因此，她以一段【哪吒令】揭示了这种看似光彩逍遥，实则屈辱至极的生活本质："紫金瓯劝酬，桃源洞路陡，翠银屏趁逐，仙音院例丑，白玉堂宴游，象牙牌生僝，止不过胡逞些碜念作，歪道些闲声嗽。"（第一折）强烈的自尊意识让她对这种卖唱生活厌恶至极。在男尊女卑的封建社会，又是乐户出身，身份本身低下，但兰卿丝毫不自惭形秽，而是坚守着自己的信念，追求自己的人格尊严。她也毫不认命，一心追求自己的理想生活，对于丫鬟的劝解她还愤然反驳：

【天下乐】你道是这门户从来不自由，根由曾细求，都一般穿

衣吃饭应追游，比似他立兢兢人面前，总不如气昂昂脑背后。（第一折）

【后庭花】虽是这生涯习惯的热，也曾将烈心肠盘算的久。我比妇人家少甚腻粉搽胭项，我比男子汉只争巾帻不裹头……（第一折）

这两段唱词，直接而全面地体现了王兰卿追求人格独立的价值观和性别平等的自尊意识。另一方面，追求平凡生活的坚定信念也驱使着她宁愿与张于鹏"住在草团中也胜似画阁朱楼"（第一折），所以，即使嫁到张家独守空房，她也乐在其中，毫无怨言，"虽是我娶空房捱长夜。却是我称心怀休歇的时节"（第二折）。为了追求平凡的生活，她最终迫不得已选择了一种极端的方式与富贵奢靡的生活彻底决裂。一方面，在她心里有着从一而终的思想；另一方面，她孜孜追求的是与恩爱之人美满的生活。她苦苦挣扎才过上自己想要的平凡生活，哪怕丈夫已死，她也愿意与大夫人教子成人。她对富家郎及其行为深恶痛绝，因此，她强烈抵制和反抗，最终以死抗争，表明自己对爱情的忠贞，对信念的坚守。

除了自尊自爱，勇敢而坚定地追求平凡生活外，王兰卿身上还具备孝顺勤恳、深明大义的品质。她嫁到张家独守空房，张母怜惜她年幼，但她自己却认为"将奶奶行伏事殷勤者，不枉了是你那小孩儿着肉的横枝叶"（第二折）。她深深地懂得"既做了良人妻，事舅姑当须这"（第二折）。在公公大病之时，她一边尽心侍奉，一边劝慰婆婆"便是爷爷有些不好，奶奶索自保重着"（第二折）。丈夫看透了官场险恶，辞官务农，她深晓事理，全力支持丈夫，不辞辛苦，织布以贴补家用。于鹏临终前嘱咐让她再嫁，她断然拒绝。她节俭办完于鹏丧事后，决意与大夫人教子成人，以为祖增光。这一件件、一桩桩事将兰卿孝顺勤恳、不怕吃苦、深明大义的品质淋漓尽致地展现出来。

作者笔下的张于鹏也是重情重义之人。他爱王兰卿性情贞良、全无花门柳户之气，不负誓言，做官之后对兰卿初心不改；临死之际，仍为兰卿的日后生计打算，嘱咐"把兰卿寻穿衣吃饭的主儿嫁了，不要教失所了"（第三折）。从剧中可知，张于鹏跟康海一样也是一位讲究气节操守之人。他在青州推官任上被同僚中伤，有辞官之意，于父亡奔丧回家时对兰卿道："我在青州时，专一奉公守法，不敢半星儿负了朝廷委任。争奈与人上气，便是于世难合。与其被人中伤，不如早早隐居求志，却不气长，所以动这念头。"（第二折）这段说词尽显其正直的为人，为官时的清廉作风。尤为引人注意的是，作者在刻画张于鹏的形象时，不仅暗寓了自己的遭遇，还揭露和批判了明代黑暗污浊的官场："如今世上贪饕之徒，剥削民膏民脂，回得家来，盖偌大宅院，养偌重家口，重裀而卧，列鼎而食。"（第二折）这些直指黑暗的社会现实，与康海在《中山狼》剧中借杖藜老人之口骂世的口吻如出一辙。

二是浪漫主义手法的运用。作者饱含着对王兰卿的同情给剧本安排了一个大团圆结局。王兰卿以身殉情，以死抗争，本是一个悲壮的故事，但在第四折中作者匠心独运，安排太白山真德洞天主人下凡，一边招于鹏、兰卿之魂魄并对其加以旌表，一边令人唱王九思所作悼念兰卿之套曲【南吕·一枝花】，最终让二人携手登入仙界。这里，作者运用浪漫主义手法使故事的结局发生了逆转，给全剧增添了浓厚的浪漫主义色彩。此外，作者还借真德洞主人之口，向朝廷发出控诉：

【乔牌儿】怪不得九州人常告，则她这一件事有何疑，赤紧的堪磨司都被钱篱儿傒，磣可可何日改。（第四折）

将笔触转向现实，扩大了该剧的社会寓意。

《王兰卿贞烈传》不单单是一部节义剧，它蕴含着深厚的现实意味。一方面作者赞美了王兰卿自尊自爱的独立人格和她敢于追求理想的坚定信念；另一方面作者于剧中鞭笞了明代黑暗的社会现实，指斥了官场的险恶，体现出其批判现实的思想倾向。一方面，作者表现出对王兰卿悲惨命运的同情，因而给剧本安排了大团圆的结局；另一方面，以王兰卿的悲剧命运，控诉了封建社会长久以来的妓女制度，体现出作者浓厚的民主意识。因此，本剧不光是一部描写三贞九烈女事迹的节义剧，更是一部寓意深刻的社会现实剧。

第四节　康海的戏曲活动对秦腔的影响

正德五年（1510），刘瑾被诛，康海受牵连，被削去官职，落为平民，永世不得再仕。自此，他的锦绣前程和凌云之志全都断送，遂回到家乡关中故里沜东洊西庄，将"人间百事一切置之"①，终日饮酒放歌"以山水声妓自娱"②，"放荡形志，虽饮酒不多，而日与酩酊为事"③，开始了他放歌泉林的人生。所谓"国家不幸诗家幸"，对康海而言，却是官场不幸秦腔幸，仕途之路的终结，使得他有机会潜心戏曲，复振秦声，为家乡的曲艺事业作出了不朽的贡献，也因此而成就了他"主盟艺苑，领袖哲匠者，垂四十年"④的别样人生。

明代中叶，社会生产力进一步发展，工商业日益繁荣，资本主义性质的生产关系在陶瓷、纺织等行业有了更为显著的发展，从而推动了城市的繁荣和市民阶层的扩大，这一切都为戏曲、小说的发展创造了必要的社会条件和肥沃的土壤。在南方，昆山腔、余姚腔、海盐腔、弋阳腔，四大声腔盛行。秦腔是当时与南方四大戏曲声腔并行的北方戏曲声腔。康海就是在含冤受辱，仕途无望、报国无门之际，将全部心思放在了重振北曲秦声上，为"形成于秦，精进于汉，昌明于唐，完整于元"⑤的秦腔这一剧种走向成熟点燃了最后一棒火炬，并使之光芒万丈。

一、潜心乐律研究，创制"康王腔"

我国的"乐律"历史悠久，它最早是吕不韦《吕氏春秋》第六卷《季夏纪》中的一个篇名，被称作"音律"，以后又出现过"吕律""声律""钟律"等基本意义相通的称谓。《中国艺术百科辞典》里认为"声律""乐律""音律"等这些乐律学术语一般语义相通。狭义上的乐律、声律，其意义与乐律学有关；广义上的乐律、声律泛指音乐技术理论。乐律学作为一门学科，它是古代音乐技术理论的统称，对它的研究包括乐学和律学两部分，既要从音乐实践中所用乐音的技术规律出发研究乐音相互之间的关系，又要从物理角度出发，运用数学方法研究乐音之间的关系。因此，研究乐律学既需要一定的艺术修养，又需具备广博的自然科学知识，不是任何人都能从事

---

① 康海.与彭济物［M］//对山集：卷二十二.明万历十年潘允哲刻本.167.
② 钱谦益.列朝诗集小传（上）［M］.上海：上海古籍出版社，1983：313.
③ 康海.与彭济物［M］//对山集：卷二十二.明万历十年潘允哲刻本.167.
④ 吴孟祺.《刻对山康先生集后序》［M］//对山集：后序.明万历十年潘允哲刻本.1733.
⑤ 李满星.一个人的秦腔［J］.丝绸之路，2010（17）：34.

这方面的工作。康海出身于书香门第、显赫之族,祖辈的传承、严格的家教、聪颖的天资以及他刻苦好学的精神,为他从事乐律的研究奠定了良好的基础。他的高祖康汝楫曾任燕邸长史,据李开先在《〈张小山小令〉后序》中记载:

> 洪武初年,亲王之国,必以词曲一千七百本赐之。对山高祖名汝楫者,曾为燕邸长史,全得其本,传至对山,少有存者。①

康海的曾祖,名康爵,曾任南京太常寺少卿,主管宗庙礼仪之事。父亲康墉,博学多识而有文名。在父亲的严格管教下,康海受到良好的启蒙教育。他博览群书,精通天文、地理、算术等,尤喜钻研吕律。在青年时期,他又在京师馆阁之中读到所收藏的全部元人杂剧和声律方面的书籍。足见康海在青少年时期就有了一定的乐律知识储备和艺术修养。康海对秦腔的热爱,早已有之,他在早年写的《风俗论》中就称颂了秦腔在移风易俗方面的作用:"今之关中犹古之关中也,而今之民俗非古之民俗也,然则从而新之,岂不由于上作哉!"②在中年罢官以后,康海以戏曲消遣,全身心投入戏曲的创作和研究之中,正如徐又陵在《蜗亭杂订》中所云:

> 康德涵既罢免,以山水声伎自娱,间作乐府小令,使二青衣歌以侑觞,游于四方,停骖命酒,自歌其曲;尝生日邀名伎百人为百年会,酒阑,各书小令一阕,命送诸王邸,曰:"此差胜锦缠头也。"③

在徜徉田野、作曲饮酒的过程中,康海对宋元以来的南北曲在唱腔风格上的差异亦做了研究,更有精辟的论述,他曾在《沜东乐府序》中道:"南词主激越,其变也为流丽;北曲主慷慨,其变也为朴实。惟朴实故声有矩度而难借,惟流丽故唱得宛转而易调,此二者,曲之定分也。"④康海的论述明确指出了南北两种戏曲样式在曲格、宫调方面的差别,这体现了康海在律吕方面的造诣。

据史载,康海在罢官以后跟与他遭遇相似的好友兼儿女亲家王九思相

---

① 李开先. 李开先全集:上[M]. 卜键,笺校. 北京:文化艺术出版社,2004:533.
② 康海. 风俗论[M]//对山集:卷二十. 明万历十年潘允哲刻本. 156.
③ 焦循. 剧说:卷一[M]. 民国诵芬室读曲丛刊本. 35.
④ 康海. 沜东乐府序[M]//康海散曲集校笺. 陈鳙沅,编校. 孙崇涛,审定. 杭州:浙江古籍出版社,2011:3.

聚沜东户、杜一带，挟歌姬舞女酣饮，制乐造歌曲。康海又是琵琶圣手，弹得一手好琵琶，王九思每作成曲，康海便亲自为其弹琵琶，配之以乐。就这样，他将自己比作乐舞谐戏的艺人，并沉醉其中以排遣自己忧郁苦闷的心情。"关中故多秦声"[①]，因为专注于乐律的研究，康海遍访秦中诸多伎艺人，登门寻教；并与友人王九思、吕泾野等一起探讨研究关中地区自秦风、豳风以来的秦声音乐。从康、王二人的散曲作品中，也能看出《诗经·秦风》的文词曲影。在明代，陕西戏曲基本上有四种：一是北曲杂剧，二是陕西民间曲子（民间歌曲和散曲），三是西曲秦腔，四是秧歌小戏。康、王二人都是土生土长的关中人，在研究秦声的过程中遍访秦中诸伎，对陕西当时流行的民间曲子自然熟悉不过了。这说明了康、王二人在制乐造歌曲的过程中必然吸收了当时民间曲子的唱法技艺，也创造性地发展了民间曲子的某些成分。根据以上康海与友人潜心律吕、遍访关中艺人、制乐造歌曲等史料分析，笔者认为，康、王二人这一时期在沜东户、杜间抒发愤怒心声、排遣抑郁，先作曲而后以琵琶配之以乐，这一过程中他们所造之曲即为"康王腔"的雏形。

在潜心乐律研究，创制"康王腔"的过程中，除了从秦中歌妓艺人之处取经外，康海也对关中地区的周至、扶风、户县、眉县一带流传的民间音乐，比如由关中道教的诵经唱词演变发展而来的关中道情，眉、户一带流行的眉户曲子戏等都曾进行过深入探究和钻研。他还在周至终南山下黑水峪西边修建了别墅，并题名曰"彭麓山房"，那里山青水绿，林泉萦绕。康海迷恋这里清幽的自然环境，常与友人王九思等在此聚会，饮酒作曲，共同研究词曲之道。这些宴集饮酒作曲之事在康海的诗《宴彭麓山房》《彭麓夜酌》以及王九思的《彭麓山房宴集》中都有记录：

> 南原双白杨，直上数千尺。仿佛齐彭山，不为后土搤。山房当其阴，潇洒殊曩昔。置酒劝君饮，慷慨尽三石。岁月不肯留，人生岂常适。试问华冈子，谁见王维宅？[②]

露坐架棚箔，邻翁高兴多。转筋话农事，绝胜陈绮罗。西村

---
① 王世懋. 康对山集序[M]//王奉常集：文部卷六. 明万历十七年刻本. 224.
② 康海. 宴彭麓山房[M]//对山集：卷七. 明万历十年潘允哲刻本. 48.

二三子,携酒复相过。忽忽至更尽,悠悠奈乐何。①

空有红珊瑚,盈盈高数尺。持之博村酤,反为农父搤。相逢不一醉,别后怨畴昔。我今有美酒,来坐松下石。劝君君不饮,骑马将安适。不见桃李花,落尽五侯宅。②

除与友人饮酒作曲并作诗记录这些活动外,康海还曾把吕泾野编纂的对后世影响巨大的诗乐专谱《诗乐图谱》中的"定图画谱""谐其僚友"加以排练和演戏。无心政治的他,认为辞章乃小技,于是便专注于戏曲之道,因此常"咏歌舞蹈于泉石间",并"屡为乐章,求律于太常氏,又自定黄钟而用之,然后宣以五音,舞以六羽,使声容并作,以祀先乐,宾观者无弗叹赏,知古乐可未尽亡矣"③。经康海、王九思等人与关中诸位戏曲演员的努力,使西曲秦腔这一戏曲音乐逐渐脱离了在曲式结构上板腔、联曲共用的形式,将曲牌纳入了伴奏系统,在唱腔上突出了板式变化体式,使秦腔成为板腔体音乐。

康、王二人及其友人长年在秦岭北麓,关中周、户、扶、眉一带聚会研究秦声音乐,探讨乐律问题,因此,他们所作之曲不可避免地会吸收眉县、户县一带的山歌、牧歌、儿歌、情歌的唱法技艺。作为艺术修养深厚的文化名人,又精通律吕,康、王二人在南曲以排山倒海之势袭来之际,大力支持北曲,在悉心研究秦腔音乐的基础上,吸收了眉、户一带民间曲子的技艺,运用乐律知识对其进行加工和改造,创制了秦腔声腔中的"康王腔"。"康王腔"的特点是"慷慨悲壮,喉转音声",它极大地丰富和发展了当时西曲秦腔的音乐与唱腔,对秦腔在日后的发展产生了深远的影响,清代戏曲家李调元也曾称赞,"康王腔"乃真秦腔。

由于"康王腔"较多地吸收了眉户曲子中的有益成分,所以至今,周、眉、户、扶一带的秦腔老艺人仍津津乐道并且相传仿效。墨遗萍先生在《谈

---

① 康海. 彭麓夜酌 [M] //对山集:卷六. 明万历十年潘允哲刻本. 37.
② 王九思. 彭麓山房宴集 [M] //渼陂集:卷二. 明嘉靖刻崇祯补修本. 17.
③ 马理. 对山先生墓志铭 [M] //金宁芬. 康海研究:附录. 武汉:崇文书局,2004:362-363.

眉户》一文中言："汧东鄠杜间的康海、王九思，确系支持北曲余焰的一支劲军。眉户曲子戏的形成，和康王创造性的'北曲'，是有一定脉络关系的。"①笔者在此提出一个大胆的疑问：或许康、王二人在扶植北曲，发展秦腔，吸收眉、户一带曲子的基础上创制的"康王腔"，正是眉户曲子在明正德时期的曲艺形态，只是在明以后的发展过程中，眉户曲子有了自己的发展。但有一点可以肯定的是，在眉户曲子中，无疑存在"转相仿效"而来的"康王曲"的遗脉。据墨遗萍先生《谈眉户》一文可知，眉户曲子源于元代北曲，后又与民间歌曲，如秦岭北麓眉县、户县及其周边地区的山歌、牧歌、樵歌等结合。这也说明了正是康、王二人在大力支持北曲的过程中给了眉户曲子强有力的音乐技术支持，促进了它的传播，作为元曲的遗脉，它才逐渐从俚曲小调发展起来。杨志烈先生也曾道："秦腔声腔的来源，就近而言，是以明代陕、甘一带的民歌、小曲——'西调'（又名'西曲'）为基础曲调，并不断接受其他曲调，互相影响而逐渐形成的。"②据《陕西志》第六五卷《文化艺术志》记载："陕西周至、户县、武功一带今日还流传着'康状元（康海）演杂剧''王学士（九思）唱曲子'之类的逸闻故事。王九思曲子家班成立于公元1511年（明正德六年），明代戏剧家李开先曾给予实地指导。可见完整的曲艺形成的曲子形成应为明正德年间。"③这一记载为"康王腔"正是眉户曲子在明正德时期的曲艺形态提供了一定的依据，但是由于资料匮乏，无从找到"康王腔"的曲谱，所以对于此论点本文暂无从下定论。

二、专注戏曲创作，推动戏曲表演

戏曲的发展，不光要在唱腔上不断突破，更要在剧本上有所创新和发展，新颖的剧本是推动戏曲艺术不断发展的动力。因此，戏曲艺术要发展，剧本创作是关键。康海不光有着"复振秦声"的满腔热忱，更具有这样的远

---

① 墨遗萍. 谈眉户［M］//陕西省剧目工作室. 陕西传统剧目说明. 1958.
② 杨志烈. 秦腔源流浅识——关于西曲声腔体系说［C］. 中国艺术研究院戏曲研究所，山西省文化厅戏剧工作研究室. 梆子声腔剧种学术讨论会文集. 太原：山西人民出版社，1984：217.
③《陕西省志·文化艺术志》编纂委员会. 陕西省志：文化艺术志［M］. 西安：陕西人民出版社，2005：377.

见卓识。他很重视戏曲创作，编写了不少新剧目。

明中后期，"家乐"之风盛行，对日后的戏曲发展产生了重要的影响：它一方面推动了戏曲创作的繁荣，另一方面将家庭戏班主人所创的剧本推上了舞台。康海罢官归乡醉心戏曲小调之时正是明中叶的正德、嘉靖年间。这一时期，皇帝昏庸，法制废弛，宦官专权之势日益严重，世风去朴从艳，奢靡享乐之风渐成时尚。在这种情况下，自明立国以来，被朱元璋的文化专制政策所压制而不得发展的"家乐"便兴盛起来。"家乐"即家庭戏班，简称家班，它是我国古代社会中，一种相对于商业性的勾栏庙台而存在的特殊的戏曲文化现象。早在汉代桓宽《盐铁论·崇礼》中就有记载："民家有客，尚有倡优奇变之乐。"① 可见，在汉代就有家庭宴饮观剧的场面，从汉魏到唐五代直至宋元，家乐一直伴随着中国戏曲的发展。康海创建的"康家班"是秦腔史上享有盛名的"华庆班"的前身。据清人钱谦益《列朝诗集小传》记载，康海"以山水声妓自娱，间作乐府小令，使二青衣被之弦索，歌以侑觞"②。王九思还曾"求善歌者至家，闭门学唱三年"③。可见，康、王二人一方面自己学唱曲子，另一方面也教伶人演唱自己所创作的散曲。这种"歌以侑觞"自娱的活动，无疑进一步促进了戏曲的创作和演出。

作为剧作家兼康家班主人的康海，他自己创作的剧本有《中山狼》《王兰卿贞烈传》两种。其中《中山狼》成就最大，也是康海的代表性作品。王九思也曾编写过《中山狼》院本，不过是一部单折短剧。康海则严格遵守元人的创作规矩，以四折一楔子的形式将《中山狼》呈现出来。同时，康海将剧本的篇幅扩大，加强了戏剧冲突，更利于舞台表演。作为康家班的主人，康海自是理所当然地以全本的方式搬演自己创作的新剧。正如张岱《陶庵梦忆》卷八"阮圆海戏"条载：

> 阮圆海家优，讲关目，讲情理，讲筋节，与他班孟浪不同。然其所打院本，又皆主人自制，笔笔勾勒，苦心尽出，与他班鲁莽者又不同。故所搬演，本本出色，脚脚出色，出出出色，句句出色，

---

① 桓宽. 盐铁论：卷七[M]. 四部丛刊景明嘉靖本. 43.
② 钱谦益. 列朝诗集小传（上）[M]. 上海：上海古籍出版社，1983：313.
③ 何良俊. 四友斋丛说：卷三十七[M]. 北京：中华书局，1959：246.

字字出色。余在其家看《十错认》《摩尼珠》《燕子笺》三剧，其串架斗笋、插科打诨、意色眼目，主人细细与之讲明。①

根据张岱的记载和叙述，不难看出阮圆海的家庭戏班搬演其自编作品时运用的是整部剧表演的方式，而比阮圆海稍早的康海，在演出其创作的剧本时，情况也大概如此。另《明清西安词典》记载："康家班除习宴乐歌舞之外，还曾演出过王九思创作的《杜甫游春》和《中山狼》院本。"②作为剧作家兼康家班主人，康海经常自编剧目，亲自指导家班排练、演出，常年躬耕于台前幕后，世人皆知。既然，康家班演出过康海好友王九思的剧作，那么演出康海所创剧本一事自是毫无疑义了。由此，我们可以推断康家班曾先后完整地演出过康海自创的剧目《中山狼》和《王兰卿贞烈传》。

另外一个值得注意的问题是，康海领导的康家班在演出时所用的唱腔问题。如前节所述，康、王二人自罢官归里后，一方面，携歌姬舞女酣饮，制乐造歌曲，发愤怒心声，排遣抑郁；另一方面，遍访秦中诸伎，研究乐律，学习民间曲子的唱法技艺，最终创制了"康王腔"。很显然，康、王创制"康王腔"的过程与他们以山水声伎自娱，间作乐府小令，歌以侑觞的过程基本上是相伴的。作为康家班的主人，康海热爱秦声戏曲，全身心致力于秦腔事业的发展。如前所述，"康王腔"的创制是康海和友人王九思为秦腔发展所作的最为重要的贡献，杂剧《中山狼》和《王兰卿贞烈传》是他罢官归里后"复振秦声"时期的重要作品。且康家班又是在康海的精心扶植下成长起来的，可以说从教蓄家伶、指导排练再到演出，每一个环节都是他亲自督导。所以，康家班在演出康海所编杂剧《中山狼》和《王兰卿贞烈传》时用康、王二人所创制的"康王腔"演唱自然是毫无疑问的了。

从前文对《中山狼》杂剧的分析可以知道，康海在这部充满讽刺意味的喜剧中，通过大量方言词语的运用，给剧本注入了浓厚的乡土气息，丰富了剧本的语言语汇，使其更具活力。他将这样一部充满乡土气息的杂剧搬上舞台演出，用慷慨悲壮、喉转音声、阳刚柔情兼备的"康王腔"演唱，乡土化的语言、慷慨激昂的唱腔易于使观众对这部杂剧产生亲切感和认同感，更重

---

① 张岱. 陶庵梦忆：卷八［M］. 清乾隆五十九年王文诰刻本. 50.
② 张永禄. 明清西安词典［M］. 西安：陕西人民出版社，2012：400.

要的是在无形之中促使"康王腔"名播关中。

可见,康海在他"主盟艺苑,领袖哲匠者,垂四十年"的戏曲生涯中,一方面,经常创作一些小曲子,配以"秦声"之乐,交由艺人演唱,正如其友人李开先所述"酒必妓,妓必歌,歌必自制"①,身边的艺人常常是歌有新词、舞有娇姿;另一方面,康海亲自创作《中山狼》和《王兰卿贞烈传》,并指导艺人用"康王腔"演唱,使得"康王腔"声名远扬,为秦腔在日后的发展增添了强劲的助推力。总之,康海自归里后,专注于戏曲研究和创作,从小曲创作到剧目创作,再到自当导演,组织艺人排练、演出,三十多年如一日,躬耕于秦声艺苑,致力于秦腔事业的发展,为秦声戏曲的繁荣发展奉献出了余生的热情。

三、戏曲实践活动

康海为秦腔事业作出的贡献可分为两部分,一是前节所述的戏曲研究和创作,另外一部分则是戏曲实践活动。康海是戏曲方面的全才,吹拉弹唱、编剧、谱曲、导演、绘制脸谱等戏曲方面的技艺,他都能独当一面,可谓事事精通,样样在行。康海三十多年致力于秦声戏曲的发展,归结他在戏曲方面的实践活动主要有以下几点。

1. 培养优伶,创建戏班

明代中前期,社会经济已有了较大的发展,组织家庭戏班进行家庭戏剧演出的风气日渐形成。从康海的诗文、散曲之中我们知道他经常提到的家伶有小蛮、端端、雪儿、青娥、双娥、小小、莺莺、燕燕等十几个。冯梦龙《情史》记载:"对山有四姬,自为随身四帅,其名曰金菊、小斗、芙蓉、采莲。"②康海晚年所得二青衣,号称"绝艺",更使他欣喜和满足,嘉靖十八年(1539)他在《沜东乐府后录序》中说:

> 适得二青衣,能鼓十三弦及琵琶,号称绝艺。古今曲调又能审其雅俗之语,和律依永,殆同天授。予作每出,二青衣不逾时,辄能奏成,洋洋遂遂,合宫叶调。予未尝不抚掌私庆也。

---

① 李开先. 李开先全集:中[M]. 卜键,笺校. 北京:文化艺术出版社,2004:762.
② 冯梦龙. 情史·情豪类:卷五[M]. 南京:凤凰出版社,2011:133.

归田三十二年，益肆志于登山临水之际，而二青衣又以助之。其乐讵有涯乎！衰惫之余，后能似今，尚当嗣为雅颂，以敷陈洪化，上媲商周之所载，才之非劣，非所计也。①

康海对艺人乐伎从来都一视同仁，不分身份地位，他的继室张氏即乐户出身。冯梦龙在《情史》中记载："初，对山无子，适有妓鬻歌于市，公目之。未几有招公饮者，是妓在焉……后举孝廉。"②张氏多才多艺，能歌善舞，名播秦中，是康海培养优伶、制乐造歌曲的得力干将，她和上述家伶都是康海戏曲创作的演出者。此外，从康海的散曲中还可以知道，他常常会唤家伶秦娃、晋女拨阮弹筝："有时节唤几个拨阮的秦娃，弹筝的晋女，学一会游山的阮大。"③家中的演出经常是"破舞笙歌闹，趱的东方明透了"，"开帘谩歌直到晓"。④康海待艺人一视同仁，使得他周围聚集了大批优秀秦腔艺人。加之他乐善好施，正如马理在《对山先生墓志铭》中所说：

凡九族待公而举火者数十余家，凡交游昏丧有不能举者，公即助而举之。长安张太微氏有父丧，力不能举，公以百金助之。他不能胜记。凡四方瞽卜技艺人，多依公而食。⑤

当时关中地区不少老艺人都投奔康海，以免去暮年生活无所依靠之苦。康海供养这些老艺人，在戏曲艺术实践中与他们并肩作战，共同推动秦腔事业的发展，并在他们百年之际为之送终。与他同一时代的著名秦腔女艺人王兰卿死后，康海专门写了一首七言律诗《悼于鹏亡妾》以示哀悼：

素心不逐彩云飞，香梦空将翠箪违。
白绋定裁天上曲，青鸾应伴月中归。
此时洛赋悲罗袜，何日湘弦拂蕙帏。
荒草孤坟埋玉处，夕阳西望苦依依。⑥

全诗饱含哀痛惋惜之情，表现了康海对秦腔艺人的敬重。在康海的其他

---

① 康海.沜东乐府后录序［M］//对山集：卷二十八.明万历十年潘允哲刻本.232.
② 冯梦龙.情史·情豪类：卷五［M］.南京：凤凰出版社，2011：133.
③ 康海.沜东乐府：卷二［M］.周永瑞，点校.上海：上海古籍出版社，1989：99.
④ 康海.沜东乐府：卷一［M］.周永瑞，点校.上海：上海古籍出版社，1989：29.
⑤ 马理.对山先生墓志铭［M］//金宁芬.康海研究：附录.武汉：崇文书局，2004：363.
⑥ 康海.悼于鹏亡妾［M］//对山集：卷十五.明万历十年潘允哲刻本.111.

诗文和散曲中也有不少称赞秦腔艺人的作品,《王兰卿贞烈传》就是康海有感于王兰卿的真人真事而撰写的作品。

在前期培养的技艺精湛的家伶基础上,康海为使戏曲演出朝着专业化的方向发展,筹资组建了自家的戏班子,人称"康家班"。康海几乎将全部心血倾注于康家班的发展及演员的培养上,常自编剧目、自当导演,指导家班排练、演出剧目。康家班在康海的精心扶植下日益壮大,除演出过康海自创的剧目《中山狼》和《王兰卿贞烈传》外,还曾演出过王九思等创作的《杜甫游春》和《中山狼》院本。①康家班的演出经常是"歌有新词,舞有娇姿",也使得"慷慨悲壮、喉轻音声"阳刚柔情兼备的"康王腔"红极三秦大地,康家班也成了远近闻名的戏班。据野史记载,康海还曾经带着康家班下江南,在扬州焦山演出,使得秦声戏曲一时名播扬州。

康海晚年,由于家中日渐衰落,无奈之际只得将康家班社转让,后来他又扶植周至喜爱秦腔、多才多艺的张于鹏、王兰卿夫妻二人组建了张家班。张于鹏在辞官回到故乡周至后,居于旧居暖泉别墅,专注于秦地地方戏曲、音乐的研究与实践。他的妻子王兰卿,是周至县城内乐户王锦之女,自幼随父母学艺,天资聪颖,吹拉弹唱样样皆通,也是张家班的台柱子。她美妙的唱腔、精湛的表演艺术,使得她成为远近闻名的秦腔演员。当时关中名流学者如吕泾野、张治道、胡蒙溪、马理、何景明、王子衡等均曾慕名前去观看表演。张家班又叫华庆班,它在历史上的活动时间长达五百年,不仅在关中各县区表演,且曾跟随陕西商人到江浙地区表演,使得秦腔名播江南大地。直到20世纪50年代,眉县人民政府以此班为基础,组建了眉县秦腔剧团。由以上叙述可见,康海于明中叶在家伶艺人基础上建立的康家班社对后世影响之深远。

2. 组织秋神报赛,推进戏曲演出

秋神报赛是我国古代的一种民间娱乐活动,在陕西关中农村尤其活跃。据《明清西安词典》记载,它起源于唐宋时期,至今关中地区仍存,多在每年春秋两季进行,取春祈秋报之意,主要活动为演大戏,一般持续六七天或

---

① 张永禄. 明清西安词典[M]. 西安:陕西人民出版社,2012:392.

半月甚至更久，且伴之以集市贸易。"报赛"又称作"会""庙会"，由此我们可以推断，在秋神报赛活动中，文艺演出和集市贸易往往是结合进行的，每年定期举行，每会必演大戏，集会时间一般较长。对于这些庙会，当时各地方志均有记载。《重修咸阳县志》记载，咸阳东岳庙"三月二十八日报赛演戏五台，鱼龙百戏数十事，胜会一时"①。《耀州志》卷四记载耀州民"修寺庙赛神，又重费不吝"②。王九思在《鄠县志》中记载"户县民喜享赛神，倾囊不吝。赛神即赛会、会必演戏"③。一般在夏收之后人们即期盼秋神报赛的到来，每逢秋神报赛则"倾囊不吝"。在秋神报赛期间，集会上就出现"商贾辐辏，士女云集"④的盛况，由此，关中地区百姓对秋神报赛活动的热衷程度可见一斑。此外，当时关中农村盛行的这种秋神报赛活动，甚至还影响到妇女日常的穿着及妆奁用品等。明人章泰在《周至县志》中对此有记载："妇女服饰之侈，始自兴平之会（邑民赛神演戏谓之作会。四级皆有之）。然犹饶足之家，以备妆奁之用，未尝取以自饰。若贫乏者，则因不往也。暨哑柏再会，而感无知者，遂不自量，以相规效，是则剜心以悦目矣。虽官司有严禁，不能革也。"⑤凡此种种，都说明了秋神报赛活动在关中地区的流行与繁荣。

对于关中农村地区盛行的这种秋神报赛活动，康海往往是热心异常，经常独家出资，积极主持兴办。李开先在《康对山修撰传》中说的，先生"尝病武功贸易之寂寥也，乃于城东神庙报赛，数日间，乐工集者千人，商贾集者千余人，四方宾客男女长幼来观者数千人"⑥。从李开先的记载"乐工集者千人"可推知当时的演习情况，当时的戏曲演出并非一台或一种，而极有可能是多台戏同时或交替演出。数个秦腔班子轮番演出，多台同唱秦腔大戏必然会促使戏曲演出的繁荣，吸引无数前来看戏的老少观众，经商做生意的人

---

① 《咸阳经典旧志稽注》编纂委员会. 咸阳经典旧志稽注：民祀 [M]. 西安：三秦出版社，2010：154.
② 乔三石. 耀州志：卷四 [M]. 嘉靖刻本. 39.
③ 中国戏曲志陕西卷编委会. 中国戏曲志·陕西卷：卷二 [M]. 1986：29.
④ 张永禄. 明清西安词典 [M]. 西安：陕西人民出版社，2012：392.
⑤ 焦文彬. 秦腔史稿 [M]. 西安：陕西人民出版社，1987：287.
⑥ 李开先. 李开先全集：中 [M]. 卜键，笺校. 北京：文化艺术出版社，2004：800.

自然也会蜂拥而来，当时武功东岳庙秋神报赛的盛况可想而知。康海之兄康阜在其诗《观东岳庙赛神》中也描写了当时武功赛会的演戏盛况：

  鸣锣击鼓天黄昏，老姆稽首如蚁蟠。板胡喊盆震地起，鬼怪嶢崎相鏖吞。女儿百十拥队出，拽朱点翠如天孙。神祇若来云若垂，节拍未竟新者奔。君不见丰年黍稷未弥堎，夜半科催方琢门。①

康阜的这首诗正好给史料中所记载的康海热衷于秋神报赛活动提供了事实依据，并且再现了当时盛会的情景。

据《明清西安词典》的记载可知，一般过会演大戏三天三夜，有的达六七天甚至半月，个别有经月不止者。由此看来康海在武功东岳庙兴办的秋神报赛至少唱大戏三天三夜，但是以其如此大的规模，六七天恐怕也不止。钟爱戏曲艺术的康海可谓良苦用心。这种秋神报赛活动一方面促使了武功贸易的繁荣，经济的发展；另一方面极大程度地推进了秦声戏曲的广泛演出，将关中秦腔戏曲的演出推向高潮，康家班以及"康王腔"更是乘着武功地区秋神报赛的东风而名播千里。秦腔艺术先驱康海正是这样以他卓越的眼光和广泛的实践将秦腔流播千里，为秦腔在西北地区乃至全国的传播作出了不可磨灭的贡献。"康王腔"更是被后来的"武功腔""周至腔"所继承，成为秦腔的重要流派之一。

3.弹奏乐器，绘制脸谱

秦腔以琵琶、秦筝为主要伴奏乐器，故又称为"弦索"。康状元乃全才，琴棋书画、吹拉弹唱样样精通。他弹得一手好琵琶，人称"琵琶圣手"。归里后的康海经常与好友王九思在家乡沜东、鄠杜一带，携歌姬舞女，作词谱曲以遣兴抒怀，期间常以琵琶抒发深深的慷慨悲凉之情，将愤怒抑郁之情寄于琵琶中。他常常是"自弹琵琶唱新词"，"击筑发古调，弹筝奋新词。夜以继白日，潇洒孰可追？"②《明史·王九思传》载："九思尝费重资购乐工学琵琶。海搊弹尤善。后人传相仿效。"③吴梅村在其七言古诗《琵琶行》中也写道："琵琶急响多秦声，对山慷慨称入神。同时渼陂亦第

---

① 康海.（正德）武功县志：卷一［M］.道光年间长白荣氏刻得月簃丛书本.60.
② 康海.同仲木园林瞻眺之二［M］//对山集：卷六.明万历十年潘允哲刻本.32.
③ 张廷玉，等.明史：卷二八六［M］.北京：中华书局，1974：7349.

一，两人失志遭迁谪。绝调王康并盛名，昆仑摩诘无颜色。"①传说有一次，康家班在扬州的焦山演出时，康海亲自弹奏琵琶，观众为之倾倒，后人于是将焦山改名为"康山"，以示对康海这位戏曲天才的纪念。不光如此，康海还作过一首七言古诗《听韩景文弹琵琶》：

> 关西弟子弹琵琶，武氏成名已三世。胜死忠老传授稀，尚宵已近六十二。要妙誓不教女儿，精微安肯输同事。武功少年韩景文，杳拨檀槽酷能似。然打钩挑色色精，调停布置俱神异。大曲浑涵小曲媽，群宫众调无窥避。始知绝艺本天成，谁云末技非难致？清秋八月宾客来，尊俎未列管弦开。立酌停歌两三盏，此声一出人尽骇。仓庚微吟柔桑底，冻竹乍裂淇园隈。游蜂逐萼远不歇，曲岭回鸾繁更催。千山夜落九天雨，空谷朝惊三月雷。悠扬拂掉转相胜，开喝递互清且哀。铁骑横来长乐坂，神女坐对阳云台。闲庭翻絮去闪烁，绝壑堕石来奇磈。曲曲宛转意态别，三百四十犹往回。忆昔京华公宴日，教坊子弟纷纷出。三院都输张学弹，数年颇会声音悉。以此常夸武氏高，汝今操纵如画一。夜深客醉席屡更，四座嗟咨未忍行。曲终更奏不知旦，户外惊闻繁雀鸣。②

这首七言古诗描写韩文景弹琵琶之妙，淋漓尽致地传达出了友人悦耳动听且富有感染力的琵琶声。"此声一出人尽骇""曲曲宛转意态别""夜深客醉席屡更，四座嗟咨未忍行"写尽了韩景文琵琶技艺引人入胜之态。全诗形象、逼真，读来仿佛琵琶声在耳边回响。由此诗，不难窥见康海对音乐的领悟之深和对琵琶的热爱。

除琵琶外，康海还会吹笛、鼓瑟、拨筝、击缶、打拍板等，他还曾作过与这些乐器相关的诗，如《吹笛》和《闻筝》：

> 吹笛谁家夕，关空此日听。怀人俱万里，当户独三星。怨切姜肱被，声流谢氏庭。忧来悲自语，何物信飘零。③

---

① 吴伟业.吴梅村全集（一）[M].李学颖，集评标校.上海：上海古籍出版社，1990：56.

② 康海.听韩景文弹琵琶[M]//对山集：卷六.明万历十年潘允哲刻本.59-60.

③ 康海.吹笛[M]//对山集：卷六.明万历十年潘允哲刻本.74.

>　　宝屧西邻女，鸣筝傍玉台。秋风孤鹤唳，落日百泉洄。座客皆惊引，行云欲下来。不知弦上曲，清切为谁哀？①

　　第一首诗人寄情于笛声之中，伴着婉转凄凉的笛声，康海陷入了深深的忧思之中。"怨切姜肱被，声流谢氏庭"两句将凄美的笛声描写得惟妙惟肖，也表现出了他对笛艺的熟悉。第二首《闻筝》诗，康海落职为民，倾听邻家女郎弹筝，凄切慷慨的筝声，触动了他的内心，便作诗以寄心中怫郁，全诗深沉、逼真，流露出了自己对筝艺的熟悉与热爱。

　　秦腔脸谱是秦腔艺术的重要组成部分，它不仅标志着秦腔艺术的成熟，也代表了秦腔的舞台艺术表演水平。在陕西武功境内出土的明代"康海脸谱"是目前发现的最早的秦腔脸谱，足见，这位天才的戏曲家除编剧、作曲、弹琵琶等外，还致力于秦腔脸谱的绘制与保存。康海所绘的脸谱多在特制的谱稿纸上，以便多次翻阅和保存，对于兽形脸谱又有专门的特殊谱纸。脸谱类型一般按照秦腔角色生、旦、净、末、丑等类型划分，此外还有变形脸谱，即同一个人在人生不同阶段的脸谱。根据现存康海秦腔脸谱来看，康海在绘画敷色之前一般都会先刻印出人物面部的轮廓线，然后再在轮廓的基础上绘制着色。康海也有深厚的绘画功底，他所绘制的脸谱笔法流畅、线条分明且取舍得当，将人物的表情绘制得恰到好处。在脸谱的彩绘方面，康海十分讲究。他绘制的脸谱用色明快清晰，材料多用矿物颜料，一般以黑、白、黄、红为主色，为适应舞台演出的需要，再夹之以灰、蓝、绿进行修饰和复色，以形成浅淡、美观的效果。②据史料记载，康海所绘脸谱达301幅，距今已有四百四十多年了，也是中国戏曲遗存独有的、最古老、最完整、最珍贵的戏曲脸谱，至今陕西还有人收藏着康海当年绘制的一套秦腔脸谱。③这些脸谱说明了早期秦腔艺术的不凡魅力，也向世人展示了康海在秦腔走向成熟时期所建之功，无愧为"秦腔鼻祖"。

　　除此之外，康海还统一了舞台表演时角色演出的服装，至今为止秦腔演

---

① 康海. 闻筝[M]//对山集：卷六. 明万历十年潘允哲刻本. 91.

② 关于康海脸谱绘制、着色的具体情况，本文参照了阎敏学《明代康海秦腔脸谱的发现》，载于《当代戏剧》1990年第2期。

③ 李满星. 一个人的秦腔[J]. 丝绸之路，2010（17）：34.

员的服饰，依然以明代的服饰为宗。他不吝钱财，出资购置了许多秦腔舞台表演所需的文武场面、道具、乐器等，明嘉靖十九年（1540）十二月康海病故之后，后人收拾其遗物时发现大小鼓等乐器竟有300副。凡此种种，康海精益求精，竭力全方位、多角度完善秦腔艺术的赤子之心可见一斑。最后用元人凭吊曲家的【双调·凌波仙】凭吊这位天才的曲家：

> 沜东渔父钓浒上，绵妙秦声韵味长，九思知己旁边唱。挥毫赋曲章，杂剧《中山狼》。文必秦汉，诗必盛唐，宏论久传扬！

第二章　王九思的剧作及其与秦腔的情缘

王九思（1468—1551）是明弘治、嘉靖年间的著名文人，作为"前七子"的重要成员，与李梦阳、何景明、康海、王廷相、边贡等一起推动了明代文学的发展。他与"前七子"的成员交往唱和，创作了大量的诗文及词曲，使"真诗在民间"的理论得以运用到现实的创作之中，对扭转当时文风起到了积极作用。特别是他受刘瑾一案牵连而被迫致仕后，创作的散曲与两部杂剧《杜甫游春》《中山狼》更是其文学成就的主要代表。他的《杜甫游春》杂剧借杜甫之口深刻地反映了他内心的愤懑与志向，可以说是一部成功的抒情之作，虽然语言上依然倾向于流丽优美的文人士子风貌，但是内容上改变了明代前期神仙道化剧、歌功颂德剧的空洞之风，一定程度上体现了对元杂剧精神的回归。《中山狼》不仅开启了单折杂剧创作的风气，而且寓言化的写作方法体现了与前代文学作品的一脉相承，使寓言再次进入人们视线，也表达了对世风浇薄的无奈与愤怒。

第一节　王九思生平

一、家世概况

王九思出生在一个重视文化与科举的家庭，自先祖起就有以科举登第而做官者，家庭成员虽然也有务农、经商之举，但是却以读书中举为人生大事，以蟾宫折桂为终身荣耀。王九思的长辈普遍高寿，因此他能够亲耳听长辈讲述当年的科举经历，了解先祖们科举乃至为官的具体情况，以此作为激励自己前进的动力。王九思生活在一个和睦的大家庭中，家中人员除了读书应举之外，还广泛从事农业、商业等活动，他在读书之余还能感受到风光怡人、山清水秀的田园之景以及暗中涌动的商业潮流，这些都为王九思之后的戏曲创作与活动打下了良好的基础。

王九思先祖有过仕宦的经历，至九思曾祖琰时，虽业农但是志在科举，常常半夜秘密读书不使人知，曾历任山西大宁知县与山东长清知县，政绩颇佳，令名传之当时，并遗泽后人。受曾祖琰影响，九思祖父虽然因家境困顿而弃学从商，但其人读书识字，懂书法，善作诗，在乡里享有美名。至九思父王儒之时，家境稍丰，儒得以游学山东，西归后为官学弟子员。随后又中举人，虽然举进士不第，只能担任教谕之类的教育官吏，但是王九思祖父及父亲的长寿能够使王九思充分了解并领会祖父辈对科举的热衷，以及他们传承的"耕读传家"的美训。王九思随父在任所时，父母对他的管教极严厉，他晚年在《求太恭人墓志铭状》中曾回忆道："在蜀时，不肖年十四五，太恭人以府君多事不暇，恐废学，乃告诸府君，遣以从师受《易》。旦暮少懈嬉戏，太恭人即箠楚诃骂以为常。"[①]正是在父母的敦促之下，王九思立志于学，发奋攻读，并在补官学弟子员之后，与同辈读书之人交往，增进学业，所以弘治二年（1489）乡试中举对他来说也是顺理成章。这于王九思以后的仕宦之路来说是一个良好的开端。之后王九思赴大梁游学，拜名师，交益友，终于在经历了一番波折之后于弘治九年（1496）春得中进士，殿试之后以三甲选为翰林院庶吉士，正式开始其官宦生涯。

王九思先祖虽然跻身官场，但并非名官显宦，家世也不显赫，家族中还有大量挣扎于社会底层以务农为生的亲人，如王九思二叔祖专务农桑，四祖叔于涝河西湾广植瓜果。王九思在《王氏族谱·铃传》中提到"是时析产久，而公（四叔祖）抚爱我，唯恐不往"[②]。九思自小游戏其中，尽享甘美，同时饱览田园山水之美，这无疑对王九思致仕之后能够融入田园生活并接受乡野小调产生过影响。文学（歌曲）产生于劳动。王九思在少年时期与农樵渔父为伴，徜徉于田间郊野，可以接触到大量的民歌俗曲、山野樵唱，在幼年的脑海中留下了鲜明印象，因此他从朝廷抽身回归田园之时才会产生

---

① 四库全书存目丛书编纂委员会.四库存目丛书·集部（第四十八册）[Z].济南：齐鲁书社，1997：233.

② 段景礼.明代前七子诗曲大家王九思研究[M].西安：三秦出版社，2014：14.

回归的感觉。他在创作散曲与杂剧时能够主动吸收民歌俚曲，且积极收集整理家乡的各种时曲小调并对其进行了加工改造，这与他早年的田园生活不无关系。正是他的特殊经历，才使得他的散曲与杂剧既不失纯真质朴的民间气息，又增添了文人雅士的优雅流宕。

前面已经提到过，王九思父亲因为家境贫寒而弃学从商，可见其家庭风气并不严苛，并非仕宦不可。王九思二弟更是以商为业，以致巨富，夸耀乡里。因此王九思虽然受父辈影响致力于科举，却并不视科举为唯一出路，而是他确实有中举的能力。虽然为官的诱惑远远大于豪富，重农抑商的传统社会风气依旧牢不可破，但是暗中商业萌芽已经破土而出，正在逐渐潜入知识分子的生活领域，并日益显现出强盛的力量。顽固的封建阶级意识在其冲击下产生了松动的迹象，文人士子也慢慢放下了自诩清高的态度，与商人往来唱和，如"前七子"之领袖李梦阳就有专为商人写的《梅山先生墓志铭》。王九思家人中除了二弟，经商的也不在少数，他为人写碑志一类文章有时也收取相应的润笔费。有些商人为了附庸风雅，也利用手中的财富刻印文学集子，以此作为媒介达到与知识分子相交的目的，而文人为了迎合市民阶层的审美情趣也尽力使其作品通俗化、平民化，这些都显示了商业活动对文人产生的影响。王九思致仕闲居之后，正是嘉靖时期商业萌芽之时，他的戏曲创作与活动虽然是为了泄其郁愤，但是客观上也受到了商业蓬勃发展与市民审美趣味的推动，产生了"数日间，乐工集者千人，商贾集者千余人，四方宾客男女长幼来观者数千人"的盛况。

总之，王九思生长在一个士、农、商家庭成分复杂的大家庭里，他的早年生活处在一种相对自由宽松的氛围中，仕宦之后出于统治阶级的局限性，他主动向清高显贵的官员身份靠拢，眼光随之变得狭隘，但是当他致仕归家之后，随着复起希望的破灭以及与底层人民的接触交流，他又回到了早年的氛围中。他的生命似乎经历了一个轮回，又走到了起点，只是这时的王九思是以超脱的胸怀包容一切，更加向陶渊明靠拢。

二、仕宦经历

王九思是在祖父辈的影响与期盼之下金榜题名的，这对于自身与家人来说无疑是巨大的惊喜。作为家中的长子,王九思不仅担负着赡养长辈的责任,更被赋予着振兴家族的希望以及为弟子起表率的作用。王九思以三甲进士能够进入翰林院担任庶吉士一职,很大程度上得益于身为内阁大学士的李东阳的提携。他有应制诗《川扇》:"谁剪巴江一片秋,天风吹落凤池头。浣云□□簪笺小,湘雨寒分翠黛愁。明月随人光欲满,彩鸾归院影还留。几回梦醒诗成后,遍倚层霄十二楼。"①很明显这是"清新流丽"的茶陵诗风。李开先在《康王王唐四子补传》中也曾说过:"闻者以为必膺首选,何也? 以其似李西涯(东阳)之作,已而名出,果然。"②这说明王九思很可能是有意模仿李东阳诗风以引起李东阳的兴趣与欣赏,作为自己仕进的一种契机。事实证明他的尝试是成功的,他对自己能够跻身官场感到激动,对提拔自己的李东阳自然感恩戴德,以至于很长一段时间内,他的诗作都局限在"茶陵派"的苑囿中,无法体现独特的个人性格与风采。李东阳的诗歌对王九思也产生了一些有利的影响。弘治、正德年间,李东阳以台阁重臣与文坛盟主的身份"主文柄,天下翕然宗之"③,针对当时"台阁体"刻板凝重的特点,提倡"轶宋窥唐"的文学主张,追求清新流丽的诗风,得到了文人士子的广泛认同与仿效,盛极一时。这对包括王九思在内的"前七子"无疑有导其先路的作用。特别是李东阳创作的一些模仿民歌与抒发自我心绪之作对王九思的散曲与杂剧创作有着潜在的启发与引导。李东阳描写家乡自然风光的《茶陵竹枝歌》其二:"杨柳深深桑叶新,田家儿女乐芳春。刲羊击豕禳瘟鬼,击鼓焚香赛土神。"诗歌清新自然的语言中透出农家生活的乐趣,而且提到了当地祭祀赛社等一些民间习俗,这些对王九思在散曲中表现质朴平淡的田家生活与当地各种集会场景有一定启示。李东阳抒发心曲的诗作用真挚深沉的语言倾吐心中的压抑苦闷,展现真实的心灵世界,这对王九思在散曲及杂剧中伉直落拓感情的宣泄也有一定的影响,只是王九思没有意识到这一点。因此王九思晚年整理诗作时删去大量仿效茶陵诗风的作品,他认为"予始为翰

---

① 王九思. 川扇[M]//渼陂集:卷五. 明嘉靖刻崇祯补修本. 164.
② 四库全书存目丛书编纂委员会. 四库存目丛书·集部(第九十三册)[Z]. 济南:齐鲁书社,1997:139.
③ 张廷玉,等. 明史:卷二八六[M]. 北京:中华书局,1974:7348.

林时，诗学靡丽，文体萎弱。其后德涵、献吉导予易其习焉。献吉改正予诗者，稿今尚在也，而文由德涵□正者尤多"①。也许当时王九思只是意识到了茶陵诗的虚浮之处，而忽视了它的可取之处。但是出于对李东阳的感激与敬畏以及珍惜自己为官的机会，同时也感到自己独木难支力量弱小，他并没有对茶陵诗提出异议，直到"前七子"先后中举会于京师，他们同声相应、同气相求，提出了"文必秦汉，诗必盛唐"的诗歌复古主张，才渐渐表现出不同于"茶陵派"的文学风向。

针对"茶陵派"诗歌萎弱卑冗的风气，"前七子"喊出了"真诗在民间"的响亮口号。他们打着复古的旗帜企图寻找文学的新出路，欲使文学摆脱理学习气与台阁诗风的束缚，呈现一种锐意创新的精神。虽然"前七子"在复古的旗帜下过分强调前人作品的法度格调而进入了模拟蹈袭的创作畛域，受到了他人乃至内部成员的批判，如何景明在《与李空同论诗书》中就曾批评"前七子"的文学创作"刻意古范，铸形宿模，而独守尺寸"②，但是他们的主情论调以及对民歌的重视却影响了王九思的戏曲活动与创作。王九思的散曲创作与戏曲活动正是对其主张的最好诠释，体现了明代文学世俗化、平民化的发展轨迹。虽然王九思并没有公开批评李东阳的诗风，但是他诗风的陡然转向，在李东阳眼中无疑是一种忘恩与背叛的行为。从文学主张到政治纠纷，这一系列事件的相继发生使王九思始料不及。初涉官场的王九思并没有意识到他诗风的转向意味着对李东阳政治团体的背离，以至于被列为瑾党而受牵连，他其实只是朝廷权力消长的牺牲品。

王九思人生的分水岭应该是他致仕回乡。导致王九思致仕的原因很复杂，由此而产生的后果让人始料未及，他最终成为戏曲名家而不是诗文名家就是最重要的一点，或许正是这次罢官的经历才坚定了王九思从事戏曲创作的决心。王九思与其他六人发起的诗文复古运动说到底只是一场文学运动，既没有韩柳古文运动与政治的亲密度，也没有其声势浩大。而由文学运动演

---

① 四库全书存目丛书编纂委员会．四库存目丛书·集部（第四十八册）［Z］．济南：齐鲁书社，1997：3．
② 孙耀煜．历代文论选释［M］．南京：江苏教育出版社，1989：235．

变为政治事件一是因为"七子"大多科举及第，以一种恃才傲物的态度，对看不惯的事件尤其是政治事件往往指手画脚，大发评论以致得罪于人而不自知。这也是明代文坛"各立门庭，同时并角，其议如讼。拟古造新，入途非一；尊吴右楚，我法坚持。彼此纷嚣，莫辨谁是"①局面的真实反映。二是"前七子"复古运动并不像韩柳古文运动有一个开端、发展与高潮的过程，而是针对当前文风一种突如其来的批判，内部意见尚不完全统一，又没有身份地位显赫之人的支持，其结果可想而知，直到刘瑾案发这些积累的矛盾一发不可收拾。朝廷政团之间借助这次事件而相互倾轧，牵连之事在所难免，王九思的结局也就可以预料了。

王九思并不显赫的家世让他在清贵宦门的面子问题上不用拘束，因此他致仕之后一心创作散曲与杂剧发泄激愤也在情理之中。但致仕一事对他而言有一种反作用力，即他对致仕一事愈耿耿于怀，就会愈倾向于戏曲创作，借以表达自己与官场决裂的坚定信念。致仕之后的交游不仅让他充分领略了人世的冷暖，也使他的戏曲吸收了民间俗曲小调的因素，从而形成了豪迈古淡的特色。

三、闲居与交游

可以说王九思是在闲居与交游中度过的后半生。明代中叶朝廷思想控制松动，工商业开始活跃，市民阶层正在崛起，王九思是最早感受到社会风气转变并身体力行参与其中的一员。他的戏曲创作与活动顺应了社会发展潮流，是明代中后期戏曲发展繁荣的一部分。他组织戏班参与各种民间祭祀演出，推动了当地戏曲文化的发展与兴旺，迎合了普通百姓的观赏兴趣，推动了文学风尚的变化，也使自创的戏曲更加率直自然、俚俗明白、怡心悦目。

王九思因刘瑾案，被贬寿州做同知，并没有像康海一样直接罢官，而是过着一种迁客骚人的贬谪生活。他有散曲【南越调·浪淘沙】《秋兴在寿州作》："秋意晚侵寻，庭院深深，嫩凉偷人藕花心。团扇西风容易老，此

---

① 范景文. 范文忠公文集（第二册）[M]. 商务印书馆，1936：102.

恨难禁。何处买知音，浪费黄金，相如空负《白头吟》。明月碧梧清似水，且弄瑶琴。"①诗人悲伤压抑的心情糅合着秋日凄怆幽邃的寒意，生动地反映了自己被冤贬谪的萧瑟凄凉。但是他并没有自暴自弃，依然坚持着儒家厚生爱民的主张，在寿州劝事农桑、兴修水利、缉捕盗匪、培养人才，哪怕自寿州归乡之后，他依然抱有复出为官的愿望。因此他为有昔日同朝为官的旧友拜访而高兴，以与他们的交往作为自己重回宦途的一种机会，可是这美好的愿望并不能实现，王九思在自己的作品中曾不止一次对其进行过愤怒的批判。经过这两次严重的打击，王九思对官场仕途有了更加深刻清醒的认识，他开始寻求另一种实现人生价值的生活方式，心灵从官场抽离之后更加贴近普通百姓与日常生活，并发现了其中的美。王九思拥有很高的鉴赏水平，在闲居期间他自己设计并请人建造了春雨亭，作为他消遣与宴饮之地，其地左右"列植花木，蓊翳蓬勃，琦瑰逶迤，其后又有修竹万竿"②，达到了自然与人工的巧妙结合，深层蕴含的却是他从官场抽身之后亲近自然、怡然自得的潇洒心态。春雨亭是他向内反思自身的理想场所，而山间田野则是他向外观赏山水的广阔天地。他时常一人漫步其间，肆意浏览青山绿水、远树白云，有时他与康海制歌造乐，自娱自乐，以另一种途径实现了厚德亲民的目的。正是在致仕期间，王九思在一种独处反思的状态中，经过漫步园亭，出游山水，饱览乡村美景，不时还与昔日好友交游唱和以排遣郁闷，写作了大量的散曲，并且写出了广为流传的两部杂剧《杜甫游春》与《中山狼》。由于他的特殊人生经历，这两部作品一经问世便得到了当时之人的关注，围绕其是否别有寄托，当时及后世之人进行了不厌其烦地辩论。

第二节　王九思的杂剧创作

有人认为元代是杂剧大放光芒的时刻，而明代则是传奇独擅其场的舞台。其实不然。明代杂剧虽然无法与元杂剧及同时代的传奇相提并论，却也拥有自己独特的地位与特点。据傅惜华《明代杂剧全目》统计，已知明代杂

---

① 谢伯阳. 全明散曲（第一卷）[M]. 济南：齐鲁书社，1994：880.
② 康海. 春雨亭记[M]//对山集：卷二十五. 明万历十年潘允哲刻本. 283.

剧剧目为523种，其中标有作者姓名的有349种，无名氏作品有174种，这实在不是一个小数目。①多数研究者认为明杂剧"在杂剧创作上承接着元杂剧的遗绪并有所发展"②，这确为中肯之论。明初以皇室贵族与御用文人的创作为主，虽然多为表现神仙道化、节义忠孝等腐朽呆板的题材，但是在杂剧体式上有了一定创新。朱有燉的杂剧中出现了有趣灵活的合唱、轮唱，杨讷《西游记》杂剧突破了元杂剧四折一楔子的传统惯例，贾仲明的杂剧把南北曲并入一折之中。王九思正是在元杂剧与明初杂剧的基础上进一步发展与革新，创作出了渊雅醇茂的《杜甫游春》杂剧与质朴古淡的《中山狼》院本，为明代中叶杂剧创作起了导其先路的作用，不仅在题材上打破了明初杂剧伦理教化、风花雪月的褊狭局面，而且体制上继承了明初杂剧移步换形、与时俱进的改革精神，体现了杂剧愤世嫉俗、张扬个性的抒情性特点，具有振衰起弊、继往开来的作用。

一、《杜甫游春》

1.创作缘由与影响

《杜甫游春》在孟称舜评点的《新镌古今名剧酹江集》中又名《沽酒游春》，是王九思的代表作，当时及后代人对其都有不俗的评价，孟称舜在《古今名剧合选》中曾评价"此剧雕隽自喜而仍不失浑厚之气，固应与胜国诸名家相伯仲"③。对于其写作原因有很多人讨论过，但是都没有确切的证据证明，至于是否为讽刺当时台阁首辅李东阳而作也已有多人论述过。钱谦益《列朝诗集小传》云："敬夫之再谪，以及永锢，皆长沙（李东阳）秉国时。盛年屏弃，无所发怒，作为歌谣，及《杜甫游春》杂剧，力诋西涯，流传腾涌，关陇之士，杂然和之。嘉靖初，纂修《实录》，议起敬夫，有言于朝者曰：'《游春记》，李林甫固指西涯，杨国忠得非石斋，贾婆婆得非南坞耶？'吏部闻之，缩舌而止。"④如果说指摘李东阳还有迹可循，那么牵

---

① 傅惜华.明代杂剧全目（卷一）[M].北京：作家出版社，1958：出版说明.
② 宁宗一，等.明代杂剧研究概述[M].天津：天津教育出版社，1992：19.
③ 孟称舜.古今名剧合选：第十八卷[M].据明崇祯六年本影印，2-3眉批.
④ 钱谦益.列朝诗集小传（上）[M].上海：上海古籍出版社，1983：314.

涉贾、杨二人可以说是明显的污蔑。杨国忠在剧本中根本没有出现，贾婆婆则是作者因情节需要虚构出来的一个人物，唤她贾婆婆很可能是因为她卖酒，是个从事商业之人，也可能指她本来就是个虚构的人物。虽然历史上确有李林甫弄权致使科考无人中举的情况而耽误了杜甫的仕途，但是杜甫并没有直接批判李林甫个人的作品流传。除了这次事件，杜甫的坎坷经历也与李林甫无关。剧本中的杜甫却把个人与国家的不幸都归结到李林甫身上显然不符合历史事实，只是个人情感的发泄罢了。李林甫虽然写过诗，但并不具有诗名，也并没有人对其诗有过"清新流丽"的评价。但是李东阳早期提倡作诗要"清新流丽"，可见剧中李林甫的形象确实是有所寄托。明人王世贞在《曲藻》中写道："敬夫有隽才，尤长于词曲，而傲睨多脱疏。人或谗之李文正（东阳），谓敬夫尝讥其诗。御史追论敬夫，褫其官。敬夫编《杜少陵游春》传奇剧骂李。李闻之，益大恚。虽馆阁诸公，亦谓敬夫轻薄，遂不复用。"①明人祁彪佳在《远山堂剧品》中也说："王太史（九思）作此，痛骂李林甫，盖以讥刺时相李文正者，卒以此终身不得柄用。一肚皮不合时宜，故其牢骚之词，雄宕不可一世。"②王九思因冤致仕，对于压制、诬陷自己之人痛恨万分，内心激愤不平，无可排遣之下，遂通过杂剧来发泄内心的不平，分明是借他人之酒杯，浇自己之块垒，感个人之不遇，骂当世之黑暗，这是文人常用的方法，一如他自己所说："自归里舍，有所述作，拟为传奇，纾情畅志。"③

《杜甫游春》杂剧的影响主要有以下三点。第一，典雅含蓄的戏剧语言对以后文人的创作起到了引领风气的作用，特别是启发了戏剧文词派的产生与发展。中国的戏剧发展到明代中后叶产生了截然不同的文词派与本色派两种创作倾向，这种对于戏剧语言的区分，王九思两部杂剧的写作探索无疑对其产生了巨大的影响，特别是其诗化的语言更是引起了不少的称赞与模仿。

---

① 王世贞. 曲藻[M]//中国古典戏曲论著集成（四）. 中国戏曲研究院. 北京：中国戏剧出版社，1959：34-35.
② 祁彪佳. 远山堂剧品[M]//中国古典戏曲论著集成（六）. 中国戏曲研究院. 北京：中国戏剧出版社，1959：151.
③ 四库全书存目丛书编纂委员会. 四库存目丛书·集部（第四十八册）[Z]. 济南：齐鲁书社，1997：65.

第二，其虚实结合的情节是对元末明初历史演义小说的继承与发展，对历史的重构与再塑打破了明初剧坛的沉闷，为明代戏剧的发展注入了新的活力，也为之后历史题材杂剧的创作提供了参照的模板。第三，人物形象的塑造突破了模式化，使人物性格更鲜明，如才华横溢的杜甫、无知粗暴的卫大郎、美丽聪慧的董妖娆，不同的人物有不同的台词和动作。

2.思想内容及意义

《杜甫游春》与《中山狼》不同，它采用了传统四折一楔子的创作模式。楔子交代了故事发生的背景是安史之乱之后，等于给作品加上了一个外部框架，而杂剧的内容并不受历史事件的束缚，恣意纵横地抒情，余下四折每一折都有独立的情节。杜甫写过《渼陂行》一诗，其中有"岑参兄弟皆好奇，携我远来游渼陂"之句，说明历史上杜甫确实与岑参兄弟共游渼陂。但是由于诗体的限制，具体的游玩过程无法详细记录，可供发挥创作的余地很大，于是王九思采用虚实结合的手法写出了这部著名的作品。《杜甫游春》写岑参兄弟邀请杜甫渼陂泛舟，欣赏美丽的山光水色，往昔战乱与当前美景的对比，使杜甫产生了逝者如斯、功业难成的无限感慨，最终拒绝丞相招贤纳士的邀请，表达了只愿饱览美景、优游岁月的心志。

首先，在此剧中王九思表达了自己鲜明的政治观——对奸佞激烈批判，对帝王适当宽容。剧本第一折杜甫回忆开元年间的盛世繁华"忆昔开元全盛日，小邑犹藏万家室"和安史之乱后"日月昏霾，江山破败"的凄惨景象，两相对比更加重了他对造成这一切的罪魁祸首——李林甫的深切痛恨。当然这只是王九思通过杜甫这一人物形象表达自己的看法。在剧中，杜甫认为这场动乱的关键在于乱臣贼子，李林甫嫉贤妒能，蒙蔽皇帝，败坏了朝廷与国家，才惹得有狼子野心的安禄山举兵反叛，这一切的惨剧都是李林甫造成的。王九思在剧中说："明皇主人后来用了那李林甫做宰相，他是个奸邪小人，专一嫉贤妒能，坏了朝政。他虽是死了，后来祸乱都是他留下的。"[①]（第一折）从这也看出了王九思对作为内阁首辅的李东阳之怨恨。他认为朝廷的兴衰在于用人是否得当，开元盛世的出现是因为唐玄宗任用了如姚元

[①] 孟称舜. 新镌古今名剧酹江集·沽酒游春[M]. 明崇祯刻本. 48-49. 有关《杜甫游春》的引用皆出自这个版本，后不再注明出处。

之、宋文贞等贤能宰臣，使得人民顺心，朝廷稳固，动乱是因为唐玄宗任用了奸臣李林甫。但对于造成这种人才流失的皇帝，王九思则抱着宽容的态度，并没有丝毫批判意味。而动乱得以平定是因为唐肃宗用人得当。从这可看出王九思的政治观与人才观。他认为政治清明很大程度上取决于皇帝的任人唯贤。皇帝任用贤能之士担任国家宰辅之职，这些贤德之人又为国家、朝廷选用得当的各级官吏，网罗天下人才，使朝廷人才济济，各得其所。人才则要放在合适的位置，以利于充分发挥他们的才干，给予他们施展才能的机会，埋没人才是国家的损失。所以王九思"自家思量，年纪四旬有余。每日家随众趋朝，因人成事。上无益于朝廷，下无功于百姓"（第一折），表面是谴责自己随波逐流，无所作为，其实是埋怨用人者失察，不能体察自己的才能，使得自己郁郁不得志。

其次，王九思表达了对世道黑暗、人心不古的批判。在第二折中，杜甫独自去曲江游玩，路过贾婆婆酒店，想起自己日前因无钱，把朝衫押在此处，于是带着五百文青钱进入酒店，想用一半赎出朝衫，一半游玩助兴，不料他却被贾婆婆与酒客卫大郎所欺。王九思通过贾婆婆对卫大郎与杜甫二人截然不同的态度，表现了自己对社会无情、人心险恶的讽刺。卫大郎出现时，贾婆婆立即迎上前去奉承道："大郎这两日如何不来饮酒，我这里官客虽多，能有几个似得大郎，我只敬重你，接待不着休要见怪。"而看到杜甫时张口却是："杜先生有钱呵，赎了朝衫去，不索上楼，这里有一佳客饮酒，不许穷酸来打搅。"（第二折）可见在贾婆婆眼里，有钱的卫大郎与有才的杜先生具有云泥之别，这种"只敬罗衫不敬人"的情况在当时非常普遍。明代经济发展迅速，商人阶层逐渐壮大，他们掌握大量财富，俯视社会上各色人等，甚至看不起衣冠士族的穷酸文人。出于对商人奢侈挥霍生活的批判与传统商居末流思想的影响，商人在文人眼中是唯利是图、投机取巧的代表，直到"三言二拍"出现，商人在文学作品中的形象才有所改变。在本剧中，王九思显然也是这样认为的。在他笔下，贾婆婆就是一个见钱眼开、逢迎拍马的市井小人，对卫大郎极尽巴结，以求得到更多的钱财。她评价顾客的标准就是金钱，当杜甫问他楼上是什么人时，她张口便答道"他是富贵的卫大郎"。"富贵"二字说明了一切，对杜甫，她却不假辞色，蛮横无理。由此可见王九思对当时社会上出现的商业经济及商人阶层持批判态度，对他们可能带来的人心浮动，道德败坏的结果深恶痛绝。

卫大郎在戏中是一个纨绔子弟的形象，作为工部尚书之子，名副其实的官二代，他"性鲁不能读书，好饮几杯花酒"，真可谓好酒好色、不知读书上进的典型代表。剧中通过贾婆婆的描述、杜甫的评价以及卫大郎的言语行为生动地展现了一个鲜明的人物形象，如杜甫所说："是谁家小儿曹，倒有些湖海气，元龙傲。"如果说贾、杜二人对他的描述还只是集中在人品才识上，那从他与杜甫的对话则可看出他的浅薄与卑劣心理。他看到杜甫上楼时，因为打搅到自己喝酒心中不喜，但并没有表现出来，而是批评杜诗深奥不易懂，并且拿出李林甫之诗与杜诗对比，认为李诗"清新流丽，人人易晓"，想要用李的身份地位来打压杜甫。没想到的是杜甫并不屈服，反而气势惊人地把李林甫从身份到学识批评了一番，使卫大郎自己无话反驳。于是卫大郎又用财富打压杜甫，让杜甫用自己囊中的文房四宝"与这唱的小娘子做个锦缠头"，当杜甫不肯时，他又说道"这个东西要他有何用"。不学无术的他自然不知文房四宝的妙用，却被杜甫一番言辞说得哑口无言，恼羞成怒之下唤来贾婆婆将杜甫赶出去，并且抢走了他身上的所有钱财。可以说贾婆婆与卫大郎代表了社会上血腥盘剥的商人阶层与官僚阶级，通过他们的形象表达了作者对只追求权势与富贵之人的批判。

再次，王九思在剧中表达了官场的险恶与仕宦的艰难。剧本第一折，在杜甫与秀才两人的问答之间，表现了杜甫想要治国安民的心胸抱负。当秀才问："先生抱经济之才，当位极端揆，致君尧舜，怎生蹭蹬到于今日？"（第一折）杜甫则认为是自己命运坎坷，仕途蹭蹬，丝毫没有埋怨帝王失职致使自己被埋没。他把自己的蹭蹬不幸归结为"数奇"，这也是无奈之语，回想起少年之时的踌躇满志，再看看现实中的白发盈首，不觉感慨万千。"人生非金石，岂能长寿考"奋力拼搏都不一定能"致君尧舜"，何况大半人生都在坎坷磨难中经过，因此他哀叹"辜负了两朝帝主，空忧了万国黎民"。最初他确实是踌躇满志、志气高昂，只是现实中的打击接踵而至，使他无法实现自己的愿望。因此他在被贾婆婆抢走酒钱之后，决定当掉朝衫换酒也就可以理解了，此时朝衫在杜甫眼中也只是换酒的工具而已，丝毫没有给他带来为官的荣耀与威严。"也不是紫绶金章,玉带金鱼,宝剑金貂。假若是换几瓢添两杓,天昏日落,只吃得醉淋漓仰天长啸。"(第二折)在此时的杜甫看来,玉笏金章比不上美酒春景。踏春游玩不仅是政治压抑下的暂时放松,更是发泄心中块垒的一种方式。剧中除了体现作者轻松愉快的踏青心情外,更有对时光荏苒、仕宦艰难的惋惜与无奈。

在第三折中杜甫与好友登上大雁塔,远望雨后初晴的万里长空,看到的是"宝塔凌空,金铎舞风",感到的是"社稷千年,江山一统";看到的是"烟霭重重,日色融融",感到的是"暮饮朝还……有影无踪"。"江山如此多娇,引无数英雄竞折腰",杜甫看到了江山美景,感到了社稷宏大,由此激起了内心的一腔豪迈之情,只不过这种豪迈之情在现实的打击下转瞬即逝。他联想到自己无辜被冤,在官场之上、名利之中挣扎求生,最后得到的也只不过是黯然退场,明确表示:"不怕你经纶夺世,锦绣填胸,前推后挤,口剑唇锋。呀!眼睁睁难分蛇与龙,烈火真金当假铜。似这等颠倒英雄,不如咱急流中归去勇。"(第四折)很明显,王九思是借杜甫之口抒发自己不得志的心情。历史上杜甫虽然也仕宦坎坷,但是从来没有产生山林之念,他出身仕宦家庭,从小接受传统的忠君爱国思想教育,即使成年之后参加科举考试失利,依然没有放弃自己的科举行动。而且杜甫年轻时期经历了开元盛世的繁华,朝廷强大,四夷宾服,人才济济的盛世场景给他留下了深刻印象,他期望自己也能通过科举成为强大帝国的建设者,即使遭受无数的磨难打击依然不改旧志。而王九思不同,从小接受科举教育,但是他更多地关注个人的得失,眼界、心胸与杜甫不同。当他蒙受不白之冤,致仕归家之后,回想自己的官场经历,深感朝廷黑暗,贤愚不辨,当初的雄心壮志已经烟消云散,觉得不如顺势而为,早点儿抽身,也胜过随波逐流,人云亦云。

最后,王九思在剧中突出表现了个人的生活情趣与归隐志向。在第四折中,杜甫与歌妓董妖娆及岑参相见后,几人携手登舟,观览渼陂盛景,只见红日璀璨,湖面开阔,千帆往来,不觉心中豪气顿生,眼中满是春意,感慨自己宦海沉浮数十年,如此浪费光阴,为什么没有早些发现如此美景。岑参命妖娆为杜甫高歌一曲,杜甫知音知律,甚得董妖娆赞赏"上官却是知音,下妾见人多矣，如此知音者最少！如何以老为辞？"从这里也可看出王九思深以自己懂得乐律而自豪，在文中时不时就会显露出来，这也是他归隐生活的乐趣所在。早在杜甫与岑参兄弟二人经过翠微楼时，杜甫便产生了归隐林泉的想法，认为翠微楼就是适合自己的心灵栖息之所。王九思在此显然是故意为之。他致仕回家以后，在自己家的后园中建有春雨亭、翠微楼等建筑供自己遣兴游玩，这里直接用翠微楼之名，明显是作者自我心志的表露。而且岑参介绍说"有一舍弟秀才，在此读书，颇知音韵"。首先这个人是秀才身份，不仅读书识字而且颇知音韵，这不正是在说王九思自己吗？王九思自从罢官归家后，潜心音乐，不仅学习各种乐器，还和好友采集民谣俗乐，编写散曲等。本折的秀才明显带着他自己的影子。他没有在农庄过多流连，没有对山川频频回顾，而是极力赞美秀才读书的翠微楼，用美好的环境衬托身居其中之人物的清高孤介，隐约透出了自己的人生取向。

当他们路过岸边一处钓鱼台时，引起了杜甫对相关历史人物的叹息。世人只知争名夺利，还有几个人懂得这钓鱼之乐，想那严子陵、姜子牙当初钓鱼的乐闲之美，之后位为三公、辅佐帝王也不过如尘埃一般转瞬即逝；后人只看到他们位极人臣的荣耀，却看不到他们溪边垂钓的悠闲与宁静，仍然千方百计想要达到自己功成名就的目标，想来是多么可悲。杜甫从登上大雁塔的豪情满怀到紫阁峰的退隐之想再到此时的溪边垂钓，终于明白了自己所向往的是乐山乐水的闲居之趣，那些朝堂纷争、名利纠缠与自己再无关系，自己只用每日跨着蹇驴，提着酒壶悠游岁月而已。第四折的高潮是杜甫拒绝房琯丞相重回朝廷的举荐。杜甫与朋友一起尽情享受了自然之美、游玩之乐，此时的举荐意味着他等到了自己一直期待的"奋志乾坤，致君尧舜"的机会，但是杜甫已经目睹了官场的种种倾轧和黑暗，他觉得自己身处朝廷也不能实现之前的愿望，因此作出了拒绝重回朝廷的举动。他已经明白了即使身处朝廷也不能实现自己的雄心壮志，反而会受到更大的束缚，现在抽身还为时不晚，那么还犹豫什么呢？想通了这些事情，杜甫面对房琯丞相，坦然地说出了自己的心志："从今后，青山止许巢由采，黄金休把相如买。摩挲了壮怀，想着那骑马上平台，登楼吟皓月，倚剑观沧海。胸中星斗繁，眼底乾坤大，你看那薄夫菲才，谁是个庙堂臣，怎做得湖海士，羞惭杀文章伯紫袍，金阙中骏马朝门外，让与他威风气概。我只要杜甫沽酒再游春，乘桴去过海。"①虽然他拒绝了重回朝廷的举荐，但是并没有放弃关注江山社稷，而是身在江湖，心忧朝廷，"见如今四海数载倒有些异才，愿丞相专心儿接待"（第四折）。从这里也可看出王九思虽然蒙冤致仕，仍然不失知识分子"处江湖之远，则忧其民"的悲天悯人情怀，这一点与杜甫非常相似。

3.艺术特色

明代文学一个突出的特点便是重视文学的情感特征，这是因为明代俗文学蓬勃发展，在反对理学桎梏的基础上，更加倾向于张扬个性、肯定自我的文学作品，戏曲、小说作为俗文学的代表体裁集中体现了文人追求至情的创作取向。明代"前七子"之李梦阳认为民歌"无非其情也"，汤显祖在《牡丹亭》中塑造了为情而生、为情而死的至情之人杜丽娘的形象，徐渭认为"曲本取于感发人心"等，这些都是明代情感论的典型。沈泰《盛明杂剧》中载沈士伸评语："渼陂高才废处，作此曲（指《杜甫游春》）以嘲时相，悲啼愤唏嘘，如怨如诉。"②剧中杜甫追忆开元盛世似乎可以看作是王九思对弘治时期政治清明的赞美，而对造成安史之乱的奸臣贼子，则不遗余力地进行抨击与批判。杜甫批判乱臣贼子祸乱朝纲，侵害百姓，挑起战争，感叹自己"随众趋朝，因人成事，"没有一点作为，不知何时得遂平生志向，埋怨上层阶级失察，不能举荐人才，他心中的郁闷无处排遣，只能通过游览名山胜水的途径来舒缓内心的压力。他一再典当自己的朝衫，已经流露出了对朝廷的失望。

在塑造剧中人物形象时，王九思充分认识到了现实生活与文学虚构的关系，所以他没有从历史学家的角度而是从文人的角度进行人物刻画，根据剧情的需要对历史人物裁剪熔炼，达到了虚实结合的完美地步。明代文人已经开始注意到俗文学真幻互出、虚实相间的艺术特点，谢肇淛曾提到过："凡为小说及杂剧戏文，须是虚实相伴，方为游戏三昧之笔。亦要情景造极而止，不必问其有无也。"③在《杜甫游春》中，杜甫与李林甫的形象无疑是虚

---

① 段景礼.明代前七子·诗曲大家王九思研究[M].西安：三秦出版社，2014：338.
② 沈泰.盛明杂剧二集：第八卷[M].董诵芬室刻本.3-4.
③ 谢肇淛.五杂俎·第十五卷·事部三[M].上海：上海古籍出版社，2012：282.

实结合的最好证明。王九思从一开始就采用了虚实结合的写作手法,虽然题材内容来自历史人物与事件,但反映的都是当前的人物经历与境况,比如剧中杜甫称自己"是个文林豪俊,常与那帝王帝王亲近,怎做的富贵粗豪那样人"(第一折)。历史上的杜甫并没有担任过文林郎之类的职务,也没有与帝王经常接触,而王九思作为翰林院检讨,倒是属于御用文人一类,常随帝侧,可见这分明是王九思的自我表白,与历史上的杜甫并不相干。作者这样处理题材一方面是剧本写作的需要,推动剧情的一步步发展,另一方面还能够通过历史人物之口发泄自己对权臣与朝政的不满,达到内容与情感的融合。

  杜甫的身上无疑有王九思自己的影子,因此他的形象并不是历史上真实的杜甫形象,而是糅合了王九思自己的人生经历与性格在内的戏曲形象。在楔子里,杜甫明确表达了因肃宗起用自己的感激与兴奋,想到自己有机会接触帝王,实现辅佐帝王、抚爱百姓的夙愿,不由得赞美肃宗开创了"一代中兴千载难,四海讴歌百姓欢"的升平景象。从王九思罢官之后的经历看,他并没有放弃重新出仕的希望,他希望以前的官场故旧能够帮助自己,提醒登基不久的帝王注意拔擢人才,因此他讴歌朝政清明亦在情理之中。剧中王九思的关注点在对造成战乱的奸臣贼子的痛恨以及一己的不遇,历史上杜甫虽然也批判造成战乱的昏君奸臣,但更多是对生灵涂炭、江山疮痍的创痛与悲悯。从整部剧来看,杜甫的形象是发展变化的,从对新朝廷的赞颂到最后的抽身,经历了一系列的情感波动,这也是王九思罢官之后的心情变化——蒙冤罢官之初,他对再次出仕还有着一定的幻想,但是随着时间的流逝与污蔑事件的发生,他的这种希望越来越渺茫以至最终消失,这个时候的闲居已经是真正的闲居,心境也逐渐变得平和,虽然心里仍然带着遗憾。古代文人都有一种精神倾向,那就是位极人臣之后潇洒身退,这是一种权力与荣耀的象征。朝廷上的纵横恣肆是个人能力与身份的显现,成功后的自动隐退是个人心态与素养的流露,这两种经历的结合是古代文人追求的最终目标。剧中杜甫并没有达到朝廷上的纵横恣肆,因此第二个志向就无从实现,他推辞举荐只不过是官场蹭蹬之后的一种无奈之举。王九思通过杜甫的经历抒发一己的情怀,他希望重回朝堂实现这样一种愿望,希望自己功成名就之后自动隐退,而不是被朝廷抛弃,黯然离开。

李林甫是剧中的反面人物，在杜甫眼中，他是造成国家、朝廷动乱的罪魁祸首。剧中对其形象塑造全部采用侧面描写的方法，他没有直接出场，而是经常出现在别人的议论中。第一折杜甫与秀才讲述安史之乱的根由，他认为李林甫"是个奸邪小人，专一嫉贤妒能，坏了朝政"。其实自古以来乱自上作，帝王的昏聩无能才造成了朝廷的乌烟瘴气，但王九思把所有的罪责都推到李东阳的象征人物——李林甫身上，虽然与历史有所不符，却加强了剧作的情感力量。历史上的安史之乱由多方原因造成，特别是皇帝忽视朝政加剧了国家的动乱，但是在本剧中，作者却略过这些，直接把罪责加在李林甫头上，反映了作者内心的真实情感，批判李东阳不仅没有尽到辅佐君王、抚爱百姓的职责，而且妒贤嫉能"慢腾腾送了千人俊"。第二折中卫大郎称赞李林甫的诗"清新流丽，人人易晓"，杜甫勃然人怒，再次强调"他是个奸邪之徒，专一嫉贤妒能，把朝廷的事都坏了"，可见怨恨之深，不仅讽刺李林甫败坏朝政，而且嘲笑他"獐""璋"不分，没有才智。这也是王九思对李东阳及其提倡的茶陵诗风的彻底批判。

《杜甫游春》的语言特色与《中山狼》截然不同，《中山狼》院本念白多，唱词少，多用口语、方言，《杜甫游春》正好相反，唱词丰富，对白也多，但是都比较文雅，很多唱词直接引用或化用杜甫及前人诗句，因此孟称舜点评"每折皆借杜工部诗作料，故处处清豪悲慨"①。《杜甫游春》唱词有的直接引用整首诗作，如楔子开头引用杜甫《宣政殿退朝晚出左掖》："天门日射黄金榜，春殿晴曛赤羽旗。宫草微微承委佩，炉烟细细驻游丝。云近蓬莱常好色，雪残鸤鹊亦多时。侍臣缓步归青琐，退食从容出每迟。"第一折引用岑参《西掖省即事》："西掖重云开曙晖，北山疏雨点朝衣。千门柳色连青琐，三殿花香入紫微。平明端笏陪鹓列，薄暮垂鞭信马归。官拙自悲头白尽，不如岩下掩荆扉。"第三折引用杜甫的《曲江对酒》："苑外江头坐不归，水精宫殿转霏微。桃花细逐杨花落，黄鸟时兼白鸟飞。纵饮久判人共弃，懒朝真与世相违。吏情更觉沧州远，老大徒伤未拂衣。"还引用了岑参的《奉和中书舍人贾至早朝大明宫》："鸡鸣紫陌曙光寒，莺啭皇州

---

① 孟称舜. 古今名剧合选：第十八卷［M］. 据明崇祯六年本影印，17（眉批）.

春色阑。金阙晓钟开万户，玉阶仙仗拥千官。花迎剑珮星初落，柳拂旌旗露未干。独有凤凰池上客，阳春一曲和皆难。"第四折引用杜甫的《绝句二首》（其一）："迟日江山丽，春风花草香。泥融飞燕子，沙暖睡鸳鸯。"《即事》："百宝装腰带，真珠络臂鞲。笑时花近眼，舞罢锦缠头。"还引用了《城西陂泛舟（即渼陂）》："青蛾皓齿在楼船，横笛短箫悲远天。春风自信牙樯动，迟日徐看锦缆牵。鱼吹细浪摇歌扇，燕蹴飞花落舞筵。不有小舟能荡桨，百壶那送酒如泉。"还有岑参的《寄左省杜拾遗》："联步趋丹陛，分曹限紫微。晓随天仗入，暮惹御香归。白发悲花落，青云羡鸟飞。圣朝无阙事，自觉谏书稀。"文中还有很多化用诗词或直接引用的地方，如"想着我少年时分，读书万卷笔通神"化用杜甫《奉赠韦左丞丈二十二韵》"读书破万卷，下笔如有神"之句，还直接引用了其中"致君尧舜上，再使风俗淳"的诗句。

《杜甫游春》杂剧中还运用了许多历史典故，不仅增加了戏剧的含蓄蕴藉，而且突出了杜甫心境变化的历程。如用"麒麟阁"的典故表达杜甫渴望建功立业，为国效力的雄心壮志。这一类典故还有"李邕求识面，王翰为邻""燕昭王买骏求才，公孙弘东阁重开"等。"李邕求识面，王翰为邻"是说自己才华出众，等待朝廷的发现与任用，后者是说希望能遇到燕昭王与汉武帝那样慧眼识英才的君主，提拔自己，实现平生的志向。但是随着剧情的推进，杜甫的感情产生了变化，所用典故也带上了凄凉萧瑟的格调，如"霓裳调寝、羽衣谁问"。安史之乱给诗人带来了巨大的心理创伤，不仅是科举功名的失败，更多是繁华不再的感慨，并由此产生的对人生的怀疑。所以当他登雁塔，观紫阁峰，赏钓鱼台，便生出了常驻"七里潭""磻溪岸"的想法，想要追寻先贤圣哲的脚步，过与渔樵为伴的生活，因此他最后辞却了丞相的举荐，并且发出了"青山止许巢由采，黄金休把相如买"的叹息。从这些典故可以看出王九思深厚的文学素养。典故的运用虽然能使作品达到朦胧多义的审美追求，但是却不利于观众的欣赏与评价，因为戏剧具有表演性与流动性，戏剧台词要求通俗易懂，迎合观众的欣赏需求。显然《杜甫游春》没有充分考虑到这一点。虽然这部杂剧在历代文人中评价很高，但这只是在文人圈子里的认同与理解。杂剧在当时是不登大雅之堂的民间文学，其语言特色充分吸收了民间俗语、方言的内容，但是其对语言的要求并不绝对，王九思《中山狼》院本语言倾向质朴，而《杜甫游春》语言倾向华丽可能是故意为之，以期探索更加适合杂剧的语言特色。

该杂剧的句式倾向于如诗词整齐对仗的特点。王九思从小受到家庭文化氛围的熏陶与父母的督促，积累了丰富的学识，这充分地体现在他的《杜甫游春》杂剧的内容中："想着我少年时分，读书万卷笔通神。那时节李邕识面，王翰为邻。两手要扶唐社稷，一心思图汉麒麟。谁承望天边黄阁隔千峰，不觉的镜中白雪盈双鬓。辜负了两朝帝主，空忧了万国黎民。"（第一折）把句中"那时节""谁承望""不觉的"等虚词去掉，很明显可以看出句式的工整流畅——七七、四四、七七、七七、七七。词是诗余，曲是词余。这样的句式可以说比词还要工整。本剧中还有很多这类的句式，如"遥望见九重宫殿，都做了一天愁闷。你看那帝子王孙，一个个有家难奔。这的是日月昏霾，江山破缺，凭谁整顿。我见了这细柳新蒲，想起那蜀门剑阁，看了那江树野云。天哪，你便是铁石人也心酸泪滚"（第一折）。除去虚词与最后一句抒情句，整支曲子全采用了四字句式描述安史之乱造成的凄惨场景，叙事清晰，感情激烈。唱词中还有很多采用三字句、五字句、六字句的句子，这分明就是中国诗歌的发展历程，从四言、六言、三言，到五言、七言。王九思一再采用这些句式，可见他有意用这种诗化的句式结构对杂剧进行探索。不仅唱词体现出诗化的倾向，而且念白也体现了这一点，如"每日家随众趋朝，因人成事。上无益于朝廷，下无功于百姓。这的是衮职全无一字补，许身愧比双南金"，去掉虚词便是四四、六六、七七的句式结构。

王九思并非一味地显示才学，他还是根据人物的不同身份设置使用不同的语言风格。杜甫的语言很明显具有文人士子的典雅特色，如他说："自从明皇主人往成都去了，我曾到曲江池上，则见那胡尘满眼，宫殿萧条，春光依旧，物是人非，真个好伤感人也呵！"岑秀才与岑参的语言与杜甫类似。贾婆婆作为一个贪财的商贾，她的语言则直白粗鄙，如"杜先生有钱呵，赎了朝衫去，不索上楼，这里有一佳客饮酒，不许穷酸来打搅"。卫大郎作为一个官宦子弟，语言则蛮横粗俗，如"我今日要欢饮几杯，你唤两个能歌会舞的小娘子来劝酒，我多与你些酒钱，不要教那穷酸的人来搅席"。从上述分析可知，《杜甫游春》杂剧的语言是带有诗意化的语言，剧中大量运用典故与诗词句式，不仅符合剧中主角杜甫的人物身份设置，也显露了王九思的文学功底。剧中又不是一味崇尚典雅清丽，而是根据人物的身份设定对应的语言，达到了雅俗共赏的效果。

本剧的取材与同时期的杂剧相比也有一定的创新。由于明初的思想文化控制，杂剧的创作基本上控制在皇室贵族手中，他们创作出来的杂剧是迎合他们口味的神仙道化、忠臣孝子一类的宣教型作品。虽然当时也有文人尝试创作杂剧，但他们都身居朝廷，为了迎合上层阶级的喜好，也只能作这样的杂剧。因此明初期杂剧处于困顿止步的状态，直到一批失意文人的出现才打破了这种局面，王九思无疑是其中的杰出代表。正是因为远离朝廷，王九思才能无所顾忌地进行创作，从题材内容到艺术形式的创新都与之息息相关。《杜甫游春》完全脱离了神仙道化的创作套路，而是选取著名的历史人物与自己的现实经历相结合，创造出虚虚实实的人物形象与情节，打破了明初以来对杂剧的限制。而且与元杂剧中的文人剧相比，《杜甫游春》没有了从始至终的消极思想，虽然隐晦地表达了对朝廷的不满，但是并没有走向极端，作者最后还是安排了朝廷的征召，可以看出明代文人的处境与元代文人相比，即使受到排挤打压，也还是怀抱希望的，与元代文人被彻底无视的境况有很大不同。因此元代文人剧多以隐居修道为结局，王九思却一反传统的结局，以杜甫被重新举荐为结局。虽然杜甫拒绝了这种举荐，但是也表明了一种态度，他并没有对朝廷完全失望，虽不愿再回朝堂，仍然表达了自己对政治清明的期望，提出了"见如今四海数载倒有些异才，愿丞相专心儿接待"的建议。

作为一部杂剧，《杜甫游春》严格遵循了北曲四大套四折一楔子的传统模式，这与《中山狼》体制有很大不同，但是它更加注重戏剧的文本而不是表演。此剧的台词优美典雅，人物形象鲜明，但是舞台表演性不强，戏剧的矛盾冲突不明显，台词过分含蓄也阻碍了观众对戏剧的理解，这是此剧的局限性。历代文人也有相似的看法。苏育生认为："着重抒发人物内心的情感,但缺乏应有的戏剧冲突和艺术感染力。"①还有人认为:"因为贯穿全剧的动作是'游春',所以戏中的场景和画面都是跟随杜甫的足迹而逐次展开,而不是以矛盾冲突推进戏剧情节的发展,所以缺少一环扣紧一环,一浪推动一浪的戏剧冲突,结构上略嫌松散,戏剧悬念也不很强。"②

二、《中山狼》

1.体制辨析

《中山狼》是王九思创作的一次尝试。他自己将之作为院本看待,正是想要通过自身的努力促进古典戏曲的流传,但由于当时传世的院本作品极其稀少,戏剧创作又不受人重视,《中山狼》院本更像是只有一折的杂剧,因此《中山狼》的体制一向为后人所訾议。现在一般认为《中山狼》属于一部单折杂剧,并且是单折短剧的开山鼻祖,在中国戏曲史上有着举足轻重的作用。

王国维《宋元戏曲史》载:"两宋戏剧,均谓之杂剧,至金而始有院本之名。院本者,《太和正音谱》云:'行院之本也。'……则行院者,大抵金元人谓倡伎所居,其所演唱之本,即谓之院本云尔。"③按王国维所说,院本之名出现于金,乃是倡伎优伶演唱所用的底本。元代亦有院本,陶宗仪《南村辍耕录》云:"金有院本、杂剧、诸宫调。院本、杂剧,其实一也。国朝,院本、杂剧,始厘而二之。"④可知虽然金、元都有院本,但是并不相同。由于没有完整的院本流传下来,金、元院本有何不同,院本体制如何,这些并不为人所知。王九思有心创作院本,但对其并不了解,虽然《中山狼》冠以院本之名,却不被后人承认,而且王国维曾评论道:"至明中叶以后,则以戏曲之短者为杂剧,其折数则自一折以至六七折皆有之,又舍北曲而南曲,又非元人所谓杂剧矣。"⑤可见即使同属戏曲一类,也是代代不相同,元院本不同于金院本,明杂剧不同于元杂剧。《中山狼》是王九思对北

---

① 苏育生. 王九思、康海及其杂剧[J]. 唐都学刊. 1986(2):43.
② 徐培均,范民声. 三百种古典名剧欣赏[M]. 上海:上海辞书出版社,2005:234.
③ 王国维. 宋元戏曲史[M]. 上海:上海古籍出版社,1998:53.
④ 陶宗仪. 南村辍耕录:第二十五卷[M]. 武克忠,尹贵友,点校. 济南:齐鲁书社,2007:330.
⑤ 王国维. 宋元戏曲史[M]. 上海:上海古籍出版社,1998:129.

曲元杂剧四大套四折一楔子形式的突破，显示出创新的意识与冲动，他期望明杂剧走上新的创作道路。王九思《中山狼》实是在追求院本传统基础上对杂剧进行的探索。徐子方在《明杂剧史》中也认为："虽然元代王生的《围棋闯局》也是一折短剧，但却是作者为增补《西厢记》而作，并非独立的单折杂剧，至多只能视为短杂剧的萌芽……因此，王九思的《中山狼》院本实际上是明清短杂剧之祖。"①

《中山狼》院本在其出现后，鲜少被后代曲家所重视、选录，究其原因：其一，王九思的好友康海亦作有同名杂剧《中山狼》，且为四折一楔子的传统模式，适合当时文人雅士的欣赏接受心理，虽然明中叶杂剧的体制多变，并不固定，但传统的模式无疑对文人有着根深蒂固的影响。徐子方在《明杂剧史》中也说："王九思《中山狼》院本不被重视，只能说明时下对北杂剧体制作根本性改变尚未被人们认可。"②其二，从内容上看，王九思《中山狼》院本念白过多，多用口语、俗语、方言（关中方言），唱词偏少，只有八支曲子，且平实质朴，绝似口语，与其《杜甫游春》杂剧语言的清丽典雅相去甚远，与康海《中山狼》杂剧流畅富丽的语言也大相径庭，难以符合士大夫的欣赏接受心理。其三，《中山狼》只有一折，虽然故事内容交代得甚为明晰，但矛盾冲突略显仓促，没有充分发挥戏剧"场上之曲"——以激烈的矛盾冲突、紧张刺激的情节吸引观众的注意力的特色。

《中山狼》的写作时间是在王九思致仕归家之后无疑，但是与康海所作《中山狼》孰先孰后的问题一直未有定论。中山狼故事在宋代已然出现，将之写入杂剧的除了康、王二人外，还有同时期的汪廷讷与陈与郊，但是两人作品惜皆不存。从康、王剧作实际来看，康剧应该先于王剧，因为康剧是完全遵循传统模式进行创作，并取得了成功。作为康的知心好友，王九思明白其中的蕴义，但是由于明珠在前，如果一味遵循前例，不免拾人牙慧，有模拟之嫌，所以便想用不同的体制来敷衍同一个故事，以做到不落窠臼，因此他产生了作《中山狼》院本的念头，以达到与好友同声相应的目的。况且中山狼故事本就脱胎于小说，后又被一再改编为散文、杂剧，可见体裁并不

---

① 徐子方. 明杂剧史［M］. 北京：中华书局，2003：205-206.
② 徐子方. 明杂剧史［M］. 北京：中华书局，2003：221.

固定，重要的是它所体现的世态人情及揭露的人心险恶，当然这纯属个人观点。两人的创作时间虽有先后，但作为知交好友，他们为了鼓励对方，时间上应该相去不远。

《明杂剧史》中说："中山狼的故事，源出于宋人谢良创作的《中山狼传》小说，九思师辈马中锡据以加工润色，又撰写了同名散文，传诵一时。谢良原作今已不存，马氏散文今见其《青田漫稿》卷三。"[①]王九思把这个故事写进杂剧有着深刻的内心体会与创作背景。中山狼与东郭先生的故事与西方农夫与蛇的故事何其相似，可见其诞生有着广泛的社会大背景。虽然中山狼故事在宋代已经出现，但似乎并没有引起文人的重视以致没有流传下来，到了明代据实可考的就有五人对这个故事有过润色发挥，前已提及，并对后世产生了深远的影响。事物的发展规律往往是破而后立。明初剧坛被藩王贵族及御用文人垄断，为了迎合皇室贵族的需要，严重桎梏了杂剧的创作与发展，也使元杂剧活泼鲜明、嬉笑怒骂的本色当行特色渐渐湮灭，失去了普通民众的支持与喜爱，渐渐失去了生命力，直到弘治、正德年间才渐渐有了起色。而且明代商品经济从一开始就呈现出蓬勃的生命力，催生了市民阶级的发展壮大，他们对文化娱乐提出了新的要求，适合普通民众的娱乐文化亟须出现，于是文人又重新开始了亲近民众的杂剧创作。徐子方认为："从弘治年间王九思、康海开始，经杨慎、李开先，直到徐渭、汪道昆以至于整个明中后期的杂剧作家，都显示了他们崭新的创作特色。"[②]王九思顺应时代潮流，同时感到当时社会的世风日下、人心不古，创作了《中山狼》，可以说是时代的必然，起到了振聋发聩、引领风气的作用。

2.思想内容及影响

中山狼故事梗概已有前人交代多次，兹不多叙。作为一部单折短剧，王九思《中山狼》情节简单，人物形象鲜明，不仅表达了对墨守成规之人的讽刺，对忘恩负义之徒的批判，还表达了对弱者的同情和智者的歌颂。

首先，剧中体现了对死守教条、浅陋鄙薄之人的讽刺。东郭先生虽然在剧中是受害者，吹嘘墨家"兼爱""非攻"之道，秉承着"济人利物"之

---

① 徐子方.明杂剧史[M].北京：中华书局，2003：204.
② 徐子方.明杂剧史[M].北京：中华书局，2003：11.

道的他，不分善恶是非，把"兼爱"之道运用到所有地方，其实已经远离了战国墨家的主张，他更像是一个被科举八股文荼毒，失去自我的迂腐书生。他出场时的言辞也说明了这一点，如"似这样打猎的势煞，我平生不曾看见呵！"①羡慕富豪权贵的气势，绝似穷酸之语，牵着一个蹇驴，驴驮着一个书箱，在荒野中慢步缓行，一个十足书生形象。以"济人利物"为本的东郭先生在狼起初向他求救时并没有立即答应，而是以"我救你的命？恰才为你险些儿连我的命丢了，我是行路的人，怎么救得你？"②一再推脱，丝毫没有同情心，直到狼自己想出藏身书箱的办法时才同意帮它，但是又说道："异日有了性命不要忘了我。"③分明是以恩相挟，期望得到好处。当他帮助狼成功躲开赵简子一行人马的追击时，又摆出一副不计得失、宽宏大量之态："我平生以济人利物为本，怎望你报恩？你如今信意走了罢。"④话语颠三倒四，可见他是一个言不由衷之人。既以墨家"兼爱"之名自诩，渴望得到"济人利物"的美名，又想得到眼前的现实利益，做到名利双收。当狼要吃掉他填饱肚子时，他勃然大怒，责怪狼太无情，背恩忘义，要找人评理，但是遇到的老杏、老牛都说该吃时，他一再坚持一定要问三个人，可见他的"济人利物"是有条件的，是在不损害自身利益下的施舍行为，一旦触及个人利益，就完全把自己的那种"济人利物"思想抛诸脑后，一心只为自己盘算。好在最后他得土地神所救，但是当老人（土地神）问他："你有这剑如何不杀他，交他这等窘你？"⑤他答道："小生读书学道济人爱物，不忍杀他。"⑥老人劝说他要明辨是非善恶，不能姑息纵容凶恶之物时，他依然坚持不杀狼，更使人觉得他迂腐不堪，善恶不分。如果不是遇到土地神，他自己手里有剑，在狼扑过来要吃他时，他真的不会杀狼吗？不管这部杂剧是否有所影射、寄托，东郭先生并不是一个纯粹善良的受害者形象，他追求功名利禄，善恶不分、顽固不化的态度都是现实之人的反映。作者也并没有表露出对受

---

① 王九思. 渼陂集［M］. 明嘉靖刻崇祯补修本：1476.
② 王九思. 渼陂集［M］. 明嘉靖刻崇祯补修本：1478.
③ 王九思. 渼陂集［M］. 明嘉靖刻崇祯补修本：1479.
④ 王九思. 渼陂集［M］. 明嘉靖刻崇祯补修本.
⑤ 王九思. 渼陂集［M］. 明嘉靖刻崇祯补修本：1489.
⑥ 王九思. 渼陂集［M］. 明嘉靖刻崇祯补修本：1489-1490.

害者东郭先生的同情,这与之前研究者所认为的东郭先生系王九思自谓大相径庭。东郭先生这个形象与《西游记》中唐僧的形象也有相似之处。唐僧在得知六个强盗杀人越货之后,依然责怪孙悟空杀害了他们,在经历众多磨难,知道孙悟空具有火眼金睛能辨识妖怪后,仍然固执己见,不相信孙悟空的判断,以致每次都被妖精所骗,这与东郭先生在狼一再要吃他还不杀狼,依然坚持"济人利物"的可笑行为何其相似,都是一样的冥顽不灵。

其次,表达了对以怨报德、忘恩负义之人的批判。《中山狼》院本中,狼就是以怨报德、忘恩负义之人的典型代表。作者并非仅仅止于对它的批判,而是通过对它行为的描述暴露社会上人心险恶、道义不存的现象。狼出场时是一个被打猎人马追赶得走投无路、狼狈不堪的形象。当它看到东郭先生时,又是一个极其可怜无害的形象;从东郭先生身上,它想到了自救的办法,于是张口就是"师父师父,救我一命!"①叫得情真意切、凄惨动人,可见身处危境的恶人总是能用可怜之态打动别人。当被东郭先生拒绝时,它依然不肯离开,并且提出藏进箱子的主意,可谓狡猾至极,还用花言巧语哄骗东郭先生,承诺"师父的厚恩怎么敢忘了,异日杀身相报"②。等到东郭先生帮助它逃脱打猎人马时,再次指天画地地表示"师父的这一场大恩,我何日报得。若我负了师父的恩,天地鉴察,把我万剐凌迟了也不亏"。③但是就在转身离开后不久,眼珠一转就想出了一个损人利己的主意,而且要牺牲的还是自己的救命恩人,可见其无赖、无耻。同时从剧中又可看出,即使像它那样心黑脸厚的畜生对转瞬以怨报德的行为也颇感不好意思,于是它采取了迂回曲折的方式来达到自己的目的,而不是直截了当张口就要吃掉东郭先生。它骗东郭先生说自己想到了一个解决食物的办法,只是不好说出口,等着东郭先生的追问,东郭先生果然上当,一再追问之下,狼就顺水推舟露出了自己的本来面目。东郭先生为了自保,提出了"若要了,问三老"的办法来拖延时间。当第一个老杏说"该吃"时,狼立刻就向东郭先生咬去,仿佛得到了支持一般,瞬间理直气壮起来;当第二个老牛也说"该吃"时,狼觉得自

---

① 王九思. 渼陂集[M]. 明嘉靖刻崇祯补修本:1478.
② 王九思. 渼陂集[M]. 明嘉靖刻崇祯补修本:1479.
③ 王九思. 渼陂集[M]. 明嘉靖刻崇祯补修本:1480.

己已经稳操胜券了,于是得意扬扬地向东郭先生说道:"师父,这两个都说该吃,早些儿着我吃了罢,饿死我了。"①一副小人得志的嘴脸。当他们遇到第三个老人时,狼已经从犹豫不定变成了理所当然的状态,并且通过成功的心理暗示以及前面"二老"的赞同,狼认为自己吃掉东郭先生的行为已经顺理成章,没有一丝一毫的不妥,所以理直气壮地说出了"救便救来,不是好意"②的诛心之语。可见对坏人的姑息纵容并不能促使他们反思自身行为,改过自新,反而会助长他们的嚣张气焰,进而危害到救人者及其他人。狼这时不仅把东郭先生救他的动机扭曲成"他要害我的性命",而且连对东郭先生的称呼都从"师父"变成了"他",其过河拆桥的卑劣行径令人不齿。中山狼虽然在东郭生面前花言巧语,诡计多端,但是当它面对真正的有智慧之人时,却是不堪一击。它那颠倒黑白、上蹿下跳想吃掉东郭生的行为就像小丑般惹人发笑,面对机智的土地神,毫无心理负担给东郭生下套的中山狼也进入了老人的套中,成为瓮中之鳖,最终被杀。看来对付像狼一样的奸诈小人,不仅需要机智,更加需要果断,才能避免危害自身。总之,中山狼在本剧中是一个反复无常的小人形象确定无疑,它的巧舌如簧需要时时警惕,《论语》说"巧言令色,鲜矣仁",古人诚不余欺也。

最后,表达了对弱者的同情与对智者的歌颂,展现了社会上和谐光明的一面。除了东郭先生与狼外,文中还出现了老人、老杏、老牛及赵简子、士卒等人物形象。康海的同名杂剧中,老人是一个杖藜的普通老人形象,而在本剧中却是以一个神仙的形象出现,更加符合本剧的情节设定。由于前面带有寓言色彩的动植物形象,神仙形象的出现也属正常。虽然戏剧中很少有涉及寓言的作品,但这些虚幻的动植物形象古已有之,寓言中也早就出现过。土地神是一个仁慈智慧的老人,他得知中山狼忘恩负义要吃掉东郭先生时心有不忍,想要救东郭生,于是他设计杀死了狡诈的狼。但是当得知东郭生有剑而不忍杀狼时,他并没有称赞东郭的善心,而是劝说他:"这秀才差了,你学孔孟仁义之道便好?如何学姑息之道,岂不闻'当断不断,反受其乱'

---

① 王九思. 渼陂集[M]. 明嘉靖刻崇祯补修本: 1487.
② 王九思. 渼陂集[M]. 明嘉靖刻崇祯补修本: 1488.

正是你这迂腐之人。"①由此可见在这部剧中，老人是唯一明辨是非之人，而且果断勇敢，既有救人的善心，又有除恶的决绝，不是迂腐固执的东郭生能比的。老杏与老牛的形象比较相似，作为有恩于人又被舍弃的对象，他们内心充满了怨恨，认为世间没有情谊可言，只是利益勾连，虽然极端，却是自身的深切体会，有一定的现实基础。搜查东郭先生的士卒是一个微不足道的人，却也体现了社会上一些狗仗人势之人。士卒的粗暴蛮横来源于背景的强大，他的后台是赵简子，即使他只是一个小小的随从，也知道拿着主人的威风装腔作势，恐吓别人，世态如此而已。

《中山狼》这个故事的内容家喻户晓，但被不同的人改写创作便具有了写作之人不同的意图。王九思写这部杂剧可能确实心有所寄，但是并没有确切的证据证明，不如说此剧是针对当时的社会大环境所发的感慨，人心险恶，背恩忘义的人到处都是，施恩之人不求回报却免不了被陷害的命运，满腔怨愤得不到排解，只能通过这种渠道宣泄出来。

3.艺术特色

《中山狼》是一本杂剧，而且是一部短小精悍的单折杂剧，它的叙事结构、语言风格都受到了篇幅的限制，全剧只用"双调"这一个曲调以及六支曲子【新水令】【驻马听】【雁儿落】【得胜令】【川拨棹】【七兄弟】贯联起来，使整本杂剧浑然一体，但是杂剧的各个组成部分又都存在，有"唱""云""科"。"唱"即唱词，全剧由东郭先生一人主唱；"云"即念白，也就是说话，全剧念白非常多，有利于用简短的话语交代清楚故事的来龙去脉，正是由于全剧念白居多，才使得它的语言通俗易懂，接近口语，易于表演；"科"泛指各种动作，如果在舞台上也就是"做""打"。全剧虽只有一折，却"唱念做打"样样俱全，是名副其实的"场上之曲"。

其实杂剧属于民间通俗文学的范畴，从诞生之初就迎合了普通民众的审美趣味。而且戏曲搬上舞台之后，都是即时演出，有时间、空间的限制，语言必须明白易懂，使人一目了然，不然很难抓住观众的兴趣，达到和谐共鸣的效果。杂剧的顶峰元杂剧亦是如此。虽然元杂剧的创作者也是文人知识分

---

① 王九思. 渼陂集[M]. 明嘉靖刻崇祯补修本：1490.

子，但是元代文人的社会地位众人皆知，整日混迹秦楼楚馆，与娼妓走卒为伍，他们的杂剧创作与民间口语相结合，便产生了有"蒜酪"味道的语言。但是这种情况从明代开始有了变化。由于汉族统治者的重视，科举取士再次兴盛，文人雅士再次回到温柔敦厚的诗教氛围中，但是戏曲作品在他们眼中依然是下里巴人，登不得大雅之堂。于是明代戏剧的语言也开始朝着含蓄蕴藉、典雅优美的风格靠拢，特别是杂剧创作典型地体现了辞藻化、文人化的倾向。明成化、弘治年间，邵灿的《香囊记》就是文辞典雅的作品，但似乎并未产生显著的影响，直到汤显祖及其"临川派"出现在曲坛，"文词派"便异军突起，成为最耀眼的戏曲流派。随后还引起了汤显祖与沈璟就曲词的雅俗的争论，这客观上促进了戏曲文学的发展，而清丽典雅的文风也成了众多文人的追求，以至于昆曲这种倾向于"文词派"的戏曲形式一直流传至今，深为人们所喜爱。但是这样遒丽富艳的文风也招致了同时代及后代一些文人的批评。万历年间（1573—1620）文人徐复祚在其著作《曲论》中说："徒呈其博洽，使闻者不解为何语。"[①]沈德符在《顾曲杂言》中批评道："宾白尽用骈语，饾饤太繁。"[②]王九思生活在邵灿之后、汤显祖之前，当时正是明代杂剧语言特色的探索改进时期。他选择用通俗的语言来创作自己的杂剧，原因有二：一是因为作为学养深厚的音乐戏曲大家，他明白戏剧是"场上之曲"，戏剧音乐与曲文都是用来辅助演出的，因此戏剧音乐与语言都应该迎合广大市民阶层的审美需求，使观众易于接受。二是因为王九思作为蒙冤致仕的文人，长期居住在乡村山林，远离朝堂，乡间的民风民俗、百姓的喜怒哀乐对他产生了很大影响，以至于自己也成了其中一员；远离朝堂，他也不用再写那些典雅中正的颂圣或劝谏诗赋，可以顺从自己的心意写己之所想。

《中山狼》的语言采用了很多口语、方言，大多是关中方言，如"造物低，没来由撞着这些乔汉，几乎把我害了""我有一条妙计，只是碍口不好

[①] 徐复祚. 曲论［M］//中国古典戏曲论著集成（四）. 中国戏曲研究院. 北京：中国戏剧出版社，1959：238.

[②] 沈德符. 顾曲杂言［M］//中国古典戏曲论著集成（四）. 中国戏曲研究院. 北京：中国戏剧出版社，1959：206.

说"①等。关中自古就是王者之地，绵亘万里的秦岭，气象开阔的土地孕育了粗犷豪放的风气，因此"秦声"都带着一种爽快豪迈之气，干脆利落，明白易懂。剧中语言正是如此。东郭先生作为"读书识字"的墨家之人，说话也如普通人一样，不加雕琢，丝毫没有文人惯有的掉书袋的毛病，就连唱词也比其他杂剧简单利落。虽然唱词主要用来抒情畅志，但是【驻马听】这支曲子却是在士卒逼问下的无奈回答，更似叙事。其他曲子虽然是传统的抒情套路，却也是冲口而出，不加丝毫雕饰，如【川拨棹】"怪你个老牛奸，磨着牙，睁起眼，委实该餐。不索留难，一任摧残。天哪，吓得我愁眉泪眼，要脱身难上难。"②在老牛赞同狼吃掉东郭先生时，他恼怒不已，张口就说"老牛奸"，丝毫没有文人的委婉含蓄，倒似普通人之间的叫骂。不过比起那些拐弯抹角骂人之语，这样的方式更能让听者明白，也突出了东郭先生心中的愤怒与恐惧。老人是剧中的决断之人，他的语言充满了智慧与力量，但也保持了明白易懂的风格。如他说："真个是实。这贼狼无礼，就杀了！那秀才佩的不是一口剑么？"但是又带有智慧之人的素雅简练，如他又言："这秀才差了，你学孔孟仁义之道便好，如何学姑息之道？岂不闻'当断不断，反受其乱'？正是你这迂腐之人。"③老杏与老牛的语言则带着田间农夫式的辛酸与无奈，如老杏云："主人家将我种下，过了三四年就结杏儿，一家大小吃，又待客又送人，知他吃了多少。到如今四五十年，见我老了，不结杏儿了，把枝梢先砍将去烧了，不久来砍这孤桩子。我有四五十年厚恩，尚且忘了，你救他只是一时，有什恩义？该吃，该吃！"老牛云："他那妇人最是个长舌不良之妇。他说：'这个老牛只管喂着做什么？早早地寻个屠子来杀了，将皮卖与乐人家挣鼓，肉就卖与屠家，杂脏留着家里吃，觗角卖与簇簪儿的，骨头留着烧灰漆家活用，莫不是好？'迟不得三两日，就要来下手。"④狼的语言则再次印证了坏人的卑劣伎俩，求人时舌吐莲花、巧舌如簧，获救后傲慢无礼、得意扬扬。总之《中山狼》院本的语言比较质朴简单，达到了"不论是

---

① 王九思．渼陂集［M］．明嘉靖刻崇祯补修本：1477，1481．
② 王九思．渼陂集［M］．明嘉靖刻崇祯补修本：1486．
③ 王九思．渼陂集［M］．明嘉靖刻崇祯补修本：1490．
④ 冯金起．明代戏曲选注［M］．上海：上海古籍出版社，1983：19-20．

宾白还是词曲，可谓是'老妪解得'，也达到了"曲本取于感发人心，歌之，使奴、童、妇、女皆喻，乃为得体"①的要求。

中山狼的情节安排与康海《中山狼》杂剧有很大不同，由于受篇幅限制，情节比较简单。王九思似乎是有意在做各种尝试：《中山狼》在他自己看来是院本，其实是单折杂剧，他打破了杂剧的传统模式，但是《杜甫游春》又严格遵循传统模式。两剧的语言也呈现出很大的不同：《中山狼》语言接近口语，明白易懂；《杜甫游春》语言典雅清丽，颇符合文人士大夫的审美心理。王九思通过这两种类型的杂剧，在探索杂剧的真正创作道路。不可否认，两者都受到了当时及以后多人的称赞，但《中山狼》的创新与突破却更值得肯定。

第三节　王九思的戏曲活动及其对秦腔发展的贡献

王九思的戏曲活动主要集中在创作散曲与杂剧、收集民间曲子小调、组织家班表演等几方面。他和康海回乡后把整个心思放在戏剧的创作与表演上，最终形成了人们喜闻乐见的"康王腔"，这似乎是对他们缺憾人生的另一种补偿。他们在闲暇之余对关中各种民间小调曲子，如道情、眉户、樵唱等进行整理与改进，推动了地方戏曲的发展，特别是他们在前人创作的基础上促成了慷慨壮烈的秦腔的最终形成。

一、王九思的戏曲活动

1.学习戏曲创作及演唱

王九思学习散曲创作的时间可以提前到他贬谪寿州期间，但是他对音乐的学习并没有明确的开始时间，相关资料上提到他致仕之后学习琵琶演奏，并不能说明他之前不懂音乐。作为一位诗文兼擅的文学大家，从小接受儒家经典教育的文人，对于音乐应该有所了解，只是偏向于典雅庄重的正乐，"九思酷好音律，尝倾赀购乐工，学琵琶，得其神解。是编所录，大半依弦

---

① 徐渭．南词叙录［M］//中国古典戏曲论著集成（三）．中国戏曲研究院．北京：中国戏剧出版社，1959：243．

索越调而带犯之，合拍颇善。又明人小令，多以艳丽擅长，九思独叙事抒情，宛转妥协，不失元人遗意。其于填曲之四声，杂以带字，不失尺寸，可谓声音文字，兼擅其胜……"①他致仕之后才对乡间小调以及"小技尔""壮夫不为"的散曲小调产生了创作的欲望。王世贞在《曲藻·附录》说道："王敬夫将填词，以厚赀募国工，杜门学按琵琶、三弦，习诸曲，尽其技而后出之。"②这里说的填词很明显是指散曲等的创作，学的曲子自然是南北曲，而以北曲为主。他学习戏曲、音乐的目的前人亦有说明："每相聚沜东、鄠杜间，挟声伎酣饮，制乐造歌曲，自比俳优，以寄其怫郁"。③他自己也在《答王德徵书》里说过："自归里舍，农事之暇，有所述作，间慕子美，拟为传奇，所以纾情畅志。"④

王九思的戏曲创作与表演从贬谪寿州到嘉靖二年（1523）为第一阶段。这一阶段王九思从常伴皇帝的前途光明之境骤然沦落到贬谪以致罢官的境地，这样突如其来的打击令他措手不及。他一方面为自己无辜被冤感到愤愤不平，开始通过戏曲这种嬉笑怒骂无所顾忌的形式尽情抒写内心的愤懑不满。另一方面又希望朝廷能够明察秋毫，了解自己的冤屈，使自己重新回到朝廷，为君王分忧。但是《武宗实录》事件却彻底打破了他的幻想，从此他对复出再不抱任何希望，也更加放浪形骸。第二阶段是从嘉靖三年（1524）到康海去世（1540），这一阶段是他与康海戏曲活动的高峰期。在知道复出无望之后，他把自己的满腔愤懑都融入了自己的戏曲创作和表演中，更加亲近民间各种戏曲艺术活动，戏曲风格更加俚俗质朴。他与康海还一起改进了当地的一些民间小调，他自己在散曲中也提到"画熊车新采风谣""唱彻巴人调""喜听风谣""碧山曲细歌唱"，他们的这些活动促进了地方戏曲的发展。第三阶段是从康海去世到王九思自己去世（1551），这是他人生的总结期。亲人好友陆续离世，他陷入了身体与精神的双重困境，常常一个人默

---

① 梁乙真. 元明散曲小史［M］. 北京：商务印书馆，1998：280.
② 王世贞. 曲藻［M］//中国古典戏曲论著集成（四）. 中国戏曲研究院. 北京：中国戏剧出版社，1959：39.
③ 张廷玉，等. 明史：卷二八六［M］. 北京：中华书局，1974：7349.
④ 四库全书存目丛书编纂委员会. 四库存目丛书·集部（第四十八册）［Z］. 济南：齐鲁社，1997：65.

默冥想,也许在思考自己一生的经历,但是他并没有停下创作的步伐,依然积极地进行戏曲创作。

从上可知,王九思的戏曲活动与他的官场挫折密切相关。在他仕途得意之时,作为"前七子"的成员,很少有人注意到他为变革诗文进行的尝试;而当他致仕家居,随心创作散曲时,却无意中找到了"真诗在民间"的正确创作途径,这也许是一种人生的补偿。

2.组织家庭戏班演出

康海与王九思创制的"康王腔"之所以声名鹊起,为人瞩目,很大程度上是他们成立的戏曲班子演出的成果。王九思与康海各有自己的家班,家班中不仅有能歌善舞的歌女,琳琅满目的乐器,更有两人创作之协律可歌的曲子。在致仕闲居的岁月里,两人创作了大量的散曲以及杂剧,这些都是家班的表演内容,家班有时还表演亲友故交创作的戏曲作品。作为南北曲兼擅的戏曲大家,王九思不仅写了嬉笑怒骂、诙谐不羁的北曲作品,也写了一些缠绵婉转的南曲,如他与李开先唱和的【南仙吕·傍妆台】一百韵。北曲更容易糅合各种民间小调与歌曲,形成雅俗共赏的音乐模式,在各种农村集会与祭祀中演唱,扩大影响。《国雅品》载:"康、王作社于鄠里,既工新词,复擅音律,酷嗜声伎。王每唱一词,康自操琵琶度之,字不折嗓,音落檀槽,清啸相答,为秦中士林风流之豪。"①而南曲更适合与朋友聚会之时,让歌女低吟浅唱,聊佐清欢。

王九思的家班是在多种原因作用下才产生的。其一是当时社会风气所致。明代前期,虽然文学处于陈陈相因、毫无新意的困境之中,但是特殊的政治环境却促使了戏曲班子的成立。明初太祖朱元璋子朱权、孙朱有燉以皇室身份参与戏曲创作,蓄养歌妓优伶,使创立家班成为一种风尚,这对被迫致仕的王九思无疑是一种启发。其二,明朝致仕官员会有相应的俸禄,王九思虽然被迫致仕,也可享受这项优惠政策,所以他的家境也算殷实,这为他成立家班提供了经济支持,毕竟乐器的购置、歌妓的培养都需要物质基础。其三,明代中后期经济快速增长,各种手工业活动蔚然兴起,呈现生机勃勃

---

① 顾起纶.国雅品[M].明万历顾氏奇字斋刻本.346.

的景象，资本主义悄然萌芽，渐渐浸入人们的日常生活。作为其代表的市民阶级快速崛起，产生了一种新的审美要求，促进了通俗文学的发展。王九思的家班正是在这样的社会风气下产生的，而他作为曾经的天子近臣如今的王氏族长无疑有着巨大的号召力，有力地推动了家班的发展壮大。前面已经介绍过王九思家班不仅有技艺高妙的歌女舞姬，而且拥有各种各样的管弦乐器，最重要的是有王九思对于家班的鼎力支持。但是也正是这样，在他去世后，家班失去强有力的支持所以解散。他的许多散曲都表现出了他对这种吹拉弹唱的乐趣，如：

【北双调·清江引】《病起作》 病起方知无病好，无病贫亦乐。饮残鲁酒樽，唱彻巴人调，一枕黄昏直到晓。紫阁山人王敬夫，盛世闲人物。懒修《山海经》，怕奏《长杨赋》，病起花间删乐府。①

【南中吕·驻马听】《四时行乐词》（其一） 老景蹉跎，眼底光阴疾似梭。喜的是良辰美景，万紫千红，雨霁风和。新词付与雪儿歌，小亭也许花奴坐，满饮金波，琵琶一曲闲愁弹破。②

王九思的家班主要在两种场合演唱，其一是王九思与他的至交好友如康海等人聚会之时，他们一起品评所作散曲内容、音乐调式以及舞蹈，并作出相应的修改；另一种则是带着家班参加各种乡村赛社集会，"闲来赶会牛王社，唱个望吾乡"③，义务演出并与其他班子互相切磋学习。后一种也是"康王腔"声名大噪的主要原因。

二、王九思对地方戏曲的贡献

1.王九思与"康王腔"

王九思对地方戏曲的贡献主要在他对眉户、秦腔等戏曲艺术的融合与改进。眉户与秦腔是两种不同音乐结构的戏曲艺术，秦腔是典型的板腔体，而眉户自始至终都是曲牌体。但是它们又是相互影响，共同发展的，秦腔中

---

① 谢伯阳．全明散曲（一）[M]．济南：齐鲁书社，1994：865．
② 谢伯阳．全明散曲（一）[M]．济南：齐鲁书社，1994：873．
③ 谢伯阳．全明散曲（一）[M]．济南：齐鲁书社，1994：933．

有用于辅助作用的曲牌，虽然不如眉户中曲牌重要，却也不可缺少，而眉户中的唱腔等又都是从秦腔等大型戏曲形式中借鉴来的。王九思在赋闲居家期间，不仅喜欢声音高亢嘹亮、悲慨沉郁的秦声艺术，也喜欢眉户这种嬉笑怒骂无所顾忌的乡土小调，经过长时间的学习，他把它们都融汇在了自己的戏曲创作中。王九思的"康王腔"与眉户、秦腔是互相影响、互相借鉴吸收，共同发展的。

所谓"康王腔"，顾名思义是康海、王九思创制的一种戏曲唱腔，以两人的姓氏组合命名，可见人们对两人戏曲贡献的认可。从有关记载中可知，"康王腔"不只是在康、王两人与故交好友宴会时才表演，平时也参与乡村间的各种赛社祭祀活动，这说明它的观众不仅有文人雅士，更有广大的民间百姓。为了迎合不同观众的喜好，戏剧语言必须各方兼顾。也正是普通百姓对它的喜爱才能使它广泛流传，在当地成为脍炙人口的戏曲类型。王九思致仕闲居在家乡期间，故人好友的聚会毕竟还在少数，他大部分时间都处在与身边的农夫村妇接触交往中，这中间还包括歌唱民间小调的民间艺人，那么"康王腔"的戏剧语言很可能是以当地关中方言为主。关中方言属于北方语言系统，与明朝所在京城北京的官方语言属于同一系统。

康海、王九思都是南北曲兼擅的戏曲大家，不仅能够写出慷慨激昂、悲壮豪迈接近秦腔的北曲，也能写出清新自然、缠绵低回的接近民间情歌的南曲。"康王腔"的演唱内容以康、王创作的散曲、杂剧为主。从唱腔上看，"康王腔"无疑是典型的曲牌体音乐，既可以一支曲子一支曲子单唱，比如王九思创作的表现相思爱恨的小令；也可以把单支曲子用同一宫调连成套曲，敷衍成一曲比较完整的内容，比如王九思为人庆寿创作的套数；当然也可以用多个宫调连缀出完整的故事情节，比如王九思创作的两部杂剧。这些作品毫无疑问都是以曲牌为单位进行演唱，南北曲牌都有，可以自由表达不同的感情状态。"康王腔"的演唱群体以康、王二人家班中的歌妓为主，当然两人有时也"躬践排场，面傅粉墨，以为我家生活偶倡优而不辞"①，亲自参与戏曲的演唱与伴奏，特别是王九思，兴之所至，常常不觉"从而和之，

---

① 臧懋循. 元曲选·元曲选序[M]. 杭州：浙江古籍出版社，1998：2.

其乐洋洋，然手舞足蹈，忘其身之贫而老且朽矣"①。在王九思的散曲中，多次出现家班中那些歌妓的名字，如粉儿、雪儿、花奴、玉女、翠卿、凤儿、小蛮、樊素等，他们朝夕相会，共同修改整理所唱曲子，不仅使之读来朗朗上口，而且协律可歌，动人心弦。"康王腔"的常用乐器在王九思的散曲中也有所提及，主要有琵琶（这是最重要的乐器，王九思在散曲中提及次数最多，而且王九思自罢寿州，就曾努力学习琵琶，历经三年终于练成），象板、云璈（打击乐器，又名云锣，古称云璈，民间称九音锣）、秦筝、秦箫、瑶琴、锦瑟、鸾笙等，打击乐与弦索乐齐备，可以随时进行戏剧表演。

"康王腔"是康海与王九思对中国民间戏曲的贡献，演唱内容表达他们无辜受累、被迫致仕的愤懑与无奈，在发展的过程中渐渐与当地各种戏曲、民歌相互影响，最终形成了雅俗共赏、老少皆宜的戏曲形式，不仅在当时脍炙人口，就是在两人去世后依然流传，明代文学家韩苑洛（陕西朝邑人）诗云"户妪杜媪犹素歌"。直至明"万历中，广陵顾小侯所建游长安，访求曲中七十老妓，令歌康王乐府，其流风遗韵，关西人犹能道之"②。康海、王九思对北曲的创作和发展是有口皆碑的，陕西户县、武功、周至等地的民间还流传着"康状元演杂剧，"王学士唱曲子"的故事，③甚至出现了专门演唱"康王腔"的戏班。可见康王曲深受欢迎，久传不衰。

2. 王九思与眉户

要知道王九思对眉户的产生是否有影响，首先要了解眉户的发展源流、演唱内容以及音乐形式。眉户顾名思义，应该是眉县与户县的合称（眉县与户县是汉字简化后的称呼，原名分别为郿县与鄠县），暗示了这种民间戏曲产生与传播的大致地域。当然也有人认为眉户是迷胡的谐音，因为传播地区发音的原因被人称为眉户，由于没有强有力的证据证明这种说法，因此本书暂以眉户称呼这种曲子。眉户这个名称最早出现的时间没有可靠的资料可查，可知的是根据已有的资料王九思的时代这个名称并没有出现。但是并不

---

① 谢伯阳. 全明散曲（一）[M]. 济南：齐鲁书社，1994：996.
② 焦循. 剧说[M]. 上海：古典文学出版社，1957：60.
③ 中国戏曲志编辑委员会，《中国戏曲志·陕西卷》编辑委员会. 中国戏曲志：陕西卷[M]. 北京：中国ISBN中心，2000：12.

能就此否认王九思对眉户这种民间小调的影响。

眉户的起源很早，它是关中一带的老百姓在日常生活中休闲娱乐的活动之一，可能产生于劳动休息时间，也可能是农村各种春社秋祭的产物，和农民的生活息息相关。王九思致仕之后，长期住在家乡鄠县，与农民、樵夫接触，应该对这种山野小唱相当熟悉，对其进行改造，使其更加协律可歌完全是可能的。当然他在改造眉户的过程中也会被这种嬉笑怒骂无所顾忌的表演方式所感染，吸收到自己杂剧与散曲的创作中去。眉户在河南、山东、湖北、陕西与甘肃等地都有传播，但是最为流行的地方还是陕西关中一带，特别是眉县、户县以及华阴、周至、渭南等地，深受当地人民的喜爱，许多人不仅爱听爱看，自己还能即兴表演一段。眉户最开始并不具有戏剧的形式，只是乡村人民抒发情感的自由歌唱。它的最初形式就是在乡村广为流传的清唱，不需要专门的舞台，也不用音调严整的音乐配合，只是用三弦之类的简单乐器自由伴奏，重在感情的抒发，两人便可表演。姚伶在《眉户音乐》一书中也说："眉户最早并不是'戏'，只是农民们在农闲时的'清唱'，因为采用了地方'清曲调'或'小曲'，所以后来人们都叫它'曲子戏'。"[①]后来随着观众的增多，更多艺人加入了表演行列，乐器也变得多种多样。眉户产生于广大普通百姓中间，它的内容与风格毫无疑问体现着他们的审美与要求，唱的内容多是乡村中流传故事的改编，风格上无所顾忌，坦率、通俗，多用俚语、俗语。"清唱时主要的以'三弦'伴奏，而清唱的内容则尽是本村本地自编自乐的故事，喜悦调笑，怒怨讽骂，婉转悲忧，由唱者自编，或大家编大家唱，因此它能表达人们的思想感情和生活不受任何拘束，唱词中充满了农民粗壮豪放的味道——要笑就笑，要骂就骂，所以'迷胡不敬神'之说，至今犹存在民间。"[②]眉户也称"曲子戏"，"'曲子'戏自然因曲而出名，这里所谓曲，就是情歌、小调、童谣的总称。如'采花''戏秋千''绣荷包''五更鸟'等，它本身都是著名的情歌小调。这种戏曲完

---

① 西北戏曲研究院研究室音乐组，姚伶，等．眉户音乐［M］．西安：陕西人民出版社，1981：295．

② 西北戏曲研究院研究室音乐组，姚伶，等．眉户音乐［M］．西安：陕西人民出版社，1981：295．

全是由单独的曲调组成，但为了表达一个完整的戏曲情节，就必须将若干曲调予以有机地连续运用，这叫作套曲。"①

中国戏曲有两大常见的音乐体式：板腔体（板式变化体）与曲牌体（曲牌连套体或曲牌连缀体），眉户属于典型的曲牌体戏曲。它常用的曲牌不仅融合南北，也有从民歌中发展而来的，如【银钮丝】【打枣竿】等，而且一直沿用至今；与"康王腔"所唱散曲同为曲牌体，且有大量重复的曲牌，如【满江红】【风入松】【混江龙】等。王九思散曲向民间俗调靠拢的同时，民间俗调也在接受文人艺人的改造，从而形成了眉户这种雅俗共赏的通俗文艺，并且广为流传。"南北曲在伴奏乐器上，和眉户在'地摊子'时期的伴奏乐器几乎完全相同，都是以丝竹弦索为主。"②"眉户曲调之所以发展下来，主要的是吸收了民间各种小调与歌谣，也继承了'北曲'中的越调。"③"……眉户曲子戏的形成，和康、王创造性的'北曲'是有一定脉络关系的。自然，它在以后发展的历程中也吸收了'南曲'中一些东西，如【罗江怨】等等。"④

3. 王九思与秦腔

在"秦腔"之名出现之前，已经有许多对秦地戏曲音乐的称呼存在，既有以地域命名的，也有以使用乐器命名的，更有以唱腔命名的，如秦声、琴腔、西曲、西腔、梆子腔等等。这些名称很早就出现在文献中，说明秦腔的发展源远流长，经历了很长的酝酿时期。"秦腔"之名较早出现于明嘉靖年间（1522—1566），这时还是与其他名称混用；到了清代，通过秦腔大师魏长生的表演名噪一时，传遍大江南北，"秦腔"一名也沿用至今。这说明王九思的时代是有所谓的"秦腔"的，只是当时没有使用这个名字。

有研究者认为秦腔属于典型的板腔体，而王九思所作戏曲都是曲牌体，

---

① 西北戏曲研究院研究室音乐组，姚伶，等. 眉户音乐[M]. 西安：陕西人民出版社，1981：1.
② 西北戏曲研究院研究室音乐组，姚伶，等. 眉户音乐[M]. 西安：陕西人民出版社，1981：2.
③ 西北戏曲研究院研究室音乐组，姚伶，等. 眉户音乐[M]. 西安：陕西人民出版社，1981：305.
④ 墨遗萍. 对李静慈先生谈眉户的意见[A]. 陕西省艺术研究院艺术档案，1958.

便以此判定王九思与秦腔的发展、形成没有关系,这种说法未免武断。首先,在秦腔这个名字出现之前,作为秦腔前身的秦声就已经存在,王九思在自己的作品中也不止一次谈到,如他在《碧山续稿·序》中说:"一日,客有过予者,善为秦声,乃取而歌焉。酒酣,予亦从而和之,其乐洋洋,然手舞足蹈,忘其身之贫而老且朽矣。"《翠楼听歌》有句"高歌发秦讴"。这说明王九思对这种秦声艺术非常喜欢,当然在听到之后会不自觉地运用到自己的戏曲创作中。而且他作为戏曲大家,对其中内容、唱腔、音乐等方面也会根据自己的意愿进行改造,使之更加完善。这些情况都是可能的。其二,板腔体与曲牌体并不是完全相互排斥,它们有时也可以共存。焦文彬先生在《秦腔史稿》中说:"就曲体而言,大量的地下发掘、地表遗存与文献记载都说明:联曲(后称联曲体)和一曲多变(后称板腔体)是同时存在于秦声演唱中。"①也就是说,在明代中叶,地方戏曲蓬勃发展的阶段,不仅南北曲可以同台演出,板腔体与曲牌体唱腔也是可以共同完成剧情发展的。它们之间,并不相悖。今天陕西地方戏曲剧种的碗碗腔与眉户仍存在着。"②其三,根据大量的秦腔资料可以推出秦腔大致出现在明嘉靖时,而王九思本人比较高寿,他历经成化、弘治、正德、嘉靖四朝,可以说与秦腔的产生发展几近同步。而且秦腔产生的地域也是围绕关中一带,用当地特有的方言演唱。据1979年出版的《辞海》"秦腔"条云:"秦腔,戏曲剧种。流行于陕西及其附近各省的部分地区,明中叶以前在陕西、甘肃一带的民歌基础上形成。发展过程中受到昆腔、弋阳腔、青阳腔等剧种的影响。"《中国戏曲曲艺词典》"秦腔"条云:"秦腔……源于陕甘一带的民间曲调和宋金元的饶鼓杂调,形成于明代中叶。"③其四,秦腔中许多辅助性质的曲牌都是从散曲曲牌中借用过去的,如秦腔曲牌【朝天子】【傍妆台】【水龙吟】【步步娇】【普天乐】等。而且秦腔曲牌也并不是毫无用处,"秦腔的曲牌音乐在整个秦腔音乐中起着非常重要的作用……在大量的秦腔曲牌中,多数曲牌的

---

① 焦文彬.秦腔史稿[M].西安:陕西人民出版社,1987:29.
② 焦文彬.秦腔史稿[M].西安:陕西人民出版社,1987:283.
③ 上海艺术研究所,中国戏剧家协会上海分会.中国戏曲曲艺词典[M].上海:上海辞书出版社,1981:226.

渠道来源主要还是从传统曲牌中吸收、借鉴、发展变化而来的……"①之前的研究者已经注意到了王九思对秦腔艺术的贡献，如《陕西省戏剧志》载："王九思的艺术才能是多方面的。他不仅以诗文见长，而且还精通音律曲乐，他归里后，即和民间戏曲艺人合作，学习与研究民间戏曲的音律和唱腔，并和康海一起创腔谱曲，组织戏班，进行演唱。有时'兴之所至'，他也跟着艺人一起演唱。这些演唱曲调，多以秦腔为基础，又加入了一些关中民间流行的小曲，根据剧情和人物的需要，创造了艺人和观众喜闻乐见的'康王腔'，当时人们称其为'真秦腔'。他四十余年和康海一起'倡秦声，使之复振'的功绩，对秦腔艺术的继承和发展，起了很大的作用。"②

综上所述，王九思与秦腔的形成有着密切的关系。秦腔这种地方戏曲艺术在经过了"形成于秦，精进于汉，昌明于唐，完整于元，成熟于明"③的长期酝酿过程，终于在明代中叶各种社会条件的推动下发展成了完整的代言体戏曲艺术，在王九思手中大放光彩，流芳后世。

---

① 许德宝. 秦腔音乐［M］. 西安：太白文艺出版社，2010：279.
② 鱼讯. 陕西省戏剧志·西安市卷［M］. 西安：三秦出版社，1998：723.
③ 李满星. 一个人的秦腔［J］. 丝绸之路，2010（17）：34.

第三章　秦腔著名剧作家李芳桂

清代乾嘉时期，梆子腔繁盛，随之而来的是陕西剧作家辈出。出生在渭南李十三村的李芳桂就是其中最杰出的代表，他是一位同情百姓、具有正义感、致力于皮影戏剧本创作的剧作家。

第一节　李芳桂生平

乾嘉时期，盛世相延。然而人们在认识事物时，要剥开层层美好的外衣，透过现象看到事物的本质。所以，这个看似光鲜亮丽的社会外表之下却是一个心肝肺脾都严重衰竭且即将步入衰落时期的内核，如政治上专制主义空前强化，经济上资本主义萌芽，文化上程朱理学泛滥，边地的少数民族很不安定，苦不堪言的民众举起反抗大旗（如白莲教起义），文字狱影响下的汉族文人几乎箴言闭口，贪官污吏层层压迫，农村还要经受水旱蝗灾……

一、社会背景

清朝和元朝一样，都是少数民族入主中原建立的王朝。但是与元朝不一样的是清朝统治者自入关以来，积极主动地接受儒家学说，并不断汉化，所以，清朝比元朝统治时间长，且在各方面达到了中国封建社会的巅峰。清朝在康熙、雍正、乾隆三代君王的统治下实现了空前的繁荣，这段时间被称为"康乾盛世"。可是到嘉庆皇帝统治时期，清朝全方位开始衰败，就像平静水面之下的礁石，矛盾渐渐浮出水面。任何事物的衰落都不是一朝一夕形成的，就如成功不是一蹴而就的道理相同。早在乾隆时期，繁荣的社会就已经孕育着衰败了，只不过到嘉庆时期，繁荣的表象再也掩盖不住衰落时，社会矛盾才一起爆发出来。

乾隆皇帝在位时，清朝的疆域、政治、经济、文化均达到了清朝史上的鼎盛时期。乾隆皇帝一生功绩赫赫，但也为清朝的衰败和灭亡埋下了祸端。他好大喜功，崇尚奢侈，"自乾隆六年至五十九年，他五次西巡五台，四次东谒三陵，六次南巡江浙，五到曲阜，至于秋狝木兰、山庄避暑，自十六年以后更是每岁夏秋两至，帝行所至沿途点缀，务求华美，每处供设达二三十万不止"①。他的多次征战和出巡花费了大量的人力物力，劳民伤财，已远远超出了当时的财政收入，这就造成了国库严重的亏空。

上行下效，皇帝的奢靡生活导致了吏风的腐败。乾隆皇帝宠信和珅，而和珅是一个大贪官。他为官二十年，贪污白银八万万两。更可恨的是他利用皇帝的信任结党营私，任何人想要谋得　官半职都必须先得到他的首肯。奏折中若有他不满的地方也会被扣下，不会被送到皇帝手中。他还利用职权包庇很多大贪污犯，进行土地兼并等，实可谓清朝的大蛀虫。在乾隆皇帝的奢侈之风影响下，清朝的吏治腐败不堪。"及嘉庆二年，阿贵卒，和珅乃更肆无忌惮矣。珅专政既久，吏风益坏，卒酿成川楚教匪之变，为清室中衰之最大原因。彼复任意稽压军报，授意各路将帅，虚张功绩，以邀奖叙，而己亦得封公爵。且于核算报销时，勒索重贿，以致将帅不得不侵克军饷，教匪乘之蔓延，几不可收拾。盖至嘉庆初年，而康、雍、乾三朝之元气，殆尽斲丧于和珅一人之手矣。"②各级官吏效法和珅，大行贪污贿赂之事，侵吞公款，克扣军饷，将国家之资放进自己兜里，通过行贿求取升官晋级。

国家衰败，天道亦惩。"到乾隆中叶以后，清朝统治由盛转衰，政治腐败，经济拮据，阶级矛盾尖锐，统治者无心顾及水利的修治。因此广大的农村中，连年水旱，灾害频仍。每逢大雨，堤坝残破，洪水四溢。每逢大旱，河湖干涸，赤地千里，严重威胁农业生产和人民生活。"③"每当农村发生水旱灾害之际，正是官僚、地主、商人乘机盘剥，趁火打劫之时。"④由此

---

① 魏克威. 论嘉庆中衰的原因[J]. 清史研究. 1992（7）：40.
② 萧一山. 清代通史[M]. 华东师范大学出版社，2005：159.
③ 戴逸. 简明清史[M]. 中国人民大学出版社，2006：692.
④ 戴逸. 简明清史[M]. 中国人民大学出版社，2006：695.

而知，乾嘉时期的百姓实置身于天灾人祸的水深火热之中难以生存。加之土地兼并严重，百姓失去土地，难以为生，转而做起了偷盗营生，甚至杀人越货，打家劫舍。

中国历史上的封建君主专制制度在清朝发展到了巅峰。清朝统治者推行严酷的文字狱来加强对百姓的思想控制。有统计显示，乾隆统治时期，共发生文字狱130余案，其中47案的案犯被处以死刑。在严酷的统治下，儒家士子难以科举成功。另外，皇帝为了控制人们的思想，还宠信僧尼，推行佛教思想，麻痹愚化百姓。统治者对和尚尼姑的待遇优渥，致使出家人增多，可大多都只是有着僧人的外表的假和尚。

清朝是戏曲发展的一个关键时期。以昆曲为代表的"雅"部和以秦腔为代表的"花"部在曲坛上争奇斗艳。"有清一代，民间花部乱弹声音益隆，昆曲雄踞之势屡遭挑战，经过三轮史称'花雅之争'的戏曲声腔剧种的争胜运动，以京腔（弋阳腔）、秦腔、皮黄腔为代表的清代地方戏曲显示出强大的生命力，屡屡占据上风，反观昆曲日衰，颓势屡有记载。"[①]此后，地方戏曲逐渐受到全国观众的喜爱。乾隆中期，秦腔艺人魏长生将秦腔带到京城，并与当时已经居于昆腔之上的弋阳腔展开了一场地方戏的角逐，为当时的"花雅之争"开创了新局面。"因此，爆发于乾隆中叶的这场京、秦之争，是花雅之争过程中乃至整个中国戏曲史上不容忽略的一个重要环节。"[②]同时，乾隆皇帝尚奢侈，在"乾隆十六年（1751），高宗为其母皇太后庆贺寿辰和乾隆八十大寿，两次都是征集百戏进内苑献艺，也有皮影戏参加演出，盛况空前"[③]。从此之后，以秦腔为代表的花部地方戏彻底战胜了雅部昆曲。戏曲大繁荣的局面加速了秦腔的发展。戏曲名家李十三就生活在这样一个从繁华向祸乱过渡的时期。

二、李十三生平

秦岭之东，渭水河畔，在渭南有一个叫李十三村的小村落。这个村子

---

① 黄蓓. 清代剧坛"花雅之争"研究［D］. 武汉：武汉大学，2010：5.
② 林香娥. 魏长生与花雅之争［J］. 中国戏曲学院学报，2004（1）：53.
③ 高泽，王禾，辛景生. 李十三评传［M］. 西安：陕西人民出版社，1987：13.

之所以这样命名，是因为在明代洪武四年（1371），不堪忍受天灾人祸的农民兼箍漏盆漏瓮的竹篾手艺人李十三从家乡华州迁徙到了小钟村一带。数年之后"李氏繁衍，他族渐灭，人皆称李十三村焉。此盖地以人传者也……厥后子孙昌盛，立为五门。以人称地，号曰：李十三村"①。李十三生有五个儿子，老二就取名叫"二"，称为"二门"，戏剧作家李芳桂就是二门的第十四代孙子。后因李芳桂创作了"十大本"，人们为了表达对李芳桂的尊敬，就直接称呼李芳桂为李十三（后文中将李芳桂统一称为李十三），称他的戏曲作品为李十三"十大本"。

李芳桂（1748—1810）小名李鹏，字林一，号秋岩，又号鹫峰，在家中排行老二，乾隆十三年（1748年）四月二十八日出生在陕西省渭南市蔺店乡的李十三村。他的父亲叫李增敏，算是村里的半个秀才，深受村民敬重，后因生活贫苦，弃儒从医，当起了乡村郎中。母亲王氏很早就因病去世，他的父亲又续娶郑氏。幸运的是郑氏非常贤惠，对李芳桂疼爱有加，族中人称颂郑氏"举人继母甚稀奇，温良恭俭数第一。不是亲娘亲难比，堪称良母永世遗！"②他有一个哥哥，但是早亡，父亲便把所有的希望都寄托在了他的身上。

李十三从小就生活在充满儒家积极入世思想的传统环境里，所以，自小他便打定主意走科举之路。孩童时代的李十三就如他在剧本《香莲佩》中给吕思望写的引子"少小须勤学，平生志气高"③一样，在父亲严格要求中常常于如豆的油灯下刻苦读书。《玉燕钗》中的元帅朱永、《白玉钿》中的苏天爵都是李十三希望自己成为的人物，是自己的人生目标。

李十三给自己立字"林一"，意思是要通过科举实现"列于君子之林"；取号"秋岩"，意思是自己要做秋天的岩石，坚硬正直，不惧风霜。④从他的字号就可看出其对科举考试寄予希望，渴望做到"朱衣点头""麟阁姓字传"。

---

① 高泽，王禾，辛景生. 李十三评传［M］. 西安：陕西人民出版社，1987：1.
② 高泽，王禾，辛景生. 李十三评传［M］. 西安：陕西人民出版社，1987：6.
③ 李芳桂. 李芳桂剧作全集校注·香莲佩［M］. 王相民，校注. 西安：三秦出版社，2011：6.
④ 高泽，王禾，辛景生. 李十三评传［M］. 西安：陕西人民出版社，1987：6.

李十三并没有辜负父母的殷殷期待，乾隆三十二年（1767）就考取了生员。此时的李十三只有十九岁。考试结束后他就匆匆回家，几天后县差到家中送喜报时，李十三正光着脊背跟母亲在家中推磨。此后，李十三就挑起了家中的生活之担，以银顶生员的身份先后在邻村吴璋、胡家设馆教书，殊不知这一教就是十几年。在教书期间，李十三的哥哥去世，父亲便以"吾家凤雏，当看汝辈"来激励李十三。李十三也继续走儒家"学而优则仕"的道路，在教书的同时仍然坚持用知识来滋养自己的身心。

　　乾隆五十一年（1786），三十九岁的李十三参加了丙午科陕西乡试，并获得了"中式第二十名"的好成绩，成为举人。主考官对他的文章给予了较高的评价。然而这"金顶"之名并没有改变他在乡村设馆教书的命运。回到家乡后，李十三受聘于板桥常家和屯里张家，仍以教书糊口度日。

　　李十三在教书期间与皮影戏班结缘，并且开始陶冶于戏曲文苑。在无数次观看皮影戏后，他熟悉了它们的结构特点。在丰厚生活阅历的基础上，以胸中才华为引线，仿照明传奇创作了处女作《春秋配》。这部戏很快受到了观众的喜爱，不仅演于皮影戏班，还被京城的戏班"双和部"搬上舞台演出。演员姚翠官把《春秋配》中姜秋莲一角演绎得惟妙惟肖，备受观众喜爱。此时的李十三第一次进京参加考试，可名落孙山的他并没有因为自己的剧本在京城受到欢呼和称颂而高兴，相反，他沉浸在自己落榜的忧郁里难以自拔。此刻的他仍将科举作为人生的第一目标，在这座独木桥上与众人推推搡搡着。

　　十年之后的嘉庆元年（1796），四十八岁的李十三进京参加丙辰科会试，但是天不遂人愿，考试以失败告终。

　　时隔两年，嘉庆三年（1798），五十岁的李十三才因两年前的考试而被委任为陕西汉中洋县的儒学教谕。儒学教谕是掌管一县学生教育的，并不是什么显赫的官爵，但是比普通百姓好很多。李十三便背起行囊，穿越秦岭，远离家乡，到汉中府洋县做起了儒学教谕，任职一年。也就是在这个时期，他将碗碗腔皮影戏和皮影戏班带到了洋县，并受到了洋县广大人民群众的喜爱和好评，使皮影戏扩大了影响。

　　嘉庆五年（1800），李十三五十二岁，本已是该享受天伦之乐的年龄，却仍然秉承父志，满怀抱负地进京参加庚申科会试。这次考试他被主考官纪昀批为"拟录六十四名"，并"截取皋兰知县"。"截取"就是候补的意思，在清代，这项制度形同虚设："乾隆中期，举人选用知县，候缺动至数十年，能得官者'不过十之一'。"①从来祸不单行，福不双至。归家的李十三看到的是儿子的灵位和半人高的孙子以及改嫁的儿媳，悲痛之余的他对人生重新考量和思索。这一次，李十三没有被"截取"的消息冲昏头脑，毅然决然地放弃了数十年如一日为科举的努力，真正地踏上了戏曲创作的征程。

李十三彻底放弃了仕途之路，跳出了儒家思想的藩篱，完全投身到戏曲创作中来，并且将自己满腔反抗的热血、民主精神、生平遭遇和所见所感都创作进了自己的戏曲中。太史公说："大抵圣贤发愤之所为作也。此人皆意有所郁结，不得通其道，故述往事、思来者。"②李十三秉承了这种精神，发愤著书，并与皮影班社交好，一写一演，借戏曲来抒发自己的不平之气和自己对社会的理解。在这一时期，他创作了《玉燕钗》《白玉钿》《十王庙》《万福莲》等作品。这些作品都立意明确，主题鲜明，是其创作的精华。

嘉庆十五年（1810），李十三六十二岁，恰逢嘉庆苦恼于镇压白莲教起义而视皮影戏为"悬灯匪"，诏谕禁演皮影戏，他终因自己的创作得罪了朝廷。作为碗碗腔皮影戏的剧本创作者，李十三毫无例外地受到了迫害。朝廷派人来捉拿他进京时，李十三正与老妻在家推磨，他不愿客死他乡，就越墙逃走。在逃到渭北广袤的草滩时，眼前一黑，四肢瘫软，跌倒在地上，从此再也没有起来。一代秦腔创作巨人就这样寂静地回归到了他所挚爱的土地，但是他创作的戏历经百年仍活跃在戏曲舞台，他的人也因为戏仍活在人们的心里，为人们敬仰和崇拜。

李十三的人生可分为两个阶段。第一阶段，他执着于功名利禄，有儒家积极入世之希冀。在这一阶段，李十三与所有封建文人一样，怀揣"学而优则仕"的理念，肩负"吾家凤雏，当看汝辈"的重担，熟读"四书""五经"，通晓各种典故。但是家境的贫寒不能为他提供良好的读书环境，还迫使他帮助父母做农活，从事体力劳动。任何事情都是一把双刃剑，李十三在

---

① 张岂之. 中国历史·元明清卷[M]. 高等教育出版社, 2001: 284.
② 司马迁. 史记·卷一百三十[M]. 北京: 中华书局, 1982: 3300.

艰辛的劳动中更加贴近贫苦的劳动人民，熟悉三教九流之人，这些都丰富了他的阅历，为他之后的戏曲创作奠定了良好的基础。

这个时期的李十三内心是极其痛苦的，求而不得的失望、一次次落榜后的灰心丧气……都使他无法完全放下这条扬名宇内、声显父母的科举之路。从十九岁考取生员到五十二岁"截取皋兰知县"，可以说李十三一生中最好的年华都奉献给了科举考试。但是这个世界不是有付出就必定有回报，李十三终其一生都没能通过仕途改变家庭的命运，他一辈子都只是乡村私塾的坐馆老师而已。

李十三人生的第二个阶段是从他五十二岁开始的。嘉庆四年（1799），李十三第二次从京城回到家中，看到的是独子培因的木牌位。老天就是这么不公，让落榜归来的辛酸之人更加悲痛。这时，"截取皋兰知县"的委任书送到了李十三手中。可是面对家徒四壁、儿子夭折、孙儿幼小、自己一事无成，李十三终于大彻大悟，科举只不过是封建朝廷笼络仕人的把戏而已，如若不然，为什么自己努力一生，所获并非玉堂金马？因此，他决心已下，发誓要摆脱名缰利锁，不再耗费时光。李十三早年戏曲作品《春秋配》中李华的上场诗是"一生蹭蹬两字，何敢再望三多"①，没想到一语成谶，竟成了他一生的写照。

清朝统治者虽是少数民族入主中原，但仍沿袭中国历朝历代选拔人才的选官制度科举制。封建社会的贫寒知识分子从小治学"四书""五经"，然后通过科举考试扬名立万，走上仕途，以发挥自己的才能治国、平天下。但是，科举制度下，不乏像李十三这样的科举之"鬼"，而且这些人占科举考试的绝大多数。稍早于李十三的蒲松龄就是一位典型的科举受害者。李十三和蒲松龄在人生经历方面非常相似，也可以说李十三就是第二个蒲松龄。

在《春秋配》中，张雁行因为"春闱一字差错，命堕孙山遗落"②，"自

---

① 李芳桂. 李芳桂剧作全集校注·春秋配[M]. 王相民，校注. 西安：三秦出版社，2011：54.

② 李芳桂. 李芳桂剧作全集校注·春秋配[M]. 王相民，校注. 西安：三秦出版社，2011：54.

遭试官嫉妒，居处不安"①，这才入伙落草。从剧中人物命运可看出李十三对科举中存在的不合理之处和黑暗之处是心知肚明的。正是因为他自身是一个典型的科举牺牲品，才在剧本中用隐晦的语言来表达对科举的不满之处。

李十三在他人生的前五十多年中表现为寄希望于科举，积极进取，热衷功名，而在后十年中则看清了科举内幕，以清醒状态投身到了戏曲创作中。当然，凡事都有利弊，他用大半个人生来研习儒家经典，虽然未能实现心中的抱负，但是他的这些努力并没有白费，这为他此后的戏曲创作打下了坚实的文化基础。他精通"四书""五经"，熟知各个典故，甚至连佛教经文也铭记于心，这都一一展现在他的剧本中。人们看他的戏时，都会被他渊博的知识和当文则文、当俗则俗的语言深深吸引。

第二节 "十大本"的思想内容

李十三的戏剧作品展现了清代乾嘉时期广阔的社会生活，在对这些的描写与刻画中寄托了李十三深刻的思想和浓烈的感情。乾嘉时期，人民在苦难中彷徨，不知何去何从，便从戏曲舞台上寻求化解现实人生痛苦的灵丹妙药。这些丰富的世相之花；作家对百姓强烈的人文关怀以及作家个人浓烈深刻的思想在"十大本"的字里行间一一显露出来。

一、"十大本"的题材分类

"十大本"中共包含十三个剧本，其中有十个是长剧，三个是简短的折子戏。在这十三个剧本中，按照故事情节和内容，笔者将它们分为三类：公案爱情戏、政治爱情戏和生活小戏。前两类剧中以男女爱情为主要线索，勾连全剧，但故事背景不同。第三种生活小戏是日常生活戏，虽然简短却不乏幽默诙谐与深刻的思想性，受到观众的喜爱。

1.公案爱情戏

在"十大本"中公案爱情戏有五个剧目：《香莲佩》《春秋配》《十王

---

① 李芳桂. 李芳桂剧作全集校注·春秋配[M]. 王相民，校注. 西安：三秦出版社，2011：55.

庙》《紫霞宫》《玉燕钗》。这几个剧的共同特点是剧中都有杀人情节，人物齐聚公堂，在经历过一番错判含冤之后，审案官员运用不同的审案方式才使含冤者得以昭雪，行善人归于团圆，作恶人遭受惩罚。

《香莲佩》讲吕思望、吕庚娘在去给舅父拜寿的途中遇到了独自在荒郊捡柴的魏绛霄，在妹妹吕庚娘的撮合下，哥哥吕思望与魏定下终身。吕庚娘在等待送魏回家的哥哥时，遇到了带兵讨贼的县令儿子曹秀生，心生爱慕，便设计与之定下姻缘。接着车户牛二将"死掉"的醉汉吕思望扔在路旁，拿着吕思望舅父给的十两银子急切回到家中。吕庚娘因天晚在他家投宿，听到了他与妻子的对话，且见到了自家包裹，就认为牛二害死了哥哥。牛二担心庚娘报复，就与妻子勒死庚娘，弃"尸"荒林。村中乡约和地方在调解矛盾归家途中见到了吕思望的"尸体"，便去报官，谁知第二天吕思望酒醒之后已经回家，二人怕接受惩罚，就借来了被姚婆张氏钉死的魏呆迷的尸体。经县官验尸后，抓来了张氏，张氏污蔑继女魏绛霄与吕思望有染，遂害死了魏呆迷。吕思望和魏绛霄被关入大牢。乡约、地方二人继续寻尸，找到了林中的吕庚娘。无巧不成书，吕庚娘悠悠转醒。县官发现其与儿子已定终身，就命她回家等待。吕庚娘不甘心自己被牛二夫妇所"害"，便折回去杀死牛二妻子，并将牛二妻子的头放在了捡柴的张氏筐中。县官曹也参纠结于这一系列麻烦案子无法侦破，就藏在狱神后听一众囚犯祷告，案情终于水落石出。马飞摔死张氏与牛二后，与吕氏兄妹前去平贼，救回了曹秀生，双生双旦得以团圆。

在剧中，作者将双生双旦的悲欢离合掺杂在几桩人命案中，使才子佳人的爱情戏与官府公案结合在了一起。然而公案戏的主角县官却不甚精明。他出场时自我介绍："因我做官过于宽厚，人都称我曹酱水。"[①]在断案过程中，他也确实名副其实，为人老实，为官不甚精明，一顿折腾并不能断出凶手是谁，还得靠狱神节，自己躲在狱神庙中，偷听犯人自己申诉，采用这种"背审"的方法才将案情审清，处死了牛二与张氏。剧最后经皇上下旨，一干人升官团圆。

值得点出的是曹县官在审案过程中遵循的原则——人情大于国法。整

---

① 李芳桂. 李芳桂剧作全集校注·春秋配 [M]. 王相民，校注. 西安：三秦出版社，2011：13.

个剧中，侠士马飞先后杀死冯年、包住、张氏和牛二四人。这四人中冯年和包住是贼寇，张氏杀死呆迷，牛二做了抢吕思望包裹、勒死吕庚娘之事。他们四人虽是罪大恶极之人，却也该经过正规的审判来决定其命运，可是马飞自作主张便结果了他们的性命，这于法有违，然作者出于惩恶扬善的写作目的，将这一行为视作合法，充分体现了他人情大于国法的观念。

《十王庙》中已死之人吴绛仙的头无端地"长"在了宋飞燕的身上，但吴绛仙的尸体和宋飞燕的头颅又不匹配。吴绛仙之父在找女儿时发现"女儿"（实际是宋飞燕）与朱尔旦在一起，就误以为宋飞燕是自己的女儿，把朱尔旦告上了官府。花严的女儿花晓云大病初愈之后说自己是吴翰林的女儿，跑去了吴翰林家中，花父一气之下也将吴翰林告上了官府。县官吴志宁被这错乱复杂的案情搞得晕头转向，无奈之下答应吴绛仙的请求，将案件交由夫人来审理。通过夫人的"内审"，案情终于明了，朱尔旦与夫人们团圆。

《紫霞宫》中的县官宁继愈是一位心肠善良、性格耿直的清官，他的出场以"人人都说作清官，作了清官没银钱。上司要钱官不清，弄得清官不安宁"①深得人心，后又套用三字经"上司与我'百而千，千而万'地要钱。倒教我'曰春夏，曰秋冬'地熬煎"②揭示官场腐败。剧中因吴晚霞坟墓被盗，引发了吕子欢、吕花瓣、海慧和尚三桩扑朔迷离的人头案，县官宁继愈为人忠厚老实，断案能力欠佳，导致夏云峰告御状，经男主人公谷梁栋"背审"才层层拨开这案情迷雾，终得团圆。

《玉燕钗》本就是一部县官为了夺回自己权力和地位的公案戏，在主人公岳俊夺位时，又穿插了他与夫人邹丽娘、邹眉娘和李倩倩的爱情故事。《春秋配》中乳娘之死引发了案件的调查，中间以李华和姜秋莲的感情为主线，把爱情置于案情中相互勾连，环环相扣，爱情随着案情的明朗而开花结果。

总之，公案爱情戏既有扑朔迷离的复杂案情，又穿插男女先悲后喜的美

---

① 李芳桂. 李芳桂剧作全集校注·春秋配［M］. 王相民，校注. 西安：三秦出版社，2011：253.

② 李芳桂. 李芳桂剧作全集校注·春秋配［M］. 王相民，校注. 西安：三秦出版社，2011：253.

好爱情，且爱情之花只有在案情明朗时才能开得芬芳诱人。观众在为案情揪心的同时更为男女主人公的遭际而痛心疾首，期盼他们早日沉冤得雪，合家团圆。在最后的结局中领悟到作者劝善惩恶的主旨，观戏之后，这将成为指导观众现实生活的范本。

2.政治爱情戏

《白玉钿》《万福莲》《蝴蝶媒》《火焰驹》和《清素庵》是政治爱情戏。在这五部剧里，男女主人公的爱情产生在忠奸斗争的政治环境中，只有忠臣胜利，爱情才能开花结果，作者无形中向观众展示了个人小幸福应以国家大幸福为前提的见解。

以《万福莲》为例。谢瑶环与袁华的爱情基础是他们有共同的反对武氏篡唐为周的政治态度，在此渊源上才出现了袁谢联姻。谢瑶环在审萧慧娘和龙象乾以及张宏的案子上，不单单是因为龙萧有婚约在身，还有一部分隐性原因就是张宏的叔叔是武氏的面首，而张宏的飞扬跋扈也是因为武氏的专权，所以她才毫不犹豫地将龙萧判为一对，这里面不乏打击张家和武氏的目的。谢瑶环因这桩案子得罪了张氏，武则天受张氏的挑唆便要惩罚她。当官差来临时，谢瑶环举棋不定，犹豫不决。袁华作为自始至终坚定反武的忠唐之士，杀掉差官，替谢瑶环下定决心，从此二人携手走上了公开反对武氏的道路。逃亡途中遇到孙天豹，两人的爱情出现了危机，这时谢瑶环只有说服龙象乾一起反周才能与袁华团圆，同时也暗示只有在政治上胜利，袁谢的爱情才能胜利。最终武氏退位，中宗继位，政治斗争获得胜利，男女主人公得以团圆。

《火焰驹》主要写李家遭奸臣王强迫害，败落之后李彦贵和黄桂英之间誓死相随的感人爱情。最后李彦荣扫除奸臣，李黄的爱情也转枯为荣，李家合家团圆。《清素庵》讲述朝廷忠良之臣颜辅道立身辅道，却被宠信宦官的皇帝贬官入狱，通过双生四旦的努力，冤情昭雪。《白玉钿》为观众展现了儒生与伪佛教徒之间的斗争。男主人公李清彦在铲除皇帝身边的坏和尚时，及时解救了自己的爱人尚飞琼。《蝴蝶媒》营造了一个动荡的社会历史氛围，通过故事反映在乱世中，佳人难自受，只有官居状元之位才能保住心中向往已久的爱情。

"十大本"中的政治爱情戏都以朝廷忠臣和皇帝身边奸佞之臣的斗争为政治背景,其中贯穿男女主人公的爱情故事。在忠奸斗争的过程中,男女主人公的感情甚至生命通常会遇到重重威胁,但他们不屈不挠地为正义坚持斗争,最终使皇帝醒悟,奸臣被铲除,忠臣被升职,爱情被保护。这五部剧中政治与爱情融为一体,一荣俱荣,一损俱损。男女主人公的殊死搏斗,不单是政治战斗,更是一场爱情保卫战。

3.生活小戏

生活小戏包括《古董借妻》《四岔捎书》《玄玄锄谷》。这三部戏以现实生活中的小事件为创作缘由,生发出简短却幽默诙谐又富有教育意义的小剧本,令观众在听戏时愉悦身心,感悟生活。同时,"这样的戏,夸张而又轻松地鞭笞了社会生活中的劣迹、恶习,在各个地方戏剧种中所在多有。艰难困苦的中国百姓,面对着这样的剧目启颜畅笑,在笑声中进行精神的自我洗涤和自我加固。"①

《古董借妻》的剧本故事有这样一个小传说:与李十三村相邻的张家村,有一个非常吝啬、爱装风雅的张员外,为了抬高自己的身份,常和斯文人打交道,还装作爱碗碗腔的样子。有一次,他约李芳桂到家里,请求为他编戏,歌功颂德,李芳桂趁此机会编写了一本讽刺剧《张古董借妻》碗碗腔剧本,把张员外气得半死。

这部戏的主人公李春生与妻子订婚不久,妻子便一命呜呼。岳父岳母丧女心痛,就扣下了订婚时的首饰,春生连要几次未果。依岳父之言,除非春生新娶一房妻子,不然的话首饰就不给了。可是春生家里十分贫困,没有首饰,压根没办法娶新妇。春生无奈之下便去找才学大的张古董寻求妙计。张古董是位五十多岁的老头,有两房妻子,小妾十八岁。张古董听了情况后出谋划策让春生暂借一个媳妇,去把首饰骗回来。春生一听,立刻想到要借古董的妻子,并答应不过夜,且要回来的首饰"停半分"。张古董本不同意,可是架不住金钱的诱惑,就让自己的小妾与李春生假扮夫妻,还将自家的驴借给了春生,并反复叮嘱春生不要过夜。可是春生岳父岳母看到"女儿"高

---

① 余秋雨.中国戏剧史[M].上海:上海教育出版社,2006:246.

兴,硬扯着两人过夜。入夜,古董小妾看春生仪表堂堂,春心萌动,两个年轻人便做了真夫妻。古董心急,连夜寻找妻子,却错过了入城时辰,只得在城楼洞子里与粮差待了一夜。第二天,古董前去状告李春生拐走他的妻子,没承想却被糊里糊涂的县官将妻子判给了李春生。

观众在看这部戏时,理所当然地会被古董的举动逗乐,尤其是入夜之后场面画风的对比:古董的焦躁无奈和年轻人的成双成对以及古董与粮差的相处和对话等。嬉笑过后,观众必然会思索古董失去妻子的原因:他过于贪财,想要不属于自己的东西。此时,观众就会生出戒贪行善的念头,戏剧的教化作用便显现出来,作者的创作目的也就实现了。

《四岔捎书》讲述的是景纪明没有深厚的文字功底,却打肿脸充胖子,非要自己动手写家书,结果将"忙雇一人"写成了"亡故一人"[1]。杨明胜将书信和银子为婆媳两个捎回去后,婆婆便找来教书先生念信。先生因是丧信,再三绕过不念,最后在婆媳的执意要求下艰难地念出口。婆媳哭成了一团,各自以为死的是自己丈夫,将门上挂上纸幡后,婆婆就回娘家报丧了。此时,杨明胜返程途中来取信,看到的却是门上的纸幡和紧闭的大门。杨明胜便急急忙忙赶到凉州,将丧信报给了景家父子,却并未报清死的是婆婆还是媳妇。于是父子两人各自悲伤着匆忙启程返家。纪明在舅舅家见到母亲,两人便都认为死的是自己的伴侣;景子桐到家看见儿媳妇,又都各自认为死的是自己的那一位,直到纪明和母亲回家重新看信,一家人才知道闹了天大的误会。

这个戏讽刺了那些自以为是的人,同时揭示了文化的重要性以及没有文化之人的可悲。捎信本是一件再普通不过的事情,却因为写信人和捎信人的粗心大意造成了四个人的误会,这不免提醒人们要持认真的态度做事情。同时剧本通过先生读信和杨明胜报丧,展示了乡村人民的质朴。剧中教书先生和四有上场时自我陈述"……一步迟只恐怕学生抱怨,这几年教蒙学赚钱有限,也不过弄几个辣子菜钱,我先生生世来爱将书看,连考了四五回名落孙

---

[1] 李芳桂. 李芳桂剧作全集校注·春秋配[M]. 王相民,校注. 西安:三秦出版社,2011:491.

山，人称我锁子铁这还不算，陈古铜老先生常在耳边"①，这其实是作者的自况。作者大半辈子都以教书为生，考了几次都未中，便将其中的辛酸便展示在了剧中。

《玄玄锄谷》写的是贾玄玄和父亲贾捏揣到地里锄谷子，却一路辩戏，因忙着辩戏锄错了地都不知道，直到玄玄母亲来送饭，两人才意识到替别人锄了地，饭也被别人吃了，两人回家还得挨骂。这个小短剧里面为观众塑造了酷爱乱弹却审美情趣不一的热情开朗的玄玄父子形象，且富有浓厚的生活气息，幽默诙谐中通过玄玄与父亲之口形象地呈现了当时乱弹在陕西地区的流行盛况。

二、"十大本"的思想内涵

任何作品都是作家思想与智慧的结晶。"十大本"蕴含了作家的婚恋思想和反抗思想，这也是作品的思想内涵所在。在研究作家的婚恋思想时，研究者需将自己投身到乾嘉时期的社会环境中再加以品评，其中积极的予以肯定和传扬，消极的给予否定和放弃。至于作家直面统治者压迫的强烈反抗思想，观众必须给予尊敬和学习。李十三作为一位身在封建社会而勇敢否定和反抗封建统治者、封建思想的战斗士，其为民发声、为民写戏的反抗进取精神值得每一位中国人敬仰和效仿。

1. "不用三媒和六证，月老何必系红绳"②——婚恋思想

中国是礼仪之邦，古代社会的男女婚姻须有父母之命、媒妁之言，如此才可以被大家认可，但是很多人在结婚之前甚至连对方长什么样都不知道。旧式婚姻中的男女就如配牲口似的被牵到了一起，这样的婚姻是绝对没有爱情可言的。李十三虽然是清朝人，可他的婚恋观念并不落后，甚至可以说是超前的。

李十三的婚恋思想体现在两个方面。首先，李十三主张个性解放、婚姻

---

① 李芳桂. 李芳桂剧作全集校注·春秋配[M]. 王相民，校注. 西安：三秦出版社，2011：480.

② 李芳桂. 李芳桂剧作全集校注·香莲佩[M]. 王相民，校注. 西安：三秦出版社，2011：16.

自由，男女要在两情相悦的爱情基础上结婚生活。乾嘉时期，在经济方面，资本主义经济已经有所发展，但封建地主阶级仍占据统治地位，这就产生了针锋相对、不可调和的阶级矛盾；在文化方面，清朝统治者用程朱理学来禁锢劳动人民的思想，以便控制和愚化百姓。生产关系的变化必然会反映在人们的生活中，百姓已经不再是没有自己想法的顺民，相反，他们开始追求个性解放和婚姻自由，并且逐渐反对宗法礼教。李十三生活在这样的环境中，自然会受到这种思想认识的熏陶和影响，他的"十大本"中的十四对青年男女的爱情婚姻就是现实生活在文学作品里的真实映照。

李十三"十大本"中的爱情基本属于一见钟情。剧本通过塑造叛逆男女形象来阐释自己的婚恋思想。在剧本《香莲佩》中引人注目的女性形象之一是吕庚娘，她率性潇洒、志向不群、热情奔放而又对爱情婚姻充满期待和向往。吕庚娘一上场就念道："钗横宝髻挽乌云，虽处香闺志不群。慢道干城无女子，周家十才有妇人。"①一位有如男子般胸怀抱负想要成就一番事业的女性形象就活生生地出现在了观众眼前。她不但自己期盼爱神的降临，还积极主动地为哥哥吕思望和魏绛霄牵线搭桥。在整个剧中，反而是哥哥显得比较扭捏。

当吕庚娘遇到曹秀生时，便情不自禁、毫不掩饰地发出了赞叹与喜爱："只见那帅字旗儿下，少年将军甚飘飒。身材儿不大，年纪儿约有十七八。头戴小小凤翅盔，身穿窄窄锁子甲。又英雄、又俊雅，真真把人活爱煞。恨无缘和他答句话。"②这样大胆而又直白的表白即使放在当下社会也是少见的。为了面见曹秀生，吕庚娘计上心来，用捡得的曹秀生的箭来射曹的盔缨，从而光明正大地见到了曹。当两人不约而同地表达了自己对对方的爱慕并定下终身时，吕庚娘兴高采烈地唱道："一箭便把良缘定，胜似当年孔雀屏。不用三媒和六证，月老何必系红绳？"③吕庚娘这样自选佳婿、私定终

---

① 李芳桂. 李芳桂剧作全集校注·春秋配 [M]. 王相民，校注. 西安：三秦出版社，2011：6.

② 李芳桂. 李芳桂剧作全集校注·春秋配 [M]. 王相民，校注. 西安：三秦出版社，2011：15.

③ 李芳桂. 李芳桂剧作全集校注·春秋配 [M]. 王相民，校注. 西安：三秦出版社，2011：16.

身在以程朱理学居思想统治地位的封建社会绝对是被封建家长否定的，然而在吕庚娘自己看来则是理所当然的事情。吕庚娘的所有活动又都是剧作家李十三为她安排的，由此可知，李十三是一位反对封建礼教、主张自由恋爱、自主婚姻的坚决之士。

其次，李十三剧本中反映出一夫多妻婚姻制度的合理性。在探讨李十三的一夫多妻思想时，不能以现代人的思想和认识来对其进行评判。置身于李十三所生活的乾嘉时期，男人三妻四妾是相当普遍的事，而且这种社会现象滥觞于春秋时期。范文澜先生在《中国通史》中提道："商王婚姻是一夫一妻制，实际是多妻制。"①清朝初年，万树写了传奇《拥双艳三部曲》，此作品美化了一夫多妻。随后，作家们便开始纷纷创作这种题材的作品。

另外，随着封建统治的日益巩固，清朝统治者便开始放纵物质和精神上的贪婪享受及奢侈淫靡的欲望，李十三生活在这样的社会环境中难免不受影响。再者，从李十三自身经历来说，他一生大部分时间都像蒲松龄那样在外坐馆，很少回家与妻子团聚，因而生活中的不圆满促使他通过自己的戏曲剧本来寻求慰藉。李十三一生追求科举求仕而不得，他不希望自己作品中的士子再像自己一样可怜兮兮，所以在他的剧本中贫寒的儒生最终不但考中状元升官发财，而且还娶得两个甚至三个美貌贤惠、果敢智慧的女子为妻。这与当时社会上"骏马归于英雄，美女属于名士"的理念也是一脉相通的。

在《玉燕钗》中，县令岳俊有一位美丽温婉而又体贴民情、劝夫廉政的妻子邹丽娘。岳俊准备上任时，苦恼自己仆人只有山精一个，害怕失了做官的体面，这时，妻子邹丽娘说道："老爷尽可不必，区区一个七品知县，何必十分张扬。况且多用一人，必多一人之费，若费用不支，到任少不得剥削百姓。依妾之见，将就到任便了。我们少费一文，便能与百姓多省一文，岂不是好？"②可见邹丽娘是一位识大体、劝谏夫婿体恤百姓的女子。但是，李十三并没有因为岳俊有这样一位贤内助而停止为他娶妻。岳俊在上任途中结识老师之女邹眉娘，便以玉燕钗为定情物定下第二位妻子，到岳俊被黑心船

---

① 范文澜. 中国通史（第一册）[M]. 人民出版社，1978：57.
② 李芳桂. 李芳桂剧作全集校注·玉燕钗[M]. 王相民，校注. 西安：三秦出版社，2011：167.

户谋害推入水中，又被身具豪侠之气的李倩倩所救，岳俊便把玉燕钗转赠给李倩倩作为定情信物。等一切尘埃落定，岳俊正位之后，便一夫三妻团圆。值得注意的是三位女性并没有相互争风吃醋，反而效仿娥皇女英，一家其乐融融。

"十大本"中烙着李十三恋爱婚姻观和民主精神，他用如椽大笔抒写了自己对当时社会的不满，用便于演出的皮影剧本表达自己的美好理想愿望，让在现实中不能实现的梦想在剧本中一一得到实现。

2."恨了声天子和宰相，为何宠用那和尚"[①]——反抗精神

"秦地戏曲从它产生之日起，就积极反映现实，大胆揭露生活中丑恶腐朽的事物，是富有战斗力的。"[②]李十三的反抗思想和精神不是一朝一夕形成的。作为一个饱读诗书却始终沦为最底层平民的剧作家，经历过科举的严霜拷打，遭受过各方的轻蔑白眼，体会过农民的艰难生活，见识过小市民的辛苦劳作，饱尝过白莲教起义带来的担忧恐惧……因此，他用文学家的学识和普通百姓的心理为后人生动真实地描绘了乾嘉社会广阔的生活图景。但是因为"乾隆时期，文字狱成了家常便饭，案件比康熙、雍正两朝合计增加四倍以上"[③]，许多好诗美文一旦被盖上反清复明的头衔，作者就会遭受万劫不复的打击，甚至毁灭。所以李十三虽然看惯了社会的残酷与黑暗，满腹牢骚，却不敢直白露骨地表达，便将对社会黑暗的反抗比较隐晦地通过自己的戏曲创作——"十大本"表现出来。

清朝统治者是少数民族入主中原，除了在武力上征服汉族人民外，更希望在思想上控制奴役人们，所以清朝统治者采用了历代统治者都曾经用过的手段，即通过宗教来宣扬思想、愚化百姓。《清朝史野大观》记载，自康熙至乾隆末年一百三十三年的时间里，直省敕建和私建寺观庙院79622处，平均每年建庙590多座，养活僧、道、尼姑140193人。更为荒唐的是清世祖在顺治十五年（1658），遣使从印度迎来释门宗师通秀和他的徒弟行森，供养西苑

[①] 李芳桂. 李芳桂剧作全集校注·白玉钿[M]. 王相民，校注. 西安：三秦出版社，2011：225.

[②] 焦文彬. 秦腔史稿[M]. 西安：陕西人民出版社，1987：93.

[③] 戴逸. 简明清史[M]. 中国人民大学出版社，2006：589.

十六年，生活享受类同帝王。优渥的待遇助长了和尚、尼姑的嚣张气焰，以致好多人为了逃避劳动徭役就出家做和尚，但实际上多是一些道貌岸然的假和尚。李十三在洋县任儒学教谕时曾见到和尚、尼姑通过地道行苟且之事，甚至光天化日之下毫不避讳地在道旁林荫下卿卿我我。

  这些荒唐事李十三看在眼里，恨在心里，于是在《白玉钿》中毫无顾忌地挥毫泼墨，将胸中对统治阶级过分尊崇佛教的不满通过李清彦之口痛快淋漓地抒发出来。此剧将大背景设置在元顺帝时期。李清彦是一位贫苦儒士，因无钱上京科考，便以向不学无术之徒董寅传递答案为条件搭其船进京。这时，元顺帝派辇真和尚前来选美女（名为选执幡玉女，实为供和尚玩乐），李清彦拒绝面见辇真，唱道："堪叹那满朝中毫无主见，为什么听邪说宠信异端？"[①]将矛头直指封建统治者。被辇真抓去后，李清彦又与他展开了一场儒佛大战，直骂得辇真瞠目结舌。女主人公尚飞琼被和尚逼去做执幡玉女时，更是义正词严地唱道："恨了声天子和宰相，为何宠用那和尚。"[②]男女主人公的唱词可谓俱是李十三向清朝统治者射出的利箭，且箭箭插在他们的心脏上。

  李十三的剧本还从各个方面反映了作者对清朝黑暗统治的大胆谴责。在《春秋配》中，张雁行因一字之差被贬回原籍，无奈之下才上山落草。盗贼石径坡不是生来就是盗贼，他被张雁行抓住之后自述道"念小人石径坡孤身一个，无买卖少庄农家禄淡薄。高堂母每一日忍饥受饿，莫奈何才做这犯法生活"[③]；侯上官虽然可恨，但是同样因为"每一日我家中少柴没米，妻在床染疾病忍渴受饥"[④]，才走上偷盗生涯的。在李十三笔下，可恨之人都有可怜之处，都是受黑暗社会逼迫才踏上不归路的。李十三敢于把这些残忍的社会

[①] 李芳桂. 李芳桂剧作全集校注·白玉钿[M]. 王相民，校注. 西安：三秦出版社，2011：213.

[②] 李芳桂. 李芳桂剧作全集校注·白玉钿[M]. 王相民，校注. 西安：三秦出版社，2011：225.

[③] 李芳桂. 李芳桂剧作全集校注·春秋配[M]. 王相民，校注. 西安：三秦出版社，2011：56.

[④] 李芳桂. 李芳桂剧作全集校注·春秋配[M]. 王相民，校注. 西安：三秦出版社，2011：82.

现实写到作品中，是以一颗强大的反抗之心为基础的，观众必须予以深深地敬佩。

李十三的反抗思想除了上述两点之外，还表现在他给剧中人物取名的艺术上。在剧本《玉燕钗》中，黑心船户分别是：乜性、乜明、贾充。乜性自我介绍说自己是"水中蛇"，贾充说自己是"泥里鳅"，这都是水中的动物，水字旁暗喻清朝；贾充做官暗喻清朝统治者是"假充"，不是正统。乜性是乜明的父亲，"乜明"谐音"灭明"，组合起来是暗讽清朝灭明是一件灭绝人性的事情。再者，乜性也说出"发财要发大财，除非做了官"[①]，这也是作者借剧中人物之口揭露现实社会，讽刺清朝统治腐败，致使民不聊生。

李十三的反抗精神还表现在他对官吏和官兵的态度上。"十大本"中的许多官吏都是作者讽刺的对象，例如《香莲佩》里的"曹浆水"曹也参、《春秋配》里的耿直官员耿仲、《十王庙》里的"浆子官"李如桂、《紫霞宫》里的"红砖青天大老爷"宁继愈。这几位官员都是正直善良的父母官，可是他们都有一个共同的缺点就是办案能力差，这无疑是作者在以戏谑的口吻讽刺嘲笑清朝科举制度选出的优秀人才竟然都是些"胡捣椒"的官员。

"十大本"中共写了19次行凶杀人，其中有3次杀人未遂，有9次是侠士或侠女为正义杀人，剩下的7次是恶人行凶，蓄意杀人；偷窃抢劫行为写了3次；十个剧本中有9个写到了兵荒马乱；在官兵与贼寇的交战中，官兵战败6次。作者在剧本中重复出现杀人、抢劫、战乱的情节，不是空穴来风，正是当时社会生活不太平的真实写照。这些故事有意无意地透露出作者对社会、统治者的不满和批判，也间接表达了作者对无能官府的嘲讽和唾弃。

李十三在剧本中所展现的反抗精神是强烈的，他匍匐在清朝科举制度之下数十年，一朝醒悟竟然具有如此战斗力。他为后世作家树立了榜样：作家就要敢于为人民发声，言群众之不敢言，道百姓之艰苦，唯有如此，作品才能流芳百世，彪炳千秋。

---

① 李芳桂. 李芳桂剧作全集校注·白玉钿［M］. 王相民，校注. 西安：三秦出版社，2011：170.

第三节 "十大本"的人物群像

李渔在《闲情偶寄》中写道:"一本戏中,有无数人名,究竟俱属陪宾,原其初心,只为一人而设;即此一人之身,自始至终,离合悲欢,中具无限情由,无穷关目,究竟俱属衍文,原其初心,又只为一事而设:此一人一事,即作传奇之主脑也。"①由此可见人物是一部作品至关重要的成分之一。每一部好的作品必然有生动鲜活、令人读之不忘的人物形象。

"十大本"中塑造了一系列打动人心的人物形象:立志报国的书生与武生,娴静温婉、机智聪慧的多情女儿,受封建礼教压迫而心理变态虐待前房子女的姚婆,被逼无奈走上偷盗或上山入伙的义贼,幽默诙谐的丑角,忠心耿耿的义仆,等。这是李十三"十大本"之所以能够历经数百年而不衰的秘诀。

一、男子形象

"十大本"中的男子形象大都是现实中儒家士子在作品中惟妙惟肖的影像。或许是因为在现实生活中李十三自己是一个失败的儒生,一生追求"修身、齐家、治国、平天下",却只做到了最初级的修身,所以在他的剧本中,但凡儒士必是成功人士,不但取得高官厚禄扬名天下,而且生活也美满幸福。李十三"十大本"中的男主人公可分为儒生和侠士两大类。

1."春雷一声鱼龙变,扬眉吐气列朝班"②——儒生形象

"十大本"中的少年书生,有《春秋配》中的李华、《十王庙》中的朱尔旦、《玉燕钗》中的岳俊、《白玉钿》中的李清彦、《紫霞宫》中的谷梁栋和范思增、《万福莲》中的袁华和龙象乾、《蝴蝶媒》中的蒋峦、《火焰驹》中的李彦荣和李彦贵、《清素庵》中的水常清;武生有《春秋配》中的吕思望和曹秀生、《清素庵》中的薛清乾。他们都有一样的梦想,那就是能够身列朝班,为国家出谋献策,把自身化作忠诚于朝廷国家的栋梁,为国家

---

① 李渔.闲情偶寄[M].上海:上海古籍出版社,2000:24.
② 李芳桂.李芳桂剧作全集校注·万福莲[M].王相民,校注.西安:三秦出版社,2011:294.

的繁荣尽职尽力。

《紫霞宫》中的男主人公谷梁栋满腹才学，精通儒术，深谙儒家的忠孝之道。所以，他的家庭夫妻和谐，继母有"丸熊画荻之风"，岳父也通情达理，一开场就为观众展现了一个其乐融融的美满幸福家庭。谷梁栋的上场诗：

  昔日功夫不可荒，抱负非常往帝邦。

  雁塔题名表姓字，金花插帽辉宫墙。①

将自己的抱负与志向表白得十分清楚。他肩负继母与妻子的期盼，怀揣三百两银子踏上了求取功名的征程。他不只有儒生的理想，还有儒士的品行。当继母的前夫之子吕子欢和吕花瓣前来求助时，他收留接纳了他们，却是为继母着想——"看他们这个模样，像是在乞讨，未免玷辱母亲"②；在路上遇到自己的结拜兄弟范思增贫困不堪时，出手阔绰，赠给范一百两银子，并鼓励范上进；见到素不相识的花云豹也仗义疏财赠银三十两，然后又思虑周全地劝慰花"我看你身高八尺，状貌魁伟，必是干城之才，只是欠些细密。宁知县是个好官，打的你确是，千万不可记仇"③。

谷梁栋的行动上处处透露着他深受儒家思想的影响，他与人为善，积极进取，恪守孝道，是"十大本"中最具典型性的儒士形象之一。虽然他的出场并不是很多，但是作者用精妙的笔法，到位的语言为读者刻画了这位满身儒味的书生形象，让大家过目不忘，记忆深刻。

《白玉钿》的背景是元顺帝当政，剧中的青年书生李清彦的出场带有志不得伸的怨气：

  经纶独自抱满怀，夜光久向暗中埋。

  未获南宫俊士选，空有西京作赋才。④

---

① 李芳桂. 李芳桂剧作全集校注·紫霞宫［M］. 王相民，校注. 西安：三秦出版社，2011：252.

② 李芳桂. 李芳桂剧作全集校注·紫霞宫［M］. 王相民，校注. 西安：三秦出版社，2011：253.

③ 李芳桂. 李芳桂剧作全集校注·紫霞宫［M］. 王相民，校注. 西安：三秦出版社，2011：256.

④ 李芳桂. 李芳桂剧作全集校注·白玉钿［M］. 王相民，校注. 西安：三秦出版社，2011：212.

历史上元朝开科取士的时间相当短暂，且元朝统治者非常歧视汉族儒士。虽然李清彦自诩非凡，但是有志难伸，不免牢骚满腹，郁闷难遣。恰逢元顺帝宠用和尚辇真，让他代表皇帝到江南挑选执幡玉女。辇真来到李清彦的家乡后，通省官员和地方缙绅都前去迎接，只有李清彦拒绝逢迎，不向邪恶低头，还痛恨地吼出内心的气愤与不满："堪叹那满朝中毫无主见，为什么听邪说宠信异端？众缙绅齐接迎全不羞惭，我定要扶明教不辱杏坛。"①名声大自然招是非，辇真偏偏就要结交李清彦。当辇真强行把李清彦带到时，两人进行了一场激烈的儒佛之辩。

辇真是个假仁假义的和尚："我可说元顺帝，元顺帝呀，你恐不能得长生之术，俺倒得了长夜之乐。""临江安置梵王宫，山光列翠水色清。此地名花知多少，台前要摆肉屏风。"②一句句唱词道出了他的荒淫无耻。

李清彦一开口就颇具战斗力："你是佛门弟子，我是儒门高士，彼此俱不为礼。"③接下来李清彦又从佛教渊源、统治者信奉佛教的目的、佛并不能保人平安、佛有无生死以及孝道人伦等方面骂得辇真再也无话可说。最为经典的是：

  自盘古到如今人伦为大，怎忍得舍骨肉弃亲出家。
  自己的爹和娘全不牵挂，却反来与别人讲经说法。
  ……
  既修行就该在深山古刹，为什么衣朱紫贪恋荣华。
  你还敢假圣旨横行天下，似这等破色戒罪难擢发。④

一句句痛骂呼出了儒士的心声。书生是为辅佐君王，而和尚在皇帝身边只会扰乱朝政，混淆圣听。最后李清彦毫不留情地将过错归于天子身上："佛堂

---

① 李芳桂. 李芳桂剧作全集校注·白玉钿[M]. 王相民，校注. 西安：三秦出版社，2011：213.

② 李芳桂. 李芳桂剧作全集校注·白玉钿[M]. 王相民，校注. 西安：三秦出版社，2011：215.

③ 李芳桂. 李芳桂剧作全集校注·白玉钿[M]. 王相民，校注. 西安：三秦出版社，2011：216.

④ 李芳桂. 李芳桂剧作全集校注·白玉钿[M]. 王相民，校注. 西安：三秦出版社，2011：217，218.

本是杀人场,和尚就是刽子手。况且天子宠用你。"①李清彦与辇真和尚的这一场骂战揪出了朝政"乱自上作"的腐败根源。

李十三通过李清彦之口喊出了自己对当时清朝统治者的不满与痛恨,李清彦的每一句痛骂都是作者心声的表达。同时,也表达了自己作为一名儒士的愿望,渴望得到朝廷的重视,为国尽忠,以实现自己的人生价值和理想。

当然,李十三的立场是客观的,并不完全是对儒生赞不绝口,他也把儒生的迂腐以及自己对儒生的不满毫不掩饰地书写了出来。在骂僧中,李清彦可谓是儒生中的高洁之高士,但因为没有盘缠进京参加科考而答应帮同窗董寅作弊,由此换来董寅出船资带他进京参加科举。他为了资费就出卖了自己的人格,让观众为他惋惜不已。在《春秋配》中李华被冤枉而困于狱中,他的结拜好友张雁行前来营救,劫了法场,将他救到了集侠山上。李华为了自己"读诗书朝廷俊秀"的身份和名誉,不但不感激张雁行和忠仆李骥,反而将他们埋怨一通,认为他们毁了自己的名誉。死脑筋的李华一边唱着"我犯罪自有我一人承受,何劳你起风波这般出头。又何必劫杀场舍命相救"②,一边趁着月夜偷偷下山去自首。其迂腐之至正代表了儒士的另一面。然而这正是作者塑造人物的精华所在,人无完人,这样有缺点的不完美人物才是生活中真实存在的人,才会给读者一种亲近之感。

2. "宝剑磨得双锋利,不许人间有不平"③——侠士形象

李十三笔下的豪侠之士有:《香莲佩》中专爱打抱不平的马飞、《春秋配》中遭遇不平而上山落草的张雁行、《紫霞宫》中励志清君侧的花文豹、《万福莲》中不满武氏篡唐的孙天豹、《玉燕钗》中的李汉蛟、《蝴蝶媒》中想要兴王霸业的张崇简、《火焰驹》中知恩报恩的义士艾谦。这几个人物虽不是剧中的主角,但是在推动故事情节发展、促进男女主人公团圆上都功不可没。

---

① 李芳桂. 李芳桂剧作全集校注·白玉钿[M]. 王相民,校注. 西安:三秦出版社,2011:218.

② 李芳桂. 李芳桂剧作全集校注·春秋配[M]. 王相民,校注. 西安:三秦出版社,2011:94.

③ 李芳桂. 李芳桂剧作全集校注·紫霞宫[M]. 王相民,校注. 西安:三秦出版社,2011:254.

《紫霞宫》中，花文豹一出场就念道：

  一腔侠气高千古，万丈豪光透九重。

  宝剑磨得双锋利，不许人间有不平。①

他出场气势甚高，且直奔知县大衙，状告大奸臣刘瑾，拉拢知县宁继愈"莫若挂冠而逃，到那里招兵聚将，杀上京地，以清君侧之恶"②。没想到却被宁继愈打了三十大板解回原郡。花文豹一气之下便上了虎鼻山聚兵反抗。但是花文豹反的并不是朝廷而是刘瑾，当刘瑾被诛杀后，他便投降朝廷，为国效力。

  当然，花文豹也会记仇，所以才有了报复县官宁继愈的三桩人头案件，使宁继愈陷入了毫无头绪而又不得不为的无可奈何之境。正因为这样，花文豹的形象才是真实可信的。

  在《火焰驹》中，义士艾谦是一位略带传奇色彩的人物，他的出场并不奇特，反而略显窘迫。艾谦因为在北国贩马，亏折资本，回不了家，所以向同乡官员李绶求助。李绶慷慨大方，借给他五百两银子帮他渡过了难关。后来艾谦得知李家受难、李彦贵命在旦夕的时候，唱道："俺本是英雄辈豪光万丈，怎忘却李老爷恩义非常。"③他救李彦贵一方面是为了报答五百两之恩，另一方面是他本就是一身豪气的英雄，见不平必然拔刀相助。所以，艾谦便骑着他的火焰驹前去番地向李彦荣报信求救。李绶被打入牢狱之时，皇帝曾明确下令不许接济。黄璋是李绶的亲家，却因李家失势而极力撇清关系。但是艾谦作为一位普通的商人能够冒着冒犯君威的危险前去报信，足见他胸中的侠士之气。

  "十大本"中的侠士虽然不是主要人物，戏份不多，但是如果没有这些胸载豪侠义气的大侠，那主人公将永处万劫不复的深渊了。这些英豪侠士形象的塑造是十分成功的，是在现实生活中可以找到的真实可信的人物，能使

---

  ① 李芳桂. 李芳桂剧作全集校注·紫霞宫[M]. 王相民, 校注. 西安：三秦出版社, 2011：254.

  ② 李芳桂. 李芳桂剧作全集校注·紫霞宫[M]. 王相民, 校注. 西安：三秦出版社, 2011：254.

  ③ 李芳桂. 李芳桂剧作全集校注·火焰驹[M]. 王相民, 校注. 西安：三秦出版社, 2011：398.

观者产生小舞台大人生之感。

二、女子形象

李十三"十大本"以爱情为主线,所以塑造了许多动人的女子形象。她们都拥有绝世容颜,在遇到心上人时,瞬间就将他们牢牢吸引住;她们都是急切等待爱情降临的怀春少女,都拥有一颗争取恋爱婚姻自由、捍卫爱情婚姻成果的叛逆之心。从性格来看,可以将这些女性大致分为两类:温柔怯懦的闺中弱女和热情豪爽的江湖侠女。另外,还有一类不是女主人公的女性形象,她们就是善恶兼具的姚婆。

1. "出门来羞答答将头低下,忍不住泪珠儿滚滚如麻"①——闺中弱女

"十大本"中塑造的这类闺中弱女形象有:《香莲佩》中的魏绛霄、《春秋配》中的姜秋莲和张秋联、《十王庙》中的宋飞燕和吴绛仙、《玉燕钗》中的邹丽娘和邹眉娘、《白玉钿》中的尚飞琼和崔双林、《紫霞宫》中的吴晚霞和夏云峰、《万福莲》中的萧慧娘和谢瑶环、《蝴蝶媒》中的柳碧烟和花柔玉、《火焰驹》中的黄桂英、《清素庵》中的范质素、颜如素和水若素。这些女子身上凝聚了作者的心血和思想,是作者倾力塑造的鲜活形象,她们中的很多已经成为戏曲中的经典,为人们所喜爱。

《春秋配》中的姜秋莲是一个受继母虐待的美貌女子。继母强迫姜秋莲出门时,二八女正在绣房描鸾绣凤,出得门来却是继母严厉的呵斥,要她到荒郊野外去捡柴。姜秋莲是待字闺中的柔弱女子,且知书达理,便坚决遵守礼法而拒绝外出抛头露面。她用儒家理论与继母讲道理:

劝母亲且息怒容儿细讲,二八女理应当日伴绣房。
采樵事男子汉年力精壮,弱怯怯女孩儿怎样承当?②

然而继母的目的就是折磨羞辱虐待前房子女,怎么会听她的辩解与劝

---

① 李芳桂. 李芳桂剧作全集校注·春秋配[M]. 王相民,校注. 西安:三秦出版社,2011:63.

② 李芳桂. 李芳桂剧作全集校注·春秋配[M]. 王相民,校注. 西安:三秦出版社,2011:61.

说？无奈的姜秋莲只得和乳娘一道出外捡柴，"出门来羞答答将头低下，忍不住泪珠儿滚滚如麻"。这一捡反而"捡"到了自己的真命天子李华。李华送朋友张雁行上山入伙归来，看到姜秋莲在郊外捡柴，怜悯之心顿发，"多管闲事"地追问起幼女捡柴缘由，之后又赠给姜秋莲二两银子当作买柴之资。姜秋莲见李华是一位相貌堂堂的秀才，且如此有爱心，符合自己的择偶标准，便要乳娘将李的姓名、年龄、住址、父母、家室一一询问。从她的问话中可以看出姜秋莲已经认定李华为人生伴侣。剧本写到这里，姜秋莲这位虽为闺中弱女却有主见，尤其是追求婚恋自由自主的形象就成功树立起来了。

更吸引观众的是侯上官逼迫姜秋莲苟合时姜秋莲的急中生智。姜秋莲和乳娘拿着李华送的银子回到家中交与继母，反被继母污蔑有苟且之事，要将秋莲送官。秋莲无奈之下与乳娘夜里逃跑，路遇盗贼侯上官。他杀死乳娘，还觊觎秋莲美色，强迫她行夫妻之事。姜秋莲处在叫天天不灵叫地地不应的境地时，看到涧底的梅花，便计上心来，要求侯上官采梅以作聘礼。趁侯上官采梅时，她便用石头将侯砸入涧底，得以脱身。

姜秋莲温柔怯弱却又聪明机智，深受观众喜爱。剧中《捡柴》《遇盗》两折最为观众津津乐道，被改编到其他戏曲剧种中，盛演不衰。

《白玉钿》中的尚飞琼本是柔弱女子，与李清彦相遇于花园，一见倾心，并在梦中定情。可是当董寅冒充李清彦前去成婚时，看似怯懦的尚飞琼竟然抱石沉江，以死来捍卫自己的贞洁和尊严。得救后的尚飞琼又代替崔双林前去做执幡玉女，并无情地痛骂天子、宰相、和尚，表现出视死如归的大无畏精神，更是震撼人心。本是哭啼啼的闺阁弱女子，却也在生死关头毫不含糊。李十三通过一个动态的过程展现了尚飞琼性格的发展，同时展现了他塑造人物的高明手法。

2. "不务针线不绣花，娴习弓马"——江湖侠女

在剧本中，李十三还塑造了几位刚强勇敢、热情豪放的女子，她们都是江湖侠女，与男子形象中的侠士相对。和柔弱的闺中女子一样，她们也同样追求爱情婚姻自由，主动为自己的终身大事筹谋。这些女子有：《香莲佩》中的吕庚娘、《玉燕钗》中的李倩倩、《清素庵》中的薛玉素。

剧本《玉燕钗》中，岳俊遇到的第三位奇女子李倩倩是位女中豪杰。岳俊在上任途中被黑心船户乜性推下船跌入水中，幸得李倩倩相救。李倩倩和哥哥李汉蛟靠载人过河为生，哥哥是位侠士。时逢刘千斤作乱，哥哥李汉蛟便上岸打算投靠挂帅南征的抚宁伯朱永做一番事业，船上就剩李倩倩一人。她看到了顺水漂来的岳俊，便将岳俊救上船来。倩倩看岳俊面相知他是一位朝廷官员，又见他仪表堂堂，温文尔雅，便心生爱慕，主动示好："今日船上并无第三人，奴乃未出闺的女子，不避瓜李之嫌，救了你的性命，明日有人知道，说些是非，奴家何颜立于人世？这倒是我救了你，反倒害了我了。"[①]李倩倩是豪放不羁的江湖儿女，又岂会在乎这些？这只不过是她主动争取美满姻缘的方式而已。岳俊一听，当下明白了其中奥妙，遂与她结为秦晋。

结亲这件事反映出倩倩争取婚姻自由、自选良媒的反叛性格。江湖儿女救人于水火的侠义心肠、说一是一的豪爽风骨都是李倩倩作为侠女的具体表现。

李倩倩得知哥哥李汉蛟因惹上杀人官司被捕入狱后，便将船只交予邹丽娘看管，自己上岸去看望哥哥。途中遇到了前来寻岳俊的邹眉娘，二人通过玉燕钗得知原是一家姐妹。这时，乜明带领反贼打探军情而来，一眼看中这两位美人，便将她们强行带到山寨做压寨夫人。邹眉娘是位刚烈女子，开口就与乜明水火相迎，誓死不从。而李倩倩却处处逢迎乜明，还劝邹眉娘要识时务。邹眉娘一听急火攻心，骂起倩倩来，两人很快就开始骂战。李倩倩怒气冲冲地向乜明借刀要杀李，乜明不明就里，把刀递给李，说时迟那时快，李倩倩手起刀落杀死了乜明。两人换了士卒衣帽，放火而逃。

李倩倩的机智勇敢在此时完胜前面所讲述的侠士。关键时刻，她能做到临危不乱，先假意奉承，再找准时机将敌人一刀毙命，这样的机智勇敢，聪慧伶俐，一点都不输于男子。这样的情节不仅丰富了人物形象，而且推动了故事情节的发展。

《清素庵》中塑造了侠女薛玉素，她一上场就唱：

> 说什么女儿家，专好撕打。
>
> 不务针线不绣花，娴习弓马。

[①] 李芳桂. 李芳桂剧作全集校注·玉燕钗[M]. 王相民，校注. 西安：三秦出版社，2011：176.

因此上把弓马当玩耍。①

这样的女子和武举及第的哥哥薛清乾,两人一起靠江湖卖艺为生,又救人于危难,不负豪侠之名。他们俩路遇因贼寇而与母亲走散的水若素,就心生恻隐,上前打招呼。薛玉素见水若素长得"三寸儿小脚,身材儿袅袅,巧样儿做作,芙蓉脸儿弹得破"②,就主动帮哥哥做媒,定下了百年之好。其干脆利落的做事风格,毫无忸怩作态,不负侠女之名。

后来薛玉素在路上等哥哥时,又遇到侯七儿扛着偷来的箱子(内装水常清)匆忙奔跑。出于打抱不平之心,她用弹弓击中侯七儿,迫使他丢下箱子落荒而逃。等到打开箱子看到是一位一表人才的青年时,便生出喜爱之情,毫不羞涩地替自己做起媒来。

不管是李倩倩、薛玉素还是吕庚娘,她们都如侠士般行事光明磊落,热情大方,这样的女子形象补充了闺阁弱女的不足,使"十大本"的女子形象更加丰富起来,也更加贴近生活,就如从每一位观众身边悄然走进剧中一般。

3."自来姚婆不良善,今日先试看一看"③——继母形象

继母在关中地区被称为"姚婆"或"晚娘",这些女子多是些残忍恶毒之辈,不将前房儿女当人看,打骂如家常便饭。李十三在剧本中一共写了三个继母形象:《香莲佩》中姚婆张氏、《春秋配》中晚娘贾氏、《紫霞宫》中继母郑氏。其中张氏、贾氏都是人们所熟识的狠毒女子,而郑氏则是作者以自己继母为原型塑造的一位善良可亲的母亲。

在《香莲佩》中,姚婆张氏成功逼迫前房女儿魏绛霄到郊外捡柴后,便在家中把长钉钉在魏绛霄的傻弟弟魏呆迷头上,将其害死。等到晚上魏绛霄捡柴归来,张氏看到魏绛霄手腕上的金镯,就要自己戴。魏绛霄因为金镯是吕思望赠的定情信物,坚决不给张氏,被张氏一顿毒打。之后魏呆迷尸体阴差阳错地被官差发现,张氏就以魏绛霄因与吕思望有私情而杀死呆迷为由,

---

① 李芳桂. 李芳桂剧作全集校注·清素庵 [M]. 王相民,校注. 西安:三秦出版社,2011:422.

② 李芳桂. 李芳桂剧作全集校注·清素庵 [M]. 王相民,校注. 西安:三秦出版社,2011:424.

③ 李芳桂. 李芳桂剧作全集校注·清素庵 [M]. 王相民,校注. 西安:三秦出版社,2011:8.

把他们俩送进了牢房。

《春秋配》中的姚婆贾氏趁着丈夫外出买米逼迫前房女儿姜秋莲外出捡柴（这与《香莲佩》情节类似），等女儿带着李华赠的二两银子回来后，贾氏又诬陷女儿与李华有私情，要将女儿送官。姜秋莲无奈之下才趁夜色与乳娘逃跑，路遇盗贼侯上官，杀死乳娘，才引发了一系列官司。

这两个剧本中对恶毒继母形象的塑造来源于作者所生活的社会，可知当时社会风气不良。在《香莲佩》中，魏呆迷虽然痴傻，但是说出来的话却句句戳中姚婆的本质，例如"我跛子叔说来，娃子，你饥了，把你娘杀的吃了。姚婆子肉，连驴肉一样……全没一些人味儿""姚婆子的肉，是一块好吃难消化的肉……煮不烂，脸皮太厚"[①]等等。作者有意塑造魏呆迷这个形象，让他呆呆傻傻地转述了大家对姚婆的评价，从而体现出姚婆的狠毒与泯灭人性，引发人们的愤恨。

人有好坏之分，姚婆也不例外。为了补充人物形象，作者又塑造了郑氏这个善良的继母形象，使作品人物形象呈现多面性。在《紫霞宫》中，男主人公谷梁栋出场自我介绍时就念道："继母郑氏，甚是慈良，视我夫妻，不啻己出，且有丸熊画荻之风。"[②]剧本伊始就对郑氏充满褒奖之意。紧接着，郑氏前夫儿女前来投靠，她愤恨他们不成器，不想收留。至吕子欢和吕花瓣联手诬赖吴晚霞时，郑氏对吴晚霞深信不疑，称吴为贤孝媳妇，痛斥吕氏兄妹，"怪不得媳妇儿出言不逊，他两个小畜生全无人心"[③]。之后吕氏兄妹勒死吴晚霞，郑氏伤心欲绝，日夜哭泣。见官时，县官宁继愈要枷郑氏，郑氏哭诉道："老爷你要枷，就多枷几下，与我贤孝的媳妇出口气罢。"[④]到这里为止，这位善良慈爱的继母形象塑造完毕，使继母这一人人痛恨的角色得以

---

① 李芳桂. 李芳桂剧作全集校注·清素庵[M]. 王相民，校注. 西安：三秦出版社，2011：17，18.

② 李芳桂. 李芳桂剧作全集校注·清素庵[M]. 王相民，校注. 西安：三秦出版社，2011：252.

③ 李芳桂. 李芳桂剧作全集校注·清素庵[M]. 王相民，校注. 西安：三秦出版社，2011：260.

④ 李芳桂. 李芳桂剧作全集校注·清素庵[M]. 王相民，校注. 西安：三秦出版社，2011：270.

展现其美好的一面。

姚婆之所以成为这样狠毒的妇人，与她们的人生经历有千丝万缕的联系。《香莲佩》中的姚婆张氏一出场就唱道：

> 不是红颜多命薄，克性颇费男子多。
> 而今成了残头货，再想嫁人谁要我。①

姚婆不是生来就是姚婆，她们是经历了人生残酷的现实之后，才变得这样心理扭曲，丧失人性，想要把自己所遭受的苦难加诸比自己弱小的前房子女身上，以排遣内心的痛苦。姚婆形象能在"十大本"中占有一席之地是因为作者李十三想通过这一形象的塑造来揭示和批判当时社会的黑暗以及封建礼教对女性的摧残。所以说，姚婆形象的塑造不仅丰富了剧本内容，而且拓宽了剧本反映的生活内容。

三、义仆形象

一部作品不可能只有主角，越是好的作品越是呈现了生活的每一个角落，囊括社会的每一类人物。"十大本"中有很多配角，他们是主要人物的补充，正是他们的存在才丰富了剧本的内涵，让剧本更具吸引力。在这些配角人物中，不得不提的是一些能起到缓和紧张气氛、推动情节发展，且身具幽默诙谐气质，时时对主人公纠偏的义仆，其中就有对青年儒生忠心耿耿的书童和闺中小姐机智伶俐的丫鬟。他们不仅充实了剧本内容，而且展现了底层劳动人民的智慧与力量。

1. "殷勤听差遣，朝夕效驰驱"②——智慧书童

"十大本"中的书童形象有：《香莲佩》中的折杯、《春秋配》中的李骥、《十王庙》中的零干、《玉燕钗》中的山精、《紫霞宫》中的林儿、《蝴蝶媒》中的伴云、《清素庵》中的囊斋。他们有的代表了主人的品性，有的是主人性格的一个侧面，其自身在作品中还有活泼机趣、幽默诙谐的

---

① 李芳桂．李芳桂剧作全集校注·清素庵［M］．王相民，校注．西安：三秦出版社，2011：7．

② 李芳桂．李芳桂剧作全集校注·蝴蝶媒［M］．王相民，校注．西安：三秦出版社，2011：334．

一面。

《十王庙》中的零干,其名字带有鲜明的关中特色,零干意思就是干活麻利。剧中的零干是一位典型的底层劳动者,说话做事都诚恳、干练,对主人朱尔旦忠心耿耿,又带有些微幽默谐趣。零干的出场诗是:"手因洗砚时时黑,眼为烹茶日日红。"①这两句诗简明扼要地显示出零干的勤恳与劳苦,寄托了作者对劳动人民辛苦生活的同情和怜悯。

零干的主人朱尔旦是一位天资愚鲁但是勤奋踏实的秀才。在十王庙赛会这天,朱尔旦因幼子早殇,心情郁闷,想要与朋友一起去观会散心。争取到妻子宋飞燕的同意之后,朱尔旦便携零干前去十王庙饮酒游玩。两人回来时已经深夜,到家后,贴心的零干让朱尔旦靠门而立,自己去拿灯,回来时却发现十王庙的木头判官竟然跑到了自家的客厅上,心里害怕就大喊:"吓死人了。木头人说话哩,害怕成了精了,成了精了。"②这时,判官开口吓唬他要减三十年阳寿。零干边伺候判官与主人边吓得腿发抖,自己嘀咕:"看这腿,你只管软地做啥哩?有我给你做主哩,管你的腿事。"③看到这里,观众不免心疼零干,分明十分害怕,还硬是不敢张扬。判官在看朱尔旦文章时,要边看边喝酒,零干便为判官准备了一瓶酒和一盆水,并担心地嘱咐判官:"喝酒加你喝,喝水加少喝些,看喝得木头胀了着,门里咋得出去哩?"④看到这观众不免又要为零干的机智幽默而发笑了。

零干身上不单具有幽默诙谐的特质,同时还拥有忠心护主的品格。朱尔旦因陆判替自己的丑妻宋飞燕换上了漂亮的吴绛仙的头而惹上官司入狱,零干来刑堂替自己主人开罪:"大叔,事到如今,把我三十年阳寿舍了吧。"⑤

---

① 李芳桂. 李芳桂剧作全集校注·十王庙 [M]. 王相民,校注. 西安:三秦出版社,2011:110.

② 李芳桂. 李芳桂剧作全集校注·十王庙 [M]. 王相民,校注. 西安:三秦出版社,2011:114.

③ 李芳桂. 李芳桂剧作全集校注·十王庙 [M]. 王相民,校注. 西安:三秦出版社,2011:114.

④ 李芳桂. 李芳桂剧作全集校注·十王庙 [M]. 王相民,校注. 西安:三秦出版社,2011:115.

⑤ 李芳桂. 李芳桂剧作全集校注·十王庙 [M]. 王相民,校注. 西安:三秦出版社,2011:126.

生命是人最宝贵的东西，可是零干为了保护主人竟然甘愿舍弃三十年阳寿，其情其心，让观众感动不已。后来冤情得以昭雪，监狱失火，零干以为朱尔旦被烧死，又毫无畏惧地将官差埋怨一通，痛心哭泣。剧本写到这里，零干的形象已经完全树立起来，他的善良忠心和幽默诙谐，他的任劳任怨和勤恳质朴感动了一代又一代观众。

给人留下深刻印象并深为观众喜爱的另一个书童形象是《清素庵》中的囊斋。囊斋，顾名思义，就是智慧之囊的意思。囊斋在作品中的表现可谓是名副其实，不仅聪明伶俐，还对主人忠心耿耿，全心全意为主人服务，且敢于纠正主人跑偏的人生轨道。

囊斋在随主人水常清赶考途中，大早起来发现主人不在船上，顿时慌张起来，害怕主人失足落水。一番盘查过后才明白主人"把科举抛在云山外，昏沉沉迷入楚阳台"①，到隔壁船上逍遥快活，就不由分说地踏上了寻主征程。当"浑身衣衫都当尽，盘费弄得没一文。圪里圪捞都走尽"②，还未寻到主人的时候，恰好碰到寻医的老院子。一番对话过后，囊斋心里有了盘算，知道水常清在范质素家中，就冒充起了医生前去给范"看病"。最精彩的部分便是这看病过程，囊斋费尽心机想要从箱内骗出水常清，可是他死活不出来。囊斋灵机一动，便扯出谎来，说在这世上他唯一看不好的就是水太太的思儿病了，这水太太硬是想儿子想死了。水常清听到这里才从箱内钻出，真相大白。然而囊斋怎会轻易放过？他义正词严地教育起水常清：

> 皇上放下科场请你，你都不出来，何况于我乎？哎，大叔呀。
>
> （唱）你这事做得太没样，休怪我与你唱凉腔。
>
> 实想你一步青云上，中状元衣锦还故乡。
>
> 谁知你心里另打账，把举科开在人绣房。
>
> 天天在此胡捣藏，这是你作的好文章。

---

① 李芳桂. 李芳桂剧作全集校注·清素庵 [M]. 王相民, 校注. 西安：三秦出版社，2011：430.

② 李芳桂. 李芳桂剧作全集校注·清素庵 [M]. 王相民, 校注. 西安：三秦出版社，2011：434.

今年主考是张敞，他一定中你状元郎。①

经过这一顿数落，水常清承认错误，要跟着囊斋走。但是囊斋不但会装医生，还思虑周全，让水常清去"问过箱主"，免得走后真把范质素惹出病来。然后又制订了带出水常清的周密计划。

囊斋是中国广大劳动人民的代表，他忠心耿耿、聪明伶俐、活泼可爱、思虑周全，还能在主人走错路时及时加以引导。一个小书童说起话来句句在理，也只有经历过艰辛生活且有丰富生活阅历的李十三能塑造出这么动人的形象。

《玉燕钗》中的山精也是一位集智慧勇敢和幽默诙谐于一身的义仆。"主仆二人的名字相映成趣，一个字面意思为'山之俊秀'，一个字面意思为'山之精灵'。"②岳俊在上任途中先是被推下水，后又被诬陷杀人，审案的县官就是害他性命并顶替他的贾充。山精为了救主人便假扮"刑名先生"，在贾充身边假充师爷，最后药翻了假县官，扶正了真岳俊。剧本中的山精精明可爱，又谈吐诙谐，打败了假官府，证明了劳动人民的力量之大与不可抗拒。

当然，作者并没有将这类人物完全写成是毫无缺点之人，那样就会失真。在《香莲佩》中，义仆折杯同样具备零干、囊斋、山精的那些美好品质，但也有一大缺点，那就是像主人吕思望一样嗜酒如命。在寻找吕思望时，跑得"饥又饥来渴又渴，背着烧酒当蒸馍。饥了也是喝，渴了也是喝"③。折杯也就成了名副其实的"折杯"了。这样一来，吕思望喝得烂醉如泥不得归家就情有可原：喝酒是吕家传统。

总之作者塑造的这一群可爱的书童既营造了剧本的诙谐气氛，又丰富了剧中的人物形象，同时还阐释了作者的创作思想。

---

① 李芳桂. 李芳桂剧作全集校注·清素庵［M］. 王相民，校注. 西安：三秦出版社，2011：437.

② 田晓荣. 小议李芳桂剧作中丑角的命名艺术［J］. 当代戏剧，2012（9）：14.

③ 李芳桂. 李芳桂剧作全集校注·香莲佩［M］. 王相民，校注. 西安：三秦出版社，2011：35.

2. "到后来你常把此事思念,莫把我当就了寻常丫鬟"[①]——伶俐丫鬟

在"十大本"中,除了优秀的书童,还有伶俐机智的丫鬟,包括《火焰驹》中的芸香、《玉燕钗》中的妙英。她们两位与书童相对,跟在小姐、夫人身边,为她们的主子出谋划策,穿针引线,在故事发展过程中起到了不可或缺的作用。

《火焰驹》中的芸香可谓是美丽聪慧的小红娘。在黄桂英与李彦贵的爱情中,芸香是很大的推动力。芸香是劳动人民的代表,男女主人公爱情婚姻的成功是在劳动人民的帮助下实现的。

黄璋是黄桂英的父亲,在李家发达的时候,黄璋主动与李绶结为儿女亲家,但是在李家落难的时候,他不帮忙就算了,还一心想要置李彦贵于死地。女儿黄桂英十分善良忠贞,秉承"信者,人之本也"[②]的理念,宁可做罪人之妻也要与李彦贵在一起。小姐如此,丫鬟也不差。芸香本性纯良,伶俐机智,在黄桂英只会哭泣的时候,芸香这个小智囊便开始为她出谋划策。她先是让小姐恳求父亲,再是安排花园相见,接着替小姐道出真情,然后又安排傍晚赠金,最后还考虑周全地将戒指给李彦贵买午膳。因为黄桂英是知书识礼的闺中小姐,从小跟在身边的丫鬟芸香也腹有诗书气自华,替李彦贵考中状元,最终也为自己的人生大事做了主,与黄桂英不分大小,皆为李彦贵之妻。

芸香与黄桂英可以看作是一个人的两面。黄桂英成长深受封建礼教桎梏,做事自然不能十分出格,而芸香其实是黄桂英内心深处最真实的一面,这样一来才可以成就这段美满姻缘。

《玉燕钗》中的妙英与山精是夫妻,两人都在岳俊家做仆人。山精聪明智慧,妙英自然不差。当岳俊落水之后,邹丽娘本要投水殉情,机智的妙英劝她先应承下乜性的要求,然后想办法弄清状况给岳俊报仇。等到邹丽娘勇敢地杀死乜性后又要投江,妙英又劝说夫人,在妙英的劝说下,邹丽娘放弃

---

① 李芳桂. 李芳桂剧作全集校注·火焰驹[M]. 王相民,校注. 西安:三秦出版社,2011:393.

② 李芳桂. 李芳桂剧作全集校注·火焰驹[M]. 王相民,校注. 西安:三秦出版社,2011:388.

轻生的念头，才能与岳俊重逢团圆。

芸香与妙英这两位聪明可爱的丫鬟在故事情节的发展中起着巨大的推动作用，与那些智慧的书童共同支撑了巨大而美丽的人物网。这些可爱的人物身上凝聚着作家对劳动人民深切关怀之情。

四、官吏形象

在"十大本"中，作者还塑造了一大批或围绕在皇帝身边或虽远离皇帝但在官员行列的官员形象，他们都用不同的方式辅佐皇帝，为国效力。自古皇帝身边不乏奸佞小人，他们会为了自己的利益迷惑圣听，陷害忠良，这一内容也被李十三反映在了剧本中。李十三用他自己的笔调讴歌了忠臣良吏，同时也批判了奸臣祸宦，揭露了最高统治者的昏聩与平庸，有指责"乱自上作"的意味。

1."天赋刚直正，才为股肱臣"①——耿耿忠臣

在"十大本"中，皇帝身边的忠臣形象有：《玉燕钗》中的朱永、《白玉钿》中的苏天爵和吕思成、《火焰驹》中的李绶和周信卿、《清素庵》中的颜辅道和范自修。这几位中朱永是替皇帝平乱的将领，其他的是皇帝的近臣，都可谓忠心耿耿，却因为皇帝宠信了奸臣而身陷囹圄。幸运的是皇帝最后改正了错误，使忠臣冤情得以昭雪，使奸臣得到惩罚。

《火焰驹》中的李绶官居兵部尚书，出场诗就是他的为官理念：

> 忠君莫贵保黎民，尽职必须尽其心。
> 建功立业人称美，不虚天爵与君恩。②

从诗中可知，李绶做官勤勤恳恳，一心为君为民。他的这种为官理念也是他的人生观、价值观，在这种思想的影响下，李绶的两个儿子也成长为忠君爱国的栋梁之材。大儿子李彦荣小小年纪就考中状元，被皇帝委以平番的重任。在出征之前李绶对儿子再三叮咛：

---

① 李芳桂．李芳桂剧作全集校注·火焰驹［M］．王相民，校注．西安：三秦出版社，2011：378．

② 李芳桂．李芳桂剧作全集校注·火焰驹［M］．王相民，校注．西安：三秦出版社，2011：378．

到北番出奇兵逆贼早破，保封疆安万民永息干戈。

既于那臣子份问心得过，也显儿是英雄素习韬略。①

李彦荣出兵北番之后英勇杀敌，连连得胜，就在这时大奸臣王强因与其父李绶私下有隙，公报私仇，断其粮草，致使李彦荣无奈之下暂时降番。消息传到帝都后，皇帝不查真相，要将李绶全家斩首。李绶亲家周信卿极力劝谏并拿全家性命做担保，昏庸皇帝才妥协将李绶打入天牢，将其家眷遣回原籍，不许宗族接济。

因李家失去了昔日的辉煌，势利小人黄璋作为李家的儿女亲家，非但不出手相助，还落井下石，用设计、行贿等卑鄙手段欲将李彦贵置于死地。义士艾谦骑着火焰驹到北番报信，李彦荣借兵还朝，这才救下弟弟李彦贵，救出李绶，手刃王强，李家的冤屈得以昭雪。此时皇帝恍然大悟，便给自己的昏庸找了个借口草草了事。

李家可谓一门忠烈，糊涂皇帝不辨是非，听信小人王强的谗言，将忠臣下狱，让奸臣的奸计得逞。观众看到这里，不免为李家冤屈感到痛心疾首，为忠臣遭际喊冤。这就是作者的良苦用心，在文字狱的严密监控下，微妙隐晦地用剧本来反映清朝统治者的昏聩无能，表达自己对清朝的失望和愤恨。

《清素庵》中的颜辅道和范自修是像李绶一样的皇帝身边的忠臣，而皇帝不听忠言，反受宦官阁文应的挑拨废后。颜辅道挺身而出，痛骂痛打阁文应，不想皇帝又听信阁的挑唆，派白发苍苍的老臣颜辅道去征蛮。文臣怎能杀敌？出征不久颜就打了败仗。此时，皇帝再次听信阁的谗言将战败的颜辅道下狱抄家。陷害忠良的阁文应不思悔过，在皇帝想复后时还妄图鸩毒皇后，将坏事做尽。故事最后平蛮胜利，颜辅道出狱且官复原职。不明是非的皇帝又以受奸人蛊惑为由，将自己的过错一笔勾销。

《白玉钿》中的苏天爵戏份并不多，却是作者用心刻画并十分钦佩的一个角色，也是作者理想中的官员形象。《玉燕钗》中的朱永是一位为国平贼的将军，上场就念道："揭地掀天，伫看麟阁姓字传。天与三台座，人当万

---

① 李芳桂. 李芳桂剧作全集校注·火焰驹[M]. 王相民，校注. 西安：三秦出版社，2011：378.

里城。宠赐从仙禁，光华出帝京。"①这样浓厚的儒家报国思想在"十大本"中所有的正面官员身上都有淋漓尽致的体现。因为这本身就是作者的梦想，既然在自己身上没有实现，那就让剧中人物替自己圆梦，可以说正派官员都是作者按照自己想要成为的忠臣模样去雕刻的。

2．"最喜逢君之恶，深得圣上欢心"②——奸佞小人

"十大本"中的奸佞人物有大臣也有宦官，包括《蝴蝶媒》中的牛双和胡干、《万福莲》中的张宏、《火焰驹》中的王强、《清素庵》中的阎文应。这些罪大恶极的坏人都在国家政治或者平民百姓的生活中起着极大反作用，置国家和百姓于水深火热之中，实在是可恨至极。

《蝴蝶媒》中的牛双凭借做杨素走狗的父亲而作威作福，仗势欺人想迎娶花柔玉。他求婚不得就让花柔玉到杨素府中做补数婢女，甚至在得知花柔玉已经有婚约之后还不依不饶。这一举动使花家上下陷入艰难之境。胡干是一个在职的朝廷官员，却有一副丑恶嘴脸，自言："清官不如贼官，贼官升转不难。花费银子有限，只要上司喜欢。"③他用六百两银子买来柳碧烟做妾，遭到柳碧烟反抗后，还要用皮鞭抽打她。

《万福莲》中的张宏更加让人厌恶，他说："脸似芙蓉腰又软，单与权门做鹰犬。世上富贵不难得，只在会舔不会舔。"④他靠着叔叔张昌宗和张易之当武后的面首而作威作福，强买良家女儿萧慧娘做丫鬟，没想到买丫鬟不成还被谢瑶环痛打一顿丢失银两，心中不平便在武后面前状告谢瑶环谋反。

《火焰驹》中的王强更是可恶，自己为人不正，还记恨李绶在文武百官面前对自己的羞辱。恰逢北番作乱，他便举荐李绶之子李彦荣前去镇压，自

---

① 李芳桂．李芳桂剧作全集校注·玉燕钗［M］．王相民，校注．西安：三秦出版社，2011：166．
② 李芳桂．李芳桂剧作全集校注·火焰驹［M］．王相民，校注．西安：三秦出版社，2011：383．
③ 李芳桂．李芳桂剧作全集校注·蝴蝶媒［M］．王相民，校注．西安：三秦出版社，2011：352．
④ 李芳桂．李芳桂剧作全集校注·万福莲［M］．王相民，校注．西安：三秦出版社，2011：296．

已做运粮官却不恪尽职守，迫使李彦荣投降之后又进谗言借皇帝之手将李绶下狱抄家。

《清素庵》中的宦官阎文应在皇帝、与皇后吵架时不劝和，反而引用光武废后之事误导皇帝，为报私仇还推荐白发老臣上战场，导致忠良被下狱抄家。当他得知皇帝有复后之意时，畏惧皇后报复，竟然歹毒地想要鸩毒皇后。

天网恢恢，疏而不漏。这些奸佞之人坏事做尽，但是并没有猖狂多久。自古邪不胜正，好人终有好报，皇帝最后幡然醒悟，忠臣之冤得以昭雪，良善百姓也终得团圆。戏曲本就"注重伦理力量的和谐，'善有善报，恶有恶报'的模式，旨在通过相互对抗的社会力量各自遭到应有的报应而消解了其片面性，从而进一步确立起封建时代的普遍伦理原则"①。作者十分精通戏曲理论，所以在剧中通过塑造这样让人痛恨得咬牙切齿的角色来引起观众情感上的共鸣，最后对坏人处以极刑，让好人获得团圆，从而实现了戏曲劝善去恶的高台教化功能。

第四节 "十大本"的艺术特色

任何一部可以流传数百年而不衰的作品，除了丰厚深邃超前的思想内容外，还必须有曲折离奇的故事情节、恢宏的结构、富有特色的语言等作支架。李十三"十大本"作为经典的秦腔文学剧本，在结构方面拥有它独特的艺术呈现。纵观"十大本"，可以发现它们的结构符合苏联剧评家霍洛道夫提出的开放式戏剧结构。开放式结构"像河流中截取的一段，剧情基本上顺时发展，全剧步步递进，时空转化依次进行。剧情展开自然，倒叙很少或没有"②。"十大本"的各剧本是按照时间顺序写成的，中间穿插各个小事件，像一条大河有多条支流一样，当戏剧矛盾达到巅峰时，便如百川汇聚，形成好人团圆、恶人受惩罚的大团圆结局。在语言艺术方面，"十大本"不仅是关中方言的活化石，而且包括了许多典故、俗语、俚语、道上用语等。这样多层次的丰富语言系统，使各个剧本披上了关中直爽豪放的外衣，就像是关

---

① 姚文放. 中国戏剧美学的文化阐释[M]. 北京：中国人民大学出版社，1997：94.
② 谭霈生. 戏剧鉴赏[M]. 北京：高等教育出版社，2004：39.

中硬汉般吸引观众。同时，剧本现实主义与浪漫主义相结合的写法更体现了作家深厚的文学底蕴以及熟稔的叙事技巧。

一、传奇结构

李十三不但饱读诗书，而且精通各种文学样式。他在创作碗碗腔剧本时，吸收了明传奇反映社会现实的风格，并将这种风格发挥得淋漓尽致。身在这样的社会，李十三便"在自己的戏剧创作中采用了传奇剧的结构形式，即写人世间的悲、欢、离、合，最后以大团圆结局"①。

1.多条线索，齐头并进

在"十大本"中，许多剧作的情节离奇曲折，迷离恍惚。为了使故事同时发生，作者采用了双线或三线齐头并进的结构模式，且这些线索不是孤立存在，它们时时交叉进行，互相连接，将复杂的内容交织在一起，从而使剧本显得生动曲折，耐人寻味。

在《火焰驹》中，作者设置了三条线索：李彦荣兵败投降，李彦贵与黄桂英曲折的爱情故事，义士艾谦出手相助。这三条线同时进行，最后在义士艾谦骑火焰驹前去报信，李彦荣带兵回朝时，三条线索完美地汇成一条，共同解决之前形成的李彦贵即将问斩的戏剧冲突。这样的写法突破了时空的限制，可以让观众在同时在同一个舞台上看到三拨人的不同生活，理解他们不同的艰辛。剧中，作者还运用设置悬念的写法，为后文埋下伏笔，从而使故事更加离奇曲折，高潮迭起，紧紧抓住观众的看戏之心，让他们心随剧动，为剧中人物的欢喜而欢喜、悲泣而悲泣。

《火焰驹》在前两回中共埋下了四处伏笔。李绶全家为李彦荣饯行时千叮咛万嘱咐，要彦荣到战场上须把国家利益和黎民百姓放在第一位，如李绶的唱词："到北番出奇兵逆贼早破，保封疆安万民永息干戈。既于那臣子份问心得过，也显儿是英雄素习韬略。"这一句句嘱托既是李绶为臣的盼咐，也是他为父的期冀。可当李绶得知运粮官是王强时，便慨叹："可畏呀。那厮奸诈小人，与父平日不和，我常辱他于文武之前。倘若那厮假公济私，暗

---

① 高泽，王禾，辛景生. 李十三评传［M］. 西安：陕西人民出版社，1987：131.

中加害，如何是好？"①这便是第一处伏笔，为王强的卑鄙险恶和李彦荣的兵败做铺垫。

当全家人忙于为李彦荣送行时，同乡贩马人艾谦来李府拜访。他到访是"因在北国贩马，亏折资本，不能还家，因此登门奉扰，敢乞李老爷念其同乡，略施解囊之恩"②。李绶慷慨解囊，"看他相貌魁伟，不比寻常"，差"彦贵取银五百两与那乡亲"。③在这里李绶慷慨大方、乐于助人、为官亲民的忠臣形象便树立起来，也为下文艾谦在得知李家受难时毫不犹豫地施以援手做了铺垫。这是剧本的第二处伏笔。

刚送走艾谦的李绶又迎来了奉旨归乡的同乡官员黄璋。在黄璋进门之前，李绶给他下的定义是："这黄吏部是势利之徒。"④可就是这样，李绶仍是接受了黄璋结为秦晋的请求，还让儿子李彦贵当场拜见岳父。李绶给黄璋下的定义十分准确：在李家光辉的时候前来结亲，败落的时候落井下石，置李彦贵于死地。这是本剧的第三处伏笔。

黄璋家有一个叫王良的仆人，半夜偷马去卖被另一个仆人刘得发现，告到了黄璋面前，黄璋要将王良重打二十大板。善良的黄桂英替王良说情，才将板子免去，只是交回了卖马所得的二十两银子。因此，王良记恨刘得，日日想着报复，终于在夜黑风高的暗夜黄璋"安排下毒手，嫁祸杀丫头"（欲杀芸香，嫁祸李彦贵），可惜杀死的是刘得而非芸香，后芸香逃出去被艾谦妻子收作义女，替李彦贵考中状元。而王良卖马所得的二十两银子恰好被黄桂英和芸香用来接济李家老夫人。这便是剧本的第四处伏笔。

《火焰驹》正是在这四处伏笔的基础上展开了融忠奸斗争的政治戏和李彦贵、黄桂英、芸香的才子佳人爱情戏于一体的曲折故事。四处伏笔、三条

---

① 李芳桂．李芳桂剧作全集校注·火焰驹［M］．王相民，校注．西安：三秦出版社，2011：379．

② 李芳桂．李芳桂剧作全集校注·火焰驹［M］．王相民，校注．西安：三秦出版社，2011：379．

③ 李芳桂．李芳桂剧作全集校注·火焰驹［M］．王相民，校注．西安：三秦出版社，2011：380．

④ 李芳桂．李芳桂剧作全集校注·火焰驹［M］．王相民，校注．西安：三秦出版社，2011：380．

线索在剧本的开始是处在同一时空环境里的，从第二回之后才分开进行，最后又合而为一，就仿佛本是出自同一个源泉的三股溪流最终同归大海一般，使得剧本的情节扑朔迷离、摇曳生姿。李绶作为一个上报朝廷、下助黎民、宽宏慷慨的人，虽然经受了牢狱之灾，然终归好人好报，全家团圆。这样的故事给予了苦难中百姓坚持行善的信心，且让他们领悟即使在黑暗的生活中也要心怀希望的道理。

"十大本"多采用这种多线结构。《玉燕钗》采取五线并进的模式：抚宁伯朱永前去平叛为一线，岳俊坠河之后的见闻为一线，邹丽娘与妙英的遭遇为一线，苗润与邹眉娘的经历为一线，山精的所为又为一线。这五条线索像是乱麻一样缠绕在一起，使剧情"跌入"了曲曲折折又环环相扣的网状结构中。

2.误会巧合，妙趣横生

能够牢牢牵引观众之心的是戏曲中所设置的微妙情境。能引起观众惊奇感的情境"是戏剧家构思情节的基础"，"一出戏里，大小震惊安排得越巧妙，越有力，这出戏就越富于强烈的戏剧性"，"那些情境设计之用意，则是凭借其奇异性、特殊性与不落俗套进而感染、刺激和震动观众"。[①]为了使故事有更多丰富有趣吸引观众的情境，作者在"十大本"中继承了中国古典小说、戏曲运用误会巧合的手法，甚至仿效明代传奇中惯用的错认手法，把剧本写得灵动活泼。频繁使用误会巧合、错认的手法可以避免同一个情节出现在不同剧本中所造成的题材平凡、雷同之感，从而使每个剧本都散发出自己独特的艺术魅力。

在《四岔捎书》中，因为景纪明错把"忙雇"写成了"亡故"，就导致了一场生死误会：婆婆以为景子桐亡故，媳妇以为死的是景纪明，景子桐认为死的是自己的老伴儿，景纪明又认为死的是自己的媳妇。就因写信人和捎信人的疏忽，弄出四下里四个人的误会，主人公痛哭流涕、肝肠寸断不说，景家父子还抛下生意，专程回家奔丧。结果这边景纪明在舅舅家恰巧见到了自己的母亲，更加肯定了他们心中猜想：景纪明认为媳妇亡故、婆婆认为景

---

① 尼柯尔.西欧戏剧理论［M］.徐士瑚，译.北京：中国戏剧出版社，1985：39-40.

子桐去世；那边景子桐回到家中与儿媳妇相见，心中的疑惑也明朗了：景子桐认为老伴死亡，儿媳妇认为纪明离世。四人各不相问，也不解释，自顾伤心。这便又造成了纪明舅舅的误会，他认为姐丈的确死了，便卖了自家的挣钱工具请了个乐人前去景家行门户，这样一来误会就更加深，扩大了。等到一家四口终于见面之后，才搞清楚原来是一场因为写错字而闹出的误会。可是纪明舅舅就不干了，自己倾家荡产来奔丧，结果谁也没死，因而上前揪住纪明一顿痛骂。

写错字本来是生活中一件十分普遍的事，作者将此事创作成剧本，运用误会巧合的创作手法，便散发出了非凡的艺术魅力。观众在看这部戏的过程中一定是哈哈大笑的，且在笑过之后必会受到启发：在日常生活中做事一定要谨慎小心，否则就会闹出大笑话。

作者在"十大本"中还运用了错认手法。"所谓'错认'，就是以假当真，以真为假，或以此作彼，以彼为此。在戏曲里采用错认手法引起情节波澜。"①剧本中出现错认手法，会造成奇妙的艺术效果，使本就曲折的剧情让人更加难以猜测。

《春秋配》中的李华被关入大牢中，他曾经帮助过的改邪归正的盗贼石径坡前来探监，老仆李骥便将送饭和寻找姜秋莲的事情托付给了石，自己则去集侠山上搬救兵。石径坡因为没有钱给李华准备早饭，便到侯上官家去行窃，恰在窗外听到有人唤姜秋莲（实际上是张秋联），而自己正要找姜秋莲，心里便美滋滋地以为恩人李华得救了。细听之下才明白原委，这女子是侯上官的螟蛉之女，而侯却要将她卖到妓院去。张秋联（姜秋莲）趁夜逃走，不想出门正遇到石径坡。石径坡问了一句："呔，你是姜秋莲？是也不是？"②就把张秋联吓得跳了井。石径坡急急忙忙带着衙役来到枯井处，却发现井里的妙龄女子变成了白发苍苍的老汉，而且还是姜秋莲的父亲、姚婆贾氏的丈夫。结果石径坡也被收入监狱。

---

① 郭英德. 明清传奇史［M］. 南京：江苏古籍出版社，2001：239.
② 李芳桂. 李芳桂剧作全集校注·火焰驹［M］. 王相民，校注. 西安：三秦出版社，2011：83.

剧中石径坡就是因为"姜张二字，原是叠韵，莲联二字，又是双声"①，所以才将张秋联错认成了姜秋莲，增加了案件审理的难度，也加剧了情节的复杂性，让观众在看戏的时候为剧中人物而着急焦虑。

石径坡的错认是因外界环境而造成的，有的剧本"还大量使用剧中人物有意乔装冒充的表现方式（可称主观错认），着意造成起伏转折的情节变化"②。

《白玉钿》中的李清彦与董寅是同乡，李答应在考场中为董润色文章，换来董为李出钱进京。李清彦在途中与尚飞琼相识，二人梦中定情，并互换信物。同时，苏天爵还专程给李清彦写信将自己的表妹崔双林介绍给他，要他在上京途中前去相见。毫无心机的李清彦将这些事通通告诉了董寅。后在途中听闻科场停止的消息，董寅不想为李清彦出回乡之资，便趁李清彦出去游玩的时候命船家开船返乡。看到李清彦的包裹，董寅生出坏心，顶替李前去镇江与尚飞琼成婚："文章是你替我做，亲事是我替你招。你替我来我替你，中间全是鬼倒椒。"③

到镇江之后，尚飞琼一听姓名、家乡、定情都说得不差，且有信物白玉钿为证，又迫于辇真要将其选作执幡玉女的淫威，便没有见面确认就匆忙成亲。在拜堂之时尚飞琼才发现堂上人与梦中人是天壤之别，内心绝望至极便跳了长江。吕思成救起了尚飞琼，把她暂时安置在崔双林家。可恶董寅一计不成又生一计，拿着苏天爵的文书前去崔家冒名成婚。他没想到居然在崔家又见到了尚飞琼，还挨了一顿打。董寅愤愤不平，便向辇真和尚说明崔家幼女可做执幡玉女，把矛头引向了崔家。尚飞琼出于侠义心肠，便抱着必死之心代崔双林入宫，幸喜李清彦高中，同苏天爵一道前来斩僧，才救下了她。

剧中的董寅就是冒名顶替李清彦才惹出来这一大波事件。作者在剧作中采用错认的手法，将故事写得曲折离奇，让观众看了上回就放不下下回，直到看到男女主人公苦尽甘来方才放心。同时，作者也塑造了董寅这样一个丑

---

① 李芳桂. 李芳桂剧作全集校注·春秋配［M］. 王相民，校注. 西安：三秦出版社，2011：98.
② 郭英德. 明清传奇史［M］. 南京：江苏古籍出版社，2001：240.
③ ［清］李芳桂著，王相民校注：《李芳桂剧作全集校注》，三秦出版社2011年版，第224页.

角人物形象，通过他的出乖弄丑缓解了紧张的气氛，增添了戏曲的诙谐性。

3. 小巧道具，贯穿始终

"为了使情节巧妙多变，作者运用一些'小道具'贯穿始终，使整个故事既结构完整，又波澜迭起。"[①]这些小道具大多是男女主人公的定情信物，它们像向导一样带领男女主人公穿越悲欢离合，最终幸福厮守，并且在剧中多次出现，起到了勾连故事情节的作用，同时又使剧本变得一波三折，波澜起伏，迷离不定。

在"十大本"中，有六个剧本使用了小道具，并且直接以小道具给剧本命名：《香莲佩》中吕庚娘与曹秀生的定情信物是香莲佩；《十王庙》（又名《如意簪》）中吴绛仙在游庙时故意将如意簪遗落给朱尔旦；《玉燕钗》中邹眉娘赠给岳俊的信物是玉燕钗；《白玉钿》中的白玉钿是李清彦捡到的尚飞琼的物件，也是尚给李的信物；《万福莲》中的万福莲本是龙象乾赠给萧慧娘的聘物，等到谢瑶环玉成其事时，万福莲便成了袁谢的定情信物；《蝴蝶媒》中的蝴蝶与之前的小道具有所不同，之前的小道具都是一些发簪或佩戴之物，而这里的蝴蝶却是一对鲜活的真蝴蝶。接下来笔者将以剧本《蝴蝶媒》为例阐释小道具在剧本中的作用。

在《蝴蝶媒》中，女主人公柳碧烟养了一对大蝴蝶，这对蝴蝶颇有灵性，不但认识主人，还知道"回家"。柳碧烟在春光明媚的一日，将蝴蝶放出游玩，蝴蝶在园中自在飞舞的时候恰被书生蒋峦看到。蒋峦被蝴蝶的美丽吸引，便一路追随而来，快到柳碧烟家门口时，看到蝴蝶飞到了一位美貌佳人袖中。蒋峦看柳碧烟容貌非常，便前去向守在门口的柳碧烟的姈母打听。这一打听才知蝴蝶是柳碧烟养的家蝶，又听说柳碧烟能写会画是位才女，便前去买字画。蒋峦要求柳碧烟在扇面上画一对蝴蝶并题诗，没想到柳碧烟提笔写就："低垂粉面沉吟久，难顾耻和羞。淑女反把君子求，鸠鸟在河洲。"[②]蒋峦看出柳碧烟有意于自己，便决定明日再来。第二天，蒋峦前来，二人被彼此的才情相貌吸引，三言两语就定下了终身，柳碧烟将自己养的蝴

---

① 袁行霈．中国文学史（第四卷）[M]．北京：高等教育出版社，2005：162．
② 李芳桂．李芳桂剧作全集校注·蝴蝶媒[M]．王相民，校注．西安：三秦出版社，2011：338．

蝶送给蒋峦做信物，蒋峦把一枚蝴蝶扇坠送给柳碧烟定情。

接着，蒋峦便去花中魁家借钱成亲，柳碧烟也不再抛头露面写字卖画赚钱。妗母见柳碧烟不再听自己的话，就六百银子将柳碧烟卖给了官员胡干。柳碧烟上船之后誓死不从，被经过的张崇简所救。张命媒婆护送柳碧烟前去花家寻找蒋峦。蒋峦到花家之后因表妹花柔玉喜爱柳碧烟所赠蝴蝶，将蝴蝶送给了花柔玉，二人定下秦晋。柳碧烟昏昏沉沉中走到了花府后门，看到自己的蝴蝶，把它们收入盒中，与花柔玉相认。后来蒋峦考中状元，柳碧烟、花柔玉同嫁蒋峦，成婚时，这对蝴蝶媒人落在官诰上以示功劳。

剧中蝴蝶作为媒公冥冥中牵引蒋峦和柳碧烟相识相恋并定终身。不只这样，当柳碧烟走投无路时，是蝴蝶将她引入花宅，与花柔玉相见，得到了花家的善待，最后大团圆时，蝴蝶再次出现。本剧以蝴蝶这个活道具贯穿始终，使得故事情节更加严谨完整，不落俗套，可谓是别出心裁匠心独运。

二、团圆结局

在中国古典文学这条悠悠长河里，大团圆结局自古以来就有着不可替代的地位，它是中国古典文化的显著美学特征之一。无论是在文言小说还是古典戏曲中，纯粹的悲剧都很少出现。正如王国维在《〈红楼梦〉评论》中所说："吾国人之精神，世间的也，乐天的也，故代表其精神之戏曲、小说，无往而不着此乐天之色彩。始于悲者终于欢，始于离者终于合，始于困者终于亨；非是而欲厌阅者之心，难矣。"①

李十三毫不意外地继承了这一文学传统，他创作的"十大本"都以大团圆作为结局，剧中男主人公最后都升官娶妻，家庭美满，事业高升。

1.大团圆

众人齐升官，鸳鸯结连理。《香莲佩》的男主人公是吕思望、曹秀生，女主人公是吕庚娘、魏绛霄，除此之外还有宽厚却糊涂的父母官曹也参、忠诚但贪杯的义仆折杯、面傻实明的呆迷、读之生愤的姚婆张氏、幽默诙谐的地方和乡约、贪财忘义的牛二夫妇等。《香莲佩》将故事背景设定为贼人作

---

① 王国维.《红楼梦》评论[M].上海：上海古籍出版社，2005：13.

乱，在这一大环境下演绎姚婆张氏迫害魏家姐弟、吕家兄妹为舅祝寿、曹秀生领兵平贼的故事，其中穿插吕思望、魏绛霄和曹秀生、吕庚娘这两对有情人的悲欢离合。在一系列误会巧合之后，叛贼终被平，坏人张氏、牛二夫妇得到了惩罚，由曹也参领衔的诸位正面人物得以升官受封，两对璧人也终得团圆。

书生当县令，一夫配二妻。《春秋配》是"十大本"中篇幅较长的一部戏，情节离奇曲折。全剧讲述的是李华与姜秋莲和张秋联经历重重磨难，终于团圆的爱情故事。剧中知恩报恩的盗贼石径坡、劫财劫色都未果的坏人侯上官、聚众起事的张雁行、逼迫前房子女的姚婆贾氏、耿直不屈但缺乏能力的浆水官耿仲等人物在男女主人公的悲欢离合中扮演着时而帮助、时而破坏的角色，将主人公的爱情悲欢不断向前推进。故事最后以喜剧收尾，李华不但当了县令，还抱得两位美人归，成就了一段佳话。

鬼神来相助，加官又娶妻。《十王庙》与《聊斋志异·陆判》前半部分相似。主人公朱尔旦经陆判换心而才思大进，考中举人，其妻宋飞燕经陆判换头变成了美女。宋飞燕的新头来自被坏人王十杀死的吴绛仙，吴绛仙又借病逝的花晓云之尸还魂。这条线索，引发了吴家和花父等一系列官司纠葛。这部戏故事情节虽让人匪夷所思，然结局仍不脱朱尔旦在陆判帮助下平贼立功，归来娶妻团圆的大结局。

人人归正位，一郎抱三女。《玉燕钗》所述故事与《西游记》中唐僧父母的遭际类似，都是在上任途中被黑心船户谋害，但是结局却完全不同。《玉燕钗》中岳俊被推下水后，因邹眉娘所赠定情信物玉燕钗而活命，途中又为侠女李倩倩救起。剧中女性所散发出来的光彩夺人眼目：岳俊正妻邹丽娘本是柔弱女子，情急之下勇敢地操刀杀贼，为夫报仇；侠女李倩倩巧妙地借刀杀死乜明，保全了自己与邹眉娘的清白。最后，在机智可爱的仆人山精、妙英及英雄李汉蛟的帮助下，坏人贾充伏法，岳俊归位，并与三位美貌且智慧勇敢的女子欢聚团圆。

金榜一题名，花烛两洞房。《白玉钿》讲元顺帝任用番僧，书生李清彦拒绝逢迎并当面痛斥番僧，因此遭到番僧的记恨。一方面，李清彦与董寅上京途中，邂逅美女尚飞琼，在梦中与她互赠信物定情；另一方面，李清彦好友苏天爵又将其表妹崔双林介绍给了他。但是在返家途中，李清彦身份与定情信物都被董寅窃取。董寅冒名前去迎娶二人，可是其诡计被尚飞琼识破。董寅愤恨在心，便设法将尚飞琼送入番僧处严刑拷打。正在这危急时刻，李清彦与苏天爵联手除去番僧，解救尚飞琼。最后李清彦升官，与二女成婚。

三头同归身，夫妻共团圆。《紫霞宫》一剧全因男主人公谷梁栋心地仁慈而起，因其仁慈，所以赠银范思增、花文豹，才有三人结拜；因其仁慈，所以收留继母前夫之子，才有妻子被害。然而，不经历风雨焉能见彩虹。在一番曲折之后，谷梁栋成为皇帝面前红人，花文豹封忠顺将军，范思增无罪释放且加官，谷梁栋与妻吴晚霞、范思增与妻夏云峰团圆，坏人吕子欢、吕花瓣、海慧和尚都以命谢罪。

武则天退位，谢瑶环团圆。《万福莲》讲述的是袁华、谢瑶环与龙象乾、萧慧娘这两对鸳鸯在逼武则天退位的历史洪流中的离散聚合。剧中没有纯粹的坏人，即使是萧九三，最后也加入了逼武氏退位的队伍中。经过一番波折，众人愿望终于实现：武氏华丽谢幕，中宗李显继位。各位功臣加官晋爵，谢瑶环与萧慧娘被封夫人，与丈夫团圆。

书生中状元，二女变新娘。《蝴蝶媒》叙述的是隋朝末年书生蒋峦和才女柳碧烟、花柔玉在杨素的暴力淫威下的悲欢离合故事，其中穿插着义士张崇简聚众起义，无赖牛双趋炎附势强抢民女，柳碧烟勇敢代嫁等情节。在剧本末尾，蒋峦考中状元，及时救回了柳碧烟，并与柳、花成亲团圆，坏人牛双被杨素杀死。

火焰驹报信，李家人团圆。《火焰驹》是一出兼有忠奸斗争、平叛北番以及爱情离合的戏，很有看头。忠臣李绶之子李彦荣奉命征伐北狄，奸臣王强因与李绶不和，于是自荐为运粮官，却在战争中不及时运送粮草，逼迫李彦荣降番。由这引发了李绶被捕，李彦贵卖水，黄桂英赠银，黄璋陷害李彦贵等一系列生动的故事。义士艾谦骑火焰驹为李彦荣报信，李彦荣带兵杀回，救家人，诛奸臣，最后全家大团圆。

文武皆立功，四素各归主。《清素庵》中的主人公是范质素、颜如素、水若素、薛玉素四位美人，以及书生水常清、武生薛清乾。在战火与忠奸斗争中，六个主人公的命运一波三折，最后书生考中状元，武生在军前立功，并共同打倒了奸臣阎文应,两位男主人公携得美人归,大家同庆团圆。

"十大本"无论剧情多么曲折离奇,无一例外地都以男女主人公大团圆为结局,这不是李十三的个人创造,而是中国自古以来所有创作者智慧的结晶。大团圆可以说是身处苦难而无法自拔的中国劳动人民的美好理想,虽然好多人都没有在现实生活中实现,但是剧作家在剧本中帮助大家圆了这个梦,从而使观剧人一睹为快。

2. "大团圆"成因解读

"'大团圆'是中国的传统文化、哲学思想和艺术精神的集中体现。"[①]戏剧只有以美好的团圆结尾,方能彰显其惩恶扬善的主题。每一部剧都是作家心灵世界的展现,也是作家反映大众希冀的所在,因而,戏剧具有教化功能。当观众被剧中人物所感动时,他们就会去模仿学习剧中的人物做派。

(1) 以传统文化为基础

在中国传统文化中占据主导地位的是儒家文化。儒家文化是入世文化,历朝历代的文人学士都以"学而优则仕"为人生奋斗目标。在李十三的"十大本"中,男主人公多为寒窗苦读的书生,他们的上场诗多是心中理想与抱负的表白,例如《紫霞宫》中的谷梁栋一出场就念道:"昔日工夫不可荒,抱负非常往帝邦。雁塔题名表姓字,金花插帽辉宫墙。"[②]儒家文化还提倡温柔敦厚,提倡中庸的处世之道。"与希腊的悲剧精神不同,孔子的儒家礼乐观念倡导和谐调节,温柔敦厚的生命基调。"[③]儒家的"礼义"是戏曲重要的精神支柱,它要求戏中的人情在抒发过程中最后都能和伦理规则重叠,这反映在戏剧作品中,就表现为没有纯粹的悲剧,戏剧结尾总会以感情的持中式的团圆作结。

(2) 以观众欣赏为目的

戏剧观众文化水平不同,因而剧作家在创作时必须重视观众看戏之后的

---

① 姚文放. 中国戏剧美学的文化阐释 [M]. 北京:中国人民大学出版社, 1997:111.

② 李芳桂. 李芳桂剧作全集校注·紫霞宫 [M]. 王相民, 校注. 西安:三秦出版社, 2011:252.

③ 余秋雨. 中国戏剧史 [M]. 上海:上海教育出版社, 2006:23.

心理反应。皮影戏的演出费用低,道具少,这使得它可以"像血液在血管中运行一样,无处不到,最能直接地深入群众,即使是文化教育绝迹,人烟稀少的山区,皮影戏也能把民族历史文化知识普及到这些地方,在娱乐之中,'传古今之声容事理'"①。在农村,好多百姓经过一天的劳累,晚上去看看戏,听听曲,想要舒缓一下疲困的身躯,如果大家笑着去,哭着回来,影响心情,使本来就劳累的自己更加困乏,那谁还愿意去看戏?因此,唯有大团圆结局,唯有让剧中人物有圆满的结局,大家才乐意去看戏,去娱乐,然后拥着快乐的笑容入睡。

李十三恰巧抓住了观众的这种微妙心理,他的"十大本"大都以书生考中状元,衣锦还乡,且迎娶美丽温婉的女子为结局。这样一来,不仅满足了观众的娱乐心理,也推广了自己的剧本,一举而两得。

(3)以伦理教化为宗旨

"在清代地方戏曲中,民间的道德观念和生活形态获得了多方体现。"②戏曲是非常看重社会功用以及社会教化的文学体裁。自从戏曲产生以来,它就希望凭借演出向人们传达各种伦理观念,比如儒家的忠孝节义、佛家的劝善惩恶等。中国封建社会的劳苦大众在身体和心理上都经受着封建王权、封建等级、封建思想的压迫与剥削,他们内心极其渴望找到一种排遣这些苦闷的方式。戏曲的大团圆结局使苦难中的百姓得到些许心理慰藉,所以,在戏曲结尾,坏人总是得到惩罚,好人都会升官发财,过上幸福的生活。这也向大家推行了做人一定要及时行善,要恪守忠孝节义的品质的道理。

李十三"十大本"作为乾嘉时期碗碗腔的杰出剧本,都具备这样的大团圆结局。在《十王庙》中吴绛仙被王十杀死,是因为"吴绛仙前生不该杀死白犬,故白犬脱化王十,以报一刀之仇"③。这虽然听起来有些荒谬,但无形中传达了及时行善、勿做坏事的伦理观念。

---

① 高泽,王禾,辛景生. 李十三评传[M]. 陕西人民出版社,1987:15.
② 余秋雨. 中国戏剧史[M]. 上海:上海教育出版社,2006:243.
③ 李芳桂. 李芳桂剧作全集校注·十王庙[M]. 王相民,校注. 西安:三秦出版社,2011:128.

（4）以自身经历为参照

郭英德先生在《明清传奇史》中说："文学艺术创作从来就不是单纯的娱情遣意的游戏，它必然或多或少地要烙上作家的生平经历和思想意趣，传达作家的现实感受和审美趣味。"①弗洛伊德也说过作品是作家的白日梦。李十三作为一个在现实中并不顺利的作家，在作品中让主人公帮助自己实现了梦想。

李十三从小接受儒家文化的熏陶，平生愿望就是把所学变为所用，上报国家，下安黎民。然而，天不遂人愿，他一生仕途坎坷，十九岁考取生员之后，直到五十二岁，也只是"拟录六十四名"，考后，"截取皋兰知县"而已。②自己的人生如此凄惨，在作品中他就不忍心看到青年书生和武生们步自己的后尘，所以，在他的剧作中，青年书生、武生最后都升官，并且迎娶了貌美如花的妻子，有的还娶了两个甚至三个。这些美好的大团圆结局可以说是李十三恢宏壮丽的人生梦。

（5）以封建王权为后盾

"十大本"含蓄地透露出李十三对封建王朝的幻想与期待。他"五十二岁，已是发浅眉淡的年龄了，但仍然'壮心不已'，第二次进京参加嘉庆四年（1799）庚申科会试"③。由此可知，李十三内心渴望走的一直都是"学而优则仕"的仕途之路，即使在知天命的年纪，仍旧对仕途抱有幻想，仍旧把封建王权作为自己实现抱负的阶梯。从这一点来说，李十三是可悲的，所有的失意封建知识分子也都是可悲的。

"十大本"的大团圆结局的后盾依旧是封建王权：《香莲佩》中的团圆建立在吕思望、吕庚娘、曹秀生共同为国灭贼立功的基础上，《春秋配》的团圆以李华劝说张雁行归降为前提，《蝴蝶媒》的团圆以蒋峦考中状元为根基，剩余七部戏也多是主人公为国立功，然后由封建王权授予官职，最终男女主角才得以相聚团圆。从此可以看出李十三对于封建王权抱有的幻想和期冀，这也是他难以逃脱的社会给予他的认知的体现。

---

① 郭英德．明清传奇史［M］．南京：江苏古籍出版社，2001：294．
② 高泽，王禾，辛景生．李十三评传［M］．陕西人民出版社，1987：2．
③ 高泽，王禾，辛景生．李十三评传［M］．陕西人民出版社，1987：2．

三、充满艺术性的戏剧语言

终其一生,李十三始终在两种身份中徘徊挣扎,即饱读诗书追求功名的儒士和扎根农村教书糊口的先生。作为多次参加科考并且考中举人的儒士,李十三可以说真正地达到了博通古今的文化广度和深度;作为成长于农村、基本上都在村里教书的先生,他又做到了真正深入社会,了解民情,熟悉农村的一草一木和一人一事。因此,当李十三被迫放弃仕途,走向戏曲创作时,他便是一个语言上集温婉典丽、高雅端庄和通俗易懂、幽默诙谐于一体的真正戏曲作家。"在他的笔下,这两个矛盾着的方面达到了和谐的统一。一经上演,就能收到雅俗共赏、妇孺皆爱的效果。再加上他深厚的文学教养,渊博的历史知识和对儒学、道学、佛学精深的钻研,就使得他的戏剧语言写得既有思想的深度,又有社会性的广度,给人一种贯通古今、才思无穷、信笔轻抒发、左右逢源、精彩纷呈的感觉。"①

1.个性化的语言

个性化的语言是指人物所说的每一句话都能恰如其分地表现他(她)的身份、地位、年龄、职业、教养、性格,且很到位地表达出其时其地人物的所思所想和感情。

在"十大本"中,作者塑造了许多才子才女形象,他们的说白、唱词都反映出了良好的家庭教育和浓郁的诗书气息,给人一种清新活泼又典丽文雅之感。语言是其展示内心活动的重要媒介。

拿《蝴蝶媒》中的才子蒋峦来说,他才高八斗,学富五车,最后考中了状元。蒋峦带着书童伴云来到了天竺寺游玩,看到眼前景致曼妙,便唱道:

> 柳暗花明春正芳,云静见山光。
>
> 游蜂攘攘蝴蝶忙,桃花齐开放。
>
> 和风荡荡,吹动罗裳。
>
> 春色有意倩人赏,
>
> 天竺寺院真雄壮,碧琉璃辉煌。

---

① 高泽,王禾,辛景生.李十三评传[M].陕西人民出版社,1987:193.

> 檀烟缭绕透上苍,遥闻钟鼓响。
>
> 四面八方,湖水汪洋,
>
> 好似登天一般样。①

这段唱词让观众明显感受到浓郁的诗书气息。环境的优美、寺院的雄壮,作者借蒋峦之口描述了出来。春暖花开之际,山色空明,蝴蝶、蜜蜂与桃花谱写恋歌;暖风吹来,拂过人面,翻动罗裙,一片湖水与天相接。在这样一幅美妙的如画春光中,天竺寺钟鼓悠悠,宝殿雄伟壮阔,碧色琉璃瓦与湖水交相辉映。蒋峦不愧有状元之学,将景色描写得十分生动,富有感染力,不禁让人心胸为之开阔。写壮阔之境是为了引出心胸宽广之人,接着出场的张崇简就是一位胸怀天下、想要与帝王争雄的豪侠之士。蝴蝶的出现也照应了题目《蝴蝶媒》,为柳碧烟家养蝴蝶的出现以及对蒋峦的吸引做了铺垫。

《火焰驹》中的黄桂英是一位闺中才女,她的唱词不仅含蓄地表明了自己的闺中少女情怀,也显示出了大家闺秀知书识礼的风范。当黄璋告诉她与李彦贵结亲时,黄桂英说道:"李兵部是个刚方正直之人,朝野歌功颂德,实是苏州第一名门。"②由此可知她心里是非常乐意这门亲事的,而且表达出了自己的人生观、价值观,即刚方正直。在黄璋毁亲时,黄桂英又说:"'信者,人之本也'。当日李家荣贵,将孩儿面许,今因犯罪,又要悔亲。依孩儿愚见,暗中周济,方不失亲戚之谊。"③一个十几岁的闺中少女如此通情达理,且典籍章句信手拈来,表现出其高洁的品格和良好的素养。李彦贵来花园送水时,黄桂英本想着"今日里且喜得见郎一面,这才是巧姻缘千里线牵。只要他不推脱肯进花园,亭子上我与他盟定百年"④,可是真正到说的时候,她又出于大家庭未婚女子的羞涩向芸香道"我的心事,你尽明

---

① 李芳桂. 李芳桂剧作全集校注·蝴蝶媒[M]. 王相民,校注. 西安:三秦出版社,2011:334.

② 李芳桂. 李芳桂剧作全集校注·火焰驹[M]. 王相民,校注. 西安:三秦出版社,2011:382.

③ 李芳桂. 李芳桂剧作全集校注·火焰驹[M]. 王相民,校注. 西安:三秦出版社,2011:388.

④ 李芳桂. 李芳桂剧作全集校注·火焰驹[M]. 王相民,校注. 西安:三秦出版社,2011:391.

白,你向他说"①。剧本通过这些出色到位的语言描写塑造了黄桂英这样一个生在大家庭、受过良好教育、对婚姻充满向往同时又恪守礼节的羞答答的少女形象。

同是闺中弱女,《白玉钿》中的崔双林则与黄桂英性格完全不同。崔家也是大家庭,崔双林的父亲生前官至刺史。尚飞琼跳江遇救后暂住在崔双林家,崔氏母女问起尚飞琼遭际时,尚怕她们笑话,崔则直爽地说道:"不笑不笑,我先不会笑人。"②当她得知自己的未婚夫也叫李清彦时,便埋怨母亲:"听一言来心起火,埋怨声积世老婆婆。"③然后直接唱道:

你的女儿只一个,为何逢人胡嘱托。

恨不得把儿作发过,不管后来人死活。

你儿总是赔钱货,宁死不嫁那怪物。

姐姐呀!投江的事轮着我。④

从这样娇痴直爽的语言中,观众看到的是一个活泼可爱毫无心机的小女孩,虽是大家庭的女孩,可并不像黄桂英那样,反而像是被父母宠坏了的小姑娘。这就是作者个性化语言的魅力所在:把不同人的性格特征用恰到好处的语言表现了出来。

2.诗意与俚俗并存

诗意的语言一般出自文人之口,而俚俗的话语来自市井小民。由于李十三特殊的身份和人生经历,在他的剧作中,诗意和俚俗融为一体,天衣无缝,丝毫没有突兀拼凑的感觉。

"十大本"中的诗意语言来自作者深厚的文学功底,"四书五经"、唐诗、宋词、元杂剧、明清传奇、小说都在他的剧本中出现过。还有就是从古

---

① 李芳桂. 李芳桂剧作全集校注·火焰驹 [M]. 王相民, 校注. 西安: 三秦出版社, 2011: 392.

② 李芳桂. 李芳桂剧作全集校注·白玉钿 [M]. 王相民, 校注. 西安: 三秦出版社, 2011: 232.

③ 李芳桂. 李芳桂剧作全集校注·白玉钿 [M]. 王相民, 校注. 西安: 三秦出版社, 2011: 233.

④ 李芳桂. 李芳桂剧作全集校注·白玉钿 [M]. 王相民, 校注. 西安: 三秦出版社, 2011: 233-234.

至今的典故，被作者信手拈来，且用得恰到好处。

在《春秋配》中，张雁行有句唱词是这样的："西风紧雁南飞园林如画，果然是霜叶红胜似春花。"①这句唱词改自《西厢记》中的"碧云天，黄花地，西风紧，北雁南飞。晓来谁染霜林醉，总是离人泪"②，经作者这么一改，并没有不合适或者不上口的味道，仍然是一句写景妙语。在剧本《清素庵》中，水常清和范质素私自定下姻缘不说还成就了美事，在第十四回《露真》中，水常清唱道："露珠儿常常地滴在花梢。"③这一句化自《西厢记》"露滴牡丹开"④。

在《玉燕钗》中，李倩倩在《惊钗》一回中上场就念道："潮平两岸阔，风正一帆悬。"同一回中邹丽娘与李倩倩相认后念道："山尽水穷疑无路，柳暗花明又一村。"第十二回《诬陷》中，李汉蛟上场诗有两句化自于《庄子》，即"何日大鹏将展翅，万里扶摇上九天。"在第十三回《报信》中邹丽娘的唱词直接引用了杜诗："风急天高猿啸哀，渚清沙白鸟飞回。无边落木萧萧下，不尽长江滚滚来。"此剧中，多处引用唐诗和《庄子》中的经典名句，不仅容易让观众听懂，而且使剧本的语言更加诗意化、特色化，读来满嘴生香，听后回味无穷。

"十大本"除了引用经典之外，每一部剧本身就是诗一样美的作品。剧中的才子佳人连平常对话都可以出口成诗。《香莲佩》第四回《赠镯》中魏绛霄哭哭啼啼、悲悲切切地来到荒郊捡柴，途经生母的坟墓，唱"墓上藤萝霜后断，白杨风冷透骨寒"⑤，这诗一般的语言展示了她生活的不如意和心里的悲凉。《紫霞宫》中谷梁栋上场自我介绍："先君黉门凤彦，早赴玉楼。生母闺阁贤媛，身游阆苑。继母郑氏，甚是慈良，视我夫妻，不啻己出，且

---

① 李芳桂. 李芳桂剧作全集校注·春秋配[M]. 王相民，校注. 西安：三秦出版社，2011：62.
② 王季思. 中国十大古典喜剧集[M]. 上海：上海文艺出版社，1982：131.
③ 李芳桂. 李芳桂剧作全集校注·清素庵[M]. 王相民，校注. 西安：三秦出版社，2011：435.
④ 王季思. 中国十大古典喜剧集[M]. 上海：上海文艺出版社，1982：126.
⑤ 李芳桂. 李芳桂剧作全集校注·香莲佩[M]. 王相民，校注. 西安：三秦出版社，2011：9.

有丸熊画荻之风,因此小生得以肆力云窗。"①前两句对父母的介绍采用了对仗的四六句式,后一句对继母的介绍又用"丸熊画荻"的典故,使演员演出念白朗朗上口。诗一样的语言造就了诗一样的美感,戏曲中的佳词丽句并不比诗词差,甚至技高一筹。

"一切艺术现象都不可能全然摆脱地域的限定性。"②"十大本"中的俚俗语言主要源自陕西方言、俗语、道上语。这些虽是俚俗之语,但并不使剧本显得低俗,反而更容易使群众接受,同时也反映了作者从生活中取材,为民写戏、为民发声的崇高精神。

李十三作为一个土生土长的陕西人,对陕西方言十分熟悉,他的剧本素来被称为陕西方言的活化石。笔者认为这样的评价是切中肯綮的。在"十大本"中处处都有陕西方言,比如"加""着""哩"等字以及各种俚俗词语的运用。在这里笔者要举一个句式——"我把你""我把你……",或者在"我把你"中间加虚词,这个句式后面跟的往往不是一个完整的句子,而是一个名词性短语或者人名,通常表达的是说话人一种强烈的无奈、气愤、有火没处发的情绪。此句式在"十大本"中几乎都有所涉及。在《香莲佩》第十四回《寻尸》中诸葛暗骂牛二道:"我把你这龟娃子,照顾我挨板子跑路,我把你。"③前面是"我把你"加名词性短语,后面则直接用"我把你",表达了诸葛暗为尸体挨了打,还得接着跑来跑去寻找尸体的气愤心情。在《春秋配》第四回《捡柴》中,李华留下银子转身要走,姜秋莲却让乳娘叫李华留步,这时乳娘说道:"哎,我倒把你。你去唤,我不会唤。你看你怕怕不怕怕,怪不得姚婆子打你哩。"④这句话在"我把你"中间加了虚词"倒",如此一来就更加表现了乳娘拿姜秋莲无可奈何,心里对她产生了不满的情绪。

---

① 李芳桂. 李芳桂剧作全集校注·紫霞宫[M]. 王相民,校注. 西安:三秦出版社,2011:9.
② 余秋雨. 中国戏剧史[M]. 上海:上海教育出版社,2006:144.
③ 李芳桂. 李芳桂剧作全集校注·香莲佩[M]. 王相民,校注. 西安:三秦出版社,2011:34.
④ 李芳桂. 李芳桂剧作全集校注·春秋佩[M]. 王相民,校注. 西安:三秦出版社,2011:65.

除了方言之外，李十三在创作剧本时还运用了许多俗语、歇后语之类的话语。《紫霞宫》第二回《结拜》中县官宁继愈打了花文豹之后有一句唱词是："似这等好照顾感恩不尽，后臀子熬竹笋先敬乡亲。"①"后臀子熬竹笋"是一句俗语，意思是用竹板打屁股。在《万福莲》第七回《怒骂则天》中，袁华大骂武则天，萧九三很气愤，跟众人说道："来几个冷娃，把他拴到后殿，吊在梁上，凤凰单闪翅，先捶上一顿，放他去吧。"②"凤凰单闪翅"意思是将人的一条胳膊一条腿吊起来。萧九三用这句俗语既增添谐趣，又非常符合他的身份。

"十大本"中写了许多落草贼寇行窃偷盗的事情，他们这些入伙的人在交流时都有自己的暗语，也就是道上用语。作者在构思这些情节时，为他们安排了符合其身份的语言，因而剧本中就出现了一些道上用语。剧本《玉燕钗》第四回《误陷》中乜性上场之后说："咿唔，咿唔，卖去刮金板，置下水上漂。"③这句话是船户用语，意思是卖了土地，买了一条船做船户，靠渡人过河赚钱生活。紧接着乜性的儿子乜明与父亲说道："如今我想来，你这贼船也是做贼，放响马也是做贼。"④"放响马"意思是上山入伙，落草为寇。第五回《附贼》中乜明前来投靠刘通，小卒报："有一汉子前来吃粮。"⑤这"吃粮"的意思就是前来入伙。

总之，"十大本"中的语言达到了寓庄于谐、寓雅于俗、当深则深、当浅则浅这样炉火纯青的艺术境界，可以说每一句话语都是作家反复思考之后为剧中人物量身打造的、符合其特征的个性专属话语。"十大本"本身就是一部研究陕西方言很有价值的集子，希望能为更多学者的研究提供语料。

---

① 李芳桂. 李芳桂剧作全集校注·紫霞宫[M]. 王相民，校注. 西安：三秦出版社，2011：254.

② 李芳桂. 李芳桂剧作全集校注·万福莲[M]. 王相民，校注. 西安：三秦出版社，2011：300.

③ 李芳桂. 李芳桂剧作全集校注·玉燕钗[M]. 王相民，校注. 西安：三秦出版社，2011：170.

④ 李芳桂. 李芳桂剧作全集校注·玉燕钗[M]. 王相民，校注. 西安：三秦出版社，2011：171.

⑤ 李芳桂. 李芳桂剧作全集校注·玉燕钗[M]. 王相民，校注. 西安：三秦出版社，2011：172.

第五节 "十大本"的文化精神

"文化"这一术语的渊源及内涵早从20世纪80年代开始就引起了中外学者的关注和讨论。文化有广义和狭义之分，本节主要从狭义的角度来探讨李十三"十大本"的文化精神。"狭义的文化主要指人类精神层面的文化，即思想观念和审美情趣、价值观念、宗教信仰和思维方式等。"①占据中国传统文化精神主体地位的历来不出儒、道、佛三家学说，戏曲作为中国文化的一部分，不可能脱离传统文化而单独存在，李十三的剧本亦如此。"十大本"中处处展现着儒家忠孝节义、仁义礼智信，剧中的主要人物不论男女都信奉儒家学说，并把儒家的伦理道德当作自己的言行标准，但是他们在遇到困难和挫折时却总是以佛家的因果报应、因果循环、生死有命来宽慰自己。剧中人物的所思所想都是作家的思维活动，李十三将自己数十年以来的文化积淀浓缩在了剧本里，从"十大本"中观众可以看出他深受儒、佛文化精神以及民俗文化滋养。

"良好的艺术修养是剧作家从事创作活动的首要条件，而良好的艺术修养则需要通过宏富的阅读和广泛的涉猎来铸成。"②李十三学习儒家经典的时间占据了他六十余载人生的大半，虽然科举没有成功，但是为他的戏剧创作打下了雄厚的文化基础。另外，乾嘉时期佛教思想在中国广泛流行，李十三作为一个关心时政的人势必会关注佛教、研习佛经。李十三在他五十二岁时幡然醒悟，放弃求取名利并一心写戏，这又是他身上道家出世思想的些微展现，但是这种思想在剧本中很少被提及，即使稍有苗头也很快就被儒家入世思想所取代。所以，"十大本"的文化精神主要是积极入世，一心报国的价值观念，是忠孝节义、仁义礼智信的伦理道德，是因果报应、生死有命等因果观念，一言以蔽之，即儒、佛思想。

---

① 高益荣. 元杂剧的文化精神阐释［M］. 北京：中国社会科学出版社，2005：5.
② 姚文放. 中国戏剧美学的文化阐释［M］. 北京：中国人民大学出版社，1997：111.

一、"伫看麟阁姓字传"——儒家思想

"十大本"中的儒家思想主要表现为主人公积极入世、求取功名、一心报国，为国献身的精神。剧中的男主人公一般是青年书生，他们致力于科举考试，想要一举成名，凌烟阁上把图画。《十王庙》中的朱尔旦本是个愚鲁之人，出场后介绍自己"赋性迟钝，百倍其功，才有这一顶头巾"，却还要坚持参加科考，盼望有朝一日高中状元，"振翮冲霄汉，鹏程扶九万"[①]。其他书生如李华、李清彦、谷梁栋、龙象乾、蒋峦、水常清都与朱尔旦拥有同样的人生目标，那就是通过科考扬名立万，辅佐君王，实现人生抱负和自身价值。《玉燕钗》中的岳俊是一位终于挤过了科举独木桥的县官，可他并没有因此而满足，科举求仕只是手段，他的人生理想借发妻邹丽娘之口缓缓道出——"做官须要爱百姓"[②]。可见书生们的梦想也不仅仅是高中，而是高中之后与民做主、为民发声，带领国家走向富强，最终能够青史留名。

《香莲佩》中的曹秀生是一位武将，他上场后，自我陈述："男儿志在安天下，扫除贼寇定中华。宝剑不住鸣，定要将贼杀。凌烟阁上把图画。"[③]一身武艺将成为武将报国安天下的利剑。《玉燕钗》中的朱永也是武将出身，在国家出现反贼的时候积极上前线打仗平贼，保卫国家。还有《清素庵》中的薛清乾、《紫霞宫》中的花文豹、《火焰驹》中的李彦荣，他们身为武将，并没有因为已经做官就安逸放纵，反而在平天下的战场上，为国家和人民奋战不已。

不论已仕抑或生员，不论文臣抑或武将，"十大本"中的男主角们都承载了作者李十三的人生愿望，活跃在戏台上，是他们替作者完成了科举求仕、治国平天下的梦想，是他们完美地阐释了作家的儒家文化精神，是他们促成了作者青史留名的泰斗式戏曲地位！

---

① 李芳桂. 李芳桂剧作全集校注·十王庙 [M]. 王相民，校注. 西安：三秦出版社，2011：110.

② 李芳桂. 李芳桂剧作全集校注·玉燕钗 [M]. 王相民，校注. 西安：三秦出版社，2011：167.

③ 李芳桂. 李芳桂剧作全集校注·香莲佩 [M]. 王相民，校注. 西安：三秦出版社，2011：15.

"十大本"还是全面表现儒家忠孝节义、仁义礼智信的力作。剧中塑造了很多忠臣,如《玉燕钗》中的朱永、《白玉钿》中的苏天爵和吕思成、《火焰驹》中的李绶和周信卿、《清素庵》中的颜辅道和范自修,他们都是全心全意效忠于皇帝的忠臣,即使在国家动荡不安、皇帝不辨是非、奸臣谄媚惑主、自己身陷囹圄的时候,仍是坚定地守在国家最需要的地方,等待皇帝的清醒。李绶和颜辅道都是被奸佞栽赃陷害入狱的国家栋梁,他们在被皇帝猜忌,甚至将要被处以死刑的时候,也依然如擎天柱一般站立着,秉持自己的忠诚信念毫不动摇。

"孝敬父母、尊师重道是中国文化之根本精神、中华民族之传统美德",甚至"有人称中国文化是'孝文化'"。①"十大本"中有好多地方在阐释"孝"的文化精神。同是被姚婆摧残的苦命女子,姜秋莲和魏绛霄都在劝说继母无效的情况下顺遂继母的命令外出捡柴,这样做虽违背了女子未成婚不得出外抛头露面的礼仪,但她们却尊奉了儒家的孝道,顺继母的意思,哭哭啼啼地到荒郊野外捡柴。《春秋配》中的张雁行因为一字之差被除去功名贬回原籍,心内怨气重重,打算上山落草。他在入伙之前,把妹妹托付给了姑父和姑姑,让妹妹做了他们的螟蛉之女。离开之前,张雁行还不忘嘱托妹妹:"贤妹,爹娘堂前须行孝。"而妹妹张秋联也答应:"朝夕定省岂惮劳。"②张雁行本是被科举抛弃了的即将要落草为寇之人,可他仍然不忘自己从小接受的儒家教育,尊崇孝道。妹妹张秋联虽是没接受过教育的女子,也深谙孝道,可见儒家文化精神经过数千年已经渗透到中国人生活的方方面面。

再以《紫霞宫》为例,剧本一开始就营造了一个母慈子孝其乐融融的家庭环境。从谷梁栋的出场介绍可知,郑氏是他的继母,却对他夫妻甚是慈良,而他也十分孝顺。当郑氏的前夫子女吕子欢和吕花瓣前来寻求救济的时候,郑氏本不打算收留,是谷梁栋从继母的角度思考——"他现是母亲所

---

① 赵吉惠.中国传统文化导论[M].西安:陕西人民教育出版社,1998:106.
② 李芳桂.李芳桂剧作全集校注·春秋配[M].王相民,校注.西安:三秦出版社,2011:59.

生,若不收留,母亲必不欢喜,你我何以为孝"①,劝妻子同意收留吕氏兄妹。在其他剧本中也都阐释了"孝"的传统文化内涵,这不仅是现实生活的真实反映,而且通过戏曲演出更加深层次地推广了孝道,使儒家精神能够深入人心,也使百姓更加自觉地以儒家文化精神为准则来指导现实生活。

"中国自古以来,强调礼仪、礼节","来调整人们行为的规范"。②在"十大本"中,"礼"主要表现为未婚女子对出闺房的抵制。姜秋莲和魏绛霄的继母都逼迫她们出门捡柴,但她们一开始并不遵从母亲的吩咐,因为她们从小深受儒家"礼仪"的教化,认为"闺中幼女,出外捡柴,难免外人耻笑"③。继母看她们不听话,就以打骂相逼。在这两个剧中,同是继母逼迫捡柴情节,作者却塑造了不同的人物形象,姜秋莲比魏绛霄更显机智,她秉持儒家礼仪与继母讲理:"总打死儿不去山涧坡上,诚恐怕行路人说短论长。况又是金莲小如何来往,望母亲且息怒仔细思量。"④在剧中人强烈的争执中,儒家传统文化的"礼"便被剧作家全面且到位地讲述出来了。

另外,"礼仪"在男女主人公的相爱相处过程中也有所表现。剧本中男女定情之后,总会严格守礼,如《蝴蝶媒》中蒋峦与柳碧烟私订终身后,蒋峦想要越礼,柳碧烟严肃地道:"奴非墙花路草,岂可轻辱,虽隔帘卖画,丧失廉耻,其实白圭无玷。"⑤这一句话便浇灭了蒋峦不切实际的幻想,将他重新拉到了礼法的规范中。柳碧烟虽然钟情于蒋峦,但是她仍是一位谨守儒家礼仪以捍卫自己人格尊严的奇女子,并没有被爱情冲昏头脑而做出有伤风化之事。"十大本"中除《清素庵》外,其他剧本塑造的男女主人公都严格以礼相待,未做出越礼之事,作者用美妙又克制的爱情为读者完美地阐释了儒家"礼仪"的文化精神。

---

① 李芳桂.李芳桂剧作全集校注·紫霞宫[M].王相民,校注.西安:三秦出版社,2011:253.
② 赵吉惠.中国传统文化导论[M].西安:陕西人民教育出版社,1998:92,98.
③ 李芳桂.李芳桂剧作全集校注·春秋配[M].王相民,校注.西安:三秦出版社,2011:61.
④ 李芳桂.李芳桂剧作全集校注·春秋配[M].王相民,校注.西安:三秦出版社,2011:61.
⑤ 李芳桂.李芳桂剧作全集校注·蝴蝶媒[M].王相民,校注.西安:三秦出版社,2011:340.

"信是诚信、信义,儒家伦理最为提倡。"①"信"的文化精神在黄桂英的身上得到了集中展现。在《火焰驹》中,黄桂英是一位从小受儒家思想熏陶的大家闺秀,得知父亲将自己许配给李彦贵之后非常高兴,因为她深深地被李家一门忠烈的刚方正直人格所吸引。当她听说父亲想要悔婚时,便以"信者,人之本也"来劝说父亲,劝说不成时又和芸香商量帮助老夫人,在帮助不成又少了芸香的陪伴下,她依然坚守自己的信念,怀揣着对李彦贵的爱慕,不顾礼仪,前去法场生祭李彦贵,并且下定决心以死相随,"黄泉路一定要幽魂相依"②。在黄桂英的身上,一个"信"字得到了全面展示。

"'义'既是一种道德行为、传统美德,又是一种价值取向。"③《春秋配》中的张雁行在李华入狱之后,带着小喽啰去劫法场解救好朋友,一身豪侠尽显男儿"义"气。李华被救出之后,非但不感激朋友,还怪朋友多此一举,连夜逃跑下山回去接受惩罚,虽然迂腐了点,但这也是知识分子宁丢性命不失节气的高洁品格的展现。《火焰驹》中的义士艾谦受了李绶五百两银子的恩惠,崇奉儒家知恩报恩的理念,在李家受难、人人避之不及的时候,冒着得罪皇帝的危险去北番报信搬兵,最终救出李彦贵。

"十大本"就像是一幅展现儒家传统文化精神的美丽画卷,它通过讲述动人的生活故事、勾勒各具特色的人物形象、设置曲折离奇的情节,使扬善去恶的文化精神深入百姓心中,并逐渐成为他们日常生活行动的标杆。

二、"善恶到头终有报"——佛家思想

佛家的"缘起论"讲求因缘,认为世间一切都是因缘和合,有因必有果,有果又必有因。"这种理论和中国固有的报应观念相融合,长期积淀在人们的心里,形成了深沉的善有善报、恶有恶报的观念,为约束自身的言行,奉行去恶从善的道德准则奠定深厚的思想基础。"④佛家的这种思想影响了每一个中国人,并体现在他们生活中做事的方式上。

---

① 赵吉惠. 中国传统文化导论[M]. 西安:陕西人民教育出版社,1998:99.
② 李芳桂. 李芳桂剧作全集校注·火焰驹[M]. 王相民,校注. 西安:三秦出版社,2011:403.
③ 赵吉惠. 中国传统文化导论[M]. 西安:陕西人民教育出版社,1998:97.
④ 方力天. 中国佛教与传统文化[M]. 北京:中国人民大学出版社,2010:329.

李十三是一个深谙佛家经典的人,这一点体现在《白玉钿》中。李清彦与辇真和尚展开了一场儒佛辩论大战,里面从佛的诞生死亡到历代帝王对佛教的态度,再到对伪佛教徒言辞犀利的批判,都寄予了作家对伪佛教徒们深深的厌恶痛恨之情。这是因为作家生活的乾嘉时期统治者无节制地推崇佛教,导致许多百姓失去土地受苦受难、流离失所。然而作家虽然反对佛教,但是并不反对佛家思想,在很多方面又非常信奉佛家思想,比如"善恶到头终有报"在"十大本"中几乎都有所表现。

在《春秋配》中姜秋莲被迫与乳娘出外捡柴时,乳娘愤愤不平地斥骂姚婆,姜秋莲却唱:"劝乳娘你休将继母毁谤,这也是奴命中该遭祸殃。"①姜秋莲如此心态一是出于"孝道","孝"是"中国专制社会家族伦理的轴心,是维持家族组织结构和维护专制秩序的重要杠杆"②;二是出于对苦难命运逆来顺受的自我安慰。三是出于对乳娘的安慰;劝解乳娘不要担心,自己可以承受人生之苦。

在夜逃时,侯上官杀死乳娘,又逼迫姜秋莲与他做夫妻,这时姜秋莲又唱道:"天注定乌龙岗该我命丧,断不可伤风化失身求生。似这等难进退死为万幸,阴曹府森罗殿细诉苦情。"③此时的姜秋莲内里坚持着儒家思想——守礼,表面却想一死了之,然后到森罗殿申冤。紧接着姜秋莲急中生智,在侯上官摘梅花时将他砸到涧底,然后高兴地唱:"可恨这胆太大刁野凶横,杀乳娘夺包裹十分绝情。又想下禽兽心歪邪不正,果然是过往神有感有灵。"④姜秋莲不论是在顺境还是逆境都能将环境与自己的"命"联系起来,在危险的时候便想着最坏不过死,死后就到阎罗殿申冤,脱离危险的时候没有把功劳归结到自己身上,而是感恩过往的神灵,她将自己人生的好坏完全寄托在了所谓的"命"上,骨子里凝聚着浓厚的佛家思想。

---

① 李芳桂. 李芳桂剧作全集校注·春秋配[M]. 王相民,校注. 西安:三秦出版社,2011:62.
② 方立天. 中国佛教与传统文化[M]. 北京:中国人民大学出版社,2010:329.
③ 李芳桂. 李芳桂剧作全集校注·春秋配[M]. 王相民,校注. 西安:三秦出版社,2011:70.
④ 李芳桂. 李芳桂剧作全集校注·春秋配[M]. 王相民,校注. 西安:三秦出版社,2011:71.

《十王庙》是一部掺杂了鬼神戏的爱情戏，剧中设置了冥府、秦广王、陆判这样的场景与人物，并且使他们在故事情节的发展中起到了不可忽视的穿针引线作用。在第二回《观会》中，秦广王上场念诗："暑往寒来春复夏，善恶到头总不休。莫道阳间无报应，阴曹赏罚岂差谬。"①在第三回《遗簪》中吴绛仙和乳娘来到十王庙中参拜，看到十王庙中威武的神像不禁唱道："随乳娘两廊下细细游玩，只见那阴曹府许多故典。四下里尽都是牛头马面，掌簿书还有那太尉判官。行善人来世里托生官宦，作恶的又挑在油锅刀山。"②朱尔旦与零干上场后，也讲到了："都只为与人说报应，因修这地狱十八层。"③零干不懂，朱尔旦便细细讲述何为"十八层地狱"和"六道轮回"。陆判上场之后也与朱尔旦谈论："子游、子夏皆在地府修文。况且生死善恶，有许多簿书要记。"④为了使观众更加相信有因果报应的存在，剧中还设置了这样的情节：吴绛仙被王十杀死后，怨气不平到冥府申诉，秦广王解释说："只因吴绛仙前生不该杀死白犬，故白犬脱化王十，以报一刀之仇。"《十王庙》处处体现的因果报应、因果循环和善有善报、恶有恶报的思想正是佛家文化劝导世人行善以修善果的表现。佛家教人忍受苦难，做善事，种善因，以求得来世的善果善报。《十王庙》紧紧抓住佛家这一文化精神来塑造人物和结构故事，劝善惩恶，向封建统治下苦难百姓宣扬因果循环，给他们灰色的生活带来一线希望和期冀。

佛家思想的传播造就了许多中国的节日，佛家思想已然成为中国民俗文化的一部分，比如庙会、腊八节、中元节等等，这在"十大本"中也有所反映。相传阴历二月十九是观音菩萨诞生日，《万福莲》中就写到了庙会习俗。萧九三与张宏商量好"卖妹"之后，与张宏说道："二月十九日普乐庵

---

① 李芳桂. 李芳桂剧作全集校注·十王庙［M］. 王相民，校注. 西安：三秦出版社，2011：111.

② 李芳桂. 李芳桂剧作全集校注·十王庙［M］. 王相民，校注. 西安：三秦出版社，2011：112.

③ 李芳桂. 李芳桂剧作全集校注·十王庙［M］. 王相民，校注. 西安：三秦出版社，2011：113.

④ 李芳桂. 李芳桂剧作全集校注·十王庙［M］. 王相民，校注. 西安：三秦出版社，2011：114.

中观音大会，小人当着会首，等把会事过了，即便送来。"①到庙会这天，男男女女都前来看赛会，谢瑶环也换了便装来观会。萧九三作为会首，拈香替百姓发声，祈祷"国泰民安""风调雨顺""太子千秋"等等。这样的祷告显示了百姓心中的希冀，同时也表现了佛家文化精神已经渗透在人民生活的方方面面，成为中国百姓的日常。

李十三在"十大本"的多个剧本中阐释佛家这种思想，并不是他封建迷信，而是想要借剧本来宣扬佛家的这种文化精神，并借可以深入群众的皮影戏的方式来引导百姓向善，也给予百姓心灵慰藉。

三、民俗文化的滋润

"中国戏曲是根植于民间文化的沃土中成长起来的一株艺术花蕾，如果说中国传统的儒道佛文化所提供给它的是主要养料，那么民间文化就是它赖以生存的沃土、水分，从中国戏曲发展的历史就可清晰地看出民间文化所起的巨大作用。"②李十三生长在民间，他看惯了底层社会的生活百态，熟知百姓生活的一举一动，这就决定了其作品的亲民性特征。"十大本"中几乎处处表现着民俗文化精神的特征，这就给读者造成了一种生活就是戏的感觉，不知不觉中拉近了观众与作家和作品的距离。

中国有很多独具民族特色的民俗节日，如春节、元宵节、清明节、鬼节、中秋节等等，李十三从这些民间文化中汲取养料并将其反映在"十大本"中，使作品更加贴近真实生活，提高了剧本的真实度。

首先，"十大本"中写到了不少节日民俗。《十王庙》中主人公朱尔旦和吴绛仙相遇在十王庙的迎神赛会上，二人不约而同地在庙会这天前来游玩，以吴绛仙的遗簪和朱尔旦的拾簪为故事起点，开启了一场惊心动魄的艰难爱情之旅。在剧本第二回《观会》中，吴绛仙描述了庙会的盛况："远听得十王庙钟鼓响亮，男和女老和少闹闹攘攘。"③普通百姓对庙会十分重视，

---

① 李芳桂. 李芳桂剧作全集校注·万福莲[M]. 王相民, 校注. 西安：三秦出版社，2011：297.

② 高益荣. 元杂剧的文化精神阐释[M]. 北京：中国社会科学出版社，2005：24.

③ 李芳桂. 李芳桂剧作全集校注·十王庙[M]. 王相民, 校注. 西安：三秦出版社，2011：111.

大家都要借庙会之机拈香向神灵祷告一番，以祈求内心愿望的实现，其中的信赖和期盼不言而喻。例如花严祈求阎王保佑女儿花晓云恢复健康以结他的晚局，吴绛仙祷告"料得赤绳在冥府，可能相借系鸳鸯"[①]，就连坏人王十也暗自求十王爷爷赐他一个"媳妇老婆"。

清明是缅怀先人的节日，人们不论行走多远，都会在这天返回家乡祭奠先祖。剧本《蝴蝶媒》中的牛双就是在回乡祭祖时看上了花柔玉。他派人前去花府求亲，却被花中魁打骂赶回，因此结下仇怨，在杨素面前进言要选花柔玉去做侍女。《清素庵》中的范质素母亲病故，在清明时节也带着院子、丫鬟乘船回乡祭奠母亲。正是这一趟出行，她才得以结识书生水常清，成就了一段良缘。

每年农历九月初九是中国的重阳节，在这天，人们会登高望远，表达对亲人的思念之情。正如唐人王维所吟："独在异乡为异客，每逢佳节倍思亲。遥知兄弟登高处，遍插茱萸少一人。"浓浓的思乡愁绪缓缓地扑面而来。在《春秋配》中，书生李华"椿萱早逝，雁行寂寞""中馈虚席，只有老仆为伴"，[②]在重阳节的夜里，独自一人饮酒看李陵在番地的诗文，不免有些孤独凄凉之感。

腊月二十三俗称小年，相传小年这天是灶王爷回天庭汇报工作的日子，所以在这一天全国各地的百姓都要祭灶，以求得灶王爷汇报时给自家说好话。关中地区要用"灶火饦饦"（关中地区独有的一种面食）祭灶。在《香莲佩》中，蒋松和诸葛暗去魏家借魏呆迷的尸体充数，姚婆贾氏不同意，蒋松说："你记得那一年，那一年腊月二十四，你往你娘家看戏去，不是我给你赶的黑吊吊驴儿，到你娘家，你二嫂还给我一个灶火爷饦饦。"[③]腊月二十四的前一天就是小年，蒋松吃的"灶火爷饦饦"就是二十三祭灶时做的食品。腊月二十三用灶火饦饦祭灶这个民俗历来已久，李十三三言两语就把

---

① 李芳桂. 李芳桂剧作全集校注·十王庙[M]. 王相民，校注. 西安：三秦出版社，2011：112.

② 李芳桂. 李芳桂剧作全集校注·十王庙[M]. 王相民，校注. 西安：三秦出版社，2011：54.

③ 李芳桂. 李芳桂剧作全集校注·香莲佩[M]. 王相民，校注. 西安：三秦出版社，2011：25.

它写在了剧本中，使剧本散发着原汁原味的民间气息，渗透着博大精深的民间文化精神。

其次，"十大本"几乎每个剧本中都有爱情的出现，当爱情出现时就会有婚俗的展示。李十三的剧本中虽然多是反对父母之命、媒妁之言的自由恋爱、自主婚姻，但是当男女主人公定情之后，会互相赠送定情信物。《香莲佩》之所以起名叫《香莲佩》是因为曹秀生和吕庚娘定情之后，曹秀生送给吕庚娘自己随身佩戴的香莲佩，吕庚娘回赠曹秀生一枚指环，如此两人便定下了终身。"十大本"中有六个剧本以男女的定情信物命名，即《香莲佩》、《如意簪》（又叫《十王庙》）、《玉燕钗》、《白玉钿》、《万福莲》和《蝴蝶媒》。随着时代的进步和人们思想的解放，男女互赠定情信物可以看作是自主择偶、自主婚姻的新型婚俗之一。

在折戏《古董借妻》中，李春生借妻的原因是自己的贤妻病亡，而岳父岳母扣下了亡妻的首饰，并放出话来除非他再娶一房妻子，不然就不还首饰。这里的首饰应当是指男方向女方纳的财物，也就是现在所讲的彩礼的意思。这样生活中常见的民风民俗被作者信手拈来并稍加润色就成了一部生动有趣且具有讽刺意味和教育意义的名作。

作者在写男女主人公成婚时，也加入了原生态的婚俗描写。《春秋配》第十七回《团圆》中李华同时娶得两位美貌佳人姜秋莲和张秋联，按院何德福让两位女子"不妨同与李华为妻，不分大小，就在此地拜堂成亲。本院赔赠妆奁，耿大人便为月老，即日花烛"①。傧相在何德福的吩咐下主持婚礼："庵中一对陈妙常，脱去道服换红妆。交拜四品黄堂上，一个梁鸿两孟光。动乐，新人踏花毡，拜天地，拜高堂，夫妻交拜，入洞房。"②虽然是短短的一行字，却完整地写出了繁琐婚礼的整个流程，宛如一场婚礼的动态图，为观众生动地呈现了民间婚礼的文化习俗。

有喜事就有丧事，"十大本"还写了一系列民间丧俗文化。在折子戏

---

① 李芳桂. 李芳桂剧作全集校注·春秋配[M]. 王相民，校注. 西安：三秦出版社，2011：101.

② 李芳桂. 李芳桂剧作全集校注·春秋配[M]. 王相民，校注. 西安：三秦出版社，2011：101.

《四岔捎书》中，婆媳两个以为景家父子有一个过世，就在门上挂起了纸幡，家里设了灵堂，桌上摆起了灵位，媳妇和爱香还穿起了孝服，"化纸钱"来哭祭丈夫。杨明胜来取信时没有见到人，只看到了门上的纸幡，便匆匆赶去凉州向景家父子报丧。纪明母安顿好媳妇之后就前去自己弟弟家探亲，向弟弟诉说了丈夫去世的事情。纪明舅舅听说姐夫去世，出于亲戚礼仪，只得卖掉"凉粉担子饸饹床子"前去"行门户"。这一部戏只有七场，却将民间丧俗礼仪基本完整地写了出来，再一次展现了中国厚重的民间文化精神。

中国封建社会的宗族观念非常深厚，比如每个大家庭都会有自己家族的祠堂来安置祖先的灵位，逢年过节还要集体祭拜，大户人家是这样，小户贫苦农民没有那么大的家业，就采取修祖坟的形式来祭奠祖先。在陕西民俗中，人们将祖坟称作"灵"。剧本《玄玄锄谷》中玄玄和父亲贾捏揣锄地的地方就在"灵上"，那里埋着玄玄的爷爷。玄玄锄地的前一晚去看戏，看的是"豁口子家，收拾六周年"[①]请戏班唱的戏。这里的"六周年"是指"他（豁口子）大三年，他妈三年，两事搭一事"[②]，所以是六周年，意思是豁口子的父亲和母亲各去世三年，儿子要在父母的忌日给父母上坟祭奠。这也是丧俗的一种，是在丧事之后的接连三年，尤其是亲人亡故后的第三年对祖先尽孝的一种民俗文化。

除了以上所讲的民俗文化之外，"十大本"中还有许多其他方面的民俗。古人认为螟蠃不分雌雄，无法繁衍后代，就捕捉螟蛉来当作自己的孩子，所以"螟蛉"这一词就被广泛地用来指没有后代的夫妇从别人家过继来的义子或义女。过继子女已然成为一种民风民俗。《春秋配》中的侯上官夫妇是张氏兄妹的姑爹姑姑，而张氏兄妹无父无母，所以张雁行在上集侠山入伙之前将妹妹张秋联送到了姑姑家，并嘱托："侄儿要出外贸易，家中无人经理，将我妹子与姑娘做一螟蛉女儿，招赘门婿。"[③]然而毕竟不是血缘至

---

① 李芳桂. 李芳桂剧作全集校注·玄玄锄谷 [M]. 王相民，校注. 西安：三秦出版社，2011：497.

② 李芳桂. 李芳桂剧作全集校注·玄玄锄谷 [M]. 王相民，校注. 西安：三秦出版社，2011：497.

③ 李芳桂. 李芳桂剧作全集校注·春秋配 [M]. 王相民，校注. 西安：三秦出版社，2011：59.

亲，侯上官在自己残废不能继续偷盗的情况下打算将张秋联卖入娼门。张秋联听到后，趁夜逃跑才幸免于难。《玉燕钗》中的邹眉娘也不是苗润老儿的亲生女，她向岳俊夫妇如此介绍："我爹爹他也曾做过县令，临终时只落得两袖清风。撇下了没头鹅萍踪不定，因此上与姑丈作了螟蛉。"① "十大本"中有两个剧本都提到了螟蛉之女，这说明当时在关中地区收义子义女是一种普遍的社会现象，作者深受这种民间文化的影响才将其写在了剧本中。

当然，李十三的剧作中所表现的民风民俗并不都是优秀美好的，其中也包含了一些中国社会经久以来的陋俗恶习，比如在剧本中反复出现的"三寸金莲"。在封建社会中妇女几乎毫无地位可言，封建礼教不仅压抑了女人的精神，而且还折磨着她们的身体。缠足裹脚的由来众说纷纭，虽然几经废除，但真正废除却是推翻封建社会之后的事了。李十三虽为著名的剧作家，也有许多闪光的民主思想，可他终究生活在封建社会，思想仍有局限性，无法认识到缠足裹脚是一种陋习，所以"十大本"中对"三寸金莲"多有溢美之词。"十大本"中的闺中女子无一例外都是小脚美人：《香莲佩》魏绛霄"羞答答粉红桃花面，举步迟金莲小行动可怜"②，《春秋配》姜秋莲"况又是金莲小如何来往"③，《白玉钿》尚飞琼"一朵方开一朵罢，风姨无情卷落花。残红低衬香阶下，金莲轻移不忍踏"④，《万福莲》谢瑶环"谢瑶环笑嘻嘻离了公案，提着衣向彤墀移动金莲"⑤，《火焰驹》黄桂英"小金莲怎当得层楼势险，一霎时气吁吁斜倚栏杆"⑥。在这些剧本中，女子的"三寸金莲"

---

① 李芳桂. 李芳桂剧作全集校注·玉燕钗 [M]. 王相民，校注. 西安：三秦出版社，2011：169.

② 李芳桂. 李芳桂剧作全集校注·香莲佩 [M]. 王相民，校注. 西安：三秦出版社，2011：9.

③ 李芳桂. 李芳桂剧作全集校注·春秋配 [M]. 王相民，校注. 西安：三秦出版社，2011：61.

④ 李芳桂. 李芳桂剧作全集校注·白玉钿 [M]. 王相民，校注. 西安：三秦出版社，2011：219.

⑤ 李芳桂. 李芳桂剧作全集校注·万福莲 [M]. 王相民，校注. 西安：三秦出版社，2011：302.

⑥ 李芳桂. 李芳桂剧作全集校注·火焰驹 [M]. 王相民，校注. 西安：三秦出版社，2011：390.

是被赞美的对象，也是美貌的象征，正是这些"金莲"才增加了她们摇曳生姿的妩媚气质，引发了男主人公对她们的怜爱之情，所以初次见面就会一见钟情，私订终身。

"十大本"中所透视的民间文化精神是淳朴真实的百姓生活的写照，散发着浓郁的乡土气息，滋润着观众的心田。当然，大家应秉承"取其精华，去其糟粕"的原则对它们加以筛选，使优秀的民间文化得以流传并发扬光大。

第六节　"十大本"的流传与影响

总览李十三"十大本"就如鸟瞰清代社会一般，其政治的腐化、经济的变动、社会的动乱、思想的多样、百姓生活的艰辛、儒士的不顺等等，都为观众尽收眼底。作者用他的如椽大笔描摹了百态人生，小小的十三个剧本是清代大社会的全面展示。看李十三的戏似是在翻阅一部生动的乾嘉史，他以一个最底层人民的口吻将百姓对生活的不满、愤恨、希望、期待娓娓道来，给人一种小戏曲大人生之感。同时，李十三作为一个平凡却不平庸的人，他的身上融合了儒士、先生、农民、作家、战士这样的多重身份，一人分饰五种角色，给后人唱响了一部婉转动听又激昂慷慨的人生大戏。李十三的戏，如人生，同时他的人生本身也是一部戏——呜呜咽咽却铿锵有力的戏！

一、流传盛况

"十大本"最初登上的是皮影戏舞台，并且在渭南地区深得人心。李十三早期作品《春秋配》以其曲折离奇、环环相扣的故事情节和鲜活跳动、饱满真实的人物形象俘获了无数观众的心。在皮影戏舞台上大红大紫的《春秋配》并没有就此止步，而是继续活跃在当时"花雅之争"的大潮流中。嘉庆四年（1799），京中享有盛名的西秦腔第一班"双和部"就把它从皮影戏的小舞台搬上了真正的戏曲舞台，且盛演不衰。"双和部"的演员姚翠官更是用自己的清音妙舞把姜秋莲演绎得惟妙惟肖，使得京城一时出现了万人空巷的盛大场面。自此，这部戏传遍了塞北江南，并被河北梆子、京剧等剧种移植演出，《捡柴》等名段甚至被许多剧种作为镇剧之宝。《春秋配》不仅誉满当时，在之后的岁月里也以其独特的艺术魅力吸引名家名角不断上演。1911年，戏曲大师梅兰芳先生在"第一舞台"出演《春秋配》中的姜秋莲一角，使"十大本"声名大噪。

不只《春秋配》，李十三的其他剧本经皮影戏舞台演出之后，也被搬到戏曲、电影等舞台，至今仍在盛演。"十大本"中的政治爱情戏《火焰驹》于1958年5月由长春电影制片厂拍成电影，深为广大观众喜爱。另一部剧作《万福莲》在20世纪60年代初，被改编成了《女巡按》。之后著名戏剧家田汉先生又在《女巡按》的基础上，创作了京剧剧本《谢瑶环》，并被其他剧种搬演。

不仅"十大本"广泛流传，李十三本人对于戏曲的执着和探索更是影响了一批人走上戏剧创作道路。在李十三的影响下，"至晚清的一百多年间，在渭北相继出现了为碗碗腔皮影戏写剧本的'渭北派'作家群"[1]，如嘉庆年间蒲城的崔问余、同治年间孝义的张元中。这些人创作的皮影戏与李十三的戏一脉相承。"渭北派"继承了李十三现实主义与浪漫主义相结合的写作方法，用戏曲作品反映社会现实，表现百姓之苦。

李十三和他的"十大本"在渭北平原上流传，也在中国戏曲文苑中流传，更在历代中国人民的心间流传！

二、文学再塑

戏如人生，李十三的"十大本"是广大人民群众的人生缩影；人生入戏，李十三的生平经历也被当代作家写入文学作品。近年来，不仅有许多研究者开始研究李十三的戏，更有一批文人作家开始为他的人生写赞歌。他那看似平淡无奇却真正发光发热的人生被当代著名作家陈忠实先生和当代剧作家谢迎春女士郑重地写进了小说和剧本中。这两位大师级的作家用自己老练的文笔书写了李十三伟大的人生，使他的人生真正实现了入戏的境界。

《李十三推磨》是陈忠实先生《三秦人物摹写》中的第三篇短篇小说。作品用第三人称叙事，抓取了李十三生前最后两天中的三件事：忘我写戏、

---

[1] 高泽，王禾，辛景生. 李十三评传［M］. 陕西人民出版社，1987：70.

与老妻推磨、奔逃丧命。

　　小说通过叙事塑造了三个人物形象：李十三、老妻、田舍娃。李十三在每天只有苞谷糁子喝的情况下仍坚持写戏，并且达到忘我的出神入化之境，这是十分难能可贵的。可以说，李十三写戏就是在理想的天空中翱翔，在戏的世界里，他是所有人的主人，可以随心所欲地做自己在现实生活中做不到也不敢做的事情。所以即使只有苞谷糁子喝，只要可以创作，那他就是幸福快乐的。

　　李十三的妻子是一位普通的农家妇女，如果没有她，李十三绝对不能两耳不闻窗外事地编戏。作者用非常简单的生活细节和毫不华丽的语言塑造了这位与李十三同生活共患难的农村妇女形象，表现了他们之间相互依赖朴实无华的深厚感情。通过田舍娃这个人物，作家描写了李十三和皮影戏班之间浓厚的情谊。士为知己者死，田舍娃是李十三的知音，他们一个写戏，一个唱戏，共同将碗碗腔发扬光大。在人命关天的紧急时刻，田舍娃坚持不抛弃不放弃的精神照顾李十三，真可谓伯牙子期之情！

　　这部短篇小说运用了第三人称旁观者的叙事视角，将李十三在生命弥留之际的所思所想所感生动地表现了出来。一代戏曲创作巨匠带着对故乡、对戏曲、对人生的无限眷恋和缠绵闭上了眼睛。小说写出了李十三身上关中硬汉的铮铮铁骨，即使在层层重压之下也绝不屈服，他是为民发声的碗碗腔剧作泰斗。作家浓烈的敬佩之情从小说的字里行间倾泻而出。

　　2014年，陕西省剧作家谢迎春女士创作了新编秦腔历史剧《李十三》。这部剧将李十三的主要生平事迹和成就"十大本"巧妙地融合在了一起。李十三是戏曲创作的泰斗，剧作家就将其人生写入戏曲，以表达对他的缅怀之情和崇敬之意，并用这种形式来诉说秦腔生生不息的精神力量。

　　全剧共有八场，从李十三三十九岁中举写起，直至他六十二岁去世。剧中设置了两个矛盾，一是李十三内心仕与戏的激烈斗争。李十三从小受父亲的教诲，积极走科举求仕的道路，然而时运不济一直未仕，在科举理想无法实现的时候就想放弃科举专心写戏，可又无法完全放弃科考，所以他的内心仕与戏一直在进行激烈的斗争。直到他五十二岁从洋县回乡，这一内心矛盾才彻底解决。在剧本第六场中，李十三经过与妻子一番痛彻心扉的争论之后，作出了人生的重大选择，从此走上了全心全意写戏的人生道路。

二是代表皮影艺人利益的李十三与代表昏庸朝廷利益的田东升之间的矛盾。"虚构是戏曲创作的灵魂。"①田东升是作家在戏中虚构出的一位与李十三对立的人物，通过他突出了李十三的高尚品格和精神魅力。田东升一出场就规劝李十三，可李十三并不认同。为了仕途平坦官运亨通，田东升坚决服从嘉庆帝禁演皮影的政令，定要剿灭悬灯匪。考虑到自己的政绩，田东升最终将李十三上报朝廷，导致官府抓人，李十三以身殉戏。

谢迎春女士用深沉有力的语言表现了李十三这位戏曲泰斗的人格力量，尤其是在他生前最后时刻，剧作家为他安排的唱词字字珠玑，铿锵有力。剧本还设置了戏中戏，使李十三"十大本"中的典型人物与李十三的人生交错同行在同一个时空中，这样一来就让观众从《李十三》这一部戏中既知晓了李十三的苍劲人生，又熟悉了李十三在戏曲史上的伟大贡献——"十大本"，从而激发观众对李十三的崇敬之心！

三、现实影响

李十三作为一位封建社会的戏曲作家，他用敏锐的眼光发现生活，用广博的胸怀关怀百姓，用孱弱的身躯反抗统治，用单薄的笔杆述说悲愤。他将自己的一生心血熔铸成了十三个剧本，将自己的所思所得都凝聚在剧中的每一个人物身上。"十大本"是乾嘉时代的世相之花，上到至尊朝廷，下到渺小赶脚户，李十三都将他们描写得绘声绘色，生动异常，用丰满真实的人物串联曲折离奇的故事，将自身对科举的态度、婚恋观念、民主意识、反抗精神渗透到字里行间，展示了繁荣社会之下的君王昏聩、官员无能、贪污腐败、战乱频仍、封建家长制盛行、资本主义经济萌芽、程朱理学盛行等。

正是思想与内容的交织，才显示了作家作为人民之"口"的伟大与不朽。李十三拿自己的生命作赌注来说百姓之不敢说、骂百姓之不敢骂，在给观众带来高兴愉悦的戏曲享受时，又给予观众痛快淋漓的释放之感，传达戏剧高台教化之目的。同时，"十大本"也开启了陕西戏曲创作之端，引导了

---

① 杨云峰.小议新编秦腔《李十三》的主题开掘［J］.当代戏剧，2014（6）：19.

秦腔的繁荣与兴盛，为后人留下了宝贵的精神文化遗产，引领后人在戏曲的海洋里扬帆前行。

李十三前半生坚持科考的动力是"出仕为官，心系黎民，忧民之忧，乐民之乐"①，后十年一心写戏的目的是"以戏文愉悦百姓，醇风俗，美教化"②。这两种人生道路虽然不同，却有共同的目标，那就是做官写戏都要为民服务。不论是前半生的努力科考，还是后十年的专心写戏，李十三都实现了自己为民发声的人生目标，升华了自己的人生价值，真正通过戏曲做到了流芳百世，青史留名。

李十三生活在封建社会，他的思想与作品自然有时代的烙印。李十三自身虽然具有反抗思想，但是出现在他剧本中的农民起义军却多被看作反动人群，最后都被镇压；造反叛乱的人不是被杀就是投降朝廷，投降之后还能够得到封官加爵的大团圆结局；剧中的书生在封官后必然会娶到几个如花似玉的美眷，除了《香莲佩》是双生双旦结局外，其他剧本都以一夫多妻作结。以上这些观点仍带有浓厚的封建思想，是现代社会所否定的。现代的研究者应将自己置身于作家所处的社会环境中去加以理解和评价，对其落后思想予以否定和放弃，对其先进思想加以继承和发展。

总体来说，不屈不挠、义薄云天、为民发声，这正是数千年来关中文化所养育的硬汉所具有的精神。这样的文化品格像一条大河流淌过每一个朝代，滋养着每一位关中人。李十三身上这些高蹈的人格正是关中硬汉精神的完美展现，其人、其剧为人钦佩敬仰。秦腔《李十三》之所以深受观众喜爱，就是因为它较好地诠释了李十三这种不畏恶势力为民请愿、为民立言的伟大精神。

---

① 谢迎春. 李十三 [M]. 陕西戏曲研究院，2015：47.
② 谢迎春. 李十三 [M]. 陕西戏曲研究院，2015：19.

第四章　秦文化培育的戏曲作家王筠

王筠是清代乾嘉时期陕西杰出的女性戏曲作家,尽管她的戏曲杰作《繁华梦》《全福记》《会仙记》都是传奇,但她生于长安,长于长安,秦腔秦韵对其影响深厚,故写秦腔文学史,不能缺少这位受关中文化滋养的天才戏曲作家。

第一节　王筠生平考证

王筠,字松坪,号绿窗女史,是乾嘉时期陕西长安县人。有"长安才女"称号的王筠自幼聪慧过人,经史过目即解,十三四岁就能吟诗填词且自成一家。高祖父王平,字渡邨,由行伍累战克捷。父亲王元常,乾隆十三年(1748)进士,爱好戏曲,有诗集一卷存世。儿子王百龄,嘉庆七年(1802)进士。在这样一个行伍起家、军功卓著的诗礼之家的浸润下,王筠性格豪爽,有女子之细腻神思,又有男子之慷慨之气。王筠幼时读书之际,便钦慕苏武之节和班超之勇,因此常有生为女身之恨。王筠现存世传奇《繁华梦》《全福记》两本,另有200多首诗词附刻于其父王元常《西园瓣香集》后。《西园瓣香集》收录于《清代诗文集汇编》中,命名为《槐庆堂集》。[①]良好的家学浸润、随官宦游的经历、天生的机敏聪慧都为才女王筠带来了不一样的生命体验,成就了明清闺阁文学中的一颗明珠。

---

① 参见三秦出版社2004年版张聪贤《长安县志》,第883页;文学艺术出版社1997年版李修生《古本戏曲剧目提要》,第567页;中国ISBN中心1995年版中国戏曲志编辑委员会编《中国戏曲志·陕西卷》,第700页;三秦出版社2014年版宋连奎《咸宁长安两县续志》,卷十五;台湾成文出版社1969年版《长安县志》(董曾臣等纂),第713页;陕西人民出版社1993年版西安市地方志馆、西安市档案局编《西安通览古代人物》,第607页。

一、生卒年及出嫁时间

关于王筠的生平,《长安县志》《陕西省志·人物志》《清代戏曲史》《古本戏曲剧目提要》《西安通览》《清代诗文集汇编》《中国戏曲志·陕西卷·陕西戏曲大事年表》《秦腔史稿》等均有涉及,但较为简略。

根据我国古代的史传传统,鲜有女性的生平信息可以进入传记,甚至都很少出现在自己家族的族谱之中并被完整保存下来,因此想要获取王筠的生平资料,必须多方收集整理长安县志资料和男性文人的文集、传记等。通过梳理《西园瓣香集》上卷和中卷的诗歌,发现以下几首诗作可以作为王筠生平情况的辅助信息。

表4-1 王筠生平信息表

卷集	诗名	成诗时间	有效信息
上	《丁亥正月二十一日使墤儿迎女筠归宁以四诗寄之》	1767	娇雏遥隔渭城西,雪拥长桥路欲迷。廿年珠玉掌中擎,惜别牵衣涕泪横。①
上	《戊辰登第言怀》	1748	1748年,王元常及第
上	《乙亥中秋再游遵化之汤泉,记戊辰游此已八年矣,即景成诗,工拙都不计也》	1755	第二次游访为乙亥年(1755),第一次游访为戊辰年(1748)
上	《丙子九月之官武邑入境口占一首》	1756	1756年,由永清改官武邑
上	《辛巳五月廿日由武邑赴永清任留别士民》	1761	1761年,由武邑改官永清
上	《壬午冬改官归里抒怀四首》	1762	1762年,改官归里
上	《丙戌五月再到武邑旧治》	1766	1766年,改官武邑
上	《戊子八月侨居永清自寿》	1768	1768年,侨居永清
中	《辛亥除夕哭长女畹清·其六》	1791	电光石火了尘缘,只在人间廿四年。②
中	《丙寅春赴任北上游温泉感成》	1806	束羽垂翎四十年,何期重到古温泉。花光匝道添行色,鸟语迎车话旧缘。白发萧萧人老矣,青山叠叠景依然。不堪回首斜阳里,几许离情寄晚烟。(时,儿官直隶至新城)③

---

① 王元常.西园瓣香集(上卷)[M].紫泉官署刊本.嘉庆己巳年(1809):19.
② 《清代诗文集汇编》编纂委员会.清代诗文集汇编(425)[M].上海:上海古籍出版社,2010:142.
③ 《清代诗文集汇编》编纂委员会.清代诗文集汇编(425)[M].上海:上海古籍出版社,2010:140.

首先是关于王筠出嫁的时间问题。在王元常《丁亥正月二十一日使塽儿迎女筠归宁以四诗寄之》这首诗中，明确地表明本诗是有感于女儿归宁而作。那么，按照传统习俗的归宁时间可以确定，王筠就是在丁亥年（1767）正月出嫁。同时，从这首诗中得知，王筠从长安县嫁与陕西省渭城县一王姓男子。正如王筠戏曲作品中的人物关系设置，在现实生活中，王筠也确实有位同胞兄长。笔者翻阅相关地方志和官职表并未发现王塽的相关信息，推测，王筠的兄长可能资质较为平庸。

从王筠的诗集中可知，王筠幼时随父宦游，年老随子宦游。王筠在1806年随子宦游直隶新城（即遵化县。乾隆八年，为给清东陵祭祀提供所需物品，清朝仿西陵所在地易县为直隶州，即直隶之城）时，曾作《丙寅春赴任北上游温泉感成》一诗。这首诗的首联就交代自己在"束羽垂翎四十年"之后，还能再一次来到旧时游玩的古温泉，感慨于时光流逝、岁月变迁的同时，也向我们传递出重要的信息。其一，1806年是王筠第二次来访古温泉，作为足不出户的闺秀，第一次游览古温泉只能是随父宦游的时期。其二，1806年往前四十年也就是1766年左右，对于王筠来说是人生一个重要的分水岭。而且从全诗也可以明显感知到1766年前是王筠比较喜欢和怀念的时光，1766年以后则是让她丧失斗志、心灰意冷的阶段。王筠多次在诗集中流露出对往日西园生活的向往和对当下生活的厌恶之情，如"他时重踏西园径，笑挽长条醉玉卮。"[①]"咄咄临池影伴予，繁华回首境全虚。"[②]西园美好的生活是陪伴在父母身旁无忧无虑的日子，而如今只能是形单影只，独自凭吊不可追回的繁华岁月了。结合王筠的出嫁时间可以确定让其"束羽垂翎"的只有不幸的婚姻生活了。

其次是关于王筠生卒年月的问题。从王元常《乙亥中秋再游遵化之汤泉，记戊辰游此已八年矣，即景成诗，工拙都不计也》一诗中可以知道，王元常两次游访古温泉的时间分别是1748年和1755年。如若王筠第一次随父宦

---

① 《清代诗文集汇编》编纂委员会.清代诗文集汇编（425）[M].上海：上海古籍出版社，2010：120.

② 《清代诗文集汇编》编纂委员会.清代诗文集汇编（425）[M].上海：上海古籍出版社，2010：121.

游古温泉是在1748年,那么从皮亚杰的认知发展理论来说,此时王筠至少是三至七岁的儿童才可以对这件事情有感知。[①]照此推测,王筠应该出生于1745年左右,由于王筠是1767年出嫁的,表明王筠出嫁年龄至少在二十二岁。这一出嫁时间是有悖于明清时期的婚俗传统习惯的[②],在王筠的诗词集和戏曲作品中都未曾涉及晚婚这一特殊经历。由此,王筠第一次游玩古泉是在乙亥年(1755),那么王筠大概出生于1755年的前三年,即1748—1752年之间,成婚年龄应为十四至十八岁。

作为乾隆壬子年(1792)的举人,王百龄自述"二十三岁领壬子乡荐"[③],可知王筠于1770年生子。据《辛亥除夕哭长女畹清·其六》的诗文内容可知王筠之女王畹清于1767年出生,于1791年去世。

从王百龄的传记可知其因母亲去世而离职。[④]笔者翻阅《保定府志》的官职表,得知王百龄于嘉庆二十四年(1819)离职[⑤],据此可以得出王筠的卒年是1819年。

二、婚姻情况

其他女性诗人都会在文学作品中描绘自己的婚后生活,或表现出幸福缠绵的夫妻情深,或表现出丈夫远去浓浓的相思之情,但是王筠在诗词作品中并没有展现自己的婚姻生活。这致使不少学者认为王筠早年寡居,独自抚养孩子长大。笔者梳理《西园瓣香集》的下卷,从王百龄的诗集中发现王筠并非早年丧夫之人。

---

① 皮亚杰的认知发展理论认为,二至七(不包括二岁)岁的儿童由于语言的发展,表象日益丰富,开始运用语言或者较为抽象的符号来代表他们所经历的事物。

② 《清通典》规定男子十六岁,女子十四岁为婚嫁年龄。

③ 华玮.明清妇女戏曲集[M].台北:中国文哲研究所,2003:142.

④ 参见三秦出版社2014年版宋联奎《咸宁长安两县续志》卷十五,第22页。"王百龄,字介眉,一字芝田,乾隆壬子举人,嘉庆壬戌进士,改翰林院庶吉士,散馆选直隶新城县,调临榆升延庆知州,晋深州直隶州署保定府知府,所至多惠政。久之,丁母忧,去官,遂不出。百龄性敏好学,耿介自恃,而接人和厚,不苟取与。少贫苦,母王太恭人博学,工文瀚,生平学问,得于母教者居多。……年逾五十,杜门课子,有暇则读书饮酒以自怡悦。"

⑤ 参见光绪十二年(1886)李鸿章、李豫凯纂修《保定府志》卷六。"知府王百龄,长安进士,(嘉庆)二十四年任。"

表4-2 王筠婚姻状况信息表

卷集	诗名	成诗时间	诗歌内容	有效信息
下	《家书频问归期二八月告假不果,因附四诗以慰二亲悬望》	不详	一纸封题盥手开,双亲嘱咐几徘徊。归心镇日常颠倒,转眼炎消秋又来。翰林声价似登仙,无那穷愁总未捐。羞涩行囊还似旧,为图清俸缓归鞭。①	二亲、双亲
下	《第后寄家信》	1802	一纸泥金去似飞,先将喜气到庭帷。高堂博得开颜笑,便是尔曹舞彩衣。②	高堂
下	《送闫望卿第后荣旋》	不详	折得琼林最艳枝,羡君衣锦反辕时。秦中故旧如相问,为说平安王介眉。两载论交义气深,也曾甘苦做知音。先鞭早逐秋风发,撩我怀人千里心。同年同里复同门,促膝攀谈酒满樽。此去长安应计日,冯君寄语报椿萱。潇潇细雨湿征尘,慷慨登车气概新。渭水终南秋色好,也应回首宦游人。③	椿萱

通过上表可知,从王筠出嫁到王百龄及第做官期间,即1767—1802年,王筠都和自己的丈夫在长安老家共同生活,然而这近三十六年的陪伴在王筠看来却并不尽如人意。

王筠的诗词作品虽然没有向我们明白地敞开她的婚姻生活,但是字里行间的感情也表现出王筠对婚后生活的态度。试看《中秋感成》:

抱膝中秋夜,徘徊忆昔年。捧觞明月下,舞采画栏前。

笛韵花间度,弦音竹外传。父拈诗赋景,兄促酒挥拳。

索饮妖姬进,添衣阿母怜。那知离别苦,不解发与缘。

满泪同飞鸟,忧游似谪仙,而今回首处,空抱恨终天。④

王筠运用大量的笔墨描写闺阁乐事,捧觞月下,画栏前舞,笛声飞扬,弦歌不断,父母在旁,兄友欢闹,种种赏心乐事都使人不愿离去。然而这悠闲欢乐如同谪仙般的生活却变成眼前萧索孤独之景。今昔对比,更显婚后生

---

① 王筠. 西园辩香集(下卷)[M]. 紫泉官署刊本. 嘉庆己巳年(1809):24.
② 王筠. 西园辩香集(下卷)[M]. 紫泉官署刊本. 嘉庆己巳年(1809):23.
③ 王筠. 西园辩香集(下卷)[M]. 紫泉官署刊本. 嘉庆己巳年(1809):25.
④ 《清代诗文集汇编》编纂委员会. 清代诗文集汇编(425)[M]. 上海:上海古籍出版社,2010:136.

活之凄凉。

这种凄苦孤独之感来自王筠这场失败的婚姻。两人思想精神上的隔阂使他们彼此之间缺乏情感上的深度交流，致使王筠时时有"沟渠之叹"。如《秋日读〈龙女传〉感成》中"沧海自怜龙种贵，沟渠岂识夜明珠"，"千载有人同此恨，羡君独得破愁城"。[1]王筠自比龙女，怨恨山野村夫不能发现自己身上如明珠般珍贵的才华，只能任由被埋没在沟渠中。在王筠自伤自怨之余，也表达出对丈夫王生庸姿的嫌弃。又如《读〈红拂记〉有感》："而今多少庸脂粉，谁解尘埃识卫公。"[2]王筠以红拂夜奔的故事发端，在表现自己对侠女的向往与钦慕之余，也侧面表现出自己对庸人的不屑和厌恶。失败的婚姻、丈夫的平庸、生活的艰辛等都让王筠在婚后生活中产生了难以言说的落寞之情。长时间不能与丈夫产生情感共鸣的王筠，心中的怨恨甚至上升为一种情感偏执，如"年来白发添多少，说与庸郎那得知"，"国色天香如解恨，也应羞与俗人看"。[3]不难看出王筠对丈夫的积愤之情。

三、交友状况

王筠为人热情大方，爱好广泛，因此她除了和亲友、邻里、同门等相交甚好以外，还和年高德劭的前辈、节妇、戏曲艺人等来往亲密。

作为德高望重的老前辈，张藻[4]对王筠喜爱有加。张藻是毕沅的母亲，幼承庭训，才学过人，晚年随子宦游陕西。在毕沅和张凤孙的介绍下，王筠请张藻评阅自己的传奇剧作《繁华梦》。张藻阅毕，不吝言辞盛夸王筠为"女

---

[1] 《清代诗文集汇编》编纂委员会.清代诗文集汇编（425）[M].上海：上海古籍出版社，2010：125.

[2] 《清代诗文集汇编》编纂委员会.清代诗文集汇编（425）[M].上海：上海古籍出版社，2010：130.

[3] 《清代诗文集汇编》编纂委员会.清代诗文集汇编（425）[M].上海：上海古籍出版社，2010：138.

[4] 参见1831年红香馆刻完颜恽珠《国朝闺秀正始集》卷八，第1页。"张藻，字于湘，江苏青浦人，知县之顼女，毕礼室尚书沅母，诰赠一品太夫人，著有《培元堂集》。于湘为女史顾若宪女，幼承母教，堂咏梅云：出身首荷东皇赐，点额亲添帝女装。乾隆庚辰，子沅举进士，殿试第一，竟成诗谶。开府陕西，贻作诫。庚子岁，高宗南巡，沅居忧，门里谒于行在，具陈母氏贤行，圣书：'经训克家'四字以赐之。"

中汉元龙",并且为王筠的传奇剧题词五首①,夸赞王筠才华非凡,非普通女子的小才小慧可以比拟,同时认为王筠的传奇剧《繁华梦》是南朝法曲,绝妙好词,曲调之婉转优美让汤显祖也自愧不如。这虽然有过分拔高溢美之嫌,但是字里行间无不表现出对王筠的肯定和赞扬。而王筠的剧作得以刊行流传也有赖于张藻的赏识和帮助。受到老前辈的表扬和称赞,王筠以诗代意,作《感庄太夫人知遇偶成二首》表达对张藻知遇之恩的感谢。"年来何幸逢青眼"②一句道出了王筠沉埋闺阁终被赏识的激动和感叹,其中获得的慰藉与高兴之情也是不言而喻的。

明清时期,节妇的数量为有史以来之最,在咸宁、长安两县也不乏节妇烈女的身影。其中一位节妇杭温如便和王筠相交甚好,常有相互唱和之作。"杭温如是潮阳典史崇德的掌上明珠,自小喜好读书,擅长古今各体。在父母的身边度过了十九年无忧无虑的时光。之后嫁给长安县儒生徐枚。奈何徐枚早殁,杭温如从此孤身一人守节五十余年。如此一位贞洁妇女还被朝廷赐予节妇牌坊,并录入《列女传》中。杭温如作为徐枚的未亡人,取一息尚存的意思,故将自己的诗集文稿取名为《息存室吟稿》。"③现藏于南京图书馆古籍库的《息存室吟稿》是光绪三十四年(1908)据嘉庆二十年(1815)原刊本重新校订的版本,其中收录了诗歌十九首。这些诗歌从创作因由、传奇成就等各方面肯定了王筠《繁华梦》的价值。其中细腻真切的笔触和感同身受的情感体验也印证了两人兰交挚友的情分。由杭温如的诗作可以看出孀居才女杭温如五十余年来守节生活是多么地凄苦孤独。杭温如被朝廷赐予节妇牌坊,作《蒙旌纪恩》以答谢朝廷隆恩:"天子人伦重,节田夫妇敦。靡

---

① 其一:秦台仙子爱吹箫,凤去台空不可招。剩与芳闺传慧业,清声谱出叶云韶。
其二:燕子桃花绝妙词,南朝法曲少人知。天宫翻样轻才藻,不付男儿付女儿。
其三:不为海上骑鲸客,暂作花间化蝶人。是幻是真都是梦,三生谁证本来身?
其四:夙世应知是彩鸾,日抄宫韵忘朝餐。咴喉怪底谱宫徵,玉茗天池学步难。
其五:扫眉才罢袭冠簪,海水蓬莱浅复深。真倩麻姑抓背痒,声声击节快人心。
② 《清代诗文集汇编》编纂委员会.清代诗文集汇编(425)[M].上海:上海古籍出版社,2010:130.
③ 宋连奎.咸宁长安两县续志[M].西安:三秦出版社,2014:522.吴延锡.续修陕西通志稿(卷222)[M].兰州:兰州古籍书店,1990:8.胡文楷.历代妇女著作考[M].上海:上海古籍出版社,1985:395.

他心永失，从一义常存。凤诏来丹阙，鸾书贲里门。百年身世显，总是圣明恩。守志原非易，能始终可成。艰辛须备历，清白要专精。受尽金闺苦，方邀御笔旌。而今天使降，蓬户顿增荣。妾本庸庸侣，无貌并无才，岂有过人处，能招御宴来。绳枢频锁锁，瓮牖不开开。数十余年苦，微名达帝台。一点区区节，适得孀妇箴。频经文士荐，顿沃帝王心。敕纪恩良重，维风意最深，可知颁大典，自古到如今。"① 从诗中可以清晰地把握杭温如虽有封建妇女的守节思想，但是这五十余年来的守节坚守更多的是来自内心对丈夫徐枚的感情坚守。面对姑母的劝说，杭温如仍然坚持心中所爱，即使生活艰苦贫穷，她也愿意做徐枚的未亡人。爱情的忠贞、傲人的才华、凄苦的生活、思想的共鸣无不成为王筠和杭温如交好的原因。

受王元常的影响，王筠从小便喜好戏曲，有多次观剧听戏的经历，因此也结识了不少戏迷朋友和梨园艺人朋友。王筠与王元常的好友顾森相交甚好，两人经常一起赏戏评剧。"顾森原是江苏常州人，出身于吴江宦门，幼时天资非凡，喜好读书作曲。后因家族没落，中断学业。顾森凭借个人努力任涿鹿尉，但是在为官期间，因与上司发生矛盾引发案狱之事，逃至西安避难。"② 据王元常诗集中《为顾云庵题壁》《读云庵杂录赠云庵顾先生》等诗可知，顾森有《云庵杂录》一本，"内容包罗万象，上涉天文鬼神，下及山川虫鱼，多惊悚可怖之事"③。同时，顾森还创作了传奇剧《回春梦》，今存道光三十年（1850）三鳣堂刊本。《回春梦》首页收录了王筠的四首题词，正如王筠所说："块垒填胸郁未平，故将寸管与天争。"④ 从创作动因来看，王筠的传奇剧《繁华梦》和顾森的《回春梦》都是想要借戏曲创作排遣内心的抑郁之情；从创作方式上来看，两本剧作都无一例外地选择模仿汤显祖的《邯郸记》。可见两人沉浸在作品中的主旨情趣也大有相同之处。

王筠除了与戏曲剧作家交好以外，她还认识不少富有才情的戏曲艺人。纵观王筠的诗词集，共有四首与戏曲艺人相关的诗作，现摘录如下：

---

① 吴延锡. 续修陕西通志稿（卷222）[M]. 兰州：兰州古籍书店，1990：8.
② 庄一拂. 古典戏曲存目汇考[M]. 上海：上海古籍出版社，1982：1338.
③ 严敦易. 元明清戏曲论集[M]. 郑州：中州书画社，1982：258.
④ 王筠.《回春梦》题词[M]//回春梦. 鳣堂刊本影印，清道光三十年（1850）：16.

表4-3　王筠与戏曲艺人相关诗作表

题目	时间	内容	戏曲艺人
《已未中秋挽陆姬》	1799	古今无术识痴人，零落梨花早谢春。 莫向月明泣短梦，玉环飞燕总成尘。 闻到情深化碧山，可知花月误红颜。 而今好借西风力，吹送残魂到玉关。 妆楼寂寞紫琵琶，一度春风镜里花。 妒粉娇香成底事，空留遗恨绕天涯。 翡翠瑶钗金缕裙，阳台化做□归云。 他年塞上刀环赐，好觅人间李少君。①	陆晓云，姬姓陆氏，字晓云，云间人。美而慧，能书，解音律，琵琶歌曲尤精，人以永新善才目之，年十六归张将军为小星。将军陕人，节镇荆楚，得姬宠冠后房，遂有钗盒之盟。岁戊午，将军被罪远戍，姬思忆成疾，竟至玉碎珠沉。
《夜雨哭张秋华》）	不详	话月寻花二十秋，助人欢笑解人愁。 广陵韵断重泉渺，凄绝哀鸿渡远洲。 雨韵萧萧响碧梧，佩环灵返是还无。 古今浪说黄金贵，难买人间如意珠。 回思共我醉瑶觥，一曲清歌柳外莺。 帘马不知人永别，隔窗依旧送秋声。 应是前生负孽因，今生惯做断肠人。 凭谁为我磨心剑，斩却痴情识病身。②	
《甲寅春得旧伶人朱成信感吟六首》	1794	感事悲今昔，无因不断魂。 年华频往返，人物半凋存。 白发新愁境，青山旧泪痕。 渭城遗老韵，东郭故侯门。 春梦平原客，浮云北海罇。 伤心鹦鹉信，犹念上皇恩。③	
《南乡子》	不详	王谢旧堂前，曾誉新声万选钱。 舞歇歌残三十载，谁怜？落魄周郎华发颠。 断肠李龟年，云幻星飞几变迁。 一曲伊州秋夜梦。凄然。霜满重帘月满天。④	伶人朱成，声韵为梨园绝调，为王元常素所称赞。与王筠相别二十余年。

---

① 《清代诗文集汇编》编纂委员会．清代诗文集汇编（425）[M]．上海：上海古籍出版社，2010：136．

② 《清代诗文集汇编》编纂委员会．清代诗文集汇编（425）[M]．上海：上海古籍出版社，2010：139．

③ 《清代诗文集汇编》编纂委员会．清代诗文集汇编（425）[M]．上海：上海古籍出版社，2010：131．

④ 《清代诗文集汇编》编纂委员会．清代诗文集汇编（425）[M]．上海：上海古籍出版社，2010：143．

有着"红颜薄命"之叹的王筠,面对好友陆晓云的离世,内心的悲苦体验又更浓厚了一层。王筠在给陆晓云作挽诗的时候,她的内心除了难以抑制的伤心外,更多是对这位美而慧的女子的爱怜。王筠饱含诚挚的情感,祝愿好友陆晓云可以凭借好风,觅得称心如意的郎君,好把人间的遗憾圆梦于天上。戏曲艺人张秋华的相关资料已经无处可查,唯有王筠的一首挽诗保留了些许的记忆和温度。曾经广陵一曲不知倾倒了多少男少女,而如今伊人远去、黄泉碧落。诗人王筠想起往昔共醉瑶觥的日子,不觉悲从中来。心中的绵绵永恨只希望有心剑一把可以斩断这不尽的相思之苦。伶人朱成作为梨园故老陪伴了王筠的一生,因此王筠在收到好友来信或者梦见好友时总是悲从中来。昔日声艺双绝,为梨园翘楚,而如今却依然摆脱不了白发新愁共恨生的结局,王筠的怜惜与无奈也随之现于笔端。

从王筠的诗集资料上得知,王筠还与表兄杨氏静山、巨川,高氏鹏九、观海,门人李生,名媛朱氏姊妹等来往密切。虽然相关人物的生平资料已无法考证,但是多元的朋友圈让王筠有了不同维度的生命体验,同时也为王筠的诗作增添了诚挚与感动。

第二节 王筠戏曲研究

作为三秦文化孕育的才女王筠,其在中国文学史、中国戏曲史上之所以有一席之地,主要是因为她留下的三个思想内容和艺术水平较高的剧本。这三部作品表现出她孤傲而压抑的苦闷情怀和超人的艺术才华。

一、王筠戏曲创作背景

在中国古代文学史上,女性作家历来屈指可数,这受制于一定的历史文化背景。明代初期,统治者大肆宣扬程朱理学,严守礼制大防,信奉"存天理,灭人欲"的信条,将人们禁锢在理学的条条框框里,不能越雷池一步。妇女更是理学统治下的牺牲品,明代的贞节烈女比任何时代都要多,妇女被限制在洒扫、浆洗的本职工作上,坚守"内言不出阃"和"女子无才便是德"的传统规范。在这种环境中,女性文学又呈现出新的发展态势。

1. 明清女性文学创作的背景概况

到了清代,随着经济的发展、思想的松动,女性创作环境发生了改变。梁乙真在《中国妇女文学史纲》中指出:"妇学而至清代,可谓盛极。才媛淑女,骈蕚连珠,自古妇女作家之众,无有逾于此时者矣!"[①]因此相较于其他时期,明清时期妇女进行文学创作是一个显著的特征。清代女性文学的繁荣,确实是令人瞩目的。而这浮出地表、呈现井喷的女性创作也是与明清时期的环境息息相关的。

明中叶以后,早期的民主启蒙思想再一次兴起,阳明心学盛行,在社会上形成了肯定人欲、追求个性自由、强调真性情的呼声。李贽、赵世杰等开明的思想家就围绕妇女的贞洁和才学问题,提出过振聋发聩的观点。李贽充分肯定女性的才智,他认为见识之长短不应该因性别的不同而有所不同,片面强调女子智弱是不合理的。[②]姚鼐也曾说:"儒者或言文章吟咏非女子所宜,余以为不然。使其言不当于义,不明于理,苟为炫耀廷欺,虽男子为之可乎?不可也。明于理,当于义矣,不能以辞文之,一人之善也,能以辞为之,天下之善也。言而为天下善,于男子宜也,于女子亦宜也。"[③]与此同时,社会上诸多前辈大家也都纷纷理解和支持女性的文学创作活动。正是由于开明思想家的大力倡导,使得明清时期受理学禁锢的思想有了松动,为女性参与文学创作奠定了一定的思想基础。

明清时期,资本主义萌芽,商品经济获得发展,创造了一个相对稳定的社会环境,民众对市民文学的需求也越来越迫切,在此背景下催生了文学创作的热潮。由于印刷产业的进一步发展,文学作品的刊刻与流通更加便利,加快了文学创作与传播的速度,满足了人们日益增长的文化需求。在江南地区的富庶之地,尤其是名门望族,会有意识地提高闺秀的文化水平,借以提高其成为名门望族的文化资本,展现大家家风。而不少家庭考虑到母亲对孩子的影响,也会积极鼓励妇女进行学习,因此唤起了明清社会对女性教育的重视。明清时期妇女的识字率大大提高,为后期的文学创作提供了可能。

---

① 梁乙真.中国妇女文学史纲[M].上海:上海书店出版社,1990:374.
② 参见1975年中华书局版李贽《焚书·续焚书》,第59页。
③ 姚鼐.惜抱轩诗文集[M].刘季高,注.上海:上海古籍出版社,1992:121.

开明的男性文人对女性文学创作的扶持和指导也在一定程度上促进了明清女性文学的大发展和大繁荣。明清时期,不少男性文人能够突破性别的束缚,认识到女性创作的独特之处,对于女性作家的创作进行大力的指导和扶持,还积极主动地刊刻女性作家的诗文集,这些都对明清女性文学的发展有巨大的推动作用。袁枚推崇妇才,大力阐释女性作诗的合法性;李贽、毛奇龄、冯班、尤侗等人打破社会偏见,收澄然、张纂、徐昭华、善因等女弟子。大家族中的男性文人也主动选辑家中女子的文集,如王百龄将王筠的诗词作品与王元常的作品合为一辑,刊刻发行。这些男性文人不遗余力地奖掖扶持,不仅保存了丰富的女性文学作品,还在一定程度上鼓励了女性作家进行文学创作。

女性立言意识的增强也使得明清时期的女性文学空前发展。"越来越多的才女毕竟开始萌生自觉的创作意识了,她们不只打消了诗名外扬的担忧,而且有志于扬名后世,不只在闺中雅集,还进一步争取社会的承认。"①部分女性打破了将作诗填词作为自娱自乐的意识,开始以文学评论家的身份欣赏其他女性的文学作品,彼此之间以诗会友,互相唱和。这些女性积极地为喜欢的作家作品作序题跋,并且勇敢地参与女性诗文的编选和汇订活动,通过品评才女佳句和才思,一方面提升自己的才学,另一方面也渴望借此机会让更多人了解自己。光绪《嘉庆府志》就详细地记载了寒山陆卿子为项兰贞《咏雪斋遗稿》作序,并赠黄氏婢女长春姐的文学活动。毕沅母亲张藻也为王筠的传奇剧作题词,积极为王筠传奇的刊刻奔走集资。明清时期女性文人的立言意识促使她们积极地参与文学创作活动,客观上促进了女性文学创作的发展。

团体活动也促使了明清女性文学的繁荣发展。"在清代相对宽松的大环境下,闺秀才女不局限于自我个人的低吟浅唱,她们会有意识地组织结社活动,使每个人都能展现自己能诗善词的一面,在这一社会风尚下明清妇女的创作欲被大大激发,这一时期留下的文学作品数量无有与之比肩的。"②明清时期妇女的团体活动主要是交游唱与和雅集诗社。交游唱和又分为以血缘亲

---

① 康正果. 风骚与艳情[M]. 郑州,河南人民出版社,1998:345.
② 胡明. 关于中国古代的妇女文学[J]. 文学评论,1995(3):66.

情为中心的"一门风雅"和走出家庭与异性唱和的活动。章学诚在《文史通义》中多次描述才媛闺秀结社作诗之活动。他指出明清才女不仅自己吟诗填词,还通过诗词将父母、姑嫂、兄弟姊妹等组织起来,形成一个庞大的文学系统。①在江浙地区,尤值得一提的是沈氏家族。由于良好的家风浸润,沈氏家族的成员都对文学产生了浓厚的兴趣,彼此之间,相互学习,成为文学创作团体组织活动的代表。在桐城地区,以方维仪、方孟式、方维则为主,形成了一个包括弟媳吴令仪及周围亲眷的闺阁吟咏团体。而走出家庭与异性唱和的明清女性,也广泛地向男性文人学习,由此而形成巨大的女性创作团体,在开放的学习圈中,女性的声音越来越多。明清女性就是在团体的互相唱和中进行诗文创作,而雅集诗社活动也催生了很多女性的诗词作品。在南方,形成了以袁枚、陈文述两位支持女子文学活动的大家为中心的随园女弟子和碧城女弟子两大群体;在北方,形成了以沈善宝、顾太清、徐云林等女性组成的"秋红吟社"。明清时期女性的群体结社活动为明清女性参与文学创作活动提供了一定的基础条件,由此形成的社会风尚也催生了更多女性文学作品,似乎在昭示着一个新的时期的到来。②

2. 明清女性剧作家的戏曲因缘

明清女性文学的繁荣不仅表现在数量上,还体现在质量上。明清女性的文学创作涉及诗、词、曲等各个方面,甚至有不少女性作家兼擅多种文学样式,这一时期女性的传奇戏曲创作尤为丰盛。相较于男性文人进行戏曲创作,女性文人无论是在题材选择或是在叙事框架、舞台效果等多个方面都比较被动,即便如此,"明清女戏曲家有26人,著录戏曲65种,其中现存戏曲24种"③。

戏曲与女性有种天然的密不可分的关系。戏曲因其真听、真看、真感等特质,能使女性迅速直接地进入到戏曲所创设的环境之中。"戏曲中女性形

---

① 章学诚. 文史通义[M]. 刘公纯,标点. 上海:上海古籍出版社,1956:159.
② 参见2004年商务印书馆版王绯《空前之迹——1851—1930:中国妇女思想与文学发展史论》,第114页.
③ 华玮. 明清妇女之戏曲创作与批评[M]. 台北:中国文哲研究所,2003:31.

象的千回百转、哀婉浅吟更会牵动女性观众的心灵。"①戏曲相对自由的抒情方式和代言体的创作模式使之成为明清女性创作的首选文学样式,同时"感同身受的体会更会让女性戏曲评论家产生强烈的情感共鸣。在这一情感导促下,女性批评家会不遗余力地宣扬和称赞女性作家的作品,而在这种创作和批评的互动过程中,使女性戏曲创作的氛围更加热烈,进一步激发女性的戏曲创作热情"②。

频繁的社会演剧活动也促进了明清戏曲的传播与创作。每逢时令节日,各地庙会都会上演大规模的戏曲表演活动,规模之大、频率之高都是少见的。"虎丘八月半,土著流寓、士夫眷属、女乐生伎、曲中名妓戏婆、民间少妇好女、崽子娈童及游冶恶少、清客帮闲、傒僮走空之辈,无不鳞集。"③这种观剧活动,不仅满足了女性的观赏需求,还刺激了明清女性文人的戏曲创作活动。频繁的观剧体验也为明清女性剧作家提供了丰富的素材和可以汲取的养分。

文人缙绅置买和蓄养家庭戏班一定程度上也为明清女性作家参与戏曲创作提供了便利。虽然明清时期思想松动,但是女性依然要遵循传统礼制,对于广阔的社会生活还不是十分了解,而文人缙绅置买和蓄养家庭戏班在一定程度上为闺阁中的女性作家展现出社会生活的多个维度。明清时期,戏班为了满足大多数人的观赏需求,一般都选择在正厅演出,眷属及已、未出阁的才媛闺秀都以屏风作为遮蔽,在幕后进行观看。戏班的主角多通晓音律,精于表演,丰富的舞台演出使他们对戏曲有更多的理解和感悟,而这种日渐打磨出来的技巧也会体现在家庭戏班的表演中,使得名门望族的女眷在耳濡目染中对社会生活、对戏曲以及舞台演出有了更加深刻的认识,有助于激发女性对戏曲创作的热情。

明清时期男性文人的戏曲创作也为女性剧作家进行戏曲创作提供了借鉴。明清时期追求女性价值、追求真挚感情的女性群体,对徐渭的《女状

---

① 中国艺术研究院戏曲研究所,《戏曲研究》编辑部. 戏曲研究(第85辑)[M]. 北京:文化艺术出版社,2012:265.

② 王郦玉. 明清女性的文学批评[D]. 2015年上海:华东师范大学,2015:48.

③ 张岱. 陶庵梦忆[M]. 上海:上海古籍出版社,1982:46-47.

元》《雌木兰》和汤显祖的《牡丹亭》是十分喜爱的，众多的女性从戏曲主人公的身上，感受到自我内心深处同样的渴望和欲望，于是纷纷试图加入同类题材的创作和撰写中，企图在书写创作的过程中，释放心中的所思所想。男性文人的戏曲创作范式致使女性在进行戏曲创作时也借鉴女扮男装的写法，书写内心情感时更是极尽真挚、细腻。蒋士铨的《香祖楼》和《四弦秋》深深地吸引了吴兰征。深受启发和触动的吴兰征曾多次为蒋士铨的戏曲作品作序题跋以记录自己的感悟，而她自创的传奇作品《绛蘅秋》无论是创作主旨还是结构关目都可以发现与蒋士铨的《四弦秋》相似之处。可见明清时期男性文人的创作对女性进行戏曲创作的积极启发作用。

家庭文化的熏陶也是女性进行戏曲创作的一个动因。戏曲创作需要建立在扎实的诗词学养的基础上，而浓厚的家学陶冶使得明清时期的女性作家具有很强的诗词创作能力。家学对于戏曲创作的影响也是潜移默化的。王筠作为长安才女，也是诗词曲画俱通，而他的父亲也是有着丰厚的学识，并且十分热爱戏曲，在王元常的文集中有多首诗作和戏剧相关，其中不乏和梨园艺人的往来唱和。生活在一个戏曲氛围十分浓厚的环境中，王筠对于戏曲创作也有很大的热情。王筠在创作传奇《繁华梦》时，父亲王元常就多次替她润色修改，成就了王筠的处女作。

二、王筠剧本概述

《西安通览》人物篇中介绍王筠："胸怀宏愿，才情非凡，曾创作大型剧本《繁华梦》《全福记》《会仙记》。"[①]《长安县志》中记载："王筠的戏曲作品有《繁华梦》两卷、《全福记》两卷、《会仙记》两卷。"[②]

《繁华梦》传奇两卷，现存乾隆刻本，四册，封面除了传奇名称外，还有"绿窗女史王筠""槐庆堂藏版""观察张息圃先生鉴定"等字样，现藏于国家图书馆古籍部。据王元常题记可知，此剧当完稿于乾隆三十三年（1768）。王筠写成后交其父校阅，其父细加打磨润色，标注评语，合为一编。因无力刊刻，藏在家中长达十年。乾隆四十三年（1778），王元常将

---

① 西安市档案局. 西安通览[M]. 西安：陕西人民出版社，1993：607.
② 长安县地方志编纂委员会. 长安县志[M]. 西安：陕西人民教育出版社，1999：883.

剧本送给张凤孙（字少仪，号息圃）审阅，张凤孙又转呈给其姊张藻过目。张藻看过剧本，十分赏识王筠的才华，并给王筠的传奇《繁华梦》题词。之后，由张凤孙赞助，刊刻出版了《繁华梦》。

《繁华梦》收录有张藻题词、石湖张凤孙序、嘉定曹仁虎题词、南圃王元常题、男王百龄跋。《繁华梦》共二十五出，上卷分别是《开场》《独叹》《入梦》《春绣》《辞亲》《庵会》《求丽》《误访》《投缘》《秋砧》《菊宴》《行程》，下卷分别是《报捷》《琴诉》《入京》《合卺》《春怨》《闺聚》《双圆》《乔议》《赠妾》《赏春》《省旧》《出梦》《仙化》。《繁华梦》是自抒胸臆的作品，主要讲述了出身于官宦世家的女主人公王梦麟，聪明有才，怨恨自己生为女身，终日悲叹，春日在闺阁中午睡，忽成一梦。梦中女主人公王梦麟变身成为男子，读书访友，外出游历，且家中已为他订下了名门闺秀谢梦凤为妻。王梦麟在游览西湖美景的过程中又分别聘订胡梦莲、黄梦兰为妾室。后来他官至吏部侍郎，功成名就，家庭美满。大梦忽醒，却发现梦中所经历的种种繁华都烟消云散，于是不胜惆怅。恰逢麻姑前来点化，指出她梦境的由来不过是生平不忿身为女子，一点痴心参成的。王梦麟立即顿悟，随麻姑仙去。

《全福记》作于《繁华梦》之后，据朱珪（字石君、南崖）《全福记·序》落款可知，乾隆三十五年（1770）朱珪在晋阳做官时，王元常邀请朱珪对此作品进行指正点评。朱珪看后认为王筠的剧作虽然曲词尚佳，但整部戏曲过于凄凉冷寂，有易水送别之感伤，使人意兴大减，不适合在舞台搬演。[1]王元常回来把朱珪的意见告知女儿，王筠第二年又写出了传奇《全福记》。王元常把此剧寄给朱珪审阅时，朱珪赞曰："真闺阁之俊才，而词林之双璧矣。"[2]于是，朱珪邀同人捐金资助，于乾隆四十四年（1779）将此剧刊行问世。

《咸宁长安两县续志》卷十一著录："筠恨堕女身，不得展其志，设为幻想，以舒胸蕴，作《繁华梦》一剧。或谓其结束过于冷寂，使人意兴索

---

[1] 华玮. 明清妇女戏曲集[M]. 台北：中国文哲研究所，2003：247.
[2] 华玮. 明清妇女戏曲集[M]. 台北：中国文哲研究所，2003：247.

然。乃又以富贵欢愉收场圆满者矫之，作《全福记》一剧。"①《全福记》共二十八出，分为上、下两卷，上卷分别是《传略》《约友》《家宴》《会月》《遇侠》《订妾》《女操》《花烛》《闺愁》《谈心》《耀武》《醉题》《诉情》《出师》，下卷分别是《受降》《夜访》《交兵》《议降》《闻喜》《还朝》《赐女》《入赘》《劝婚》《合卺》《还玉》《纳艳》《庆圆》《余音》。《全福记》主要写了书生文彦生长在一个达官贵族家庭，娶翰林之女贾玉翘为妻。文彦应试高中状元，外出游玩时自己聘下柳春娟为妾。女扮男装的才女沈蕙兰与文彦同榜进士及第，与文彦相见，心生爱意，有意接近，得知文彦聘柳春娟为妾一事，便设计将柳春娟骗到京城自己的府邸中，佯称柳春娟是自己新纳之妾，安排文彦与之相见。文彦见后懊恼不已。后沈蕙兰将心事表明，在好友贾玉翘的帮助下和文彦成婚。文彦作为征兵元帅，奉旨上山围剿流寇。女英雄薛凤华与窦荣之妻与之顽抗。在好友李云杰出面劝降下，薛凤华接受朝廷招安，并与李云杰喜结连理。此时文彦功成名就，皇帝钦赐"全福"匾额予以旌奖。《全福记》中也有大量的评点语句，但是这些评点文字出于何人之手却无从知晓。相较于《繁华梦》批注者（王元常）的批文来看，《全福记》的批文显得更加客观冷静，全文并没有涉及王筠生活的只言片语，也没有对剧中人物的真实身份进行注疏解说，可见，《全福记》的批注者另有其人。据韩郁涛的查证与推测，批注者很可能是该书的刊资者朱珪。②不过，目前尚无进一步资料证明该观点。

　　传奇《会仙记》目前尚未发现存本，但关于《会仙记》学术界还有一点小的争议，即是否存在戏曲《会仙记》。若存在，《会仙记》究竟是《合仙记》的讹误，抑或《游仙记》的别名？《会仙记》究竟是表现明清女性追求妇女的思想解放，还是单纯地讲述王梦麟随麻姑仙去后的生活以反映王筠无法实现自我价值的焦虑和压抑？《会仙记》与《繁华梦》的关系如何？目前尚未发现有关戏曲《会仙记》《合仙记》和《游仙梦》的善本及资料，因此，以上的种种推测都需要后续进一步挖掘和研究，但根据剧名可推测剧本

---

① 宋联奎.咸宁长安两县续志·经籍考[M].1936：490.
② 韩郁涛在其硕士学位论文《清中期戏曲家王筠研究》（南京师范大学，2017年）中，从《全福记》中所表现出的武林情结推测《全福记》的批注者为朱珪。

内容与"仙化"有关。

三、王筠剧本思想内容评述

虽无进一步的证据证明《繁华梦》与《全福记》的关系，但是通过对王筠所作戏曲内容的梳理发现，两部传奇之间具有很高的相似性。

两本传奇开篇都先交代主人公的身份和家世背景，他们均出身名门望族、书香世家，是数代科甲、官至尚书的大家庭，而主人公本人也榜上有名，且早已聘下一位门当户对的千金小姐为妻。《全福记》中文彦一出场便说："小生虽列桂林，未游杏苑，已聘贾太史之女，尚未完婚。"[①]主人公或为图进身之路，或为览吴越风光而外出，都为自己纳了妾。两部传奇都以一场误会开场，如《全福记》中《会月》一出，女扮男装的沈蕙兰错认文彦为李云杰，并芳心暗许；《繁华梦》中《误访》一出，一心访丽的王梦麟却误访丑嬷嬷琵琶钱，在误会和巧合之后，遇到了真正心仪的丽人。《繁华梦》中《投缘》和《秋砧》两出分别讲了主人公与胡梦莲、黄梦兰相遇邂逅并定为小星的事情，《全福记》中的《订妾》讲述了主人公在柳春娟母亲的要求下私定妾室的故事。主人公外出纳妾之后回到家中，刚好是金榜题名、洞房花烛之时，之后，敷衍妻妾相见、互相谦和礼让的美满大团圆局面。不同的是《繁华梦》以仙佛收场，在《出梦》和《仙化》中结束；而《全福记》中同时穿插了女扮男装薛凤华的故事，全剧本在一派喜气祥和、似梦非梦中落幕，正是"结撰凭空还似梦，当场一笑人哄哈"[②]。

两本传奇都或多或少地涉及男扮女装和梦的情节，都敷衍了金榜题名、洞房花烛的情节，但是重点放在了主人公自主追求心上人的桥段，展现婚姻闺房的生活，较少涉及社会层面。《繁华梦》侧重于通过梦幻的形式实现自我身份性别的转换，进而着重表现失意的才女自我追求的主动性，而在自我追求的过程中，多侧重于对异性伴侣和美好婚姻家庭生活的追求。《全福记》通过女扮男装的形式，侧重展现女性不仅有可以与男性文人比肩的才华，而且也可以有谋略和勇气，胆识过人。笼统看来会认为王筠的两部传奇不过是文人聊作之

---

① 华玮. 明清妇女戏曲集［M］. 台北：中国文哲研究所，2003：149.
② 华玮. 明清妇女戏曲集［M］. 台北：中国文哲研究所，2003：147.

戏，可是将王筠的传奇放在当时的背景下，和相同题材或者相近时代的作品进行比较就会发现王筠传奇中所展现出来的独特思想意蕴。

1. 块垒填胸郁未平——浇愁之作

明清时期，随着社会经济和造纸印刷技术的高度发展，思想的进一步解放，女性文学获得了空前的发展，与此同时，女性意识也慢慢开始觉醒，使得相当大一部分的女性开始思考自己的人生和自己的价值，并且开始不满足于传统观念中女性活动的范围，她们希望能够进入生活之外的活动领域，感受更加多元的社会生活，享受更多的权利。然而，令人遗憾的是，虽然有不少开明先驱倡导新的社会风尚，为女性发展张目，但是仍然无法突破传统的封建伦理范围，这就使不少女性产生了渴望得到社会承认和社会角色失落之间的矛盾。王筠便是处于这种矛盾现实中的代表性才女之一。无论是《繁华梦》或是《全福记》，剧中的主人公形象和经历都和现实生活中的王筠比较接近，《繁华梦》中王梦麟自报家门："自家王氏，长安人也。吾门数代科甲，为关西望族。"[1] 剧中所出现的人物以及人物性格也都是王筠以生活中所熟识的亲友为原型进行敷衍的，如"琵琶钱，余婢月娥之母也"[2]，"其口角光景，颇似作者乃堂"[3]，等等。《全福记》中以"结撰冯空"的方式让王筠在剧中体验到现实生活中不能实现的封拜团圆之喜庆，用传奇剧作来补偿现实生活中的缺失。《繁华梦》中王筠多次借用主人公的唱词表达出自己不能出人头地、备受压抑的苦闷状态，如"但生非男子，不能耀祖光宗；身着裙钗，无路扬名显姓"[4]。其父王元常曾评价王筠自小天赋异禀，有蛾眉巾帼之遗憾，因此创作作品《繁华梦》，借此宣泄内心的愤懑之情。[5]

王筠的好友顾森也撰写了一部传奇《回春梦》，剧中敷衍了男主人公顾参的故事。顾参一生颠簸，满腹牢骚，服下再罗法师的仙丹后，梦中仕途顺畅，一路高升，同时还娶到两位如花美眷，但梦醒后，了悟人生，归入仙道。不难发现，顾森的传奇《回春梦》和王筠的《繁华梦》在故事情节上大

---

[1] 华玮. 明清妇女戏曲集[M]. 台北：中国文哲研究所，2003：33.
[2] 华玮. 明清妇女戏曲集[M]. 台北：中国文哲研究所，2003：51.
[3] 华玮. 明清妇女戏曲集[M]. 台北：中国文哲研究所，2003：99.
[4] 华玮. 明清妇女戏曲集[M]. 台北：中国文哲研究所，2003：34.
[5] 华玮. 明清妇女戏曲集[M]. 台北：中国文哲研究所，2003：142.

致相同。"卑人姓顾名参,表字锦柏,姑苏长洲人也,系出簪缨,家传诗礼……卑人幼读儒书、长娴军旅,也曾万言追季子于前,无奈屡次落孙山之外,又因家贫亲老,只得从事馆阁恩叨一命,曾为涿鹿功曹,为与上游不和,谪戍关中,安置役袑。"①传奇《回春梦》中的主人公无论名字还是生平世家、为官经历都和顾森十分相像。在自序中,顾森指出:"《回春梦》何由而作也,伤余生平之命蹇也。……今老矣,鬓毛如雪,齿牙摇落,心如槁木,无能为矣。抑郁之气犹耿胸次,因患天意既不可回,好梦或可得乎?梦者意也,意之所及即属梦矣,梦之所成即为真矣,此《回春梦》之所由作也,借此以消心中之块垒。"②王筠读《回春梦》深有感触,题词中指出:"块垒填胸郁未平,故将寸管与天争。梦回悟得邯郸趣,佛火禅灯了此生。"③可见,顾森和王筠的传奇都是通过设置与自己现实生活经历十分相似的片段或者情景,采用"自况"的手法进行加工创作,以期在故事展开和推进的过程中展现或者弥补自己在现实生活中的遗憾,发泄自己在现实生活中的不满。

作为失意的文人,王筠和顾森有着同样的失落感和遗憾,两人都具有才名焦虑。然而,同为补偿现实生活中失落的"自况"传奇,王筠作为女性剧作家和顾森的传奇有着不一样的价值诉求和焦虑。顾森作为传统的文人儒士"三不朽"依然是其追求的目标。但是命途多舛,时运多艰,纵使系出簪缨,家传诗礼,幼读儒书,长娴军旅,依然改变不了"宝剑沉埋欲吐虹,时时弹铗叹途穷"的命运。因此,在顾森的传奇作品中充满了对一生颠沛、异域飘零、覆盆之冤的郁结之气和"几时个,把生平志伸"④的慨叹。长期不得志,使得顾森对于扬名显姓、官运亨通异常期待与渴望,这种才名的焦虑使得顾森晚年仍然难以释怀,因此创作《回春梦》。而作为女性,王筠的焦虑更加多元和复杂。她渴望走出自我封闭的空间,幻想作为女性即使处于"雌伏"的状态,仍然可以展现才华,建功立业,尽情快意驰骋。然而外在社会

---

① 顾森. 回春梦[M]. 鳣堂刊本影印,清道光三十年(1850):2.
② 顾森. 回春梦[M]. 鳣堂刊本影印,清道光三十年(1850):11.
③ 顾森. 回春梦[M]. 鳣堂刊本影印,清道光三十年(1850):16.
④ 顾森. 回春梦[M]. 鳣堂刊本影印,清道光三十年(1850):5.

的束缚、性别身份的限制和内在抑制不住喷薄而出的渴望之间相互纠缠撕扯，这种矛盾又加重了王筠的焦虑和心中的抑郁之气。

在明清时期，女性是没有资格走上科举取士之路的，受制于传统礼教下女性的封闭性和内囿性，天生的聪敏和后天的学养不能成为她们获取社会尊重和实现自我价值的途径。作为一个有着自我意识的女性，内在的渴求和欲望使她不满足于当前的社会规范给自己的角色，企图打破外在的束缚获得心灵的自由，可是约定俗成的封建礼教却让女性不能越雷池一步，这种生理和心理、社会和自我两种矛盾在不断纠缠拉扯，因此，戏曲小说创作不仅仅成为大家闺秀日常消遣的方式，更是她们倾诉情感、缓解压力的良方。吴伟业在《北词广正谱·序》中说："郁积其无聊不平之概于胸中，无所抒发，因借古人之歌呼笑骂，以陶写我之抑郁牢骚；而我之性情，爱借古人之性情，而盘旋于纸上，宛转于当场。"①明清的闺秀才女通过文学创作，为自己建构起一个相对独立又安全的环境，可以用角色代替自己发声，将潜藏在自己心中不敢表达的欲求通过文字传递出来。如在《繁华梦》中，王筠借麻姑大仙之口说："汝平日不忿身为女子，每每自悲自恨，一点痴心，参成世界耳。"②可见王筠创作传奇的初衷就是借彤管文墨浇心中块垒。

2. 好把心情付梦诠——补憾之梦

块垒填胸郁未平的王筠有女性自我意识的觉醒，渴望能够进入公共领域，施展自己的才华，实现理想，可是面对社会体制和性别身份的双重束缚，王筠似乎只能故园空老，可是生性豪爽坚韧的王筠却毅然选择追求心中的理想。"幻想的动力是尚未满足的愿望，每一个幻想都是一个愿望的满足，都是对令人不满足的现实的补偿。"③尽管块垒填胸、沉埋闺阁，王筠仍然选择"故将寸管与天争"。弗洛伊德曾说过："人类有一种正常的心理机制，如若正常的欲望一直被压抑，那么内心渴望被满足的诉求也会更加强烈。"④在传统封建礼教的规定下，女性要遵循"内言不出于阃"的要求，社

---

① 蔡毅. 中国古典戏曲序跋汇编[M]. 济南：齐鲁书社，1989：79.
② 华玮. 明清妇女戏曲集[M]. 台北：中国文哲研究所，2003：134.
③ 弗洛伊德. 弗洛伊德文集（第四卷）[M]. 孙庆民，译. 长春：长春出版社，1998：429.
④ 厨川白村. 苦闷的象征[M]. 鲁迅，译. 天津：百花文艺出版社，2000：9.

会上各个阶层也自觉地服从和遵守这一价值规范，外在的压抑越大，内心渴望扬名于世、渴望实现价值的需求反而更加迫切，久而久之，这种才名的焦虑感便深深地烙印在王筠的传奇作品中，使之"玉堂金马生无分，好把心情付梦诠释"。

"梦境隐藏在人类的潜意识里，总是在人们念念不忘却求之不得的时候，以一种十分恰当又奇特的方式，舒缓内心的焦虑。恰恰也正是在梦中才更为深刻地洞察事物的本质。"[1]王筠的情感诉求和思想意蕴正是通过梦境展现出来的。此时期，与女性文学相对的是女性遭受的压力与非议也是十分沉重的。卫道士们以才女多早夭的为由，大肆宣扬"才高命薄""才能妨命""福慧不能双修"的论断，企图将才女们紧紧地束缚在传统伦理纲常之中。就连一直以来鼓励女性创作、为女性发展张目的袁枚也曾说过："余阅世久，每见女子有才者不祥，兼貌者更不祥，有才貌而所适与相当者尤不大祥。纤纤兼此三不祥而欲久居人世也，不亦难乎？……此造物者之结习故智，牢不可破者也。"[2]可见在明清时期，社会上普遍认同女子"才能妨命"的观点。"人的自然本性的欲望和人的社会性之间发生了剧烈冲突，社会对女性的要求仍是妇德上的，才要以不妨德为前提。"[3]所谓的妇德，虽然现在能够很清楚地看到其禁锢人的本质，但是在明清时期，"才不妨德"却被奉为圭臬。《大戴礼记·本命》中规定的妇女之德是："妇人，伏于人也。是故无专制之义，有三从之道，在家从父，适人从夫，夫死从子，无所敢自遂也。教令不出闺门，事在馈食之间而已矣。"[4]而王筠不愿受制于传统的约束，想要纵情吟唱出自我心中的豪情壮志，于是，伴随着强烈的"才—德—命—名"的焦虑，王筠在看似符合主流社会规范的前提下，在自我和社会的空间中找到了戏曲这一隐藏的可能性空间，充分利用梦的形式进行自我精神世界的建构。

提及梦的创作手法无论如何都绕不开汤显祖。汤显祖主张"因情成梦，

---

[1] 黄士吉. 元杂剧作法论［M］. 西宁：青海人民出版社，1983：59.
[2] 袁枚. 小仓山房诗文集［M］. 周本淳，校. 上海：上海古籍出版社，1988：1265.
[3] 乔以钢. 中国女性与文学［M］. 天津：南开大学出版社，2004：53.
[4] 方向东. 大戴礼记汇校集解［M］. 中华书局，2008年：1283.

因梦成戏",成就了很多脍炙人口的经典作品。明清时期的戏曲创作延续了这一创作形式,借梦创作了许多优秀的戏剧作品。王筠的传奇《繁华梦》因具有梦、道教等因素常被人提及有汤显祖《邯郸记》的风味,王筠也曾写下一首《邯郸》的观剧诗:

>将相荣华六十春,觉来一笑即归真。
>
>电光石火悲欢境,今古谁非梦里人。①

然而细细品读比较,《繁华梦》与《邯郸记》却有很大的不同,而这些差异也正反映出创作者的价值追求。首先,汤显祖的《邯郸记》侧重于对世俗生活、官场生活的展现,主人公出将入相,宦海沉浮。而王筠的传奇剧作更侧重于对自我追求的表现,尤其侧重于追求婚姻的和谐自由。汤显祖作为男性文人拥有自由施展抱负的机会,可以广泛地参与社会生活,奈何在现实生活中处处碰壁。可正是生活的打磨和锻炼,使汤显祖对官场、世俗生活的认识才能全面,才能更加细致地展示官场的原形。作为女性剧作家的王筠,并没有同等的生态环境,受制于传统礼教的王筠,对科举官场之事自然是生疏的,因而在塑造主人公的过程中,几乎没有提及出将入相的细致过程。另外,相较于《邯郸记》细致描写的出将入相,无论是《繁华梦》还是《全福记》细致描写的是主人公自主追求心上人,并且为每个人物都安排了婚姻幸福、家庭美满的结局,可见,王筠心中对于自主追求婚姻和家庭幸福美满的渴望。其次,从塑造的人物形象上看,崔氏和王筠笔下的主人公王梦麟都是十分强势的性格,敢于追求自己心中想要的一切东西。但是不同的是,崔氏是借卢生功成名就来实现自己的价值,而王梦麟并不是躲在男性的背后出谋划策,他是积极主动地追求,实现自己的价值。崔氏敢于打破传统婚姻制度威逼卢生与自己成亲,已经十分大胆激进,然而王筠笔下的人物则显得更加主动,具有更强的自主意识。最后,汤显祖的《邯郸记》安排主人公深陷繁华糜烂,纵欲而亡,走向悲剧结果,同时也是主人公看清官场本质、走向死亡时的梦醒时分,也意味着汤显祖的剧作有了解脱重生的意味。而王筠的剧作安排主人公在圆满和谐的家庭氛围中落幕,走向大团圆的结局,主人公是

---

① 《清代诗文集汇编》编纂委员会. 清代诗文集汇编(425)[M]. 上海:上海古籍出版社,2010:67.

在享受了美满人生后的梦醒时分,意味着王筠的剧作有更多遗憾和失落。

换言之,《邯郸记》是以一种无欲无求的解脱消解了欲望和现实的冲突,它自始至终都是醒梦,梦更多是发挥一种类似于体裁的作用。"汤显祖是以梦的迷离与假设来完成自我对宗教之精微的神游与感悟。"①而《繁华梦》更像是一个不愿意清醒的迷梦,是弥补个人遗憾的止痛药,剧里充斥着不想清醒却又不得不清醒的无奈,因此主人公只能陷入更大的虚无之中。《全福记》虽通篇构建的是现实生活中的场景,但是剧作家在封拜团圆的剧末仍然加上《余音》一出,正如烈火烹油一般使得这种封侯拜相、妻妾双美的全福场景演绎到极致。一方面是作家考虑到舞台演出的效果,力求避免出现"酒散歌残世所悲"的萧索场景;另一方面则是由于王筠想要借这"有乐无忧"之剧"演出千愁懂"②。王筠将这种人间喜乐之事全部都安排在剧中,使人人心想事成、事事无憾,给人营造一种虽为现实却不真实的梦幻感受。王筠在《全福记》开场诗中就点出这种现实的全福美事不过是凭空杜撰、博人一笑而已。因此,《全福记》终场之余,"一切衣冠重出现,请醒醉眼看芳菲"③。王筠正是想让观众在这看似人间全福的场景中感受到繁华梦境中显现的沉重与落寞。"由于现实生活处境,使她们对人物结局的构造更加沉淀着自我对于现实生活团圆的极度渴望,而她们所直面体味的理想与现实的强烈反差,却使女剧作家们书写的大团圆结局在欢天喜地的场景中透露出沉重的悲凉与叹息。"④然而也正是这种悲凉和叹息才显现出王筠的反抗精神。面对男权社会的种种束缚,王筠试图借梦冲破传统礼教的壁垒,但在感受到美好生活之后,又不得不回归传统,虽然王筠没有找到合适的出路,但是梦与出世可能也是王筠不愿回归传统社会、企图自主反抗而不得已为之的另外一种反抗方式。

3. 怜才择配是美谈——择婿之愿

文学之所以被称为人学,是因为文学作品并不是孤立的、无生命的复制

---

① 邹元江. 汤显祖的情与梦[M]. 南京:南京出版社,1998:289.
② 华玮. 明清妇女戏曲集[M]. 台北:中国文哲研究所,2003:147.
③ 华玮. 明清妇女戏曲集[M]. 台北:中国文哲研究所,2003:241.
④ 刘军华. 明清女性作家戏曲创作研究[M]. 北京:科学出版社,2015:117.

品，而是倾注作者心血与情感的艺术品，每一件都是独一无二、不可复制的精装品，"它必然或多或少地承载了作者的匠心和审美趣味"①。在王筠的两部传奇剧作中都详细地描绘了追求心上人的情结，反映了王筠对婚姻、配偶等的独特认识。

其一看重婚恋对象的"识"，要有才华。王筠是一个才女，也自然很看重对方的学识才华，因此，王筠多次借用剧中人物之口表现出自己对于才子的渴慕。如"（生）强人再婚，终伤雅道。（小旦）怜才择配，自是美谈"，②又如"（小丑）依春英愚见，何不觅一个才貌郎君，把终身托付，岂不是好？（小旦叹介）我岂不欲如此？只是才子难逢耳"③，又如"（小旦）有那些俗子求婚，奴家立心断绝。此世不逢才子，情愿祝发空门"④。

对方的才华学养是王筠比较看重的，希望自己也能够找到一个十分有才气的对象。一方面是王筠对于自己才学的自信，认为自己有着足以和才子相匹配的才学；另一方面可能也是王筠对自己现实生活中天壤王郎的一种补偿。

其二在婚恋过程中更看重"情"，两人要相悦，即双方的婚姻是建立在互相喜欢且感情专一的基础上。《繁华梦》中借小生之口说："夫妇大伦，自不可少，那些姬妾余情，非吾意也。"⑤《全福记》中借小旦之口说："王郎王郎，你好侥幸也！这样女子，一个也足矣，还要成双作对。"⑥当时的社会环境中，王筠重情的品格是难能可贵的。可是迫于社会礼教的压力，虽然王筠重视两情相悦、专一，但是也只能在"一夫多妻"的叙事背景下，借用插科打诨的方式表露心声。"如果妻子不悦或者有妒忌之心，家庭即难以维持平静。将乱家之罪不归之于多娶，而归之于妻子不能容忍，并作为休妻的理由。这就给男子多娶以更有力的保障。"⑦如主人公在纳妾时说："好夫

---

① 郭英德. 明清传奇史［M］. 北京：人民文学出版社，2012：294.
② 华玮. 明清妇女戏曲集［M］. 台北：中国文哲研究所，2003：177.
③ 华玮. 明清妇女戏曲集［M］. 台北：中国文哲研究所，2003：155-156.
④ 华玮. 明清妇女戏曲集［M］. 台北：中国文哲研究所，2003：61.
⑤ 华玮. 明清妇女戏曲集［M］. 台北：中国文哲研究所，2003：177.
⑥ 华玮. 明清妇女戏曲集［M］. 台北：中国文哲研究所，2003：94.
⑦ 胡元翎. 拂去尘埃·传统女性角色的文化巡礼［M］. 石家庄：河北人民出版社，2001：40.

人放贤惠些,不要学世人的俗套……(生背叹介)正是:万事易明,人心难料。谁知绝世佳人,竟是非常妒妇。"①又如:"(生)别人家金钗十二,我只三、五小星之愿,你就容不得了,可笑可笑。"②王筠面对心理诉求和社会规范之间的矛盾,只能退而求其次接受三妻四妾的婚姻模式。可是,王筠接受三妻四妾的婚姻模式只是为了不让自己变成封建社会中的妒妇和弃妇,是为了追求两情相悦的婚姻关系所不得已的妥协和让步。如《繁华梦·双圆》一出,谢梦凤从婆婆处得知王郎已经私自聘下小妾,虽然心中十分不开心,但是却硬要将这份不开心隐藏起来,反而埋怨丈夫误认自己是那种肚量狭小的妒妇。为了表现自己作为正室的宽容和不妒,谢梦凤选择不拆穿王郎计谋也不私下去见新订妾室的折中办法。虽然反映出王筠婚姻观上的局限性,可是放在明清时期的大背景下去考量,王筠的婚姻观还是透露出些许的进步性。

其三是重"胆",要自主追求,讲究情欲自主。在王筠的传奇剧作中主人公都积极主动地追求自己的意中人,如《繁华梦》中"(小生)古人中每每有那等逼人为婿的,殊为不取……(小旦)怜才择配,自是美谈,纵使重婚,未为不可"③。无论是男主人公抑或女主人公都大胆直接地表达出自己渴望婚姻自主,反对父母主婚的心理愿望,甚至只要是两情相悦,即使重婚也要争取在一起。顾森的《回春梦》也同样展示出女性对婚姻爱情的渴望,可是剧中的女主人公刘绿云却仍然坚持"言须父命,不肯应承"的传统婚姻观,她认为婚姻大事,必须听从父母安排,不可以自作主张。她说:"相公,你难道是你技艺勾动妾心的么?……若非奉家君来书之命,由你做三日夜戏文,只怕也不在我心上。"④顾森借主人公之口表现出传统的封建士子对于传统礼法的维护和认同。可见男性文人对于婚姻还是恪守传统礼制的,是一种被动接受的状态。而王筠敢于打破传统的婚姻模式,具有反叛性,是个旧婚姻制度的反叛者。然而明清时期礼制对人的约束力还是十分的强大,王筠追求情欲自主、婚姻自主是十分具有反叛性的"异端"主张,这一追求

---

① 华玮. 明清妇女戏曲集[M]. 台北:中国文哲研究所,2003:99.
② 华玮. 明清妇女戏曲集[M]. 台北:中国文哲研究所,2003:107.
③ 华玮. 明清妇女戏曲集[M]. 台北:中国文哲研究所,2003:177.
④ 顾森. 回春梦[M]. 鳣堂刊本影印,清道光三十年(1850):317.

很容易受到社会的攻击和排斥。于是，在主人公自主追求心上人的过程中，王筠安排了《误访》和《会月》两出，分别安排误访丑女、错认对象的情节，使主人公情欲自主受挫，使之成为女剧作家企求自我追求婚姻和爱情的惩罚和教训，也以此作为寻求主流社会包容的砝码，使得自己的作品能够得以流传。在传统礼教和理学文化的束缚下，单个的女性作家企图通过自身的努力，突破社会的重重防线是不可能的，因此女剧作家内心渴望实现的"异端"想法，只能嫁接到剧中的特殊人物身上，"而这些特殊人物则是生活在传统礼教罗网之下的角落里，是不起眼的小人物，他们或是疯，或是傻，或是丑，或是残，或是被社会所抛弃的人物"①。丑女琵琶钱就是作者有意设置的人物形象，一方面利用误会巧合使得传奇的叙述更加丰富，具有喜剧效果；另一方面，王筠寄寓在琵琶钱这一丑女身上渴望情欲自主却不得不以失败而告终的遗憾也不能忽视。

4. 可但蛾眉是恨人——性别之恨

无论是《繁华梦》还是《全福记》都有女扮男装出入于公共生活领域的女性，王筠在《繁华梦》中说："我本一裙钗，今做衣冠态。……从此得抒怀，了却裙钗债。"②王筠心中的蛾眉之恨也是溢于言表的，因此剧中颇多女扮男装的女性。女扮男装在明清时期尤为兴盛，受才女文化和男性文人的审美心态影响，具有阳刚阴柔兼容的双性人格之美是大家追求的。在当时社会，无论是在生活还是思想层面，人们似乎都可以接受身边的双性人物。③在这一风气的导促下，王筠多次使用男扮女装的手法表达心中的渴望与诉求。谭正璧指出："她们已是表现出她们也有一般人所共有的人格。"④

女扮男装最早出现在传奇剧作中可追溯到"木兰剧"，较为成熟和完善的"木兰剧"则是经徐渭打磨润色过的。"徐渭的《雌木兰代父从军》使《木兰诗》更加生动可感，搬演于舞台之上更使之成为后世的经典之作。"⑤

---

① 林树明. 多维视野中的女性主义文学批评[M]. 北京：中国社会科学出版社，2004：72.
② 华玮. 明清妇女戏曲集[M]. 台北：中国文哲研究所，2003：36-37.
③ 徐蔚. 清代戏曲中的男旦与男风[J]. 贵州大学学报，2012（2）.
④ 谭正璧. 中国女性文学史[M]. 上海：上海古籍出版社，2012：317.
⑤ 杨玲. 论徐渭《雌木兰》在木兰故事传播与接受史中的地位和价值. 2010年中国文学传播与接受国际学术研讨会论文汇编（中国古代文学部分）[C]. 2010：13.

王筠在《鹧鸪天》中曾经感叹："木兰崇嘏事无缘……好把心情付梦诠。"①可见王筠也是受到了徐渭《雌木兰》和《女状元》的影响。但是将王筠的剧作和徐渭的作品进行对比，就会发现性别不同的两位剧作家价值观念也不尽相同。

表4-4　王筠、徐渭剧作中的换装情节对比

	王筠	徐渭
换装场景	现实生活或梦境	现实生活
换装理由	显才，展现女性才智、勇力	孝，生计
贞洁问题	无特别强调	特别强调
换装问题	多忽视，且容易解决	多重视，且难以解决
换装看法	渴望换装	换装是污点
换装结果	回归传统生活或出世	回归传统生活

　　王筠和徐渭的换装情节都是表达主题不可或缺的环节，但徐渭的换装情节全部发生在现实生活中，而且反复强调"叔援嫂溺"，为主人公换装行为找到十分充分的理由。如木兰替父从军是为了坚守孝道。"虽有一个妹子木难和小兄弟咬儿，可都不曾成人长大。"②"论男女席不沾，没奈何才用权……我替爷啊，似叔援嫂溺难辞手。"③《女状元》中黄崇嘏换装应试也是迫于生计压力。"那时节食禄千钟，不强似甘心穷饿。此正叫作以叔援嫂，因急行权。"④王筠作为女性剧作家，本身生活在封建礼教所限定的范围内，不可能像男性一样可以自由出入公共生活领域，但是不甘心"雌伏"使得王筠将实现人生价值的渴望寄寓在梦中的换装人物身上。梦境为王筠建构起一个相对安全的空间，换装女性可以在这个空间里自由施展自己的才华，实现自己的价值。因此，男扮女装的行为对于男性作家来说可能是一种引人入胜的叙事手段，但是对于王筠等女性作家来说，换装有着颠覆性别、施展才华、追求价值、扬名显性的意义和作用。

　　对于换装带来的各种问题，王筠和徐渭的处理也不尽相同。封建文人士

---

① 华玮. 明清妇女戏曲集［M］. 台北：中国文哲研究所，2003：33.
② 徐渭. 四声猿·雌木兰［M］. 暖红室汇刻传奇. 扬州：广陵古籍刻印社，1882：31.
③ 徐渭. 四声猿·雌木兰［M］. 暖红室汇刻传奇. 扬州：广陵古籍刻印社，1882：43.
④ 徐渭. 四声猿·女状元［M］. 暖红室汇刻传奇. 扬州：广陵古籍刻印社，1882：45.

大夫严守男女之大防，女子也更是重视自己的贞洁，因此全社会形成了"女子贞洁大于天"的认识。"女子名节在一身，稍有微瑕，万善不能相掩。"①徐渭作为封建文人也自然信奉这一点，结合自己生活经历，徐渭更是将女子的贞洁看得无比重要，因此，徐渭的传奇剧中反复交代木兰和黄崇嘏换装前后贞洁完好无损的事情。木兰出发前向母亲发誓："娘，你尽放心，还你一个闺女儿回来。"②从军归来后面对家人的质疑解释说："奶奶，我紧牢拴几年夜雨梨花馆，交还你依旧春风豆蔻面。……怎肯辱爷娘面，非自奖真金烈火，傥好比浊水红莲。"③黄崇嘏面对太守等人的质疑，也由乳母解释道："那小姐呵，我从前乳哺三年大，休说道在家只许我陪她，就路途中谁许个男儿带。"④可见，徐渭在换装情节上反复交代女主人公的清白之身，还是以贞洁作为衡量女性的重要标尺，在某种程度上忽视了女性本身的价值和人格魅力，具有一定的局限性。

在明清女性文学浮出地表之际，徐渭作为开明的文人为女性创作张目，时时高举男女平等的大旗，但是在《雌木兰》中却仍然将女性作为男性的附庸，以婚姻作为女性的唯一出路，并且以贞洁作为女性是否良善的唯一参照。⑤而王筠却几乎没有一处提到换装女主人公贞洁的问题。在明清时期，女性视贞洁如性命。如：

> 黄善聪，应天淮清桥民家女，年十二失母。其姊已适人，独父业贩线香，怜善聪孤幼，无所寄养，乃令为男子装饰，携之旅游庐、凤间者数年，父亦死。善聪即诡姓名曰张胜，仍习其业自活。同辈有李英者，亦贩香，自金陵来，不知其女也。约为伙伴，同寝食者踰年。恒称有疾，不解衣袜，夜乃溲溺。弘治辛亥正月，与英皆返南京，已年二十矣。巾帽往见其姊，仍以姊称之。姊言："我初无弟，安得来此？"善聪乃笑曰："弟即善聪也。"泣语其故。姊大怒，且詈之曰："男女乱群，玷辱我家甚矣！汝虽自明，谁则

---

① 吕坤. 闺范[M]. 北京：学苑出版社，1998：188.
② 徐渭. 四声猿·雌木兰[M]. 暖红室汇刻传奇. 扬州：广陵古籍刻印社，1882：36.
③ 徐渭. 四声猿·雌木兰[M]. 暖红室汇刻传奇. 扬州：广陵古籍刻印社，1882：41.
④ 徐渭. 四声猿·女状元[M]. 暖红室汇刻传奇. 扬州：广陵古籍刻印社，1882：75.
⑤ 参看苏春萌的论文《雌木兰替父从军赏析》，《戏剧之家》2015第5期。

信之？"因逐不纳。①

可见，在这种背景下王筠只字不提换装女性的贞洁问题是有意而为之的，侧面反映出王筠对于女性价值的判断并不是建立在传统的男权视角下，而是从女性自我本身出发，构建女性自我的价值判断标准。

因此，在面对换装行为带来的系列问题时，徐渭都会或多或少地指出来，能够让人体会到实际换装过程中带给女性的艰辛。如"（二军私云）这花弧倒生得好个模样儿，倒不像个长官，倒像是个秋秋，明日倒好拿来应应急"②。又如"想起花大哥真稀罕，拉溺也不教人见。③"又如"（木兰）丢下针尖，挂上弓弦，未逢人先准备弯腰见，使不得站堂堂矬倒裙边"④。而王筠的传奇剧作中也出现换装女主人公险些被识破的情节，可是这些在实际生活中很难蒙混过关的事情在王筠的笔下三言两语就被化解掉了。如：

> （小生）沈兄几日未会，怎么一发清减了？（小旦）偶尔小恙，失候二兄。
>
> ……（生笑介）兄的贵恙，一定是害相思了？……（生）沈兄，【前腔】檀郎勿罪言相戏，怪伊家忞恁娇痴。（小旦）念弱性天生难改易，（笑介）休猜作木兰往事。【自露败缺，亦情不自禁矣】……（小生仰看介）妙啊！你看万里无云，一轮如镜，真好夜色也。【已逼近矣，又复漾开】⑤

关于换装行为带来的影响，两位剧作家的观点也是不相同的。木兰在换装前担忧行军归来小脚如何收拾；换装变回女儿身之后，面对将要结婚的意中人，木兰"久知你文学朝中贵，自愧我干戈阵里还"⑥。由此可见，徐渭笔下的木兰虽然有代父从军的胆量和气魄，但是代父从军进行换装并非为了显才，换装背后仍然是传统的女儿心态，木兰甚至认为换装是人生的一个污点，是阻碍自己获得幸福完满婚姻的障碍。"要让明朝的观众认同木兰，徐

---

① 田艺衡. 留青日札［M］. 朱碧莲，校. 上海：上海古籍出版社，1992：371.
② 徐渭. 四声猿·雌木兰［M］. 暖红室汇刻传奇. 扬州：广陵古籍刻印社，1882：37.
③ 徐渭. 四声猿·雌木兰［M］. 暖红室汇刻传奇. 扬州：广陵古籍刻印社，1882：40.
④ 徐渭. 四声猿·雌木兰［M］. 暖红室汇刻传奇. 扬州：广陵古籍刻印社，1882：37.
⑤ 华玮. 明清妇女戏曲集［M］. 台北：中国文哲研究所，2003：176.
⑥ 徐渭. 四声猿·雌木兰［M］. 暖红室汇刻传奇. 扬州：广陵古籍刻印社，1882：42.

渭不得不让木兰为放脚而忧，为完贞而喜，为有家而感激。……《雌木兰》之悲，不悲在能不能建功立业，而悲在不得不屈身从俗。"[1]如果没有代父从军之事，木兰也会按照传统女性的方式继续生活。而王筠笔下的主人公对于换装行为是积极主动的，甚至是十分欣喜的。如：

  （取镜照，大笑介）竟居然秀才，竟居然秀才。……（笑介）我好喜也！……（笑介）笑盈盈满腮，笑盈盈满腮。从此得抒怀，了却裙钗债。[2]

梦醒之后，发现又变成换装之前的样子时，她内心怅然若失，十分痛苦。由此，王筠对于换装行为是十分渴望的，潜在地表达出王筠想要显才显志，不甘"雌伏"的想法，想要借换装来施展抱负，一吐心中怨气。王筠之悲不仅仅是不能建功立业，更是悲在因为性别而不得不"雌伏"。

对于换装的结果，徐渭让女扮男装的木兰、崇嘏在享受到男性的特权之后，终究还是让她们回到传统女性的闺阁生活中去了，木兰的勇武、崇嘏的智识全部被当作奇闻逸事的注脚，被"奇"和"幻"消解掉了，使勇武、智识成为她们作为特殊女性的陪衬，用放弃她们的雄心壮志作为背离传统礼教、重新回归女性生活的补偿。而王筠除了安排主人公走进传统的婚姻家庭生活模式外，还安排了主人公因为无法接受梦境和现实的差距而出世的结局。这种看似消极厌世的处理安排其实也可以当作是王筠对于传统封建礼教秩序的无声反抗和背离，对女性彰显才智、追求人生价值的执着追求的肯定。

《繁华梦》与《全福记》虽然在以上四个方面有相同的价值诉求，但是两部剧仍然有些许的差异。首先在剧作风格方面，《繁华梦》比较悲凉哀怨，而《全福记》稍显欢畅喜乐。在《繁华梦》的开场诗中说此剧是"醉里暂开醒眼"。王筠因为蛾眉之恨，便借戏曲创作抒发内心的遗恨。梦境将整个剧作分为三部分。入梦前主人公被现实束缚，抑郁悲愤，转而入梦的体验暂时将这份焦虑搁置起来。麻姑的点化使主人公从梦中醒来重新回到了现实生活中，然而此时的主人公"重开醒眼"，意识到了眼前的种种繁华不过是人生虚境，因此闺阁之恨似乎得到了消解。但梦境与麻姑的点化只是王筠故

---

[1] 张惠. 雌木兰之缠足辨[J]. 井冈山大学学报（社会科学版），2010（3）：102.
[2] 华玮. 明清妇女戏曲集[M]. 台北：中国文哲研究所，2003：36-37.

意设置的情节桥段，是为了消解现实生活焦虑不得已而为之的手段，剧中所谓的"弟子醒悟了"却实实在在地透露出王筠的无奈和感伤，是一种面对难以调和的现实矛盾的被动顺从和释怀。人生苦味也使王筠的《繁华梦》浸透着浓浓的悲情体验。《全福记》不同之处在于全剧始终是"醉眼看芬芳"，即全剧都是沉浸在家庭和睦、拜相立功的全福盛景之中。《全福记》更像是王筠编织的一个永不会醒的美梦，因此全剧洋溢着欢畅喜乐之气。其次，《繁华梦》有着个人真挚的情感体验，更能以情动人。《全福记》相较而言则更多了封建的庸俗观念，如《全福记》中不乏对朝廷歌功颂德、对御赐圣物的向往、对满门恩荣的渴慕；而个人内心的诚挚感情被抽为真空，以封建的伦理道德观念填充，使妻完全不妒，使士封相拜将、坐拥娇妻美妾，使剧作中些微的真情流露被封建道学气息所掩盖。

四、王筠剧本艺术特色

王筠的传奇剧作在明清女性戏曲作品中独树一帜，为当时的戏曲搬演提供了很多可以借鉴参考的地方。而其戏曲的艺术特色又比较明显，涉及剧本关目、舞台演出、人物形象、戏剧语言等各个方面。

1. 精巧匠气的关目构架

吕天成曾援其舅祖孙月峰之言说："凡南剧，第一要事佳；第二要关目好；第三要搬出来好。"[①]可见从明代开始戏剧就追求好的关目构架。其实，并非南剧，任何一出好的戏曲作品都是兼具内容和关目等因素的。在昆曲日渐衰落的乾嘉时期，王筠创作《繁华梦》能于一般作家中特树一帜，[②]这和王筠精巧匠气的关目构架有关。王筠和戏曲伶人相交甚好，具有十分丰富的观剧体验，其父王元常也酷爱戏曲，经常指点王筠的戏曲创作，因而王筠的传奇作品打磨仔细，具有精巧匠气。

《雨村诗话》中有言："闺媛填传奇，古今所少。长安女史王筠，幼阅书，以身列巾帼为恨。尝撰《繁华梦》传奇，自抒胸臆。以女人王氏登场，生于二出始出，亦变例也……自古女史填词，容或有之，今并能填曲，可谓

---

① 吕天成.曲品校注［M］.吴书荫,校注.北京：中华书局，2006：160.
② 周贻白.中国戏剧史长编［M］.北京：人民文学出版社，1960：414.

奇矣，一时传为女才子。"①在一般的传奇剧本中，均是副末登场，自报家门，敷衍传奇的大致情节，然而王筠打破惯例，以"生女妆，月白披风，束绦，素裙上"②，这样特意打破常规的角色安排能够迅速地抓住观众的眼球，使之参与到传奇剧目的搬演中去。同时，王筠模糊生、旦之间的界限，赋予人物双性人格之美，在保证了新鲜感的同时还能尽可能开拓挖掘角色的张力和内涵，使得上场演出的传奇剧作更能表达作品的思想主题。剧本如果不注重关目构架就会造成"局段甚杂，演之觉懈"③的结果，王筠不但避免了这一点，而且为了使戏曲具有更好的演出效果，能够以舞台演出、观众反应等为中心适时地调整戏曲。如：

> 《全福记》扮演文状元家门故事，已到封拜团圆地位，似乎再无话说了。但作此记者，另有心事，以为世上戏文，每到场终，锣鼓一响，满堂寂然。坐客亦将告辞，光景甚属无味，因而于末尾又撰《游春》一折。……复见热闹排场，岂非从来戏场一大奇观？④

在传奇剧《全福记》终场之际，为了不使观众有意犹未尽的失落感，在终场又加上了《游春》一出，就连批注者也说"此种排场从来未有，令人耳目一新"⑤。

在内容叙事和关目构架上，王筠能够巧用误会和悬念，使得整个传奇摇曳生姿、一波三折，富有戏剧性，更加引人入胜。《繁华梦》第八出《误访》，主人公访丽心切，受到兄友们的捉弄，结果误访丑女琵琶钱。琵琶钱"生来容如闭月，漫夸八戒重生；貌似羞花，不让牛魔在世。妆成对镜，自号佳人；卖笑倚门，人言鬼怪"⑥。这种欲抑先扬的手法增加了主人公和观众的期待，在看到丑嬷嬷琵琶钱时，相信观众也会和主人公一样大惊失色，使得满心的期待变成大写的惊讶，增添了爆笑的喜感。在传奇剧开场运用误会营造啼笑皆非、戏谑滑稽的氛围，能够增强演出的趣味性，达到暖场的效

---

① 李调元. 雨村诗话［M］. 詹杭伦，沈时蓉，校正. 成都：巴蜀书社，2006：87-88.
② 华玮. 明清妇女戏曲集［M］. 台北：中国文哲研究所，2003：33.
③ 祁彪佳. 远山堂品曲［M］. 北京：书目文献出版社，2011.
④ 华玮. 明清妇女戏曲集［M］. 台北：中国文哲研究所，2003：241.
⑤ 华玮. 明清妇女戏曲集［M］. 台北：中国文哲研究所，2003：241.
⑥ 华玮. 明清妇女戏曲集［M］. 台北：中国文哲研究所，2003：51.

果。如女扮男装的沈蕙兰得知文彦私聘柳春娟为妾一事,便设计将柳春娟骗到自己府邸,并对外宣称她是自己新纳侧室。众人都在猜想"沈公子"讨得何等美妾时,文彦和柳春娟尴尬相遇。通过利用这一悬念,尽可能吊足观众的胃口,又满足了观众的好奇心,使得传奇在一张一弛、一紧一松中展开。王筠的剧作花费了大量笔墨描写主人公追求心上人的情节,然而相似的情节,王筠却采用不同的写法,有的妾室是自媒,有的是母亲一力推荐,有的则是双方私订盟约。如"胡氏系其母求婚,黄氏系王生自求,排场不同"①。各不相同的处理使得求丽的情节也充满了新奇感,不会出现面目雷同的问题,同时也增强了戏剧的表演性。

2. 交替更迭的冷热排场

许之衡曾说:"作传奇第一须知排场,若不明排场,鲜不笑柄百出者。"②而"戏曲的排场主要是指场次的安排,角色的上下场及每出所用曲调的安排"③。据现有资料来看,王筠的传奇《繁华梦》和《全福记》都上台演出过。纵观王筠戏曲剧本的题词和相关序跋,可见王筠的传奇剧作在搬演的过程中反响很大。从某种程度上来说,戏曲终究是侧重于舞台演出的。"要使登场扮戏,堂上之客解颐,堂下之侍儿鼓掌,观侠则雄心血动,话别则眼泪涕流,乃制曲之本意也。"④因此剧作家十分看重戏曲的排场和扮演情况。王骥德在《曲律》中指出:"可演可传,上之上也;词藻工,句意妙,如不谐里耳,为案头之书,已落第二义。"⑤又如李渔在《闲情偶寄》中指出:"今人之所尚,时优之所习,皆在热闹二字。冷静之词,文雅之曲,皆其深恶而痛绝者也。然戏文太冷,词曲太雅,原足令人生倦,此作者自取厌弃,非人有心置之也。"⑥又如"到了清代,杂剧作品多情节单纯,上场人物少,而且全凭主人公抒发内在情感的方便,所以传统规则多被摒除,场上冷清是

---

① 华玮. 明清妇女戏曲集[M]. 台北:中国文哲研究所,2003:64.
② 许之衡. 曲律易知[M]. 吴梅,订. 饮流斋刊本. 1922.
③ 俞为民. 宋元南戏考论续编[M]. 北京:中华书局,2004:138.
④ 俞为民、孙蓉蓉:《历代曲话汇编》第一集,黄山书社2008年,第97页.
⑤ 王骥德. 曲律注释[M]. 陈多,叶长海,注释. 上海:上海古籍出版社,2012:207.
⑥ 李渔. 闲情偶寄[M]. 江巨荣,卢寿荣,校注. 上海:上海古籍出版社,2000:90.

个普遍问题"①。

从王筠的传奇剧本来看，每出剧安排的人物都比较多，场面热闹，满足了大家观剧的基本需求。王元常曾在《繁华梦》的批注上说："所用角色颇杂，若临登场，必须多备生、旦数人。"②王筠的戏曲作品不仅排场热闹，而且注重各个场次的交替安排。例如《繁华梦》共有二十五出，刚开始基本上都是以主人公为线索的单人独白，敷衍独叹、入梦、辞亲等事，紧接着求丽、误访两出戏又打破了这种悲情的离别氛围，展示出误会交生、活泼逗趣的调戏环节，一冷一热交替很好地调节了场上的氛围，使得整个剧目开场不至于过于冷清。《投缘》一出加入了净、丑等角色，讲述主人公在热闹和谐的场景中求访丽人；而《秋砧》一出发生的背景环境则如秋天阵阵的捣衣声，反衬出的清、静一般；在访丽结束后，全剧又在热闹的报捷、合卺、闺聚、双圆的团圆喜乐氛围中展开；最后又以个人的真情独白而结束。如此安排，使场上之剧繁而不杂、多而不乱。

作为常常观剧听戏的人来说，每出戏大致的情节脉络、剧情走向基本上已了然于胸，因此对于平铺直叙的戏容易产生厌烦感，剧作家就只有在每一出或者某一个点上做足功夫才会出奇制胜、吸引观众。③王筠不仅重视整出传奇剧作的冷热交替，而且在一出之中也注重节奏的张弛，如《繁华梦》第八出《误访》，在主人公误访之前刚刚辞别双亲，心中满怀着对西湖美景的憧憬和向往，自然也期待可以偶遇江南美人，在朋友的推荐下来到了琵琶钱的住处。

【懒画眉】缓步逍遥整冠裳，（抚心笑介）初试风流意自惶。
昨宵梦断杜韦娘，咱书生本是无情况，却被他搅乱苏州刺史肠。④

满心期待的主人公见到琵琶钱时急于一睹盛世美颜，不由得也引起了观众的好奇心，然而主人公和琵琶钱的几番交谈和玩笑又将这份焦灼搁置起来，场面似乎趋于平稳，然而等到琵琶钱放松警惕拿下挡脸的扇子时，平静的场面被打破，上升为惊愕与可笑共存的另一种热闹氛围。"（丑收扇作娇

---

① 杜桂萍. 清初杂剧研究 [M]. 北京：人民文学出版社，2005：63.
② 华玮. 明清妇女戏曲集 [M]. 台北：中国文哲研究所，2003：121.
③ 中国大百科全书总编辑委员会. 中国大百科全书·戏曲曲艺卷 [M]. 北京：中国大百科全书出版社，2002：479.
④ 华玮. 明清妇女戏曲集 [M]. 台北：中国文哲研究所，2003：51.

态。生背笑介)这是哪里说起,看了她的嘴脸,不由人不怕,见了他的丑态,又要发笑,这便怎么处?"①相信这一急一缓、一惊一吓的戏曲节奏和氛围会使观众更加喜爱这本戏。

3. 机趣鲜活的戏曲语言

戏曲创作在一定程度上可以说是建立在诗词创作的基础上的,王筠作为诗词、曲、画俱通的才女,机趣鲜活的曲词是其戏曲作品的显著特色。明末清初戏曲家黄周星曾说:"曲为诗之流派,且被之弦歌,自当专以趣胜。今人遇情境之可喜者,辄曰'有趣!有趣!'则一切语言文字,未有无趣而可以感人者。"②王筠的曲词往往就有使人在回味延留的逗趣之处,仿佛瞬间领悟到了戏曲中只可意会不可言传的精髓。试看《全福记》第六出《订妾》:

> (贴)母亲这里来。(副转介)做什么?(贴背,低介)孩儿方才闪在竹篱边,听见那人姓名家世,可为全美,失此机会,只怕难寻了。(副)哦,你便怎么样?(贴笑介)依孩儿之意,不如……(作羞态不语介)(副)不如什么呢?(贴)母亲自去想来。(副作想,忽笑介)③

面对如此才貌双全的好男儿,其实母女俩的想法都是一样的,母亲本想自己出面替女儿张罗好事,不想女儿心热自媒,于是母亲便假装不解风情的样子调谑女儿,一问一答、欲言又止生动地展示了面对爱情时少女的娇羞与热烈,极显生活之妙趣。又如《全福记·合卺》一出中:

> (近介)年兄拜揖了。(小旦不睬介)(生)我和你非比他人,不必作儿女之态。前者辞婚几次,并非小弟无情……(笑介)请问年兄,你的如夫人可好么?(小旦掩袖笑介)与你代劳接取,也该谢我……已交四鼓矣。夫人,夜静春寒,不宜久坐,下官奉陪到里面去,做一个竟夕之谈何如?……年兄请,(笑介)呀咈!如何又是这等称呼了?夫人请。(小旦笑介)好教人堪羞还笑。④

---

① 华玮. 明清妇女戏曲集[M]. 台北:中国文哲研究所,2003:53.
② 黄周星. 制曲枝语[M]//中国古典戏曲论著集成(七). 中国戏曲研究院. 北京:中国戏剧出版社,1959:120.
③ 华玮. 明清妇女戏曲集[M]. 台北:中国文哲研究所,2003:165-166.
④ 华玮. 明清妇女戏曲集[M]. 台北:中国文哲研究所,2003:226-228.

文彦与女扮男装的沈蕙兰是同年及第的"兄弟",然而沈蕙兰却对文彦芳心暗许,在贾玉翘的撮合下,沈蕙兰恢复女身与文彦喜结连理。可在洞房花烛之夜,两人仍然以兄弟相称,其中的情趣也是让人忍俊不禁。正如批注者所说:"此等称呼用之于洞房中,真千古罕见。亦是戏中第一排场。"①

王筠的曲词学习了民歌的长处,又有自由的衬字穿插其中,使得整个曲词自然清新、富有机趣。如:

【忆秦娥】春眠晓,处处闻啼鸟。闻啼鸟,满地梨花,侵阶碧草。②

【普贤歌】我为名妓压苏杭,粉做容颜花做妆。青丝三寸长,蛾眉秃秃光,便石人见了能心荡。③

【江儿水】他风韵欺苏小,才华压薛涛。俏裙边犹胜潘家妙。"琵琶钱"美号人争道,遍江南争美如花貌。听说不禁狂笑。他便是多智的周郎,也落吾圈套。④

这段【忆秦娥】是对孟浩然《春晓》的改编,稍加改动便有了新的趣味。这支曲子是柳春娟被沈小姐虚设小星骗至寓所感叹终身时所作。面对处处的啼叫声和满地的梨花,大好的春色在不知不觉中悄然流逝,而自己也正值妙龄,大好的青春却不知如何发遣,那种淡淡的哀怨与忧伤便弥漫开来,使人感同身受。其他两支曲子也同样运用了叠词、俗语和衬字等,将琵琶钱的滑稽展示在观众面前,使得曲词变得活泼有趣。

要使戏曲"活色生香",戏剧语言也应该具有音乐性。"音节者,神气之迹也;字句者,音节之矩也。……音节高则神气必高,音节下则神气必下。"⑤王筠的戏曲语言善用叠字和三音节词,将情感的起伏变化与语言的节

---

① 华玮. 明清妇女戏曲集 [M]. 台北:中国文哲研究所,2003:226.
② 华玮. 明清妇女戏曲集 [M]. 台北:中国文哲研究所,2003:181.
③ 华玮. 明清妇女戏曲集 [M]. 台北:中国文哲研究所,2003:51.
④ 华玮. 明清妇女戏曲集 [M]. 台北:中国文哲研究所,2003:49.
⑤ 刘大櫆. 论文偶记 [M]//中国古典文学理论批评专著选辑. 郭绍虞,主编. 北京:人民文学出版社,1998:6.

奏相结合，使戏曲表演更加震撼人心。

【双声子】春光暖，春光暖，大小科连占。祥云现，祥云现，鸾凤鸣天畔。三生眷，三生眷，神仙伴，神仙伴。看佳人才子、唱和新篇。①

【醉扶归】冷清清泪滴桃花面，意迟迟羞看玉鉴圆，诉幽情鹦鹉语檐前，伴伤春紫燕飞帘畔。②

【前腔】碧澄澄月光满院，韵悠悠谁家捣练？乱纷纷秋声雁声，冷清清孤馆寒灯伴。③

【双声子】这支曲子通押一个韵部，读起来朗朗上口；且三字为一个音组，三组简短音节对仗出现便于识记。这种明快清丽的语音节奏也正如接踵而至的喜事一般，瞬间让人感受到主人公金榜题名、洞房花烛的喜庆与畅怀。【醉扶归】和【前腔】都用了多组叠词表现此时此境主人公的情感。这几组叠词都是"重轻轻"的重音模式和"短长长"的音长模式，自然而然地将整支曲子的节奏变缓变慢，使主人公郁结于心的哀婉惆怅表现得淋漓尽致。【前腔】中还将纷乱如麻的秋雁声与孤清冷寂的院落对比，以动衬静更显主人公内心的孤苦之情。王筠注重戏文的节奏和音韵，善用叠词，讲究句法句式，机趣鲜活的戏剧语言无疑也为戏曲注入了更多情感。

4. 细致逼真的事态描摹

"戏剧诗本身的形式，也就是不借助叙述，单单用对话来表现行动，含着非有剧场为辅助不可的意思。"④可见用对话表现行动是戏曲的一个特点。冲突往往通过对话的形式推进展开，它常常包括人物之间的冲突和人物的自我冲突。因此，细致逼真的描摹就是原汁原味地展现戏曲魅力的关键。作为女性剧作家，在她们的传奇剧作中没有男性宏大的叙事背景和政治主题，她

---

① 华玮. 明清妇女戏曲集［M］. 台北：中国文哲研究所，2003：171.
② 华玮. 明清妇女戏曲集［M］. 台北：中国文哲研究所，2003：88.
③ 华玮. 明清妇女戏曲集［M］. 台北：中国文哲研究所，2003：62.
④ 汪流. 艺术特征论［M］. 北京：文化艺术出版社，1984：416.

们多是关注自己内心的情感波动和价值诉求，往往以自我为中心，经常会写到容易被男性文人忽略的细节，王筠的传奇剧作中就有十分逼真的事态描摹。如在《繁华梦》中，主人公私聘妾室的事情被发现，便上演了一出表现夫妻闺房趣事的戏：妻子假意争风吃醋，为难苛责主人公，而毫不知情的主人公面对妻子的愠色，心中疑虑万千。

（旦上，背坐介。生进见介）夫人拜揖。（旦不睬介，生诧，背介）哎呀，奇怪！下官往日归衙，夫人必定笑脸相迎，今日为何不瞅不睬？必有缘故，待我问来。（转介）嗄，夫人，看你无言默坐，似有不悦之容，何不说与下官知道。（旦不理介）夫人只管不言不语，岂不闷坏下官。嗄，夫人！……（笑拍旦介）小姐端的是为什么呢？……（旦作拂袖起介）……（生看，急背介）啊呀，这是我当初聘二姬的玉钗、玉佩，怎生得到夫人手中？咳，机关已露，只得招了罢。（顿足介）事到头来，也顾不得羞耻了。……（生笑介）夫人别话不提，如今只求大德宽恩。……（生又揖介）夫人请息怒，下官也不思别事了，只教她们过来，早晚服侍夫人罢。（旦）我自有人服侍，何劳你费心。（生急，背）这便怎处？咳，没奈何只得跪了。（趋前跪介，旦急闪开，笑介）羞死，羞死！为了两个妮子，自甘屈膝与人，好生可笑。①

又如《全福记·诉情》一出，贾玉翘为了一试文彦的心事，故意上演一出针锋相对的"唇齿战"：

（各坐介）（生）下官昔日舟泊秦淮，独自登岸闲行，林间遇一女子，生的倒也有貌，那时下官正欲回避。（旦笑介）不信那时还肯回避。（生）当真回避到林子里去来。（旦）后来怎样？（生）恰值她母亲出来，再三相请。（旦）正中尊意了。（生笑介）（旦）相公去也不曾？（生）下官彼时无奈，只得同到她家……执意要把女儿与我为妾。那时下官再四推辞。（旦）又来说谎。（生）实是如此。他却抵死相缠，下官一时面软，只得就，

---

① 华玮. 明清妇女戏曲集［M］. 台北：中国文哲研究所，2003：97-99.

（笑介）应承了。（旦）这等恭喜了。（生摇首介）一毫不喜。（旦）为什么呢？（生）我也留下绦环为定，约到今岁相迎。前者差人去接，谁料她早已嫁人去了。（旦）岂有此事？敢就嫁了你了？（生笑介）这却不然。（旦）这等，难道当真归了别个？（生）嫁的就是同年松陵沈进士。（旦）你却从何晓得？（生）前日闻他纳宠，我与李将军同去作贺，请出新娘相见，原来正是那人。（旦）相公着恼了？①

这两处事态描摹都是闺房生活中常见的场景，正如批注者所说的"曲肖闺中情事"②。《繁华梦·双圆》一出中妻子故意拿出聘订二妾的信物，却面含愠色，一言不发，使得丈夫像热锅上的蚂蚁。摸不着头脑的丈夫自乱阵脚，由刚开始的装傻、惊讶到最后的讨饶、赔礼，无不使人捧腹。看到丈夫诚心诚意道歉的样子，小旦一句"羞死，羞死！"使得这一闺房趣事尽现眼前。而《全福记·诉情》一出则是对夫妻双方一问一答、"针锋相对"的细致描摹，处处是妻子对丈夫的戏谑和言语敲打，而丈夫不明就里的回答也无不在向妻子表达对爱情婚姻的忠诚和坚守。这两出闺房趣事以插科打诨的方式展现了婚姻生活的趣事和美好，也表达了王筠对于美好幸福的婚姻生活的向往。

又如《全福记》中沈小姐故意将文彦已聘之妾骗到自己家中，并对外宣称其为自己新纳的妾室，文彦和好友前来祝贺之时，看到了柳妾十分震惊：

（贴福介，生惊看，背介）呀！【前腔】惊心事，（拭目介）我拭目瞧，分明是青青柳色当年好。（转介）请问如嫂尊姓？（小旦）广陵柳氏，小字春娟。（生）哦！（背介）有这等事！③

"生惊看"表现出文彦此时此刻的惊讶之情，然而私定妾室的事情还没有告知父母亲友，于是又只能将这种惊讶收敛起来。可是心中抑制不住的震惊又使文彦"拭目介"，企图发现不同之处。通过这一系列描摹刻画详尽地写出了在这一特有的尴尬情境下主人公文彦的心理变化。文彦之所以久久不愿意相信眼前之事，只是因为他对爱情、对承诺的坚定，从而也更加强化了文彦忠诚的形

---

① 华玮. 明清妇女戏曲集［M］. 台北：中国文哲研究所，2003：186-187.
② 华玮. 明清妇女戏曲集［M］. 台北：中国文哲研究所，2003：187.
③ 华玮. 明清妇女戏曲集［M］. 台北：中国文哲研究所，2003：183.

象。同时，如此细致逼真的描摹展现出女性剧作家王筠细腻高超的匠心。

5. 感人肺腑的直白抒情

戏曲这一文学样式有着得天独厚的抒情优越性，而女剧作家进行戏曲创作，无疑也为戏曲注入了更多的情致。作为心思细腻又敏感重情的王筠，戏曲对于她来说更像是一个方便抒情的外壳框架，而她自己则是躲在传奇剧作主人公背后，诉说着社会现实不允许她表达的诉求。明清女性的戏剧作品多含有"自况"的意味，"因此女剧作家较少考虑外部环境对剧情的影响，多是自我内心生成的情节，而这一情节也较为简单，多是通过对话与肢体动作来传情达意"①。王筠的剧本也是按照自己的意识流动来安排故事情节，有种我欲高中状元，便马上金榜题名，我欲带兵杀敌，便马上征战沙场的感觉。情节的推进和演出完全是靠着自己的主观能动性和演出场景的改变来实现的。因此，成套的唱词在王筠的传奇剧中随处可见，感人肺腑的直白抒情也让人深受感染。如：

> （指笔介）这一枝小霜毫，只不过题心怨，怎承望扫千军把社稷安？（抖袖介）……（呆想介）猛想起这二十载的富贵繁华也，怕做了一枕邯郸午梦酣。……叹杀人今朝了梦缘。②

大梦初醒，主人公恢复了女儿身，终日只能在如牢笼的绣房里，出将入相、扬名显姓的事情都离自己远去，虽然二十年来一直怨恨自己生为女身，但是现在一梦醒来发现富贵繁华也不过是过眼云烟，同时也很遗憾自己的青春年华竟然白白在怨恨中虚度至此，深深的无力感和虚无感扑面而来。戏曲作为代言体的艺术，可以使剧作家心无旁骛、毫无顾忌地表达自己的真情实意，因此剧中人物的嬉笑怒骂其实也都是剧作家有意而为的情绪表达。王筠作为一个被束缚在闺阁中的女性，自我意识的觉醒让她深感人生之痛，正是这种悲情的体验让她写出感人肺腑的诚挚对白。

戏曲相较于诗词更加自由、灵动，可以更大程度宣泄作者心中的感情，因而具有表情达意的优越性，因此戏曲中大段的曲词抒情更显情感之真挚与浓烈。如：

---

① 刘军华. 明清女性作家戏曲创作研究[M]. 北京：科学出版社，2015：123.
② 华玮. 明清妇女戏曲集[M]. 台北：中国文哲研究所，2003：125.

【叨叨令】这姻缘魂招和那梦招，一灵儿赴天台乘风到。这莽红尘谁识得旧蓝桥？空望你鸾飞鹤去三山杳。曾记那梦里的情苗，伊是咱金兰琴瑟的真同调。今做了那花残和那露消，断送得啼鹃频向斜阳叫。兀的不痛杀人也么哥！兀的不恨杀人也么哥！闪得我形影萧条，似这等悲悲切切的悼。①

主人公想起梦中的良挚爱侣，实在不忍割舍，可是伊人已逝，如同残花消露，无处寻觅，斜阳处声声悲啼真是痛杀人心，正是"悲壮淋漓，不亚蔡姬曲"②。

在清代戏曲"诗化"倾向的背景下，戏曲创作也更加具有抒情的特质。尤侗认为，词、曲是一脉相承用于表情达意的体裁，由词到曲会使剧作家的情感宣泄得更加淋漓尽致、纵横肆出。③宾白唱词如随口而出，更加符合戏曲人物的身份和心情，因此情感也更加饱满真挚。如《春怨》中"我和你兰房寂寞，形影相依，岂知玉府仙郎，也做人间薄幸"④，《闺愁》中"【好姐姐】并不曾交谈片言，只不过门前一面，况非伊愿，何难便弃捐"⑤，女扮男装的主人公薛凤华也说"只是一落网中，知他怎样？但恐不遂初心，悔之晚矣"⑥。王筠借剧中女主人公之口，表达了女性对于婚姻生活难以做主、轻易被弃的惶恐和不安，感情之深，令人动容。

6. 细腻当行的人物塑造

王筠是明清时期集戏曲创作和戏曲批评于一身的剧作家，在她的三十首剧评诗中，评点戏剧人物的高达十五首，可见王筠对戏曲人物的重视。王筠自己进行戏曲创作时也不乏细腻当行的人物塑造，她塑造的女性形象尤使人耳目一新、印象深刻。在王筠的戏剧作品中有三类女性形象较为突出，分别是封建贤妻、志傲才女和专情美妾。封建贤妻的女性形象均是出身名门的大家闺秀，富有才情，孝敬公婆。至为重要的是她们支持并积极地帮助自己

---

① 华玮. 明清妇女戏曲集［M］. 台北：中国文哲研究所，2003：128.
② 华玮. 明清妇女戏曲集［M］. 台北：中国文哲研究所，2003：128.
③ 尤侗. 倚声词话序［M］//俞为民，孙蓉蓉. 历代曲话汇编·新编中国古典戏曲论著集成：清代编 第一集. 合肥：黄山书社，2008：457.
④ 华玮. 明清妇女戏曲集［M］. 台北：中国文哲研究所，2003：89.
⑤ 华玮. 明清妇女戏曲集［M］. 台北：中国文哲研究所，2003：173.
⑥ 华玮. 明清妇女戏曲集［M］. 台北：中国文哲研究所，2003：205.

的丈夫纳妾，并且大方地与其他女性分享自己的丈夫且从未表现出任何的醋意。《繁华梦》中谢梦凤是王筠剧作中典型的封建贤妻的形象。起初谢梦凤因其所绣经幡精美别致而被王梦麟的母亲相中，后王的母亲向奶娘打听才知道谢梦凤非但心灵手巧更是才华卓绝。在与王梦麟成婚后，谢梦凤孝敬公婆，持家有方。从婆婆处得知丈夫在外私聘二妾时，谢梦凤的第一反应是"喜盈方寸"①，要求与二妾相见。面对如花娇妾，谢梦凤也是从心底里怜爱疼惜她们，并亲自替她们安排布置房屋衣装等物。《全福记》中的贾玉翘为了替丈夫纳妾甘愿让出自己的正房之位，并且深夜女扮男装潜入沈蕙兰处给她做思想工作，以解决丈夫的后顾之忧。王筠作为封建社会中的女性，自然将这种贤良淑德、大方不妒的妻子形象作为正面人物尽情歌颂。王筠还刻画了很多才高志傲的女性，她们或是才思过人，或是智勇双全，在科场和战场都是出类拔萃之人。如女扮男装的沈蕙兰，才学与文彦不相上下，高中状元之事令很多七尺男儿也自愧不如。而薛凤华精通兵法又有过人的谋略，占山落草、雄踞一方，在父亲去世后，仍然能够独挑大梁，重振山寨雄风。如此才高气傲、器宇不凡的奇女子使王筠的剧作也多了一份别样的女性关照。在两部剧作中都有男主人公外出纳妾的经历，而这些妾室也绝非逆来顺受、毫无主张之人，她们更多是专情自主又美丽多才的女子。如被文彦转赠给别人的妾室柳春娟，她本来一意钟情于文彦，却发现文彦对自己并无感情，当她意识到这些时，能立即挥剑自斩情丝，绝不再三纠缠，转而继续勇敢地追求自己的幸福。

　　王筠的笔下除了塑造多种典型的女性形象外，多样的人物塑造方法也使剧作富有生气。李渔曾说："言者，心之声也，欲代此一人立言，先宜代一人立心……无论立心端正者，我当设身处地，代生端正之想。"②王筠能够写出符合剧中人物角色的句子，使得剧中的角色更加鲜活可感，能够为人熟记。如：

　　　　（丑收扇作娇态。生笑背介）这是哪里说起？看了他的嘴脸，
　　不由人不怕，见了他的丑态，又要发笑，这便怎么处？（丑笑拍生

---

① 华玮．明清妇女戏曲集［M］．台北：中国文哲研究所，2003：93．
② 李渔．闲情偶寄［M］．江巨荣，卢寿荣，校注．上海：上海古籍出版社，2000：63．

肩介)……请问相公仙乡贵处？尊姓大名？（生）小生姓王，西京人也。（丑）贵庚？（生）十八岁了。妈妈高寿？（丑急摇手）啊呦！这是什么称呼？使不得。你们做客的，见了我们妓家，或称"姐姐"或叫"美人"；若问年纪，或"青春"或"妙龄"，才是个道理。①

这段戏文使用了俳谐的手法展示出一个活脱脱的丑角形象。这位六十八岁高龄的"名妓"琵琶钱不仅是南国公子们调笑的对象，更是给观众留下了深刻的印象。我们似乎可以想象一位奇丑无比、脸上沟壑纵横还抹粉涂丹的丑角是如何矫揉造作，调戏一个小自己五十岁的青年才俊，种种丑态赋予了这个角色饱满的生命力。《曲律》中说："著不得一个太文字，又著不得一句张打油语。须以俗为雅，而一语之出，辄令人绝倒，乃妙。"②在这段戏文中不难看出作者调谑的态度，但是剧作家却并没有直接使用粗鄙恶俗的词语，反而使用"贵庚""美人""妙龄"等文雅之词，这一俗一雅的反差让人一下子就感觉到场上的科诨气氛，身临其境。又如沈蕙兰与丫头春香偶遇园中公子，春香知晓小姐心意便主动为小姐出谋划策。

（丑）待我开了门，叫他一声。（小旦笑介）呆丫头，你又不知道他的姓氏，怎生相叫？（丑）我且叫他李相公，看他怎生答应？③

无疑也展现出一个机灵可爱的丫头形象。

王筠还善于通过细微的心理活动和情感波澜塑造人物形象。如：

（小旦）我沈蕙兰，当初一念看中文生，几番预订终身，怎奈羞报启齿，只得含忍。同到京中，且喜侥幸成名。想我与贾家姐姐，情似同胞，若得同归文生，料必相安。前在李君书馆，将言试探。可笑他一味口是心非，原来已聘定广陵柳氏之女为妾，约定试后接娶。因此，奴家写了假书一封，差沈忠夫妇前去骗那女子到京，言明就理。人只道我纳妾，且捉弄他一番，再作道理。④

---

① 华玮. 明清妇女戏曲集[M]. 台北：中国文哲研究所，2003：53.
② 王骥德. 曲律注释[M]. 陈多，叶长海，注释. 上海：上海古籍出版社，2012：199.
③ 华玮. 明清妇女戏曲集[M]. 台北：中国文哲研究所，2003：157.
④ 华玮. 明清妇女戏曲集[M]. 台北：中国文哲研究所，2003：180.

沈蕙兰是王筠戏曲中理想型的女性，不仅仅是才华卓越、高中状元之人，更是会主动追求所爱之人并且愿意接受"一夫多美"的婚姻模式；更为重要的是，她在得不到对方平等的爱时，大胆地选择捉弄或者报复对方。我们就会发现王筠笔下的女性并非面目雷同，而是有着自我想法和感情的个性人物。

又如《繁华梦·秋砧》一出，王梦麟隔院听到黄梦兰夜吟之词，不觉感怀触动，便想要一睹佳丽芳容。

（看介）呀，且喜墙边有株垂柳，何不攀枝上去，观看一番？（作上树介）……且住，我看此女妖娆，不下胡姬。这等良宵夜月，又遇佳人，岂可虚过。待我跳过去。（摇首介）不可，黉夜入人家，非奸即盗，万一被人拿住，成何体面？（又看，笑介）咦，我也顾不得了，壮一壮胆，跳过去吧。①

这一段细腻的心理描写，展现出主人公急于访丽的焦灼心情，跳与不跳的纠结徘徊，刻画出青年书生的憨态与可爱，一句"咦，我也顾不得了，壮一壮胆，跳过去吧"，不仅从侧面展示出黄氏的娇媚妖娆，也使得王筠笔下的书生王梦麟形象更加鲜活与可爱。戏曲人物之间关系的设置来源于作者表达主题的需要，而人物形象的形成又是该人物性格内因自然而然的发展。王筠为了表达婚姻自主的愿望，便设计出王梦麟这一戏曲形象，让其主动追求所爱之人，也正是因为主人公的自主大胆才会让他在摇摆不定中勇敢地迈出脚步，也正是这样的人物才符合艺术的真实，是适合搬演并极具戏曲生命力的戏曲角色。

在明清女性文学繁荣发展之际，王筠借剧写心，用戏曲创作的方式表达自己内心关于才名焦虑、性别错位、怜才择婿等的思考和感悟，也为我们呈现出各种各样鲜活有趣的女性形象和舞台演出。王筠匠心独运的传奇作品一方面反映了明清女性的情感诉求和对自我价值肯定的渴望，另一方面，有别于男性的戏曲创作方法和艺术特色也可以让我们离明清女性的自我书写更进一步。

---

① 华玮. 明清妇女戏曲集［M］. 台北：中国文哲研究所，2003：62.

第五章　明清无名氏秦腔剧作略述

一般的秦腔研究史认为，秦腔流传于世最早的剧目出现在明代中期。[①]明万历年间（1573—1620）抄本《钵中莲》第十四出《补缸》中标明【西秦腔二犯】。清乾隆三十五年（1770）钱德苍所辑《缀白裘》第六集中明确标明为"西秦腔"的剧目《搬场拐妻》，老一辈戏曲研究家，如周贻白、王依群等多位学者均认为其是明代秦腔剧目。尽管近来也有学者对此质疑，黄振林《论"花雅同本"现象的复杂形态——从〈钵中莲〉传奇的年代归属说起》（2012年第1期《戏剧》）和陈志勇《〈钵中莲〉传奇写作时间考辨》（2012年第4期《戏剧艺术》）等文章都对《钵中莲》的写作时间为明代提出了质疑，认为它也可能是清代的作品。不管怎么样，它们都是秦腔保留下来的早期的剧目，其思想与艺术都具有研究价值。通过《陕西传统剧目汇编·秦腔·明清剧目专辑》（第三十三集）和孟繁树、周传家编选的《明清戏曲珍本辑选》，可以窥测秦腔早期剧本的一些特点。另外，清乾隆年间（1736—1795），经过花雅之争秦腔出现大繁荣，秦腔戏班留下了大量的剧作，这些都是秦腔文学宝贵的财富，值得大写一笔。

第一节　《钵中莲》中【西秦腔二犯】：秦腔剧本的雏形

《钵中莲》是中国戏曲史上具有特殊意义的剧目，在戏曲形式上它有合用南北曲套的特点，在思想内容上也是一部有着矛盾性展现的奇剧。虽然胡

[①] 焦文彬等的《秦腔史稿》（陕西人民出版社1987年版），杨志烈、何桑的《中国秦腔史》（陕西旅游出版社2003年版），苏育生的《中国秦腔》（上海百家出版社2009年版）等书均持此观点。

适先生在《缀白裘·序》中说："明、清两代的传奇都是八股文人用八股文体做的。"①但是，显然，《钵中莲》不是这样。它描写了一个充满多重意蕴的故事，表面看是部宗教剧，实际上又是一部突破传统爱情观念的悲戚剧。全剧共十五出，写江西九江府湖口县人王合瑞出外经商，不幸遭遇海风，被吹至舟山，虽然舟覆逃生，但无还乡盘缠，无奈沿途求乞，行至浙江奉化西乡，多蒙窑主李思泉收留，转烧缸行业。其妻殷氏，小字凤珠，"年方二十，性喜风流"，与本县捕快韩成有私情，"喜他识趣知情，消受些风花雪月"。②适逢韩成出差，刚巧住进王合瑞的窑洞。窑神给王合瑞托梦，告知与其妻通奸者是"半边朝字韦相砌"。韩成酒醉后泄露私情，被王合瑞所杀，尸体被和泥烧制成瓦缸。王合瑞又回家逼死妻子殷氏。最后受观音度化，王合瑞出家归佛。剧中除运用南北曲外，还采用当时许多地方戏曲腔调，这在传奇剧本中颇为罕见。在思想意蕴上，该传奇也很有特点，全剧以双线推动情节，一条是佛神指示、度脱王合瑞的宗教线索，一条是殷氏与韩成偷情恩爱的线索。两情恩爱虽不合乎礼教，但二人确有很真挚的情感，这一对矛盾显现出礼教的不合乎人性和王合瑞的残忍。这样的主题与晚明文学的整体主题是一致的，和徐渭的《玉禅师》《歌代啸》有异曲同工之妙。第十三出《冥晤》写殷凤珠"自成僵尸后，一心系念韩郎，杳无会期，倍增悲泣，今夜月明如画，一时难按春心，为此重出棺材，私探韩郎消息"③，表现出殷氏对韩成的深情，"愿共伊他生鸾凤偕"。她见到了韩成的鬼魂，鬼魂告诉她："我的骨殖被你丈夫烧毁，锻炼成缸，留在人间，也还是一件完全之物；被你失手跌破，年深日久，必成瓦砾。"韩的鬼魂央求她"觅得匠工，与我将缸补好"。④正是受韩成这一托，才有了可谓全剧最精彩的第十四出《补缸》。殷氏化作王大娘，找到补缸匠顾老儿，让他来补缸。因顾老儿只顾贪看王大娘美貌，不小心把缸又摔碎了。这出戏妙趣横生。

殷　氏（白）　　哎呀！这一只缸乃是韩郎所托，今被击碎，还

---

① 钱德苍. 缀白裘[M]. 汪协如，点校. 北京：中华书局，2005：3.
② 孟繁树，周传家. 明清戏曲珍本辑选（上）[M]. 北京：中国戏剧出版社，1985：7.
③ 孟繁树，周传家. 明清戏曲珍本辑选（上）[M]. 北京：中国戏剧出版社，1985：57.
④ 孟繁树，周传家. 明清戏曲珍本辑选（上）[M]. 北京：中国戏剧出版社，1985：59.

有何颜见韩郎于地下？罢！我今急急赶上前去，寻着缸匠，要他补好还我，才肯干休，倘有差池，与他势不两立！哎！

【西秦腔二犯】（唱）雪上加霜见一斑，重圆镜碎料难难。顺风追赶无耽搁，不斩楼兰誓不还。

（急下，净上）

顾老儿（唱）　生意今朝虽误过，贪风贪月有依攀；方才许我□鸾凤，未识何如筑将坛。欲火如焚难静候，回家五□要相烦；终须莫止望梅渴，一日如同过九滩。

（贴上）

殷　氏（白）　咄！快快赔我缸来！

顾老儿（白）　干娘！

（唱）　说定不赔承美意，一言既出重丘山。因何灰死重燃后，后悔徒然说沸翻？

殷　氏（白）　胡说！谁说不要你赔？快快赔我缸来，万事休论。

顾老儿（唱）　我是穷人无力量，任凭责罚不相干。

殷　氏（白）　当真？

顾老儿（白）　当真。

殷　氏（白）　果然？

顾老儿（白）　果然。

殷　氏（白）　罢！

（唱）　奴家手段神通大，赌个掌儿试试看。

（白）　变！（下）（场上作放烟火介，小旦扮殷氏僵尸上）你赔也不赔？

顾老儿（白）　哎呀不好了！鬼来了！

（唱）　恶状狰狞真厉鬼，将何驱逐保平安！

殷　氏（接唱）若然一气拴连定，难免今朝□用蛮。

顾老儿（接唱）　怕火烧眉图眼下，（走吓！）快些逃出鬼门关。
（下）
殷　氏（白）　怕你逃到那里去！（接唱）
（唱）　势同骑虎重追往，迅步如飞顷刻间。
（下）①

这段戏词，非常重要，尽管它还不是严格意义上的秦腔剧本，但基本展示出秦腔早期的剧本样式，不管从内容还是形式都表现出与昆曲不同的文化特质。独立将这段对唱拿出，也是因为其具有王国维先生说的"以歌舞演故事"的戏曲的基本特征。首先，通过戏剧矛盾冲突表现人物性格，人物性格更鲜明。殷氏美貌，性格坚定，坚决要求赔缸；顾老儿贪看美色，不小心打缸，但执意不认错，在你来我往的俏皮话中推动情节发展。其次，不管是对白，还是唱词，语言的文学性极强。对白语言已具有秦腔剧本的"滚板""滚白"特点，如殷氏用"哎"叫板，顾老儿的"干娘""鬼来了"，殷氏的"罢"等对白，都非常生动，极具喜剧动作性。唱词已采取秦腔剧本惯用的上下成对的七言句，整齐有致，表意通俗，与人物身份相称。第三，舞台提示性语言表现出戏曲舞台表演艺术效果的技巧性。如殷氏口中喊"变！""场上作放烟火介，小旦扮殷氏僵尸上"这段表演，类似秦腔里后来常有的鬼戏绝活表演。第四，表明用【西秦腔二犯】来演唱。尽管对"西秦腔"学术界争论较大，不管它指的是始于陕西的秦腔，还是甘肃的秦腔，总之，它表现了秦腔早期剧本的文学特质，这一点是不可置疑的。

第二节　《缀白裘》收录的秦腔剧目

《缀白裘》为明代后期苏州玩花主人所编流行戏曲集。至乾隆二十八年（1763），苏州宝仁堂书坊主人钱德苍袭用"缀白裘"之旧名，开始新编流行剧目，第二年刊行了《时兴雅调缀白裘新集初编》。此后每年刊行一或二集，至乾隆三十九年（1774），出齐十二编，合刊行世。是为宝仁堂

---

① 孟繁树，周传家．明清戏曲珍本辑选（上）[M]．北京：中国戏剧出版社，1985：66-67．

刊本。所选的有雅部的昆腔，也有花部的诸腔。该书第六编和第十一编收录的是当时花部的剧目，"直接标名《西秦腔》和用西秦腔作演唱主要强调者有：《搬场拐妻》《闹店》《夺林》。标名乱弹腔者有《挡马》《阴送》。标名杂剧，而实以梆子腔和乱弹腔为主要唱腔者有《买胭脂》、《落店》、《偷鸡》、《花鼓》，《途叹》、《问路》、《雪拥》（以上三者为《蓝关雪》选场），还有《借妻》、《杀货》、《四门》、《月城》、《堂断》、《戏风》、《斩貂》、《磨房》、《打面缸》、《宿关》、《逃关》、《蜈蚣岭·上坟》、《淤泥河》全剧（八场）。仔细研究这些唱腔的格局和风格，基本上是一致的，应同为秦腔剧目，其中大部分剧目还可以在晚清秦腔剧目中找到它的具体唱词。重要的关目，至今仍活跃在秦腔演出中。七字、十字、上下句的格局，陕西方言俗语，还历历可见。这些剧目在人物塑造上，注重市井小人物的描写，如走江湖的、开黑店的、强盗、乞儿、妓女、医卜星相、僧尼佛道以及村夫村妇。在表现形式上，清新可喜，有浓厚的生活气息，而且敢于对现实进行尖锐、大胆的批评与讽刺。"①

如果说《钵中莲》中的【西秦腔二犯】只是插入了一段秦腔调唱段，那么收入《缀白裘》（第六编）的《搬场拐妻》等则算是比较早的秦腔剧本了。《搬场拐妻》属水浒戏，写武松之兄武大郎和潘金莲的故事。打虎英雄武松之兄武植，被叫作武大郎，家住山东清河县。妻子潘金莲十分美丽，嫌弃武大郎相貌丑陋，个子矮小，百般使气；武大郎惧怕妻子，百般应承。戏剧情节就在这样的氛围中展开。因为家乡遭遇饥荒，生活艰难，武大郎准备离开清河县，搬家到阳谷县，他把这个打算告诉妻子潘金莲。潘金莲一开始不愿意，但迫于生计也就同意了。走在途中，因潘金莲走不动，大郎给她雇了一头毛驴。一会儿，妻子又说饿了，大郎去给买吃的。等武大郎把吃的买来，却不见了妻子和脚夫。他急忙向阳谷县方向追赶，路上遇见及时雨宋江，终于帮武大郎找到妻子，慑服脚夫，使潘金莲重归于武大郎。这出戏剧情并不复杂，是一部较为成熟的幽默、滑稽的充满戏剧因素的轻喜剧。

这出戏唱、念、做、打齐备，反映了秦腔剧目形式日臻成熟。从角色

---

① 焦文彬．秦腔史稿[M]．西安：陕西人民出版社，1987：499．

分类来看，武大郎为丑，潘金莲是贴，赶脚的是付，宋江为净。四个人物四种行当。唱腔标明是"西秦腔"，唱词上如"这春光早又是阑珊，阑珊归去也。梨花剪剪，柳絮飘飘，何方歇？去匆匆，挨过了三春节。春愁向谁说？叹离家，背祖业，心儿里忍饥渴，听鸟儿巧弄舌，道春归，何苦的人离别？"①这还不是秦腔喜欢采用的七字句，而是长短不齐的句式，表现秦腔剧目唱词处于过渡期的特点。在"念"词上，既有韵文的上场诗："（丑上）恼恨贱人太不良，终朝每日把我降。虽然不是亲生母，夜夜打得叫亲娘。"②还有精彩的念白。念白语言通俗俏皮，充满幽默诙谐，如武大郎与赶脚的对话：

（丑）赶脚的。（付）谁叫？（丑）是我叫。（付）青天白日里哪里鬼叫？（丑）是伯叫！（付）鳖叫？阿唷！原来是个矮人儿。有趣！有趣！（丑）矮人儿么？哈！哇哇。（付）哇哇头上戴个帽儿，像你家爷爷。（丑）好乖乖，会骗嘴！（付）我不仝你顽。（丑）我问你，这里到阳谷县有多少路？（付）有八十里地。（丑）要多少钱？（付）八个钱一里，八八六百四。（丑）站着，待我算算看，一八四五八，八八七十三。（付）这么个大人儿，连账多不会算。③

这段对话巧妙地使人物的外在形象与内心人格形成错位，从而达到幽默的艺术效果。武大郎本来是主顾，可由于个子矮小，所以脚夫看不起他，处处语言嘲讽，加之他蠢笨，连账都不会算，就显得更加猥琐，而脚夫偏偏称他"大人"，以产生戏剧效果。

除《搬场拐妻》外，标明乱弹腔的《挡马》《阴送》，标为杂剧实以乱弹、梆子腔演唱的《借妻》《斩貂》，标名梆子腔的《戏凤》等都是较有特点的剧目。《淤泥河》全剧由《番衅》《败房》《屈辱》《计陷》《血疏》《乱箭》《哭夫》《显灵》八场组成，描写初唐英雄罗成的故事。罗成随李元吉东征高丽，屡立战功，却受到李元吉设计陷害，最后战死疆场。戏曲塑造的罗成形象生动感人，他对大唐赤胆忠心，对公报私仇的李元吉内心充满

---

① 陕西省艺术研究所. 陕西传统剧目汇编　秦腔：第三十三集[M]. 内部资料. 1982：5.
② 陕西省艺术研究所. 陕西传统剧目汇编　秦腔：第三十三集[M]. 内部资料. 1982：4.
③ 陕西省艺术研究所. 陕西传统剧目汇编　秦腔：第三十三集[M]. 内部资料. 1982：6.

愤恨。"《血疏》《哭夫》《显圣》三场十分精彩。如泣如诉，慷慨悲歌，动地惊天。在角色扮演上，沿袭元明秦腔旧例，秦王为小生，罗成为正生，罗春为贴，一人主唱。在唱腔上，又有对唱、内唱、接唱、合唱，与同期西秦腔相同。今秦腔改秦王为须生，罗成为小生，从中可见秦腔发展的脉络与痕迹。"[1]《挡马》《阴送》是杨家将戏《两狼山》本戏中的两折。《挡马》写八姐被追兵追赶，陷入北国的焦赞为其挡住北国兵马，解救了八姐，是一出生旦并重的戏。《阴送》写杨七郎阴魂得知八姐被困北国，无法逃脱，他暗中护送八姐突破包围。杨七郎鬼魂为净，其饱含感情、叙述杨家父子在两狼山惨败的唱段"俺爹爹围困在两狼山口，李陵碑下尽忠亡"尤为感人，至今仍是秦腔等梆子腔剧目的著名唱段。还有《戏凤》《借妻》等剧目，都从不同侧面反映了当时秦腔剧目的某种特点，在秦腔文学史上有着值得书写一笔的价值。

第三节 乾嘉时期以来经典的秦腔文学剧本概述

清乾隆时期（1736—1795），秦腔班社增多，名角辈出，清人严长明《秦云撷英小谱》载："西安乐部著名者凡三十六，最先者曰保符班。"[2]享有盛名的是"曲部三绝"，即"有祥麟者，以艺擅，绝技也。小惠者，以声擅，绝唱也。琐儿者，以姿首擅，绝色也"[3]。从侧面可看出当时秦腔传统剧演出的盛况。尤其在清乾隆时期，著名秦腔旦角魏长生进京，"时京中盛行弋腔，诸士大夫厌其嚣杂，殊乏声色之娱，长生因之变为秦腔，辞虽鄙猥，然其繁音促节，呜呜动人，兼之演诸淫亵之状，皆人所罕见者，故名动京师。凡王公贵位以至词垣粉署，无不倾掷缠头数千百，一时不得识交魏三者，无以为人"[4]，扩大了秦腔传统剧的声势，自此秦腔传统剧本创作走向成熟。魏长生演出的精彩剧目，如《滚楼》《背娃进府》《卖胭脂》等，在艺

---

[1] 焦文彬.秦腔史稿[M].西安：陕西人民出版社，1987：500.
[2] 陕西省艺术研究所.秦腔研究论著选[M].西安：陕西人民出版社，1983：177.
[3] 陕西省艺术研究所.秦腔研究论著选[M].西安：陕西人民出版社，1983：175.
[4] 陕西省艺术研究所.秦腔研究论著选[M].西安：陕西人民出版社，1983：162.

术上都达到相当高的程度。以《背娃进府》为例，此剧写张元秀因家贫，寄居在表兄李平家中，表嫂李妻供其衣食。张元秀岳父耿胥对其不好。张元秀拾得"温凉玉盏"，进献朝廷。因献宝有功，被圣上封为进宝状元。张元秀命中军搬来家眷，共享荣华，又接来资助他进京的表兄嫂李平夫妇。李平夫妻背娃进府，被敬为上宾。其岳父耿胥也来，张元秀怒其势利，羞辱耿胥。李平夫妻为人善良，再三求情，张元秀最终宽恕了岳父耿胥。此剧基本故事与《拿王通》《入侯府》相近。剧本已佚，《背娃进府》是其中一折，就像今天舞台上一个充满喜剧色彩的小品。剧里人物对话幽默诙谐，充满笑料，多用歇后语、俚语、俗语，制造笑点，可以想到当年由秦腔大家魏长生扮演的大嫂的精彩表演，肯定是引人入胜，使观众笑声不断。魏长生也以此成名，秦腔也在京城占据了一席之地。嘉庆以后，秦腔传统剧本的结构以多本多折的本戏居多，大戏、小戏共同繁荣，且形成东、西、南、北、中五个流派。清乾嘉时期遗留的三个秦腔剧本《回府刺字》《画中人》与《刺中山》残留了不少口头编创的痕迹。尤其是嘉庆十三年（1808）秦腔抄本《刺中山》，剧中留存着大量诗词套语和赋赞，且借鉴了说唱技艺，有浓厚的说唱艺术特色。秦腔早期剧目的唱词，并不全都是齐整的七言或十言的上下句结构，从现存的清乾隆年间剧目存本可见一斑。现存最早的秦腔剧目手抄本是清乾隆三十八年（1773）《回府刺字》，其中的唱词就不全是齐整的七字或十字上下句结构，如：

岳飞　呀！
（唱）听到金安一声禀，
　　　心中好似滚油烹。
　　　我的娘将拐杖立于门首，
　　　不由一阵心不明。
　　　见拐回身双膝跪倒，
　　　起四拜礼如与娘相逢。
　　　拜罢门杖把金安叫。

一声金安听分明。①

  岳母　哈哈，哎！
   （唱）为娘我说的是军情话，
     哪个说的把孝行？
     常言说有忠必有孝，
     有孝之中必有忠。
     人生世上只要忠孝耿，
     才能天下扬大名！
     用兵去把二圣请，
     那才算儿有才能。
     今日听了娘的话，
     落一个忠孝双全好名声。②

这两段唱词中既有七字句、十字句，也有八字句、九字句，上下句之间也仅有少数对偶。及至清嘉庆十年（1805）同州梆子抄本《画中人》③，虽大部分唱词为七字为主的上下对偶句式，但仍有少数唱词为长短句式，如：

  （旦唱）这几日夜夜明，
     耳边人叫不绝声。
     也不知是风吹笙动，
     也不知是空中雁鸣。
     他叫的三声两声，
     不由奴家把心动。④

---

① 孟繁树，周传家. 明清戏曲珍本辑选（下）[M]. 北京：中国戏剧出版社，1985：377.
② 孟繁树，周传家. 明清戏曲珍本辑选（下）[M]. 北京：中国戏剧出版社，1985：379.
③ 参见孟繁树、周传家编校《明清戏曲珍本辑选》（下），第385-424页。清嘉庆十年老县班，立本主雷玉孝记。剧末附有注解，说明所辑系采用《陕西传统剧目汇编·秦腔》第三十三集版本，只对个别错别字进行了更正。"此本系抄本原貌，除更正错别字外，未加任何修饰，以便进行研究。"
④ 孟繁树，周传家. 明清戏曲珍本辑选（下）[M]. 北京：中国戏剧出版社，1985：400.

（生白）琼枝，琼枝。

（琴唱）一幅画前去叩头，

　　　　叫声琼枝不离口。

　　　　是是是了！

　　　　这琼枝想是画上咒。

（生白）琼枝！

　（唱）小生今日叫得好，

　　　　你就该对面来生笑。

　　　　若嫌我叫得不好，

　　　　也该生烦恼。

　　　　似这样喜怒不形色，

　　　　教我怎么推根苗。①

从这两个抄本不难推测，早期秦腔唱词应是上下句对偶的诗赞体和长短句不一的曲牌体兼而有之。及至嘉庆十三年（1808）腊月朔日手抄本同州梆子《刺中山》②，秦腔唱词就基本上全是七字或十字对偶的句式了。这三个剧目全部收录于孟繁树、周传家编的《明清戏曲珍本辑选》中，虽时间上略有先后，但仍可算作同一时期抄本。从这三本的唱词特征可见，清乾嘉时期秦腔剧本的体制已臻于完善。

《回府刺字》属岳飞故事戏曲，写抗金十二载的英雄岳飞回府探望母亲故事。岳母得知儿子回来，特将拐杖立在门外，不与儿子相见。岳飞的妻子、儿子求情，岳母皆不允许。后经家人金安说情，母子才相见。岳母不与儿子诉说母子情长，而是询问军情、迎请二圣回朝之事。岳母为激发岳飞为国尽忠决心，给儿子背上刺"忠孝保国"四个大字，送儿子再赴疆场。此戏塑造了一位明大义、持大孝观的母亲形象。岳母不是与十二年未见的儿子仅谈母子亲情，而是激励儿子要把杀敌尽忠放在第一位，并给儿子背上刺字以激励其保国之志。另外，剧作唱词的艺术水平也相当高，如岳飞见到他母亲

---

① 孟繁树，周传家.明清戏曲珍本辑选（下）[M].北京：中国戏剧出版社，1985：403.

② 孟繁树，周传家.明清戏曲珍本辑选（下）[M].北京：中国戏剧出版社，1985：427-498.

时的唱词：

　　　　岳飞　　哎呀娘啊！

　　　　（唱）我的娘传出讯叫我相见，

　　　　　　　进大门不由人好不惨然。

　　　　　　　十二年我未曾见娘一面，

　　　　　　　我心中恰好似见了青天。

　　　　　　　叫金安忙带路把二堂上，

　　　　　　　只见娘打坐在二堂正前。

　　　　　　　双膝跪在二堂上，

　　　　　　　与老娘九叩首儿问母安！①

这段唱词，采用了上下两句为一个音乐单位的十字句句式，说明后来秦腔唱词常用的这种句式在这个时候已经形成。再如岳母唱道："我儿你把忠心稳，为娘要比田夫人。迎请二圣回朝转，你才算得人上人。"②这段唱词又是秦腔唱词常用的七字句，可见已运用得相当成熟。

　　《画中人》显然受汤显祖《牡丹亭》和吴炳的《画中人》影响，写了一个美妙的才子佳人的爱情故事。明洪武时，山东布政司郑思玄之女琼枝与京兆总镇余安图之子常明有宿缘。紫阳真人把美人图赠送给常明，告诉他每日虔诚拜唤，画中美人就可以现形。于是余常明挂画、唤画，琼枝听得呼唤而至，结果被常明表兄胡安发现。胡安告诉了常明的父亲，其父毁画，常明苦思成疾。紫阳真人又赠美人图给常明，二人在"再生庵再次相会"，有情人终成眷属。在艺术上，此剧本也较为成熟，有上下场诗，唱词多为整齐的七字句，对白也不乏幽默。如"丑：好奴才，你将你都关在门外边不成？琴：如今自己把自己关在门外的极多。"③此话插科打诨，但一语双关。

　　《刺中山》故事情节曲折，戏剧场面宏大，人物众多，唱词结构整齐中富有变化，可谓是当时相当成熟的秦腔剧本了。李渊在长安登基，兖州徐

---

① 孟繁树，周传家. 明清戏曲珍本辑选（下）[M]. 北京：中国戏剧出版社，1985：378.
② 孟繁树，周传家. 明清戏曲珍本辑选（下）[M]. 北京：中国戏剧出版社，1985：380.
③ 孟繁树，周传家. 明清戏曲珍本辑选（下）[M]. 北京：中国戏剧出版社，1985：389-390.

元郎、沧州高开道、中山薛万江三人合兵要攻取长安。李渊命秦王李世民领兵出征，齐王李元吉闻知，请求讨伐奸党。元吉获准带领秦王的大将秦琼、罗成、尉迟敬德出征。兵至中山界口，薛万江兄弟五人镇守中山，李元吉命敬德与薛万澈大战，敬德不胜回营，元吉命推出斩首。秦琼直言相劝，元吉不但不听还要杀秦琼。罗成劫了杀场，回长安禀报李世民。薛家五虎偷袭营寨，李元吉兵败，命乔公山回长安求取救兵。李渊命李世民挂帅，直取中山，不料中了薛家兵的埋伏，好在被罗成救出。徐积设下破敌良策，秦王智取中山，迫使薛家兄弟归降。此剧在语言上，唱词七字句、十字句运用非常熟练，而且富有变化。一般七字句结构为"4+3"模式，而此戏根据表达的需要，灵活变化，如李渊与徐积的对唱：

（渊）猛听得报下一声，
　　　不由人恶气满胸。
　　　唤小校传吾圣旨，
　　　宣徐积即上宫廷。
　　　……
（徐积上）
（积）两朵金花遮日月，
　　　一双袖袍统乾坤。
　　　天下尽属皇王管，
　　　半由天子半由臣。①

这两段唱词尽管都是七字句，但停顿结构不同。此剧唱词除了"4+3"模式，还有"3+2+2"的结构模式，如李世民的唱词："启父王龙耳细听，听世民诉说分明：这三位皆属一体，如手足同胞弟兄。"② 在矛盾冲突上，戏剧情节波澜起伏，环环紧扣，紧张激烈。剧中人物李渊、元吉、世民、徐积、乔公山、秦琼、敬德、罗成等十八人登场，如今天演出结束时全体演员登台谢幕，很有特色。

总之，这三个剧本各有特点，充分显现了乾嘉时期秦腔剧本的特色。

---

① 孟繁树，周传家. 明清戏曲珍本辑选（下）[M]. 北京：中国戏剧出版社，1985：428.
② 孟繁树，周传家. 明清戏曲珍本辑选（下）[M]. 北京：中国戏剧出版社，1985：430.

经过清乾隆时期的"花雅争胜",秦腔得到了大发展,走向了辉煌时代,剧作繁多,名作频出,出现了人们通常说的"江湖二十四大本""三珠一坠一寺""三打一破""上八本""中八本""下八本""江湖十大本""四大记""小四本""四大城头""五大征"。①秦腔传统剧目的数量可谓蔚为大观。秦腔主要的剧目参看附录一、二,此不再赘述。

---

① "江湖二十四大本"指《麟骨床》上系《串龙珠》,《春秋笔》下吊《玉虎坠》,《五家坡》降伏《蛟龙驹》,《紫霞宫》收藏《铁兽图》,《抱火斗》施计《破天门》,《玉梅绦》捆住《八件衣》,《黑叮本》审理《潘杨讼》,《下河东》托请《状元媒》,《淮河营》攻破《黄河阵》,《破宁国》得胜《回荆州》,《忠义侠》画入《八义图》,《白玉楼》欢庆《渔家乐》。"三珠一坠一寺"指《庆顶珠》《串龙珠》《明月珠》《玉虎坠》《法门寺》。"三打一破"指《打金枝》《打镇台》《打銮驾》《破宁国》。"上八本"指《意中缘》《盘陀山》《十五贯》《麟骨床》《瑞罗帐》《红梅阁》《火攻计》《乾坤鞘》。"中八本"指《阴阳树》《炮烙柱》《和氏璧》《摘星楼》《春秋配》《龙凤配》《渔家乐》《梵王宫》。"下八本"指《无影簪》《火焰驹》《日月图》《富贵图》《梅降褒》《忠义侠》《狐狸缘》《黄鹤楼》。"江湖十大本"指《一捧雪》《二度梅》《三天香》《四国齐》《五岳图》《六月雪》《七剑书》《八义图》《九莲灯》《十美图》。"四大记"指《红灯记》《丝绒记》《玉环记》《蜜蜂记》。"小四本"指《春秋配》《梅降褒》《花钿错》《苦节记》。"四大城头"指《雷震海征北》《空城记》《刘金锭下南堂》《斩黄袍》。"五大征"指《穆桂英征东》《十二寡妇征西》《姚刚征南》《李彦龙征南》《薛仁贵征西》。

第六章　易俗社前期的主要剧作家

1912年农历七月一日，中国第一家有章程、有组织机构、有民主管理制度、有教学大纲，并正式在政府注册登记的戏曲教育团体和演出团体"陕西易俗伶学社"，即今天的西安易俗社成立，在陕西省议会礼堂举行成立仪式。易俗社自创建之日起，就实行民主制度，社里的领导机构都由社员选举产生，从而形成了以李桐轩、孙仁玉、高培支、范紫东、李约祉等为领导的具有民主思想、立志社会改革、热心戏曲事业的领导团体。他们又都是学识渊博的戏曲编剧，他们的作品宣传爱国、民主、科学，反对封建礼教、封建婚姻以及吸毒、赌博等丑恶现象。易俗社有一支雄厚的戏曲剧本创作队伍，在新中国成立前的几十年里创作了七百多种剧本，对秦腔的发展作出了很大的贡献。这些作品中有大量作品成为不朽的传世名作，如李桐轩的《一字狱》，孙仁玉的《三回头》《柜中缘》，高培支的《夺锦楼》，范紫东的《三滴血》《软玉屏》，李约祉的《庚娘传》，吕南仲的《殷桃娘》，封至模的《山河破碎》等都是很有特点的名作。

第一节　李桐轩

一、李桐轩生平及其思想研究

李桐轩（1860—1932），名良材，字桐轩。陕西蒲城人。民国时期著名的革命家、教育家、戏剧改良家。因能"吐舌并作三瓣出，唇外寸许如莲状"[1]，故自号"莲舌居士"。其人"有异禀，貌奇古，广颡深目，高鼻，眉

---

[1] 政协蒲城县委员会文史资料委员会，蒲城县水利水保局. 蒲城文史资料·第六辑·纪念李仪祉先生诞辰一百一十周年 [M]. 1992: 153.

间有黑痣，大豆许"①，性情孤介，寡言多行而又学识渊博。据其子李仪祉在《南园忆剩》中记载，李桐轩诗文甚多，长于骚体，惜大多不存。其日记则仿照清朝纪昀之风，记录乡里极平淡之事，书法宗颜鲁公，此外还学习医药之术，收集奇方良药，治人甚多。

李桐轩处在一个除旧布新的动荡年代，一生致力于通过普及教育和戏曲改良来开发民智。他淡泊名利，时刻关注着国计民生，常于危难之时挺身而出，于时局有着清醒而深刻的认识，这些都反映在他的戏剧主张和戏剧创作之中。

1. 李桐轩生平

李桐轩，1860年生于陕西蒲城东乡的富原村。1878年，李桐轩考中秀才，然而面对贫困的家境，他毅然放弃了科举之路，选择去华县担任私塾教师，后终其一生，绝于仕进。1888年，他被当时的学使柯巽庵选入三原的宏道书院读书，在才学上有了更大的长进。1890年，他应陕西省舆图馆的邀请，参加了本省地图的测绘工作。1902年，他与张百云在同州（今陕西大荔县）创办求友学堂，向学生灌输爱国主义思想，提倡学习科学知识，深受学生的爱戴。然而当时风气闭塞，他们不断遭到守旧派的歧视和讥讽，李桐轩只能离职回乡。此后，李桐轩在三原胡家设馆，以教书为生。这一时期，他还主持编修了《蒲城县志》，却被当时的知县李体仁视为"悖逆"，弃之不用。

1905年，李桐轩在井勿幕的宣传下，深感于孙中山的革命主张，加入同盟会，成为陕西省第一批同盟会会员。1906年，他出任蒲城高等学校（今东槐院小学）校长，所聘用的教职员多为同盟会会员。他们在学生中传播革命思想，发展了诸多同盟会会员，为日后辛亥革命在陕西的成功打下了坚实的基础。第二年，他又与同盟会会员常铭卿等人建立了蒲城县教育分会，并利用这一合法组织，在学生和群众中从事民主革命活动，后不幸被当时的蒲城县令李体仁发觉。1908年10月16日，李体仁带人逮捕了包括常铭卿在内的数十名师生，并严刑逼供。师生面对严刑拷打，大义凛然，无一招供。这就是历史上著名的"蒲案"。适时，李桐轩因在外地而幸免于难，回乡后立即竭力营救被捕师生，后得同邑周政伯侍御史相助，救出了师生。"蒲案"发生

---

① 李颀. 莲舌居士蒲城李同萱暨元配马孺人墓志铭[M]//陕西戏剧志编委会编辑部. 陕西戏剧史料丛刊·第一辑. 1983: 218.

后，全国各界人士都提出抗议，在省城召开的教育总分会周年大会上，李桐轩与郭希仁等人强烈要求大会讨论"蒲案"问题，讨伐李体仁。次年一月，清政府迫于压力，将李体仁革职，永不叙用。

1909年夏天，李桐轩还与张百云、焦子静、王子瑞等同盟会会员在西安创办了健本学堂，以科学、民主的理念来培养革命人才，并以此作为为同盟会培养革命骨干的教育机关。武昌起义时，陕西作为最早一批响应辛亥革命的省份，正因为有此周密的准备。

1909年10月，陕西谘议局成立，李桐轩被选为副议长。他利用职位之便，与郭希仁、井岳秀等同盟会会员逐步控制谘议局，使谘议局成为同盟会重要的秘密活动地点。

1911年，辛亥革命爆发，李桐轩率陕西同盟会会员率先响应。革命开始之时，清军东西压迫，又因土匪蜂起扰乱，境内的有线电杆均被损坏，导致陕西与外省无法互通信息，孤立无援。彼时，李桐轩与当时的湖北都督黎元洪素有往来，便挺身而出，甘冒风险去湖北为革命军互通声气。

辛亥革命成功后，群相争功，李桐轩却淡然返归乡里，耕种于田园。次年，被聘为省修史局总纂，编纂革命史。李桐轩秉笔直书，不夸张，不隐饰，未合当局之意，所编之史被弃之不用。然整理史稿之暇，幸与修撰孙仁玉志同道合，他们共同研究社会教育问题，深感社会教育是振兴民族之先务，而戏曲是社会教育非常重要的形式，便共同发起创办"易俗伶学社"，为秦腔发展作出了重大贡献。

1912年7月1日，陕西易俗社成立，李桐轩任第一任社长。易俗社以改良戏曲、辅助社会教育、移风易俗为己任。李桐轩在社期间，先后担任社长、评议、编辑及名誉社长，并编写了六十余种剧本，为易俗社的创立和发展建立了首功，被誉为陕西的"新剧界之星宿"。

1913年，李桐轩去北京参与读音统一会，参加了制定注音字母工作，在制定注音字母的工作上有着历史性贡献。1914年"白朗之变"，陆建章奉袁世凯之命率师入陕，大肆捕杀革命党人。李桐轩亦在被捕杀的名单之列。所幸长子李博的友人及时送来消息，李桐轩得知后立即逃往外地，免于一难，直到陆建章被逐出陕西后才返回家中。然经此一祸，他于国事有些心灰意冷，虽于1924年时被聘为督军府顾问，却一直韬光养晦，潜心教育之事，以教子为乐。当时他还编写了一本《谐文孟子疏要》，来讽刺这件事，后改名为《集孟政谈》。又著有《兵农说》，主张建设之事应先从下开始，恢复古邑与农村的编制。

1928年，李桐轩至北平，居住在其子李仪祉处。这期间皈依佛教密宗，由格西喇嘛传授，潜心研习。从北京回陕后，李桐轩完成了《民兴集》的编著，此书分"文编"和"行编"。"文编"教人如何识字通文，有他自创的"注音字母教学法"，寓识字于纸牌游戏之中，不识字者学之数日可通。"行编"则分为"法"与"戒"，对儿童教育极为有用。《民兴集》脱稿后，李桐轩开始感到大限将至，乃喟然长叹曰："是殆我佛引渡之期乎？"后卧床不起。

1932年3月26日，李桐轩于西安病逝，享年七十三岁。

2.李桐轩思想研究

李桐轩生于末世动荡的年代，正是各种思想相互碰撞之时。他既接受了中国传统的儒家教育，又受到西方外来思想的冲击，佛家与道家也在他的思想中留下了印记，这些都使得他处世的思想复杂而深邃，这些思想也都反映在了他的戏剧创作中。因此，研究李桐轩的思想，对我们后面分析他戏剧的思想内涵有着十分重要的意义。

（1）以儒家为内核、主导

儒家思想是李桐轩所持的主要思想，尽管他后来接受了西方的外来思想，晚年又皈依佛教，然而从始至终他都没有背离于儒宗。民国十六年（1927），国民军进入西安。他们思想激进，为所欲为，竟欲毁掉文庙来改建公园。李桐轩听后大为激愤，毅然上书，使文庙得以保存。

文庙历来就是孔教的代表，此时李桐轩已潜心于佛教的研究，对于废除孔教之事如此惶恐，他对儒宗的尊崇，可见一斑。总体来说，李桐轩的儒家思想主要来自孟子。在西方外来思想的冲击下，他接受了儒家思想最为积极的一部分，而舍弃了其中比较消极的部分，使得他的思想符合时代潮流，从而在革命事业、教育事业以及文化事业上都作出了重要的贡献。

民本思想和爱国主义思想。民本思想是李桐轩思想中最为闪光的地方。

他舍弃了长久以来"以君为国"的思想,认为土地、人民、政事,合在一起才能称为国家,一国之君并不是应该尽忠的对象,人民才是国家的根本。这一思想正源自孟子"民贵君轻"的思想。

在民本思想的基础上,李桐轩又始终秉承着知识分子经世济国的责任。无论是自己的亲身实践、教育子女,还是戏剧创作,都带着强烈的爱国主义色彩。国家兴亡,匹夫有责。他认为,兵戈未靖,民不聊生,即使个人暂时不受波及,也非个人之福;而风调雨顺,国泰民安,才能人人共享太平之福。他对于当时国家贫弱的现状痛心疾首,号召民众要自强自立,使国家强盛。

尊崇孝道的传统思想。与民本思想不同,李桐轩将儒家传统的"孝顺"思想完全继承了下来,在他的剧作中塑造的大量孝顺子女形象。《一字狱》中的郑若兰即使不认同父亲郑全真的做法,依然甘愿陪同他上省城告状;《孤儿记》中的孟家祥一路行乞,只为千里寻父;《双姤记》中的李红玉更是割肉奉亲,为父治病。李桐轩对于这些行为都是大加赞赏的,而且自己也以身作则,"性孝友。父蔚若公及母王孺人先后殁,哀毁骨立,哭不成声,至得哮吼、气逆。证事兄仲特兄终,先生身无一言抵牾"[①]。

(2)以民主科学思想来反对封建思想

作为陕西第一批加入同盟会的会员,李桐轩完全接受了孙中山的"三民主义"思想,尤其是"天赋人权"的思想。他早年创办的求友学堂就致力于宣扬民主与科学,后来在易俗社戏剧创作的主导思想中又致力于反对封建礼教,尤其反对封建礼教对女性的束缚,对缠足这一恶习更是痛心不已。他竭力开化乡民,使东乡妇女比其他地方较早地摆脱了缠足的束缚。此外,他还致力于提高妇女的地位,使其同男子一同接受教育。

李桐轩对当时的义和团运动也是深恶痛绝,认为他们打着"扶清灭洋"的旗号,实则是乱民无赖,借邪教之说对反封建的开通人士横加残害。"庚子之变"时他就作过《庚子口占》来讽刺打着"扶清灭洋"的旗号却毫无作为的义和团,后又作《人伦鉴》之剧来讽刺拳匪之祸。

---

① 李顺.莲舌居士蒲城李同萱暨元配马孺人墓志铭[M]//陕西戏剧志编委会编辑部.陕西戏剧史料丛刊·第一辑.1983:219.

（3）淡泊名利的出世思想

李桐轩一生几经浮沉，却一直能够淡然以对，直至寿终正寝，这与他淡泊名利的人生态度是分不开的。他一生淡于功名，辛亥革命大局初定时，作为有功之臣，却只淡然看着旁人争功，自己依然回归乡里，隐于田园。后与孙仁玉共同创办易俗社，寄情梨园："凿空辟奇境，与子共居诸。丝竹洋盈耳，不乐复何如。……晨兴教歌舞，亲履粉墨场。知我谓我乐，不知谓我狂。"①

然而他这种出世并非道家完全的出世思想，而是对儒家"达则兼济天下，穷则独善其身"的履行，实际上依然心系黎民苍生，并未完全忘世。"薮名场嚣且尘，频阳野老自闲身。为愁霖雨苍生事，池上殷勤养细鳞。"② "我本出世人，忽作入世想。寄迹在梨园，游神在渺茫。"③

（4）佛家思想

辛亥革命成功，中华民国建立，然而国家存在的各种社会问题却依然无法缓解，李桐轩晚年对这种时局彻底失望，便潜心于佛教的研究，希望可以借此脱离现实的困扰。后来他至北平居住，皈依格西喇嘛，精心研究佛教密宗，心中大慰。他将晚年的生活都寄托其中："其后以人民劫运太深，祷于佛，愿舍一身以减众生之罪。"④他虽投身佛教，依然不忘黎民苍生，可叹可敬。

总而言之，李桐轩还是中国传统文人，其思想以儒家思想为内核，同时又融入了道家和佛家的思想。他进可经世济国，拯救社稷苍生；退可隐居田园，纵情于山水之间，在入世与出世间自由转换。李桐轩一生可谓波澜起伏，早年励志报国，亲身参与了辛亥革命，后来与孙仁玉共同创办易俗社，寄情梨园，专心教育，晚年潜心礼佛，寿终正寝。因此，中国传统文人的思想轨迹是他生平思想的主体。值得注意的是，由于年代的特殊，他也受到民

---

① 政协蒲城县委员会文史资料委员会，蒲城县水利水保局. 蒲城文史资料·第六辑·纪念李仪祉先生诞辰一百一十周年［M］. 1992：145-146.

② 政协蒲城县委员会文史资料委员会，蒲城县水利水保局. 蒲城文史资料·第六辑·纪念李仪祉先生诞辰一百一十周年［M］. 1992：141.

③ 政协蒲城县委员会文史资料委员会，蒲城县水利水保局. 蒲城文史资料·第六辑·纪念李仪祉先生诞辰一百一十周年［M］. 1992：146.

④ 政协蒲城县委员会文史资料委员会，蒲城县水利水保局. 蒲城文史资料·第六辑·纪念李仪祉先生诞辰一百一十周年［M］. 1992：150.

主思想的冲击,接受了孙中山先生"三民主义"的思想,因此,他在教育与戏剧创作中,都竭力推崇民主与科学,在他身上,也带有强烈的反封建色彩。可以说,这些方面共同构成了他思想的主体,全面地体现在他的戏剧创作中。

二、李桐轩的戏曲理论

1913年,李桐轩开始在《易俗杂志》连载《甄别旧戏草》,1917年由陕西易俗社发行单行本。他在书中对传统剧目一一加以甄别筛选,善者存之,恶者屏之,颇有孔子删诗之意。并在其中阐述了自己的戏曲理论,为易俗社作家创作戏剧提供了具体的指导思想。

李桐轩认为,戏曲最大的功能在于教化民众,他自己也创作了数十部揭露社会现实、针砭时弊、劝善惩恶的剧本。他在《甄别旧戏草》的叙言中写道:"报章止及于文人,演说止及于市镇。不伤财,不劳人,使民日迁善而莫知为之者,舍戏曲末由也。"①即认为戏曲比报章、演说等形式更贴近普通民众的审美趣味,利用戏曲可以不必劳民伤财,在潜移默化中逐渐地导民向善,启迪民智。

由于清末特殊的时代背景,较之小说、报刊、演说等方式,戏曲这种艺术形式便利用鼓动民众,达到启迪民智的目的。这已经成为戏曲理论界一种颇为广泛的认知。以陈独秀为代表的一批进步人士早在辛亥革命之前就曾多次论述过这种观点,可以说,普通民众对于他们生活外的认知大多来源于戏曲,戏曲对于人心风俗有着极其重要的影响。

然而,戏曲发展到清代,演戏者为了取悦观众,经常选取一些低俗的内容,使得戏曲逐渐成为有害于人心风俗之物。因此,如何对戏曲进行改良,便成为当时戏曲家主要探讨的内容。陈独秀具体列出了五点规范,即"多排有益风化的戏""采用西法""不唱神仙鬼怪的戏""不可唱淫戏""除去富贵功名的俗套"。②

李桐轩对戏曲的改良与陈独秀的戏曲观点一脉相承。他不屑于将戏曲

---

① 李桐轩. 甄别旧戏草[M]. 陕西易俗社,1917.
② 陈独秀. 论戏曲[M]//林文光. 陈独秀文选. 成都:四川文艺出版,2009:173.

作为上层人士娱人耳目的工具，而赋予其教化民众的意义。他认为，戏曲要更加贴近民众才有意义，对当时"戏曲有害人心风俗"的观点进行了反驳。他提出了改良传统戏曲的主张，提倡用正面的、积极的内容来代替低俗的内容，使戏曲演出的内容真正有益于民众。民众思想的改变并不是自发的，而需要教育者的引导。因此，他对秦腔的传统剧目加以甄别和筛选，将其分为可去之戏、可改之戏和可取之戏。我们可以从这三类标准中，梳理出李桐轩先生的戏曲主张。

1.戏曲应当注重现实性，尊重史实，不写怪力乱神之事

李桐轩认为，戏曲以教化民众为最终目的，脱离了现实的戏曲是有害无益的。这里所说的教化作用并非一味地说教，而是指能与现实紧密联系的，能够感染观众。只有具备这种特质的戏曲才能真正对民众起到正面的教化作用，因此，他将"不可为训""无理""无意识""历史不实""怪异"这五类剧目全部归入了"可去者"。

所谓"不可为训"，即"陈义过高"，难以理解或"放诞风流"，逾越礼法之戏，没有任何意义。"无理"之戏即浅薄粗陋之人按其妄想所作之戏，毫无事实依据，却有很多观众将凭空捏造之事信以为真，以此为训，导致心智被蒙蔽。而"无意识"类传奇性质的戏"固不害道"，但对于启迪民智没有任何意义，作此无益之戏便是有害之举，不如不作。另外，由于普通民众对历史的认知大多来源于戏曲，因此戏曲中与历史不符的事迹会歪曲人们对历史的认知，对他们灌输错误的知识，应当舍弃。在这五类戏中，他最为排斥的当属"怪异"之戏。作为参加过辛亥革命的进步人士，李桐轩以民主、科学为本，极力反对写怪力乱鬼神之事。他认为，在古代律法不完善，百姓法律意识较为薄弱，因此上层统治者才借鬼神之说来蛊惑民心，以此达到愚民的作用。然而现在已经风俗浮薄，人们反而经常靠鬼神之说来作奸犯科，若继续在戏曲中宣扬鬼神之道，则有百害而无一利。

2.戏曲应当戒淫秽俗套，以净视听

粗俗淫秽之戏，历来为人们所诟病，难免对观众产生消极的影响，愚民心智，因此，李桐轩将"诲淫"之戏列入可去者之戏。"诲淫"是戏曲的弊端之一，许多剧目为了迎合观众的低级趣味，将此类情节刻意放大，使得

"淫靡"几乎成为人们对戏曲的主要印象。所以此类戏,不如尽数弃之。

至于"落常套者",即一些程式化的情节模式,极为僵化,也是很多戏曲中的一大弊端。《红楼梦》中曹雪芹就借贾母之口批判了才子佳人模式的僵化情节。李桐轩将其总结为六点:

> 一如奸贼谋位,陷害忠良,勾结外番或奸僧等劫驾,突遇侠客得救。二西宫构馋,诬陷正宫,倾危太子。三男女一见,即成相思,中经许多波折,辛得完聚。四番女迫华将招亲。五厌贫悔婚。六倚势夺婚。①

戏曲本就是一种通俗艺术,这六种情节大量存在于传统戏曲中,"俗本不落常套者少"。凡含此类情节者,并非不可取,只要将此类情节加以改造,使之更吸引观众。

3. 戏曲应当"激发天良""灌输智识"

在李桐轩看来,"激发天良""灌输智识"是戏曲教化民众的最终目的。他接受了孟子"人性本善"的观点,认为人的内心深处都存有天良,很多时候需要靠外力的激发才能显现出来。戏曲就是一个激发人天良的重要手段。教育者可以通过戏曲中人物的对白、唱段、命运等,将深藏于观众心底的天良激发出来,达到教化民众的目的。"万事知为先",下层民众几乎没有受教育的机会,掌握的知识非常少,使得他们容易被一些不良之人愚弄。因此,李桐轩认为可以在戏曲中融入一些普通民众应当了解的常识,使民众在潜移默化中获得知识。

4. 戏曲可以通过武打和诙谐来吸引观众

武打和诙谐是戏曲吸引观众最常用的手段,迎合了一般民众的趣味。然而与诲淫不同,李桐轩认为,武打之戏大多宣扬侠义之道,解决世间不平之事,可以畅快人心,疏解人们心中的郁结之气。诙谐之戏则可以在愁苦的情节间使观众开怀大笑,虽没有深刻的寓意,亦有益于身心健康,而一些幽默的讽刺,更可以达到事半功倍的效果,比武打戏更为有益。

此外,李桐轩所追求的戏曲改良并不仅仅停留在案头上,而且十分注重

---

① 李桐轩. 甄别旧戏草[M]. 陕西易俗社. 1917: 9.

其演出的效果。对于当时一些新剧家不满旧戏需要依靠装束、演唱、舞蹈等外部因素来感染观众，"传神""感人易入"的改良宗旨，他虽持肯定的态度，却也清醒地意识到，这样的剧作家必须具备十分深厚的功力，若功力不够，则非但不能传神，反而会让观众觉得索然无味。而这种具备深厚功力的剧作家并不多见，在很多情况下，单靠戏剧语言并不能完全表现出人物的内心情感。因此，为了演出的需要，旧戏中依靠装束、演唱和舞蹈等其他艺术手段来表现人物情感，吸引观众是必须的。如何鉴别筛选这些旧戏，便成为戏曲演出的一项重要工作，也是他撰写《甄别旧戏草》的初衷之一。

在今天看来，李桐轩的这一系列戏曲理论或许有些急功近利，然而，在近代中国那个特殊的背景下，作为一个学者型的剧作家，他能够尊"花"而抑"雅"，始终以现实性为准则，毫不偏颇，对旧戏加以改良而非全部舍弃，对新剧的创作也极为支持，为易俗社剧作家的改编与创作提供了一套规范、系统的准则，是十分宝贵的。他的《甄别旧戏草》是20世纪戏曲理论的一篇佳作，他的戏曲实践为易俗社近一百年来经久不衰的演出作出了重要贡献。

三、李桐轩的戏剧创作

作为易俗社的第一任社长，李桐轩早在清末时就创作出近代秦腔史上第一部剧目《戴宝珉》，以此来针砭时弊，讽刺社会黑暗。此后他又陆续创作了六十多部戏剧，惜大多不存。李桐轩的剧作有着非常浓厚的时代特色，涉及社会生活的方方面面。他的剧作，锋利深刻，内容直指当时社会的各种弊端，发人深省，被誉为"吾陕新剧界之星宿"。时人赞其剧作"若陶渊明之诗，冲微淡远，耐人寻味，造句之佳，尤非他人所能及也"[1]。

1.李桐轩戏剧的思想内容

作为一个具有强烈社会责任感的戏剧家，李桐轩以他的戏剧为载体，将自己对黑暗现实的批判，对民众智识的激发，对落难国家的热爱都融入其中，无时无刻不体现着他忧国忧民的感情和改良社会的决心。

---

[1] 高培支.陕西易俗社简明报告书[M].陕西易俗社排印本.1931：55.

（1）对黑暗社会的讽刺

清末，社会黑暗，外有虎视眈眈的西方强敌，内有昏庸无能的清政府，官场已经成为一个腐败的大染缸，使得民众的生活极其困苦。李桐轩处在这样一个动乱的年代，目睹丑陋的官场使得民不聊生，因此，揭露官场黑暗便成为李桐轩戏剧创作的主旨之一。

①人间公理缺失。早在第一部剧本《戴宝珉》中，李桐轩就在引子里借主人公戴宝珉之口道出了他对官场的失望，对百姓的同情："（引）一腔不平气。公理向谁言。（诗）恃强凌弱自古然，下有盗贼上有官。可怜安分小百姓，犹将俗礼自束缠。"①无辜受冤的遭遇使得他对整个社会彻底绝望："实说呵。（唱）第一罪我不该身为百姓。第二罪我不该家号素封。第三罪我不该救人陷阱。生中国礼义邦是我罪名。"戴宝珉的这种绝望正是李桐轩对整个社会公理缺失的绝望，国家无法，民众的生杀只凭官员一己定夺，整个社会从上到下，层层压迫。在《一字狱》中，李桐轩也借万人杰之口道出了他对公理缺失的失望："况世事和人情烟云万状，得失事从没有公道主张。"就连《呆迷记》中的叛军也唱着："莫怪我小子爱造反。造了反无法又无天，天神不收地不管。"足见百姓已经完全失去了对官府的信任。

②官场腐败常态化。在李桐轩的剧中，官场腐败作为一种社会常态存在于大小官员的认知中。在他们眼中，官官相护，图谋私利，买官卖官，是官场的规则，是做官的常态；瞒上不瞒下，为官不为民是他们的处事准则；至于为民请命、效忠国家、良心公理都被远远地抛到一边。所以《一字狱》中，泸州盐厘委员才认为自己收取苛捐杂税，诬民造反，害得百姓无以为生都是冤枉；贾正学为了讨好姨太太判定村民造反是理所应当；参将认为他们烧杀掳掠只是听从长官命令，与自己无干；就连还存有一丝良心的宋兴也说出"什么是良心命令，怎么比长官命令还要紧"这样的话。李桐轩花费了大量笔墨来揭露这一现实，使得他的剧作成为民众认清现实的重要工具，也成为与黑暗现实斗争的利器。

---

① 李桐轩.《戴宝珉》[M].陕西省文化局编印·陕西传统剧目汇编·秦腔/第六集.西安：陕西省文化局.1958.本节所引李桐轩剧作原文均引自此书，下文仅标明剧作名称，不再特意注出。

(2) 对民族劣根性的批判

李桐轩所处的那个时代，中国正处于半殖民地半封建社会最黑暗的时刻，造成这种局势的主要原因固然是清政府的软弱无能，汉民族所具有的一些民族劣根性也是造成这种局面的根本原因之一。李桐轩深爱着自己的祖国和人民，因此哀其不幸，怒其不争，于是将这种劣根性放大到剧作中，通过戏剧将其赤裸裸地呈现在民众面前，希望可以借此警醒民众。清末，吸食大烟已经成为一个非常普遍的现象，许多家庭因此而倾家荡产，家破人亡。女子裹足则是中国延续了一千多年的陋习，是男权社会的产物，是对女性的极大束缚，酿成许多悲剧。李桐轩在《戴宝珉》中集中批判了这两种陋习。如果说《戴宝珉》中戴宝珉的悲剧是由于官场的黑暗造成的，那么王纫姑的悲剧则是由这两种陋习酿成的。她因爹爹耽于大烟，孤身一人赶回婆家，不幸在路上碰到强盗，又因为一双小足逃跑不利，不仅被盗贼抢走了财物，还被扒光了衣服，羞愤自尽。在最后她只能悲愤地喊出："哎呀，爹爹你贪吸烟，害的你儿好苦也。""天呀，这一双小足，今番断送我命也。"

以此为延伸，李桐轩对封建社会中女性的不幸遭遇给予了深深的同情。缠足仅仅是对女性专制的一个方面。在那个年代，无论女孩在家中多么受宠，出阁后的家庭专制常常会将幼年媳妇活活逼死。《兴善庵》中，李玉龙就对将女儿当作货物叫卖、天价索要彩礼的恶俗厌恶不已。《戴宝珉》中，王纫姑被抢后之所以上吊自尽，也正是封建思想加在女性身上的枷锁。李桐轩通过这些女性的不幸遭遇，竭力呼吁民众戒掉恶风陋习，振奋精神，振兴国家。

(3) 民贵君轻的民本思想

在中国两千多年的封建社会中，皇权一直是高贵不可侵犯的，尽管从孟子开始就有"民贵君轻""以民为本"的思想，许多深受其影响的知识分子也一直为之而奋斗，然而，"皇帝即国家""忠于皇帝就是忠于国家"的思想也一直根植在人们的心中。李桐轩对这种观点提出了彻底的质疑。他思想的出发点从来都以民生为本，民本思想也贯穿在他的戏剧创作中，并在《兴善庵》中具体阐述了他的这一观点。《兴善庵》的精彩之处便在于丞相左维明与李玉龙、赵梦魁两种完全相对立的观点的碰撞。李玉龙与赵梦魁认为魏忠贤是天子的宠臣，得罪魏忠贤，就和谋害皇上一样，动摇国家。左维明则直接抛出"不但魏忠贤叫不得国家，便是当今皇上，也叫不得国家"的观点，认为土地、人民、政事，合在一起才能称为国家。李玉龙在这种观点的冲击下困惑非常，他并非善恶不分之人，也知魏忠贤是真正的奸邪之徒，于是在最后抛下"皇上不是国家是什么"这样的疑虑，让人深深思索。

（4）民众自救的革命思想

李桐轩认为民众才是国家的根本，因此，对于种种社会问题，他清楚地认识到，在当时的社会条件下，官府已经完全靠不住，民众必须团结起来，摈弃各种陋俗，奋起自救，通过革命的方式来维护自己的权益，拯救风雨飘摇中的国家。他的作品中也多次提到百姓不堪重负，奋起反抗官府的行为。《一字狱》中，泸州三十六村村民不堪重税而暴动；《闹督院》里，闫丹初对太平天国起义高度赞扬；《戴宝珉》中告诫民众，要保护自己，保护家族，就必须自己操练身手，千万不能像以前一样遵循官府的告示，做个良民；《四林湖》中，更是通过瑞士国义士侯瑞和泰尔不堪国家朝政大乱、百姓困苦而率众起义的故事，直接表达了自己的革命思想和反抗精神。

（5）劝善惩恶的教化作用和因果报应的矛盾意识

劝善惩恶是戏剧里一个非常普遍的主题。李桐轩既然将戏剧作为教化民众的重要手段，那么宣扬善恶有报的思想也是他戏剧表达内涵的组成部分。《一字狱》的最后两场戏是《人罚》和《鬼责》：《人罚》中，泸州盐厘委员、宋兴及其参将迫害民众，均被斩首示众；《鬼责》中，刁迈朋卖友求荣，尽管逃脱了法律的惩罚，最终依然被宋兴化的厉鬼索命，所得钱财与妻女也均被仆人所占。通过这两场戏，李桐轩传达了一种恶人终将受到惩罚的天道轮回思想。

将这种天道轮回思想表达得淋漓尽致的是《孤儿记》这本戏。全剧以老僧的禅语"要知前生事，今生受者是。要知来生事，今生作者是"为主旨，是典型的因果报应的思想。全剧围绕这一主题展开，所有人都处在因果报应的循环中，李桐轩借此来奉劝人们要多种善因，最后才能收得善果。

总之，教化民众是李桐轩戏剧创作的主旨，而深沉的爱国情感则是他戏剧创作的主要基调，在此基础上，他对社会黑暗的讽刺和批判，对民众的同情和引导，使得他的戏剧在那个年代，带有积极进步的意义，对后来易俗社作家的戏剧创作，起着积极的引导意义。

2. 李桐轩戏剧的人物形象

为了更好地表现戏剧的主题，李桐轩在剧本中塑造了多样性格的人物形象，他通常通过语言、动作、服饰和唱段等将人物的性格生动形象地表现出来，从官吏到民众，从知识分子到女性形象，无一不给观众留下深刻的印象。

（1）迫害民众的贪官污吏

在李桐轩的戏剧中，贪官污吏是他塑造最多的人物形象。在他的戏剧中，基本上每部剧都有一两个大力着墨的贪官形象。他们官阶不一，性格不同，具体的腐败行为也不同，然而为了自己的利益，迫害民众的本质却是相同的。李桐轩通过对形形色色的贪官污吏形象的塑造，来揭露社会黑暗，表现官场腐败、官逼民反的社会现实。

① 良心尚存，却禁不住利益诱惑的贪官形象。这类官员也懂得什么是天理良心，在公理公法与自身利益的天平上也矛盾过，挣扎过，然而最终敌不过各种利益的诱惑，成为迫害民众的贪官污吏。这类人最典型的便是《一字狱》中的宋兴。作为一个武官，宋兴虽然见识有些短浅，看不到村民暴动的真相，却也知道残杀百姓讨好上司情理难容，然而还是舍不得攥在手里的荣华富贵，"计算什么，我想良心是个虚的，谁也看不见，富贵是个实的，当下就能受用"。这正是宋兴这类小官员普遍的心理状态。这样的心态才使得他们放弃良心，最终成为迫害民众的贪官污吏。《戴宝珉》中，李桐轩则通过黄参臣的自白，将一个正直的读书人如何演变成一个曲意逢迎的贪官的过程赤裸裸地展示出来，向我们揭露了官场的潜规则，让观众清楚明白官场已经到了不得不改变的时候。

② 完全腐化的贪官形象。如果说宋兴、黄参臣还尚存一丝良心，为自己所做之事感到羞愧的话，那么李桐轩笔下的贪官污吏更多的还是那种已经完全腐化，彻底不问民生的昏官、贪官。《一字狱》中，候补知县刁迈朋为了讨好上司，升官发财，不惜出卖好友宋兴，让宋兴一人担下了所有的罪名，真正的主谋贾制台却逍遥法外；制台贾正学为讨妻妾欢心，罔顾事实真相，单凭泸州盐厘委员的片面之词便下令征剿泸州村民。《戴宝珉》中，奉旨查

办戴宝珉一案的封实，更是贪得无厌的代表。他们可以将百姓的生死存亡完全置之不顾，把"上司之所好好之，上司之所恶恶之"当成做官的准则。

可以说，对各种贪官形象的塑造，是李桐轩对社会现实最为有力的抨击。他们无论大官还是小吏，对金钱权力的索求都是无穷无尽的，对民众的迫害毫无顾忌。

（2）公正廉明的清官

与贪官污吏相对，李桐轩也在剧中也塑造了一系列清官。他们始终将百姓福祉、国家兴亡放在第一位，不为金钱权势所动，并且有着过人的智谋和手段，与同一剧中的贪官形成鲜明的对比。《一字狱》中，赵天泽将贾制台的贿赂和臬台拒之门外。《闹督院》中，闫丹初不惧总督官文的权势，定要入府捉拿杀害民女的总督官文的干儿子段成。《孤儿记》中，甘泉县令梁崇简一上任，便将所有积压的案子一一处理，是一位干实事的好官。这些清官看人不问权势，不看钱财，只凭品行的好坏，在一众只为自己利益着想的贪官污吏中，显得难能可贵。

在剧中，李桐轩对这些清官寄予了期望，他明确地指出，百姓的拥戴才是对一个官员最高的评价。然而，他也深刻地认识到，在已经彻底腐朽的政府的统治下，仅靠一两个清廉官吏并不能解决根本问题：所以《一字狱》中赵天泽最后也没有能够查办罪魁祸首贾制台；《兴善庵》中左维明只能眼看着魏忠贤专权而无能为力；《戴宝珉》中甚至没有出现一个清官来主持公道，民众依然处在水深火热之中。

（3）关心国计民生的知识分子

在李桐轩的戏剧中，除了清廉的官吏外，知识分子是替民众申冤的另一大主力。他们正在读书用功之时，天良尚存，不懂官场的人情世故，没有眷恋的富贵，读的是圣人书，能够心怀百姓，心存正义，又能够看清时事，因此才能没有顾虑，替民申冤。李桐轩正是从这点出发，在戏剧中塑造了一系列心存国家百姓的知识分子形象，在他们身上寄予了厚望。

《一字狱》中，夔州考生万人杰就是这样一位典型的知识分子。他才名远扬，颇有见识，认为公理公法才是人应该服从的，征剿百姓更是对不起天理良心。当郑全真父女欲求考生帮助申冤而不得时，他挺身而出，提议考生罢考挟制学台上书。比起功名来,他更关心百姓的福祉:"哪一方民命凋残,还顾什么功名。我看这身外之物,实不值一钱。"可以说,万人杰是作者心中理想的知识分子形象,他心怀百姓,心存正义,蔑视功名,以公理公法为准则而非朝廷命令,他有着真知灼见和果断的行动力,能够救百姓于水火之中,是一位受人尊敬的知识分子。

比起万人杰,《戴宝珉》中的吴友仁对国家大事并没有太大的兴趣,他"缄口不言天上事,放怀且读古人书",然而,当他听说戴宝珉的冤案后,不禁怒骂狗官,还立刻决定放下书本,上省城替戴宝珉鸣冤。被黄参臣驳回后,他一路告到北京,最终使得朝廷派出官员查办此案,虽使戴宝珉免于死罪,而自己却被黜了功名。他与戴宝珉无亲无故,然而"想这无罪人受刑坐监,度日如年",心中不平,定要问个明白,正是这份正义感促使他不顾一切,也要替戴宝珉讨回公道,令人钦佩。

(4)大放异彩的女性形象

出于对女性的尊重和同情,李桐轩在戏剧中描写了一批有忠孝节义优秀品质,且颇有见地的女性形象,她们往往德才貌兼备,丝毫不输男子。其中最引人注目的便是《一字狱》中的郑若兰。她作得一手好文章,写得一笔好字,对父亲也是万般孝顺,正如万人杰所言:"这女子占全了德言工貌。"而郑若兰身上最闪光的地方还是她那过人的智识。当郑全真还在为百姓打毁盐局之事欣喜时,郑若兰已经预见到了总督的报复,因此提早收拾好行李准备逃走,才保全了父女二人的性命。后来,也正是她想出了鼓动考生罢考胁迫学台上书的法子,为泸州民众讨回了公道。当宋兴一众案犯被行刑时,她亲临刑场,怒骂宋兴。可以说,郑若兰的形象已经超越了中国古典的女性形象,有着当时男子也自愧不如的胆色和见识,在《一字狱》众多人物形象中闪耀着动人的光辉。

与郑若兰相比,李桐轩剧中的其他女性形象则更接近中国传统女性。《孤儿记》中,淡泊名利的陶氏;《兴善庵》中深明大义的左德贞,性情贞烈的孙玉仙;《双姤记》中割股奉亲的李红玉:都给观众留下了深刻的印象。这些风采各异的女性形象,在李桐轩的戏剧中大放异彩,成为一道亮丽的风景线。

此外,李桐轩在戏剧中还塑造了一些其他类型的人物形象,比如以秦愚为代表的淳朴善良的下层民众形象，以李梦良一家为代表的贪恋钱财、忘恩负义的恶霸形象，以慧光、王各卢为代表的愚民形象，等，这里就不一一论述了。总之，这些类型不一、性格各异的人物形象，构成了李桐轩戏剧的人物群像，吸引着观众的目光，也传达出李桐轩对社会人生的体验和感悟。

3.李桐轩戏剧的艺术特色

与其他文学形式不同，戏剧创作最终是要在舞台上演出的，是否能够吸引观众是评判一部戏剧最重要的标准。为了舞台上的演出效果，李桐轩在戏剧创作过程中运用了多种艺术手法来展开剧情，塑造人物，使他们呈现出鲜明的艺术特色。

（1）关目巧妙，引人入胜

明代李渔曾把"关目好"作为传奇创作的要点之一，秦腔亦然。情节精彩，构思巧妙，是一部戏剧能吸引观众最重要的因素。李桐轩在创作戏剧时，十分注重关目的设计，无论是从结构铺排上，矛盾展开上，还是巧合设计上，都有着精心的构思，以时时刻刻吸引观众。

① 双线交织的故事结构。长篇的本戏在李桐轩的戏剧创作中占有十分重要的地位，为了更好地推动故事情节的发展，他经常采取两条线索相互交织的结构来展开故事，使情节更为丰满。由于这两条线索通常分别绾系着戏剧中对立的双方展开，因此并不是从戏剧一开始就显现出来，也并非独立发展，而是随着对立双方矛盾冲突的爆发延伸出来，互相交织，并由一个重要的线索人物联系起来，最后在戏剧的末尾汇成一处，留下令人深思的结局。比如《一字狱》中，宋兴带兵征剿泸州村民后，郑全真、郑若兰父女利用夔州考生罢考替其申冤，随后便有贾制台借宋兴脱罪一线，以及万人杰与郑若兰结缘一线。其中贾制台一线是戏剧的主线，他为了替自己脱罪，接受了刁迈朋的建议，利用刁迈朋将曾经发给宋兴的札文中的"剿办"换成"查办"，也正是剧名"一字狱"的由来。万人杰、郑若兰一线则为辅线，交代了万人杰及郑全真父女替泸州百姓申冤之后的发展。这两条线索在剧中交替前行，最后在《人罚》这场处斩宋兴的戏中交会一处，郑全真、郑若兰在刑场上怒骂以宋兴为首的一众迫害百姓之人，使全剧达到高潮。

② 扣人心弦的故事情节。矛盾冲突是一部戏能够继续下去的主要因素，

故事的高潮部分也往往是矛盾冲突最为激烈的时候。李桐轩在他的戏剧创作中展现了一幕又一幕激烈的矛盾冲突，扣人心弦。《双姤记》中，李红玉的遭遇十分坎坷，全剧顺着红玉割肉奉亲——卖身葬父——为志良所救——遭杜珊枝翠兰妒忌——被骗妓院——遭受毒打——被弃荒野——为刘颂清所救——与志良成婚的线索展开，其中包含着红玉与店家的矛盾，与市井流氓的矛盾，与杜珊枝的矛盾，与妓院老鸨的矛盾，以及金志良与杜珊枝翠兰的矛盾，与杜父杜母的矛盾，金母与杜母的矛盾，一幕接着一幕，高潮迭起，引人入胜，令观众无时无刻不为红玉的命运而牵肠挂肚。

③ 自然合理的巧合设计。正所谓"无巧不成书"，巧合是戏剧中最常用的表现手段之一。李桐轩在他的戏剧创作中也经常用巧合使故事中的人物连接起来，既新颖巧妙，又合理自然，使观众在感叹人物命运的同时恍然大悟。《四林湖》中，泰尔逃难时为义士冈本所救，前往投奔之人正是之前鼓动泰尔起义的侯瑞，二人一拍即合，于是有了后来二人的起义。《双姤记》中，李红玉落难之时恰巧被金父好友刘颂清所救，才使金志良最终与红玉结为连理。《人伦鉴》中李本设计韦兴的宴席上所招的名妓恰巧是韦兴以前在义和拳做金童时所奉的圣母玉莲，"我曾作圣母天津城，你是我治下一金童。圣母反把金童嫁，伦理颠倒罪非轻"，正合了本戏的标题"人伦鉴"。

（2）语言生动，突显个性

秦腔是一种贴近人民大众的艺术形式，下里巴人式的人物语言便于观众理解剧情，因此整体上崇尚以俗为美。又因其经常将古典诗词融入唱词中，便形成了一种雅俗结合的艺术特色。李桐轩在创作新剧本时也很好地继承了这个传统，他剧中各个阶层的人物都有着符合其身份、个性的语言：下层民众淳厚质朴，文人附庸风雅，贪官油腔滑调，清官正气凛然，等。观众可以轻易地从语言中来判断此人的性格、身份。

（3）对人物心理矛盾的细致刻画

对内心矛盾冲突的细致刻画，是戏剧中塑造人物形象的重要手段，李桐轩正是通过对人物内心矛盾冲突的细致刻画，使得剧中的人物形象更加丰满，更加生动。《孤儿记》中的秦愚，本是一个非常善良的人，当职期间一直热心服务乡里，当他想要辞去职位回家务农时，被乡民热情挽留。然而这样一个好人在收到李梦良的一千两银子时也犹豫了。他知道李梦良让他查的案子是要害人倾家丧命，却因为家贫，看到一千两银子时犹豫不决，内心产生了强烈的矛盾冲突。这样的情节使他的形象不再脸谱化，而是一个也有着贪念的、本质上却依然善良淳朴的下层民众。这种内心的矛盾，正是一般百姓都会具有的心理活动，因此不仅能够使秦愚的形象更加丰满，还能得到观众的共鸣，产生强烈的艺术效果。

总之，李桐轩虽然主要将戏剧作为教化民众的重要手段，早期的一些剧作也有着比较浓厚的说教意味，然而他并没有忽略戏剧应该具有的艺术魅力，而是将多种艺术手法交汇融合，使得他的秦腔剧作在具有浓厚的时代意识与深刻的思想内容外，还达到了很高的艺术水准。他的戏剧情节一波三折，人物形象鲜明；语言既通俗易懂，适合下层群众观看，又将传统诗词巧妙地融会其中，不失文学色彩，雅俗共赏，这些特点在近代原创秦腔剧目中，是难能可贵的。

李桐轩先生的戏剧创作上承传统秦腔，下启近代原创剧作的风潮，可谓近代秦腔界的一代宗师。他的《戴宝珉》是近代第一部由文人创作的秦腔剧目，具有十分重要的开创意义。其经典剧目《一字狱》等的演出更是经久不衰。作为易俗社的创始人之一，一位有着高度社会责任感的戏剧家，他的戏剧理论与戏剧创作对后世秦腔的创作与演出有着十分深远的意义。他编写的《甄别旧戏草》为易俗社剧作家的创作以及传统剧目的演出指明了方向。他的剧作题材广泛，用秦腔来演近代时事，具有十分深刻的警醒意义，令人掩卷沉思。因此，对李桐轩先生戏剧的研究，是研究秦腔文化十分重要的一环，也是传播中国传统文化与陕西地域文化的需要。

第二节 孙仁玉

著名戏剧家田汉先生说："陕西易俗社是我国现存最古老的艺术团体，在世界上仅次于法国芭蕾舞剧团和莫斯科艺术剧院，名列第三。"[①]这个排名

---

① 玉振.孙仁玉传[M].西安：三秦出版社，1992：1.

世界第三、中国第一的百年戏剧名社,便是由从临潼走出来的戏剧家孙仁玉和蒲城的李桐轩先生发起组建的。

一、孙仁玉生平与创建易俗社

孙仁玉1873年生于渭河北岸临潼雨金古镇孙家村的一个农民家庭。五岁时,母亲汤氏病殁,他与父亲相依为命。因家贫,十岁才入私塾读书,由于学习刻苦,深受启蒙老师王大典的赏识。他聪颖好学,十六岁就被聘为塾师。后考入泾阳县味经书院。1902年8月考中举人,名声大振,被当时陕西最著名的高等学府三原宏道学堂聘为教师,因深受著名学者刘古愚的维新思想影响,在深厚的国学基础上,又接受了西学思想的洗礼,具有较为全面的学术积累。专授史地学科。1905年加入同盟会,"绝意仕途,潜心教育",先后在三原宏道学堂、省立中学、省女子师范、第一中学等校任教;还与乡人创办临潼雨金小学和西安民立中学,担任董事兼教员。中华民国政府成立后不久,陕西都督府创立修史局,李桐轩任总编纂,孙仁玉任修纂。他们都是同盟会会员,志同道合,在"整理史稿之暇",常"研究改良社会事"。他们认为,社会落后,民众愚昧的罪魁祸首就是封建专制,尤其是国人中文盲居多,识文者有限;戏曲作为文化传播重要途径,却被封建礼教所和奴役思想所控制,造成旧戏泛滥,愚弄民众,二人决意从戏曲改革入手改良社会教育。孙先生认为:"同人忧之,急谋教育之普及。以为学堂仅及于青年,而不及于老壮;报章仅可及于识字者,而不及于不识字者;演说仅及于邑居少数之人,而不及于多数;声满天下遍达于妇孺之耳鼓眼帘,而有兴致、有趣味、印诸脑海最深者,其惟戏剧乎!戏剧之于社会,为施教育之天然机关。"[1]他与李桐轩先生提出:"拟组织新戏曲社,编演新戏曲,改造新社会。"[2]二人一起研究草拟章程,并由孙仁玉先生起草《章程》,他说:"爰结斯社,取名易俗,意在移风易俗。俾久压于专制之民程度骤高,有共和之实焉。声音之道,与政相通,于以为补助之,教育庶有当也。"此《章程》得到包括陕西辛亥革命领导张翔初、井勿幕等,以及郭希仁、杨西堂、陈伯

---

[1] 王鸿绵.孙仁玉研究资料·易俗社章程[M].西安:三秦出版社,1992.

[2] 高培支.陕西易俗社简明报告书[M].陕西易俗社排印本.1931.

生、王伯明、薛卜五、高培之、胡文卿、刘介夫、李子州、田灵仙、李春堂等一百三十六名军政界爱国人士的响应和支持。孙仁玉先生出面在商号借银七百两，租房一院，开始进行筹备工作。1912年农历七月一日，中国第一家有章程、有组织机构、有民主管理制度、有教学大纲，并正式在政府注册登记的戏曲教育团体和演出团体"陕西易俗学社"，在陕西省议会礼堂举行成立仪式，孙仁玉被选为评议兼编辑，后历任社长、名誉社长、评议长、编辑主任。从此，除了在原先任教的中学继续任教外，他把主要的精力用到了易俗社事业上。

除了繁重的教学工作和易俗社的管理工作外，孙仁玉几乎将所有的时间都用在了剧本的创作上。他儿子孙明回忆："父亲每天天不亮就起床，吃点早饭，带点馍，便提上镜镜灯（四面是玻璃，中间放一小方形菜油壶的照明用具）挂着拐棍，步行到学校上课。""走在路上，脑子还不休息。他利用这段时间，构思新戏的主题、布局、情节、唱词等。""回家后他漫不经心地草草吃完饭，就又急着备课、写戏，有时又提上镜镜灯去易俗社处理事务。几十年来他从来没有睡过一宿好觉，躺在床上还在构思剧情、推敲台词，觉得满意了，便赶快披衣而起，伏案疾书。不管盛夏酷暑，不管隆冬严寒，他都从未改变或间断这种生活。"①孙仁玉常年兢兢业业积劳成疾，1933年7月因神经劳损症重发，卧床多日不起。他在养病期间，仍然放不下易俗社的工作，常同易俗社同仁高培支、胡文卿、李约祉、范紫东、陈雨农等谈论社务进展情况。1934年1月，孙仁玉身体更差，他催促易俗社改选，选胡文卿为社长、高培支为评议长、范紫东为编审部长。1934年8月23日晚8时多孙仁玉与世长辞，享年六十二岁。易俗社成立了治丧委员会，决定由社里公葬先生，以表达对他的崇敬之情，也是对他创建易俗社之功的肯定。噩耗传出，社会各界人士或前来吊唁，或发来唁电，或送来挽联、挽词、挽幛，以不同的形式表达对先生的怀念之情，这是对他为中国戏曲事业贡献的极高赞誉。

国民党中央委员会常委、组织部代部长陈果夫从南京送来的挽词是：

> 卓荦孙君，劬学苦志。专精于舆史诸科，毕生以教育为事。原

---

① 王鸿绵. 孙仁玉研究资料·我的父亲孙仁玉先生［M］. 西安：三秦出版社，1992：29-30.

古代之化人道，不出于礼乐，其入人心之深，尤莫善乎戏曲。以戏剧教化社会，其真能移风易俗。属君以社事二十年，孜孜矻矻如一日。恨会合之未能，遽惊闻乎遘疾。来者式之，此功不没！

杨虎城将军送来的挽幛上书写挽词：

令名不朽

著名京剧表演艺术家梅兰芳先生送来的挽幛上写挽词：

广陵绝响

陕西省政府主席邵力子送来挽词：

湛湛华清，碧水如油。骊山横黛，照此灵湫。蔚矣孙君，邈焉寡俦。文史方舆，以遨以游。兴学树人，百年是谋。维乐易俗，速于置邮。笙簧楚汉，黼黻商周。涤瑕磨垢，发微阐幽。苦心纯德，力挽末流。箪瓢短褐，于世无求。悠悠物表，天地一鸥。典型不远，来者是由。

陕西辛亥革命元老、省都督府首任都督张凤翙从北京送来挽词：

先生骑鹤去，遗韵在人间，薄俗虽难易，悲歌自可传。榛苓思旧国，桃李绕秦川。仰愿精魂结，眈心托杜鹃。[①]

由如上摘录的名家的挽词可以看出，孙仁玉先生一生尽管没有做出什么惊天动地的大事，但他勤勉于自己所热爱的教育和戏曲事业，社会是不会忘记他的。

二、孙仁玉剧作简论

孙仁玉先生不仅组建易俗社，而且是该社主要编剧之一。他主张用戏曲教化民众，故积极编写新剧本，以达到"启迪民智""移风易俗""改良社会"的目的。从1912年他写的第一本戏《新女子叮嘴》，到1934年去世，在这二十二年里，孙仁玉先生共写了177种剧本，其中本戏36种，折戏和短剧141种，是易俗社众编剧中创作剧本最多的，在古今中外戏剧史上也堪称高产的剧作家。

《易俗社新章程》第二章第五条对易俗社编演剧种类做了如是规定：

[①] 玉振. 孙仁玉传[M]. 西安：三秦出版社，1992：14.

"一、历史戏曲：就古今中外政治之利弊及个人行为之善恶，足引为鉴戒者，编演之。二、社会戏曲：就习俗之宜改良、道德之宜提倡者，编演之。三、家庭戏曲：就古今家庭得失成败最有关者，编演之。四、科学戏曲：就浅近易解之学科及实业制造之艰苦卓著者，编演之。五、诙谐戏曲：就稗官小说及乡村市井之琐事轶闻含有教育意味者，编演之。"孙仁玉先生的剧作正是反映这一创作原则的典范。他的剧作根据题材可以分为历史剧、科学剧、社会剧和家庭剧，多数都是与时政紧密结合的具有现实主义精神的作品。如《新女子叮嘴》，描写一个农村少女接受了新思想的影响，坚决反对妇女缠足，引起家庭冲突，宣传缠足对妇女的危害性，反映出当时新妇女反对封建礼教，争取自身解放的进取精神。此戏和历史剧《将相和》等六出戏，是1913年元旦易俗社在城隍庙首场公演所选剧目。公演时，台下人头攒动，盛况空前，获得包括陕西大都督张凤翙在内的观众的高度赞赏，张都督当即决定每月拨银三百两资助易俗社发展。

1.历史剧

孙仁玉的历史剧往往以自己对现实生活的感受，体悟历史，对历史题材进行再创造，以突出其现实精神。历史题材只是一种自在的存在，而剧作家从历史中挖掘历史精神却是一种人为的存在，具有从历史中观照现实的精神。在剧作家关注的层面，历史必然要对现实有参照意义，它们"是没有历史和现实的严格区别的。历史是发展的，但对于一个民族，乃至对于人类的整个历史，并不是在所有的层面上都有发展和变化的。在这没有发展变化的层面上，历史就是现实，现实就是历史；对现实的解剖就是对历史的解剖，可对历史的解剖同样也是对现实的解剖"[①]。如《将相和》《商汤革命》《武王革命》等都是此类作品的上乘之作。《将相和》取材于《史记·廉颇蔺相如列传》，写廉颇因功劳不如他的蔺相如官位比他高而不服，在大街上凌辱蔺相如。蔺相如以国家利益为重，不计个人得失，避免与廉颇发生矛盾。廉颇知道后，负荆请罪，二人从此结为至交。民国初期，陕西军政不和，作者显然是看到这一点，想以历史剧劝告那些当权者以国事为重，不要因个人利

[①] 王富仁，柳凤九. 中国现代历史小说论（二）[J]. 鲁迅研究月刊，1998（4）：11.

益误国家之大事。《商汤革命》写夏桀无道，沉湎于酒色，横征暴敛，老百姓流离失所，痛苦不堪。司徒关龙逢劝谏夏桀，反遭杀身之祸。太史令伊尹逃至商地劝说商汤伐桀。商汤接受伊尹之言，起兵伐桀，所到之处受到老百姓的欢迎。商汤兵至夏都，夏桀败逃南巢。汤入城后除奸佞、用贤良，振朝纲、安黎民。《武王革命》写纣王荒淫无道，贪恋酒色，宠幸妲己，杀害忠良，于是武王起兵讨伐纣王，战于牧野，获得胜利，兵进朝歌。纣王自焚而亡，诸侯共推周武王。这两部剧都写于1933年，属于孙仁玉先生的晚期之作，反映他深厚的忧国忧民意识。尤其是"九一八"事变后的第二年，即1932年写的《上海战记》，歌颂了上海守军十九路军将领蒋光鼐、蔡廷锴英勇抗击日寇的无畏精神。前后本大戏《明朝恢复朝鲜记》以恢宏的结构，展示了广阔的历史画面，塑造了众多的人物形象，既揭露了日本欲进占朝鲜，再谋中国的野心，也鞭挞了以工部尚书万世德为首的佞臣们，歌颂了蓟辽总督邢玠大破日军的英勇精神。全剧体现了孙仁玉先生"精诚团结，一致对外，作长期之奋斗，求最后之胜利"的抗日爱国思想。还值得一提的是三本大戏《复汉图》，此剧写汉光武帝刘秀击败篡逆王莽，恢复大汉业绩的历史，表现作者呼唤英雄，希望尽快结束军阀割据的混乱局面的愿望。此外，《火牛阵》《弹铗记》《宰豚记》《三迁教子》《卜式传》等剧，都是借历史人物故事，以陶写我之性情，给观众以启迪心智之作用。

2.科学剧

科学剧是借用戏曲的艺术形式，给民众灌输科学知识，与新文化运动提倡的科学、民主思想是一致的。只有启发民智，使民众脱离愚昧，才能真正获得解放。因此，此类剧作，仍然是孙仁玉先生关注社会、关心民众思想的生动体现。《中国谈》以周游中国的形式，叙述中国的山川地理概况，普及中国地理常识，激发民众的爱国热情。《游骊山》从游骊山谈骊山的风物起，进而叙述中国之名山，表达作者对祖国名山的赞美之情。《斗龙船》介绍中国河流的概况，巧妙地通过女留学生冯小莲端午节去观赛龙舟，在路上向同伴讲述中国的江海河湖，向观众普及中国江河湖海知识。孙仁玉先生既是多所学校的史地教师，又是编剧行家，因此，能够把地理知识和戏剧情节巧妙地组合，使知识普及与情节叙述、人物塑造水乳相融，在剧本创作上具有一定的开拓与创新意义。《巴里西烧瓷》写法国人巴里西学制中国瓷器，耗尽家财，就在妻、子反对之时，他终于制成新瓷器，全家的矛盾也因此化解。作者称赞巴里西的创业精神，以此向国人展示创办实业的艰难和企业家的奋斗精神。《河伯娶妻》取材《史记·西门豹治邺》，写西门豹在河边救了受害的女子，强将骗人的巫婆送入水中给河伯做妻子，告诫人们破除迷信，相信科学。《近视眼》说明近视眼必须配戴眼镜的道理。《好商人》赞美商人的诚实经营。

3. 社会剧

孙仁玉先生是社会责任感很强的作家，他对社会问题观察透彻，剖析社会时弊深刻，写了大量的社会剧，涉及社会的方方面面，如《考烟客》《禁烟趣闻》《红颜泪》《功狗记》等，通过描画吸食鸦片者的丑相，反映了当时社会这一丑恶现象，揭示鸦片对人的危害。《二百元》《救荒奇策》《浪子镜》《碧玉簪》等反对赌博，劝人为善。《婚姻谈》《大婚姻谈》《七百两》《青梅传》等反对封建包办婚姻，提倡婚姻自主，这是民国初期的一个社会热点话题，故此类作品在孙仁玉作品中占得比重较多。写于1913年的《婚姻谈》，主题是"劝嫁女勿索重聘"，"以矫正买卖婚姻之陋俗"，揭露封建买卖婚姻制度的罪恶，提倡婚姻自主的新观念。1928年，孙仁玉先生在此小戏基础上改写为大本戏，名曰《大婚姻谈》，在其序里明确指出："于买卖婚姻之弊，反复详陈，为世之爱金钱害子女者，痛下针砭；而一夫多妇之旧习，亦援引法律以裁制之。"他提倡"遇人不淑之宜脱离，伉俪情笃之宜勤勉"。此思想在当时是非常具有进步意义的。在这部戏里，他歌颂周景颐和夏莲香、林望海和李梅英的忠贞爱情，讽刺了夏莲香和李梅英的父母经不起权势之压和金钱诱惑将女儿分别许给军阀陆林道、富商梁老板为妾的可耻做法，鞭挞了军阀、商人企图以权势、金钱霸占民女为妾的卑劣行径。另外，孙仁玉先生的戏剧还有提倡平民教育的《女娃劝学》《糊涂村》《白先生看病》等，反对宗教、破除迷信的《懵懂村》《祈雨记》，提倡武人读书的《镇台念书》，等，都是较有特色的剧作。

4. 家庭剧

孙仁玉先生的剧作，几乎一半取材于家庭生活，作者善于通过敏锐的观察，发掘家庭琐事中蕴含的戏剧因素，刻画人物，反映社会生活。《三回头》是此类剧的代表作，也是先生短剧的代表作之一。剧写吕鸿儒之女吕荣儿嫁给许升为妻，许升行为不端，"嫖风浪荡"，荣儿规劝不下，夫妻因此经常吵架。一日，吕鸿儒来女儿家，许升与妻子吵架，吕鸿儒令女儿荣儿与许升离婚。许升一怒之下写了休书，随即后悔。荣儿在离家时许升恋恋不舍，荣儿也一步三回头，难舍难分。借父亲先行之机，荣儿再回家中规劝许升学好。许升发誓痛改前非，立志发奋。吕鸿儒等不及进屋一看究竟，结果发现女儿、女婿紧紧依偎。吕父气愤欲走，女儿劝父亲，女婿上前承认错误并发誓学好，吕父遂转忧为喜，翁婿谅解，夫妻和好。剧作尽管是个只有四个角色的小戏，但人物刻画非常精细，尤其是通过荣儿离家时的情景描绘，非常准确地通过人物的行动展示出其内心细腻的情感。在父亲的三次催促下，她一步一回头，借故回家规劝丈夫，当她看到许升泪湿衣襟、悔恨交加时，也悲痛欲绝，不忍离去。此剧合乎情理，描述自然，一经上演便深受观众好评。此剧写于1914年，现中国艺术研究院存有封面盖有京剧大师齐如山名章1924年本，1959年收入《陕西传统剧目汇编·秦腔》第十九集，1991年选入高等院校文科教材《中国近代文学作品选》。《新小姑贤》《看女儿》《新小姑研磨》都是写婆婆爱女儿嫌弃媳妇的作品，对婆婆的偏心眼予以善意的批评，充满喜剧的幽默气息。先生的处女作《新女子叮嘴》是反映女子缠足问题的小戏。《女婿偷鸡》"劝青年子弟勤学勿荒嬉"[1]；《阿姑鉴》"戒妇女挑唆是非，并劝人自奉俭约，毋因奢华贻累亲戚"；《新金玉缘》"劝人见利思义"；《红鸾禧》"戒嫁女勿索重聘，娶妻者勿计厚奁"；《庐山奇遇》"劝人务正业毋夺戚族财产"；《大如意》"戒老者纳妾"；《少妇箴》"劝姑慈劝媳孝并申明姑媳互助之便利"；《平权论》"明夫妇互助之义"；《洗衾记》倡导叔嫂要相悌；《常棣华》劝兄弟要相爱，不可听信别人谗言。[2]总之，孙仁玉先生的家庭剧取材极为广泛，凡是对现实有劝诫、警告之事，都是作者涉笔之处。此类剧充分表现出作为同盟会会员的孙

---

[1] 王鸿绵. 孙仁玉研究资料［M］. 西安：三秦出版社，1992：122.
[2] 王鸿绵. 孙仁玉研究资料［M］. 西安：三秦出版社，1992：129，131，136，150，162，165，167.

仁玉先生想借用戏曲改良社会的责任感。

在艺术上，孙仁玉的剧作不管取材历史，还是现实；不管是社会重大事件，还是家庭琐事，都具有强烈的时代精神，对观众、读者具有很大的教育和启迪作用。他的剧作构思精巧，情节生动，多具戏剧的幽默诙谐美学风格。而且人物刻画细腻，人物形象鲜明生动。他的戏剧语言通俗流畅，充分体现出秦腔"以俗为美"的审美倾向。总之，孙仁玉先生留下的这一百七十七部剧作是秦腔非常宝贵的财富。

三、代表作《柜中缘》的创作过程

《柜中缘》是孙仁玉先生的代表作，写于1915年，同年3月由易俗社上演，即刻受到观众的厚爱。时至今日，此剧仍然是秦腔的经典剧目，活跃在舞台上。也因演此剧，走红了易俗社刘箴俗、王天民、宋尚华、肖若兰、全巧民等几代演员。此剧现流传很广，川剧、汉剧、京剧等均有演出，成为很多戏曲学校教学的必演剧目。

南宋时期奸臣秦桧专权，忠臣受害。许钱氏丈夫去世，留有一子一女，儿子名叫淘气，女儿名叫翠莲。一日，许钱氏同儿子回娘家托其兄给女儿找个读书的女婿，留女儿翠莲在家看门。翠莲平日被母亲管教甚严，这天母亲和哥哥都不在家，便坐在门口做针线活，实则是散心。就在这时，被秦桧陷害入狱的李都堂之子李映南逃命到门口，由于公差急追，李映南不等翠莲同意便进入房内，翠莲出于同情便把他藏在了柜子里，骗过了来搜查的公差。还没等到李映南离开，巧逢哥哥淘气回来取东西，翠莲只好让李映南再次藏入柜子里。偏偏淘气给他妈取的东西就在柜里，结果发现了李映南。淘气不听妹妹解释，以为妹妹与此人干下了苟且之事，便把李映南捆绑在后院。许翠莲又气又恼，又羞又愧，准备自尽。就在兄妹二人闹得不可开交之时母亲因等淘气等不到回来了，一见此景，也很生气。但当她问清缘由，知道李映南就是李都堂的儿子，李都堂曾有恩于丈夫，便将女儿翠莲许配给李映南为妻。孙仁玉认为此剧的主题是"劝决狱者审慎，受恩者宜不忘"[①]。故事本身

---

① 王鸿绵. 孙仁玉研究资料[M]. 西安：三秦出版社，1992：127.

并不复杂，反映的主题也较为普遍。此剧最大的魅力来源其具有的极其引人入胜的喜剧氛围。剧作构思非常奇巧，充分表现出孙仁玉先生的奇智。剧作的关键道具便是那个柜子，许翠莲两次让李映南藏在自己家的柜子里，戏剧冲突由此产生。李映南在公差紧逼的情况下第一次藏入柜子，躲过了公差的搜捕，但很自然给许翠莲带来了麻烦。剧作的喜剧效果就是从这里产生。果然，哥哥淘气突然回来，翠莲无奈，只好让李映南第二次藏进柜子。偏偏淘气要取的东西就在柜子里，淘气要开柜子，翠莲死活不让开，于是矛盾冲突激烈，把人物的性格塑造得更鲜明。淘气硬是打开柜子，意想不到的结果出现，妹妹的柜子里藏着个相公，戏剧冲突达到高潮。淘气从一个青年男子的心理推测，妹妹和柜子里这个相公必然有苟且之事，而妹妹却千般解释但无济于事。因为哥哥是从少男少女的偷情来追问，而妹妹却从救人于危难来解释，二者出发的角度不同，矛盾难以协调，最后母亲的出现才容妹妹辩解、李映南解释，最终矛盾消解，全家欢喜。这里悬念的设置、感情的蓄势、包袱的甩出，一切既是现实生活细节的自然流露，又是作者匠心奇智的安排。

《柜中缘》成为全国有影响的名剧后，关于它的著作权归属也出现争议，四川人说它是四川传统戏，湖北人说它是汉剧的传统戏，山西人说它是山西的传统戏，其实，它就是出自孙仁玉先生笔下的秦腔的传统戏。关于孙仁玉《柜中缘》，陕西临潼县文化馆的张玉振先生在他的《孙仁玉传》中有关于此剧创作故事本末的记述，此剧是孙仁玉在一次亲身经历的基础上艺术加工而成的。

清光绪三十二年（1906）春，孙仁玉先生应临潼知县李嘉绩的邀请，辞去三原宏道高等学堂教习之职，回到临潼区横渠学堂任教。一天，孙仁玉和妻子胡润芝到临潼东胡门村探亲。他们一进村就见到众人聚在一起议论纷纷，好像发生什么事了。走进胡家，他们才知道胡家发生了一件出人意料的事情：不知谁昨晚把一具尸体放在胡润芝堂兄弟家的门口，早晨乡约得知后报到官府，官府便派人来查看。胡家这位兄弟见官府来人，认为必要拷问他，便吓得拔腿跑掉。官府来人就认为他是畏罪潜逃，便派人捉拿。正在这时，孙仁玉和妻子到来，弄清情况，便与官府人理论。官府的人见是孙举人，言之有理，便听从他的建议，继续在村子找线索。一会儿，派去捉拿胡家兄弟的人回来向管家禀报："老袁看见那小子进了一户人家，可就是没搜见。"后来事情搞清楚了，放尸体的也不是凶手，只是借尸体报复胡家。孙仁玉让官府人必须向胡家人赔情道歉。事后，孙仁玉见这位兄弟虚惊一场但面带喜色，便问他刚才藏在哪里？那小伙笑着说："箱子里。"然后低声对他姐姐润芝说着，润芝一听莞尔一笑，大声说："怕什么，说出来，让你姐夫听！"原来，他跑过几个村庄看后面有追差，便慌不择路，跑进一户人家。这家只有一个姑娘在家，他向姑娘讲了冤情，请求救他，深得姑娘同情，便领他进了绣房，让他藏进柜子里。姑娘又想着这个新柜子，没有缝隙，怕把他闷死，于是让他藏进一个有老鼠洞的大箱子里，将箱子锁上。差人进屋没搜见就出去了。姑娘便关上门，打开箱子，他出来后正向姑娘道谢时，姑娘的母亲回来了，见女儿房里藏着个小伙子很生气，便痛斥女儿还动手打女儿。女儿给母亲说明情况后，母亲才平静下来，娘俩一阵窃窃私语后，姑娘的母亲对胡公子说："事情都闹到这步田地，我只有把女儿许配给你了，叫你们家人差媒人提亲来吧！"孙仁玉听到，笑着对妻子润芝说："快叫你婶娘准备吧，你这位弟弟躲祸得喜了。"本是一场栽赃陷害的丑剧，不料却引出一桩奇特的姻缘，真可谓千古传奇啊。

　　五年后，孙仁玉与同人创建了易俗社，并将自己的主要精力投入为易俗社写剧本的事业上。一天深夜，孙仁玉正伏案写作，忽然，有人轻轻敲门，他便打开门，只见一人闪进。他凝目注视，不禁惊叫起来："李可亭！"李可亭是他很得意的一位学生，是陕西反袁斗争的主力干将之一，故被陕西的袁世凯走狗陆建章视为肉中刺，四处通缉。孙先生正担心李可亭的安危，他赶快关上门，问李可亭近况。师生二人商量，孙先生告诉李可亭："临潼雨金家不能回，可先到渭北躲一躲。明天上午我送你出城。"安排李可亭休息后，孙先生久久难以入眠，他想偌大的一个西安城都没李可亭藏身处，忽然他想起几年前救夫人堂弟的那位临潼乡下姑娘，敬佩她救人于危难的高尚品德，随即，便产生了以她的事迹写一出戏的强烈冲动。送走李可亭后孙先生便开始了戏剧的创作，起先取名《箱中缘》。出于现实斗争形势所迫，以及舞台演出的需要，他给现实题材包装上历史外壳，将历史背景设计在南宋。剧中女主角就是以救胡公子的那位女子为原型，男主角却是由胡公子和李可亭综合而来,名字借用道光年间临潼的一位举人,叫李映南。从舞台的喜剧效果考虑,又加了淘气这一丑角,又将《箱中缘》改为《柜中缘》,更显得合理。剧本定稿后,便由易俗社教练党甘亭排导,许翠莲由易俗社当红旦角刘箴俗扮演。《柜中缘》一上演就产生了轰动效应,此后一直受到观众的喜爱,成为秦腔的经典剧目。从这出戏的创作过程可以看出,孙仁玉先生的剧作来源于现实生活,有强烈的现实主义精神。也从另一方面印证了生活是艺术的源泉这一理论。

四、慧眼识英才

邵力子先生给孙仁玉的挽词中有"兴学树人,百年是谋"[①]之语,概括他树蕙滋兰,培养后学的高风亮节。孙仁玉一生,主业是传道、授业、解惑的老师,正如贤灵在《孙仁玉先生略传》中说的:"博通群籍,淹贯古今,历任宏道学堂及各中学史地教员,循循善诱,有古良师风。"[②]在三原宏道学堂时,国民党元老于右任,水利专家李仪祉,中国新闻先驱张季鸾,外交家、社会活动家张奚若,戏剧史学家范紫东,戏曲家李约祉等都聆听过他的教诲。尤其是在和李桐轩先生创办易俗社后,在培养学生方面以慧眼识英才被传为佳话。

1912年10月,易俗社招收第一届学员,招收工作由社监薛卜五负责。一天,一个卖羊血的小贩领着自己的独生子前来报考。因为生活艰难,这父子俩衣衫褴褛,孩子面黄肌瘦。薛卜五一看这孩子,以"不堪入目"为由拒之门外。父子二人无可奈何便失望地走出大门,巧逢刚从临潼料理完妻子润芝丧事回到西安的孙仁玉先生。孙仁玉刚走进大门,就被眼前这个面黄肌瘦但身上有一股灵秀气质的小男孩吸引住。他便问明情况,小男孩父亲说:"我是户县伯李村人,姓刘,家里很穷,妻子已病亡。迫于生计,和自己这唯一的儿子在南院门卖羊血混日子。听说易俗社招生,所以想让孩子来学戏,可招考的先生嫌我儿子穿得烂、身子骨瘦小、头上又有疮,就不要我儿子。"孙仁玉问那小孩多大,又反复观察小孩的举动,听其嗓音,然后领着这父子

---

① 王鸿绵. 孙仁玉研究资料[M]. 西安:三秦出版社,1992:8.
② 王鸿绵. 孙仁玉研究资料[M]. 西安:三秦出版社,1992:7.

俩重新走进考场，走到主考薛卜五面前。薛卜五赶忙让座，孙先生来不及坐便指着不远处的那男孩说："那娃条件不错，是个可造之材，是'小翠喜'（光绪年间京梆子著名演员）一流的演员。"他看薛卜五还不痛快，便把目光转向陈雨农说："教练长，你看呢？"陈雨农微笑频频点头，孙仁玉更坚信自己的判断，就对薛卜五说："这娃将来如果没出息，生活费用全由我出。"薛卜五看孙仁玉如此坚持，也就同意了。进入易俗社后孙先生给这个孩子取名刘箴俗，不仅教他文化课，而且把他写的新戏《新女子叮嘴》交给陈雨农和党甘亭两教练为刘箴俗排练。刘箴俗天赋很高，能够很好地领会教练的意图，而且善于钻研，艺术上长进很快，经过一段时间的训练，即能登场表演，第一次公开演出就博得内行外行一致"迥非寻常"的评价。从此刘箴俗就成为观众瞩目的演员。孙仁玉又根据刘箴俗的身体条件，量身为之根据《聊斋志异·青梅》改写了《青梅传》本戏。剧中的青梅是一位性格极为复杂的人物，最初是王进士女儿喜云的丫鬟，见喜云家的教书先生张介受勤奋好学，便怂恿喜云和张介受婚配，结果王进士嫌张家穷，不同意女儿嫁给张介受。于是，青梅便嫁给了张介受。后来王进士家遭变故，喜云沦落为孤儿，青梅又施计谋让张介受娶了喜云。戏剧由易俗社著名教练党甘亭指导，刘箴俗扮演青梅，1914年10月在西安演出，轰动西安，刘箴俗于是声名大振。1921年在武汉演出，又轰动武汉，刘箴俗的名字传遍天下。山西景梅九先生赋诗称赞刘箴俗："生小十三上舞楼，苗条娇胜女儿柔。只因一曲《青梅传》，到处逢人说慧刘。"①当时有"北梅、南欧、西刘"之誉，刘箴俗和梅兰芳、欧阳予倩同列。

还有一件事，西安榛苓社有位演员叫张秀民，因久练不成被辞退。一日，他遇见孙仁玉，述说自己的苦恼，并表达了希望得到先生指教的愿望。孙仁玉将他前后左右认真审视，然后又让他轻轻说了几句白口，于是说道："此乃旦角之材，岂能唱生，难怪久练不成！"于是把张秀民收到易俗社。张秀民改扮旦角后进步很快，一出《宴御留妻》使其蜚声古城。

这是关于孙仁玉先生"慧眼识才""因材施教"培养演员的故事，广

---

① 景定成. 椎伶刘箴俗哀词十四首［M］//柳亚子. 南社诗集（第五册）. 上海：开华书局，173.

为流传。同时，作为大编剧，他对戏曲文学的挚爱精神也对他的学生影响很大。范紫东就是孙先生从教三原宏道学堂时候的学生，后来成为著名编剧，也是孙先生事业上的战友。

总之，孙仁玉先生是位自幼深受儒家传统文化熏陶的道德君子，儒家所强调的以个人道德修养为内涵的君子人格对他影响特别大，重义轻利，不计个人得失；做事勤勉尽责，具有强烈的社会责任感，创建易俗社，并为之创作了一百七十余部剧本，正是他君子文化人格的体现。他在遗嘱中说："一生奔波，别无所留，仅存文稿一箱，渗透毕生心血，托与徐氏，妥善保存，传为后世，使晚生知其先祖曾为社会教育略献微力，年节时口忆纪念，魂灵有知，是为大幸。"①可见，孙仁玉先生对渗透他毕生心血的传世剧作非常看重，他相信自己这笔精神财富必将惠及后人。我们现在可以呈告先生：后人将永远会记住你的伟业，品读你留下的佳作，秉承你的为人、为文之君子风范，并发扬而光大之。最后，特用元人钟嗣成在《录鬼簿》里凭吊曲家之曲牌【双调·凌波仙】作为此节结语：

临潼雨金毓大贤，追慕共和做"修纂"，移风易俗梨园建。识箴俗，具慧眼。《三回头》《柜中缘》，传遍三秦，备受喜欢。真可与关马齐肩！②

第三节　范紫东

一、范紫东生平

范紫东（1878—1954），名凝绩，字紫东，陕西省乾县西营寨人。他出生于一个以耕读传家的书香人家，祖父范青山（字午山）是清朝道光时的举人；父亲范德兴（字礼园）是清朝的岁贡生，在乾县、礼泉等地以教书为业。范紫东从小就生活在这样一个充满浓郁学习氛围的家中，受到深厚的旧学熏陶和严格训练。再加上他天资聪颖，兴趣广泛，勤奋好学，八岁时就读"四书"、《诗经》，九岁读《尔雅》《书经》，十岁读《春秋》《左

---

① 玉振. 孙仁玉传[M]. 西安：三秦出版社，1992：237.
② 高益荣. 道德文章 堪称楷模——孙仁玉先生君子人格略伦[J]. 西安艺术，2013（4）.

传》，到十四岁时已经遍读"十三经"。在范紫东九岁那年的夏天，父亲范礼园邀请礼泉的友人来家做客，大家谈诗论文时范紫东就在一旁给客倒茶。主客谈兴正浓之时突然天色大变，鸡蛋大小的冰雹随即铺天盖地般落下。在座的一位先生听说礼园公的二公子聪明好学，就对礼园公说："久闻令郎有即兴赋诗之才，现就窗外奇景作诗一首如何？"礼园公便让小紫东作诗一首。小紫东思考片刻便得诗一首："夏日结冰凌，空中下鸡卵。天公本难测，人说妖精谮。"①这首诗既充满童真又贴合当时的情境。先生除了能作诗写赋外，还会作骈文，也善书画。其父礼园公也称赞："此子是大器，将来未可限量也。"②在乡党眼中先生更是一位难得的才子。

父亲礼园公在乡间教学收入微薄，还必须靠务农来贴补家用，因此范紫东年幼时生活穷困、艰辛。他青年时代在礼泉置地七十余亩，一直过着半工半读的生活，虽然农活劳作艰辛可还是勤学不辍。农忙时以劳作为主，但是先生非常珍惜学习的时间，在劳作之余坚持"三余"读书，起早贪黑，刻苦读书。所谓"三余"者即"夜者日之余，阴者晴之余，冬者岁之余"。即使在田间劳动时，先生也常带着书本，在休息的间歇，在田间地头诵读诗词文章。寒冬时节，先生也常常不顾寒冷在深夜习文。1897年他还自己写诗记述当时寒夜苦读的情景："笔冻坚疑折，炉中冷尚持。寒威愈凛冽，诗骨倍清奇。"③这是先生艰苦生活、刻苦读书的真实写照。1896年，父亲礼园公去世，使这个家更是雪上加霜。范紫东这一年刚刚成家，由于哥哥从小就过继给了别人，所以整个家庭的重担就压在了他一个人的身上，但这种艰苦的生活丝毫没有影响他对学习的热情，反而更磨炼了他的意志，培养了他从不懈怠、持之以恒的精神。他还遵从父亲的嘱咐，受业于范青黎先生。这使为了安葬双亲本来就已经很贫困的家庭更加捉襟见肘，为了生活他只好从学堂退学回家。范青黎先生介绍他在本县设馆教学，年薪仅仅九串钱，当时人还笑他是"九串钱先生"。从此先生便一边教学一边读书，还自作诗记叙这种情

---

① 胡孔哲. 范紫东先生年谱[J]西安易俗社内部资料. 1939（3）.
② 胡孔哲. 范紫东先生生平事略[M]//师荃荣. 著名剧作家范紫东. 北京：中国文化出版社，2004.
③ 胡孔哲. 范紫东先生年谱[J]西安易俗社内部资料. 1939（5）.

景:"参宿横斜斗挂城,《汉书》下酒到三更。小窗夜透疏棂纸,邻女隔墙笑语声。"①

1898年,范紫东先生二十岁时,中国大地上发生了著名的维新变法。陕西新学风气渐开,范紫东先生在民主思想和科学论著的影响下,开始接受维新思想并认为"八股不废,则中国不兴"②。这时先生更注重实际学问,努力钻研文史新学书籍。那时陕西创办的三原宏道高等学堂是我国维新变革以来陕西创办的最早的一所大学,聘请的教师全部是当时的社会名流,如贺瑞麟、刘古愚等,都是德高望重之人。因此该学堂对所招收的学生素质要求也很高,目的是招收各地的高才生,学生都是从全国各地选拔出来的优秀青年。1903年,学堂在渭北地区组织考试,范紫东以陕西省头名的成绩考入该学堂。这使先生在当地名噪一时,登门拜访者络绎不绝。1908年,他以优等第一名的成绩从学堂毕业。毕业后他就被西安府中学聘任为理化教员,同时还兼任私立健本学校语文教员。此时他也开始为国家的前途担忧。辛亥革命所倡导的思想已经深深影响到了他,他时刻做着革命的准备。1910年,经陕西革命党人井勿幕、焦子敬介绍加入同盟会成为陕西早期同盟会会员之一,从事推翻封建帝制的秘密活动,并积极努力宣传革命思想。先生当时公开的身份是乾州高小的校长,却秘密地积极协助同盟会员吴希珍等联络革命同志,组织革命力量,进行武装革命的准备。

1911年10月10日,辛亥革命在武昌爆发,先生随即加入革命军,任秦陇复汉军政府的西路招讨使署参谋,除处理日常政务外,主要精力用在发动群众支持战争方面。为了保证革命,他还鼓励青年学生参军,编写歌谣鼓舞士气,如"升子(升允)灭,肠子(长庚)断,宣统不过两年半。"③由于西安是交通枢纽,是辛亥革命西路的总战场,所以西安的革命工作就显得尤为重要。陕西保卫战取得胜利,乾州知事范紫东充分发挥了他既是同盟会会员又是当地著名社会活动家的特殊身份的作用。

---

① 胡孔哲. 范紫东先生年谱 [J] 西安易俗社内部资料. 1939(7).
② 胡孔哲. 范紫东先生生平事略 [M] //师荟荣. 著名剧作家范紫东. 北京:中国文化出版社,2004:7.
③ 胡孔哲. 范紫东先生生平事略 [M] //师荟荣. 著名剧作家范紫东. 北京:中国文化出版社,2004:8.

1912年，中华民国建立以后，他又回到健本学校任教。当时先生在社会上已经有了很高的声望，有人劝先生进入政界，谋个一官半职借以飞黄腾达。先生对当时陕西政界的混乱局面很是不满，他说："陕西现有八个都督，各树党羽，若在某处做事，即为某部私人。我不愿为某部做私人，故不入政界。"①先生对入政界不感兴趣，更喜欢为社会教育尽力。这一年陕西西安地区的进步知识分子李桐轩、孙仁玉等创办了以"补助社会教育""启迪民智""移风易俗"为宗旨的秦腔艺术团体——易俗社，范紫东随即积极投身办社事业当中，成为易俗社著名剧作家之一。从1912年起他除了从事教育和担任其他社会职务外，主要精力用于为易俗社写作剧本，共创作了六十九个剧本。全国解放后，范紫东历任西北文联委员、西安市文史馆馆长等职务。1954年先生去世，享年七十六岁。

二、剧作思想内容

纵观范紫东先生的六十九部秦腔剧作，我们会发现他非常善于表现恢宏的历史场面，显示秦腔独特的魅力。范紫东也称他的这些戏曲是一部中华民族的"思痛史"，这是先生出自肺腑的真话，也是先生对自己作品思想内容的深刻总结。

范紫东的秦腔剧本创作一直奉行易俗社的创作宗旨。李桐轩的《甄别旧戏草》从思想上到内容上都对剧本创作进行了规定。范紫东也是严格按照这些"可去""可改""可取"的规定进行自己的创作的。除此之外易俗社还对剧本的内容进行了详细的规定。《易俗社章程》的第二章第五条规定了改编戏曲的原则（上一节已有说明）先生在其六十九部秦腔剧作的创作过程中时刻奉行这些要求，表现现实主义精神。

如果我们把范紫东先生的秦腔剧目按照内容进行归类的话就会发现，先生企图用古老的秦腔艺术编演一部形象的可以诉诸人们视觉和听觉的中国通史，重现几千年来中华民族的历史，歌颂中华民族可歌可泣的业绩，弘扬华夏文化和民族精神，而且他还自觉地在戏曲艺术中总结历史经验教训。这里

---

① 胡孔哲. 范紫东先生年谱［J］西安易俗社内部资料. 1939（13）.

有着对历史上统治阶级及其官吏荒淫无耻、荼毒人民的大罪恶的深刻揭露与血泪控诉，也有对广大劳动人民勤劳善良，朴实坚强性格的热情颂扬；有着对朝廷腐败、昏聩官吏的无情揭露和抨击，也有对那些忠勇之士、廉洁奉公的清官的赞扬与表彰；有着对忠贞报国、抵御外侮、誓死维护民族尊严的民族英雄的歌颂，也有对生活在水深火热之中的广大人民的深切同情；还有着对近代科学、民主和男女婚姻自由、尊重人权的振臂呐喊，对封建礼教迂腐的批判，对反礼教者的同情与支持。由这些可以看出，范紫东的秦腔剧作与自己的政治态度一样严谨，他的戏没有一部是凭空杜撰，他的历史剧注重史料的真实，时代剧都有生活的依据。正如他自己说："凡剧皆有根据，不肯相诬古人，即不要紧处，亦皆不与正史相悖。"[①]从古至今的历史事件在范紫东的戏中多有涉及，所以人称先生的秦腔剧为"史剧"。

1.反对封建思想

范紫东先生十分重视戏曲的社会作用，主张寓教育于娱乐之中。他说写戏并非"为古耽忧，游戏笔墨"，而是为了使"顽夫廉，懦夫立"，以"有裨于世道也"。[②]先生生活在封建时代的末期，因而他反封建的剧作占了创作的很大比重。他以资产阶级进化论为理论基础，以人道主义为武器，批判了形形色色的封建思想、封建恶习和等级制度。

（1）批判封建恶习，反对买卖婚姻，提倡婚姻自主

这类戏有《春闺考试》《金莲痛史》《花烛泪》《女儿经》《赌博账》《圈圈圈》《唾骂姻缘》《翰墨缘》《试锦袍》《京兆画眉》等。《春闺考试》是范紫东创作的第一部秦腔剧本，写郑国公孙楚与公孙黑争亲的故事。小姐徐瑞云摒弃"父母之命，媒妁之言"，通过文、武两场比赛择婿并亲自主持考试。本剧赞扬了徐瑞云以才选婿、婚姻自主的先进思想。此剧虽然用的是历史题材但很有现实意义。

《女儿经》又名《买卖婚姻》，痛斥了买卖婚姻的罪恶。范紫东在序中写道："婚姻论财，世俗之恶风也。而近年来为尤甚。""其恶者，如买卖

[①] 胡孔哲.范紫东先生生平事略[M]//师荃荣.著名剧作家范紫东.北京：中国文化出版社，2004：12.

[②] 苏育生.范紫东研究资料[M].西安：三秦出版社，1992：52，56.

婚姻等俗，则痛斥而深贬之。志书既成，犹虑其宣传未易普通，遂编此剧。希望家喻户晓，换此颓风。夫婚姻之道，先送聘礼，以示隆重，婚礼中固不可少。若论财物，则视人道如牛马矣。"①本剧基本上反映了作者的这一创作意图。剧中写马化龙把女儿以八百两银卖给了胡君祥，秀才曹鸿勋未婚妻被恶少朱效虎用五百金所抢。这两件事情都表现了买卖婚姻之恶的主题。作者针砭时弊，指出婚姻并非买卖，要革除这种恶俗。

此外，《翰墨缘》和《试锦袍》都是提倡婚姻自主的戏。《翰墨缘》写昏庸的仁和县令陈无量听信儿子的谗言，破坏女儿陈秋霞与温席珍的结合，反映作者提倡尊重子女选择、提倡自主的思想。

（2）破除封建迷信，反对教条主义，揭露道学虚伪

这类戏有《八字案》《大学衍义》《三滴血》等。《八字案》写一个算命先生以给人看八字为生，结果却将自己的女儿卜惜花好端端的夫人名分给算丢了，给人家当了妾。这个剧是要劝人不要相信封建迷信，否则害的只能是自己。

《大学衍义》又名《黑狐洞》，揭露了伪道学先生欺骗学生的丑态。庸儒魏儒珍在黑狐洞坐馆，为人孤傲，性情怪僻，平日研究道学，笃信程朱，自命正直端方，不欺世人。学生们则不以为然。几个学生用钱雇妓女扮成狐仙进入学馆魏儒珍住的地方，魏没经得住诱惑与假狐仙媾和，第二天学生当场将他揭穿。这部秦腔剧作主要是为了揭露那些貌似道学的忠实拥护者实则是伪道学者的虚伪面目。

《三滴血》是这类的代表剧作，更是直观演示了"尽信书不如无书"的道理。该剧写了知县晋信书自认为饱读儒家经典，学富五车，当读过《汝南先贤传》中的陈业滴血认亲故事后，就把这个作为他判案的标准。剧中三次滴血认亲，闹出一番颠三倒四的事情来，讽刺了那些不懂科学、专以生吞活剥书本知识为能事之人的丑态。

（3）揭露官场黑暗，控诉封建统治者的淫威

这类戏如《黑暗衙门》《萧山秀才》《软玉屏》《吕四娘》。《黑暗衙

---

① 苏育生. 范紫东研究资料[M]. 西安：三秦出版社，1992：61.

门》又名《台上台》，写黄县令昧人的债不还，反而纵容他的儿子黄得禄逼出人命，导致人家妻离子散。家庭被毁，使无辜的人流离失所，受尽折磨和苦难。范紫东在剧中采用了"戏中有戏，楼上有楼"的艺术形式，还运用了对比的艺术手法，既展现富人生活的奢靡，又展现穷人生活的苦难，描绘出一个黑暗的官僚社会。以石来为首的豪富穷奢极侈，可是一旦家破人亡则一切都化为乌有。他在剧中还对为富不仁的官僚们提出了深刻的警告。

《萧山秀才》分为前、后两本，写乾隆在和珅的陪伴下第二次巡游江南之事，揭露乾隆帝生活豪奢、荒淫昏庸，以及和珅霸权朝内外、贪财好色、敲诈勒索百姓钱财、营私舞弊等丑恶行径。同时剧作还歌颂了萧山秀才汤金钊的反抗精神。

《吕四娘》写清朝康熙末年事。康熙帝诸子争权，四子胤禛胜出。即位后，他大施暴行，大兴文字狱。吕四娘一家因此男的被处死、女的被充军，只剩下吕四娘一人幸免于难，后来英勇复仇杀死雍正帝。剧作揭露了雍正帝的专制统治，同时控诉了当权者杀害无辜的残酷行径，也歌颂了吕四娘这样的巾帼英雄的大无畏精神。范紫东在原序中写道："巾帼人中竟有此惊天动地之屠龙事业，为国家伸义愤，可歌亦可传也。用特参考群集，编为长剧，科白文词非敢自诩。而情节映带，则煞费经营，窃使我国民之痛史，表现于粉墨丝竹之场，以激发民族精神，或不无小补云尔。"[①]由此可见他创作此剧的目的。

《软玉屏》剧分为上、下两本。此剧中范紫东先生更是以人道主义为武器，批判了封建社会的蓄奴制度，写封建官僚荒淫多妻、悍妇嫉妒奴婢的罪恶。范紫东在剧中极力呼吁要尊重人权，并提出了自由、平等、人道的思想。他在原序中写道："我国人道主义，发达最早。北美黑奴之弊端，南洋卖人之恶习，当草昧未开，尚不闻有此。岂待欧化输入，始标窃新名词，借作口头禅哉。"[②]"然而男仆之弊，自昔以除；女婢之毒，于今尤甚。耳听已闻，指不胜屈。嗟夫！鬻身作婢，家属既断往来；入主出奴，法律几难保护。妇怒无始，每肆虐于剪刀；人命微贱，恒较轻于鸿毛。或醋海生波，翠

---

① 苏育生. 范紫东研究资料［M］. 西安：三秦出版社，1992：48.
② 苏育生. 范紫东研究资料［M］. 西安：三秦出版社，1992：46.

笑启捻之祸；或烟局开市，吞声忍吃之悲。岂天荒地老，昆明无不劫之灰；抑世道衰微，精卫有未填之海。"①并指出："不示惩罚，谁复畏天网森严；广被管弦，庶于人权重。"他还进一步指出："本剧报悯人之婆心，发救世之宏愿。"②从此序言中可以看出先生创作此剧的目的是要除女婢之罪恶。先生在剧作中写魏效忠的小老婆黑氏性情残暴，打死丫鬟雪雁，偷偷埋于后花园中，后又因嫉妒丫鬟雪鸿的美貌，竟然无事生非，将她活活用烧红的通条戳死，并命人半夜将尸体扔到荒野之中。其罪行被按察使发现后，死不承认己罪，后按察使戴殷用事实揭露了黑氏的所作所为，将黑氏缉拿归案，凌迟处死。范紫东在剧中借戴殷之口说："人的生命，有什么贵贱？就是国王家的公主，论起生命，也，连平民一样。"③"生命平等无贵贱，只凭法律保人权。"④历代写人命案的剧作不在少数，但是真正把人命案提到人权高度的唯先生尔。此剧一经演出，就产生了强烈的社会效果。如先生在序后记载，警察厅长见了先生说："阁下所编之《软玉屏》演出后，就把我忙煞了！……近三四月本科所收案件计三分之一，皆虐婢之事也。我传婢主到案，先问他看过《软玉屏》没有，其中看过的居多，也有没看过的。"我说："你先把这戏看了再处理。"警长回答："大约年长者皆勒令出嫁，幼者酌量处置。先生此剧造福不浅！"⑤由此可见先生剧作对社会的影响很大。

综合以上各剧可以清楚看出，范紫东先生的剧作充满着资产阶级民主主义思想。他以易俗社所提倡的科学精神、反对迷信，提倡民主、反对封建的民主思想作为自己创作的准则，对存在于社会生活的各方面的封建思想进行了猛烈的抨击。范紫东不仅在创作思想上能站在民主的前沿，而且关注现实生活，这使他的剧作含有强烈的对封建思想、封建恶习的批判与对新民主主义思想的支持——移风易俗。他能在当时那种环境中有强烈的民主思想、民

---

① 苏育生. 范紫东研究资料［M］. 西安：三秦出版社，1992：46-47.
② 苏育生. 范紫东研究资料［M］. 西安：三秦出版社，1992：47.
③ 范紫东著，西安易俗社七十周年纪念办公室编. 范紫东秦腔剧本选［M］. 西安：陕西人民出版社，1982：217.
④ 范紫东著，西安易俗社七十周年纪念办公室编. 范紫东秦腔剧本选［M］. 西安：陕西人民出版社，1982：225.
⑤ 苏育生. 范紫东研究资料［M］. 西安：三秦出版社，1992：47.

族使命感，是难能可贵的。

2.表达爱国情感

19世纪末20世纪初，是少数资本主义国家向帝国主义阶段过渡的时期，人类历史经历了划时代的变革。为满足垄断资本主义的需要，帝国主义在世界各地大肆掠夺，疯狂地进行殖民扩张。在中国，各列强争相划分势力范围，掀起瓜分中国的狂潮。中华民族处于生死危难之际，挽救民族危亡的进步思潮不断产生，爱国思想成了时代的主旋律、知识分子的狂热追求，范紫东先生更是不甘落后。他在自己的秦腔剧作中通过讴歌古往今来一些英雄豪杰、仁人志士，表达了除暴安良和企求国家强盛的爱国主义情怀。这类戏有《玉镜台》《三知己》《鸳鸯阵》《苏武牧羊》《盗虎符》《李广射虎》《光复汉业》等等。这些戏表彰了古代的英雄人物，歌颂了他们的爱国思想和民族气节。

《玉镜台》取材于晋五胡侵华的史料。西晋时"八国之乱"，胡王刘聪侵华，中原沦丧，温峤投笔从戎，想要恢复中原。范紫东先生在剧中塑造了爱国志士刘琨、祖逖、陶侃、刁协、庾亮、周凯等形象，着重以《新亭挂画》一场把志士们的爱国之情表达得淋漓尽致，歌颂了温峤等爱国志士恢复中原的决心和行动。剧作描写了各方面的人物，其中有爱国志士刘琨、祖逖、陶侃，忧国忧民的知识分子刁协、庾亮、周凯，也有遭受祸乱而沦落的妓女，也有不知亡国之痛的小人，还有像刘玉英一样的巾帼英雄。温峤是贯穿全剧的中心人物。整部剧作洋溢着一股爱国激情。《新亭挂画》一场，以《泣血图》（皇帝和妃子受凌辱的一幅图画）为中心，采用对比的手法描绘了不同人物的表现：一方是温峤等人的痛心疾首，悲愤填膺；一方则是那些富家子弟的无动于衷，依然是狂欢作乐。剧中充分表达了爱国志士们强烈的爱国情怀。

《三知己》写明代爱国将领史可法抵抗清兵的史实。明末社会动荡，外有清兵入侵，内有宦官专权，致使明王朝摇摇欲坠。剧作对民族英雄史可法英勇抗击清兵、至死不屈的战斗精神做了较为成功的描写。史可法奉旨北伐，坚守扬州，面对敌人的诱降，他大骂不已，扬州城破他仍然拼死抗战，被捕之后，英勇就义。此剧将史可法这位民族英雄塑造得非常鲜活，因而此剧又名《史可法》。

《鸳鸯阵》写民族英雄戚继光抗倭的英雄事迹。剧作正面描写了戚继光平倭寇之事，颇具规模。其中的几场戏，如戚继光率兵杀敌露锋芒，排演鸳鸯阵使倭寇闻风丧胆，大风雨中出兵围歼敌军等场表现了戚继光少年英雄浑身是胆的气魄。此外还有一场描写宰相张居正的戏，戏中其卓绝的眼力也为戚继光发挥才干奠定了基础，很有意义。范紫东在《鸳鸯阵》序中说："倭人之入寇中国，自明季始。其始经戚继光将军，大刀阔斧，由山东而浙江而福建，依次歼灭。自是以后，倭人不敢窥伺海疆者，亘三百年。戚南塘之功亦伟矣哉……当时名将，如刘显、俞大猷、戚继光功绩卓著，均孚时望，故剧中一并写出。惟宰相张居正当国，知人善任，力排奸党，拥护戚家……故居正一死，群小争吠，戚公遂不安其位。……本剧于战争之始末，描写尽致，而情节离奇，脉络贯通，可谓历史改编，尚勿以稗官目之也。"①由此可见，本剧是从英雄人物的侧面入手来描绘他们的爱国情怀和英勇事迹的，范紫东先生运用以小见大、以点带面的手法充分表现了他的写作技巧。

除此之外，《光复汉业》写汉刘秀灭莽兴邦之事。王莽篡权，刘秀起兵复汉。该剧歌颂了刘秀的丰功伟绩，以及他厚道、勤劳等优秀品质。《伉俪会师》写隋炀帝荒淫无道，柴绍及其妻平阳公主起义革命，与李世民同除隋乱，助李渊建唐称帝的故事。《盗虎符》写战国时代的魏国信陵君之英勇，及如姬窃符救赵的故事。《李广射虎》写飞将军李广屡建奇功故事。《苏武牧羊》写历史上苏武牧羊的故事，表现了苏武坚贞不屈的高尚的民族气节。

在中国处于水深火热之中，处在帝国主义的铁蹄下之时，当军阀混战国家岌岌可危之时，就有敢于担当的英雄出现，为救世而献身。这正是范紫东写此类剧的意图，正是他所处时代国家之多艰激发了他内心的民族忧患意识，爱国热情也随之高涨。民主思想、民族使命感使范紫东的剧作充分显示了爱国的激情。在《大孝传》的序中，范紫东说："且辑让之局，肇端于神尧而衰于禹，舜独承上启下，受之有道，传之得人，实为禅让时代之中枢。虽无总统之名，固已辟门达聪矣。虽无选举之法，固以师锡明扬矣，其共和

---

① 苏育生．范紫东研究资料［M］．西安：三秦出版社，1992：67．

之精神，早具于中天之世，大为我国古代史上放异彩，而就美诸后进国，彼时所不能梦见者也。岂意人群化，经数千年之久，民国成立，以十稔于兹，而所谓共和者成绩竟若是，不亦大可衰乎也乎。伤心人别有怀抱，则此剧实为呕心沥血之作。亦非古耽忧，游戏笔墨可知也。"①范紫东先生的爱国思想贯穿了他的一生，在先生的剧作中更是得到了升华。先生生于19世纪末的清朝末年，那个年代正是中国多灾多难的年代。自那时起中国经历了鸦片战争、辛亥革命、国内革命战争、抗日战争、解放战争直至新中国的成立。多难的年代更需要人民的文艺。于是，在1912年，中国旧民主主义革命开始兴起的时候，在陕西这片古老的中国大地上，出现了一大批进步的知识分子。陕西是秦腔的发源地，秦腔是老陕人心目中最具有魅力的戏曲，上至达官贵族下至平民百姓，无人不爱、无人不喜。这些知识分子看到中国的这种现状，决定拿起秦腔这种大家喜闻乐见的艺术形式为革命呐喊助威，于是他们创办了以"移风易俗""辅助社会教育"为宗旨的秦腔艺术团体——易俗社。在易俗社的倡导下，一大批进步青年加入秦腔的创作当中，出现了一大批编剧。范紫东先生，当然是其中成就非常突出的一位。因此，在范紫东先生的剧作中表现出的强烈的爱国情愫也正是易俗社文化精神的显现。

3.反映近代历史

作为一个学贯中西的进步知识分子，范紫东先生十分熟悉中国历史，并对帝国主义列强的侵略和清政府的腐败无能深表愤恨，对中国人民遭受列强的欺凌和奴役痛心疾首。特别在20世纪30年代以后，先生谨遵易俗社的宗旨，明白这个时期所创作的秦腔剧本不仅是为了娱乐，更重要的是使观众从中获得教育。范紫东先生写的一系列的历史剧，有着明确的政治目的与现实的针对性。极富现实主义精神，他从现实生活中的种种事件中捕捉创作的灵感，选取具有教育意义的事件将其创作成秦腔剧本，故看他的剧作我们就好像在读中国的历史。

范紫东先生对中国近代史尤感兴趣。他不仅是一个热情的爱国主义者，更是一个清醒的现实主义者。20世纪30年代后日本帝国主义不断入侵中国，

---

① 苏育生. 范紫东研究资料[M]. 西安：三秦出版社，1992：51.

国家陷入危难,这种外部环境激起了范紫东的创作热情。在高度的民族精神与强烈的爱国主义思想的指引下,他创作了一批反映鸦片战争以来中国逐步沦为半殖民地半封建社会沉痛史实的剧作。对于鸦片战争,每一个有良知、有爱国心的中国人无不刻骨铭心。易俗社的作家们在最危险的时刻,通过广大群众喜闻乐见的秦腔,将鸦片战争以来的重大事件和重要历史人物——展现在舞台上,对广大群众进行爱国主义教育。范紫东先生在《颐和园》原序中说:"阳春白雪,发抒司马之文;水调冰弦,描写董狐之笔。欲令满座哭一场,笑一场,怒一场,骂一场,知国耻之宜雪,信民族之可振。"①范紫东先生写这些剧作的目的就是要使我国的民族悲痛史表现于粉墨丝竹之场,以激发观众之民族精神。这些剧作有《宫锦袍》《秋风秋雨》《关中书院》《新华梦》等。

如果把这些剧作的内容按时间顺序排列起来就可以看出从鸦片战争开始,经中法战争、甲午战争、戊戌变法、辛亥革命,直到袁世凯称帝,我国近代史上的重大事件范紫东先生都有所反映。由此可以看出他创作的秦腔剧作具有深刻的社会教育意义。

《宫锦袍》以中法战争为背景,描写民族英雄刘永福英勇抗击法国侵略者的英雄事迹。正如他在序中所说的:"我国自前清鸦片之役,以迄于今,九十余年。其间丧师、失地、赔款,动辄关系吾国民族生死问题。每一念及,实令人不寒而栗者矣。然其时朝野上下,漫不经心,遂至一错再错,被人压迫,几于百劫不复。"②表达了对鸦片战争以来我国遭受侵略的痛心疾首。范紫东先生正面描写我军的英勇奋战和刘永福的顽强抵抗,怒斥了左宗棠的畏敌不前、李鸿章的屈辱忍让、张佩纶的利己误国,以及地方官吏鱼肉百姓、草菅人命的无耻行径。正是出于忧国之心,他把法国侵略中国的这段历史搬上舞台,目的是唤醒国人,抗击日本帝国主义对我国的侵略,呼吁民众奋起抗日,保家卫国。

《颐和园》分为前、后两本,是范紫东先生的重要作品。范紫东创作此剧,正值日本帝国主义加紧侵华之时,他在本戏的序中写道:"清廷虽荡,

---

① 苏育生. 范紫东研究资料[M]. 西安:三秦出版社,1992:54.
② 苏育生. 范紫东研究资料[M]. 西安:三秦出版社,1992:53.

余患犹存。欧风亚雨，时咄咄其逼人；雪压霜欺，又层层以迫我。倘所谓不平等条约，即为卖身文契者，是耶？非耶？莫谓前朝之失，于我何忧；须知往事虽陈，于今尤烈。痛国难之方深，招国魂于何处？"①为了探求救国救民之路，范紫东在剧中"谱叙西太后之历史，发千载成败奇闻；夹述赛金花之私情，表一段温柔佳话。诚以西太后之贻误国家，不如赛金花之好行方便也。将使三十年宫廷事迹，现出舞台；五万里花月姻缘，结成公案"②。这些话把他的忧国之心一表无遗。范先生把西太后争权、光绪即位、修建颐和园、西太后摄政、甲午海战、签订马关条约、维新变法、囚禁光绪、太后蒙尘等等历史事件全部收揽进戏里，对西太后专权造成的国势颓危、割地卖国、签订不平等条约、不抵抗政策都表示了极大的不满。他借剧作提出"各息内争，共御外侮"的政治主张，极好地配合了当时社会一致抗日的强烈呼声。

《秋风秋雨》是一出描写资产阶级革命党人徐锡麟和秋瑾为推翻清政府的腐败统治，举行武装起义失败而英勇牺牲的悲剧。剧作大力赞扬了徐锡麟、秋瑾等革命烈士不怕牺牲、视死如归、大义凛然、为国捐躯的大无畏精神。戏中描写了革命烈士秋瑾兴办学校，宣传革命事迹，徐锡麟发动武装起义，生动表现了革命烈士的爱国精神，颇为精彩。

《关中书院》以鸦片战争为背景，描写以林则徐为代表的主战派坚决禁烟、抵御外侮的正义行动。他在剧作序中写道："是役也，关中书院之师生，有以死救国者，有舍身赴敌者，既巾帼女子，灶下厨夫，类皆深明大义，为国效力，此亦足见关学未坠，人心未死，为数千年之古国，放一线之光明。"③范先生在剧中着重表现了林则徐的爱国精神，他不仅在皇帝面前坚持主战的观点，而且在和敌人进行面对面的斗争时，也秉持着一股正气，使敌人胆寒。戏中尤以《尸谏》和《虎门销烟》两场戏写得最为精彩。剧作以精彩的唱词，酣畅淋漓地表达了对帝国主义的痛恨和在销烟中获得胜利的喜悦之情。

《新华梦》是一部揭露和讽刺袁世凯篡夺革命成果，又企图复辟，阴谋

---

① 苏育生.范紫东研究资料[M].西安：三秦出版社，1992：54.
② 苏育生.范紫东研究资料[M].西安：三秦出版社，1992：54.
③ 苏育生.范紫东研究资料[M].西安：三秦出版社，1992：59.

称帝的剧作。辛亥革命后,袁世凯窃取革命果实,倒行逆施,借助日本的力量,妄图恢复帝制,袁克定、袁乃宽、段芝贵等一辈人摇旗呐喊,为恢复帝制大造舆论。袁世凯还与日本签订了丧权辱国的《二十一条》,做着自己的皇帝梦。蔡锷与唐继尧组成护国军讨伐袁世凯并宣布独立,反对恢复帝制。在一片讨伐和唾骂中,袁世凯在做了八十三天的皇帝后呜呼哀哉了。袁世凯作为剧中的主要人物共出场两次,一次是试龙袍:"这龙袍绣的真巧妙,前也是龙,后也是龙,浑身上下龙九条。孤王穿上前后照,摇摆摆,摆摆摇,摇来摇去试龙袍。"[①]真是自鸣得意,丑态百出。另一场是身临皇位正在高兴之时,惊听各地纷纷起义,惊惶失措、狼狈不堪。这两场戏就把袁世凯的丑陋嘴脸刻画得活灵活现,足显范紫东先生高超的艺术匠心。

纵观这些历史剧作,可以看出范紫东先生对中国近代历史的熟稔,正是出于民族责任意识,他把帝国主义侵华血泪斑斑的历史通过秦腔舞台展现了出来。当时正值日本帝国主义大肆侵华之时,中华民族正处于生死危难的紧要关头,范紫东先生能够清醒地站在时代的高度,编写了这些"近代史史剧"是有意在提醒我国民要牢记历史教训,警惕重蹈历史的覆辙。剧作号召民众要敢于同帝国主义进行斗争,要团结起来英勇抗战,这正是此类剧作所具有的现实主义精神。

从剧作的思想内容可以看到,范紫东先生的剧作贯穿着一条抨击封建思想、崇尚民族气节、歌颂民族英雄、同情劳苦大众的主线。20世纪三四十年代的剧作,揭露和抨击了那些妄图侵占中国的帝国主义侵略者和民族的败类们,歌颂了民族英雄们的英勇事迹,总结沉痛的历史教训,抒写中华民族英勇不屈的抗争,发救世之宏愿,抒慷慨之悲歌;表现出了极强的反封建意识和民族自尊心和自豪感,表达了强烈的抵抗外国侵略者的信念。范先生虽然身处乱世之中,但是始终在追求着自己的理想,在不断进步,始终抱着"使顽夫立廉、懦夫立刚"的心境,创作了一部部反映中华民族历史的大作,履行了易俗社"辅助社会教育"的神圣职责。

范紫东先生编写这些发人深省的历史剧绝不是偶然的,既是受到时代的

---

① 范紫东著,西安易俗社七十周年纪念办公室编.范紫东秦腔剧本选[M].西安:陕西人民出版社,1982:584.

影响，也与其坎坷的人生经历有关，更与他广博的学识分不开。作为封建士大夫家庭出身的知识分子，他逐步接受了西方资产阶级民主思想的影响，在我国社会发生剧烈变化的时候既没有落荒颓唐也没有敷衍趋势，而是怀着满腔的爱国激情关心国家和民族的命运，并以自己特有的战斗方式编写秦腔剧来唤起民众，团结一致，奋发图强，振兴中华。范紫东先生以历史剧影射现实，充满着时代感和爱国感，鼓舞人民进行英勇的反帝反封建斗争。我们研究范紫东先生秦腔剧作的内容、艺术特色，其实目的就是为了继承和发扬范紫东先生的高尚品德和丰富的创作经验。

三、艺术特色

范紫东先生的剧作在艺术手法上更具有独特之处。高培支在《陕西易俗社简明报告书》中评价说："其为戏也，若多英勇之兵，变幻离奇，人莫测其意向，及结果乃恍然其布局之妙。规模宏大，包罗宏富，有骨力，有兴趣。"范紫东先生在《软玉屏》序中也说道："高东嘉者，词曲之巨擘也，其论传奇一道，曰：'乐人易，动人难。'夫传奇之足以动人者，原不在结构之工，照应之密，合乎法度，依乎律吕也。必其事实入情入理，其音节可歌可泣；语语出自肺腑，声声打动人心坎；寄情于选声选色之外，移人于不知不觉之中。此固非率尔操觚，徒悦耳目者所能问津也。佛氏之偈曰：'如全春之在花叶，无一花叶而不春。人守花叶而寻春，春固不可见；掷花叶而寻春，春更杳然矣！阳春感物，无从捉摸。白雪动人，不可思议，此声音之能事，词曲之上乘也。'"[①]这段序文，明确地表达了范紫东先生秦腔戏曲创作的艺术追求。他在艺术上首先追求的是"乐人"，即使人快乐，更要"动人"。而"动人"之道"不在结构之工，照应之密，合乎法度，依乎律吕"，而在于"必其事实入情入理，其音节可歌可泣；语语出自肺腑，声声打动人心坎"。先生所追求的艺术境界乃是"寄情于选声选色之外，移人于不知不觉之中"，而结束于如"阳春感物""白雪动人"那样的艺术效果，但他并不否定形式美的作用。这就比较好地解决了内容与形式的关系，把进

---

① 苏育生.范紫东研究资料［M］.西安：三秦出版社，1992：46.

步的思想与尽可能完美的艺术形式统一起来。在生活真实的基础上，去追求艺术的真实，通过舞台艺术形象，创作出真实的艺术境地，使观众能够和剧中人同呼吸、共命运、息息相关，共同经历了他所要表现的生活，从中受到启发与教育。所以看范紫东先生的戏，总觉得感情是这样的真挚、自然。这些真挚、自然的感情正是范紫东先生戏剧艺术境界的体现。下面就分别叙述范紫东先生剧作的艺术特点。

1. 题材宽广，包罗宏富

范紫东先生在秦腔剧作的创作中以他渊博的学识和卓越的才华灵活地把历史事件融入其中，毫无做作之感。赵洪先生所说："先生的剧作布局宏大，放得开，漫天发展，情节离奇，头绪多，但收得快，结束得妙，多以大团圆告终。"[①]可以说范紫东先生的剧作题材包罗古今，其事涉及中国历史的多个朝代，特别是中国近代史上的大事件更是在剧本中多有反映。范紫东秦腔剧本以汉、明、清三朝戏最多。

范紫东先生学识广博，贯通古今，故他的剧作在选材上涉及面极广，可谓上下五千年，无不涉及。《大孝传》是写尧舜时的事；《秦襄公》是写犬戎侵周时的事；《盗虎符》《春闱考试》《破郢都》《复郢都》《哭孝庭》这些戏都是描写战国时期，强欺弱，弱者自强不息战胜强者的戏；《苏武牧羊》《美人换马》《李广射虎》《琴箭飞声》《京兆画眉》《光复汉业》《紫金冠》《姜后脱珥》写汉朝戏；《玉镜台》前、后两本是写西晋时代的爱国戏；《伉俪会师》《战袍缘》《燕子笺》这几本都是写发生在唐代的故事；《金川门》写明燕王朱棣夺建文帝位的戏；《三知己》是写明魏忠贤陷害忠良，史可法抗清锄奸的戏；《鸳鸯阵》是写明戚继光抗倭的戏；《宫锦袍》是写清代刘永福抗击法军的戏；《颐和园》内容更是丰富，写了八国联军侵华、慈禧镇压维新变法和义和团等事；《秋风秋雨》是写秋瑾、徐锡麟反清革命殉难的戏；《关中书院》也是写清代故事的戏；《萧山秀才》前、后本是写和珅贪污被查处的戏；《新华梦》是袁世凯称帝，蔡锷反袁戏；《焚嫁衣》《金手表》是写抵制日货的爱国戏。从以上我们可以发现范紫东

---

① 赵洪. 范紫东剧作初探[M]//师荃荣. 著名剧作家范紫东. 北京：中国文化出版社，2004：195.

先生的秦腔剧作在题材上是如此的丰富，几乎把各个朝代的著名事件都写入戏中，表现了他丰富的历史知识。

在范紫东先生之前，秦腔戏大多表现古代题材，很少有反映近代的。范先生不仅写了不少古代题材的戏，而且更重视描写中国近代史上的重大历史事件。中国近代历史上的许多人物都被他搬到了秦腔舞台上，如民族英雄林则徐、关天培，抗法英雄刘永福，民主党人秋瑾和徐锡麟，清朝历史人物光绪、珍妃、翁同龢、康有为、慈禧太后、李鸿章、袁世凯；还有英国大使义律、八国联军统帅瓦德西等。

范紫东先生的剧作除了展现中国的历史、百姓生活以外，还创造性地把外国人的生活也写入他的剧作当中，秦腔戏成了观众了解外国人生活、接受新思想的窗口，如《克里米战记》。此剧又名《托尔斯泰》，先生把著名的文学大师托尔斯泰搬上了秦腔的舞台，展现了托尔斯泰一生的重大经历与历史事件，气势宏魄，包罗宏富。在那个时代把外国人的生活和风俗介绍给中国的观众，是十分罕见的。

范紫东先生的剧作还以鸿篇巨制见长，善于把中外历史与当时社会上无比丰富多彩、变幻莫测的事件组织在一部剧中，使每本大戏的内容涵盖都十分丰富。《颐和园》一剧写清朝两宫太后争权、光绪帝即位、修建颐和园、西太后执政、中日甲午战争、签订马关条约、戊戌变法、光绪帝被囚禁、义和团战争、八国联军入京、签订辛丑条约等，涉及中国与日本、德国、俄罗斯、朝鲜等国的外交关系，可以说，清朝末年的重大历史事件和重要历史人物在这部戏中都有所反映。正如范紫东先生自己所说，"将使三十年宫廷事迹，现出舞台；五万里花月姻缘，结成公案"[①]，以达到抵御外侮的目的。可见此剧的内容含量是多么的丰富。

总之，从题材上来说，范紫东先生的秦腔剧作涉猎广泛，古今中外，无所不包，表现其丰富的历史知识和对戏曲编剧艺术的熟练驾驭能力。在戏曲形式上，也具多样，有喜剧、悲剧、正剧；有时装戏、历史戏、社会戏、家庭戏等等。

---

① 范紫东. 颐和园［M］//陕西传统剧目汇编·秦腔（第十六集）. 西安：陕西省文化局，1959：2.

2. 情节曲折，巧设冲突

戏剧要想吸引观众，关键是要有生动的情节。范紫东先生的秦腔剧作情节生动，能够吸引观众的眼球，这也是他的秦腔戏久演不衰的秘密所在。范紫东先生的秦腔剧作极富传奇色彩，剧作故事曲折、富有变化，非常吸引人。他的戏情节往往变幻离奇，使人莫测其意向，及结果乃恍然悟其布局之妙。这正是他继承了中国古代优秀戏剧编写传统的结果。

戏剧冲突是一出戏的动力，包括人物之间的冲突和人物自身的心理冲突。焦菊隐先生就说："戏就是冲突，有冲突就有戏。"[①]我们通常说的有戏没戏，指的就是有没有戏剧冲突。所以情节要有冲突的设置，冲突表现得尖锐，揭示得深刻，对事物的评价也更透彻。这一切都要靠情节的曲折离奇来实现，假如是平板的简单的故事情节恐怕不能完成这一点。范紫东先生的每部秦腔剧作在故事情节的安排上都很曲折，戏剧冲突设置巧妙，很能吸引人。《翰墨缘》中陈秋霞因温席珍的字而对其心生爱意，要是有情人就成眷属的话，故事情节未免太过简单，于是范先生在中间设置了陈大少和温席珍的嫂子偷情，温席珍受冤枉；温本想救陈小姐，结果却救了安小姐，因此被安巡抚微服私访而冤案得以冰释，之后又被安夫人乱点鸳鸯谱。故事的最后终于有情人终成眷属，得到双美奇缘的美好结局。本来简单的戏却让范紫东先生写得非常精彩，处处牵引着观众往下观看，这就是他善于安排曲折情节、设计冲突高超技艺。再如《三滴血》中商人周仁瑞贫穷偏偏又生了双胞胎，只能送走一个，而这为以后的一系列情节做了铺垫。送走的孩子被李三娘收养，李三娘又正好有一个女儿，这二人又要结为夫妇，结果却被晋信书用滴血认亲之法分开。把矛盾展现在观众的面前，使情节发展出其不意，曲折离奇，真乃编剧之大家所为。

3. 构思精巧，人物鲜明

（1）多线交织的艺术结构

范紫东先生的剧作内容含量大，很少是一条线索叙述一件简单的事件，大都有两条或者三条线索，明、暗交错使用；并且善于用一以贯之的中心事

---

① 胡芝风. 戏曲舞台艺术创作规律［M］. 北京：文化艺术出版社，2005：13.

件，巧妙地把剧中其他事件有机地联系在一起，并通过生动的描写收到良好的艺术效果。

这种多线交织的剧作结构在中国的剧作史上是比较常见的。如《拜月亭》就由两条线索交织共同推动剧情的发展：一条是以瑞兰母女失散，一条是瑞莲和哥哥一起逃难。这两条线索先是各自进行，发展到后来就是两条线索交织在一起共同促进了剧作大团圆的结局。还有《琵琶记》也是沿着两条线索发展的：一条线索写蔡伯喈离家后的种种遭遇，另外一条线索是赵五娘在家中的种种苦难；一方面写了蔡伯喈的荣华富贵，一方面写了赵五娘的饥寒交迫。两条线索各自发展又交错进行，使叙述简洁方便又能突出对比。饱读诗书的范紫东先生继承了中国戏曲的这一传统方法，并且经过再创造，形成了他的剧作结构特点，即以一个中心事件作为整部剧的支撑，又生发出多条线索促使整部剧发展。这样不仅能加大剧作的内容含量，而且可以使剧作线索清晰明了，情节曲折生动。

《软玉屏》以秦一鹗和白妙香这对夫妻为一条线索，以另一对夫妻丁守梅和魏纫秋为另一条线索，两条线索独立进行，最后用魏巡抚的妾黑氏虐杀婢女和魏本人强娶白妙香的事件使秦、白与丁、魏的爱情发生曲折交织，使全剧悲喜相应，妙趣横生。剧中的两条线索自然而然地合为了一条，最后大团圆的结局彻底使两条线索合为一条，故事获得圆满结局。

《宫锦袍》以刘永福的英雄事迹为主线，统贯全剧。此外又以刘淑卿、吴云髻远离家乡逃难为一条副线叙述，张佩纶、李云锦青云直上为另一条副线，交叉进行，直到故事叙述到张府逃难时两条线索才合为一条。最后，统统汇合到主线上去，推动故事情节的完整。从结构上说，一个小小的剧作就能够反映如此宽广的社会图画，戏中却以一件宫锦袍贯穿始终，事情由锦袍起又以锦袍终，构思可谓高妙至极。

《翰墨缘》中也设计了两条线索：一条是温席珍和陈秋霞之间的翰墨姻缘，另外一条是温席珍的嫂子和陈秋霞的哥哥陈大少之间的私合。陈小姐因看见温席珍的字而生爱慕之情，结果被她的哥哥陈大少破坏而且还连累了温席珍，于是才有了陈小姐的挺身相救。这些故事情节简单、各自为主，但剧作通过两条线索的设置使简单的情节得到了巧妙叙述，使情节发展不显得呆板。

  《三滴血》是范紫东的代表作，一共用了四条线索来叙述故事。这四条线索一起构成了《三滴血》的网状结构，四条线索齐头并进，又相互交织，三明一暗，场场有戏，共同推动故事情节的发展，使情节曲折、跌宕。这四条线索分别是：周仁瑞、周天佑父子的一条线，李遇春与李晚春姐弟的一条线，马氏与贾莲城私通的一条线，阮自用与亲妹子误会媾和的一条线。四线相互交错进行，共同推进：有主有从，主从相依；有明有暗，明暗结合。并且作者还通过"滴血认亲"这一贯穿全剧的情节把几条线索巧妙地结合在一起。四条线索平行又交错进行，使复杂的故事情节发展得杂而不乱，有条不紊。

  《关中书院》的结构构思更是精巧。这出戏实际上是写鸦片战争的，但是剧作却没有直接简单地叙述战争，而是选择了一个生活的侧面去反映战争，通过关中书院中发生的种种事情全面而真实地反映了这场中国人民反抗帝国主义的斗争。范紫东先生在剧中巧设了四条线索，把鸦片战争涉及的众多事件都一一完整叙述。第一条线是内阁学士、关中书院主讲王鼎相关事。王鼎去内阁办事，在大殿上与众人一起商讨禁烟之事，全力支持林则徐禁烟并且保举林则徐。但穆彰阿却从中作梗，千方百计破坏。英国发起了鸦片战争。道光皇帝更是不分青红皂白，且出尔反尔，听从昏臣穆彰阿的谗言残害忠良。最后以王鼎《尸谏》一场戏把朝廷内部主战派与主和派的矛盾推向高潮。这条线主要歌颂了林则徐的英勇、伟大，揭露了清政府的昏庸腐败。第二条线围绕关中书院学生岳武宗、张化陈、张朝发、姚怀拜等一些中下层爱国志士展开。他们主动参军，誓死守卫故土，最终以身殉国；这一系列情节，展现了青年学生在这场民族抵御外侮的战争中英勇顽强的表现。第三条线是以牛鉴为代表的另一批书院生员同穆彰阿、琦善、耆英相互勾结，卖国求荣。剧作对于这种小人的丑恶嘴脸给予了态度鲜明的批判。最后一条线，也是剧作最用力描写的一条线，就是以关中书院厨夫周可传为主的广大人民群众的英勇抵抗。这反映了广大劳动人民在民族危难之际挺身而出保卫自己家乡的爱国行动。这也是范紫东先生对此剧最为得意的地方，同时也是他创作此剧主旨之所在。这四条线索以第一条线索为主，各自发展又交错进行，有主有次，主从得体。这四条线把鸦片战争所涉及的历史事件和画面表现得生动、鲜活又条理清晰，使剧作没有陷入一般描写忠奸斗争的藩篱，而是以更广阔的社会场景描写了一个深刻的社会问题。

（2）洞房情节的设置

秦腔作为一种戏剧，跟其他戏剧一样都是靠舞台艺术来展现情节的。由于它的篇幅有限、舞台有限，所以要想在有限的舞台空间上展现复杂的场景，就要加大舞台的信息表现量。这就需要编剧能够运用尽可能多的手法，使观众在有限的时间和空间中欣赏到更多的戏曲之美。范紫东先生在他的秦腔剧作中就特别注重舞台道具的使用和独特情节的设计，比如在他的剧作中洞房戏就占了很大一部分。人们经常说"洞房花烛夜，金榜题名时"。范紫东先生在他的秦腔剧作中紧紧抓住了人生中最要紧之事去做文章，且他对洞房戏的把握非常精妙。

在戏曲舞台上，洞房是经常出现的场景，但是在范紫东先生的戏中却不同于一般。他描写了各种不同形式的洞房，展现了洞房的多个侧面，以洞房推动故事情节的发展。普通人眼中的洞房空间，在范紫东先生的笔下却异彩纷呈。他笔下，有一般洞房里的缠绵悱恻，有两个洞房的特色，有真假洞房的离奇巧妙，甚至还有自媒洞房、代媒洞房、巧合洞房、误会洞房、老少换洞房、闹洞房、闯洞房等等。范先生在二十多部戏中设置了二十七个洞房场景，每个洞房都各具特色，情趣不同。最令人称道的应该是《软玉屏》中的真假洞房，《翰墨缘》中的双洞房。

《软玉屏》中真假洞房的设置，在戏中出现过两次。安徽巡抚魏效忠的女儿和丁守梅有婚约在先，可是魏家嫌丁家贫寒想要悔婚，要把女儿嫁给丁的同窗秦一鹤。但是秦一鹤有意成全好友和魏家小姐的婚事，于是在结婚的当天晚上设法让丁守梅入洞房。这个假洞房的设置貌似很荒唐，但是这一情节的设置既显示出了友人间的情谊又使得有情人终成眷属，可谓妙哉。这是第一次出现洞房。秦一鹤师傅去世前把女儿白妙香托与他照顾，但是白小姐却被魏效忠看上，于是秦一鹤男扮女装进入魏府，而白妙香也替秦一鹤中得状元，又被魏的舅舅强行配成一对，出现了第二个假洞房。这一个假洞房的设置既使得剧情更丰富更好看，也使得人物的形象更为完美；既显出了朋友之间的友谊，又显示了恋人之间的真情。一个小小的洞房情节的设置获得了令人意想不到的艺术效果。

《翰墨缘》提倡婚姻自主。从陈小姐的自主选婿到为自己的夫婿而远走，就可以看出范紫东先生要通过这部戏来达到反对封建制度下的父母之命、媒妁之言的老传统，大力支持有情人自由恋爱，终成眷属的美好目的。这本戏成就了三对有情人：一对是温席珍和陈秋霞，由翰墨结成的美事；一对是武将蓝蔚青与安县令之女安小姐，这一对虽然不是很称人意但是也算一对佳偶。安和陈知县说谁救出自己的女儿谁就是他的女婿，而温席珍误以为安小姐就是陈秋霞，所以就奋不顾身，深入虎穴救出了他的恩人"陈小姐"，其实真正的陈小姐早已被武将蓝蔚青所救出。这样的阴差阳错虽然本身并不令人满意，但到了花烛之夜时，则有情人终成眷属。其中的奥妙自然就是范紫东先生的神来之笔表现的。他在舞台上设立了两个洞房，出现了一墙之隔的洞房花烛，故事的奇特、构思的绝妙正在这里体现，看剧本本身就有身临舞台现场的感觉。一边温席珍看到的是误以为是假陈小姐的真陈小姐，另一边蓝蔚青看到的是假陈小姐的安小姐。两边的新郎都以为自己的新娘是陈小姐，却出现了这样的差错，给观众的感觉就是这都已经入了洞房，可如何换呀？范紫东先生自有他的巧妙之处，他想出了用隔墙传话的方式来换妻。可当温席珍明白自己所娶的人并不是自己所救的人时，他明白眼前的就是自己的新娘，情节发展到这里便成了一段美好的情事让人传诵。范紫东先生创造性地利用有限的舞台空间——在舞台上开辟两个空间展现故事情节，与现代舞台运用转台来表现同一时间下不同时空所发生的彼此之间有联系的事件相比，其所体现的文本舞台性要比我们现代的舞台剧本更具有可操作性，也显得更为巧妙、自然。

除此之外还有《萧山秀才》中的洞房夜逃，《战袍缘》中的老少换洞房，《伉俪会师》中的洞房谢恩，《黑暗衙门》中的巧合洞房，等，都写得很成功，通过洞房情节表现出了丰富的剧作内容。

综上所述，我们可以看出范紫东先生在剧本中，从不同的角度、用不同的形式、在不同的层面上，使洞房这一场景，充分地发挥了其本身的价值，利用它所能够承载的一切戏剧因素，更好地塑造人物形象，表达丰富的思想内容，表现出人物之间纷繁复杂的关系。用巧妙的洞房情节诠释人物性格、人物类型和人物思想，把洞房这一单纯的空间模式表现得妙趣横生。范紫东先生这位深受传统文化影响的大师运用自己独特的方式开创了以新形式表现传统戏曲内容的先河，这为我们新时代的创作人提供了可以学习和借鉴的经验。

（3）人物形象鲜明

和一般的剧作家只是为了追求剧情的发展而对人物的塑造过于简单不同，范紫东先生的秦腔戏特别注重典型人物的形象塑造。在典型环境中塑造典型人物，通过对剧中重要人物的重点介绍刻画人物形象，以达到表现主题的需要。一本戏的价值之一，就在于人物形象的塑造。戏剧的目的就是在观众面前创造有思想、能够揭示客观真理的艺术形象。这一点在范紫东先生的秦腔剧作中得到了印证。范紫东先生剧作中所塑造的众多人物形象都很鲜明。

范紫东塑造的最为成功的戏剧人物当首推《三滴血》中的晋信书。范紫东先生给我们塑造了一个完整的喜剧人物形象。他在剧中虽然只出现了四次，但是次次至关重要，次次有戏，次次又不同，他的性格是随着剧情的发展而发展的。他第一次出场时剧作就介绍他"读过五车书，做得七品官"，说明他是一个饱读诗书的人，但是却妄读书有些食古不化。虽然他读了很多书并且还很懂得学以致用的道理，但是只会生搬硬套书本知识，根本不懂得与实际生活相结合，不思考他从书上读的知识在现实生活当中是否可行。正像戏剧家欧阳予倩所说，晋信书"分明做了很可笑的糊涂事，可是他一直是一本正经，心安理得，并没有什么滑稽的表演，可是他是一个被讽刺得最可笑的人物"[1]。晋信书在第一次上场是听取案情。他听了周仁瑞兄弟的陈诉，想到自己曾经读过的《汝南先贤传》里面讲过的"滴血认亲"的情节，就立刻和本案联系在了一起，根本不去调查案件的来龙去脉。他看到周仁瑞和周天佑的血不相融，就判断他们肯定不是亲生的父子，还唱着"多亏读书理讼事，讼事忙罢忙读书"得意地下台而去。第一次滴血认亲的"成功"更加坚定了他的想法。

---

[1] 欧阳予倩. 看秦腔《三滴血》和碗碗腔《金碗钗》[M]. 人民日报, 1958-11-19.

在第九场中，因为上次滴血认亲一事晋信书被调到陕西韩城县判案。这是他的第二次出场。他自认为自己现在更有能耐了，竟然隔省来断案，趾高气扬。到了堂上听到被告人李晚春和李遇春的名字很是相近，一听便断定他们俩是兄妹关系，根本不听辩白。这种断定经过滴血认亲后就更坚定了，因为这两个人的血液相融在了一起。也因此他就武断地认为两人乃是兄妹之间的乱伦结合，还嘴里得意扬扬地唱着："我还是滴血将亲认，全凭血统认假真。又何必絮絮叨叨将他问，各伸中指用一针。依二人是亲姐弟，不是亲姐弟，我一试便知。……这一针便把官司断，断这官司有何难。你大众都看，这两人的血液，融合在一处，分明是亲骨肉，你还想诳我。"①就这样把一对恩爱夫妻给拆散。当他们俩不服喊冤枉的时候，晋信书更是答道："你还冤枉。吾老爷念了五车书，才坐了个小小七品县印。今天为你这一案官司，还把我几百里上隔省过山地调着来，你还比吾老爷冤枉吗？打咀（嘴）。"②从这第二次的滴血认亲中我们可以发现虽然两次都是滴血认亲，但是在第一次跟第二次当中晋信书的性格不是一成不变的，而是发展的。如果说第一次用滴血认亲时晋信书还半信半疑的话，那么第二次的滴血认亲他已经深信不疑了，并且还认为自己很高明。这个本来只是一味死读书的晋信书开始变得有点迂腐可笑了。晋信书第三次出场是因为周仁瑞得知滴血认亲的荒唐事后气愤不过，一定要再弄个究竟，于是晋信书就很得意地进行了一次示范。这次验证滴血认亲的是大家都知道是父子关系的周仁祥父子，但是滴完之后却发现两人的血根本就融不到一起。晋信书对自己深信不疑的事感到了疑惑。他认为自己从书上学到的东西，并且在现实中屡试屡成功的方法怎么能错了呢？他想不明白了。在弄清楚真相以后，他才恍然大悟："不料读书误了我，滴血认亲倒弄错！"这会儿才有点醒悟过来原来书上的东西也不一定就是正确的，一定要经过实践检验的东西才是正确的。这次他的性格又得到了发展，证明他还是能承认自己错误的，证明了"尽信书不如无书"的道理。

---

① 范紫东著，西安易俗社七十周年纪念办公室编. 范紫东秦腔剧本选[M]. 西安：陕西人民出版社，1982：54-55.

② 范紫东著，西安易俗社七十周年纪念办公室编. 范紫东秦腔剧本选[M]. 西安：陕西人民出版社，1982：56.

范紫东先生在剧中把晋信书的性格塑造得十分完整，把他的迂腐可笑表现得淋漓尽致。

在《关中书院》一剧中，通过《殿议禁烟》《奉旨禁烟》《焚毁洋烟》《查办忠良》《老臣尸谏》这几场戏把林则徐的形象塑造得很完美，把这位民族英雄展现在了我们面前。尤其在《奉旨禁烟》这场戏中，面对英国人义律明知要禁烟反而拒不执行，林则徐唱道："贩运毒品入海关，本钦差彻底要查办，言出法随不稍宽。倘若尝试将法犯，管教你狗命丧刀尖。"[①]这段唱词把林则徐的英雄气概表现了出来。虽然只是几句唱词，但充分显现人物的豪气，表现出范紫东先生在人物塑造上的功力。

《翰墨缘》中陈无量的形象也塑造得比较成功。陈无量在乡里横行霸道；他的儿子陈大少更是仗着父亲在横行乡里，与寡妇私通，随便关押无辜之人，坏事干尽。往日里陈无量是儿子的靠山，纵容儿子，但是在得知巡抚要暗访的时候，陈无量见到儿子却不敢承认，在被揭穿他们的父子关系时他难堪唱道："自恨年老太混账，把浪子当成好儿郎；请宪尊格外要原谅，如不然此案怎下场？"[②]原来横行霸道的人在事实面前变得灰溜溜的，让人看了觉得他既可笑又可气。剧作把这个人物塑造得很到位，性格突出并且真实。此外，还有《颐和园》中的阎敬铭、《宫锦袍》中的刘永福、《三知己》中的史可法、《大学衍义》中的老师等等，都是有血有肉、个性鲜明的人物，并且他们的性格都不是单一的、一成不变的，而是随着剧情的发展发生着变化。

通过以上分析，我们可以发现，范紫东先生运用他渊博的学识和艺术匠心，尽量扩大舞台有限的表现空间，把人物形象刻画得更加细致，让观众在欣赏秦腔剧情节时能够感受到有血有肉的富于性格变化的，而不是脸谱化的人物。这一点突破了以往剧作重视故事情节的展现而轻视人物形象塑造的传统，使人物形象更生动更具个性。这也是范紫东先生的剧作吸引人，能够盛

---

① 范紫东著，西安易俗社七十周年纪念办公室编. 范紫东秦腔剧本选［M］. 西安：陕西人民出版社，1982：665.

② 范紫东著，西安易俗社七十周年纪念办公室编. 范紫东秦腔剧本选［M］. 西安：陕西人民出版社，1982：298.

演不衰的原因之所在。

4. 诙谐幽默，本色当行

（1）诙谐幽默的喜剧效果

范紫东先生的剧作很注重诙谐幽默的喜剧效果。诙谐幽默是我国古代戏曲里喜剧的一个特色，范紫东先生创造性地继承了这种戏剧风格，他的剧作具有强烈的喜剧性。他能够深刻发掘和提炼生活中的喜剧因素，运用幽默的喜剧人物、悲喜相间的戏剧情节、俏皮的喜剧语言，使其剧作达到诙谐幽默的喜剧效果。

① 运用幽默的喜剧人物达到喜剧效果。范紫东先生剧作中的喜剧人物当属晋信书和魏儒珍。《三滴血》中的喜剧形象晋信书让人捧腹而笑，剧作也通过他来展现主题。他不满两榜进士出身的自己只做个七品县官，但他还是认认真真地工作，自认为是一个"好"官，办案还懂得有依据可依。范紫东先生运用喜剧的手法，寓庄于谐达到了批判教条主义的目的，使观众通过晋信书这个人物认识到封建顽固思想的害人本质，应该摒弃封建的糟粕。

再如《大学衍义》中的魏儒珍。范紫东通过这个喜剧人物揭露了伪道学的虚伪本质。黑狐洞道学家魏儒珍自称深得圣人之传，给学生大讲《大学·诚意》章。而这位道学先生在"慎独"之时，夜晚偷读《聊斋》，被书中狐仙所迷，竟作非分之想。学生就有意捉弄老师，使得这位道学家丑态百出，终于把一副"道学面孔"撕得粉碎。此戏妙在描写此人时，总不忘道学的幌子，既怕人知道丑事，但又不愿撒手。小戏全以白描出之，由道学家现身说法，自我暴露其虚伪本性，有着深刻的内容和含蓄的妙味，可称范先生戏中的佳作。

② 运用悲喜相间的戏剧情节达到喜剧效果。我国戏剧传统与欧洲的传统不同，欧洲传统戏剧中喜剧就要滑稽、悲剧就要严肃。而我国的戏剧一开始就把悲喜相结合，以喜写悲，或以悲衬喜。另外我国古代戏剧还使剧情在悲喜变化中推进，在悲中运用喜剧的因素达到喜的目的。范紫东先生深谙我国戏曲的这种美学风格，在剧情的处理上追求我国古典戏剧喜悲相衬的方法，做到悲喜相间，以悲达喜，形成诙谐幽默的整体风格。

如《软玉屏》就是运用悲喜结合的结构，由悲转喜完成戏剧的结局。剧中用三对有情人终成眷属的曲折故事来反衬魏效忠的势利和自以为是的可笑行为。剧作中本来丁守梅该与魏纫秋结为夫妻,却被魏效忠强逼着退婚。民女雪鸿因家乡遭遇水灾,被父母卖给魏家为奴,惨遭魏的小妾杀害,此中含有深刻的悲剧意蕴。但是在悲剧中却有着喜剧的因素。秦一鹤成全了丁守梅的婚姻,魏老爷被查办,黑氏遭到痛打等情节中明显含有喜剧的情趣。剧作是在悲剧中表现喜剧的因素,悲中有喜比单纯写喜更喜,更加具有幽默效果。在故事情节中串联着悲情和喜情,形成比较复杂的悲喜相间的审美感受。《三滴血》同样也是悲喜相间。周仁瑞潦倒,妻子却生下双胞胎儿子,周天佑父子失散,李遇春姐弟姻缘被破坏,阮自用赖婚等都含有悲剧的情节。但是这当中也有喜剧的因素,晋信书滴血认亲十分可笑,周天佑乐于助人非常可爱,这些情节中又含有强烈的喜剧意蕴。悲喜相间,使观众既同情主人公的遭遇,又在笑中发现了美的东西。《新华梦》描写的虽然是袁世凯称帝等历史事件,但也在中间穿插了蔡锷巧妙脱身的喜剧情节,使悲中有喜,最终具有喜剧的审美趣味。

范紫东先生就是这样运用多种戏剧创作的方法,最终使他的剧作实现喜剧的大团圆结局,具有喜剧的艺术效果,让观众得到审美心理的满足。

③ 运用俏皮的语言达到喜剧效果。戏剧不同于一般的文学形式,属于代言体,主要是靠演员的唱白语言来叙述故事情节,推动情节的发展。范紫东先生的剧作语言具有戏剧文学样式最为规范的语言,他还善于运用人物的俏皮话达到幽默的效果。《三滴血》中晋信书独白:"你还冤枉。吾老爷念了五车书,才坐了个小小的七品县印。""读书不明难致用,回家还要对青灯。啊!书把我愚弄咧。"[①]这两大段台词征服了观众,脍炙人口,使人忍俊不禁。这就是范紫东先生语言的魅力所在,不加任何一个幽默词语却得到了意想不到的戏剧效果。再如《翰墨缘》中陈无量在和巡抚长麟一起暗访时,在走到他的儿子陈大少和温许氏偷情处时,看到自己儿子的这桩丑事暴露后竟然装着要晕倒。

  长 麟 老兄,这位少年,你可认得他?
  陈无量 就是他么?

---

  ① 范紫东著,西安易俗社七十周年纪念办公室编.范紫东秦腔剧本选[M].西安:陕西人民出版社,1982:105.

长　麟　再有何人？

陈无量　此人卑职不曾认识，老宪台想必认识于他。

长　麟　我也是不曾认识。

陈无量　老宪台也不曾认识，你我就此回去吧。

长　麟　他们究竟是谁，并未考查明白，岂能随便回去？你问问他吧！

陈无量　呵，这小伙子，你姓甚么？

陈大少　爹爹，你不晓得我姓张吗！

陈无量　他说他姓张。

长　麟　怎么把你称爹爹呢？

陈无量　我儿，你怎不晓得叫大老爷吗！

陈大少　错了。

长　麟　你也叫起儿来了？

陈无量　这个……

长　麟　分明是大少爷，老兄怎么认不得他！

陈无量　晚上眼花了！[①]

这一段话充满了喜剧因素，陈无量为了替自己遮掩竟然连自己的儿子都装作不认识，丑态百出，看后让人不由得发笑。这就是范紫东先生借俏皮的语言达到喜剧的效果，同时也把人物的形象塑造得更为鲜明立体。

总之，范紫东先生的剧作充满了诙谐幽默的喜剧色彩，看范紫东先生的秦腔剧作会使观众产生浓厚的兴趣，符合观众的审美情趣。

（2）本色当行的戏曲语言

戏剧语言应自然、形象、生动、有个性特点，要具有舞台表演特色，所以说戏剧语言是戏剧的生命，一本戏好与不好关键就在于剧中人物的唱词精彩与否，对白语言是否符合人物的个性。而作为地方戏的秦腔，在语言上不仅要具有戏剧语言的共性特征，而且要具有陕西方言的特色。由于范紫东先生从小就生活在陕西，他对陕西方言很熟悉，使用功底很深厚，这点从他的《关

[①] 范紫东著，西安易俗社七十周年纪念办公室编. 范紫东秦腔剧本选[M]. 西安：陕西人民出版社，1982：296.

《西方言钩沉》可以看出。他认为戏曲是舞台艺术，人物语言应该具有舞台表演性。范紫东先生按照剧中人物的身份、地位、学识和年龄特点为其设计唱词和道白。他的秦腔剧作有的语言典雅俏丽，有的质朴自然。他认为戏曲既然是给人民大众欣赏的就应该通俗易懂，应该让乡下的老太太都能听得懂。但是他的秦腔作品大学教授看了也不会觉得俗，他的戏曲语言做到了雅俗共赏。

① 人物语言的个性化。樊仰山在与范紫东谈及戏曲创作语言时曾问过先生："人称先生最善于运用生活语言为艺术语言，可否举一二例加以说明？"先生略加思考说道："喜剧语言是由生活语言用艺术装饰而成，而且要用到恰如其人，恰如其分，方显得贴切而生动。"[①]如《三滴血》中《游山》的这段对白：

周天佑　这个女娘儿，你把我拉住便怎么样，你快丢开些。

贾莲香　你看这空山无人，我不拉你，再拉何人。你走了我该怎么办呀，你且停住着些。

周天佑　你不晓得，我父亲尚无下落，我还要前去找寻。你快丢开些。

贾莲香　我二老也不知下落。

周天佑　你二老不知下落，你便去找寻去吗！你将我拉住为什么来？

贾莲香　你和我把二老寻着了，我让你走就是了。

周天佑　你看这连累不连累。我连我老人家也找不见，我还顾得找你老人家吗？

贾莲香　相公这一去，老虎又来了，我到底还是该死呀吗该活呀。

周天佑　老虎已经走了，你再莫要惮怕。

贾莲香　老虎走了，一会子再来个狼，把我叼得去了，那我越发不得活了。

周天佑　你是不见老子不见娘，前怕老虎后怕狼，难道教我在

---

① 樊仰山. 德音永留人间——范紫东先生言行录[M]//师荃荣. 著名剧作家范紫东. 北京：中国文化出版社，2004：282.

> 　　这给你守着打狼不成吗？
>
> 贾莲香　好我的哥哥呢些，我把你叫亲哥哥呢。咱们都是乡党么，况且还是隔壁子住着呢，难道你连这点紧都不顾吗？你若是一去，我便不得活了！①

这段对白非常符合人物的年龄特征，嬉皮可笑又充满生活气息和童趣。对白语言虽然都是土语，但是用在农村少女的身上，就显得既贴切又生动，并且使人物语言极富于个性化，符合人物的身份。再如《黑暗衙门》中《吊影》一场：

> 他乡明月当窗映，
> 愁人只觉秋夜长。
> 灯前月下自参想，
> 呵，影儿呀！
> 人影与我共一双。
> 你灯前月下，悄悄冥冥，夜夜刻刻把我傍，
> 一语不发为哪桩。
> 我有声，
> 你无响。
> 我心伤，
> 你断肠。
> 陪我哭，
> 陪我伤。
> 陪我愁千缕，
> 陪我泪两行。
> 我揭帐时你揭帐，
> 我上床时你上床。
> 你随我花前同怅望，
> 你伴我灯下绣鸳鸯。

---

① 范紫东著，西安易俗社七十周年纪念办公室编. 范紫东秦腔剧本选［M］. 西安：陕西人民出版社，1982：44-45.

你和我并头连理，共枕同眠在鸳鸯帐，

说到底还是个独守空房。

（滚）说来说去，除去影儿，还是我一个人。只说这月明如昼，夜长如年，这形影相吊，更觉凄凉。教侬怎生消受也。①

这段唱词为了充分表达人物的内心感情打破唱词整齐的规律，以七字句和十字句为主，把一个多年与丈夫分离、苦守空房的少妇陈秋香在读到丈夫绝命诗后的痛不欲生、寄人篱下、月夜思亲，一腔心事无处可诉的惆怅、悲苦、愤懑与期望，都淋漓尽致地表达了出来。有景有情，情景交融；有物有人，物我浑一；既富有诗情画意的文学特色又通畅明白，十分符合人物当时的心境。

② 人物语言的本色化。如《吕四娘》中《拾儿》一场，文武双全的吕四娘夜半感怀时的一段唱词，朴实无华：

风清月朗银河净，

天光夜色冷如冰。

乌鹊在树寂不动，

杜鹃啼血猿哀鸣。

思想起全家受苦痛，

冤气冲天恨难平。

大仇未报气如涌，

匣中宝剑夜有声。

行来到秦淮河细探路径，

鬼泣神愁风浪中……②

这段唱词非常符合吕四娘此时此刻的心情。她思想起全家人遭受苦痛，冤气冲天却难平。大仇还未报，把吕四娘一个柔弱的女子在遇到变故之后的坚强、大气、英勇的个性特征表现了出来，很符合人物的身份特征。

《关中书院》第六回《弄假成真》中，牛鉴因调戏刘冰心不遂，逃跑在

---

① 西安市政协文史资料委员会，西安曲江新区管理委员会. 西安秦腔剧本精编（13）易俗社卷 [M]. 西安：西安出版社，2011：422.

② 西安市政协文史资料委员会，西安曲江新区管理委员会. 西安秦腔剧本精编（13）易俗社卷 [M]. 西安：西安出版社，2011：245-246.

外，中了解元之后，自称门婿，给刘家送去喜报，报子被刘的弟弟执棍打了一顿，躺在地上装死的一段，更能显示出了人物语言的本色特征：

邻　少　老伯，当真死了。

邻　老　当真死了，那便不说了，抬付棺木去埋了。

邻　少　没有棺木。

邻　老　把他的那风箱抬的来。

邻　少　那装不下吗。

邻　老　装不下了，把脚剁了。

邻　少　恐怕不行。

邻　老　那么把头割下来。

邻　少　那两头子一裁，倒差不多了。

邻　老　那么取斧头来。（执斧欲砍介，役猛起）

邻　少　睡好，教老汉把你裁制一下。

堂　役　你这地方怎么活埋人呢？

邻　老　你试死了，看我敢不敢埋你，装了个象。

邻　少　人没死这话还好说。

刘　母　我先谢天谢地。（孩子又持棍打介）你奴才，你还敢这样！（转身）。

　　　　小孩子无知，你不要在意，请在家中养养。

堂　役　我还有两口瘾呢。

邻　老　小伙儿，给报子先买个棒子，把灯点着，有话毕了再说。

堂　役　这也像待承报子的样子，怎么拿木头棒子上呢？

邻　少　你看这是烟棒子。（扶役下）①

这段对白非常符合人物的身份，邻少小孩的天真、邻老的机智，表现得很到位，符合人物的阅历，语言朴素自然，具有戏剧的表演性特质。

③唱词具有诗意。范紫东先生不仅能灵活运用关西方言，使剧中人物的语言富有地方色彩，而且他自幼饱读诗书，古典文学底蕴深厚，剧中人物的

---

① 范紫东著，西安易俗社七十周年纪念办公室编. 范紫东秦腔剧本选［M］. 西安：陕西人民出版社，1982：635-636.

唱词又极具诗意。譬如《琴箭飞声》中司马相如一登场的唱词：

> 风尘埋没迷途径，
> 十年黄卷对青灯。
> 少时意气云中凤，
> 京国漂流雪中鸿。
> 声价敢云空冀北，
> 文章今已遍关中。
> 当今天子是明圣，
> 立功有志请长缨。
> 丈夫不作封侯梦，
> 男儿身手竟落空。
> 三冬文史虽足用，
> 只合名山一卷终。①

这段唱词很富有诗意，像一首七言诗，极富意境美。满腹才学的司马相如既对自己充满自信，又对眼前的不得意怀有不满，前六句以景写情，后六句直接抒情，将他的内心情感抒发得极其到位。

再如《软玉屏》中《牛山》一场丞相之女魏纫秋思念夫婿的一段唱词，典雅工整，具有诗情：

> 秋深霜寒怯针线，
> 最难消遣怎流连？
> 井梧萧条清且淡，
> 蕉雨打窗梦不圆。
> 并不曾六朝金粉，三楚精神，
> 咫尺牵惹情留恋。
> 梦里姻缘多变迁，
> 醒来徘徊愁无限！

---

① 西安市政协文史资料委员会，西安曲江新区管理委员会. 西安秦腔剧本精编（15）易俗社卷［M］. 西安：西安出版社，2011：149-150.

闲依十二玉栏杆。①

这段典雅的唱词运用诗化意象，融情于景，结合对自然环境的描写，揭示出了魏纫秋内心的烦闷和她不希望婚姻有变故的复杂心绪。炽热的感情，鲜明的思想倾向用诗一样的语言从蕴情的画面中表现了出来。

从如上的分析中我们可以看出范先生秦腔剧作的艺术特色。他在秦腔艺术上造诣很深，十分熟悉戏曲舞台艺术的规律，也很擅长编造传奇性的故事情节。他的大部分剧作都气势宏大，场面壮观，故事情节跌宕起伏，引人入胜。他很善于安排故事情节，知道什么时候该写什么事，犹如庖丁解牛，一切剧情的安排尽在他的掌握之中。这样操作起来才能纵横捭阖、游刃有余，显示出他非凡的艺术创作才能。这点既是范紫东先生秦腔剧作最明显的艺术特征，也是先生独特风格形成的关键所在。他被人们誉为"东方的莎翁"，当之无愧！

第四节　易俗社早期其他剧作家

易俗社与当时众多戏曲班社最大的不同是具有强大的创作群体，除了前面重点介绍的几位之外，还有高培支、李约祉、李仪祉、吕南仲、封至模等一大批剧作家。正是有他们的惨淡经营，辛勤创作，才使易俗社得以坚持，并不断有新作佳品问世。

一、高培支

高培支（1881—1960），名树基，字培支，别号悟皆。陕西富平县人。清末拔贡生。毕业于陕西高等学堂，同盟会会员。辛亥革命后，任陕西督军总务府铸印官、省长公署咨议、参议、省教育厅咨议、教育部读音统一会代表、陕西模范讲演所所长、陕西省图书馆馆长等职。长期担任省立女师、省立三中、中山中学、中等师范学校民立中学等校的语文、音乐、数学等课教员。

高培支先生参与易俗社创办工作，担任易俗社编辑、评议、评议长、社

---

① 范紫东著，西安易俗社七十周年纪念办公室编. 范紫东秦腔剧本选［M］. 西安：陕西人民出版社，1982：117-118.

长等职务，尤为可贵的是他四次（1919年—1920年1月、1922年1月—1923年12月、1938年1月—1940年12月、1940年12月—1948年8月）担任社长，对易俗社的发展作出了很大的贡献。他做社长时，几乎都是易俗社极其艰难的时刻，连年战争，社会动荡不安，民不聊生，剧社经营惨淡，债台高筑，人心不稳。在易俗社他自己不但不挣钱，而且还给剧社捐款。由于高培支的高风亮节，他深受剧社演职人员敬佩，所以在他的领导下易俗社能够克服困难，长久坚持。

高培支还是一位很有见地、品格高尚、能以身作则的戏曲教育家。他时刻用易俗社的办社宗旨教育学生："社会教育，刻不容缓。又须知所学技艺，即是化妆讲演；所负责任，即是改良社会。改良即是革命，革命即是易俗。时间不停止，革命不停止，社会无停止，易俗无停止。任大责重，来日方长。审如是，必先立于无过之地，而后可以现身说法，高台教化。所谓以身教者从，以言教者讼也。"[①]他教育学生认真负责，循循善诱，首先重视对学生的道德培养。他教育学生："日与正人相亲近，处处以爱社为心，勿只知有己。常常本天良做事，亦无须畏人。视甘脆肥浓为腐肠之药，切勿轻易入口；视不义之财为害身之贼，切勿一见眼热。立定脚跟，始终莫变。"[②]他对学生的训词，"体贴入微，训诫綦详；一片婆心，跃然纸上"[③]；他对学生的管理，既有情感的感化，又有制度的规范；"勤、俭、洁、整"四字社训，是他教育学生的经验之谈，故称为学生所遵守的规范。高培支先生品行高尚，对自己要求很严。在易俗社任职期间，他不但不拿易俗社薪水，而且在易俗社困难时解囊资助。在抗战时期，他带领易俗社成员艰难维系，但不言解散，在他身上正体现出儒家所推崇的"知不可为而为之"的君子人格。

高培支不仅是一位卓越的艺术教育家、管理家，还是一位优秀的剧作家，他一生编写了五十余部秦腔剧本，主要作品有《夺锦楼》《人月圆》《新诗媒》《鸦片战纪》《侠凤奇缘》等。《人月圆》写陈伯贤因吸食鸦片

---

① 高培支. 在1929年易俗社第七期学生毕业时的训词［M］//纪念西安易俗社成立七十周年办公室编辑组. 西安易俗社七十周年资料汇编. 1982：62.

② 高培支. 在1929年易俗社第七期学生毕业时的训词［M］//纪念西安易俗社成立七十周年办公室编辑组. 西安易俗社七十周年资料汇编. 1982：62.

③ 苏育生. 秦腔艺术谈［M］. 西安：西安出版社，1996：171.

误信奸佞蛊惑，骗其外甥女朱秦娘和儿子珠儿卖身的故事，主题是宣传戒烟、戒赌、戒游荡、戒小足等思想。《鸦片战纪》写于1916年，同年11月由易俗社首演，是秦腔里首部反映鸦片战争题材的戏。全剧以林则徐为中心，从"奉旨禁烟"起到"谪戍伊犁"结束，全面展示了林则徐禁烟的过程，并借此表现中国人民的反帝斗争，也形象地展现了中国由封建社会沦为半殖民地半封建社会的过程，还描述了三元里人民的抗英斗争。剧中不仅塑造了林则徐、关天培等反帝英雄，还表现大学士王鼎的爱国精神。此剧充分表现出剧作家的远见卓识和进步的历史观。

高培支的代表作是《夺锦楼》。书生梅玉鉴要造访表兄刘芳而路过江夏，和同窗柳子俊相聚时，巧逢当地县令徐翰珊为保护渔家才女钱琼英、钱瑶英姐妹，在夺锦楼前张榜选婿，结果梅、柳得中，以琼英配梅玉鉴、瑶英配柳子俊。后来，梅、柳二人分别高中状元、探花。奸相万谔用许婚来拉拢梅玉鉴，梅玉鉴因不忘前缘而拒绝，而柳子俊为巴结权贵，毛遂自荐。不料万谔因通敌之事被发现，柳的行为受到嘲弄，回过头给钱瑶英认错，最终在刘芳、徐翰珊、梅玉鉴的帮忙下，钱瑶英原谅了柳子俊。戏剧在三对新人入洞房的欢乐气氛中落幕。《夺锦楼》是本大戏，全本十四回，篇幅宏大，人物众多，情节曲折，双生双旦，有情有趣，引人入胜，充满了戏剧的诙谐，是易俗社早期很重要的剧目。剧本以钱家女儿琼英、瑶英的婚事为主线，江夏县令徐翰珊在夺锦楼考试聘婚作为基本情节，又以万谔丞相招婿再起波澜，描画人物，既具有戏剧文学的大幅度勾勒的生动性，又不失对人物性格的细雕精刻，表现出人物多面的性格，如柳子俊、钱瑶英等都具此特色，正如《易俗社简明报告书》中对他戏曲的评价："其为戏也，善以极复杂之事实，错综变化，似将合而复离，意欲断而未尽。再接再厉，层出不穷。评戏者有'长江大河，波澜壮阔'之誉。"①

新中国成立后，高培支任易俗社副社长，被选为西安市文联委员、西北文教委员会委员，1950年参加在北京召开的全国工农教育会议，受到毛泽东主席的接见。

---

① 雷震中．高培支与易俗社［M］//纪念西安易俗社成立七十周年办公室编辑组．西安易俗社七十周年资料汇编．1982：75．

二、李约祉

李约祉（1879—1969），名博，字约祉，亦作约之。陕西蒲城人，易俗社创始人李桐轩长子。清末举人，同盟会会员。曾在三原宏道高等学堂读书，后毕业于北京京师大学堂。长期从事教育工作，历任陕西省立女子高小、省立女子中学校长，陕西省教育厅督察长，全国教育联合会代表等职。易俗社成立后，历任编辑主任、教务主任、评议长等职，先后三任（1920年1月—1921年3月、1925年4月—1926年11月、1927年6月—1930年6月）社长。1921年，他率领易俗社甲班学生到武汉演出，并主编《易俗日报》，刊登戏单、剧本、说明书及评论等，扩大易俗社的影响。在武汉成立易俗社分社，他任社长，坚持演出，同时大力宣传秦腔，宣传易俗社，扩大了秦腔的影响。他还印发了《陕西易俗社第二次报告书》，"使东南数千里外，知文化落后之陕西，尚有此著述宏富、派力雄厚、空前未有之易俗社"，"以是武汉人士始知吾社为有意义之组织，非一般梨园可比。顾曲者莫不惊佩，叹为未有。报纸上之称誉，无日无之"[①]。

李约祉还是一位秦腔编剧，留下二十余部剧本，其中有影响的本戏有《庚娘传》《韩宝英》《仇大娘》《千子鞭》《优孟衣冠》等，折戏有《杨氏碑》《算卦骗人》《假斯文》等。"他的剧作写国事，敢于大起大落；写家庭，又委婉细致。特别是通过人物刻画表达思想内容较为突出，有一定成就。"[②]李约祉的代表作是《庚娘传》和《韩宝英》。

《庚娘传》写于1915年，根据《聊斋志异·庚娘》改编而成。金诚中偕同儿子金大用、儿媳尤庚娘向南逃难，途中遇到也在逃难的匪徒王十八和唐柔娘，他们同乘一条大船。当船行至黄天荡时，王十八将金诚中一家全扔入河中，只留下庚娘一人。唐柔娘见此情景，才知道王十八不是好人，也愤然自投河中。王十八便威胁利诱要和庚娘成亲，庚娘为了给夫报仇，便答应到王家与其成婚。新婚之夜，庚娘用酒将王十八灌醉，杀了王十八和他的母亲，却被王十八的弟弟发现。庚娘逃出后投入池塘，被乡民救起时已经死

---

① 苏育生. 易俗社八十年[M]. 西安：三秦出版社，1992：38.
② 西安易俗社. 易俗社秦腔剧本选[M]. 北京：中国戏剧出版社，1982：300.

了，乡民就把她埋了。晚上，两个盗墓贼掘墓开棺，庚娘又活过来，投奔一户人家。金大用和唐柔娘落水后也被人救起，金便在这户人家教书。这家人有成全金、唐二人美意，可金不愿意。后来金大用得知庚娘自尽，便与唐结为夫妻。一日，金、唐夫妻二人上山祭奠庚娘时却巧遇庚娘，说明情况，金与庚娘团聚。剧作很好地保留了原作的复仇精神，使庚娘形象更为生动，复仇性格更为合理，充分展示出戏曲艺术在激烈的矛盾冲突中完成对人物的塑造的特点。庚娘性格细腻真实，如她见全家被贼杀时，第一反应是和亲人一块死去："罢了！公婆、郎君、夫呀！（唱）见公婆和郎君洪涛命断，不由人气如火心似刀剜。偷生在天地间有何颜面，倒不如一家人水国团圆。"但她又想："我想一家三口，被贼害死，我若轻生自尽，尚望何人与我报仇？我自有主意了。（唱）尤庚娘来自思忖，为报大仇暂屈身。不入虎穴焉得虎？不能人下怎上人？"①她的屈从完全是司马迁所说的忍大辱而就大义。唐柔娘这一人物改编得也很成功。《聊斋志异》里此人是王十八的妻子，而剧作改为她也是被王骗来的，故其有正义感，也是烈女子，她是庚娘形象的映衬补充。尤其是庚娘《杀仇》一折悲壮激烈，既具有秦腔的悲壮豪迈，又不失旦角的柔美凄切。此折也就成为这本戏的亮点，深受观众喜爱，也被越剧、豫剧、川剧、蒲剧等剧种移植，至今还经常上演。

《韩宝英》写于1919年，写太平天国的故事。太平天国政权建立后，天王闭塞，诸王内讧不断，致使轰轰烈烈的太平天国运动失败。剧作着力塑造了韩宝英这位出身农民的姑娘。韩宝英被翼王石达开收养、教育，成长为果敢坚强、大智大勇的女英雄，最后自觉殉身。人物形象生动，感人至深，充分显现出作者善于通过错综复杂的政治斗争，来展示人物性格的艺术功力。剧本结构紧凑，情节跌宕有致。此剧1921年在武汉演出后，深得戏剧家欧阳予倩的赞赏，并亲自将其改编为京剧，曾与京剧大师周信芳合作演出。

新中国建立后，李约祉继任易俗社副社长，被选为陕西省第三届人大代表，一直关心着秦腔事业的发展，并为此奉献了他的毕生主要精力。

---

① 西安易俗社. 易俗社秦腔剧本选［M］. 北京：中国戏剧出版社，1982：317.

三、李仪祉

李仪祉（1882—1938），名协，字仪祉（宜之）。陕西蒲城人，李桐轩次子。清附生，同盟会会员。著名水利专家，易俗社早期剧作家。

李仪祉早年入崇实书院读书，后与其兄李约祉考入北京京师大学堂，学习德文、法文。1909年入德国柏林工业大学和但泽大学学习水利，1915年学成，并获"特许工程师"称号。回国后曾任南京河海水利工程学校教授、校长。1922年回陕，任省水利局局长，创办水利道路专门学校，兼任省教育厅厅长和西北大学校长、中国水利工程学会会长、黄河水利委员会委员长兼总工程师、扬子江水利委员会顾问。李仪祉先生将其毕生精力主要用于祖国的水利事业，尤其是在家乡陕西，他实地勘察，精心设计，苦力修建泾惠、渭惠等水渠，为陕西的水利事业作出了卓越的贡献。

受其父兄的影响，李仪祉在致力于水利工程研究之余也积极为易俗社创作剧本，其中具有影响的剧本有《复成桥》《卢采英》《李寄斩蛇记》等。代表作《李寄斩蛇记》，取材于东晋干宝《搜神记》里的李寄斩蛇故事。汉时东越庸山有一条大蛇，盘踞山谷，危害民众。地方官员昏聩，听信巫祝谎言，以蛇为神，每年重金购一童女供蛇食用。官员、巫祝相互勾结，以蛇骗取百姓钱财，老百姓不堪其苦。有个叫李诞的人，生有六女，家贫如洗，拿不出五十两派捐银。其六女李寄看父亲如此煎熬，便主动提出把自己献出去，便可给家里省下这笔钱。父亲尽管依恋不舍，但也没别的办法，只好将小女李寄献出。李寄聪明勇敢，她对其父唱道："这才是人无义自相仇陷，哪里是毒虫类灵异庄严。真可恨巫祝们心肠凶险，把女儿就当了犬羊一般。我虽是弱女子誓立宏愿，愿助我姐妹们除却祸端。拼着我一条命前去冒险，先杀蛇后杀巫雪此奇冤！"[①]她经过认真准备，带一只犬，身藏一把利剑，将蜜炒米饭置洞口引蛇出洞食之，然后纵犬咬之，借势杀死毒蛇。可是，巫祝串通官府，诬陷李诞父女，将他们下狱，义犬又救出他们。李诞遂告于越王，王诛杀昏官与巫祝，封李寄为后，此地恢复了平安。戏曲塑造了李寄这

---

① 西安易俗社.易俗社秦腔剧本选［M］.北京：中国戏剧出版社，1982：440.

位智勇双全的女英雄，歌颂了她为民众除害的大无畏精神，也鞭挞了昏官恶吏和奸佞巫祝，全剧洋溢着颂正除恶的正义精神，具有感人的悲壮美。

《复成桥》取材于清末南京流传的一桩冤案故事，揭露旧社会的贪官污吏和黑恶势力勾结祸害百姓，表现奸诈阴谋者必将失败，忠诚善良之人必将得到好报的主题。《卢采英》借用西班牙的故事，抨击地方势力勾结官府欺压百姓，歌颂卢采英机智救夫出狱的英勇行为，为民伸张正义。

李仪祉的戏曲都具有强烈的现实精神。他歌颂女性，关注普通民众，揭露贪官污吏、巫祝、地方黑恶势力，表现出作者崇高的人格胆识。真是戏如其人！李仪祉先生早年留学欧洲，接受西方的民主思想，关注百姓民生，故其作普遍具有关心下层民众的意识，如孙仁玉先生所评："（李仪祉）以游学欧洲，见闻广，所编戏融合中西，提醒青年处甚多"。①

可惜，一代先贤，正由于太忙碌，积劳成疾，壮年去世，三秦人民，至今怀念！

四、王伯明

王伯明（1859—1942），名照离，字伯明。陕西扶风人。晚清举人，曾做过陕西同州知府、省临时议会议员、陕西省政府顾问等。易俗社发起人之一，历任社监、社长（1916年1月—1920年1月）、名誉社长、编辑等职。在清末时，他就写了《训俗亭》，反对缠足，提倡新政，被称为"吾陕新剧界之先导者"。易俗社成立后，他写了很多剧本，后因双目失明，不得不停止创作。《陕西易俗社第二次报告书》中这样评价王伯明的剧作："切实发挥，不遗余力，庄重之中，时饶兴趣。"他创作的剧本有二十余部，其中本戏有写黄帝缔造中国历史和借用小儿游戏来表达爱国思想的《开国图》和《共和纪念》，写屈原爱国忠谏的《汨罗江》和写某学生因误解"自由"含义而误己终身故事的《自由根》等。折戏有《欢迎议员》《长生鉴》《梁上君子》《毒药饼》《女桑园寄子》《新糊涂判》《阿毛传》等，虽是小戏，但各有特点。《欢迎议员》写新议员的好处，表现人民的愿望；《新糊涂

---

① 苏育生. 易俗社八十年[M]. 西安：三秦出版社，1992：39.

判》写县官段德明同时审判三个案子，其中以聪明当糊涂，产生令人发笑的戏剧效果，是部构思精巧、讽刺幽默的喜剧。

五、胡文卿

胡文卿（1887—？），又名闻钦，字焕章。陕西临潼雨金镇东胡门村人。清末贡生。毕业于陕西省法政专门学校。分别于1921年3月—1922年1月、1930年6月—1934年1月、1934年1月—1937年12月任易俗社社长。历任陕西省耀县知事、省教育厅科长、省禁烟总局总办、省政府参议等职。

胡文卿和易俗社创始人孙仁玉既是老乡、师生，又是亲戚。尽管他只比孙仁玉小三岁，但他对孙仁玉非常崇拜，两人早有来往。他能走入易俗社、爱上秦腔剧本创作这条路，可以说就是受到孙仁玉影响的结果。

早在1900年，由于朝廷取消了秋季科考，孙仁玉在傅家设帐开馆授徒，胡文卿就是众多就教者中的一个。胡文卿生在一个有三四十口人的大户人家，自幼勤奋好学，但因父亲早逝，他不到二十岁便挑起管理家事的重担。他为人温和，办事果敢，尤其善于经营，在他的经营下，家族逐渐富有，但也因此学业受到很大影响，所以在学问上他很佩服孙仁玉。当孙仁玉从三原宏道学堂回来，他便要到孙仁玉家求教，两人结下了很厚的情谊。1904年春，孙仁玉年仅二十九岁的妻子张氏因病去世，胡文卿以弟子的身份前去祭奠，这期间关于孙先生的所见所闻，使其对孙仁玉更是崇敬，对孙先生英年丧妻深表同情。回家后，他就把孙仁玉的事情告诉了母亲。母亲原本也听到一些有关孙举人的说谈，听了儿子的诉说后也是既对孙仁玉为人、品行表示赞赏，又对其不幸表示同情。谁知他们母子的谈话却被胡文卿十九岁的妹妹听到，她对孙仁玉很是同情，便要求哥哥请孙仁玉到家吃饭。孙仁玉不好推辞便去了，这位名叫润芝的姑娘一见便喜欢上了孙仁玉，缠着母亲要嫁给孙仁玉。母亲无奈只得同意。如此，胡文卿和孙仁玉便又成了至亲。结婚后，孙仁玉应临潼知县李嘉绩的邀请，辞去三原宏道学堂之职，回临潼任临潼横渠学堂教习，胡文卿再次成为他的学生。

正是受孙仁玉的影响，1916年3月，胡文卿加入易俗社，先后担任编辑、社监、社长、债务主任等职。就在胡文卿当社长的1932年4月13日，西安《民意报》副刊刊登了一篇题为《易俗社学生被俗易》的文章，无中生有地说易俗社正在走红的学生王天民、康顿易、杨实易在不正当的场合赌博。三位学生得知后非常生气，就找报社理论，要求澄清事实，消除影响，遭到拒绝。4月15日，王天民等三位又冲进报社，找社长薛兰生解决。薛兰生蛮横地说："你们有刁难我们看戏的权利，我们就有揭露你们伤风败俗的自由。"①于是双方发生冲突，三位学生把薛兰生打了一顿，又砸了些设备然后离去。薛兰生恼羞成怒，把这三人告到自己的密友、西安警备司令马青苑处。事态扩大了，易俗社有些评议怕生事，说开除三位学生算了。社长胡文卿并没有如此草率了事，而是赶快找孙仁玉商量办法。孙仁玉拿出两张报纸：一张是12日登有演出广告的，一张是13日污蔑学生的那张。胡文卿一下明白了，12日学生在演出，污蔑之词不攻自破。但他又担心薛兰生和马青苑关系密切，本来就是找事。孙仁玉好像早有准备，拿出给杨虎城写好的信让胡文卿去找杨虎城主席。胡文卿去了，杨虎城主席接见了他，他说明来意，杨主席立即给马青苑批示："不宜小题大做！"一场风波在胡文卿的周旋下顺利解决。此事反而使易俗社名气更大，迫使《民意报》后来也不得不正面宣传易俗社。

胡文卿除了主持易俗社行政事务外，也创作剧本。他主要作品有本戏《天香阁》《打倒日本化》，折戏《错认缘》《一拜缘》《姑嫂决科》等。《天香阁》宣传惩戒贪诈，棒喝趋附。《打倒日本化》号召抗日，宣传爱国思想。《一拜缘》劝诫浮躁，《错认缘》劝诫鲁莽行为；《姑嫂决科》讲述家庭伦理，主张家人和睦相处。

六、吕南仲

吕南仲（1887—1927），名律，字南仲，浙江绍兴人。清末附生，历任陕西财政厅科员，股长，陕西临潼、渭南、华县等厘金局局长。1919年加入易俗社，历任编辑、评议长、社长（1923年12月—1925年4月）等职。他创作的秦腔本戏有《金狮鼎》《殷桃娘》《夺魁阁》《紫碧鱼》《巧团圆》《双锦衣》等，折戏有《花月筒》《飞波镜》《假金记》等十多种。在易俗

---

① 玉振. 孙仁玉传［M］. 西安：三秦出版社，1992：219.

社成立十二周年之际，他以"十二"为序列写了一组小戏，有《十二先生》《十二戏迷》《十二锦屏》《十二因果》《十二花客》《十二金钗》《十二全福》等十余种。

《双锦衣》《殷桃娘》是吕南仲的代表作。《双锦衣》是前、后本大戏，以北宋末年金人入侵，宋室狼狈南逃，宗泽起兵抗金为背景，描写老百姓在社会动乱中的颠沛流离。洛阳乡宦姜景范有二女，大女儿叫雪春，许婚学生王善；二女儿叫琴秋，许婚学生吴给。吴、王二人和纨绔之子蒋成史、许本德是同学。姜景范让二女各绣锦衣一件赠予各自未婚婿。蒋、许二人见锦衣而极为羡慕，欲用计谋杀吴、王，以夺其美。他们先推吴给落水，吴给却被右丞相吕好问救起，携其逃走。蒋又逼王善休了雪春，王善无奈出走。蒋以为计成，欲诱奸雪春，雪春以镜击之，反被诬陷，遂自缢，被侠女救活，逃往松江。雪春一案又株连到琴秋蒙冤，琴秋携丫鬟逃入尼姑庵。后金兵南下，吴给与吕好问扶康王自立，官拜御史，得审雪春冤案，冤情才明。吴给、王善和雪春、琴秋江中相遇，共庆团圆。戏曲以姜雪春、姜琴秋的婚姻纠葛为线索，反映了"叙治国齐家，安危隆替，处事当出审慎，不容丝毫差参"①的主题，也反映了朝廷主战派和主和派的激烈斗争，反映了一定的爱国主义思想。此剧于1920年完成，容量大，故事情节曲折，人物心理刻画细腻，很受观众欢迎。鲁迅先生花费两个晚上完整看完老乡所编之剧，对此剧评价很好，认为："吕南仲先生以绍兴人从事编著秦腔剧本，并在秦中落户，很是难得。"②

《殷桃娘》取材于《史记》诸传，以楚汉相争为历史背景，描写了一个替父报仇的故事。主人公殷桃娘，其父殷通是会稽太守，召集项梁、项羽讨论起义之事，却被项羽杀害。殷桃娘为了替父报仇，更名改装，混入项军大营，侍奉项羽妻子虞姬，并与之结为姊妹。后遇到在项羽手下做郎中的韩信，慕其英豪，得知项羽打算杀害韩信消息后，连夜盗马，与韩信逃走，投奔了刘邦。殷桃娘给韩信出奇计，诱项羽出击，结果被围垓下。虞姬亲见殷桃娘，以姐妹之情相求，企图说服殷桃娘，使韩信退兵。但杀父之仇岂能以

---

① 吕晓英. 孙伏园评传[M]. 北京：中国社会科学出版社，2011：46.
② 单演义. 鲁迅在西安[M]. 西安：西北大学出版社，2009：76.

姐妹之情而不报？故殷桃娘断然拒绝，迫使项羽自刎乌江。尽管此剧剧名叫《殷桃娘》，但实际上殷桃娘只是结构全剧的线索人物；尽管殷桃娘也有一定的性格特征，但反不如项羽、韩信、虞姬的形象丰满。此外，剧情涉及历史面过于宽泛，人物过多，如述说历史的流水账，矛盾冲突不集中。但剧中也有精彩的折子戏，如项羽、虞姬、桃娘及诸将饮酒论英雄、霸王别姬等场面都写得非常生动，确如时人所评："所编戏变幻离奇，不可捉摸。"①

七、封至模

封至模（1893—1974），又名挺楷，陕西西安人。他出生在一个小商人家庭，1920年毕业于西安第一师范学校，同年入北京国立艺术专科学校专攻美术。在艺专期间，与剧作家李健吾等排演《幽兰女士》《一元钱》《夜未央》《是人吗》等多幕剧；还参加齐如山、余叔岩、梅兰芳、曹心泉的国剧社，结识了荀慧生、尚小云、程砚秋、徐碧云、筱翠花、刘仲秋、郭建英等著名演员。由于热爱京剧艺术，他请京剧票友王寿山、南铁生传授青衣、花旦表演技艺，先习清唱，后练做工表演。在京曾演出过《五典坡》《贵妃醉酒》《五花洞》《十三妹》《三娘教子》等剧，红极一时。1922年，他回到西安，加入阎甘园、李逸生、周伯勋等组织的京剧票友社——广益娱乐社，他一登台演出，便轰动西安。不久，他又去北京，拜青衣花衫李宝琴学做工，得秘本真传。他还与话剧界、京剧界名流有交往，探索表演技艺。1922年秋，旅京秦人为陕西大旱、"虎列拉"（霍乱）蔓延举行义演，他响应张凤翔、寇锡山、王捷三、武少文、马公韬号召，又扮演了《梅龙镇》里的李凤姐、《虹霓关》中的东方玉梅、《拾玉镯》中的孙玉姣、《棒打薄情郎》中的金玉奴等艺术形象，以扮相秀美，功法稳厚，声腔饱满，举止飘逸，顿挫分明，受到广大观众的喜爱。回陕后，封至模先生又与刘尚达、张寒晖、周伯勋、姚一征组织西安实验话剧团。1926年以后，他任成德中学美术教师。由于酷爱戏剧艺术，他又于1930年从教育界转入戏剧行列，加入了陕西易俗社，曾任编辑、教务主任、评议长、训育主任、导演等职。从1931年至

---

① 苏育生. 秦腔艺术谈［M］. 西安：西安出版社，1996：177.

1938年的八年中,他力主戏曲革新,力矫秦腔粗俗之习,在以易俗社为实验基地的秦腔改革中起到了承上启下的作用,作出了卓越的贡献。

封至模不仅是一位戏剧活动家、教育家、演员和导演,还是一位卓越的编剧。他一生创作、改编和整理剧本四十余种。他创作的剧本比较有影响的有《山河破碎》《还我河山》《回到祖国》《蝶哭花笑》《赤壁鏖战》等,由京剧改编成秦腔的有《水淹下邳》《龙门寺》《奇双会》《回到祖国来》《宇宙锋》等。他的代表作是历史剧《山河破碎》和《还我河山》。这两部戏写于20世纪30年代中期,正值中国人民面临日本帝国主义侵略,民族存亡的关键时刻,封至模先生以强烈的民族责任感,以戏曲作为鼓舞人民抗日的武器,写下了这两部具有强烈现实意义的历史剧。剧作取材南宋王朝覆灭的事实,歌颂以韩世忠、梁红玉、岳飞等民族英雄奋起抗击侵略者,收复河山的爱国精神。这两部戏风格新颖,场面壮观,对激发全国人民同仇敌忾抗击日本侵略者,鞭挞一味妥协、退让的政府当局起了很好的作用,演出之后轰动平津。1937年6月13日《全民报》报道《山河破碎》在北平怀仁堂演出盛况说:"观众之多,足无隙地,无票遭拒于门外者大有人在,观众欢迎的情绪,诚为仅见。"①《山河破碎》何以如此轰动?该报道深刻地指出:"当此国难严重之日,实于宋朝无二致。宋时君昏臣懦,畏敌如虎,因循苟且,只图贪生,抗敌之不能容,奸佞当权,卖国误国,卒至沦于异族,在民族史上留一污痕……此剧写历史的伤痛,促民族的觉悟,振聋发聩,去懦警顽,实对现时之中国当局下一针砭。方今举国民众,抗敌殷切,故亦极欢迎此抗敌救国主义之民族佳剧也。"②

封至模还精心主持为上海百代唱片公司灌制秦腔唱片,以弘扬秦腔艺术。对易俗社剧场进行仿北京中和剧场的改造。首创在西安实行对号入座。让监场(前场管理人员)人穿蓝色红边工作服和让"龙套"脸上涂彩并穿衬滚衣等美洁台风的改进,他都付出了很大精力。抗战时期,为避日机空袭,

---

① 西安市艺术研究所.百年风流:西安易俗社百年华诞纪念专刊[J].《西安艺术》2012年第2-4期合刊.2012:203.

② 西安市艺术研究所.百年风流:西安易俗社百年华诞纪念专刊[J].《西安艺术》2012年第2-4期合刊.2012:203-204.

他住在东关一家花园窑洞，仍抓紧时间在窑洞前的树荫下，为宋上华、伍富民、杨令俗、雒秉华排导了《拷红》《龙门寺》《渔家乐》《桑园寄子》等戏，使这些演员技艺与日俱增，享誉西北。离开易俗社后，他还相继创办了夏声剧校（京剧）、戏剧专修班、上林剧社，培养了一批又一批艺术人才。

新中国成立后，封至模先后在西北军政委员会文化部艺术处和西北戏曲研究院工作。抗美援朝时，他以花甲之年义演《虹霓关》，并为易俗社新生部和三意社、尚友社及戏校讲课授艺。1952年全国戏曲会演前，他亲自为刘毓中改编排导《卖画劈门》，为苏育民排导《打柴劝弟》，为孟遏云、刘易平、萧若兰等排导《游龟山》。在排导时，他与演员切磋研习，边排边改，使这些秦腔传统戏能以新貌进京演出。这一时期，封至模除编剧、讲课外，还编著了《戏曲词典》《秦腔概述》《秦腔剧目》《秦腔艺人考略》《秦腔字韵》《秦腔髯口》和《秦腔板眼和腔调》等书，对弘扬及振兴秦腔艺术都是很有价值的珍贵资料。1974年8月8日在南京病逝，享年八十一岁。

八、淡栖山

淡栖山（1897—1966），陕西省西安市人，出生在一个农民家庭。曾任陕西省长安图书馆馆长，省公安总局督察员、代理警察长，省公路局总务科长等职。1949后，先后任西安市革命文物征集委员会秘书，西安市文教局、文化局干部，西安市文史馆馆员等。

淡栖山于1939年年底加入易俗社，任教员、编辑，后补为理事。他创作的剧本有《保卫祖国》《民族英雄》《会真记》《雪鸿泪史》《孟丽君》《江山美人》《黄巢起义》《文天祥》《双燕珠》等。他的剧作，以历史题材为主，如《保卫祖国》和《民族英雄》写明末左宝贵、戚继光抗击倭寇的英雄事迹，《文天祥》歌颂民族英雄文天祥誓死抗敌、决不屈服的爱国情怀和凛然气概。

他的代表作是《雪鸿泪史》，由十四场构成。明朝万历年间，山西太原遭灾，员外秋子青、杨氏夫妇率女儿云鸿、云凤到通州好友江侍郎家中居住，以避灾荒，路遇无赖万花楼。万见秋家女子美貌，遂起恶念，男扮女装，进入江家给云凤做婢女，与其私通。江家公子晓雪见秋家大女儿云鸿才貌双全，产生恋情，二人私订终身。不料，他二人的情书被万花楼弄到，万冒充晓雪企图到云鸿房间行不轨，恰遇盗贼周龙行窃，二人相遇，惊醒杨氏。杨氏呼叫被周龙所杀，万花楼趁机逃走，周龙将得到的情书掷于尸体旁后逃走。县令以情书为证据，将晓雪与云鸿押解大牢。周龙因别案被抓，进入牢狱，良心发现，自述实情，晓雪和云鸿获释。万花楼知道事情已平息，再次化名吴兴进入江家做了书童，与云凤继续鬼混，怕私情被晓雪发现，便与云凤密谋，遂将晓雪勒死，并作伪证嫁祸云鸿。云鸿再次被抓，屈打成招，被判处死刑。临刑前，晓雪被盗墓贼开棺复活，及时赶到救下云鸿。后由县令做媒，晓雪与云鸿结为连理。此剧场面宏大，双线推动情节，明显受《三滴血》的影响，才子佳人，公案加爱情。但该剧亦有其可陈之处，如第十二场《鬼劫》中李四和张三对"鬼"的一番谈论，插科打诨、嬉笑怒骂，对现实中种种"鬼"进行了揭露，也充满了喜剧的悲中有"喜"的特色。最后一场《决囚》中，作者借秋云鸿之口，揭露封建吏治草菅人命的罪恶，表达自己的吏治理想："县令乃是亲民之官，为民父母，凡遇民间一切大小案件，须要审明两造曲直，合理判决，务使民无冤民，狱无冤狱，才能尽到作官辖民职责，切不可听信原告一面之词，伪作证据，以致被告无辜受屈。想民女遭下不白之冤，带到公堂审问，只凭原告供词，不加详细考察，便将民女屈打成招，判处死罪，若不是公子复生，此案岂不是冤沉海底？不知冤屈了多少好人？望祈老爷，以后办理案件，须得推情度理，详细审问，万勿鲁莽从事，草菅人命，才算得秦镜高悬的青天大老爷！"[①]戏剧对秋云鸿这一人物也塑造得较为成功。

---

① 西安易俗社. 易俗社秦腔剧本选[M]. 北京：中国戏剧出版社，1982：626-627.

第七章 三意社等秦腔团社的剧作家

在20世纪的西安剧坛,有两个旗鼓相当的百年剧社,一个是易俗社,另一个就是三意社。三意社创建于1915年,起初名字叫"长庆班",后改为"西安三意社"。三意社初期主要以演秦腔传统剧目为主,没有自己的专业编剧,新剧本主要靠社会投稿。在易俗社的影响下,新型秦腔团社如雨后春笋般出现,也涌现出一批优秀的秦腔剧作家。1930年,三意社有了自己的编剧。

第一节 三意社的剧作家

早期的三意社不像易俗社那样重在演出自己社创作剧目,而以演出秦腔传统剧目为主,故在编导队伍方面没有易俗社强大,但从1930年起开始吸收知识分子入社担任编剧、导演,著名的秦腔改革家李逸僧,著名秦腔教育家、编剧封至模,秦腔编剧袁多寿、袁允中应邀加入,创作出一大批的优秀剧本,大大提升了三意社的文化品位。

一、李逸僧

李逸僧(1878—1942),原名李翼生,陕西西安人。秦腔改革家、编导及音乐家。因左臂跌伤,自称"短左袂僧",他出生在一个富商家,兄弟三人,排行为二,故戏剧界称其"李二老爷"。自小受家庭严教,学业优异,对古典文学、戏曲艺术、音乐都有很深的造诣,这为他后来投身戏曲改革打下了良好的基础。

1901年慈禧、光绪皇帝逃奔到西安,李翼生因门第关系,被荐入宫充当侍卫，目睹了宫廷的腐败没落，内心燃起了反抗的怒火。1911年辛亥革命时，他在陕西跟随张翔初、张云山反清，思想激进，行动果敢，因功受到擢升。1914年北洋军阀陆建章督陕，因政见不同李翼生愤然出走，赴北京跟京剧名小生姜妙香学戏。1916年，陆建章被逐出陕西，陈树藩改任陕西督军，李翼生二次被起用，出任省督军府副官主任。他为人正直，主持正义，同情下层民众，却遭到当时的恶人的攻击，因而厌恶官场争斗生活，毅然退出军政界，在家赋闲，因此易名为李逸僧，专门从事戏曲研究和秦腔改革活动，并以票友身份活跃在西安剧坛。

李逸僧酷爱中国戏曲艺术，对京剧、秦腔都有较深的造诣，精通音乐，对戏曲事业非常热心。20世纪30年代初，他在西安与京剧票友李游鹤等人组建了广益娱乐社、和众票社等京剧团体。他先后在《群英会》《黄鹤楼》中饰周瑜，《辕门射戟》中饰吕布；又与另一名票友封至模联袂演出《法门寺》《浣花溪》（一生一旦）。他除擅长生角戏外，丑角戏也很出色。他演出京剧、研究京剧的目的是从中找到改革秦腔的灵感和技巧的借鉴，为秦腔起到示范作用。他将好多京剧传统名剧和秦腔同类传统剧目比对分析，各采其长，然后搬上舞台，对秦腔的改革作出了很大的贡献。

李逸僧博学多才，他除演京剧外，对河北梆子、山西梆子、豫剧、眉户等也十分熟悉，还能任编导。为了实现他改革秦腔的夙愿，"他选中了保留旧秦腔传统较多的'三意社'为实践园地，从民国二十年到二十七年（1931—1938），服务于'三意社'，协助编、导工作八年有余。对'三意社'来说，这八年绝非平常的八年，它是该社艺术上由粗到细、由低到高、由旧到新、由不成熟到成熟的突飞猛进年代。也是'三意社'出戏、出人最多的时期，又是经济收入最高的时期。'三意社'从此名扬陕西，蜚声西北。"①在三意社任编导期间，他对秦腔进行了诸多改革，成就卓然。经他改编的秦腔传统名剧有《苏武牧羊》《玉堂春》《娄昭君》《卧薪尝胆》《化墨珠》等。这些剧目经他的精心改造，都成为秦腔经久演出的名剧。

《苏武牧羊》故事最早见于《汉书·苏建传》，宋元时有戏文《苏武

---

① 王思智．秦腔改革者李逸僧［M］//静波，田滨，王思智．三意社百年演艺纪念文集．西安：三秦出版社，1998：306．

牧羊记》，元代有周仲彬的《苏武持节》杂剧，明代有《牧羊记》传奇。川剧、豫剧、河北梆子、汉剧等地方戏里都有此剧，其中较有名的是京剧名家王瑶卿根据各剧所长而编成的《苏武牧羊》。李逸僧就是选取此剧，将其改编成秦腔。这一剧目，传统的剧本是以苏武持节牧羊，不听李陵劝降，保持民族气节为中心情节。李逸僧的改编本在原有情节的基础上，又将昭君出塞的故事、忠奸斗争的情节有机地加入，丰富了剧本的内容。尤其是在艺术表现手法上，他突破秦腔音乐板式的固有模式，大胆设计新腔，如他创造了李陵唱前半句、苏武唱后半句的唱腔形式，为观众所称道。

《娄昭君》是李逸僧改编、整理的有影响的剧目。此剧取材于北齐女政治家娄昭君的故事。娄昭君（501—562），北齐代郡平城（今山西大同）人，鲜卑族，北魏司徒娄内干之女，追尊神武帝高欢的正室夫人。娄昭君是中国南北朝时期的传奇女性。她的传奇，不仅表现在她帮助高欢开创了北齐王朝基业；还在于她为高欢生育的六子二女中，有三个儿子登基称帝，一个儿子被追谥为皇帝，两个儿子封王，两个女儿均成为一代皇后。娄昭君年轻时美貌，很多豪族欲礼聘为妻，娄昭君都不答应。虽然生于贵族人家，但她自幼"明悟"过人，尤其是在婚姻大事上极有主见，为此，很多"强族"都遭受过她的白眼。娄昭君慧眼独具，看到在城墙之上服劳役的将领高欢相貌奇伟，面带忠厚，虽然目前贫穷，但料定他是个英雄，日后必然发迹，于是产生爱慕之意，暗地赠给高欢金银财物，后二人结成美满姻缘。此后，娄昭君又拿出全部家资，让高欢结识天下英雄豪杰，并参与出谋策划，使高欢屡立战功，官居东魏丞相。剧本塑造了娄昭君这个美丽、聪慧的女性形象。她不以门第找对象，和高欢一见钟情，为了自己的幸福敢于和父亲据理力争。她父亲认为"那高欢家赤贫穷军下走，辱没我名家女世代公侯"。她却反驳唱道："你的儿读诗书名节是尚，岂能够违父母自作主张。只恐怕适庸流福难长享，誓必嫁奇男子百代流芳。并非趋下流桑间陌上，又不是忘廉耻钻穴逾墙，老爹爹休把那贫穷限量，穷人子也有那国士无双。"[①]他父亲企图用珍奇异宝作为嫁妆诱她就范，她却高唱："老爹爹列珍宝将儿教训，你的儿识

[①] 西安市政协文史资料委员会，西安曲江新区管理委员会. 西安秦腔剧本精编（36）三意社卷［M］. 西安：西安出版社，2011：383.

英雄不识黄金。望爹娘遂儿志保全万幸，儿愿学孟光女荆钗布裙。"①此剧前半部分紧紧围绕娄昭君和高欢的爱情来构思，情节曲折动人，人物性格鲜明，有一定的生活气息。但结尾有些不尽如人意，尽管有高欢出现，但也是副角，更见不到主人公娄昭君的踪影，显得有些脱离主题。但在结构上，打破秦腔的传统板式结构，吸收了京剧"逍遥津"的优美韵律，创造出了一种"新腔"，经苏哲民、苏育民演出，此剧红极一时，成为三意社的看家戏。

《卧薪尝胆》经他的改编，也被誉为"点石成金"之作。此剧为李逸僧主要根据梅兰芳编演的京剧剧本《西施》改编，和秦腔老观众所熟悉的《访西施》有很多不同。他大胆革新，给该剧增添了很多"新腔"，如姑苏台一段，为了揭露吴王夫差的荒淫无道，对秦腔花音慢板进行了大量革新，使音乐风格与剧情更加和谐。

他还为三意社导演了很多名剧，如《十五贯》《蒋干盗书》等，很多戏经他编导都会重放光彩。因为他"凡写戏时都要和三意社的老艺人们在一起研究，看合不合秦腔的风格，他们注重唱白舞蹈，穿插离奇，喜怒哀乐，有情有趣，以及字句的锻炼，角色的搭配，时间之把握，作者都注意到了，因此，编出来的戏就招人鉴赏"②。

李逸僧不仅善于编导戏剧，而且更识才、爱才，深得艺人敬重。他不仅与秦腔老一代艺人，如陈雨农、李云亭等切磋艺术、以诚相待，而且无私提携秦腔后人，如秦腔名旦何振中，从小就在李家受教育，后来，何振中置房成家，都得到李逸僧的资助。蒲剧演员阎逢春，在西安唱红不久，嗓子坏了，十分痛苦。李逸僧很惋惜，他一面安排阎住在自己家中，出钱请汉调二黄的名教练给阎练嗓子，一面教阎练闪帽翅。后来，为支持阎的事业，李逸僧又花费数百元，为阎在西安城隍庙定做戏箱、行头。阎视李逸僧为"再生父母"，特将自己"代蓉"之名易为"阎逢春"。蒲剧演员王秀兰，原是一个流落在西安的穷女孩，八岁时，被李逸僧路过看见，认定其是当演员的料，便千方百计说服其母让孩子学戏，李逸僧口授《玉堂春》《金玉奴》

---

① 西安市政协文史资料委员会，西安曲江新区管理委员会. 西安秦腔剧本精编（36）三意社卷[M]. 西安：西安出版社，2011：390.

② 鱼讯. 陕西省戏剧志·西安市卷[M]. 三秦出版社，1998：750.

《水漫金山》等戏，很快唱红了西安。

李逸僧德艺双馨，为三意社编导戏剧、培养人才，作出了巨大贡献，为秦腔事业奉献了他的毕生精力。1942年，李逸僧病逝于西安，是年六十四岁。

二、袁允中

袁允中（1910—1971），又名中玄，上海人。秦腔剧作家。1932年毕业于北京大学经济系。1934年在北平师范大学研究院历史科毕业，后任上海商务印书馆编译、中国学院讲师、平凉师范教务主任。1936年到西安，在西安高中任国文教员；1941年在陕西省教育厅做秘书，并兼任陕西省商业专科学校教授；1944年到1945年，任略阳县银行经理；1948年到1950年开办合作面粉作坊。他古典文学功底深厚，又精通英语，便业余为三意社编写剧本，1953年进入三意社任编剧，直到生命终结。

袁允中是一位很有创见的剧作家，他所创作和改编的剧本，大都能达到较强的文学性和较强的思想性及较好的社会效益有机结合。他先后创作和改编的剧本有《峨眉二蛇》（两本）、《刘蝉金》、《唐太宗》、《五典坡》（两本）、《狸猫换太子》、《双罗衫》、《状元媒》、《风筝误》、《昊天塔》、《梁红玉炮镇两狼山》、《九凤岭》、《王孝和》、《孙猴盗扇》等，其中《五典坡》《刘蝉金》《状元媒》久演不衰，成为三意社的保留剧目。尤其是他改编的秦腔传统剧《五典坡》更显现出他敏锐的艺术感受力和超高的审美品位。他的《五典坡》较之于传统剧本，有"点铁成金"之妙。

传统剧目《五典坡》描写后唐时，相国王允的三女儿王宝钏游园，见门外起火，近前一看，原来是乞儿薛平贵身上放光，认为其有王相，就想嫁给他。于是，告诉薛平贵飘彩之事，望他来接彩。这年二月二，王宝钏飘彩择婿，薛平贵得彩，可王允嫌贫爱富驱逐平贵。王宝钏与父亲三击掌断绝父女关系，只身赶奔至寒窑，与薛平贵成亲。时巧逢曲江岸边红鬃烈马伤人，平贵降服，唐王封其为后军督府。此时西凉反唐，王允、魏虎奏本，命薛平贵为魏虎的先锋，欲害之。魏虎战败被困，平贵救之，而魏虎却骗平贵陷入敌阵。西凉代战公主仰慕薛平贵的英勇，遂招他为驸马。王宝钏独守寒窑十八年，托鸿雁传书，寻找平贵。平贵得宝钏血书，回到五典坡，夫妻团圆。次日,宝钏登殿算粮,魏虎不给,王允却劝宝钏改嫁。宝钏邀来平贵,王允暗里派高士纪杀平贵。高刺平贵于马下,却见龙护其身,于是投降给平贵。后代战公主领兵打进长安,平贵登上王位,宝钏做了皇后。从思想内容来看,此剧充满着封建迷信和宿命论色彩。在艺术上,很多情节破坏人物性格的统一性,如薛平贵被西凉国招为驸马,回来后在五典坡调戏经受十八年辛苦的妻子王宝钏及西凉代战公主率军打入长安,薛平贵当了皇上等情节,完全背离了人物性格的发展轨迹,有胡编乱造之弊。袁允中的改编剧,保留了原故事的框架和如"三击掌"等精彩的关目,删去和改写了封建迷信和宿命的糟粕。传统剧本一开始介绍王宝钏认识薛平贵是在她家花园:"观见花郎身旁起火,日后必有大富大贵。丫环,将那花郎唤醒,带进园来,姑娘我要问话。"她见了薛平贵,心里想的也是富贵:"见得花郎相貌异,两耳坠肩手过膝。后来富贵必容易,不是寻常把膳乞。"①于是她才把飘彩之事告诉给薛平贵。这里的王宝钏与其大姐、二姐有什么区别呢?只不过是把薛平贵当作一个有潜在能力的绩优股。而袁允中改编得非常成功,完全剔除了糟粕,使宝钏形象一登场就充满幽香,品行高洁。她看到花园角门外有个贫病之人,便让丫鬟给送些碎银,可薛平贵不要,这倒是一奇,引起宝钏的注意,"还是个贫而有志之人"。一个细节将王、薛二人的思想境界都表现出来:姑娘善良,花郎贫而有志。首先对薛平贵有好感,然后是"月光下见此人眉宇英爽,破衣衫遮不住气概轩昂。虽然是贫穷人抱有病恙,并无有寒酸态潦倒颓唐。怪不得他不愿受人银两,定是个奇男子不比寻常"②。如果说这仅仅是对薛平贵外在的认识,那么当薛平贵介绍自己"自幼儿习武艺弓马爱好,一心想为国家出力效劳"后,王宝钏对他有了更深层的了解:"听他言不由人低头细想,原来他寒窑内尚无妻房。虽然是贫穷人可怜情况,有志气有武艺英俊非常。若与她结姻缘甘苦同享,远胜过富家子酒袋饭囊。"③"只为你光明

---

① 西安市政协文史资料委员会,西安曲江新区管理委员会. 西安秦腔剧本精编(35)三意社卷[M]. 西安:西安出版社,2011:7.
② 西安市政协文史资料委员会,西安曲江新区管理委员会. 西安秦腔剧本精编(39)三意社卷[M]. 西安:西安出版社,2011:107.
③ 西安市政协文史资料委员会,西安曲江新区管理委员会. 西安秦腔剧本精编(39)三意社卷[M]. 西安:西安出版社,2011:109.

磊落多爽朗，贫而有志气轩昂。愿托终身明言讲，你何必多虑心彷徨。"①薛平贵听后无比感动："既蒙姑娘明言讲，平贵焉能心彷徨。但只怕寒窑破烂不成样，委屈姑娘怎敢当？"王宝钏当即表态："我愿效荆钗布裙汉孟光。"有了这样的铺垫，后边的飘彩便是水到渠成了。

此戏上本的高潮可以说是《击掌》，袁允中既保留了传统剧本父女的矛盾冲突，但又从人性角度揭示出人物内心的细腻情感：

王宝钏（唱）今日堂前三击掌，

　　　　　一刀两断父女情。

　　　　　我望着后堂将娘拜，

　　　　　再拜过嫌贫爱富的老父亲。②

王　允（唱）三击掌气得人浑身发颤，

　　　　　今日里绝了父女缘。

　　　　　我睁开双眼四下看，

　　　　　却怎么不见我女儿宝钏。③

这些唱段，准确地勾勒出人物的内心活动和复杂感情，突破了中国戏曲重情节而刻画人物心理活动欠缺的不足，表现出袁允中高超的编剧能力。

《别窑》一出，充分展示了王宝钏对爱情的坚贞，她不慕荣华富贵，坚守二人的盟誓："夫走后要粮单做何而用，妻望夫夫望妻大放悲声。薛郎夫休逞你血气之勇，这件事还需要三思而行。曾不记那夜晚飘彩约定，三击掌断绝了父女之情。咱二人结夫妻磨难受尽，寒窑里恩情重海誓山盟。"④更为出彩的是该戏的后本。袁允中一改传统戏满足观众审美趣味而破坏人物性格

---

① 西安市政协文史资料委员会，西安曲江新区管理委员会. 西安秦腔剧本精编（39）三意社卷[M]. 西安：西安出版社，2011：110.

② 西安市政协文史资料委员会，西安曲江新区管理委员会. 西安秦腔剧本精编（39）三意社卷[M]. 西安：西安出版社，2011：121.

③ 西安市政协文史资料委员会，西安曲江新区管理委员会. 西安秦腔剧本精编（39）三意社卷[M]. 西安：西安出版社，2011：122.

④ 西安市政协文史资料委员会，西安曲江新区管理委员会. 西安秦腔剧本精编（39）三意社卷[M]. 西安：西安出版社，2011：131.

的随意乱改，没有让薛平贵接受被招为女婿，而是让他被魏虎陷害，困居西凉十八年，"好比那汉苏武牧羊海岸，何日里才能见故国河山！十八载空辜负报国志愿，不由我英雄泪暗地空弹"①。他决不叛国，设计逃脱。《赶坡》是后本中重要的关目，充分展现了王宝钏饱受辛苦，但对待爱情忠贞不变的品质。当薛平贵假言试探："你丈夫身在西凉多荣显，接你去，享富贵，享荣华，夫妻二人好团圆。轰轰烈烈过几年，过上几年。"她厉声怒斥："军爷讲话真浅见，你把我宝钏下眼观。"便从她"飘彩"，与父"三击掌"，离家到寒窑，在寒窑盼望薛平贵消息经历一一讲述，但没想到"他一旦气节变，忘却糟糠富贵贪"。薛平贵赞叹："好个烈性王宝钏，语言如同刀一般。"②剧作尽管也是以团圆作结，但比较合乎情理，故此剧成为一直受观众喜欢的剧目。

除此之外，《狸猫换太子》《李世民》等剧都有其特色。

三、袁多寿

袁多寿（1918—1991），祖籍陕西澄城县，生于西安。秦腔剧作家。国家一级编剧，中国戏剧家协会会员。他上中学时就对戏曲产生了浓厚的兴趣。1936年他在北平上大学时，对秦腔传统剧目唱词比较粗糙、新戏少的现状不满，故动手写了他第一个秦腔剧本《簪影剑光》，并寄回三意社。这是一部反对投降，讴歌抗日精神的爱国历史剧。三意社社长耶金山请著名编导李逸僧看剧本，李逸僧认为很好。袁多寿暑假回到西安，苏育民专程去拜访他，因为两人同龄且兴趣相投，结为挚友。但当时正值三意社分社风波，故直到1941年《簪影剑光》才在三意社演出，并获得成功。这时，袁多寿已经在陕西省教育厅供职。苏育民约他继续为三意社写剧本，他很兴奋，连续写出《风云儿女》《郑成功》等戏。时正值抗日战争时期，《郑成功》演出大获成功，此剧激发了观众的爱国热情，久演不衰，成为抗战时西安剧坛的热

---

① 西安市政协文史资料委员会，西安曲江新区管理委员会. 西安秦腔剧本精编（39）三意社卷［M］. 西安：西安出版社，2011：146.
② 西安市政协文史资料委员会，西安曲江新区管理委员会. 西安秦腔剧本精编（39）三意社卷［M］. 西安：西安出版社，2011：169.

点。加之苏育民扮演的郑成功表演到位,唱腔纯美,受到观众极高称赞。袁多寿也因此成为受人关注的青年剧作家。

1940年,他从西北大学毕业,在陕西省商业专科学校、西北农学院任讲师等职。1941年至1948年,两度出任三意社编剧兼社务助理。他可谓"三意社在解放前的第一位专业编剧"①。1952年他进西北戏曲研究院(后改为陕西省戏曲剧院、陕西省戏曲研究院)任专业编剧。他从小热爱戏曲艺术,加之家学渊源,勤奋努力,文学功底深厚,又广泛涉猎古典戏曲名著,为戏剧创作打下了坚实的基础。他先后创作、改编剧本三十余部,主要有《簪影剑光》《风云儿女》《郑成功》等,由三意社排演。《灞陵晓风》是应邀为程砚秋创作的,后由陈素贞演出。进入陕西戏曲剧院后,他创作、改编的剧目主要有《白蛇传》、《桃花扇》、《游西湖》、《安安送米》、《春秋配》、《钗头凤》、《蛟龙驹》、《一剑千秋》、《月亮潭》、《老鼠嫁女》(合作)、《白玉瑱》、《周仁回府》、《一枝春》、《燕燕》、《飞虹山》(合作)、《女巡按》(合作)、《让水》、《宫子奇》、《钟离剑》、《雷锋》、《蟠桃园》(合作)、《晴雯》、《漫山红》(合作)、《黄龙啸》(合作)、《聂小倩》、《法门轶事》(合作)、《大唐宰相》等剧。这些剧本分别由各团上演,并由陕西人民出版社、甘肃人民出版社、《陕西戏剧》、《陕西日报》等报刊出版或发表。其中《法门轶事》一剧,荣获陕西省第二届艺术节剧本创作二等奖。

袁多寿是一个学者型剧作家,博学多才。他的剧作,主题突出,人物形象鲜明,尤其是唱词,含蓄、隽永、典雅,易于歌唱,极具抒情性、音乐性,艺术感染力强烈。他创作、改编的许多剧目,久演不衰,脍炙人口,流传广泛。尽管他的戏曲创作成就主要是在到陕西戏曲剧院后,但作为青年才俊的他在三意社时所创作的剧本已显现出他的创作天赋,《郑成功》即极好的一例。《郑成功》写于1943年,是明末爱国将领郑成功的故事。在抗日战争最艰苦的时期,具有强烈的现实意义。明末,清军大举入关,大明王朝君死臣降。大明唐王隆武帝在福建聚集旧臣,意欲抗清复明,他的军队全归南

---

① 田滨.慷慨激越热耳酸心的三意社[M]//静波,田滨,王思智.三意社百年演艺纪念文集.西安:三秦出版社,1998:314.

安伯郑芝龙掌握。郑芝龙抵不住诱惑而降清,而他的儿子郑成功却是一位素怀大志、文武双全的忠义之士。他受命于危难之时,积极组织力量抗清,以求恢复大明江山。又得到抗清名将张煌言、甘辉等的加入,声势浩大,屡败清兵。清廷不满,迫使郑芝龙给儿子修书劝降。郑成功得到父亲书信,悲愤交加,回书拒绝,与父决裂,郑芝龙被处死。郑成功率军一路凯歌,直达镇江,后因寡不敌众,兵败退到台湾。创作此剧时,日本帝国主义加紧侵华的步伐,又对国民党政府拉拢诱降,以汪精卫为首的亲日派公开投降,并散布"再战必亡"的谬论。袁多寿创作《郑成功》是对投降派的有力谴责,鼓舞抗日民众。此剧经三意社排练演出,观众竞相观看,数月不衰,成为三意社的经典剧目。

《郑成功》不仅在思想上具有现实意义,而且在艺术上也达到了很高的水平。戏剧艺术很强调结构的重要性,从某种意义上讲,戏剧艺术就是结构艺术。该剧场面宏大,采用双线结构。一条是郑成功与其父郑芝龙的矛盾,一条是张煌言父女与倍丽珠兄妹及甘辉兄弟之间的感情纠葛,最后两条线组合在一起完成表现郑成功等抗清复明的爱国主题。其次语言精美,具有诗情画意,充分表现出袁多寿这位学者型编剧的文化素养。如第六场张汉英与父亲张煌言在前往福州途中遇到清兵,结果父女失散,独自一人,坐于荒林,"观于今晚月寒星稀,万籁沉寂,孤身弱女荒野独坐,好不凄凉",于是给她安排了一段唱腔,前八句全用叠字:

> 扑簌簌泪珠儿明月对映,
> 凄惨惨伤心事触感愁肠。
> 冷清清荒野地倍增惆怅,
> 风阵阵犹疑是兵马荒荒。
> 嫡亲亲生身父不知去向,
> 弱怯怯女孩儿何处是乡。
> 战索索思想起清兵模样,
> 恨悠悠祖国仇溢涌心上。①

---

① 西安市政协文史资料委员会,西安曲江新区管理委员会. 西安秦腔剧本精编(53)三意社卷[M]. 西安:西安出版社,2011:111.

此段唱词,不仅语言精练,情景交融,而且贴切地反映出人物此时的心境,充分展现出袁多寿驾驭语言的高超功夫。再次,能够充分通过戏剧矛盾冲突刻画人物的复杂性格。如在第八场里郑成功劝其父不要投降的一场,父子激烈争辩,更显忠奸之别。郑成功先是好言相劝:"满清入侵,人民涂炭,身为民臣,值此大难,应念世食明禄,身受明养,心当忠志不移,况满清异族入侵,必无信义,若一身落圈套,那时后悔何及?况且养兵千日用兵一时,何敢不战?爹爹莫错主意呀!"①但其父铁心投降,他便义正词严,为其父力陈降与不降的利害关系:

想人生在世,名节为重,人臣事君,忠孝为先,满清以异族侵犯大明,乘国之乱,入关作祸,清兵所至,人民备遭涂炭,满骑一临,地方遭受践踏,自入关以来,陷我帝意,杀我大臣,毁我宗庙,烧我皇陵,……凡为大明人臣,中华男儿,孰不咬牙切齿?大事成败,尚不可毕,且人心未死,天意未绝,自当领兵灭清复明,力挽狂澜。英雄处世,视死如归,即或事败,死而犹荣,何敢在此千钧一发之际,背主降清,陷人民于水深火热之中,置邦家于万劫不复之地,臭名达于千古,奸声播于万年,鸿毛九鼎,轻重何计,痛苦进言,爹爹三思!②

这段道白,以典雅的四字句式为主,具有古典诗词的情韵,满含爱国忠义之情,字里行间,包含年轻剧作者的忧国恨贼之心和奔泻汹涌的爱国热情。如果联系当时抗日战争的大背景,更能显现此段道白所具有的震撼人心的力量。结果,父亲还是经不住诱惑投降清室,并被逼写劝降信。郑成功见到父亲的信,感情复杂,既有对父投降之愤,亦有对父思念之痛:

见父书不由人心似油滚,

骨肉情倒做了山海仇人。

望家书赐一礼衷心羞愤,

---

① 西安市政协文史资料委员会,西安曲江新区管理委员会.西安秦腔剧本精编(53)三意社卷[M].西安:西安出版社,2011:120.

② 西安市政协文史资料委员会,西安曲江新区管理委员会.西安秦腔剧本精编(53)三意社卷[M].西安:西安出版社,2011:122.

痛杀杀强拂泪细观父云。
降满后官封我同安侯位，
皆只因儿聚兵怒恼王心。
因此上宁古塔身被囚困
实难熬刑法苦身将不存。
今劝儿海澄公速速归顺，
父降清儿宜速剃发投奔。
倘不听生身父苦苦教训，
父定死儿怎能全不痛心。
观罢书咬牙根满腔气愤，
中军官启文房回禀严亲。
为明臣志死节忠义是分，
秉丹心誓死做朱氏英魂。
叹中国数亿人俱已降顺，
观华夏数万里俱已陆沉。
……
儿不能领众将剃发为信，
儿不能忘忠义剃发称臣。
儿不能弃干戈强遇激恨，
儿不能废衣冠再事仇人。
儿不能居满夷甘作愚笨，
儿不能奉清诏受敌之恩。
儿不能念私情救父囚困，
儿不能忘国恨身入胡尘。①

这段唱腔，把郑成功看到父亲劝降信时的矛盾心情表现得淋漓尽致，既表现出作为儿子对父亲的孝，又表现出在原则问题、大是大非面前对国家的忠，从而突显出一代爱国忠义之士的高大形象。第二十二场写兵败后的郑成功高唱

---

① 西安市政协文史资料委员会，西安曲江新区管理委员会. 西安秦腔剧本精编（53）三意社卷［M］. 西安：西安出版社，2011：141-142.

"死为忠烈归天上,千秋英名四海扬。先皇在天多保障,为国效忠死荣光"①,把英雄为国视死如归的豪烈志气表现到极致,充满着悲剧英雄的悲壮美。

新中国成立后,袁多寿离开了三意社,进入陕西省戏曲研究院,因为与苏育民深交,所以他一直关心三意社的发展。粉碎"四人帮"后,他第一个写文章怀念苏育民,足显其对老友的情深意切。在陕西戏曲研究院工作期间,他的戏曲创作热情高涨,创作了三十余部有影响、艺术精湛的剧作。他去世后,国家一级编导、陕西省戏曲研究院著名文艺节目主持人张晓斌用袁多寿先生创作的三十六部剧作名撰写了长联,以表对先生的敬仰缅怀之情:

良师益友,曾识簪影剑光,一剑千秋励肝胆,黄龙啸傲郑成功。放怀游西湖,纵目月亮潭,正当漫山红遍时,盛誉巾帼执法女巡按。助巨匠,勤编撰,何言与人做嫁女?默默无忧怨。诉喜怒哀乐,写悲欢离合,夜阑霜冷犹伏案,飞虹山上迎曙光;是幻是真聂小倩,是仙是人白蛇传;情侣携手春秋配,叹燕燕因甚命蹇?沈园苦吟钗头凤,梦里魂牵白玉瑱;让水浇花一枝春,法门轶事开宏卷。煌煌大作留绝唱,堪称艺苑风范。

高才巨笔,争写风云儿女,三秦四野歌雷锋,灞陵晓风沣河营。重改忠义侠,新编宫之奇,适逢将相和谐日,遥看豪杰驰骋蛟龙驹。化腐朽,翻新篇,甘愿舍己呕心血,耿耿有毅力。通文赋诗词,熟经史子集,更深茶浓觉无味,桃花扇下染血迹;亦悲亦壮钟离剑,亦柔亦刚晴雯曲;老鼠嫁女稻梁毁,教安安怎样送米?芦林坡前伐子都,宋江楼台怒杀惜;盗书折曹十万兵,霸王别姬也雄奇。巍巍丰碑标伟业,不愧剧坛骏逸。②

本节介绍的艺术家仅仅是三意社编剧中的一部分,正是有了他们才使三意社剧作星光璀璨,使三意社成为与易俗社一样的百年秦腔老社,为秦腔艺术作出了巨大的贡献。

---

① 西安市政协文史资料委员会,西安曲江新区管理委员会. 西安秦腔剧本精编(53)三意社卷[M]. 西安:西安出版社,2011:157.

② 袁多寿. 袁多寿剧本选集(一)[M]. 作家出版社,2011:53.

第二节 "新秦腔"的导路者赵伯平

如果说以易俗社、三意社等为代表的诸多秦腔班社是社会文人精英、民间江湖艺人的秦腔活动,那么于延安的陕甘宁边区创建的民众剧团等则标志着新秦腔的诞生。所谓"新秦腔",可以用此时对秦腔创作、剧团建设作出很大贡献,时任陕甘宁边区文化协会主任赵伯平的话作为定义:"戏,什么叫新?什么叫旧?穿现代服装的叫新戏,穿古代服装的叫老戏或旧戏?这不合适。我看,不应从衣服上划分。思想新,就叫新。如用马列主义,历史唯物主义新观点写的历史戏,也可以是新戏;穿现代服装的,不一定都是新戏,如过去有些地方演的一些话剧和电影,穿的也是现代服装,但宣传的却是旧思想,这就不能叫新戏。"① 这些剧团从成立起就表现出极强的社会责任感,它们把自己的命运紧密地和国家、民族的前途联系在一起,自觉地以文艺作为武器,不管演的戏是着古装还是现代服装,都能表现新思想,在鼓励人民在共产党的领导下积极抗战方面发挥了不可低估的作用。赵伯平可谓是新秦腔的导路者。

赵伯平(1902—1993),陕西蓝田人。赵伯平既是一位革命家、共产党的高级领导,又是一位热爱戏曲、组织领导戏曲团体,并积极创作剧本的戏曲活动家、剧作家。赵伯平生在一个书香之家,从小喜欢秦腔。1926年在蓝田、长安一带开展农民运动,他就采用老百姓喜闻乐见的戏曲宣传革命道理,组织农民运动。1939年,他任中共陕西省委常委兼宣传部部长时,建议成立了以演出秦腔为主的"七月剧团",并亲自为剧团制定办团宗旨,使剧团当时在配合战争宣传、促进生产、活跃群众生活等方面发挥了积极的作用。他不仅关心剧团的演出组织、演员培养和演职员生活等具体问题,而且还亲自为剧团编写剧本。"他在一两年内创作了五本秦腔新戏。这就是:揭露国民党特务利用封建迷信欺骗群众,破坏抗战的《祁半仙》;嘲讽国民党政府一些官员搜刮民脂民膏的《新考试》;抨击国民党'战干团'的《特种

---

① 《赵伯平与文艺》编委会. 赵伯平与文艺[M]. 西安:陕西人民出版社,1997:253.

学校》和《抓汉奸》《大上当》等。这些剧本，不仅内容新颖，撷拾准确，思想鲜明，而且在文艺上既能继承传统，也能出新，演出后产生了轰动效应，人们称之为'新秦腔'，剧团也赢得了群众的敬重与热爱。从此在陕甘宁边区也开创出'新秦腔'的崭新局面。"①这五个剧本《中国梆子戏剧目大辞典》这样介绍：

  《大上当》：包守仁一字不识，在集市卖猪得100元，其中假币25元，被人哄骗。另，包忠仁犯罪，官差捉拿不遇。官差持传票骗走包守仁卖猪所得75元。秦剧。赵伯平1939年编剧，七月剧团演出。唱、做工戏。剧本佚。

  《祁半仙》：揭露祁愚民（人称祁半仙）算卦骗人的事。赵伯平1939年编剧，七月剧团演出。唱、念、做并重戏。

  《特种学校》：赵伯平1939年编剧。七月剧团演出。念、做讽刺戏剧。

  《新考试》：揭露国民党反动统治罪恶。赵伯平1939年编剧，七月剧团演出。念、唱、做工戏。

  《抓壮丁》：赵伯平1939年编剧，七月剧团演出。唱、做工戏。剧本佚。②

这五种剧目在当时发挥了像他所说的"剧团就是炮团，一本剧就是一门炮，一句台词就是一发炮弹"③的作用，必永久载入中国戏剧史册。接着，他又以进步的历史观，本着古为今用的创作原则，改编了《民族魂》《石达开》和《三滴血》三本大型秦腔传统戏。《民族魂》宣传团结抗日思想，反对投降主义。《石达开》由易俗社李约祉的《韩宝英》改编而成。原剧是写石达开的义女韩宝英舍弃自己的爱情以至生命而保护石达开的故事，赵伯平的改编剧不仅对主要人物进行调整，更重要的是将主题变为反对分裂。《三滴血》删去了范紫东原作中低级、庸俗的情节以及一些繁琐场面，突出教条

---

① 《赵伯平与文艺》编委会. 赵伯平与文艺[M]. 西安：陕西人民出版社，1997：199-200.
② 山西、陕西、河南、河北、山东省艺术（戏剧）研究所. 中国梆子戏剧目大辞典[M]. 太原：山西人民出版社，1991：
③ 《赵伯平与文艺》编委会. 赵伯平与文艺[M]. 西安：陕西人民出版社，1997：17.

主义害死人的主题。1942年10月,这三部剧由关中八一剧团在延安陕甘宁边区礼堂演出,深受观众喜爱。陕甘宁边区政府主席林伯渠高兴地握着剧团同志的手说:"演得好呀!这几个戏的内容很好,能紧密配合党的整风学习。"①这三部戏,关中八一剧团在延安先后演出多达60余场,观众达12万人次,很好地配合了党的整风运动。毛泽东主席、朱德总司令等中央领导都看过这些戏,并且都给予了高度的评价。此后,赵伯平一直关心、指导关中八一剧团的演出工作,鼓励他们在继承传统的前提下,大胆推陈出新,进行秦腔的音乐改革。

1949年后,赵伯平先后出任西安市委书记、陕西省省长等重要职务,在陕西关中生活长达十四年。尽管行政事务繁忙,但他仍然对戏曲事业非常关心,作出了很大的贡献。

首先,他是内行,能够抓在点子上。著名秦腔编剧黄俊耀说:"赵伯平同志是陕西德高望重的老一辈无产阶级革命家,也是党政领导干部中谙熟文史,对戏剧造诣很深的行家里手。"②全国刚解放,面对有三十八年历史的秦腔名社易俗社的改进工作,他发表了《关于易俗社今后改进工作的建议》(1950年12月31日),在充分肯定易俗社成就的前提下,提出了"改进旧剧和编写新剧,加强教育,实行民主管理和整顿资财,提高研制人员生活"③的三点建议,这份改进建议不仅是易俗社改进工作的指导性文件,也是陕西戏曲团体发展的指导性文件,在其精神的指导下,陕西戏曲事业迎来飞速发展的新时代。

其次,他对挖掘整理陕西传统剧目作出了不可磨灭的贡献。陕西戏曲剧目资料丰富,是陕西戏曲一笔宝贵的文化遗产。但在旧社会,兵荒马乱,艺人生活艰难,即使人们有整理它的远见,也无整理之力,故只能任其消亡。新中国成立后,作为主管文化的领导,赵伯平非常重视对传统戏曲剧目的挖掘整理工作。在他的领导下,1953年陕西文化局成立了传统剧目工作室,专门负责此项工作,经过十多年的辛苦工作,整理出8700多个剧目。赵伯平拨

---

① 《赵伯平与文艺》编委会. 赵伯平与文艺[M]. 西安:陕西人民出版社,1997:237.
② 《赵伯平与文艺》编委会. 赵伯平与文艺[M]. 西安:陕西人民出版社,1997:191.
③ 《赵伯平与文艺》编委会. 赵伯平与文艺[M]. 西安:陕西人民出版社,1997:42-43.

出专款，将这些剧目汇编成册，陆续出版了83集，共收745个剧目，此项工程，被誉为"陕西戏曲史上的一大奇迹"，不仅对保护陕西戏曲文献作出了巨大贡献，而且为研究者提供了第一手资料。

再次，为繁荣陕西地方戏，他不仅动口，而且动手。为了拯救陕西传统剧种弦板腔，赵伯平专门为弦板腔改编了传统戏《取桂阳》；为抢救同州梆子他专门改编了传统戏《破宁国》和《辕门斩子》。这三个剧本不仅具有进步的思想内容，而且在艺术上独具特色，充分表现出赵伯平的创作才华。《取桂阳》取材于《三国演义》，写桂阳太守赵范欲将寡嫂嫁与赵云，赵云以国事为重不贪图个人享受而拒婚。戏剧歌颂了忠臣良将赵云以身报国的英雄精神，批判了贪图享乐的个人主义。据原乾县剧团指导员胡光才回忆："《取桂阳》的主题思想，赵老当时告诉我们：由于国家正处在三年困难时期，要本着'古为今用'的精神，歌颂赵云智勇兼备、威武不屈的英雄气概，鼓励人民发扬革命英雄主义，艰苦奋斗，为社会主义建设事业多作贡献。"①此戏经乾县弦板腔剧团演出后，产生轰动效应，救活了弦板腔。此剧不仅思想内容好，艺术上也有很高的成就，著名剧作家樊粹庭赞扬说："《取桂阳》剧词写得如诗一般。"②在第六场《花园》里，赵范妻登场唱道："后院里摆香案暖风荡漾，云炉香拂面来袅袅弥香；花开时难得这蝴蝶宛浪，都只为贺织女会见牛郎。"唱词确实有诗情画意，境界美好，与人物此时的心境融为一体。《破宁国》写元末朱亮祖出于民族大义，背元归顺红巾军的故事，讴歌农民起义。《辕门斩子》写杨家将故事，对杨延景要斩子的原因概括明确——"大敌当前，擅离军营，山寨闯祸，私意招亲"，表现出杨家将忠烈爱国的精神。

除此之外，赵伯平还很关心对传统剧目的改编，发表了很多有见地的讲话，譬如对马健翎改编的大型新编历史剧《游西湖》《赵氏孤儿》等他都非常关心，对秦腔《火焰驹》《三滴血》搬上银幕起到很大的作用。他对中国戏曲的贡献正如焦文彬老师所说："在中国戏曲史上，特别在陕西戏曲史上，赵伯平为我们树立了一个又一个的历史丰碑。这些丰碑不仅传颂于神州

---

① 《赵伯平与文艺》编委会. 赵伯平与文艺［M］. 西安：陕西人民出版社，1997：311.
② 《赵伯平与文艺》编委会. 赵伯平与文艺［M］. 西安：陕西人民出版社，1997：30.

大地，也深深地镌刻在中国戏曲文艺史上和创造历史的人民群众的心坎里。它将彪炳青史，与日月同辉。"①

这一时期，给关中八一剧团创作剧本成就斐然，值得大书一笔的还有张剑颖。张剑颖（1896—1948），著名秦腔剧作家，陕西临潼人。1933年，中共三原中心县委书记周芝轩先后派共产党员毛瑞甫、唐玉环（益民）和张剑颖夫妇到临潼栎阳做地下工作。他们来到栎阳镇，与杨宜汉建立秘密联系后，被安排在栎阳小学教书。张剑颖夫妇以教员身份为掩护在自己的老家，一方面教书育人，一方面坚持党的地下斗争，并建立了地下交通线，打通了中共中央所在地陕北与陕南、陇东之间的地下交通线。不少同志到陕北去，由这里过境，住得安全，行得也安全。1936年，根据组织安排，张剑颖同志又辗转到兰州、延安、旬邑等地从事革命工作。1937年10月，关中特区在马家堡村召开了第一次党代表大会，大会决定：将特区改为关中分区；将中共关中特区委员会改为中共关中分区委员会，习仲勋任书记。张剑颖同志曾任关中专署建设科科长、关中分区宣传部副部长、关中地委宣传部部长等职务。

抗日战争开始以后，陕甘宁边区关中分区委员会（驻旬邑县职田镇马家堡子村），为了开展革命宣传和丰富边区军民的文化生活，在习仲勋书记的关心下，1939年组建了关中剧团。在担任关中专署建设科科长的时候，张剑颖同志就开始了秦腔剧本创作，这一时期创作了新编历史剧《舌战群儒》、现代戏《黄花岗》等剧目，修改整理了古代戏《串龙珠》《破宁国》《八件衣》等。新组建的关中剧团和陕西省委七月剧团，上演了赵伯平、杨公愚和张剑颖创作的现代戏，还上演了张剑颖同志修改整理的古装戏，等等，深受关中分区人民群众的欢迎。根据组织委派和工作需要，张剑颖同志调到关中分区担任宣传部副部长，正式开启了他文艺服务革命征程。

1942年初，在习仲勋书记和其他领导同志的支持下，原中共陕西省委的七月剧团与关中剧团合并，在马栏镇成立了关中八一剧团。这是陕甘宁边区组建较早的一个剧团，也是当时边区比较有影响的剧团之一，隶属关中分区

---

① 《赵伯平与文艺》编委会. 赵伯平与文艺[M]. 西安：陕西人民出版社，1997：209.

领导，张剑颖时任分区宣传部副部长。八一剧团经常为部队和群众演出，还把优秀剧目演到了延安，受到毛泽东、朱德等领导同志的称赞。无论是在抗日战争，还是解放战争，关中八一剧团冲破敌人经济和军事封锁，经常深入农村、部队演出。他们以文艺这一独特的形式，坚持不懈地贯彻毛主席的革命文艺路线和自力更生、艰苦创业、团结拼搏、乐观奋进的延安精神，每到一处都播下革命的火种，并不断发展壮大。

这期间，张剑颖不仅关心剧团体制改革，而且还创作了大量的秦腔剧本。他创作的新编历史剧有《九宫山》《南宋痛史》和现代戏《关中炮火》《汉奸滋味》《双运粮》《纺棉花》《捉王二》《关中四杰》《黄花岗》等等。

《黄花岗》写七十二烈士之一的未婚妻钟花蕊在扫墓时，通过大段唱腔，抒发了对烈士深切的怀念之情。词曲哀婉又不失磊落胸襟，感人至深。《关中四杰》写抗日战争时期，边区开展大生产运动，关中冯云鹏、张清益、田荣贵、胡小贵四人，积极参加劳动，开办义仓救济民众，被评为特等劳动模范。剧本以一人一事为主，每人一戏，合称"四杰"。《关中炮火》是在日本投降后创作上演的一批反对内战、争取和平的秦腔剧目之一。这些剧本在关中八一剧团陆续上演，极大地鼓舞了革命士气，激发了广大人民群众的革命积极性，深受广大劳动人民的喜爱，在关中地区和延安深受欢迎。

由于长期夜以继日的革命工作，呕心沥血积劳成疾，张剑颖于1948年9月病故，享年五十二岁。病故后葬于延安，1956年迁陵于西安烈士陵园。①

---

① 参看高向前《革命先烈张剑颖与秦腔艺术——怀念我的姑父张剑颖》，载《当代陕西》2012年第9期。

第八章　中华人民共和国成立至"文革"以前的秦腔剧作家

第一节　从延安走来的人民艺术家马健翎

马健翎（1907—1965），名飞雕，字健翎，陕西省米脂县人。1927年加入中国共产党，先后担任陕甘宁边区民众剧团督导主任、团长，西北军政委员会文化部副部长，中国戏剧家协会陕西分会主席，西北戏剧研究院、陕西戏曲研究院院长。马健翎先生一生共创作、改编剧本五十余部，在我国现代秦腔史上有着重要地位。他赋予秦腔崭新的内容和全新的形式，使秦腔这门古老的民间艺术在革命时期发挥了巨大的战斗作用，成为宣传民主政治，鼓舞人民团结起来反抗侵略、反抗压迫的工具。同时，马健翎先生为戏剧改革作出了榜样，他指出，传统艺术必须通过改革才能在现代社会找到立足点，获得向前发展的动力。

一、不懈耕耘的艺术人生

马健翎先生出生于陕北米脂，他的父亲曾担任过多所学校的教员，家中颇有文化氛围。陕北是一个干旱、贫瘠、艰苦的地方，然而这里的人民却很善于苦中取乐，信天游悠扬而多情，秦腔在黄土高原的千沟万壑中生生不息，民歌直白的表达和不羁的吼唱释放了他们心中的郁结之气。米脂是陕北重要的货物集散地，过往戏班子几乎都要在这里驻一驻脚，因此，这里的演艺事业似乎比别处都发达。在这里，马健翎先生得到了最初的戏曲启蒙。1928年，马健翎先生中学毕业即在本县小学任教，任中共米脂县委宣传部部长。1933年，他顶替兄长马云程入北京大学学习哲学，在此期间他不仅潜心研究哲学,还广泛涉猎各种戏曲精粹,多次观看京剧表演大师梅兰芳、程砚秋等人的精彩表演,并对不同剧种进行比较和研究。1934年他前往西安,观看了耿善民、苏哲民、马平民等名伶演出的秦腔,加深了对秦腔的理解。对戏曲艺术的熟悉和热爱为他日后的创作打下了坚实的基础。

1934年,马健翎先生从北京大学肄业,经人举荐,前往河北清丰师范任教,在此期间他组织学生排演抗日京剧《辱皇后》、话剧《冲上前去》,讽刺国民党反动派的不抵抗政策。1936年,马健翎先生回到了陕西,在延安师范学校任教,指导学生成立了"乡土剧团",创作演出话剧《中国拳头》、秦腔《一条路》、秧歌剧《有办法》等反映抗日内容的戏剧,马健翎先生的戏剧创作生涯由此开始。

1938年7月4日,陕甘宁民众剧团成立,当日在延安火神庙公演了马健翎先生的第一部秦腔现代戏《好男儿》,观众的反应非常热烈,小小的火神庙挤了三千多前来看戏的民众。1938年秋,马健翎先生又采纳毛泽东的建议,将话剧《国魂》改编为秦腔《中国魂》,演出于各个敌后抗日根据地,极大地鼓舞了抗日军民。1939年,中共中央提出"坚持抗战,反对投降;坚持团结,反对分裂;坚持进步,反对倒退"的三大政治口号,马健翎先生及时创作秦腔戏《三岔口》,形象地教育民众克服投降反共逆流,争取时局好转。

1940年,马健翎先生创作了中型眉户剧《两家亲》,宣传婚姻自主。在同年的大生产运动中,他创作眉户剧《十二把镰刀》,鼓励边区群众参与到大生产运动中去,克服困难、保卫边区。年底,中共陕甘宁边区第二次代表大会召开,陕甘宁边区民众剧团为庆祝大会的召开,演出了先生的秦腔现代戏《干到底》,歌颂中国工人阶级在抗日战争中的先锋模范作用和领导作用。1941年,柯仲平奉命调任陕甘宁边区文化协会工作,马健翎先生被任命为陕甘宁边区民众剧团团长。

1942年的延安文艺座谈会为马健翎的戏剧创作指明了方向。对《讲话》中提出的"文艺为工农兵服务"的文艺方针,他深有体会。与生活在延安这一革命中心的文艺家一样,他同边区人民同呼吸、共命运,扎根于人民群众的深厚土壤中,所写戏剧题材都是来源于现实生活,所表现的主题都是为了适应当时革命形势的迫切需要。他深谙此时的戏剧不应当是"锦上添花"式的阳春白雪，而应当是"雪中送炭"的火把，照向革命前进方向，点燃民众心中那把革命的火。

1943年，马健翎先生创作了大型秦腔现代剧《血泪仇》，此剧以王仁厚一家的遭遇为线索，反映了国统区与解放区截然不同的两重天。国统区民不聊生，老百姓在地主阶级和反动派的压迫下饥寒交迫；解放区老百姓则在共产党领导下过上了安定、幸福的日子。此剧演出后，在社会各界的反响都极其强烈。中央首长彭德怀、王震等观看此剧后亲笔写信给，马健翎和全团演员以鼓励。在后来解放战争时期，该剧也成为教育各级干部军民、瓦解敌人的活教材。

1944年11月，陕甘宁边区召开文教大会，授予马健翎"特等奖状"和"人民艺术家"的光荣称号。在这一年，他创作了反映二流子转变成劳动人民的眉户现代剧《大家喜欢》。

1946年，创作秦腔戏《一家人》（又名《保卫和平》）。1947年，在解放战争进行了十个月后，进入了相持阶段，中国人民解放军西北野战军进行冬季休整，在全军开展了"诉苦"和"三查"运动。为配合这次运动，马健翎担任导演，带领民众剧团排练了他创作的秦腔现代戏《穷人恨》。这是一部长达二十八场的大型秦腔，是先生在革命现代戏中的另一部大手笔。该剧上演后，再一次在广大干部、军人、工人、农民中引起了极大的反响。彭德怀副总司令曾多次观看这部戏剧，在1948年3月冒雨再次观看后，给民众剧团写信说："你们演出的《穷人恨》，为广大贫苦劳动人民、革命战士所热烈欢迎，成为发动群众组织起来的有力武器。"[1]

1949年，解放战争取得胜利，5月22日夜，解放军第一野战军解放西安，马健翎先生带领陕甘宁边区民众剧团第一队进驻西安，在西安城里用秧歌、腰鼓、图片、演讲、演出等多种形式进行宣传，演出了《血泪仇》《大家喜欢》《穷人恨》《保卫和平》等戏。

1950年，原陕甘宁边区民众剧团更名为西北民众剧团，马健翎兼任团长。1952年，西北戏曲研究院成立，马健翎担任院长，带领这个兼戏剧排

---

[1] 鱼讯. 陕西省戏剧志·延安地区卷[M]. 西安：三秦出版社，1997：31.

练、演出、教学、研究为一体的剧院大踏步走向前方。

新中国成立后，马健翎先生依旧笔耕不辍，继续创作革命现代戏，先后单独创作或与人合作创作了《两颗铃》《蟠桃园》《雷锋》等秦腔现代戏。

在马健翎的戏剧创作生涯中，除了创作上述革命现代剧外，改编传统剧在他的剧作中也占有很大分量。早在1941年，马健翎就开始了对传统剧的改编和整理，先后改编了同州梆子戏《反徐州》，新编历史剧《鱼腹山》，秦腔传统戏《游龟山》《四进士》《赵氏孤儿》《窦娥冤》《游西湖》等剧本。他在对传统戏改编的过程中，吸收了传统剧和传统文化的精粹，去掉了不合现实的地方，并按剧情的需要有所增益。比如《游西湖》中，《鬼怨》一场为原剧所无，这场戏增加了戏曲情节的曲折性，加深了戏剧人物的情感，非常精彩。

1965年10月18日，马健翎安静地告别了这个纷扰烦乱的世界，24日，大家在排演场为他举行了小型追悼会，一颗戏剧之星就此陨落了。

从创作的时间分期上来看，马健翎先生的戏剧创作可以分为三个时期。

第一个时期是1936年以前的创作萌芽期，是他到延安以前。此时，马健翎的戏剧艺术尚未成熟，还处于摸索、尝试阶段。他组织学生排演了反映抗日的京剧《辱皇后》《逃难图》，话剧《冲上前去》《大中华的儿女》《上海小同胞》等宣传抗日，讽刺蒋介石的"不抵抗"政策。这是马健翎先生用戏剧反映现实生活的良好开端，为以后创作大型秦腔革命戏打下了良好基础。

第二个时期是从1936年起到1949年，陕甘宁边区民众剧团成立以后，这是先生戏剧创作的旺盛期，他找到了创作的主旋律——秦腔。先生先后创作了秦腔《好男儿》《查路条》《中国魂》《三岔口》《干到底》，眉户小戏《十二把镰刀》，反映革命斗争、边区民众生活，激发人民保家卫国决心，并取得成功。同时，他也开始尝试创作大型秦腔戏和整理、改编传统剧，创作了《血泪仇》《穷人恨》两部具有代表性的大型秦腔戏和眉户戏《大家喜欢》，改编《打渔杀家》《斩马谡》《反徐州》《金沙滩》等秦腔传统戏。

第三个时期是1949年后，马健翎先生带领陕甘宁边区民众剧团第一队进入西安直至他去世，这一段时间是先生戏剧创作的成熟期。新中国成立以后，创作环境变好了，"马健翎和他的团队，同样面临着由革命激情向艺术激情的转换"①。这一时期,他的主要精力放在了整理、改编秦腔传统剧上,整理改编的作品主要有《四进士》《游龟山》《游西湖》《赵氏孤儿》《窦娥冤》等,新编历史剧《鱼腹山》《飞虹山》等。他与多人合作秦腔现代戏《蟠桃园》《雷锋》《两颗铃》,这几部戏都秉承了革命现代戏反映现实的优秀传统。

二、革命现代戏创作

马健翎先生创作的现代题材戏,最大的特点是具有强烈的现实性和政治性,正如董丁诚先生所说的,马健翎先生是"一位优秀的革命剧作家""他运用马克思主义观点,采取戏曲这种古老的艺术形式,来表现中国共产党领导下的革命斗争生活,取得了突出的成就。"②在解放区的旧剧改革中,京剧和秦腔取得的成绩最为显著,这与马健翎先生在秦腔现代戏领域的开拓、改革是分不开的。

1.秦腔现代戏改革之路上的拓荒者

随着抗日战争的爆发,陕甘宁边区成为中国革命的中心根据地,大批知识分子、文艺人士和青年学生涌入延安,他们的到来给延安文艺界带来新鲜气息,继1938年鲁迅艺术学院后,各个文艺团体不断成立,创作排演了一大批革命戏剧。在鲁迅艺术学院实验剧团编演《流寇队长》《国际玩具店》《希特勒之梦》《日出》《带枪的人》等话剧和中外名剧之后,各个剧团迅速掀起"演大戏"的风潮。然而,这些名剧大多以城市生活为题材,超出了当地老百姓的生活经验和理解范围,不被他们所接受。群众批评鲁艺"关门提高",讽刺他们的排练是"戏剧系装疯卖傻,音乐系呼爹叫妈(指练嗓子),美术系不知画些啥"③。这种情况引发了戏剧界关于"民族形式""大众化""中国化"的讨论,"旧瓶装新酒"的戏剧模式在解放区得到了推广,一大批以旧戏剧形式表现新的现实生活内容的戏剧改编成功,解放区旧

---

① 陈彦.走过七十年(代序)[M]//陈彦.陕西省戏曲研究院剧作选(1).西安:陕西人民出版社,2008:3.

② 荟丁诚.谈马健翎的革命现代剧作[J].西北大学学报(哲学社会科学版),1978(3):11.

③ 鱼讯.陕西省戏剧志·延安地区卷[M].西安:三秦出版社,1997:265.

剧改革正式拉开帷幕。马健翎先生走在戏剧改革的前列。他带领陕甘宁边区民众剧团，积极响应"文艺为工农兵服务"的文艺方向，从"旧瓶装新酒"开始，利用百姓喜欢的秦腔地方戏形式，创作、演出了一大批革命现代戏，为解放区旧剧改革作出了开创性贡献。

陕甘宁边区民众剧团是在党的直接关怀下成立的。1938年4月，毛主席等人在陕甘宁边区工人代表大会的晚会上，观看了秦腔《五家坡》《升官图》等剧目，发现老百姓非常喜欢秦腔，就对当时的工会负责人说："你们看，群众非常喜欢这种娱乐形式，但就是内容太旧了，可不可以用它来宣传革命内容……"[①]柯仲平很快成立了陕甘宁"民众娱乐改进会"，后在民众娱乐改进会乡土剧团和群众业余剧团的基础上成立了陕甘宁边区民众剧团，柯仲平担任团长，马建翎和张季纯担任剧务主任。剧团直接隶属中共中央，毛主席还送给剧团三百大洋，中央其他领导人也纷纷捐钱捐物。1938年7月4日，剧团顺利成立，当天晚上演出了第一个秦腔现代戏《好男儿》。1939年2月，民众剧团从延安出发到陕北各地进行巡演，这期间演出的剧目大多是马健翎先生创作的剧本，有《那台刘》《冲上前去》《中国的拳头》《好男儿》《有办法》《一条路》《中国魂》等，都是宣传革命的秦腔现代戏。1941年，柯仲平先生调往"文协"，马健翎先生挑起了民众剧团团长的担子，领导剧团紧跟革命形势，编演革命戏。

马健翎先生认为戏剧是否成功的衡量标准是群众是否买账，也就是我们现在说的有没有"市场效应"。一台戏，观众看了说好，能够启发观众，感动观众，那才是好戏。《血泪仇》《穷人恨》在边区的影响非常大，战士们看了《血泪仇》后，成立了王仁厚小组，宣誓为王仁厚报仇。彭德怀总司令在洛川冒雨看完了《穷人恨》，给剧团写信。王震先后看了五六次《血泪仇》《穷人恨》，写信给剧团说："……观众都为剧情激动着：对于人民的敌人高度的仇恨，对于身受重重压迫的人民高度同情。"[②]马健翎先生还十分重视戏曲教育工作，为剧团培养了一大批秦腔、眉户人才。陕甘宁边区民众剧团是延安时期最活跃的剧团，他们编演的革命现代戏剧最多，在群众中的

[①] 鱼讯. 陕西省戏剧志·延安地区卷[M]. 西安：三秦出版社，1997：20.
[②] 鱼讯. 陕西省戏剧志·延安地区卷[M]. 西安：三秦出版社，1997：31.

影响力也非常大，有力地践行了"文艺为工农兵服务"的文艺方针，为边区其他剧团树立了光辉的典范。

马健翎先生从戏剧形式和语言方面对秦腔旧戏进行了彻底革新，并且着意提升了戏剧所表现的主题。革命现代戏的发展经历了一个艰难的摸索期。戏曲改革之初，所谓的现代戏，其实就是穿着老戏装，唱半文半白的唱词，却又要表现现实生活的"时装剧"，是对旧的戏剧模式的生搬硬套。曾经出现过演毛主席的演员装着红胡子，演周恩来的演员摇着诸葛亮的羽毛扇，演朱德总司令的演员画着大花脸，在舞台上挥着马鞭自报家门"俺——总司令朱德是也！"连朱德总司令看了都笑出了眼泪。

从陕甘宁边区民众剧团开始，现代戏才走出了"化妆剧"的怪圈，去掉了与现实脱轨的形式和唱词，内容完全以反映工农兵群众的现实生活为主。马健翎先生大胆革新，去掉了戏剧开头和结尾的上下场诗，尽量减少，甚至不用人物独白，采用生活化的戏剧语言。《查路条》一剧的戏剧语言，幽默风趣又通俗易懂，且符合人物的身份；《十二把镰刀》《血泪仇》《穷人恨》少有人物独白。这些戏剧无论从形式上还是语言上都没有了旧的戏剧形式的束缚，既选择了群众所喜欢的秦腔形式，又能配合战争形势，把政治、艺术、现实的生活内容结合在一起。旧戏所表现的才子佳人、英雄演义、君臣大义、神奇鬼怪等内容大都脱离了普通百姓的现实生活，马健翎先生抛弃了旧戏的传统内容，以现实生活为基础，改变了戏剧主题。他的戏主要以与人民群众现实生活息息相关的阶级斗争、民族矛盾、人民内部矛盾为主题，用戏剧向群众揭示社会发展规律，启迪民智，让群众懂得革命求生存的道理。《中国魂》是典型的反映民族矛盾主题的戏剧，塑造了一大批各条战线上的抗日英雄，如机智聪敏的小英雄豆红梅，心地善良、大胆掩护豆红梅的王奶奶，沉着稳重的老知识分子唐俊峰；他们都是善良的普通老百姓，在民族危亡关头，是爱国卫家的中国精神把他们凝聚在一起，为了共同的抗日理想而并肩作战；阐释"保家卫国"的民族斗争主题。《血泪仇》《穷人恨》深刻反映阶级斗争，唤醒了深受压迫的人民群众，号召大家进行新民主主义革命，打倒残酷压榨人民的地主、官僚阶级，建立人民当家作主的人民政权。《大家喜欢》暴露了在革命的进程中，人民内部出现的矛盾和问题，批评了王三宝之类的懒汉、二流子，也宣传了人民政府"治病救人"的方针政策。

马健翎先生走在戏剧改革的前列，为解放区戏剧改革和发展作出了开创性贡献。

2.革命现代戏的艺术特色

马健翎先生的革命现代戏是特定时代的产物，有着浓厚的政治宣传色彩，但他能很好地把政治宣传和秦腔艺术结合在一起，在艺术上达到了很高的造诣。他的每部戏剧都有鲜明的主题，结构布局合理，线索明了，情节曲折动人，富有真情实感，塑造了一大批工农兵群众形象，同时也揭露了地主老财、国民党反动派的丑恶嘴脸，引起台下受苦人民的情感共鸣。他的戏剧语言既符合现代戏曲简单、明白、生活化、口语化的特点，又继承了秦腔传统剧唱词体式齐整、节奏鲜明的优秀传统。先生的革命现代戏是当时地方戏剧改革的一个标杆。

首先，马健翎先生在一系列革命现代戏中塑造了大量血肉丰满、生动可感的人物形象，他不仅塑造了全新的工农兵群众形象，还生动地表现了日伪敌军、国民党反动派、地主恶霸的丑恶嘴脸。

马健翎先生善于塑造农民形象。一方面通过他们的人生遭遇来控诉社会的黑暗，表现国民党的倒行逆施；另一方面歌颂边区，以此来唤起老百姓的觉醒意识。在先生的革命现代戏中，基本上每一部戏剧，他都花费笔墨塑造一群农民形象，他们出身贫苦，处于社会的最底层，老实本分，勤劳朴实，受到地主恶霸的残酷剥削压榨。《血泪仇》里的王仁厚是一个典型的本分朴实的农民，为了凑钱给独生儿子交壮丁费，前后两次卖掉了全家赖以生存的土地，但儿子最终还是在逃难的路上被国民党军队抓走，悲痛欲绝的王仁厚带领全家继续逃难。晚上一家人在龙王庙歇脚，不想国民党军官韩排长一干人强行闯入，糟蹋并杀害儿媳，气死了王老婆，一家人连失两命，家破人亡。残酷的现实使王仁厚彻底认清了国民党反动派的残酷和丑恶嘴脸，满腔的怒火从他的胸腔中爆发出来：

  王仁厚（唱二六）手拖孙、女好悲伤，

  两个孩子都没娘，（看桂花）

  一个还要娘教养，（看狗娃）

一个年幼不离娘；

娘死不能在世上，

怎能不两眼泪汪汪。

庙堂上空坐龙王像，

枉教人磕头又烧香。

背地里咬牙骂老蒋，

狼心狗肺坏心肠。

你是中国委员长，

为什么你的文武官员联保军队赛豺狼？

看起来你就不是好皇上，

无道的昏君把民伤

河南陕西都一样，

走到处百姓苦遭殃。

我不往南走往北上，（拉狗娃、桂花）

但愿到得边区（看狗娃）能有下场。①

　　如果说在这之前，对于国民党反动派、地主官僚的压迫，王仁厚一直抱着躲避、退让的态度，那么此时，王仁厚已经在残酷事实打击下完全觉醒了。他认识到"庙堂上空坐龙王像"，老天救不了受苦的百姓，在以蒋介石为首的国民党反动派统治下的蒋管区"河南陕西都一样"，走到哪里都摆脱不了受压迫的悲惨命运，走投无路的他更加坚定了逃往边区的决心。这样一个过程是王仁厚思想觉醒和转变的过程。老百姓的愿望仅仅是做一个能活下去的顺民，安安分分过日子，连这种日子都过不上的时候，他才对统治者发出了拷问和愤怒的控诉。历尽磨难来到边区的王仁厚在政府的关怀下和当地百姓的热情帮扶下，过上了有吃有穿的日子，还参加了保卫边区的运动。此时的王仁厚，已经脱离了农民那种顺从、逃避、祈求的性格，他的思想变得积极、向上，浑身充满了干劲，努力生产，积极支援前线，对国民党反动统治充满了仇恨，对边区政府和人民解放军充满了热忱的爱。和王仁厚比起

---

① 陈彦. 陕西省戏曲研究院剧作选（1）[M]. 西安：陕西人民出版社，2008：132-133.

来,《穷人恨》当中的老农民老刘和安老婆,面对地主老财"烂肝花"的压榨显得无可奈何,只有苦苦煎熬忍受。在那个黑暗的世界里,农民的生命不如一根草芥,他们看不到一星的光亮,长期的压迫让他们养成了惧怕和顺从的习惯。

马健翎先生还塑造了以王东才、安兴旺为代表的青年农民形象;以王三宝为代表的二流子转变形象;刘姥姥、冯二婶、安老婆等妇女形象;郑二虎、雷锋、刘指导员等共产党员干部形象,这些人物形象,无不塑造得栩栩如生,血肉饱满。

塑造正面人物形象的同时,马健翎先生对国民党反动派、地主恶霸的丑恶嘴脸也淋漓尽致进行了揭露,塑造了一大批反面人物形象。在马健翎先生的戏剧作品中,国民党反动派军官穷凶极恶,不顾人民死活,勾结地主土财,搜刮老百姓钱粮。《血泪仇》中的孙副官是一个典型。他到地方上抓丁,表面上看起来威严无比,但连奸猾恶毒的联保主任郭主任都知道:"……不管是县政府,不管是军队,吃钱吃得嘴都油油的,看见吥洋钱票子,比我都馋。"①《血泪仇》中的黄先生,是个潜伏在边区的特务,他装成老实百姓,表面上给边区政府送粮食支援前线部队,暗中却打探部队虚实。他逼着王东才往老百姓吃水的井里下药,在被王东才揭露之前还打算用馍毒死政府军人,可谓是罪大恶极。《两颗铃》中塑造了梁名义、一零三、曹世雄、胡建藩、白玉花等几个特务,他们执迷不悟,千方百计地想颠覆新生的人民政权,最终被公安机关一网打尽。②在这些人眼中,老百姓就是他们压榨、搜刮的对象,他们根本不具有同情心和人性,兽性在他们身体里占了上风。

地主恶霸是旧社会的一大毒瘤,是寄生在人民身上吸取民脂民膏的寄生虫,他们不劳而获,勾结地方官员残酷压榨百姓,在地方上作威作福。马健翎先生戏剧作品充分暴露了地主恶霸的凶残行为和丑恶嘴脸,点燃了人民群众满腔的怒火。《穷人恨》中地主胡万富,人们称之为"烂肝花",言下之意就是他是一个坏了心肝的人。他拼命算计,盘剥老百姓,为了自己的利益和私欲,把百姓逼得家破人亡。胡万福无恶不作,穷人在他眼里是"天生的

---

① 陈彦. 陕西省戏曲研究院剧作选(1)[M]. 西安:陕西人民出版社,2008:102.
② 陈彦. 陕西省戏曲研究院剧作选(2)[M]. 西安:陕西人民出版社,2008:466.

贱骨头"。《血泪仇》中的郭主任也是地方一霸，他强占民妇无数，与孙副官、韩排长之类勾结起来给人民摊丁摊税，从中渔利，中饱私囊。百姓的命在这些人眼中轻如鸿毛，为了收税把高二栓逼得跳了井，郭主任的狗腿子田保长还轻描淡写地说："还好，就是高二栓跳井死咧，再没有出什么事。"①人命无关紧要，钱是关键：

  郭主任 七个保，已经有五个保办的不坏，那几个保我想也不成问题。（问田保长）照你说那三家搞不出钱来？

  田保长 不行，穷得太不像样子，赵家把一个娃都饿死啦！

  郭主任 那就绑起来，交给副官。你把钱暂时交给文书，回头再细算！②

  各个类型的人物形象都在马健翎先生的作品中得以体现，尤其是工农兵群众形象在他的作品中得到了全方位的展示。这些革命现代戏不仅具有艺术上的吸引力，还具有很强的政治凝聚力，鼓舞人民起来革命，所以演出后得到了广大人民群众的热烈欢迎。

  其次，情节曲折，关目巧妙。马健翎先生的革命现代戏结构比较单纯，多采用单线进行，也有双线交织，基本没有网状的叙事结构。这种戏剧结构的好处是符合当时观众的审美习惯，直率而热烈地抒情，推动故事情节向前发展，每个故事单元都紧密勾连，场面冷热相济，紧紧抓住观众心理，使得观众在心理上能够得到满足。

  《查路条》围绕爱逗笑的老婆子——刘姥姥这一主要人物，查路条这一事件单线索展开。晋察冀边区老妇刘姥姥在党的教育下积极参加抗日救亡运动，主动担负起去五里坡站岗放哨查路条的任务，汉奸欲蒙混过关，经刘姥姥反复盘查，机智周旋，最后被当场识破并抓获。剧情简单，结构单纯，中间按照事情的发展，穿插进了贵娃子、王二婶等人物，侧面交代王二婶子丈夫殉国等事情为主要叙事线索服务，显得自然、合情理。

  《血泪仇》中，以国统区地头蛇郭主任、狗腿子田保长、国民党军官孙副官阴谋加收壮丁税、残酷压榨百姓为一线；王仁厚一家在这种残酷的剥

---

① 陈彦. 陕西省戏曲研究院剧作选（1）[M]. 西安：陕西人民出版社，2008：108.
② 陈彦. 陕西省戏曲研究院剧作选（1）[M]. 西安：陕西人民出版社，2008：109.

削下倾家荡产，交过两次壮丁费儿子王东才依然被抓丁，无奈之下举家逃难为一线。逃难途中，王仁厚一家在龙王庙遭遇孙副官手下韩排长，韩排长害死王仁厚儿媳、老婆。双线交织，矛盾空前激化。王仁厚携孙子、女儿逃到边区以后，在边区政府的帮助下过上了安定的生活。被抓丁的王东才在孙副官的威逼利诱下到解放区协助潜伏的国民党特务黄先生搞破坏，碰巧遇到王仁厚，父子相认，双线再次交织。王东才得知家人的遭遇以及儿子狗儿为自己投毒所害后，悄悄溜回去杀死孙副官报仇，最后带领一众兄弟投奔边区队伍，一家人在边区团圆。至此，矛盾解决，戏剧到达高潮。

《穷人恨》里交织着两条主要线索，一条交代刘老汉一家在地主"烂肝花"的剥削压迫下艰难度日，一条交代"烂肝花"勾结国民党反动派疯狂压榨人民。

马健翎先生深深懂得农民的审美习惯和审美要求，一场农民能看懂、能受感动的戏既要近情理，又要红火热闹，还要情节相联系，一贯到底。农民对戏曲的要求就是能表现生活的真实，有曲折、令人感动的剧情，通过单纯的戏剧结构表现率真直接的感情。

马健翎先生还善于运用传统的戏曲巧合手段。巧合是中国戏曲中常用的一种手段，常言道"无巧不成书"。马健翎先生在革命现代戏中也多处运用巧合。在《血泪仇》中，王东才在特务黄先生的逼迫之下前往边区投毒，没想到却毒害了自己的儿子；去行刺为边区政府送信的老头，不想刺杀的对象就是自己的父亲。后一个巧合的出现使得王仁厚父子相认，王东才对自己的行为羞愤难当，不敢对父坦白，只能暗自逃回去报仇。这两个巧合把两条叙事线索交织在一起，为故事情节的发展埋下了伏笔，推动故事情节向前发展。《一家人》中，追赶、鞭打牛娃的国民党兵田树高不知道自己打的正是自己的儿子，国民党士兵党战雄奉命在边区搜查共产党员，搜出来的正是自己走散的亲哥哥党战魁。这两个巧合的设计巧妙而合情合理，在矛盾即将到达高潮的时候出现，化解了危机，也为他们投向共产党提供了合理的契机。一家人团聚照应了题目，也暗含抗战军民是"一家人"的主题。

再次，戏曲语言本色质朴。马健翎先生在《血泪仇写作经验》一文中，多次强调戏曲要反映现实生活，强调语言的现实性。他的革命现代戏语言朴实简洁、通顺明白、贴近现实生活。20世纪40年代，毛泽东给陕甘宁边区民众剧团题词："简单、明瞭、动人"①。"简单""明瞭"就是要求戏剧语言要简单明白，让群众听得懂，"动人"则是要求戏剧剧情有真情实感，要能打动人心，起到戏剧的高台教化的作用。

三、传统戏剧改编剧

传统戏剧②的整理和改编，是用现代文艺思想和文化观念对传统戏剧进行重构，是一种艺术的再创作过程。马健翎先生改编、整理后的秦腔戏剧无论在思想境界还是艺术水平上都得到了一定的提升，经他改编后的戏剧，结构紧凑、矛盾突出、语言通俗，且富有浓郁的秦地特色。

纵观先生的创作历程，可以发现，在新中国成立前，他虽然也创作过历史新编剧，改编过几部传统剧，但他取得的主要成就还是在秦腔革命现代戏方面；新中国成立后，先生把主要精力转移到了传统戏的改编、整理和历史新编剧上。延安时期，马健翎就整理了《反徐州》《打渔杀家》《金沙滩》《八大锤》《斩马谡》等秦腔传统剧目，新编了历史剧《顾大嫂》《鱼腹山》。新中国成立后，他改编了《四进士》（1951年）、《游龟山》（1952年）、《赵氏孤儿》（1955年）、《游西湖》（1957年）、《窦娥冤》（1958年）几个经典剧目。1952年在第一届全国戏曲观摩演出大会上，《游龟山》获得了剧本改编奖。

1.传统改编剧的题材

对传统剧进行改编，第一步是选取恰当的改编对象。中国戏曲在长时间的发展积累中，流传下来的剧目浩如烟海，这些剧目中既有体现中国传统文化精神，人民群众的思想、生活的戏剧，又有包含封建、落后、迷信、淫荡等糟粕的戏剧。并且，在剧本的流传和不断演进、变化的过程中，一个剧目往往有多个不同思想内容、不同剧种的版本存在。因此，改编、整理传统剧的第一步就是从浩如烟海的传统剧中选取合适的剧本作为改编对象。从马健翎先生改编的剧本来看，他偏向于选取有重大意义的反映历史故事、社会生

---

① 鱼讯.陕西省戏剧志·延安地区卷[M].西安：三秦出版社，1997：254.

② 传统戏剧，指马健翎先生改编、整理的传统戏和历史新编戏。

活的悲剧。

首先，借古鉴今的历史戏。新编历史戏以基本史实为基础，通过对已有史料进行重新加工、裁剪、组合，形成有完整故事情节、生动人物形象的戏剧。它与历史演义小说一样，以反映王朝更迭、战争兴废等历史题材为主要内容，通过戏剧寄予作家一定的政治理想、道德理想和审美理想。"以铜为镜，可以整衣冠；以古为镜，可以见兴替；以人为镜，可以知得失。"[1] 用戏剧来弘扬华夏民族的民族精神，承继中华民族优秀文化，借鉴历史的经验教训，是历史剧存在的意义。马健翎先生的历史戏中，新编历史戏所占分量较小，多为改编，较为成功的是《反徐州》《鱼腹山》和《飞虹山》。

其次，抨击社会黑暗、具有正义精神的历史戏。马健翎先生是一位有着强烈社会责任感的戏剧作家，他创作了大量宣传革命道理的秦腔现代戏，还有传统改编剧，在传统改编剧中抨击社会黑暗现实，提倡道德正义。这类戏较好的首先是《游龟山》，它由传统戏《蝴蝶杯》改编而来。《蝴蝶杯》本事见于《蝴蝶杯》鼓子词和《蝴蝶杯宝卷》，写湖广总督卢林之子卢世宽一日带领一群豪奴及恶犬去龟山游玩，看见老渔父胡彦叫卖娃娃鱼，遂以低价强买其鱼，又谎称没带钱欲强抢，胡彦上前分辩竟被卢世宽纵犬咬伤，被一众家仆拳脚相加。恰巧，江夏县县令之子田玉川游龟山路经此地，出手相救，却失手打死卢世宽。田见势不妙，赶紧逃往江边，被打成重伤的渔父回到渔舟后吐血而死。卢林接到家丁报告后，怒不可遏，找来县令兴师问罪，下令追捕田玉川。在此剧中，恶少卢世宽敢这样在街头胡作非为，无非是依仗父亲官高位显，而身为总督的卢林得知儿子被打死后，并不深追原因，依法办事，为百姓伸张正义，反而用自己的权势为恶子报仇，把个人权势凌驾于法律、正义之上。再如《游西湖》。当朝权奸贾似道权势冲天，广修府邸，霸占多个女子，且极为凶残。他无意中窥见李慧娘的美貌，便不由分说纳其为妾。李慧娘本来也是官宦之后，也不得不迫于他的淫威，委身于他，还不得不强颜欢笑讨其欢心，一旦稍有违逆便有性命之忧。李慧娘在游西湖的船上与裴舜卿眉目传情被贾似道发觉，回去贾似道便结果了李慧娘的性

---

[1] 刘昫, 等. 旧唐书[M]. 北京: 中华书局, 1975: 2561.

命，还将割下来的头盛以金匣让众妾观看，以儆众妾。贾似道的行为可谓是残忍至极。《四进士》中，贪婪恶毒的嫂嫂田氏为了独霸家产，撺掇丈夫姚庭春毒死亲弟弟。姚虽想独吞万贯家业，但顾忌"人命关天"，田氏就说出"本县刘廷俊、道台顾读、巡案大人毛朋同我娘家兄弟田伦都是同榜进士，咱们有钱有势，谁敢申冤告状？就是有人申冤告状，蚂蚁搬泰山哩，量也无妨。"①田氏一语道破天机，官场上官官相护，互为裙带，百姓与之相较，只是蝼蚁，申诉无门，更无法与之抗衡。

马健翎先生在这些暴露社会黑暗、官场腐败的社会剧中，最终安排的结局都是正义战胜了邪恶，恶人最终得到惩罚，伸张了社会正义，表明邪不压正，鼓励人民坚决与恶势力作斗争。《游龟山》中，众位会审官员并不因为卢林权大势大而屈服于他，把卢林气得不欢而退；《游西湖》中，贾似道被李慧娘的鬼魂吓得魂飞魄散；《四进士》中，毛朋秉公执法，替杨素贞申冤做主，严惩行贿受贿的田伦、顾读。这样的结局固然摆脱不了中国戏剧的大团圆式结尾，却打击、批判了恶势力和腐败现象，彰显了正义的力量。

再次，彰显正义精神的悲剧。经典悲剧是马健翎先生进行改编的又一对象。传统戏在长时间的发展过程中，产生了一大批经典剧目，这些经典剧目在民间形成了广泛的影响和很强的认同。因此，选择传统戏中的经典作品作为改编对象，并且要推陈出新，超越原剧，得到观众的重新认同，对改编者有很大的挑战性。马健翎先生大胆将古典悲剧中的经典剧《感天动地窦娥冤》《赵氏孤儿大报仇》作为改编的对象，进行了成功的改编。悲剧的意义不在于让观众体会剧中人物的悲惨命运，而在于从剧中人物的悲剧中体现出人对正义和美好的不屈不挠的追求。剧中的悲剧人物与命运、强权、黑暗的强烈冲突引起观众的怜悯和支持，引导观众在感情上站在正义一方，从而达到净化观众感情的目的。马健翎先生改编的《窦娥冤》中，窦娥的冤案虽然最终得到平反，但她为此付出了生命的代价，因此仍是一部悲剧。窦娥的悲剧来源于她生存的社会。首先，是科举制度。窦娥年幼丧母，本应该在父亲的爱护下长大，然而父亲却不愿意放弃科举考试，把她托付给蔡婆婆，自己

---

① 陈彦. 陕西省戏曲研究院剧作选（8）[M]. 西安：陕西人民出版社，2008：74.

上京赶考。其次，是社会的黑暗，官场的腐败，法制的缺失。窦娥本寄希望于官府"舍性命到公堂以理相争"，不料太守认钱不认理，将窦娥屈打成招，判了死刑。在这个剧中，窦娥是一个弱者，在这个风雨如晦的黑暗社会里，她无从证明自己的清白，只能通过三桩奇特的誓愿来表明自己的冤屈，体现了人生境遇中一种极致的苦难和无奈，引发观众对人生、对社会的反思。最后，窦天章将代表恶势力的贪官污吏、杀人强盗一举摧毁，使得正义和善良得到了伸张，并且通过窦天章对贪官污吏发出了拷问："手指赃官咬牙恨，害死了多少好黎民；你们为官的贪赃卖法心不正，放纵了坏人们霸道横行；全不念百姓受苦痛，怪道天下不太平。"①《赵氏孤儿》的悲剧性则在于为了扶持正义，忠义之士前仆后继地慷慨赴死，他们在强大的邪恶势力面前没有退缩，而是义无反顾地选择了联合起来顽强地反抗。这种前仆后继、自我毁灭式的反抗充满了强烈的悲壮气氛。《游西湖》是一部人生的悲剧。贾似道是李慧娘、裴生爱情路上强大的阻挠者，然而再强大的恶势力也没有阻挡住李慧娘对爱情的追求，她还是在西湖游船上与裴生暗中传情，死后的李慧娘的鬼魂更是爆发出了反抗、复仇的烈焰。李慧娘用她的毁灭来彰显对美好爱情的追求，对悲惨命运的激烈反抗。

马健翎先生所选择的这些剧目都具有严肃的社会意义和深刻的思想内涵，他之所以没有避开经典名剧，是因为这些经典名剧中闪耀着思想的光芒，能够教育民众，净化、提升人民群众的思想境界。

2.传统改编剧的艺术特色

马健翎先生的传统改编剧大部分都创作于新中国成立后。新中国的成立给马健翎先生创造了安宁稳定的创作环境，他开始潜心于艺术上的追求，加之前两个阶段的创作积累，他的戏剧艺术创作技巧日臻成熟，较之革命现代戏的仓促和浓郁的政治风味，他的传统改编剧更加具有文学艺术性。

马健翎先生选取的大都是人民群众喜爱和熟悉的经典剧目，在改编的过程中，他坚持"古为今用，推陈出新"，在尊重原剧基本精神的基础上，删改、创作，使得改编后的戏剧结构紧凑，思想内容符合现实生活要求，人物

---

① 陈彦.陕西省戏曲研究院剧作选（9）[M].西安：陕西人民出版社，2008：103.

形象也更加突出。

清代戏曲家李渔在《闲情偶寄》中对戏曲的结构布局提出了精辟的见解，他认为一部好的戏曲，应当有一个鲜明的主题（立主脑）、紧凑的结构（密针线）。他指出，戏曲头绪忌繁，要有一条主要线索贯穿全剧。马健翎先生在改编秦腔传统剧时，注意掐头减绪，先确定所要表达的主题思想，再把与主题联系不紧密的情节删去，经他改编后的戏剧线索明了、主题突出、结构紧凑。

《游西湖》本事最早出现于明代瞿佑《剪灯新话·绿衣人传》，又见于明代剧作家周朝俊[①]传奇《红梅记》。周朝俊的《红梅记》是马健翎改编的主要蓝本。《红梅记》是一部二卷三十四出的传奇剧本，讲述裴禹与二女子——李慧娘、卢昭容之间的爱情婚姻故事。共有两条线索，一条是太学生裴禹和已故卢总兵之女卢昭容悲欢离合的爱情故事，一条是当朝宰相贾似道小妾李慧娘对裴禹的生死之恋。

《红梅记》的两条线索并无直接联系，有各自为政之嫌，历代评论家对其结构多有诟病。明王穉登在《叙红梅记》中指出《红梅记》"整体通明促情而后续结构松散，关目芜杂"[②]。当代学者王星琦亦评价："一方面，戏剧结构欠佳，头绪繁多，两条线索之间又无必然联系，似可以分别独立成章。"[③]马健翎先生在改编的时候，将卢昭容已故相国小姐的身份和与裴禹以"压鬓红梅"定情的情节移植在李慧娘身上，把两个痴情女子形象合二为一，将发生在二人身上的故事浓缩体现于李慧娘一个人身上，两条叙事线索拧为一条。改编后的《游西湖》一共十四出，较之《红梅记》简短许多，但从总体看来剧情更加简单，结构更加严密。在情节的设计上，先让贾似道得逞，强纳小姐李慧娘为妾，剔除了逃难一节，同时也将小姐母亲、姨母、表兄都删去，在情节上避免了原剧头绪繁多的弊病，戏剧矛盾冲突集中在了裴、李二人与贾似道的矛盾上。经过马健翎先生改编后的《游西湖》，场面

[①] 周朝俊，明朝传奇戏剧作家，字夷玉，又作仪玉、穉玉，别字公美，浙江人。生平活动不详。著有传奇作品《香玉人》《李丹记》《画舫记》等十余种，皆不传，今唯有《红梅记》传奇剧本一种流传下来。

[②] 魏琦．明代传奇剧本《红梅记》分析与研究［J］．山东文学（下半月），2010，2：65．

[③] 周朝俊．红梅记［M］．王星琦，校注．上海：上海古籍出版社，1985：2．

集中、线索清楚、主题鲜明，人物形象也更加血肉丰满。

《赵氏孤儿》流传的版本众多，马健翎的改编剧主要根据元代纪君祥的《赵氏孤儿大报仇》以及京剧、川剧《八义图》，同州梆子，西路梆子，昆曲等综合改编而来。赵氏孤儿故事流传历史悠久，早在《左传》《史记》中就有记载。从《史记》的记载来看，这个故事的时间跨度较长，而多数戏剧版本中都着意塑造八位为保全孤儿而舍生取义的英雄，因此许多老本剧本也存在结构松散、重点不突出的毛病。马健翎先生在改编的过程中，高度精简了故事情节，略去了屠岸贾让鉏麑去刺杀赵盾的情节，直接把重点放在了赵盾死后众人保孤的情节上，避免了情节的冗长拖沓。在场次上，先生增加了"赵盾训子""孤儿打雁""屈打程婴"等情节，只着力塑造了卜凤、公孙杵臼和程婴三个典型的英雄形象。改编后的《赵氏孤儿》强化了原剧彰显正义和忠义的主题，在结构上细织密缝，克服了原剧结构松散、拖沓的弊病。

在改编剧中，马健翎先生对剧中人物进行了适当调整，保留了原剧人物形象的主要性格，并对其性格特征进一步强化，使得人物形象更加具有典型性特征，强化了戏剧矛盾，增强了戏剧性。如《窦娥冤》，改编自元代杂剧大家关汉卿的《感天动地窦娥冤》。《感天动地窦娥冤》是我国有着杰出艺术价值的古典悲剧之一，戏剧情节曲折、关目设置合理、人物形象生动、曲辞本色当行，富有浪漫主义特色，在舞台上常演不衰。马健翎先生在改编的时候，有意强化了人物性格的主要方面，并且调整了人物关系，以期最大限度地体现人物性格的典型性。比如，马健翎将张驴儿的父亲换作了母亲，张驴儿游手好闲，虐待老母，沦落到了带着母亲讨饭吃的地步，将其母亲塑造成一个可怜、善良、软弱的贫妇人形象。这样一来，更加突出了张驴儿的泼皮无赖、懒汉二流子形象。其次将张驴儿父亲换作母亲，避免了蔡婆婆想要改嫁的嫌疑，从而纯化了蔡婆婆的形象，使得剧情矛盾集中在张驴儿和窦娥身上，避免了节外生枝，人物形象对比更加鲜明，矛盾冲突更加单纯激烈。再如，在关汉卿的剧中，赛卢医谋害蔡婆婆不成之后，张驴儿要挟卖给其毒药，赛卢医担心惹上人命，远逃他乡卖鼠药。而在马健翎先生的改编剧中，赛卢医在得知张驴儿要买毒药毒死蔡婆婆时，竟然与张驴儿合谋，并要求分赃，最终因张驴儿未付赃银而在林子里起了争端，恰巧被路过的窦天章听到，追出案情。在关剧中，赛卢医既有狠毒的一面，又有胆小怕事的一面，而在马剧中，去掉了他因害怕而逃跑的情节，凸显出其贪婪、狠毒的特征。

在纪君祥的《赵氏孤儿大报仇》中，程婴、公孙杵臼的身份是赵盾的门客，并且他们不是主动要求舍命救孤儿，公主甚至苦苦哀求程婴救孤，而程婴还有犹豫。马健翎先生在改编时，把程婴的身份换成了与赵家并无紧密联系的草泽医人，公孙杵臼的身份换成了赋闲在家的太平宰相。大祸临头时，他们主动舍命、舍子全力保孤，这样的处理，有效去除了影响表现人物典型性格的因素，英雄人物身上体现出来的大义凛然精神大大增强。

四、马健翎先生戏剧作品的秦腔审美特色

清代著名学者焦循在《花部农谭》中谈道："'花部'者，其曲文俚质，共称为'乱弹'者也。""花部原本于元剧，其事多忠、孝、节、义，足以动人，其词直质，虽妇孺亦能解，其音慷慨，血气为之动荡。"①秦腔属于花部地方戏，它的唱腔高亢悲壮、苍凉遒劲、深沉浑厚、粗犷豪迈，唱起来"上如抗，下如坠，曲如折，止如槁木，句中钩，累累乎如贯珠"②，既有直起直落之势，又有细腻柔和、婉转悠扬的曲折缠绵。秦腔感情饱满、气势磅礴、抒情淋漓尽致，适合宽音大嗓放声高唱，这种吼唱令人心血激荡，胸中郁结之气、悲愤之情喷薄而出，具有强烈的阳刚之美。

马健翎先生的戏剧作品体现出了秦腔慷慨激昂、大气磅礴、质朴浑厚的美学特色，具有浓郁的秦地文化特色。马健翎先生的戏剧作品感情饱满，其中饱含着他对祖国和人民的火一般炽烈的感情，对受苦受难人民群众深沉的爱和怜惜，对日伪军、国民党反动派、地主恶霸深入骨髓的痛恨，这些感情交织在一起，铸就了他戏剧作品的大气磅礴、慷慨激昂之势。他注重从生活真实中提炼艺术材料，把笔触伸向政治最前沿，用如椽大笔写热火朝天的革命斗争生活，写光明与黑暗、正义与邪恶的较量，写进步与保守的抗衡，写穷苦百姓对恶霸地主的抗争，呼喊出时代的最强音和人民要求当家作主的心

---

① 焦循. 花部农谭 [M] //俞为民，孙蓉蓉. 历代曲话汇编·新编中国古典戏曲论著集成：清代编　第三集. 合肥：黄山书社，2008：472.
② 陕西省艺术研究所. 秦腔研究论著选 [M]. 西安：陕西人民出版社1983：161.

声，充分体现了秦腔的阳刚之美。

马健翎先生的秦腔革命现代戏始终洋溢着一种令人心血激荡的革命热情。他热情歌颂共产党领导下革命根据地、边区军民英勇抗日的昂扬斗志，批判揭露地主恶霸、日伪国民党反动派压迫、奴役人民的丑恶行径，鼓舞人民不畏强暴，坚决与反动恶势力作斗争。马健翎先生的戏剧把政治和艺术很好地结合在一起，他的戏剧有扣人心弦、波澜起伏的故事情节，真情实意、感人肺腑的唱腔，真实生动的人物形象，及时、全面地反映边区的斗争生活和思想动向，把解放区和国统区做以鲜明的对比，有效地宣传了党的政策，树立了共产党和边区的正面形象。使人民群众在"红火热闹"的戏剧中受教育、受感染。

马健翎先生的戏剧作品还具有秦腔特有的悲壮美的特色。这种悲壮美，既体现在他的剧中充斥着传统舍生取义、精忠报国的忠义精神，又体现在剧中典型人物与命运、强权的抗争过程中。

忠义是中国传统文化精神，是舍弃私利、一心为国，信守诺言、坚持正义的崇高品质，强调一种牺牲奉献精神，具有强烈的悲壮之美；是在情与理的激烈对抗中，在外力强权的压迫下，人为了追求真、善、美而反抗强权暴力，从而表现出来的执着之美、刚烈之美。在马健翎先生的戏剧中，这种悲壮美体现在忠与奸的对抗中，忠义之士舍身坚持真理和正义的大义凛然将这种悲壮美表现得淋漓尽致。《好男儿》中青年义勇军郑二虎在日军、汉奸的严刑拷打下，宁死不屈，始终不肯说出游击队同伴的名单。《赵氏孤儿》中，赵盾为了国家和百姓不顾个人安危，屡次进谏晋灵公，大骂奸臣屠岸贾，最终招来了杀身之祸；程婴、卜凤、韩厥、公孙杵臼为了保护孤儿而舍命、舍子，忍辱负重。《游龟山》中，江夏县县令之子田玉川，路遇豪强欺负渔父，毫不犹豫地出手相救，打抱不平。《四进士》中，宋世杰老人见义勇为、不畏权贵，救下并收留无家可归的弱女子杨素贞，为了替杨申冤，他不顾自己的老迈之躯去衙门击鼓告状，还挨了一顿板子。这些戏剧人物的所作所为都是大忠大义的生动阐释。

马健翎先生戏剧作品中浓郁的悲剧美学特色还反映在一系列与黑暗社会、强权显贵、悲剧命运顽强抗争的人物身上。比如《游龟山》中胡凤莲为父申冤的勇敢无畏；《游西湖》中李慧娘为了追求爱情，顽强地与恶势力作斗争；《窦娥冤》中窦娥对贪官污吏、社会不公的悲愤控诉。他们的命运是悲剧的，但从他们身上，显现出了抗争者的力量、生命的顽强和他们对生命尊严的护卫。鲁迅曾经说过，悲剧是把美好的东西撕毁给人看。秦腔的这种悲壮美是在美好的东西毁灭的时候展示出来的，悲剧人物为了理想和生命的尊严不惜以毁灭自己的代价去执着追求、用力反抗，整个过程无比悲壮。

秦腔是三秦大地上土生土长的艺术，带着芬芳的泥土香味，其唱腔以自然、质朴、真实、浑厚取胜。马健翎先生性情淳真质朴，他特别注重戏剧要表现生活真实，用真情实感来打动人心，戏剧语言质朴，风格大气浑厚，给戏剧融进了新鲜的时代气息和浓烈的生活气息。

总之，马健翎先生是一位当之无愧的"人民艺术家"，他在创作中时刻把握艺术的民族性和大众化，既继承了中国传统戏曲的精粹，又开创了新秦腔的改革之风，所创作的戏剧既保持了传统秦腔的阳刚美和悲壮美，又能结合现实生活，体现浓郁的秦地生活气息。他的剧作时代感强烈，风格质朴自然，寓教于乐，寓庄于谐，始终洋溢着一种积极向上的力量。在战争年代，他的剧作就是投向敌人的投枪和匕首，瓦解敌人的"楚歌"，团结群众的纽带。马健翎先生在延安文艺史上应当占据重要地位，他也是现代秦腔史上一位里程碑式的人物，我们不能忘记他。研究马健翎先生与其创作不仅是对秦腔历史的重现，更重要的是对探索在经济发展迅速、文化多元化的今天，秦腔如何向前发展具有指导、借鉴意义。

第二节　其他著名秦腔剧作家与名作

一、王绍猷

王绍猷（1883—1971），陕西富平县人。秦腔剧作家，戏曲理论家。辛亥革命后加入国民革命军，1918年加入同盟会，在井勿幕部队参加过举世闻名的讨袁战争和护国运动，任职至旅长。1928年退出军界，回归故里。他幼年时上过私塾，受环境影响酷爱秦腔，1930年前后，进入西安秦腔名社易俗社，先后任总务主任和剧务主任等职，同时以极大的热情投入剧本创作和秦腔理论研究工作。他赞同易俗社的"补助社会教育，启迪民智，移风易俗"的宗旨，并将其灌注于自己的戏曲创作中。他创作、改编的剧目有《紫霞宫》、《新忠义侠》（《周仁回府》）、《金光玉》、《拷红娘》、《铡美案》等四十余种。在秦腔理论研究上，王绍猷从20世纪40年代起就一直广泛搜集资料，并进行大量实地考察，多次去京、津、沪、杭及西北各省，深入研究，完成了七万余字的《秦腔记闻》，于1949年11月由易俗社出版印刷，在社会上引起了广泛关注。《秦腔记闻》有"秦腔之源流""秦腔之考证""戏剧源于西北说""盛世之秦腔""秦中六十年来之著名演员"等十六个专题，可以说填补了"秦腔只有'剧业'，没有'剧学'的空白"①。经过对秦腔源流、历史沿革、板式乐理，以及与各路梆子腔之间的历史渊源的翔实考证，他得出了令人信服的结论：秦腔"形成于秦、精进于汉、昌明于隋、完整于唐、传播于明、盛行于清，几经衍变，蔚为大观，在国剧上可谓开山鼻祖，有屹然独立不可磨灭之价值"。李约祉为该书写序，深有感慨地说："惟是戏曲之源，起于西秦，而秦人反无片纸只字之著述。宁不可愧，况吾易俗社者以社会教育改良戏剧自任，数十年来，亦竟无人焉注意及此，尤觉惭恧。""余捧读一遍，如获至宝，叹曰：有此贡献，今而后吾秦人可无愧于剧界矣，吾易俗社可谓尽其责矣。"②1952年，他进入西北戏曲研究院，继续从事戏曲理论研究和传统剧目改编工作。经他改编的秦腔传统戏《铡美案》和《周仁回府》，久演不衰，成为秦腔的经典剧目，也成就了一大批演员。1961年，王绍猷被聘为陕西省文史馆馆员，于1971年9月在西安病逝。"王先生一生不图名不图利，花了不少钱，以自己的整个心血为了实现秦腔有个'剧学'而奋斗终身。他这种大公无私的精神，我们后学者是应该效法的。"③

在戏曲创作上，王绍猷改编的《铡美案》和《周仁回府》，可谓是在50年代毛泽东提出的"百花齐放、推陈出新"思想指导下创作的秦腔精品，做到了思想性与艺术性的结合。

---

① 何桑．百年易俗社［M］．西安：太白文艺出版社，2010：54．
② 李约祉．秦腔记闻叙［M］//王绍猷．秦腔记闻．西安：陕西易俗社，1949：1．
③ 王鸿绵．秦腔论著第一人［J］．西安艺术，1996（5）．

1953年,《铡美案》由秦腔传统戏《秦香莲抱琵琶》改编而成。《秦香莲抱琵琶》,"是在《孝莲卷》《姜氏挂帅》《赛琵琶》《香联串》基础上,不断推陈出新的产物,它不仅凝结着秦腔艺人数百年来艰苦的艺术实践的心血,而且浇注着许多没有留下姓名的知识分子的创作、加工的汗水。"①"秦香莲"此类戏曲,因为秦地艺人不满高明的《琵琶记》为蔡伯喈开脱罪责而编写。"因为它形成于秦地秦腔艺人,所以赵五娘改名秦香莲,蔡伯喈改为陈世美,时代也由原来的汉代推移到宋代,避免了与历史人物混迹不清的情况,也为作者提供了更广阔的创造余地。"②《秦香莲抱琵琶》内容比较冗长。陈世美考中状元后被召为驸马,秦香莲找来,他不但不认,反而派人杀害秦香莲母子。秦香莲愤怒,便拦丞相王彦林轿告状。王丞相问明冤情,在陈世美生日让秦香莲扮作歌女席间弹唱,尽诉其苦,以感动陈世美,使其相认,结果陈世美坚决不认,才告于包公。包拯好言相劝,陈世美还是拒不相认,包拯扯陈世美见宋仁宗,又让秦香莲殿前作证,陈世美无话以对,夫妻才相认。

王绍猷改编本可谓"点铁成金"。首先,戏剧结构更加合理、完整。旧本秦香莲扮作歌女抱琵琶诉说怨苦一节,尽管有一定的戏剧性,但破坏人物性格的统一性。因此,改编本删去了这场戏,而是在《杀庙》后紧接《告状》一场,让秦香莲直接到包拯府喊冤,再由包拯好言先劝陈世美回心转意。因陈世美死不悔改,被扣押,于是矛盾不断激化,先是公主出面求情,无果,再是皇太后出面,包拯仍然坚持正义,最后铡了陈世美。戏剧一改原作夫妻团圆的大结局,而是改成悲剧,虽然铡死陈世美似乎有点过重,但既符合艺术逻辑,更增加了戏剧的悲剧性。

其次,主要人物性格更加鲜明。改编本突出了主要人物秦香莲和包拯戏的分量,从而使他们形象更加丰满,性格更加鲜明。秦香莲的性格发展贯穿于其从温善到坚决不向贪图富贵而丧尽天良的恶人低头的反抗过程。她在一

---

① 焦文彬. 历史的艺术反思:中国古典悲剧自觉意识到的历史内容[M]. 西安:陕西师范大学出版社,1998:278.

② 焦文彬. 历史的艺术反思:中国古典悲剧自觉意识到的历史内容[M]. 西安:陕西师范大学出版社,1998:277.

登场的《闯宫》中即唱道:"在此间我把乡民问,他忘恩负义结皇亲。越思越想越气愤,木樨宫去找负心人。"①此处就表现出她的反抗性。但当她见到陈世美仍然先动之以夫妻情、父子爱,企图打动陈世美认下她们母子:

> 秦香莲　是你上京赶考,几年无有音讯,听得人说,你在京高中,是我手托一双儿女,沿门乞讨,不是英哥饥饿啼哭,便是冬妹足痛难行,风餐露宿,跋山涉水,好容易到这里,谁知你就是这样无情无义地负心了!

（唱苦音二六）

> 糟糠之妻苦受尽,
> 患难的恩情似海深。
> 你上京一去无音讯,
> 我盼你日日倚柴门。
> 缘何相见不相认?
> 你忘却旧爱恋新婚!②

这段念白和唱词,满含感情,但对贪图富贵、失去人性的陈世美却毫无感染力。面对着结发妻子的苦诉、儿女的哭求,陈世美坚决不认,只是想用纹银把他们打发走。陈世美不但不认秦香莲母子,为防止她乱说,还派韩奇去杀掉他们母子三人,韩奇知道真相后自刎。这让秦香莲完全认清了陈世美的豺狼本性:"陈世美,陈世美,做出此事你欺了天;我与你结下大仇冤,不报此仇心不甘;怀抱钢刀出庙院,包相爷台前去喊冤。"③尤为精彩的在《扣押》和《面理》两场中,充分表现出秦香莲的反抗性格。她在包拯大堂上当面怒斥陈世美:"见强盗教人好心痛,伤心的话儿你且听。草堂上饿死双父母,为妻替你送坟茔;母子们在家无度用,沿门乞讨找上京;不认我母子还罢了,强盗呀!你!你不该差人来行凶。蛇蝎心肠似枭獍,忘恩负义太无情。"④面对骄傲霸道的公主她毫不示弱:

---

① 陈彦. 陕西省戏曲研究院剧作选（8）[M]. 西安: 陕西人民出版社, 2008: 202.
② 陈彦. 陕西省戏曲研究院剧作选（8）[M]. 西安: 陕西人民出版社, 2008: 205.
③ 陈彦. 陕西省戏曲研究院剧作选（8）[M]. 西安: 陕西人民出版社, 2008: 217.
④ 陈彦. 陕西省戏曲研究院剧作选（8）[M]. 西安: 陕西人民出版社, 2008: 229.

秦香莲（唱）家住湖广均州府，
　　　　　　陈家庄上有家园；
　　　　　　我丈夫名叫陈世美，
　　　　　　我本是他妻秦香莲。
公　主（唱）驸马并无妻和子，
　　　　　　你为何疯言浪语把他攀？
秦香莲（唱）我夫妻结发十余载，
　　　　　　所生一女并一男。
公　主（唱）贫妇讲话理不端，
　　　　　　是非颠倒似疯癫；
　　　　　　你本是百姓人家身贫贱，
　　　　　　见公主不跪为哪般？
秦香莲（唱）今日仇人在当面，
　　　　　　休夸你富贵穿绸缎，
　　　　　　做出事教人下眼观；
　　　　　　国王家女儿学下贱，
　　　　　　你不该下嫁后婚男；
　　　　　　先娶我来我为正，
　　　　　　后招你来你为偏；
　　　　　　我乃一正，你乃一偏。
　　　　　　下得车辇，跪在面前，
　　　　　　口称姐姐，理之当然，
　　　　　　理应你拜参。①

这段对唱，很有特点，针锋相对，理直气壮，说得公主无言以对，气急败坏，只能动粗叫人将秦香莲暴打，但她绝不屈服，充分表现出她的反抗性格。在最后一场《辩理》中，由于皇太后的出面"以不念本后念万岁"来威胁，包拯也没办法，打算息事宁人："再叫香莲近前听，有心准了你的状，

―――――――――――
① 陈彦. 陕西省戏曲研究院剧作选（8）[M]. 西安：陕西人民出版社，2008：235-236.

公主国太闹哄哄。赠你纹银三百两，拿回家去养儿童。"①秦香莲听罢：

> 秦香莲　（滚白）我叫叫一声天哪天哪！你看我民妇冤枉甚大，州县衙门管他不下，闻听包相爷执法如山，不避权贵与民申冤，为国除害，是我不顾性命冒死前来，托天上告，谁知他是官官相卫，处处皆同。
>
> 包　拯　（听言气愤、无地自容的样子）这……
>
> 秦香莲　（滚白）我叫叫一声相爷相爷，事到如今我也不要你与我银两，我也不要你与我申冤，但求得将我一刀两断，也免得相爷为难了！②

"哀莫大于心死。"秦香莲正是在拒绝接受金钱、对包拯失望的哀号中戏剧将其反抗性格推向极致，也才坚定了包拯刀铡陈世美的决心。另外，包拯形象也很有特点，就连仅有一场戏的人物韩奇也性格鲜明。

再次，唱词优美，形式多样。在人物内心情感的抒发，以及叙述情节的发展过程中，剧本都安排了大量的唱段，尤其精彩的是"三对面"中的包拯与公主、公主与秦香莲的对唱，既形式活泼，突出戏剧的矛盾冲突，又恰到好处地揭示出不同人的心理活动和个性特征，可谓戏曲唱词的典范。

此剧1954年由西北戏曲研究院一队排演，田德年饰演包拯，刘易平饰演陈世美，阎更平饰演韩奇。而秦香莲，戏曲研究院的著名女演员杨金凤、王惠芳、郝彩凤、杨凤兰等都演过，咸阳戏曲演员郭明霞也塑造过这一艺术形象，都给观众留下了深刻的印象。之后，此本《铡美案》一直活跃在秦腔舞台。

《周仁回府》，又名《忠义侠》《鸳鸯泪》，所写故事最早见明佚名《忠义烈》（《忠烈记》）传奇，清朱素臣、朱佐朝合作《朝阳凤》传奇，佚名小说《海公大红袍》及废闲主人的《大红袍》弹词都记其事。传统古本宣扬封建愚忠思想，王绍猷改编本主要歌颂忠义思想，故最初名字叫《新忠义侠》。此剧以周仁为主要人物来构思戏剧，使剧作矛盾冲突更为集中。剧本删去大量介绍背景的场次，第一场《路遇》就直接让周仁登场。作为兵部

---

① 陈彦. 陕西省戏曲研究院剧作选（8）[M]. 西安：陕西人民出版社，2008：242.
② 陈彦. 陕西省戏曲研究院剧作选（8）[M]. 西安：陕西人民出版社，2008：242-243.

郎官的他因押解饷银经长江时船被浪打翻而"失却饷银"，被严嵩女婿赵文华送到县衙审问，县官不问曲直，将他痛打四十板，多亏刑部侍郎杜鸾之子杜文学相救，两人遂结生死之交。然后交代杜家被奸相严嵩迫害的缘由。严嵩将抗倭英雄张经的功绩归于赵文华，反而污蔑张经与倭寇勾结，杜鸾据实情营救张经，结果没救出张经，自己反而被严嵩陷害入狱。严嵩的干儿子严年早就垂涎杜文学之妻的美貌，便抄没杜家。杜文学将妻子托付给周仁，自己和门客封承东外逃。封承东是势利小人，贪图名利，将杜文学出卖，并让严年诱捕周仁，逼周仁献出杜文学妻子胡秀英。周仁为救胡秀英，和妻子李兰英商量，由妻子假冒胡秀英进入严年家乘机杀死严年，而自己领着胡秀英逃走。李兰英进入严年家刺杀严年未遂而自杀。不久，嘉靖死，隆庆即位，邹应龙等弹劾严嵩，杜家得到平反。杜文学回来，周仁前去迎接，遭到杜文学的痛打。杜文学妻子赶到说明原委，杜文学知道自己错打了周仁，与妻子在周仁妻子墓地见到悲哭的周仁，请他回府。

　　这部戏，是秦腔里一部充满悲剧精神的戏，也是一曲忠义的凯歌。改编本增强了悲剧性，情节更加集中，充分展示了人物激烈的内心矛盾，如《替妻》一场，充分展示周仁激烈的内心矛盾：

　　　　我周仁并非忘恩义，
　　　　为救夫命献他妻。
　　　　这话向他说得去，
　　　　想哥哥必不怪我的。
　　　　待我回上太宁驿，
　　　　倒退一步再筹思。
　　　　纵然嫂嫂她肯去，
　　　　哥哥回来难辩白。①

在严年的紧逼下，不容他犹豫，为救哥哥，权宜之计，必须同意献出嫂嫂；但献出嫂嫂，日后哥哥回来确实难以解释，这让他陷入两难。于是，他又想出一个更陷自己于矛盾中的想法："我想我妻和嫂嫂面貌相似，况她平日有

---

① 陈彦. 陕西省戏曲研究院剧作选（9）[M]. 西安：陕西人民出版社，2008：201.

些肝胆侠气，若教她假扮嫂嫂去至严府刺杀严贼，做此轰轰烈烈惊天动人的事情她必是去的，哎，她必是去的了。"但他又想："即就是我的妻慷慨要去，数年的好夫妻怎忍隔离。"①李兰英是女中豪杰，她愿意救嫂嫂，打消周仁的顾虑："事到如今，顾了朋友，顾不了夫妻，顾了义气，顾不了恩爱，妻虽女流，要做轰轰烈烈惊天人的事情，此一前去，既不成功，也要成仁了。"②她真是位烈女子，杀身成仁了。得知妻子自戕身亡，周仁悲愤无比，在和嫂嫂《夜逃》一场中，剧本给他安排的这段唱腔既能表现出人物的心境，又具有极强的艺术感染力，尤其是句句用叠字，显现出剧作者极高的驾驭文字能力：

> 见嫂嫂直哭得悲哀伤痛，
> 冷凄凄荒郊外哭妻几声。
> 怒冲冲骂严年贼太暴横，
> 偏偏的封承东卖主求荣。
> 咕哝哝在严府曾把计定，
> 眼睁睁我入了贼的牢笼。
> 闷悠悠回家来说明情景，
> 气昂昂贤德妻巧计顿生。
> 急忙忙改行装要把贼哄，
> 哗啦啦鼓乐响贼把亲迎。
> 气忿忿暗藏着短刀一柄，
> 弱怯怯无气力大功难成。
> 痛煞煞莫奈何自己刎颈，
> 血淋淋倒在地严贼胆惊。
> 一阵阵哭得我昏迷不醒，
> 盼哥哥大功成衣锦回京。③

这段唱词，向来受到称赞，是经典唱段。唱词不仅语言优美，而且对人物的

---

① 陈彦．陕西省戏曲研究院剧作选（9）[M]．西安：陕西人民出版社，2008：202-203．
② 陈彦．陕西省戏曲研究院剧作选（9）[M]．西安：陕西人民出版社，2008：208．
③ 陈彦．陕西省戏曲研究院剧作选（9）[M]．西安：陕西人民出版社，2008：217．

情感抒发准确,将周仁的心理活动描述得极为细致入微,表现出他对妻子的赞美、怀恋,对杜文学早日回归的盼望之情。可回归的杜文学因不知就里,误会了周仁,将其暴打。周仁跑到妻子坟上哭诉:"我哭哭一声妻呀,我屈死的娘子,我夫妻受人之托,嫂嫂临难,是你慷慨替她一死,我只说心也尽了,义也全了,谁知哥哥回来,见我不容开口,便是一顿好打,打得我血肉横飞,体无完肤,是我有口不能辩,有冤无处申,我可莫说妻呀妻呀,你等候于我,咱夫妻做鬼同行了。"①这段滚白,把戏剧的悲剧性推向极致,令人涕泪俱下。尤其是当杜文学和他妻子找来时,周仁看到他们夫妻团圆说道:"此时候你们都团圆了,唉!"此句话产生了强大的冲击波,舞台下多少观众为之感动。通过周仁与杜文学的对比,更加凸显了周仁为忠义所蒙受的悲情,从而增加了戏剧的悲剧魅力,这也正是此剧成为秦腔经典剧作的力量所在。

《周仁回府》1958年由陕西省戏曲剧院一团演出,任哲中扮演周仁,由于唱做俱佳,被誉为"活周仁"。还有李爱琴所演的周仁,也非常受观众喜爱。此剧在中路、西路、南路秦腔,及甘肃、宁夏、青海、新疆都有演出,是秦腔传统经典剧目之一,其中《悔路》《回府》《夜逃》《哭墓》为著名折戏,久演不衰。

二、姜炳泰和他的《法门寺》

姜炳泰(1913—1980),陕西渭南人。戏曲理论家,剧作家。1938年,参加革命。他以教书为名,多次与当地进步人士一起组织宣传马克思主义,宣传抗日救国。1942年,奔赴延安,先在陕甘宁边区民众剧团任教员,后入延安大学学习。1945年以后,回到关中师范学校任教。1948年,任关中分区文协副主席,并加入中国共产党。中华人民共和国成立后,担任陕西省文工团协理员、西安市文化馆馆长、省秦腔实验剧团团长、省戏曲研究院副院长。1955—1966年任中国戏剧家协会理事、剧协陕西分会副主席。在工作之余,他改编了秦腔《法门寺》、《屈原》(与袁光合作)、《游西湖》(与马健翎、黄俊耀、张棣赓合作)。在戏剧理论研究方面,他撰写有《神话与

---

① 陈彦.陕西省戏曲研究院剧作选(9)[M].西安:陕西人民出版社,2008:225.

艺术》《论劳动人民的求实精神》《古为今用 推陈出新》《论古典戏曲的人民性》等文。这些文章坚持马克思主义的唯物论，阐发党的戏曲方针和政策，探讨戏曲的艺术规律，对戏剧实践和理论发展起了积极的作用。1961年以后，他的戏剧观点受到错误的批判，但他仍然努力工作，在陕北深入生活中创作了反映老区人民革命斗争生活的大型话剧《郭家湾》。1980年4月19日在西安病逝，终年六十八岁。

《法门寺》又叫《宋巧姣告状》《拾玉镯》《双姣奇缘》，是一部秦腔传统剧目。尽管故事曲折，具有戏剧性，但其中用词有些粗俗，情节有些也不符合新社会的观念，如戏剧结尾让孙玉姣、宋巧姣二人都嫁给傅朋就不符合新中国成立后的新婚姻法，加之结构繁琐，头绪过多。因此，姜炳泰的改编本是较为成功的。它保留了原本较好的场次"拾玉镯""狱中相会""告状"等精彩场面，删除了繁冗的情节和不健康的语句，增强了剧本的文学色彩，使之更适应舞台表演。全剧共十五场，紧紧围绕孙玉姣与傅朋的纠葛、宋巧姣一家的不幸两条线索组合戏剧情节，具有极强的戏剧性。故事曲折动人，线索复杂而清晰，悲喜交织有致，可谓秦腔剧作的上乘之作。

此剧写明武宗时期，陕西郿鄠县傅朋路过孙家庄时偶遇少女孙玉姣，两人一见钟情，傅朋欲成好事，有意遗一玉镯于地。孙玉姣拾镯子时被刘媒婆看到，刘媒婆乐意为他们撮合，便向孙玉姣索要了一只绣鞋。刘媒婆儿子刘彪乃一赌徒，知此事遂起恶念，便以绣鞋敲诈傅朋钱财，没得逞反被乡约刘公道训斥，故怀恨，晚上到孙玉姣家行奸，结果误杀了孙玉姣的舅舅和舅母，并把女尸头扔到刘公道家。刘公道发现后让雇工宋兴儿将人头扔到后院井里，为灭口又将宋兴儿打死，也扔到井里，反告宋兴儿偷物而逃。县令赵廉审案简单糊涂，扣押了孙玉姣，由玉镯牵连到傅朋，再由宋兴儿牵连到他的姐姐宋巧姣。孙、宋二人同被关押在狱中，宋巧姣向孙玉姣问明案由，知此案必和刘媒婆有关。傅朋家拿出十两银子赎宋出狱，宋巧姣从刘媒婆那套出真情，借刘瑾陪太后到法门寺降香之机，冒死前去告状。刘瑾让赵廉抓了刘彪、刘公道，探井找到尸体，案件真相大白，孙玉姣与傅朋结为连理。戏剧的情节发展合乎逻辑，人物性格鲜明生动，善恶分明。

《拾玉镯》《宋巧姣告状》为最著名的折子戏，久演不衰。此剧于1954

年由姜炳泰改编，同年由陕西省秦腔实验剧团首演，1955年又由陕西省戏曲剧院一团演出，在陕西省第一届戏剧观摩演出中获剧本一等奖。

三、袁多寿的《白蛇传》

《白蛇传》是我国民间四大传说之一，故事渊源最早可见唐人传奇《白蛇记》，成熟于明人冯梦龙的小说《警世通言》卷二十八《白娘子永镇雷峰塔》。清代黄图珌的《雷峰塔》传奇是此故事的第一部戏曲作品，但只写到白蛇被压在雷峰塔下，并没有产子祭塔。清代以此为题材的戏曲还有陈嘉言父女所编的《雷峰塔》传奇、方培成改编的《雷峰塔》传奇，以及陈遇乾的《义妖传》弹词。这些创作使这一故事更加丰满，白蛇也完成了从迷惑人的蛇精到有情有义的美貌女子的转变。

袁多寿的改编本保留了此故事的基本框架，但重点突出真挚爱情。剧作开篇的人物表里对主要人物的性格已经做了介绍：白云仙是"热情、勇敢、忠于爱情的女性，有为了争取自由幸福不可征服的意志，敢于抵抗，敢于自我牺牲，善良、钟情，传说她是白蛇修炼化身的妖精"；青儿"热情、勇敢、性直爽，富有同情心，喜欢帮助人，有坚定的斗争意志，传说她是青蛇修炼化身的妖精"；许仙"善良、热情，基本上是一个忠诚的性格，店伙出身，白云仙的丈夫"；法海"阴险、毒辣、压制人性、反对自由的代表人物；金山寺的住持，挑拨破坏白、许感情，乘人之危，一再迫害善良"。[①]全剧十五场，除必要超现实的浪漫情节，如"端午白云仙现原形""盗仙草""水漫金山"等外，全剧基本上是在现实生活的基础上描述着一个凄美的爱情故事。

白云仙在西湖断桥与许仙相遇，结为夫妻。本来是一对恩爱夫妻，如白云仙所唱："我二人风雨同舟怜同病，共诉身世两有情；我和你一般孤身来如浮萍去如梗，我爱你温存，又爱你厚诚，雨中借伞情意重，一见如故真知音；我白云深处苦受尽，到如今好比衰草又逢春。"[②]如果没有法海的破坏，他们就在甜蜜中共度人生。法海告诉许仙他娘子是千年蛇妖所化，而且给他

[①] 陈彦. 陕西省戏曲研究院剧作选（8）[M]. 西安：陕西人民出版社，2008：375.

[②] 陈彦. 陕西省戏曲研究院剧作选（8）[M]. 西安：陕西人民出版社，2008：390.

雄黄药酒。许仙带回药酒，白云仙喝了现出原形，吓死了许仙。白云仙盗来仙草救活许仙。妖僧法海诱骗许仙到金山寺焚香，告诉他白云仙是蛇精，强行将他留在金山寺。白云仙和青儿为救出许仙与法海相斗，水漫金山。旧本是法海凭借天将之力战胜二蛇，然后给许仙一金钵让他回家抓白蛇。袁多寿先生改得更合理。许仙是在战乱中逃出，"行来在西湖上断桥亭近，思想起白娘子凄然断魂；恨法海做此事良心丧尽，但不知她姐妹祸福吉凶；娘子，娘子，多保重！但愿夫妻重逢"[①]。许仙见到白云仙，青儿要杀了他，但白云仙因爱不忍，她的一段唱腔将夫妻恩爱之情推向极致，感人至深：

夫妻恩情山海重，

你不信你妻信妖僧！

妻为你，操心热和冷，

妻为你，每日亲调羹；

妻为你，仙山取药拼性命，

妻为你水漫金山斗妖僧；

你不念风雨西湖情意重，

你不念钱王祠畔新婚燕尔天地盟；

你不念殷勤侍病三月整，

难道说你不念妻腹中尚怀着你许门娇生；

并非是小青儿执剑凶猛，

许官人，负义郎！你，你……太得绝情！[②]

许仙大为感动，说明他是被法海强迫到金山寺的，他们夫妻重归于好。"咱夫妻情深世无比"，"一家人欢欢乐乐常相聚，白头到老不分离"。可贼法海不放过他们，他化作货郎，把金钵让许仙当作孩子的长命锁买回，结果把白云仙压住，法海带领天兵来把白娘子压到雷峰塔下。最后在充满悲剧的气氛中结束全剧。整个戏剧，是一曲夫妻争取爱情幸福与扼杀幸福的恶势力斗争的悲歌。另外，该剧唱词十分优美。有些唱段，以抒发人物情感为主，在语言形式上有意打破秦腔惯用的七言、十言句，运用错落有致的散化句式，

---

① 陈彦. 陕西省戏曲研究院剧作选（8）[M]. 西安：陕西人民出版社，2008：424.

② 陈彦. 陕西省戏曲研究院剧作选（8）[M]. 西安：陕西人民出版社，2008：426.

富于变化,如第二场《缔婚》白云仙登场唱的一段:

> 今日里风和春光暖,
> 喜鹊儿飞来飞去绕房前;
> 为许郎平地化成一座亭楼院,
> 雕梁画栋百花鲜;
> 清早间乔装又打扮,
> 浑身换了新衣衫;
> 命青妹清波门前去打探,
> 料想她即刻就回还;
> 千思万想心意乱,
> 许郎来了怎开言。①

还有些唱词,情景交融,具有诗情画意。如第十一场《断桥》中的经典唱段:

> 西湖山水还依旧,
> 憔悴难对满眼秋;
> 想当年下峨眉、云游世路,
> 清明节我二人来到杭州;
> 遇官人真乃是良缘巧凑,
> 谁料想贼法海苦作对头;
> 到如今夫妻们东离西走,
> 受奔波担惊慌长恨悠悠;
> 腹中疼痛难忍受,
> 举目四海无处投;
> 眼望断桥心悲楚,
> 手扶青妹向桥头。②

《白蛇传》改编于1955年,由陕西省戏曲剧院二团演出。秦腔著名旦角演员李应真、杨凤兰、马友仙、肖若兰、郭明霞、张咏华等都饰演过白云仙。

---

① 陈彦.陕西省戏曲研究院剧作选(8)[M].西安:陕西人民出版社,2008:389.
② 陈彦.陕西省戏曲研究院剧作选(8)[M].西安:陕西人民出版社,2008:423.

除了以上介绍的这些剧作家及他们的改编剧外,还有黄俊耀、张棣赓、王烈、毋政等,他们辛勤工作,创作出了大量优秀的剧作,为秦腔舞台繁荣作出了巨大的贡献。

第三节 因"解放"获得新生的易俗社剧作家

一、新生的易俗社

易俗社在新中国成立前的三十七年中创造了许多辉煌的业绩,为秦腔艺术的革新作出了巨大的贡献。但是进入20世纪三四十年代,连年战争,加之国民党政府政治腐败,社会黑暗,地痞流氓滋事,物价飞涨,民不聊生。因此,易俗社的经营极其艰难,广大演职人员的生活也难以保证,有些人兼干别的,有些人干脆离开剧社自谋出路。加之旧社会艺人多染吸毒、赌博等恶习,病困交加,断送了很多有艺术天资的艺人的艺术生涯。当时的社长高培支无不痛心地感叹:"教养学生原为借以易俗,谁知结果,学生竟为俗易,多年希望,全成泡影"。①至此,易俗社已经到了濒临崩溃的境地。

1949年5月20日,西安解放,易俗社全体人员在绝望中迎接解放,获得重生,在中国共产党领导下进入了崭新的历史时期。西安刚解放,陕甘宁边区文化协会、西北军政委员会戏曲改进委员会就派田益荣等同志到易俗社指导工作。

田益荣(1912—1983),陕西富平人。剧作家,戏剧活动家。他幼年常看皮影戏就爱上了戏曲。他在西安师范学校上学时,"九一八"事件激起了学生的爱国热情,他便积极参加抗日救国活动,宣传抗日。1936年"西安事变"后,他到渭北参加革命。1937年赴延安抗大学习,此时加入中国共产党。不久到山西八路军总部政治部民运股当干事,又先后在陇东三八五旅七团担任宣传队队长、陇东剧团、延属文工团团长,陕甘宁边区文协秘书。新中国成立后,他先后担任西北文联创作部部长、西安市文联副主席,负责戏曲改革工作。他是一位懂得戏曲的干部,同时也是一位剧作家。他创作的剧

---

① 苏育生. 易俗社八十年[M]. 西安:三秦出版社,1992:67.

本代表作有《喝开水打日本》《战临沂》《反妥协》《新柜中缘》《幸福家庭》《回头是岸》等数十部。后又创办《工人文艺》《西安戏曲》，任主编。晚年研究秦腔理论，撰写了《秦腔史探源》等很有见地的论文。田益荣先生酷爱秦腔，是位很有水平的干部，故西北军政委员会戏曲改进委员会派他来易俗社指导工作。

1949年7月，易俗社演员参加了陕甘宁边区文协主办的讲习会，学习党的文艺政策。9月，剧场主任冯杰三建议招收男女新生，从此打破了易俗社不吸收、培养女演员的旧例。9月13日，易俗社举行了理监事和学生励进会联合选举大会，选出社务委员马彦翀、高培支、李约祉、肖润华、王绍猷、谢迈千等十五人。选举结束后，田益荣代表西北军政委员会戏曲改进委员会讲话，勉励新当选的委员努力工作，把易俗社戏改工作搞好。10月10日，易俗社举行新生开学典礼，张咏华、陈妙华、全巧民等四十四名男女新生入社学习，这是该社第十四期学生，也是解放后的第一期学生。为了切实搞好易俗社的全面工作，西北军政委员会戏曲改进委员会特派杨公愚到易俗社协助指导工作。

杨公愚（1916—1989），西安市南郊丈八沟乡双水磨村人。1936年下半年被保送到泾阳县云阳镇安吴堡青训班学习。当时参加革命的同志为了安全起见都取一别名，杨公愚取名曰"斯曼尼"。1938年，他在抗大加入了中国共产党，抗大毕业后被分配到云阳镇中共陕西省委秘书处担任秘书。这时他对秦腔的挚爱发挥了作用。为了发动群众，宣传抗日，经常要组织一些演出活动，知识分子和学生出身的干部善用秦腔这一群众最喜闻乐见的艺术形式搞宣传，他采取旧瓶装新酒的办法，尝试用旧戏本编新词，大受群众欢迎。最突出的一次是在1939年庆祝中国共产党成立十八周年的纪念演出大会上。那一次舞台设在云阳镇城隍庙戏楼，杨公愚自编的《抓汉奸》《壮丁监》等秦腔戏排在最后压轴。演出开始后，多数观众是战士、干部、工作人员，群众不多。轮到秦腔登台时已是深夜，当高昂激越的梆子声响彻天空时，把已经入睡的群众从梦中唤醒，他们纷纷从家中涌向广场，刹那间人头攒动叫声不绝，场面十分火爆，挤得战士们不得不几次挪换位置。这次演出让当时的省委书记欧阳钦非常感动，他当下拍板，让斯曼尼创办一个剧团。斯曼尼听了非常振奋，这正是他梦寐以求的。八十三名干部和勤杂人员自动报名，又吸纳了一些当地自乐班的成员，成立了"七月剧团"，白衣为团长，斯曼尼为副团长。从此，他从一位戏剧爱好者转为文艺工作者，开始了他五十多年的戏剧创作生涯。后来七月剧团和关中警卫剧团合并，取名"八一剧团"，杨公愚仍任副团长。他不但是行政领导，还是集编、导、演于一身的戏剧全才。其间他和赵伯平合编了《新考试》《祁半仙》《特种学校》等剧，自己导演，自演主角，受到群众的热烈欢迎。为了配合反对教条主义教育，他改编导演了秦腔名剧《三滴血》，自己扮演晋信书。此剧在延安演出时，毛泽东主席和中央领导都去观看，并给予高度评价。1944年，杨公愚被分配到绥德分区文工团任团长。文工团演出的不单单是秦腔，但他的心里仍然装着秦腔，满腔热忱地关注着民间秦腔艺人。在绥德地区，他对旧戏班子采取团结教育的方针，把七个旧戏班、十五个皮影戏班和近两百名说书艺人，团结到我党的周围，使之服务于群众、服务于社会，为他日后在易俗社大刀阔斧地实施戏曲改革积累下丰富宝贵的经验。杨公愚不仅是一位具有很强组织能力的文艺机构领导，而且是位酷爱秦腔、懂得秦腔的行家里手。他具有高度的责任感，工作作风平易近人，而且具有丰富的艺术工作经验。他还深入演员中间了解情况，给他们排忧解难，取得了演职人员的信赖。1949年12月25日易俗社举行换届大会，杨公愚被选为社长，高培支为副社长，张季纯、马健翎当选为社务委员。从此，易俗社在杨公愚为首的新的一届班子的领导下，进入了新的历史时期。

党和人民政府对易俗社非常关心，立即着手全面复兴易俗社的工作。1950年12月31日，时任中共西安市委书记的赵伯平特意为改进易俗社提出三点建议，成为易俗社改进的指导性纲领文件。在此精神指导下，易俗社在"改人、改戏、改制"方面下功夫，组织全体演职人员学习党的文艺政策，提高社员的政治思想觉悟；在生活上关心演职人员，提高他们的生活水平。同时，政府也加大对易俗社的经济扶持，购置戏衣，修建排练室、剧场，使广大演职人员看到了希望。经过全体演职人员的充分讨论，1951年5月易俗社向西安市人民政府提出申请，接受政府"接管"，改为国营事业单位。7月，遵照中央人民政府政务院《关于戏曲改革工作的指示》，中共西安市委批准易俗社要求，决定将易俗社改为公营，"作为示范性的剧社，以便有计划、有步骤地推进秦腔改进工作"。

1951年7月13日,易俗社举行了隆重的庆祝由政府"接管"大会。出席大会的有中共西北局第一书记、西北军政委员会副主席习仲勋,西北局统战部部长汪锋,西安市委书记赵伯平、市长方仲如、副市长张锋伯,西北文化部副部长马健翎,西北文联副主席郑伯奇、秘书长苏一萍,西北军政委员会监察委员会副主席师子敬,名剧作家范紫东、高培支、李约祉、樊粹庭,名演员苏育民、何振中、王天民以及各文艺团体的负责人、代表,还有易俗社全体演职人员数百人。杨公愚社长致开幕词,习仲勋书记作重要讲话。当习仲勋看到会场的横额上写着"接管易俗社……"的字样时,他首先指出,易俗社不属于反动组织,对一个戏曲艺术团体不能实行"接管",而应该是"接办"。这一字之改,体现出了习仲勋书记对易俗社所作贡献的肯定,也表现出他亲切、平易的领导作风。接着,他指出,易俗社过去四十年,在秦腔改革上做了许多工作,有过不少贡献。易俗社在西北人民中有着深厚的影响,这是因为秦腔是西北人民最喜欢的剧种。他希望秦腔界的全体同志,今后要克服困难,创作大量剧本,把新社会中的广大人民在各项生产建设中的丰富生活和他们的爱国主义、国际主义精神,通过秦腔确切地反映出来,教育和提高群众,推动他们更好地为新民主主义建设而努力。接着汪锋部长、张锋伯副市长、郑伯奇副主席也相继讲话。庆祝大会后,习仲勋书记作出指示,易俗社由张锋伯副市长直接领导,只能办好,不能办坏。

由政府接办后,易俗社按照西北局、省、市领导的指示精神,从机构到管理进行了新的调整。建立新的机构,设社务委员会,实行社长责任制,下设秘书室、戏剧音乐科、演出科、组教科、总务科、演员队、编剧组、新生部等部门,分别管理本职业务。

易俗社根据党和政府要团结秦腔老艺人的指示,由人民政府拨款,把流散在社会上的著名秦腔老艺人接入易俗社,请他们做力所能及的工作。失去生活能力的,在易俗社养老。如著名秦腔须生王文鹏因年老无依靠,被接到易俗社养老,他激动地说:"我没给易俗社演过一回戏,想不到到了不能演戏的晚年,却能得到这么好的照顾,共产党真好,人民政府真好。"还有著名花旦安鸿印、名丑晋福长、名二弦演奏员王兴功,以及易俗社早期学生孟广华、肖筮易也在这时进入或回易俗社。著名秦腔女演员孟遏云和当时已经有一定水平和声誉的肖若兰、宁秀云、赵桂兰等也先后加入易俗社。这两项工作，打破了易俗社从不吸收外来演员的旧传统，从而使易俗社在演员结构上有所革新，演唱技巧大为丰富，演出队伍也得到很大补充。

诸项措施，使易俗社发生巨大的变化，演职人员的积极性得到极大激发，在党和政府的领导下，易俗社焕发了新的精神，在秦腔社团改革、走文艺为工农兵服务、贯彻"推陈出新，百花齐放"的文艺思想等方面，都堪称典范。在参加第一届全国戏曲观摩演出、赴朝慰问演出、陕西省第一届戏剧观摩演出、"三大秦班进京、下江南"演出等活动中，易俗社都表现积极，并取得了优异成绩，成为西安，乃至西北名副其实的著名秦腔剧社，为繁荣秦腔舞台和推进秦腔艺术的改进和发展作出了巨大的贡献。

二、剧目的整理、改编和创作队伍

易俗社从创建时期起，以李桐轩、孙仁玉、范紫东等为代表的一大批剧作家组成了强大的创作团体，为该社创作了大量的剧本。新中国成立后，这些剧作有一部分可谓糟粕与精华俱存，亟须对其进行改编、整理。此时，易俗社在此方面成就较高的当属谢迈千、冯杰三和姬颖。

1.谢迈千

谢迈千（1895—1978），名镇东，字迈千。蒙古族，西安市人。先为中小学教员，后得岳父孙仁玉资助，进入西北大学学习，1924年毕业。曾任陕西教育厅科员，省建设厅秘书，兼任易俗社文化教员。后正式加入易俗社，任总务主任、专业编辑。新中国成立后任西安市流行剧目修审委员会委员、西安市文联委员、西安市第五届政协委员、易俗社专业编剧等。

谢迈千编写了《淝水之战》《红粉青萍》《七步诗》《锦上花》《乐嘉诚》《上塬驿》《于谦》等古典剧和现代戏《模范新青年》《王二叔看水》等十余种秦腔剧本。他的代表作是写于20世纪30年代的《淝水之战》，写我国历史上东晋和前秦爆发的著名战役淝水之战。前秦苻坚兵多将广，妄图吞并东晋，悍然发动战争，攻占襄阳，进犯淮南。东晋丞相谢安力主抗敌，谢玄精心安排。苻坚是劳师袭远，故谢玄有意避其锋芒，不与作战使其懈怠，等待时机,最后一击。符坚溃不成军,风声鹤唳,草木皆兵,溃败而归。戏剧痛斥了以符坚为代表的侵略者的残暴,歌颂了谢安、谢玄抵抗侵略、保卫国家的爱国精神。此剧是易俗社早期的重要剧目,场面宏大,情节动人,演出阵容庞大,在西安地区影响较大。1937年,易俗社在北平演出,受到观众好评。

  新中国成立后,谢迈千焕发了创作的激情。他历史知识丰富,擅长填写古典诗词,熟悉传统戏曲特点,这些都为他改编传统名剧打下了深厚基础。为了剧团演出的需要,他先后整理、改编了《三滴血》《火焰驹》《状元媒》《柳毅传书》《双锦衣》等戏,其中《三滴血》和《火焰驹》尤为成功,为改编剧目也提供了成功的经验。谢迈千本着对经典慎重、负责的态度,以"古为今用,推陈出新"为指导思想,对原作删繁就简,使其情节、人物性格获得更为合理的安排,譬如《火焰驹》,这是一部传统的秦腔名剧,最早见于清代李芳桂《火焰驹》碗碗腔本。谢迈千将原作中李彦荣投敌招赘改为奸臣诬陷,删除了他丧失民族气节的瑕疵。由于有这样一个大前提,于是他家被抄、弟弟的岳父辞婚等一系列遭遇才能引起人们的同情。其次,原本中马贩艾谦骑火焰驹报信救李老爷全家是出于报恩,改编本强化了艾谦行为是出于对李老爷正直人品的佩服、对其蒙冤的愤恨,这就突出了人物的侠义精神,更为感人。第三,突出黄桂英和李彦贵爱情的分量,充分表现了黄桂英对爱情的忠贞和坚强不屈的个性。经过改编,此剧全新登场,一直受到广大观众喜爱,可谓旧戏改革的成功典范。1958年4月,《火焰驹》由长春电影制片厂拍摄成秦腔彩色影片。同年,又作为国庆十周年赴京演出的重头戏,受到广泛的欢迎和好评。《三滴血》是易俗社著名剧作家范紫东的名作,主题是讽刺教条主义,"迂腐固执的县令以滴血判案铸成大错","使法曹同志,知所警惕,而明此书之不可尽信,以为冤滥者请命也"。此剧情节复杂,三线发展,虽然"其离合悲欢,曲尽其妙,入情入理,自然天籁。正如水到渠成,绝不见斧凿之痕"[1],但由于时代的不同,显然包含了很多不适应新社会人们审美情趣的因素,如贾连成和马氏偷情、阮自用酒后与其亲妹妹合欢等。故修改本将这些都删去,使剧情更加合理健康,主题集

---

[1] 苏育生. 范紫东研究资料[M]. 西安:三秦出版社,1992:75.

中于讽刺死读书不知甚解的晋信书,从思想性到结构都得到提升,成为秦腔久演不衰的经典。1959年陕西演出团进京汇报演出此剧,受到广泛好评。在1961年,由西安电影制片厂将其搬上银幕。

谢迈千生活作风"朴素、严谨、热情、亲切。他一家四口,仅仅住着两间厦房。一张吃饭用的方桌,就是他学习、写作的办公桌。剧团的同志,你来我往,导演请他修饰唱词,演员请他讲解典故,甚至有些家属学生也来求教历史语文知识。文艺界的朋友,经常找他探讨问题、钻研业务,他无不欣然允诺,热情接待"[①]。可以看出,他是一位既有学问,又有品行的贤明老者,所以深受群众喜爱和党的信任。1950年,他以特邀代表身份出席西北文艺大会;1952年,出席西安市文代大会,兼任大会秘书;1953年兼任西安市流行剧目修审委员会委员;1965年因病退休;1977年被选为省政协委员;1978年去世,享年八十三岁。

2.冯杰三

冯杰三(1901—1973),陕西长安县细柳镇人。秦腔剧作家、戏曲服装设计家。毕业于陕西省第一师范学校。曾在陕西省政府编译室任科员,然志向远大,立志读书,定出十年苦读计划,"每日凌晨4点起床,读4小时的书,再去上班。坚持十年,终于完成了自己定下的'学习大纲'"。"他正是以自己惊人的毅力和信念将自己打磨成一个颇有建树的剧作家,服装设计家,美学家,剧评家,为秦腔事业作出了巨大的贡献。"[②]他尤喜爱戏曲,工作之余常往来易俗社,兼任该社编剧外,还曾任剧务主任、训育主任等职。他先后创作、改编和整理的剧目有《投笔从戎》《木兰从军》《豪曹剑》《新和氏璧》《草莽英雄》《范雎相秦》《法门寺》《林冲》等。这些剧作大都表现爱国情怀,歌颂民族英雄,批判投降卖国,在抗日战争时期起到积极的宣传作用。如《投笔从戎》写汉章帝时事。汉章帝时,单于王入侵,贾忠、汪祥等投敌叛国,甘当汉奸;司马刘明平寇被虏;国土沦亡,危在旦夕。班超闻讯,约集三十六名英雄,投笔从戎。汉章帝派徐干前去助战,得到众英雄支援,救回刘明,打败单于王。叛徒贾忠自刎,汪祥被俘问斩。于

---

① 罗梦. 谢迈千及其作品[J]. 西安艺术, 1982(2).
② 张咏华. 艺海搏击60年[M]. 西安:太白文艺出版社, 2012:247.

是，于阗、鄯善、疏勒、龟兹四王俱臣服。

新中国成立后，冯杰三一直任易俗社专业编剧。他积极参加文艺政策讲习会，认真学习毛泽东《在延安文艺座谈会上的讲话》，纠正自己的创作思想，自觉响应党和政府的号召，创作、改编和整理了大量的剧目，其中有《新讨渔税》（原名《庆顶珠》）、《廉颇蔺相如》、《陆文龙》、《岳云》、《乾元山》、《金玉奴》、《织女牛郎》、《貂蝉》、《关羽之死》、《徐州革命》、《春秋笔》等剧目。这些剧目中，有好多在舞台上长演不衰，成为秦腔比较好的传统剧目。如《貂蝉》，此剧是根据范紫东先生的《凤仪亭》（又名《紫金冠》）改编的。《凤仪亭》为迎合当时人们的欣赏习惯，头绪繁多，枝蔓繁衍，主线不明，重复拖沓，篇幅冗长，再加之为满足观众的低级趣味，有的本子加有调情戏，将原本一场严肃的政治斗争变得庸俗。冯杰三改编本《貂蝉》删去了原作司空张温之女张小玉冒貂蝉之名被掳至董卓府为奴婢，帮助貂蝉刺杀董卓的副线，删繁就简，去芜存菁，突出主要人物性格。全剧仅有《杀温》《拜月》《小宴》《大宴》《质问》《三闯》《亭会》《刺卓》八场戏，矛盾激烈，场场有戏，突出了貂蝉的性格特征，给人留下深刻的印象。此戏改编特别成功，1954年由易俗社首演，获得成功，受到广泛好评。著名戏曲艺术家封至模评论此戏："在秦剧洵为佳构，主题、故事、人物、场面、角色、技术样样都好，面面俱到，在小说为好书，在戏曲为好剧，难怪至今在舞台上仍为群众欢迎也。"[①]诚然如是，此剧从首演到现在一直活跃在秦腔舞台上，是易俗社，乃至很多秦腔剧社演出的重点剧目之一，影响力巨大。《金玉奴》改编得也很成功。此剧根据秦腔传统戏《棒打薄情郎》改编而成。原剧基本故事来源于"三言"，结尾金玉奴在义父巡按林润的撮合下与遗弃她的忘恩负义之夫莫稽重归于好，倒入大团圆结局中。改编本抛弃了团圆结局，而是让金玉奴在痛打莫稽后不愿再委曲求全与莫稽重修旧好，而是携父毅然离开林府。同时，对金玉奴的父亲金松定位也更准确。

冯杰三除了编写剧本外，还对易俗社戏曲服饰改革作出了很大的贡献。

---

① 张咏华. 艺海搏击60年［M］. 西安：太白文艺出版社，2012：250.

"为了研讨戏曲服装,每晚演出他都深入到后台,观察服装、头盔、切末和把子等道具需要改进的地方,随时指导后台衣箱管理人员加以改造。40年代初,他即开始了改革工作。为此,他建立起服装、头盔、道具、切末制作机制,聘请陈英、程三多、陈振汉等几位师傅裁剪,刺绣,改进戏装,请张云鹏、张瑞生等师傅制作新头盔,改造旧头盔,切末道具等尽在革新范畴。"①1950年,冯杰三等三人专程到苏州、杭州、上海为易俗社购置"戏箱"。他从戏服的用料、色调、刺绣工艺等方面精心挑选,使易俗社舞台艺术更加流光溢彩,斑斓竞艳。然而,也正是这次购置戏箱,使先生蒙受了莫大的耻辱。1951年,"三反"运动中,冯杰三被认定为有重大贪污嫌疑的"大老虎",受尽折磨,人格被侮辱,后经组织调查纯属捏造。

1965年,冯杰三退休,回到长安老家。1973年病逝,享年七十二岁。尽管他在幽静寂寞中走了,但他为秦腔事业所作的贡献不会被磨灭,正如他的学生、易俗社著名秦腔表演艺术家张咏华所言:"历史将会还原,他去了,易俗人没有忘记他,他的学生们没有忘记他,社会没有忘记他,他永远活在人们的心里。他对秦腔的发展功不可没,秦腔近代史,也必有他的一页。"②这正是我写他的缘由之所在。

3.姬颖

姬颖(1920—1973),陕西蒲城人,秦腔剧作家。学生时代他就读于西安竞化小学(今东关小学)、陕西省立一中、西安高中。中学时代的姬颖,积极参加学生爱国运动,宣传抗日。1938年参加革命,同年入党,在西安一带从事地下工作。新中国成立后,他在西安市人民政府担任二办副主任。1957年后,他先后调任易俗社副社长、陕西省戏曲学校艺术委员会主任、尚友社副社长等职务。"文革"初期,因改编剧本《桃花扇》,身心受到严重摧残。1973年7月8日离世,年仅五十三岁。

姬颖先生不仅是一位戏曲单位的管理干部,而且是位才华横溢的剧作家。早在20世纪40年代初期,他就先后编写了《椎心泣血》《兄弟俩》《同命鸳鸯》等秦腔剧本。新中国成立后,在工作之余他创作编写了《宋景诗》

---

① 张咏华. 艺海搏击60年[M]. 西安:太白文艺出版社,2012:250.
② 张咏华. 艺海搏击60年[M]. 西安:太白文艺出版社,2012:254.

《吃粥记》等剧本，还写了关于秦腔改革方面的论文《漫谈秦腔改革》、《西安易俗社四十七年》（与杨公愚合写）等，受到省市戏剧界的注意。调入易俗社后，他的戏曲创作进入高潮期，连续编写了剧本《关汉卿》《桃花扇》《铜台破辽》《取桂阳》《邓艾伐蜀》《辕门斩子》和《荆驼记》等，尤其是《桃花扇》《铜台破辽》和《荆驼记》具有很高的艺术性。这些剧中饱含其心血最多的首推《桃花扇》。套用唐代大诗人白居易的话最恰当不过——始得名于文章，终得罪于文章，姬颖因创作《桃花扇》成为声名大噪的秦腔剧作家，也因为《桃花扇》遭受了不该遭受的折磨。

姬颖有进步、公允的对于经典改编的理论，他认为："整理旧剧本，应该是一步'刮垢磨光'的工作，必须珍惜前人的心血。不光从文字价值上去考虑，也要注意演出效果。""整理不必说了，就是改编，我也不赞成把原作弄得面目全非，成了自己的作品。整理改编的目的，无非为消毒，突出主题，减少头绪，使情节安排得更加紧凑合理，人物性格刻画得更加生动典型，一句话，一定要使原作更加放出光彩，如昆曲《十五贯》之于原本然。这是改编者本领的地方，需要深厚的功力，也许有时比创作还费劲。每见有把原作改坏了的，别人一批评，就拿'不破不立'做挡箭牌，斥别人为保守，我觉得这大有商榷的余地。如果改编本比原作的质量还低，那么为什么要唐突古人，糟蹋原作呢？难道改的目的不是为改好而是为弄坏吗？从来只听褒扬'点石成金''琢镂成器'为妙手，未闻赞颂'佛头着粪''狗尾续貂'之庸人！因此，照我的意思，要改一定要改好，一次不行，三番五次地再来；一人不行，大家伙儿群策群力搞，不付出辛勤、艰苦、顽强的劳动，绝不会有好作品。"[1]他的这些关于改编经典名作的理论，今天看来，仍然是较为客观可行的。他的改编剧《桃花扇》，正是他这种理论的成功实践。

秦腔《桃花扇》是根据清代著名戏曲家孔尚任的名剧《桃花扇》改编而成。原作通过李香君、侯方域的悲欢离合，描写南明王朝的兴衰历史，即所谓"借离合之情，写兴亡之感"，成功地塑造了李香君等人物形象。姬颖的改编本，尽管将原剧四十出压缩到十九场，分前、后本，但场面宏大，人

---

[1] 彦生. 姬颖与秦腔［M］. 西安：太白文艺出版社，2007：4-5.

物众多,语言优美,结构浑然,基本保留了原作的主题,堪称改编剧的典范,可以说于今在对古典经典的改编方面仍有借鉴意义。首先,改编本继承了原作的历史观,真实地再现了原作以李香君和侯方域的感情反映南明王朝历史兴衰的主题,歌颂了李香君、史可法等的爱国精神,鞭挞了以马士英、阮大铖之流为代表的奸佞的误国罪行。这一主体精神得到较好的传承,这是改编本最大的成功。其次,主要人物性格鲜明,形象丰满,充满诱人的艺术魅力。改编本对李香君的刻画极为成功。姬颖忠于原作精神,保留其精华关目,通过《却奁》《守楼》《寄扇》《骂筵》等场戏,充分表现出李香君的爱国情怀和高洁人格。尽管她是位青楼女子,但具有敏锐的政治观察力,一眼就识破阮大铖之流的诡计,坚决拒绝接受他们送的妆奁,而且态度远比侯方域坚决:"官人之意,不过因他助我妆奁,便要徇私废公,哪知这几件钗钏衣裙,原放不到我香君眼里。"

(拔钗脱衣)(唱)在头上卸去了步摇金铛,
　　　　　　　　在身上脱去了锦绣衣裳。
　　　　　　　　任他黄金千万两,
　　　　　　　　任他珠宝堆满箱。
　　　　　　　　人生名节最为上,
　　　　　　　　布裙荆钗又何妨。
　　　　　　　　你侯门屡代簪缨领袖东林称人望,
　　　　　　　　讲气节论文章比美松江。
　　　　　　　　愿公子绵祖德亲贤远妄,
　　　　　　　　树楷模留典范大好儿郎。①

原作在这里给李香君仅仅安排了"脱裙衫,穷不妨;布荆人,名自香"四句唱词,显然对人物的精神世界展示不够。姬颖展开合理的想象,给人物设计的这段唱词非常合乎人物的个性,表现出人物不慕富贵、坚持正义的刚烈性格。再次,孔尚任是公认的戏曲巨擘,语言典雅,曲词优美,故改编成秦腔,既要有俗的特点,还需要保持原作风格。二者相兼,可知其难。改编本基

---

① 西安市政协文史资料委员会,西安曲江新区管理委员会. 西安秦腔剧本精编(31)易俗社卷[M]. 西安:西安出版社,2011:15-16.

本做到了二者较好地结合。这和姬颖具有坚实的古典诗词知识分不开。剧本的很多唱词，具有诗情画意，如《争位》一场中侯方域劝说高杰的一段唱词：

> 说什么扬州繁华廿四桥，
>
> 竹西明月夜吹箫。
>
> 他也想隋堤柳下安营寨，
>
> 谁不羡扬州鹤背飘。
>
> 妒杀你腰缠十万好，
>
> 怕明日杀声咽断广陵潮。
>
> 史阁部，待将好，
>
> 你也是英雄汉一条。
>
> 吴三桂勾引清兵占据燕山祸非小，
>
> 半壁河山染腥臊。
>
> 元帅领兵把仇报，
>
> 先锋印挂与你将英豪。
>
> 但愿你忠心耿耿把国报，
>
> 凌烟阁描容像青史名标。①

侯方域说服高杰，将扬州众景融入唱词中，意象众多，营造出一种诗意，也和人物身份相合。由于当时政治气候的影响，尽管有些地方改编得还需要商榷，譬如对杨龙友性格的修正，以及结尾时李香君、侯方域没出家，但总的来说，此剧改编是成功的，既具有时代性，又能保留原作的基本精神，可作为对经典改编的范式之作。

《桃花扇》在1959年由易俗社排演，作为向国庆十周年的献礼节目，由王蔼民、刘建中导演，张咏华、王芷华、王保易、李可易、王秉中、孙莉群等主演。一经演出，轰动西安，深受广大观众喜爱。然世事难料，"文革"初期，孙敬执导的电影《桃花扇》被诬蔑为"大毒草"，因为同名，受此牵连，秦腔《桃花扇》也受到批评。姬颖也受到不公正的待遇，因此生疾，含恨早逝，实在令人扼腕叹息。

---

① 西安市政协文史资料委员会，西安曲江新区管理委员会．西安秦腔剧本精编（31）易俗社卷［M］．西安：西安出版社，2011：44．

第九章　"文革"十年的秦腔剧作

　　1966年6月16日，史无前例的"文革"全面开始，直到1976年9月粉碎"四人帮"结束，整整经历了十年。在这期间文化艺术领域是重灾区，受到严重摧残。其实，从新中国成立起，思想文化界就时不时暴露出这种苗头。新中国成立初，由于连续不断地运动、斗争，知识分子的神经都高度紧张。尤其是1957年的"反右"斗争，文化艺术界人士首当其冲。在西安戏曲界，首先受到打击的就是时任西安市曲艺改进会主任委员的李瑞阳，他被打成了右派分子，受到了猛烈批判。随着政治风云的变幻，戏曲界受到不断冲击。1962年9月，江青、康生、张春桥一伙闻风而动，在文艺界组织批判活动。1964年，在全国京剧现代戏观摩大会闭幕会上，康生点名批判孟超改编的《李慧娘》和田汉改编的《谢瑶环》，指责这些作品是大毒草。于是，批判的矛头由"问题"转入到对作者、作品的批判。1965年，随着《评新编历史剧〈海瑞罢官〉》的出炉，姚文元更是别有用心，随意上纲上线，对作品与作者进行歪曲陷害，此时已是山雨欲来风满楼。在全国如此的大环境影响下，陕西秦腔艺术界首先遭受不公正批判的恰恰是从延安走来的"人民艺术家"马健翎先生。1965年9月，马健翎同柯仲平、黄俊耀被中共中央西北局定为"柯、马、黄反党集团"。10月18日马健翎突然逝世。著名秦腔剧作家、陕西戏曲研究院院长陈彦在一篇文章中说："马健翎的自杀，引起了很多猜测，但无论怎样猜测，他感到自己不可能逃过那场劫难，当是不争的事实。此前，京剧《李慧娘》已遭点名批判，田汉的《谢瑶环》也已'榜上有名'，作为搞过《游西湖》（塑造'怨鬼'李慧娘的戏）的马健翎，怎么能脱得了干系呢？何况他搞了几十部写'封建牛鬼蛇神'的'老戏'，且这些'老货色'，已在一年前全部禁演了。他紧赶慢赶，让剧团赶排了眉户现代戏《蟠桃园》，又因'歪曲了阶级斗争现实'而遭停演。"① "文革"就是在如是的政治气候中爆发，所以秦腔艺术家和全国艺术家一样，受到严重的摧残。各个剧团的业务骨干受到冲击，许多著名演员被定为"牛鬼蛇神"，要么被关进牛棚，要么被下放到"五七干校"劳动改造，传统剧目被视为"毒草"，舞台上只有移植的样板戏，秦腔艺术经历了史无前例的一场大浩劫。

第一节 样板戏一枝独秀

"文革"时期的样板戏，从表面来看，仅仅是为全国树立了戏曲的典型，而从思想文化实质来分析，它正是新中国成立后思想文化在"极左"思潮影响下不断走向极度癫狂的结果，正如胡志毅所说："'文化大革命'时期的革命样板戏，是意识形态发展到极致时期的戏剧。如果说建国十七年的戏剧是一种'国家的仪式'，那么，'文化大革命'的戏剧是一种政治乌托邦，它是政治运动发展到顶端的产物。广场上的狂欢是一种节日的体现，它与样板戏构成了大剧场与小剧场的关系。对于中国的政治而言，必须通过戏剧的神话与仪式，强化革命的历史，这不仅使革命合法化，而且使革命神圣化。样板戏是节日和狂欢中的'主旋律'。"②随着新中国的成立，巩固新生政权是第一位的，于是一场接一场的政治运动，社会的思想观念日趋高度一致，波及文化艺术界，便是强化宣传这一政权来之不易而需要歌颂其创立过程的艰难与伟大。"中国革命的历史说得极端点就是革命战争的历史。在八个样板戏中，除了《海港》《龙江颂》可以说都是革命战争题材的，有红军（《红色娘子军》）、八路军（《白毛女》）、新四军（《沙家浜》）、解放军（《智取威虎山》）、志愿军（《奇袭白虎团》）等，将革命军队各个时期的光辉历程都表现出来了。在这里，我们可以看到，由于军事上的胜利，建立了新中国，创造了政治上的神话。从这个意义上说，'文化大革

---

① 陈彦. 马健翎这个人 [J]. 美文，2007（4）：78.
② 胡志毅. 国家的仪式：中国革命戏剧的文化透视 [M]. 桂林：广西师范大学出版社，2008：177.

命'是名副其实的政治运动。这个运动其实是一个造神的运动。"①通过这些戏剧,对全国人民进行社会主义新中国建立不易的教育,从而使全民进入一种政治乌托邦理想的狂欢的时代。这正是以江青为首的"四人帮"搞个人崇拜的需要。

被江青定位为样板戏的这八个戏,有五种是京剧。它们分别是由上海京剧团演出的《智取威虎山》和《海港》,北京京剧团排演的《沙家浜》,中国京剧院演出的《红灯记》,山东京剧院演出的《奇袭白虎团》,还有芭蕾舞剧《红色娘子军》《白毛女》和交响音乐《沙家浜》。此后还有京剧《杜鹃山》《龙江颂》《平原作战》《磐石湾》和舞剧《草原英雄小姐妹》等。在"文革"的十年里,从中央到地方,所有的文艺团体只能演出这些剧目,或京剧,或移植为地方戏,出现了可谓世界艺术史上的奇异景观:八亿人看八种戏,样板戏一枝独秀的局面。

其实,样板戏并不是江青一伙创造的,原本是在人民群众中影响不错的作品,仅仅是他们利用、改造、"经典化"的产物。如《红灯记》是根据同名沪剧改编而成,是编剧凌大可、夏剑青根据沈默君、罗静创作的电影文学剧本《革命自有后来人》改编的。江青看了沪剧《红灯记》后,让将此剧改编成京剧。《智取威虎山》是上海京剧院陶雄等根据曲波的长篇小说《林海雪原》的部分情节改编的,1964年参加了第一届全国京剧现代戏观摩演出大会。此后经过修改,突出了杨子荣形象,1966年再次进京演出。《沙家浜》是根据上海沪剧团1960年创作的沪剧《芦荡火种》改编的。《奇袭白虎团》是由中国人民志愿军京剧团1957年创作演出,1962年该团并入山东京剧团,1964年重排此剧。《海港》由1964年上海京剧团编演的淮剧《海港的早晨》改编而成,这是由江青提出来的。

样板戏是在"极左"的"三突出"文艺思想指导下而创作的。"三突出"是于会泳所说的"我们根据江青同志的指示精神,归纳为'三突出',作为塑造人物的重要原则,即'在所有人物中突出正面人物来,在正面人物

---

① 胡志毅. 国家的仪式:中国革命戏剧的文化透视[M]. 桂林:广西师范大学出版社,2008:181.

中突出英雄人物来，在英雄人物中突出最主要的中心人物来'"①。因而，不顾艺术真实，一味人为地从抽象的概念出发，塑造所谓的"高大全"英雄形象，从而使戏剧所反映的生活、塑造的人物，给人以假大空的印象；在艺术上，公式化、概念化、雷同化，缺乏吸引人的艺术魅力。尽管各个剧目，都集中了众多一流人才，各剧中也不乏精彩的唱段，但总的来说，样板戏的创作路数严重地破坏了无产阶级文艺百花齐放的局面。

第二节　秦腔舞台移植样板戏及其他剧作

"文革"时期，秦腔艺术事业和全国的其他文化艺术事业一样遭到严重破坏，观众喜爱的传统戏被作为封建余毒而清除出舞台，从秦腔的高等学府陕西省戏曲剧院，西安市所属剧团，到各地区、市县剧团都纷纷演出移植版秦腔样板戏。1967年1月，西安戏剧界批判"文艺黑线"，传统戏被全面禁演。1968年5月23日，为纪念毛泽东《在延安文艺座谈会上的讲话》发表二十五周年，陕西省戏曲剧院演出眉户现代戏《红灯记》。11月，陕西省举行了学习革命样板戏调演大会，陕西省戏曲剧院第一次用秦腔移植上演《智取威虎山》。接着，各区县剧团先后移植样板戏《红灯记》《智取威虎山》《奇袭白虎团》《沙家浜》等，其他剧目一律停演。1969年，样板戏开始全面普及，7月1日党的生日，很多剧团都分别上演秦腔《红灯记》《沙家浜》《智取威虎山》《海港》《奇袭白虎团》，芭蕾舞剧《红色娘子军》等。1971年，样板戏全面普及，全省剧团普遍演出革命样板戏秦腔移植本《红灯记》等。1974年又移植了《杜鹃山》《龙江颂》。革命样板戏在秦腔里得到全部的移植演出。同时，以陕西省戏曲剧院、西安易俗社、三意社、尚友社、五一剧团等为代表的陕西秦腔界，还排演了符合"三突出"原则的其他革命现代戏，如《骆驼岭》《枣林湾》《平原作战》《苗岭风雷》《园丁之歌》等。1975年，"反击右倾翻案风"，陕西省戏曲剧院上演了新创作的秦腔现代戏《再战苍龙岭》。1976年，"为繁荣社会主义创作，反击右倾翻案

---

① 于会泳.让文艺舞台永远成为宣传毛泽东思想的阵地[N].文汇报，1968-5-3.

风",根据文化部第五次调演的通知精神,陕西省学大寨题材调演在西安举行,陕西省戏曲剧院参演剧目仍是《再战苍龙岭》,西安市剧团演出秦腔《泉江东去》等。

总而言之,"文革"时期,秦腔艺术和全国的其他的文化艺术事业一样,面临危机,遭受摧残,在艰难中寻求发展。其特点是在高压的极"左"文艺思潮的控制下,遵照指示,配合政治运动,移植演出样板戏,同时也创作了一些现代题材剧。尽管在思想上完全是在"三突出""主题先行"等文艺观念的指导下描写阶级斗争的作品,但在艺术方法上,主创人员还是尽其才智,发挥秦腔艺术的特色,以吸引观众。因此,样板戏里也有不少一直为老百姓喜欢的名段,如《红灯记》里的"痛说革命家史""临行喝妈一碗酒",《沙家浜》里的"斗智",《智取威虎山》里的"小常宝控诉了土匪的罪状"等都是很有艺术感染力的名段。

第三节 《骆驼岭》《枣林湾》简论

在"文革"时期,陕西秦腔界除上演样板戏外,也创作了一些现代戏,但这些剧作明显具有样板戏艺术模式的痕迹,其中较好的可称为这一时期的代表作的是陕西省戏曲剧院王烈、毋政等创作的《骆驼岭》和西安市五一剧团郑宗义创作的《枣林湾》,它们所突出的英雄形象都是女书记。

一、王烈、毋政及其《骆驼岭》

王烈,陕西商县人,国家一级编剧。陕西师专毕业,1949年7月参加工作,先后在咸阳文工团,陕西省文联、省剧协《陕西文艺》、《陕西戏剧》编辑部工作。1962年调入陕西省戏曲剧院任专业编剧,曾兼任创作研究室主任和《院刊》编委。主要剧作有歌剧《迎春花开了》《一张结婚证》,戏曲《仇荞》《兄弟姊妹》《孙庞之交》《燕子河》《骆驼岭》,独幕剧《大字报》《挖墙角》《刘三做饭》等二十余部。出版发表戏剧论著《编剧十讲》和《略论〈三滴血〉及其改编》等剧评近百篇。

毋政,陕西韩城人,国家一级编剧。1948年参加革命,1953年毕业于西北艺术学院。先后在大荔、渭南文工团,延安歌舞剧团,《群众艺术》编辑室工作,还在陕西省戏校和陕西省戏曲研究院任演员、编辑、教师、编剧、秦腔团团长。1954年开始文学戏剧创作,发表诗歌百余首,出版《陕西新诗选》等诗歌。创作剧本十余部,其中有影响的有《千古一帝》(与朱学合作)、《杏花村》及续集《酒醉杏花村》(与杨淑琴、南怀容合作)、《爱与恨》和《骆驼岭》、《山花》(与王烈合作)等。可以看出,《骆驼岭》并不是王烈、毋政最好的作品,但在当时却属于上乘之作。

由于受当时的文艺思想影响,《骆驼岭》的故事结构完全符合当时故事结构模式,即所谓"队长犯错误,书记来指路,揪出大坏蛋,全剧就结束"①。该剧故事主要围绕骆驼岭生产大队党支部书记高海林同生产大队长——她的叔父高震江修堤治沙工程展开矛盾。其中还有反面人物——窃取副县长职务的叛徒罗长华和地主分子孙长贵从中阻挠破坏。党支部书记高海林是正确路线的化身。剧作在"序幕"里将时间追溯到1942年,父亲为民众利益和地主斗争被杀,"幼年的高海林持红缨枪在树身刻字后念:'艰苦奋斗'",交代她根正苗红。故事正式开始是二十年后的1962年,高海林已经成为村里的支部书记,领导全村社员治理沙漠。罗长华却从中作梗,让队长高震江把治沙工程停下来,孙长贵又趁机破坏,高震江思想动摇准备停工。在这斗争的紧急关头,高海林心中有毛泽东思想光辉照耀,高唱:"说什么刹车要后退,喊什么形势一团黑。毛主席指示金光道,三面红旗放光辉。"②她和叛徒罗长华展开激烈的斗争,在老革命姜诚的支持下教育了队长高震江,揪出了敌人,革命事业取得胜利。全剧自始至终贯穿着阶级斗争的线索,突出毛泽东思想的巨大作用。另外,剧作的人物塑造也完全符合"三突出"原则,尽管现在看起来是公式化、概念化的人物,但在当时该剧还是具有其特色的。

二、郑宗义的《枣林湾》

郑宗义(1935—1990),陕西西安人,秦腔编剧。1951年起,他在中

---

① 余从,王安葵.中国当代戏曲史[M].北京:学苑出版社,2005:574.
② 陈彦.陕西省戏曲研究院剧作选(2)[M].西安:陕西人民出版社,2008:372.

国人民解放军第三医院工作，喜欢文艺创作，业余时间从事散文、诗歌的写作。1964年调入西安市五一剧团任专业编剧，先后创作、改编的剧本有《春暖桃花寨》《翠华姑娘》《斩雄剑》《进军路上》《雪耻志》《工地春秋》《母子情》《青梅》《大路朝阳》《顽石寨》和《枣林湾》等十余部。大型现代戏《枣林湾》在《人民戏剧》发表后，影响较大，受到广泛称赞。

《枣林湾》描写1947年胡宗南进犯延安时期，枣林湾乡党支部书记兼乡长延大娘领导群众为解放军筹运军粮、支援前线的故事。戏剧的矛盾冲突围绕着"运粮""抢粮"展开。我军遵照毛主席的伟大战略方针，采用蘑菇战术，诱敌深入，决定将一批军粮交由延大娘负责，暂时"坚壁"在枣林湾。蒋胡匪军特派员吕子秋率领大军向枣林湾进发，企图偷袭抢夺军粮。延大娘发动群众在藏粮的地方埋下地雷，又让儿子——游击队交通员延国亮通知游击队截了敌人的运粮队。延国亮在传信后遭遇敌人，他拉响手榴弹与敌人同归于尽。吕子秋不甘心事败，一面利用叛徒——区财粮助理员余承先做内应，派镇龙堡补给兵站主任侯老么冒充解放军白参谋来枣林湾催运粮食；一面又带领部队准备伏击枣林湾运粮队。延大妈将计就计，组织群众提前安全运走粮食，自己带着假运粮队，将敌人引入埋伏圈，敌人全部被消灭，人民欢呼胜利。全剧塑造了延大妈这位"高大全"形象，她具有坚定的革命理想，为革命献出儿子，又鼓励孙子继续革命。剧作和《骆驼岭》一样，全剧自始至终突出毛泽东思想的巨大力量，它是人民群众战胜敌人的精神源泉。戏剧第一场《喜传佳音》启幕背景是"一棵苍劲的大枣树，掩映着整洁的接口石窟，绘着'自力更生'的蓝印花布门帘旁的窑壁"，暗示毛泽东思想的光辉普照。延大娘在枣林湾的一切活动都是在按照毛主席的指示办，所以无往而不胜。该剧政治说教成分很浓，有很多地方就是直接喊革命口号，如《序幕·烽火支前》："摆下天罗和地网，军民团结来杀敌。誓死保卫党中央，誓死保卫毛主席。"[①]这也是时代特征。相对而言，此剧在当时也算是在艺术上比较好的剧作之一，故应该予以肯定。此剧由西安市五一剧团在1974年首演，著名表演艺术家李爱琴扮演延大妈，她的表演声情并茂，深受观众

---

① 西安市政协文史资料委员会，西安曲江新区管理委员会. 西安秦腔剧本精编（66）五一剧团卷［M］. 西安：西安出版社，2011：261.

赞许。

总的来说，"文革"十年，秦腔百花园受到严重摧残，但艺术家们，仍然竭尽全力，在"左"倾文艺思潮的干扰下，艰难地用他们的辛勤汗水，乃至生命之血浇灌着秦腔的艺术之花，终于迎来了秦腔的春天！

第十章 "新时期"的剧作家及作品

"文革"结束后,戏曲创作进入全面的繁荣期。此时,名家云集,名作迭出,展示出秦腔剧本创作的辉煌。常言道"剧本乃一剧之本"。好的剧本是一部戏成功的第一要件。这时候,广大剧作家从"文革"的"极左"创作思想的藩篱中解脱出来,写了大量具有很高审美价值的优秀作品。这里介绍一些具有代表性的作家和作品。

第一节 杨克忍等的《西安事变》和《白龙口》

易俗社在编创现代戏方面比较有成就的剧作家是杨克忍。杨克忍(1931—1989),著名编剧。他创作、改编的主要作品有话剧《姚焕章》《在和平的日子里》《西安怒火》,秦腔《沙河浪》《滚滚石川江》《钟声再起》《山村新风》《八一风暴》《万水千山》等,移植、改编剧作有《司文郎》《于无声处》《狱卒平冤》《阴阳冤》等。他的代表作品是1978年由他主笔,与李哲明、范角、段肇升合作的大型秦腔现代戏《西安事变》和与李哲明合作的《白龙口》。

《西安事变》全剧共十一场,写红军长征结束在陕北建立根据地,因蒋介石的"不抵抗"政策而痛失家园的东北军,被调往西安同西北军共同"剿共",引起了东北军极大不满。在全国民众日渐高涨的"停止内战、一致抗日"的呼声中以及"抗日民族统一战线"政策的感召下,东北军将领张学良与西北军将领杨虎城在数次"苦谏""哭谏"无果,反而被蒋介石陷害后,实施"兵谏",在临潼捉蒋,逼迫他签下协议,蒋介石拒不答应。在一小撮亲日分子的煽动下,社会各界"杀蒋"的呼声越来越高。眼看内战在即,周恩来应邀前来谈判,他敏锐的洞察力和高超的谈判艺术促使蒋介石答应了建立统一战线的决策,并劝退了被亲日分子煽动欲杀掉蒋介石的群众,西安事变和平解决。

该剧作为向新中国成立三十周年的献礼戏,以西安事变这一极具历史意义的事件为题材,表现了在国家危亡的时刻,有良知的中国人民抛开个人仇恨,团结起来共同抗日的可歌可泣的史实。此剧充分利用秦腔本身善于表现历史题材和英雄题材的特点,具有极高的思想鼓舞性,在戏曲表现艺术上也取得了很大的突破。

《西安事变》的诞生可谓经历了重重磨难,原因就在于此前从来没有在戏曲舞台上出现过领袖的形象,尤其是"三老"(毛泽东、周恩来、朱德)形象。在演出之前,很多人都怀疑戏曲舞台上,尤其是地方戏曲舞台上唱着秦腔的总理究竟能不能为人所接受。然而公演时,当敬爱的周总理出现在舞台上时,观众们都给予了热烈的掌声,结束后的评价也很高,很多人在剧评中都提到,看到周总理唱秦腔都觉得很自然,很舒服,一点都不别扭。这跟创作成员的努力是分不开的。怀着对周总理的极大敬意,本着尊重事实的原则,编剧杨克忍、李哲明、范角、段肇升和导演陈尚华前往北京、大连、上海等地访问了许多亲身经历过西安事变的老同志,查阅了大量的文字材料,历时半年完成了剧本。该剧最大的成功和突破就是第一次在戏曲舞台上真实、全面地塑造了周恩来总理的形象。剧中所展示的周恩来是一位成熟的政治家。在《肩负重任》一场中,他出场就风度翩翩,对张、杨二人礼数周到,又幽默风趣,话语寓意深刻,博得了二位将军的信任与敬仰。在《逼蒋抗日》一出中,他从容不迫,将国内外种种形势、各派势力分析得十分透彻,又步步紧逼,正面表达全国抗日的民意高涨,历数蒋介石犯下的种种过错,最后用南京政府内部矛盾突破他的内心防线,逼得蒋介石无话可说。在整个"逼蒋"的过程中,他都胸有成竹,稳操胜券,让我们看到了一位成熟政治家的风采。在《力挽狂澜》一出中,他又及时识破了亲日派欲煽动群众杀掉蒋介石,再一次挑起内战的阴谋,义正词严地将敌人的真面目公之于众,使他们无所遁形。在《疾风劲草》中,他又是一位具有人情味的政治家,对百姓处处关心,对群众表现出极大的热情,尤其是在革命同志苏英被

敌人暗算后,他痛心疾首,高唱:

> 风云突变天地暗,
> 大河上下波涛卷,
> 寒流滚滚漫秦川,
> 满目积雪,犹觉得革命战士血更鲜。
> 雨花台壮志未酬骨未寒,
> 玄风桥誓愿未果忠魂还。
> 望古城千家与万户,
> 都在为祖国把心担。
> 黄河长江相哀叹,
> 奔腾咆哮,倾诉着中华民族恨和冤,
> 蒋介石对外退让,对内屠杀,民族遭危难。
> 那日寇妄图吞并我河山。
> 东北三省已沦陷,
> 铁蹄下父老含泪仰望山海关。
> 共产党代表着人民心愿,
> 把民族苦和难一身承担,
> 为抗日毛主席指引航向,
> 保安县窑洞里彻夜不眠,
> 为促成全民族统一战线,
> 派遣了代表团来到西安。
> 亲日派施阴谋借助民怨,
> 投明枪放暗箭制造事端。
> 战士碧血翻沧海,
> 多年征战知艰难。
> 险夷不变应尝胆,
> 敢迎激流挽狂澜。①

---

① 西安市政协文史资料委员会,西安曲江新区管理委员会. 西安秦腔剧本精编(33)易俗社卷[M]. 西安:西安出版社,2011:139.

整个唱段慷慨悲壮，对同志牺牲的痛心、对日本侵略者及亲日派的愤恨，以及坚决抗日不惧牺牲的决心，都浓缩在唱段中，充分展现了一位无产阶级革命家的雄才大略和远见卓识。1978年，周总理已经去世两年多，在剧场里我们却听到了总理的内心呼声，感受着他对民众的关心。这就是戏曲舞台的魅力，它让我们可以亲身感受到角色的内心，真正感受到总理当时的情感与决心。为了合理安排这段唱词的演唱，剧组人员可谓煞费苦心。"这段唱腔是按秦腔板式结构规律设计的，唱腔旋律是在须生传统唱腔基础上，结合秦腔特有的悲壮、深厚、激越的音调，用哭音、花音交替使用的手法。借助于行当，而又脱出行当，继承了传统，而又给以新的发展，因而形象鲜明，旋律新颖悦耳，耐人寻味。"[1]当时饰演周恩来的郭葆华就说："我们对周总理的那段唱腔作了特殊处理：以四分之一的尖板开头，然后突变为四分之四的慢板。其中'犹觉得革命同志血更鲜'一句，我没用传统'胡子生'的苦音慢板的下句唱法来唱，而使音调上扬、拖长，由高慢慢转低，赋予唱腔浓郁的抒情色彩。在唱'黄河长江相哀叹'一句时，为了唱出气氛，我把'黄河'两个字分开拉长，又把'长江相哀叹'几个字从音符上作了强弱分明的区别，在吐字上注意稳、准，行腔上尽量发挥秦腔浑厚、激越、深沉的特点，给人以起伏不平、犹如波涛翻滚的强烈感，在整个唱段中，避免了过分悲哀的音调。这样既没有丢掉传统，又比较充分地表现了周总理大智大勇、置敌人暗杀威胁于不顾的英雄气概，抒发了周总理忧国忧民、对烈士流血牺牲的深切怀念之情。"[2]这样的安排得到观众的积极反响，甚至有观众看完戏后大呼听得不过瘾，要求再加唱段。至此，戏曲舞台上领袖唱地方戏的尝试完全成功。

另外，剧中其他几个重要角色张学良、杨虎城也并不因为地方戏的演出形式而有所影响，反而因为剧本的合理安排以及演员的出色表演使观众更直接地接触到那些战争年代叱咤风云的人物。张学良将军本是英姿飒爽、意气风发的少帅，却因为背负着国恨家仇，时刻凝结着一股郁结之气。他关心

---

[1] 同云波.有益的尝试，可喜的收获——从秦腔《西安事变》的音乐设计所想到的[J].音乐研究，1980（3）：100.

[2] 学军.领袖形象的探索者——访周总理的扮演者郭葆华[J].西安艺术，1983（1）.

将士,又军纪严明,有着良好的军人素养,所以才服从蒋介石的命令做了个"不抵抗将军",甚至率领自己出生入死的将士来到西北"剿共";他又懂大义,识大体,所以救下了欲闯入华清宫示威的学生,在对蒋介石"哭谏""苦谏"无果后又果断地作出了"兵谏"的决策。杨虎城将军有着西北军人的豪爽坦率之气,他深感报国无门,对蒋介石不抵抗日寇却同胞相残的行为深恶痛绝,甚至直接骂出"丧尽天良"这样的字眼。于是,这两位少将一拍即合,合力上演部署了"临潼捉蒋"这样一出好戏。而中共几位学生运动的主要领导者苏英、秦华、王东三也都以自己浓烈的爱国之情和为国捐躯的英勇行为感动了台下的观众。此外,蒋介石、余仰斋等反派人物的动作、念白、唱段也都合乎人物的身份,没有让观众有不适之感。他们合力向观众再现了西安事变时那种紧张的氛围以及充斥于民众中悲愤的情感。此剧被誉为"戏曲表现现代重大事件的可喜成果""戏曲舞台塑造领袖形象的有益探索",富有"勇于实践的首创精神"。①

《西安事变》共十一场戏,可分为事变前的准备和事变后的解决两大部分。第一部分从中共向西安民众及东北军将士宣传停止内战、共同抗日开始,演张学良与杨虎城"兵谏"的前因后果以及中共领导下的学生救亡运动。第二部分从周恩来抵达西安开始,演周恩来在各种势力里妥帖周旋,宣传中共的统一战线方针,宋美龄与端纳也共同劝说。另外,南京政府的内部争斗以及群众对以蒋介石为首的国民政府的怒火、亲日派的处处挑唆,也都逐次展开。全剧两条线索穿插进行,时有交会之处。每场戏的最后又会留下悬念,使得场次之间的联系十分紧密,吊足了观众的胃口。故事发展也十分紧凑,没有多余的情节和台词,全面而集中地向我们展示了西安事变的起因、经过和结果,详略得当,矛盾突出,充分发挥了秦腔由于慷慨激昂的风格而擅演历史戏和英雄戏的特点,使观众不仅欣赏了一出精彩的大戏,同时也体会到戏曲的魅力。

此外,这出戏的布景也是一个很大的亮点。相比传统戏剧简单的背景,《西安事变》每场戏的背景都与本场的主题紧密相关,这就使观众更容易投

---

① 曹禺. 勇于实践的首创精神:看秦腔《西安事变》有感[J]. 陕西戏剧,1979(3):8—9。

入到戏曲的氛围当中。如《古城怒潮》场饭馆中讽刺蒋介石"不抵抗"政策的"莫谈国事"的条幅，《慷慨陈词》场反映张学良内心痛苦的办公室墙上书有"国耻"的日历，《茶亭约会》场茶社中表现群众渴望收复河山的"还我河山"的秦腔戏报，《新城决策》场中表现张学良决心的挂刀，《疾风劲草》场中表示希望的花园中的常青树和菊花，等，都为整出戏增色不少。

1981年，杨克忍与李哲明合作，又推出秦腔现代戏《白龙口》。该剧共九场，写了1936年春刘少奇同志奉命去华北抗日前线担任中共北方局书记而途经渭北白龙口的故事。当时，由于党内"左倾"盲动主义和关门主义思潮波及渭北，严重伤害到统战对象渭北卧虎镇镇长周伏龙，刘少奇同志恰恰住在他家。与此同时，国民党渭北"剿匪"副司令秦洛虎也奉上级命令欲阻挠、杀害刘少奇同志，并借机拉拢周伏龙的武装，情况十分复杂。周伏龙的外甥女袁瑛为了护送刘少奇同志而被秦洛虎杀害。周伏龙为报仇坚决和秦洛虎势不两立。刘少奇同志协同渭北地下党纠正了"左倾"思潮，向周伏龙赠诗赔情，团结了周伏龙，扭转了危局，最后用计谋驱使秦洛虎给自己送行，安全通过了渭北，奔赴华北抗日前线。与《西安事变》相比，在艺术上，该剧更为成熟。"《西安事变》解决了周总理的舞台形象说陕西话、唱秦腔的问题，堪称一个重大的创举，但在其他诸如剧本结构、人物形象塑造以及从生活到艺术的提炼、升华等等戏曲化方面，还没有来得及得到妥善地解决；而《白》剧则在这些方面，充分运用和发挥了戏曲艺术的特点和各种表现手段，在戏曲化上有了更大的创新、更大的前进。"[①]

1981年4月，《白龙口》首次由易俗社演出，导演是易俗社第九期学生王蔼民，尹良俗饰演刘少奇、张忠义饰演周伏龙、伍敏中饰演秦洛虎、孙利群饰演袁瑛。同年10月3日，《白龙口》剧组赴北京参加戏曲现代戏汇报演出。中共中央军委常委王震、中共中央书记处书记习仲勋、国务院副总理黄华、全国政协副主席刘澜涛，以及汪锋、王炳南、赵守义、赵伯平、孔从周等党政军负责同志和文艺界知名人士苏一萍、张庚、马少波、吴光祖、李和曾等以及首都各界观众近千人观看了演出。演出结束后，王震、习仲勋等领导登

[①] 金葳. "古调独弹"又一曲——谈秦腔《白龙口》在戏曲化上的创新[J]. 戏剧报，1981（7）：15.

台接见了全体演职人员。习仲勋称赞这次演出比录像有很大提高。演出办公室还为该剧组织专门座谈会。10月22日，文化部举行戏曲现代戏汇报演出剧目颁奖大会，《白龙口》获得奖状和七千元奖金。

第二节　王保易的《卓文君》

王保易（1937—1913），陕西西安人。秦腔演员，导演兼编剧。他1949年考入易俗社，工须生，师承刘毓中，毕业后在易俗社做演员，演过很多剧目，具有丰富的舞台经验。1970年调任西安市艺术学校副校长，1983年至1990年任西安市文化局副局长兼易俗社社长。后任正局级巡视员，西安市戏剧家协会主席等职。导演过《真与假》《胭脂》《蝴蝶杯》等大量剧目。他创作、改编、整理的剧本有《王升堂》《小八路》《卓文君》《空海在西安》《蝴蝶杯》等剧目，其中《卓文君》《空海在西安》获得多个奖项。

《卓文君》所述写的是一个可谓家喻户晓的爱情故事。在中国文学史上它是"才子佳人"叙事模式的源头，故事最早见于司马迁《史记·司马相如列传》，后历代文人均喜欢谈论此故事。尤其是在元明清的戏曲作品中，作者更是乐于写这一爱情故事，借之表达自己美好的爱情婚姻理想。元杂剧里有十余种，可惜都没有流传下来。现流传下来的杂剧明代有朱权的《卓文君私奔相如》、朱有燉的《汉相如题桥献赋》、叶宪祖的《琴心雅调》和清代舒位的《卓女当垆》，传奇有明人孙柚的《琴心记》和陈玉蟾的《凤求凰》等，都是此类题材的著名戏曲作品。现代文学史上，写这一题材的作品更是不少，有郭沫若的话剧《卓文君》，范紫东的秦腔《琴箭飞声》，荀慧生自编自演的京剧《卓文君》和戏剧家吴祖光编写的京剧《凤求凰》。由此可以看出，这一题材要写出新意就必须有新的突破。

王保易是演员出身，具有丰富的舞台经验，又对秦腔的表演技巧、音乐效果无不烂熟于心，故能创新。在情节设置上，他不以曲折、巧合等惯常手法见长，而是挖掘该故事轻松幽默的喜剧因素，显现出秦腔不是人们说的只擅长表现悲剧而同样能表现充满幽默风趣情趣的喜剧。"美学家陈瘦竹、沈蔚德在《戏剧报》撰文说：'过去，剧作家都将卓文君作为一个正剧（严肃剧）形象，最近，我们在古都西安，看了王保易改编、易俗社演出的《卓文君》，此剧另辟蹊径，把卓文君私奔司马相如的题材，写成为一部抒情幽默轻喜剧，使人耳目一新。改编者的成功之处首先在于比较准确地把握了这个叛逆女性的幽默性格，这是一个很大的突破……《卓文君》的现实意义，在于通过这部抒情幽默新喜剧，可以满足当代观众的审美要求，并提高其审美情趣。"[1]该剧不是以情节吸引观众，而是在"情"字上下功夫，"也正是运用写人写情的戏曲传统方法，才在卓文君这个叛逆女性的人生态度和思想感情上，在司马相如的才华气概和钟情自负的性格特征上，在卓王孙的富而愚昧和极端封建势力的本质上深挖出了戏。以卓文君思想感情为主线而构成的这个戏的剧情和风格，可以说是现实的又是浪漫的。全剧的人物、情节、语言都富有诗情画意和传奇色彩，是一个优美抒情、耐人寻思体味而又富于幽默风趣的爱情喜剧"[2]。全剧精选"赏赋""和琴""抛家""私奔""当垆"五个场景，展示人物幽默诙谐而又富有高洁感情的个性。在第一场《赏赋》里卓文君由观赋而赞司马相如之"才"：

> 司马才学早敬仰，
> 却喜今日得华章。
> 迫不及待细观赏，
> 果然是妙手好文章，好文章。
> 字字珠玑情跌宕，
> 句句夺目炫琳琅。
> 奇思妙想任驰荡，
> 大笔如神气轩昂。
> 吟来顿觉心宽广，
> 引得我枯井心池波澜涨。[3]

这段唱词，文辞优美，抒情明快，为全剧定下了轻松愉快、风趣幽默的情感

---

[1] 苏育生.易俗社八十年[M].西安：三秦出版社，1992：100-101.
[2] 张郁.为秦腔《卓文君》的成功喝彩[J].西安艺术，1987（4）.
[3] 西安市政协文史资料委员会，西安曲江新区管理委员会.西安秦腔剧本精编（30）易俗社卷[M].西安：西安出版社，2011：7-8.

基调。在《和琴》里，他俩通过美妙的音乐传递美妙的感情，洋溢着高雅的情趣，特具"才子佳人"爱情的浪漫气息：

  卓文君（抚琴，唱琴曲）
    凤呀，凤呀，
    四海去求凰，去求凰。
    凰鸟愁栖在此堂。
  相　如（接唱）莫彷徨，出罗网，
  卓文君（接唱）待月圆，相依傍。
  同　唱　效鸳鸯，
    云天任翱翔，云天任翱翔。
  相　如（唱）瑶琴一曲相和奉，
    心有灵犀两相通。
    ……
  同　唱　琴同韵律心同弦，
    孤凤独凰两相亲。①

  整个戏曲，充满着这样美妙的场面，加之演员的形象表演，更增加了此剧的感染力。这出戏给当时刚刚经过"文革"时期的人们，送来了清新、优美的艺术馨风，让观众领略到真正艺术的魅力。

  《卓文君》在1984年西安市第一届戏剧节上获得剧本、演出、导演一等奖。1987年被文化部作为振兴秦腔汇报剧目调往北京演出，受到广泛好评，主演卓文君的戴春荣也因在此剧中的精彩表演获得了中国戏剧最高奖"梅花奖"。

第三节　鱼闻诗、刘富民的《冼夫人》

  鱼闻诗（1927—1991），陕西三原县人，秦腔剧作家。1970年因谴责林彪、江青反党集团被定为"现行反革命"，被判刑十五年。1979年平反，

---

① 西安市政协文史资料委员会，西安曲江新区管理委员会. 西安秦腔剧本精编（30）易俗社卷［M］. 西安：西安出版社，2011：14-15.

同年出任易俗社副社长。1987年到西安市文史馆工作。他创作、改编的秦腔历史剧有《冼夫人》《恩仇夫妻》《小街儿女》《珍妃泪》等，创作电视剧《鸡鸣店》，主持编辑出版了《易俗社剧本选》，与薛增禄合写的序《古调独弹——西安易俗社在近代戏曲史上的贡献》是对易俗社进行全面评价、学术性非常高的研究易俗社的论文。他为人正直，豁达乐观，谦虚真诚，重义轻利。他发现了剧作家刘富民的才华。张骅说："他从来稿中发现农村青年刘富民有才华，便约来参加他正写的《冼夫人》，刘由此步入剧坛，后受聘于省戏曲研究院并评了职称。他和刘相处，从不以老师自居，剧本发表获奖所得，总是坚持以一半付刘。富民称鱼老为'恩师'，认为在编戏和做人方面，都使他受益匪浅。"①刘富民在《张口之咏咏则华——记张咏华饰演冼夫人》一文中也说："平心言之，合作《冼夫人》鱼闻诗先生付出的心血远比我多。由我写第一稿，是先生对我的深情信任和刻意栽培，由先生改出的第二稿，往往脱胎换骨，画龙点睛，层楼更上。这样互相交替，一稿一稿地轮番修改，经过六稿后，方始付排。"②

刘富民（1951—　），陕西长安人，编剧。"创作（合作）的作品有《龙虎风云》《关西夫子》等十余部。其中，《凤鸣岐山》获中国第九届戏剧节优秀剧目奖、陕西省第三届艺术节优秀剧目奖、陕西省优秀剧目展演优秀剧目奖；《太尉杨震》获中国秦腔艺术节优秀演出奖；《冼夫人》演出三百余场，获1985年中国文化部、国家民委、中国剧协、中国少数民族戏剧学会剧本创作'团结奖'；《李陵碑》获陕西省文化厅创作剧目过百场奖；《阴阳裂变》获山西省赵树理剧本文学奖。"③

《冼夫人》写隋文帝时故事。杨坚统一全国后，派总管韦洸在黎族首领冼夫人的多方帮助下进驻广州。少数民族首领王仲宣起兵叛乱，妄图割据一方。冼夫人命其孙冯暄带兵解救韦洸，但冯暄却有拥兵自保之心，加之受叛徒陈佛智的挑唆，在途中按兵不救，致使韦洸阵亡，广州危在旦夕。冼夫人得知很生气，要斩孙子冯暄，下于狱中，并亲自率军解围。冯暄的新婚妻子

---

① 张骅. 奋蹄老马何用鞭——闲聊剧作家鱼闻诗[J]. 当代戏剧，1991（3）：30.
② 张咏华. 艺海搏击60年[M]. 西安：太白文艺出版社，2012：310.
③ 陈彦. 秦腔学府——陕西省戏曲研究院[M]. 西安：太白文艺出版社，2010：253.

黄凤姣为丈夫求情无果，便一怒出走，要只身去广州解围替丈夫赎罪。冼夫人立刻追回黄凤姣，晓之以大义。冯暄受到祖母惩罚后深为愧疚，认识到自己的错误。于是冼夫人命冯暄和他的妻子黄凤姣用计谋深入叛贼巢穴，大获全胜，解除了广州之围，使岭南避免了一场分裂的战火。

冼夫人历史上真有其人，《北史》卷九十一、《隋书》卷八十、《资治通鉴》卷一百七十七等典籍里都记载有其人其事。冼夫人原名冼英，生于南朝梁武帝时，死于隋文帝灭陈以后，终年九十岁。她在梁武帝时嫁于高凉（今广东阳江）太守冯宝。她一生中三次打败叛逆势力，为保证岭南地区的平安作出了巨大贡献，深受岭南各族人民的爱戴，尊她为"圣母"。隋文帝封她为"谯国夫人"，周恩来总理曾称赞她为"巾帼英雄第一人"。

《冼夫人》之所以能连演三百余场，如此吸引人，首先取决于该剧的立意高远、选材奇特。全剧共九场，集中描写冼夫人超乎常人的胆略和政治远见。刚一登场的冼夫人就告诫孙子冯暄："孙儿，今已成家立业，要承继冯门家风，维护岭南诸族和睦相安，不许割据叛乱的战祸再起。""尔祖冯宝，尔父冯朴，与岭南各部族生死同心，披荆斩棘，才使父老百姓，安居乐业。冯门两代忠烈，今三传于你，冯暄，孙儿啊！栉风沐雨数十年，保境安民历艰难。喜得中华今一统，忠烈家风代代传。"①这段话表现出她的政治眼光和和睦岭南为各族百姓谋求安宁生活的理想。然而，孙子偏偏缺乏她的这种政治见识，受人挑拨便入歧途。她得知后不念私情，痛斥孙儿："拥兵自保，贻误战机，纵容反叛，还想反抗朝廷，致使大将捐躯，广州不保。数罪归一，罪在不赦！"②她便宣布将孙儿推出去斩首。在孙媳黄凤姣等，尤其是黎雄将军的说服下将孙儿先关押在大牢，等搞清事情原委再处理，这才留下了孙儿的一条命。全剧的重头戏是第七场《庭训悔罪》，通过冼夫人和孙媳、孙儿的对话，尤其是大段的唱腔，立体地展现出冼夫人的性格。面对满含愤怒、埋怨不解的孙媳黄凤姣说她当皇上"天下人都要受冤枉"时，她显

---

① 西安市政协文史资料委员会，西安曲江新区管理委员会. 西安秦腔剧本精编（30）易俗社卷 [M]. 西安：西安出版社，2011：45.

② 西安市政协文史资料委员会，西安曲江新区管理委员会. 西安秦腔剧本精编（30）易俗社卷 [M]. 西安：西安出版社，2011：61-62.

出长者的慈爱温和,"和颜悦色"拉凤娇坐下,为她拭泪,然后问她为什么嫁于冯家,引出黄凤姣回答"仰慕冯门家风,忠勇正直"。于是,她因势利导,唱出了"莫气愤,莫伤痛"的名段:

忠勇正直尔仰慕,
怎能随意坏家风!
……
咱冯门经坎坷历尽伤痛,
为的是安岭南保护苍生。
你既然爱冯门忠勇直正,
徇私情起战祸有负朝廷。[①]

她的深明大义获得孙媳的理解,也使孙儿悟到自己的错误,戏曲完成了人物性格的塑造。其次,著名表演艺术家张咏华也将冼夫人这一角色演绎到完美。她对人物性格体会到位,扮相优美,唱腔浑厚,既委婉含情、缠绵悱恻,又慷慨激昂、洒脱奔放。"她把祖母对孙媳的爱怜,对国家命运的忧虑,对世代家风的眷恋,对部族安危的顾念,交汇在一处,开启感情的闸门任其奔腾倾泻,既感染了观众,又震撼着观众。一个忧国忧民,爱惜晚辈的厚重长者的形象巍然站立在舞台上,光芒四射,熠熠生辉,一下子把剧情推向了高潮。"[②]

由此可以看出,《冼夫人》能够成为深受观众喜爱的精品,恰恰是它崇高的内在精神与完美的外在形式高度融合的结果。

刘富民和王蔼民、冀福记合作创作了《李陵碑》,还与黄权中合作创作了《太尉杨震》,与黄权中、王军武合作创作了《凤鸣岐山》,这些剧目都是非常有影响的秦腔大戏,足见刘富民是一位非常有实力的剧作家。

第四节 朱学、毋政的《千古一帝》

朱学(1935—2016),陕西户县人。著名剧作家,享受国务院政府特殊

[①] 西安市政协文史资料委员会,西安曲江新区管理委员会. 西安秦腔剧本精编(30)易俗社卷[M]. 西安:西安出版社,2011:69.
[②] 张咏华. 艺海搏击60年[M]. 西安:太白文艺出版社,2012:311.

津贴专家。1951年，他考入西北戏曲研究院实验学校。1955年进入陕西省戏曲研究院当演员，任文化教员，后调至院艺术室任专业编剧。独立或与人合作创作、改编整理剧目《梁玉娘》《梨花魂》《千古一帝》《杨贵妃》《囊哉》《女巡按》《金琬钗》等四十余部。其中《梁玉娘》获1980年陕西省直属文艺团体会演剧本二等奖；《梨花魂》获1983年陕西省新创作剧目展览演出奖；《千古一帝》（第一部）获1985年全国戏曲观摩演出剧本二等奖，并荣获了十一个单项奖，被列入1985年陕西十大新闻之一；《杨贵妃》于1987年获得陕西省第一届艺术节金牌奖。

《千古一帝》是朱学的代表作，从一个侧面展示了秦始皇统一六国的宏伟大业。作者采用明代大思想家李贽对秦始皇的称谓"千古一帝"①作为戏剧的题目，以表现创作的用意。剧作塑造了秦始皇嬴政这位具有雄才大略，又残忍暴戾的帝王形象。

日本学者吉川良和说："历来，众多的日本观众看中国戏剧，往往只是欣赏演员的舞台演技、唱腔，即从这观念出发，多是对技艺的鉴赏，而对剧本所包含的深刻思想内容不求甚解。"②其实，不仅仅是日本观众，中国的观众往往也如此，尽管在理论上人们都知道剧本乃一剧之本的道理，但在实际中往往轻视对剧本的认真研究。事实上，一台成功的戏剧，第一要素就是具有深刻思想和高超艺术的剧本。《千古一帝》就是具有如此特色的剧本。

全剧共九场，开篇"引子"里朗诵李白《古风》："秦皇扫六合，虎视何雄哉！挥剑决浮云，诸侯尽西来。"犹如一首大型的交响乐的定调曲，为全剧定下壮怀激烈的曲调。刚刚亲政的年仅二十二岁的秦王嬴政一登场唱道：

> 嬴政胸怀九万里，
>
> 梦寐谋涉四海一。
>
> 富国强兵苦无计，
>
> 谁与寡人作辅弼！③

既表现出他谋图统一六国的宏愿，又流露出对人才的渴望之情。他的身边有

---

① 李贽. 藏书·世纪列传总目[M]. 北京：中华书局，1959：3.
② 陈彦. 陕西省戏曲研究院理论文集（1）[M]. 西安：陕西人民出版社，2008：204.
③ 陈彦. 陕西省戏曲研究院剧作选（6）[M]. 西安：陕西人民出版社，2008：318.

四种力量，相互间形成尖锐的矛盾冲突：以尉缭、王翦、黑剑等为代表的改革派，以生母庄襄太后、胞弟长安君成矫为首的贵族保守派，以刘代为首的六国割据势力和以嫪毐、赵高为代表的朝中奸佞小人。他对人的任用，直接影响着秦国的未来。剧作者通过艺术重构、合理想象，以显现嬴政的果敢决断、胆识过人，但也受私情胁迫，暴戾虐杀。他大胆重用尉缭，果断赦免骊山三千勇士，对奴隶黑剑、张辉论功启用，正是他这一正确的路线选择，奠定了秦国东征路线的基础。这同时也引起了母后庄襄太后、胞弟成矫、奸臣嫪毐等人的不满。他们聚集起来，发动政变，先是成矫屯留兵变，后又嫪毐咸阳造反，但因有黑剑、尉缭等忠臣义士的支持，嬴政取得了一次次胜利。正是在如此复杂的矛盾中完成对秦王嬴政的性格塑造。他开始也从人之常情出发，迁就母亲、兄弟，但他发现母亲支持弟弟一块造反，便毫不手软，把母亲囚禁起来。再如他不细问缘由，听信母亲一面之词，就把忠心耿耿的黑剑杀了，可到了刘代陷害尉缭时，他就冷静多了："猛想起血淋淋黑剑的屈冤！……怕的是再错把忠良冤陷。斩尽了，忠良臣，谁与寡人定中原！"①坏人的阴谋没有得逞。秦王刺死刘代，秦军进发东方，迈出函谷关，拉开灭掉六国、成就帝业的序幕。秦王高唱："寡人若能承天运，骊山下塑尊容与世长存。"②此处巧妙地将秦始皇兵马俑与历史进行了成功对接。戏剧所塑造的秦王形象基本具有历史的真实："既没有简单地把他写成暴君，也没有给他加上神化的光环，而是调动多种艺术手段，把他写成一个有着血肉之躯和复杂情感结构的活人。这在戏曲舞台上还是第一次。"③尉缭、黑剑、刘代也都塑造得有血有肉，生动丰满。全剧双线发展，矛盾冲突激烈，始终围绕着变法图强、完成统一大业和破坏阻挠、开历史倒车两者之间尖锐的斗争展开。戏剧充满着豪迈刚烈的艺术风格。但并不是刚烈到底，亦有幽婉缠绵，恰恰形成刚柔兼备的艺术特色。譬如第五场描述魏姬与情人安寿相见，充满绵绵幽情。魏姬登场唱道：

  风清，柳软，月淡，

---

① 陈彦. 陕西省戏曲研究院剧作选（6）[M]. 西安：陕西人民出版社，2008：358.
② 陈彦. 陕西省戏曲研究院剧作选（6）[M]. 西安：陕西人民出版社，2008：361.
③ 何西来. 秦腔《千古一帝》观后[N]. 人民日报，1985-12-30（7）.

寂寞闲庭院。

借问一弯新月,

可曾照中原?

春愁,乡思,国怨,

沉吟亭台畔。

借问一弯新月,

何时缺又圆?①

诗情画意,柔情绵绵,形成了与全剧的刚正壮烈气势不同的别样风格,体现出张弛有致、刚柔兼有的艺术美。

1987年,朱学、毋政又创作出《千古一帝》(第二部),1988年由陕西省戏曲研究院秦腔团演出。此剧延续了第一部刚烈激昂的艺术风格,共七场,展示出秦王嬴政统一六国的豪气。雄心勃勃的秦王嬴政出兵常山,阵前肩部中箭。燕国质臣燕丹为逃离秦国借机杀子进医,将自己爱妻楚姬进献给秦王。楚姬医治好秦王的伤,赢得信任成为秦王的爱妃。她盗走秦王的兵符印信,然后使丈夫燕丹逃出秦国,主盟六国,联合抗秦。秦王嬴政在华阳君等的怂恿下要坑杀十万已降的赵卒,爱将安寿血书尸谏,秦王大受刺激,果断赦免十万赵卒。华阳君斥责秦王疯了。秦王坚毅地说:"安寿死谏,义烈昭天,沥沥血书,万古名言,寡人我,我于心有愧哪!"②就在他谋图统一大业时,前线战场受阻,伤兵折将,六国联军进攻,统一大业毁于一旦。秦王嬴政查其缘由,尉缭言明:"是你言而无信,私赦燕丹,擅发令符,调回军马,致令燕楚魏赵重新结盟,李信将军全军覆没!"③秦王才知道有了内奸。他临危不乱,将计就计,杀妻舍子,迷惑极有心计的楚姬,假言与六国结盟退兵,而实际一举摧毁了以燕丹为首的六国联盟,让其向秦俯首称臣,完成统一大业,成为中华历史上"千古一帝"。此剧除了秦王嬴政外,楚姬形象也非常感人。她为了国家利益,杀子以取得秦王的信任,试图与丈夫里应外合阻止强秦统一的步伐。尽管她刚烈无比,可谓巾帼英雄,但她从事的事情

---

① 陈彦. 陕西省戏曲研究院剧作选(6)[M]. 西安: 陕西人民出版社, 2008: 333.
② 陈彦. 陕西省戏曲研究院剧作选(7)[M]. 西安: 陕西人民出版社, 2008: 59.
③ 陈彦. 陕西省戏曲研究院剧作选(7)[M]. 西安: 陕西人民出版社, 2008: 66.

是开历史倒车，故最终和第一部里的刘代一样机关算尽而难以成功。

《千古一帝》不仅成功地塑造了秦王嬴政这一历史上最具争议而又最有个性的皇帝，而且将秦腔善于表现重大题材、展示豪迈风格的特点表现得淋漓尽致，可谓是秦腔史上，乃至中国戏曲史上的重要作品。

第五节 丁金龙的《市井民风》和《白鹿原》

丁金龙，河南信阳人，一级编剧。1960年入西安音乐学院，1965年—1976年在部队从事文艺工作，任过军、师两级宣传队队长。转业后到西安豫剧团工作，曾任副团长。以创作现代题材戏剧见长，作品有大型豫剧《严峻的爱》《钱家风波》和秦腔《市井民风》《白鹿原》《小巷总理》《基石赋》等剧作五十余部。其中《市井民风》在1996年获得文化部主办的第三届中国戏曲"金三角"交流演出剧目奖、编剧奖，1997年获中国文联、中国剧协主办的第五届中国戏剧节剧目奖、曹禺戏剧文学奖和国家计划生育委员会、中国文联等主办的第五届中国人口文化奖编剧二等奖、演出二等奖。《白鹿原》1999年参加了陕西省庆祝新中国成立五十周年庆典演出和99中国西安古文化艺术节，受到广泛好评；随后被推荐为第一届中国秦腔艺术节参评剧目，2000年获得第一届中国秦腔艺术家优秀剧目奖、编剧奖、优秀导演奖。主演李发牢（饰白嘉轩）、田雨生（饰鹿子霖）、韩丽霞（饰田小娥）、杨东记（饰敲锣人）获优秀表演奖。

《市井民风》是一曲市井百姓真情爱心的赞歌，洋溢着人性美。在20世纪90年代，即改革开放深入、商品经济冲击人们传统观念的时代背景下，该剧所描述的内容尤显珍贵。戏剧选材来源于现实生活，通过一个小饭馆写了几个小人物的生活，赞扬了他们中间所蕴含的真情爱心。全剧共五场，篇幅短小，情节集中。作者非常熟悉舞台艺术，善于巧设悬念，使故事平中有趣，淡中含味。全剧的主题歌贯穿全剧，较好地起到了画龙点睛的作用：

　　天有三宝日月星，
　　人有三宝精气神。
　　世有三宝江山稳，

民风民情和民心。①

在每场结尾都出现这首主题歌,为全剧营造出一种市井生活的气氛,和剧作所表现的主题相和谐。停薪留职开饭店的钱老板和他的几位员工演绎了一出感人的真情故事。剧作的故事情节围绕钱老板和他的几位员工不同的遭遇展开:服务员云娇聪明能干、不计报酬、任劳任怨,却原来是为逃婚从陕北跑到西安;服务员小宋是个寡妇,领着儿子进城打工,勤劳善良但命运多舛;服务员小花年轻幼稚、爱慕虚荣,曾被人骗;饭馆二厨石头年轻气盛,侠肝义胆,喜欢小宋,常帮助她,但又无力解决她的困难;大厨皇甫脑子灵活,喜欢厨师工作,但老婆让他回家乡帮她哥办厂,使他陷入茫然之中。云娇和小宋的故事,是本剧的中心事件。云娇来饭馆应聘,处理的第一件事就是没花一分钱把小宋被市容办扣的车子和菜要回来,令大家刮目相看。但很快大家就发现她的秘密,有个五十多岁的叫王光珠的陕北暴发户找她,大家才知道她的不幸遭遇。原来此人凭借他财大气粗,逼死云娇的父亲,又强行造假逼云娇嫁给他。于是,小饭馆展开了一场大营救。石头巧妙报警,皇甫扮作警察吓跑王光珠,然后报警,通过公安彻底救出云娇。另一中心事件发生在小宋身上。小宋请两小时假,却一天一夜没回来,引起了钱老板极度的不满,打算把她辞退,认为她肯定不干正当营生。石头才说出实情,原来小宋是领着孩子来打工,儿子得病了,昏迷不醒送到医院,正在为住院费发愁。钱老板二话没说给小宋三千元,小宋感动得给她跪下。此处,剧作给钱老板安排大段唱词,抒发他内心复杂的感情:"原谅我少关怀近利忘义,原谅我恶言冷语太绝情。感谢你梦中将我重唤醒,感谢你启我心扉拨亮灯。摆正良心细思问,有钱之后怎做人?"于是幕后合唱:

且不能铜臭熏心忘根本,

且不能丧失道义薄人情。

且不能为富不仁双目昏,

---

① 西安市政协文史资料委员会,西安曲江新区管理委员会. 西安秦腔剧本精编(60)尚有社卷[M]. 西安:西安出版社,2011:5.

且不能财迷心窍成小人。①

这可谓是全剧的点题曲，拷问人心，提出了非常具有现实意义的"有钱之后怎做人"的话题，这正表现出剧作家疗救人心的社会责任感。与钱老板相反，剧中还刻画了一位唯利是图的韩老板，更加明确了对人与人之间真情爱心的歌颂。钱老板为救员工的孩子打算卖掉饭馆，而韩老板却趁人之危压低价格；云娇为给小宋筹钱将自己以一万元的身价与韩老板签下卖身契般的五年合同。在他们身上充满了人间朴素的爱，这正是这出戏的价值所在。在一切向钱看的今天，此剧所表达的思想更显得可贵。

《白鹿原》是根据著名作家陈忠实的同名长篇小说改编的大型秦腔现代戏，利用舞台表演艺术形式，成功地再现了原作的文化精神，是一部名作改编的成功范例。全剧将五十余万字的小说浓缩在六场戏中，可见其难度，也足见剧作家构思、驾驭作品之能力。剧作以白、鹿两家因风水宝地引发的恩怨情仇、亲和友善为主线，以白嘉轩、鹿子霖和黑娃、小娥三家的矛盾来展开戏剧冲突，完成人物性格的塑造，揭示出在社会秩序、封建宗法制变化的过程中人性的嬗变，反映了农民在封建主义的神权、族权、政权的相互倾轧中的升迁沉浮，可谓是一部在社会现实大变迁的形势下农民命运的变迁史。在艺术上，也有其独特之处。剧作巧妙地运用敲锣人，交代背景，贯穿剧情，营造气氛。剧情矛盾冲突集中，以白嘉轩反对黑娃和小娥进祠堂直接进入冲突，又以小娥被鹿子霖霸占，鹿子霖唆使她勾引白孝文，最后被鹿三所杀，黑娃回来给她报仇，等等，表现出白嘉轩的愚直刚硬，鹿子霖的狠毒奸猾，田小娥淫荡而又引人同情，黑娃的无知蛮横。同时又穿插了鹿兆鹏和白灵的故事，以绾结白、鹿两家的关系，最后兆鹏与白灵的儿子鹿鸣回归白鹿原。总之，作为改编剧，该剧是成功的，保持了原作的基本精神，人物刻画生动，情节取舍合理，结构紧凑，气氛悲壮，显现出秦腔的苍凉慷慨之气势，做到形式与内容的完美结合。

---

① 西安市政协文史资料委员会，西安曲江新区管理委员会. 西安秦腔剧本精编（60）尚有社卷［M］. 西安：西安出版社，2011：35.

第六节　王军武、冀福记的《郭秀明》

王军武，陕西西安人，秦腔剧作家。1973年进入西北大学中文系学习。1984年以后长期在陕西省文化厅振兴秦腔办公室工作，任主任，为秦腔繁荣事业作出了很大的贡献。同时，他还独立或与人合作创作了《刘胡兰》《于无声处》《霸陵曲》《潏河春》《皂河浪》《荆轲刺秦王》《鸿门宴》《敬德与药王》《雪域忠魂》和《郭秀明》等四十余部作品。2007年元旦，他倾全力牵头成立了民营陕西唐梨园秦腔影视剧院，为秦腔艺术走向市场进行了有效的尝试。

冀福记，陕西商州人，秦腔剧作家。1953年进入商洛剧团当演员，后任团长，擅长秦腔、花鼓、道情以及汉剧的丑行艺术和剧本创作。在商洛剧团任职期间，他组织创作演出了《屠夫状元》《六斤县长》，塑造了胡山和南有余的形象，被誉为"面丑身残心灵美"的典范。1986年调任易俗社副社长，1989—2005年任社长。在任期间，他组织演出了《日本女人关中汉》《女魂》《李陵碑》《女使臣》《空海在长安》《霍去病》《青山情》《山乡御妹》和《情殇》等二十余部荣获国家及省市各项会演大奖的剧目。他独立或与人合作创作、改编、整理了《团圆年》《打神告庙》《白蛇传》《秦俑魂》《郭秀明》《杨贵妃》《娘啊娘》《香包》《山乡御妹》《青山情》和《酒泉魂》等剧作。他应邀将《长生殿》改编为秦腔电视剧，由西班牙国家电视台拍摄，易俗社参演，在欧洲播放。还应中央电视台邀请，改编、创作《镇台念书》《醉打山门》《拜台》等秦腔电视短剧，被选中在1998年中央电视台春节戏曲晚会和中央电视台《戏剧水浒》《戏剧三国》中演出或播出。他还与陕西人民广播电台开办《老冀说戏》《名人说戏》等栏目，向广大听众介绍秦腔、碗碗腔、道情、花鼓等陕西地方戏，对普及陕西地方戏曲文化知识作出了贡献。他还主编了《易俗社新剧目汇编》《肖若兰声腔艺术》《肖若兰表演艺术》和"中国秦腔文化丛书"中的《品评秦腔》《秦腔与传媒》等作品。在西安市政协等组织编写的大型图书《西安秦腔剧目精编》中，他负责选编的易俗社四百余本剧目全部入选。退休后，他的创作热情不退。2008年应甘肃省天水市邀请创作的《梦回陇西堂》，赴京为贯彻党的十七大的精神献演，并选参同年11月在兰州举办的中国秦腔艺术节，荣获优秀剧目奖；2012年应天津歌舞剧团邀请将我省华县老腔艺术与歌剧《白毛女》结合排演，选为祝贺党的十八大召开献礼剧目；应山东省济宁市检察院邀请创作的反腐倡廉大型现代剧《双面人生》，于2012年12月在山东正式演出。

王军武和冀福记创作的《郭秀明》是现代题材秦腔剧中的佼佼者，获得第二届中国秦腔艺术节优秀编剧奖、导演奖等十三项大奖。全剧由八场加序幕、尾声构成，取材于陕西省铜川市印台区红土镇惠家沟村原党支部书记郭秀明的真实故事。"三个代表"重要思想的忠诚实践者、优秀共产党员郭秀明放弃自己富裕稳定的乡村医生生活，主动请缨担任穷村党支部书记，带领村民脱贫致富奔小康，走共同富裕的道路，因积劳成疾，不幸去世。他的事迹平凡而伟大，他以自己的行动实现了共产党员全心全意为人民服务的伟大理想。在真实题材的基础上，作者进行了艺术的再加工。郭秀明看到乡亲贫穷，为使大家脱贫，他自告奋勇当党支部书记，他把全村三十多户人家欠他的药费条子当众烧掉，决心领导大家脱贫致富奔小康。他当书记大家不理解，用剧中人物徐良的话说："为啥你不当大夫当书记，真真是逮的老鼠咬布袋。这多年村支书为啥人不爱，当了官光为自个谋钱财。你上台是真是假是假是真，真真假假眼下难分好和坏。你能保常在水边不湿鞋？莫怪我五婶把你拒门外。我劝你不如早下了台。"他正告徐良："你呀，敢提意见好样的！改革开放这些年，我们一些党员干部掌了权就不知道姓啥为老几了，见利忘义，不顾群众利益，给党的脸上抹了黑。可说实在的，也不能说共产党内连个好人都没有了。"[①]他要用自己的行动为党证明，共产党还是为人民谋幸福的。他找到脑子活、有能力的青年人建林做村委会主任，一块带大家脱贫致富。剧作主要围绕植树、建学校、修路等为全村人谋利的事情展现郭秀明毫不利己、专门利人的高尚品格。他在每件事情上，不但不徇私情，而且往往先拿自己人开刀。植树时，他宣布了不许放牛羊的禁令，先从管好自己父亲、亲家入手，父亲、亲家不理解，他告诉他们正人须先正己，表现出他

---

① 西安市政协文史资料委员会，西安曲江新区管理委员会.西安秦腔剧本精编（33）易俗社卷［M］.西安：西安出版社，2011：489.

的原则性。为建学校,他把女婿、女儿让他买粮的钱也给公家用了,引起女婿极度不满,导致女儿离婚。修路时要从妹妹的窑顶过,妹妹不同意,搬出母亲拦挡,村里很多人都看着他如何办。他毫无商量余地,以致母亲挡住推土机让从她身上开过去。他动之以情、晓之以理,用继父生病因为路不好而耽误病情的事实终于说服了母亲。他一心扑在集体的事业上,家乡面貌发生变化了,而他也积劳成疾,还遭到一些不怀好意的人的诬告,上级派人查他的账。他不理解"为什么甘苦招来诬陷状,为什么好心换来人中伤?"①组织终于还他以清白,王兴镇长代表镇党委宣布了审查结果:"账目全部查清,郭秀明同志不仅没有沾集体一分钱的光,还为修建学校贴了四千元,为减轻乡亲负担,把他给队上买推土机三万贷款转到自己名下!不但为村上还了债,儿子郭民为村里开了四年推土机,未拿分文。"②全剧取材真人真事,所塑造的郭秀明形象尽管有一定的艺术浓缩,但真实感人,既具有真人真事巨大的感召力,又具有很强的审美意义。

另外,张民翔、李爱琴的同题材秦腔现代戏《村官郭秀明》也是非常优秀的剧作,两者有异曲同工之妙。

在秦腔艺术殿堂中奉献出佳作的剧作家还有很多。田井制,一级编剧,名作有《屠夫状元》《六斤县长》《曲江池》《王宝钏》等五十多部作品。郝昭庆,一级编剧,名作有《三河口》《清水衙门糊涂官》《社稷情》《悠悠离恨》等十余部。陈正庆,一级编剧,名作有《龙虎桥》《曲江池》《门神》《王宝钏》《寡妇门前》等大小戏三十余部。曾长安,一级编剧,名作有《两家亲》《三姑娘》《四季歌》《五味十字》《大秦将军》等四十余部。张平(1948—2010),一级编剧,名作有秦腔《凤云渡》《少帝轶事》,豫剧《英雄城》《情祭秦王宫》《虢都遗恨》,歌剧《司马迁》,京剧《琵琶行》《甘泉》,眉户《造俑记》等三十多部。党小黄,一级编剧,名作有《黄河浪》《好年好月》《杜甫》《揽月》《祥云谷》等三十多部。

---

① 西安市政协文史资料委员会,西安曲江新区管理委员会. 西安秦腔剧本精编(33)易俗社卷 [M]. 西安:西安出版社,2011:516.

② 西安市政协文史资料委员会,西安曲江新区管理委员会. 西安秦腔剧本精编(33)易俗社卷 [M]. 西安:西安出版社,2011:518.

王晓玲，一级编剧，主要作品有《丁家院》《神龙树下》《潇洒走一回》《矿山情》等五十多部。张民翔，二级编剧，主要作品有《秦川怒涛》《臂塔圆舞曲》《三酸祭》《村官郭秀明》《洁白的玉兰花》《柳青》等三十多部。谢迎春，一级编剧，主要作品有《解疙瘩》《军民情》《枣林弯弯》等二十余部，合作作品有《青荷吟》《薪火》《柳河湾的新娘》《风雨老腔》《秦腔》《李十三》等近二十部。谢艳春，一级编剧，主要作品有话剧《赴任》《关中大厨》，舞剧《半坡神韵》，秦腔《柳河湾的新娘》（合作）、《秦腔》（合作）、《魂断金莲》，眉户《清河吟》（合作）、《大唐巡按》（合作）等二十多部。正由于他们的辛勤创作，给秦腔文学花园培植了众多美丽的花朵。

进入21世纪以来，秦腔文学百花园又有两朵初绽之花，她们是20世纪80年代出生的陕西省戏曲研究院编剧蒋演和上海戏剧学院戏文系的陕西籍教师张泓。蒋演的《七彩哈达》《大村医》《廉政灶》《倔驴护印》《洛源书生》等和张泓的《司马迁》《织梦人》等作品都受到观众好评。

第十一章　新世纪秦腔文学剧作家的杰出代表陈彦

第一节　陈彦及其戏剧创作简述

著名戏剧家陈彦青年时代和其他同时代的大部分知识青年一样,从小便喜爱文学。他十七岁便开始了文学创作,从短篇小说、散文、诗歌和随笔,到后来进入文艺团体进行戏曲创作,最终成功地以一名编剧进入广大人民群众的视野并为人熟知。在其三十年的创作生涯中,有十余部作品被搬上舞台演出,其中《迟开的玫瑰》《大树西迁》《西京故事》三部作品,被业内誉为"西京三部曲",都获得过曹禺戏剧文学奖,也都进入了国家舞台艺术精品工程。他历任陕西省戏曲研究院院长、陕西省文联副主席和中国戏剧家协会理事。他创作的戏曲作品,几乎全部为现代戏。他的现代戏剧作品以现实主义为创作原则,与时代发展、社会思潮相结合,反映了当代三秦大地上人民群众的生产生活、精神面貌和价值追求。

一、不断进取的戏剧人生

陈彦1963年出生于陕西省镇安县。镇安位于中国秦岭南麓,汉江上游,是西安通往安康的要道,也是联系陕西与湖北的天然纽带,自古就有"秦楚咽喉"之称。几千年来秀美的秦岭景色,丰厚的历史积淀,南北文化、气候的相互交融,使得这片土地富饶美好,民风淳朴,老百姓安居乐业。此地兼具楚韵秦风,从而构建了极具魅力的人文环境。陈彦自小便是生活在这样的氛围之中。童年的陈彦绝大多数时间与书本做伴,不知疲倦地阅读着文学书籍,就这样在书香的浸润下一直到1976年。"文革"结束后,文艺发展方针得到了及时的调整,民间便开始自发形成一股新的文学热。对于陈彦来说,他的文学梦在此时萌芽。他回忆,那时常常听闻一些作家,他们在省级和国家级刊物发表文学作品,"文学"在那时是何等闪亮的字眼,谁能在省级刊物发表一篇作品,是何等了得的事,何况还有在国家级刊物发表的。即使发表一篇几千字的短篇小说、散文,都是要"满城轰动"的;在各种文学聚会上,是要坐上台谈创作经验的,并且要令人啧啧称赞。那时衡量一个人的价值,好像不是挣多少钱,也不是职业如何鲜亮,位置怎么显耀,要说鲜亮、显耀,文学创作还真是一个不小的亮点。哪怕你没有职业,"待业青年"着,只要在写作,在文学着,都会活得很体面,很有尊贵感。也是在这一年,陈彦进入坐落在碧水青山间的镇安县剧团。那里一个堆满了各种书的小房间,是他梦想放飞的起点,也是他开始戏剧创作的港湾。这时陈彦与许多同龄人一样,整日里写写画画,写小说,写散文。但是与其他人的浅尝辄止不同的是,陈彦对此到了痴迷的程度。在这里,他如饥似渴地学习,废寝忘食地构思。为夯实自己的古典文学基础,他曾用最笨却又最有效的方法,背诵了古典散文数十篇、诗词百余首。虚心求教,苦苦求索,慢慢地,身边的人开始发现陈彦的才华。

1980年,刚刚满十七岁的陈彦创作的短篇小说《爆破》在《陕西工人文艺》上发表。这件事在那个文学梦想高扬的年代可是一件惊天动地的事,一时间消息传遍了这个小小山城。对于陈彦来说,这颗年轻的心第一次充满了前所未有的喜悦感与成就感,他那时甚至认为自己的名字已经与"作家"这个词挂在了一起。十九岁那年,陕西省文化厅在全省范围内公开征集校园剧剧本,镇安县文化局的领导便鼓励陈彦试试。陈彦构思了一个一位年轻美丽的女老师和她的学生之间的故事,创作了他人生的第一部剧本《她在他们中间》。月余之后,从省上传来了喜讯,剧本荣获全省二等奖。这件事对陈彦来说,除了再次获奖的兴奋之外,更多是略感意外。而正是由于这个"意外的收获",点燃了他心中的激情与欲望,使他的人生轨道转向了戏剧创作。

自20世纪80年代中期开始,陈彦便进行戏剧创作。依托身处镇安剧团的便利,他一边观看每场剧团演出,一边思考戏剧创作的方法,从台下的工作人员到台上的表演者，从文学剧本到舞台呈现，不浪费每一个可以学习创作的机会。虽然没有经过系统的职业编剧训练，但陈彦凭着对戏剧的热爱和创作激情，以观照生活、反映生活的勇气坚持创作。至1987年，年仅二十四岁的陈彦已创作了六部大戏，如讽刺喜剧《丑家的头等大事》，现代戏《飞逝的流星》《风暴过蓝湖》《沉重的生活进行曲》《爱情金钱变奏曲》，像秦岭里的山泉流淌出来，清冽甘甜，充满生活气息，有四部被改编后搬上舞台。其中表现经济变革时期青年对新生活的追求与情感变化的戏剧《沉重的生活进行曲》，参加了陕西省首届艺术节演出。自此陈彦成为一名职业编剧。

1990年，陈彦已在陕西省戏剧界崭露头角。显然，这时的镇安县剧团已经不能给予他才华最大的发挥空间了，在省上领导和戏剧界专家极力推荐下，陈彦被调入西北戏曲最高学府——陕西省戏曲研究院，他的人生从此发生了天翻地覆的改变。进入研究院后，面对大批专业的戏曲工作者，陈彦时时感受到压力巨大，但他并没有懈怠和退缩，而是以大山汉子特有的执拗与坚韧使这压力变成了跨越式前进的动力。多年来，无论酷暑寒冬，他坚持起早贪黑，孜孜不倦地涉猎各种文学、艺术图书，持之以恒地充实、提升自己，终于他进入了旺盛的创作井喷期，具有深刻内涵、独特视角的戏剧作品，在他的笔下源源不断地涌现，并且写一个，成一个，红一个，创造出剧坛罕见的剧本创作成活率。大型眉户剧《九岩风》参加了1992年全国现代戏优秀剧目展演。大型眉户现代戏《留下真情》参加了1995年全国现代戏调演，荣获编剧奖；女主角扮演者李梅凭在此戏中的出色表演荣获第十三届中国戏剧梅花奖。1998年创作了大型眉户现代戏《迟开的玫瑰》，此剧轰动一时，接连荣获多项国家大奖，陈彦也因此剧斩获曹禺戏剧文学奖。随后的十年中，陈彦笔耕不辍，接连又完成了《十里花香》、《西部风景》（后改名为《大树西迁》）、《西京故事》三部作品，其中后两部同样获得空前成功，不仅收获曹禺剧本奖，更是赢得了广大观众的口碑。2013年，中国戏曲现代戏研究会举行了隆重的颁奖仪式，为《迟开的玫瑰》《大树西迁》《西京故事》及三部戏的编剧陈彦颁发"中国戏曲现代戏突出贡献奖"，以表彰这三部大型现代戏的艺术成就和编剧的成绩。同一个院团演出、同一个作者创作的三部剧作同时获得该奖项，在中国戏曲现代戏研究会历史上尚属首例。

二、戏剧创作情况及分期

自20世纪80年代中期以来，陈彦共创作现代戏作品十余部，新编历史剧一部，传统戏改编一部，其中有近十部被搬上舞台。但遗憾的是他在镇安县剧团时期，由于时间较早，加之当时条件有限，早期的多部作品均没有留下剧本和演出资料，现存的能搜集到的剧本共有十部，四部仅留下剧目名和故事梗概，它们是现代戏《飞逝的流星》《沉重的生活进行曲》《暴雨过蓝湖》和《爱情金钱变奏曲》。在已出版发行的剧本资料中，《当代戏剧》陆续发表其新编历史剧《山乡县令》（1990）、现代戏《九岩风》（1992）、《留下真情》（1995）、《迟开的玫瑰》（1999）、《西部风景》（2005）、《大树西迁》（2009）、《西京故事》（2011），其中《山乡县令》为与汪效常共同创作。2006年，由陕西人民出版社出版的《长安戏剧文集——陈彦现代戏剧作选》中收录《迟开的玫瑰》《西部风景》《十里花香》《留下真情》《九岩风》《霜叶红于二月花》等六部现代戏剧本。2008年，陈彦任陕西省戏曲研究院院长，他主编的《陕西省戏曲研究院剧作选》收录了《九岩风》《留下真情》《迟开的玫瑰》《西部风景》《杨门女将》五部作品，其中《杨门女将》改编自范宏钧、吕瑞明的改编京剧本。

从创作的空间上来看，陈彦创作这些戏剧时，分别处于镇安县剧团和陕西省戏曲研究院两个艺术团体内，也就是从陕南转移到了关中；而从时间上看，其创作正好与改革开放以来中国社会经济大发展的三十余年相吻合，因此把陈彦戏剧创作可以分为三个时期。

第一个时期是20世纪80年代。这是陈彦戏剧创作的萌芽期。80年代陈彦在镇安县剧团开始正式从事戏剧创作，加上年轻气盛，创作热情高涨，这个时期他创作了一批戏剧作品，有几部还被搬上了舞台，《沉重的生活进行曲》参加了陕西省首届艺术节的演出。整体上来说，此时他还处于创作初期，作品数量多但有深度的较少。这个时期的陈彦一边深入群众生活，一边反思社会现实，一边从事戏剧创作，期间还涉足古装历史剧领域，创作出反映镇安历史名人的新编花鼓古代戏《聂焘》。经过几年的坚持和磨炼，陈彦慢慢找到了创作的灵感和思路，1990年创作出题材内容和思想艺术都具有一定深度的眉户现代戏《九岩风》，由此奠定了陈彦的现实主义创作风格和艺术特色。

第二个时期是20世纪90年代。1990年，陈彦离开了山清水秀的秦岭小城镇安，来到了历史悠久、底蕴丰厚的十三朝古都西安，来到了享誉西北的秦腔最高学府——陕西省戏曲研究院，他的创作进入了成长期。在这个拥有光荣革命历史和深厚艺术成就的院团中，接触到一大批陕西戏剧界的一流演员和编剧。和他们出色的创作能力和艺术功力相比，陈彦深感自己还差得很远，不应为之前取得的小小成就沾沾自喜而停滞不前，他虚怀若谷、虚心请教，并且深入观察和思考现实，创作出大型眉户现代戏《留下真情》。该剧题材、思想新颖，故事情节曲折，反映新时期经济社会金钱观念下普通人的爱情观和价值观。同时演女主角刘姐的秦腔演员李梅也摘得第十三届中国戏剧梅花奖，开启两人长达二十年的合作。自此，陈彦在现代戏的创作上开始得心应手起来。1998年，《迟开的玫瑰》横空出世，震动了整个戏剧界。一个燃烧自己、照亮弟妹人生道路的无私大姐乔雪梅感动了台前幕后，也让陈彦收获了第一个曹禺戏剧文学奖。从《迟开的玫瑰》开始，陈彦彻底地将自己的出色创作才能显现出来，在主题、情节、语言和思想方面，都达到了一个前所未有的新高度。陈彦自此进入创作的成熟期。

第三个时期是2000年以来。进入新的世纪，陈彦对社会现实的洞察力更加敏锐，对新时期个体的思想探索更加深刻。2002年他创作眉户现代戏《十里花香》，讨论在爱情与责任中怎么选择的价值问题；2005年创作眉户现代戏《西部风景》，自题"我饱含热泪，谨以此剧献给投身西部建设的伟大拓荒者"，展现一代交大人扎根西部，奋力进取的崇高人格和伟大精神；2007年改编过后的《西部风景》以《大树西迁》的剧名再登舞台，思想内容更加深刻，人物形象更加饱满，也让陈彦收获了第二个曹禺戏剧文学奖；2009年，陈彦涉足传统历史剧领域，改编秦腔传统剧目《杨门女将》，由陕西省戏曲研究院小梅花团演出，一时备受热议；2011年凭借大型秦腔现代戏《西京故事》，三度问鼎曹禺戏剧文学奖；2015年创作反映医疗工作者的现代戏《天使之光》。

综上所述，尽管从数量上看，陈彦戏剧创作似不多，但他隐约秉持着"写一部火一部，质量大于数量"的严谨精神，总是将自己最好的一面反映到创作中，无形中提升了作品的价值总量。

第二节　陈彦剧作内容探析

自20世纪80年代以来陈彦创作了十余部戏剧作品，有历史故事的新编，有传统剧目的改编整理，更多的是现代戏，即运用中国传统戏曲程式来表现现实生活故事。陈彦经历了改革开放以来中国经济社会的巨大发展和变化，自己人生轨迹也受其影响。几十年来他以敏锐的洞察力关注社会，观察各个阶层人的生存状况，将自己的感悟与思考通过所塑造的人物表现出来，因此浓重的时代印记是陈彦剧作的最大特色，也是其作品久演不衰的原因之一。观众从这些作品中看到了自己，看到了自己所属的社会阶级，也看到了自己所处的社会环境。从题材上来看，陈彦的剧作主要分为古装历史剧、伦理爱情剧和家庭社会剧三个类型。

陈彦创作的古装历史剧有两部，它们是大型原创花鼓戏《山乡县令》和传统剧目改编本《杨门女将》。尽管数目少，但从中也可窥探其创作思路与主题思想。陈彦的历史剧与传统历史剧不同，不在传统才子佳人、王侯将相的旧圈中游荡，他将着眼点放到历史名人身上。这些历史人物虽然年代久远，但当代人却又颇为熟悉，尽管身着古装，却处处渗透着现代意识与思考。陈彦欲通过古人故事，激发现代人的爱国情怀，传递正能量。《山乡县令》歌颂聂焘为官清正，造福一方，表达了作者对政治清明的向往；《杨门女将》写国难当头，杨家将请缨出征，尤其重点突出了《寿堂》一折，悲从中来却又意志坚定，渲染杨门女将的爱国之情，痛斥朝中官员懦弱无能，屈膝求和的嘴脸。

陈彦所创作的伦理爱情剧与家庭社会剧往往交织在一起，小人物的爱情受到家庭或者社会变化的影响。在这些剧作中，陈彦或赞美爱情的伟大，或肯定人性的价值，或表现时代观念变化下个体的彷徨与无奈，通过各种对比冲突，放大人性中善良的一面，展现出主人公在逆境中的坚韧和崇高，对在当代社会价值迷失的人,给出了一条前行的道路。如《霜叶红于二月花》表达新时期社会对黄昏恋的支持与理解,《留下真情》提倡金钱社会中对感情的坚守,《迟开的玫瑰》展现普通人的无私奉献,《十里花香》赞扬责任与担当,《大树西迁》赞美知识分子的坚守与执着,等。在这些剧作中,我们能够看到陈彦将自己对现实的所见所闻、所思所想通过戏剧人物表达出来,或给人以震撼,或给人以反思,或给人以感动,都具有强大的感染力,充分展现出了戏剧高台教化的巨大作用。

一、陈彦剧作的思想内容

作为一名从大山中走出来的草根剧作家,陈彦在其戏剧创作中始终坚持把普罗大众最底层的故事和人物作为核心要素。这一方面源于他的出身和早期经历,长期山城生活使得他近水楼台先得月,对于社会底层生活再熟悉不过;另一方面,源于陈彦对艺术的独特理解,他始终认为戏剧并不专属于王侯将相、才子佳人,普通下层百姓的困惑、梦想、感情也可以成为戏剧创作的永恒主题。同时,他也将自己对生活的理解、对价值的选择,对经济发展的反思融入创作,使其剧作拥有深刻而现实的思想价值。

1. 普通个体对民族核心价值的坚守

"文革"结束时,国家经济百孔千疮,人民大众思维方式、思想观念还较为保守统一,伴随着改革开放,中国经济开始腾飞,一部分人伴随着改革的春风首先富了起来,社会贫富差异也开始明显起来。物质生活逐渐改善,人民大众的精神追求也开始出现分化:有些人在金钱面前丧失了尊严、迷失了自我,爱情、亲情也因为金钱变了味道。身处这样的社会氛围中,陈彦运用戏剧来反映这种社会现实,传达对正确价值观的向往和赞扬。

(1)对坚贞爱情的赞扬

陈彦向往虽历经风雨但仍相守相知的纯真感情,因此,他的戏大多有对爱情这一永恒主题的描写与探讨。经济浪潮下人的追求、理想、态度均发生了巨大波动,男女间宝贵的爱情也常常因为内外因素产生危机。《霜叶红于二月花》中,年轻时就两情相悦的钱老头和苏大婶各自丧偶,本欲再结连理,却被钱女珍珍以担忧家产被分为由寻找各种理由阻挠。《九岩风》中的孔素芬，本与木秀林相恋，却被父亲利用成为攀附权贵的工具，强行嫁于袁乡长的外甥贾川。《留下真情》里，金哥和叶子尽管相恋八年，却还是因为经济困窘被叶子妈强行分开。但往往正是久经波折的坚贞爱情才更加感人。《九岩风》里，孔素芬在木秀林困窘彷徨时冒险送来一万元，甚至欲与木秀林私奔，最终木秀林揭露了贾川的犯罪事实，与素芬终成眷属。《留下真情》中的金哥与叶子幻想通过傍大款来获得物质上的富足，但对彼此的羁绊却时时拷打着内心，毕竟人的真情实感是不容欺骗的，"人世间唯有情义无价"，在饱受精神折磨与心灵撕裂之后，金哥与叶子还是走到一起，共同保护彼此纯净美好的爱情。

（2）对勇于担当的称颂

在陈彦的剧作中，因生活波折产生的变故迫使主人公受到猝不及防的冲击，面对这些困难，他们在气馁迷茫过后无一例外地把责任扛在了自己的肩上，敢于担当，勇于直面困难。《杨门女将》中，面对朝中无人应战，百官懦弱求和，孤寡一门的众位女中豪杰顾不得沉浸在杨宗保战死沙场的悲痛中，主动请缨交战。《十里花香》里尽管菊花苦苦哀求，由魁还是狠心抛弃了妻儿。林子与菊花渐生情愫，本可以幸福快乐地生活下去，但当残疾的由魁出现在菊花面前时，她认定自己不能不管前夫，"他残疾无保推向哪儿去安身？不能以刀还刃，不能以伤报痕"。这是一种怜悯，更是一种担当。《大树西迁》中的孟冰茜几次欲离开西安回到故乡上海，显然他并不具备苏毅的家国情怀，但从丈夫、儿子身上体现出的知识分子的担当深刻影响着她，使她坚定了承担起科研重任的决心。《西京故事》中罗天福进城打饼挣钱供养孩子，身份从民办教师和村干部一下子跌落为农民工，这种巨大的反差却并没有使他沮丧痛苦，因为抚养孩子养家糊口的责任只能由他承担。在城市的打拼中，他诚实待人，礼貌有加，面对生活的困苦与孩子的叛逆，他不怨天尤人，不心灰意冷，"老罗的担子还得老罗咬紧牙关往前扛"。

（3）对无私奉献的讴歌

早在《九岩风》中，陈彦就从侧面表达了对奉献精神的肯定与赞扬。因受到村里人资助才能走出大山接受高等教育，木秀林大学一毕业就放弃"楼上楼下，电灯电话"的县城干部岗位回到家乡，因为在他的心中正是家乡的父老乡亲帮助他完成了学业。陈彦在一开始就肯定了这种知恩图报的奉献精神，尤其是这种两相取舍下，面对着摆脱贫困改变命运的机遇，木秀林无任何迟疑决定返回大山帮助乡里脱贫。尽管面对亲人的不解和本土乡绅的阻挠，他失落过，踌躇过，"故乡亲，故土情，满腔丹忱回山村。一片丹心无人领，天之骄子成哀兵"，但是当年潜藏在他幼小心灵中的滴水之恩当涌泉相报的使命感，驱使他还是毅然决然地投入山矿的开发中。同样出身于大山的陈彦明白，那种本能告别山村却还是能够义无反顾留下来的决心对于一般人是非常艰难才能决定的，因此他笔下木秀林的毫不犹豫和果敢坚毅，正表现了奉献精神的难能可贵。

如果说《九岩风》里木秀林那种奉献精神只是他的附加品质，那《迟开的玫瑰》便是对无私奉献精神的全面讴歌与赞扬。古往今来，在中国传统的人伦纲常下，父母对子女的无条件付出奉献尽管值得肯定与赞扬，但这种奉献易被人理解也易被忽略。同样讲亲情、奉献，《迟开的玫瑰》另辟蹊径，陈彦把角度指向普通人家。乔母意外身亡，乔父瘫痪在床，几个弟妹年纪幼小，大姐乔雪梅无怨无悔地扛起了家庭的重担，牺牲自己的幸福照顾瘫痪父亲成全弟妹成才。尽管当时乔雪梅已经接到了大学的录取通知书，但是面对家中现实的境遇，几个弟妹还未成才，自己身为老大就算再不情愿也必须撑起这个家，这是一种责任，也是一种使命。在自己犹豫不决时，弟妹的乖巧懂事使雪梅下定了决心——"大学深造暂放弃，先下活这盘缺车少马的棋"。雪梅留了下来，曾经的同学、朋友甚至恋人进入城市接受高等教育，而她则留在小城里过起了平静的日子。四年的时光，弟妹们均已长大，自己似乎也可以继续未完成的学业，可是弟妹一个个涉世未深，立足未稳，老父亲无人赡养，因此，雪梅决定一定要等弟妹成才、父亲百年后再考虑自己。这时的她早已超脱了自我，心甘情愿地奉献自我并且意志坚定。整整十六年的青春，雪梅一人支撑起这个家，三次放弃学业，抚育弟妹成才，照料父亲终老，最终与同样平凡的下水道工人许师傅喜结连理，实现自己普通却又伟大的幸福。在剧终，乔雪梅这种无私奉献的精神被放大和升华：父亲含笑而终后，雪梅又自筹经费开办了老年公寓，将对家人的奉献转化成对社会上更多贫困老人的无私大爱。陈彦在崇尚个人奋斗、鼓励个人价值的社会氛围下，用戏剧重拾与讴歌了这种无私奉献的传统美德,震撼了观众的心灵。

2.崇高与卑微的新时代辨析

崇高与卑微的描写历来是戏剧表现人物的常用方法,出于统治教化的需要,中国传统戏曲历来以忠孝节义的人物形象作为对崇高的解释。近代以来,西方思想长驱直入,冲击了中华传统的伦理道德和观念认知。新时期以来,整体社会价值评价发生了翻天覆地的变化。陈彦通过刻画新时期中的小人物,为人们勾勒出他心中的崇高与卑微。

《迟开的玫瑰》中乔雪梅因家中变故无奈告别校园,经过四年的时光她的身份已定格在普通的家庭妇女上,而当初的同学、朋友和恋人纷纷进入大学,接受高等教育,十六年的光阴使得他们一个个都变成了局长、作家、教授、工程师。面对昔日的同学,乔雪梅脸红羞愧,自感卑微:"手捧专著心颤抖,千帆竞过我滞留。同学们个个有成就,我两手空空面含羞。"①然弟妹电话中的声声问候消除了她这种忧愁,外在的世俗成就并不能评判一个人的崇高与卑微,雪梅心中认定:"人生若是比富有,我拥有你们不含羞;人生若是比竞走,我让出跑道无怨尤。"②尽管乔雪梅自己没有取得同学那样的成就,但她十六年来牺牲自己的幸福,换来的是老父善终、弟妹个个成才,这是另一种伟大与崇高。最终与雪梅走入婚姻殿堂的许师傅的体会更是印证了这种崇高。在宫小花等人看来,许师傅十几年如一日地掏下水道,身上永远弥散着臭味,可以说是十分卑微的存在,姨妈甚至给雪梅介绍了离异的中年男人,却从未注意长久以来一直默默守护着乔家的许师傅。但是当局长温欣呵斥妻子时,观众反而理解了许师傅的崇高:"住口!一个掏下水道的,忠于职守,默默无闻十六年,保障着城市一个几万人口的区段污水排放不受阻塞,难道不值得你敬重;一个劳动模范,自学成才,利用业余时间,为城市下水道改造工程出谋划策,给国家节约了大量资金,难道还需要你可怜?"③在陈彦其他作品中也处处蕴含着种种卑微表面下的崇高。《大树西迁》中的苏小眠放弃了落户上海的机会,选择扎根新疆戈壁从事科研工作。十余年

---

① 陈彦.陕西省戏曲研究院剧作选(5)[M].西安:陕西人民出版社,2008:233.
② 陈彦.陕西省戏曲研究院剧作选(5)[M].西安:陕西人民出版社,2008:234.
③ 陈彦.陕西省戏曲研究院剧作选(5)[M].西安:陕西人民出版社,2008:242.

来，物质的相对匮乏和环境的极度恶劣，导致苏小眠头发脱落、脚趾被截断三根，但他并不后悔和失落，反而在西部大地实现了自己的梦想，也为国家发展奉献出自己的一份力量。这种崇高的人格也感染和促成了下一代建设西部、奉献自我的信念和决心。《西京故事》里勤奋懂事的罗甲秀为了减轻父母肩上的重担，不要家里的周济，除了给金锁做家教，还在校园中捡拾破烂，是甲秀身上这样自强懂事、品学兼优的品格打动了父母，也打动了观众。

3.对教育重要性的肯定

纵观陈彦前四十多年的人生历程，生长于秦岭小城的山里娃，从小热爱文学艺术，可是当时复杂混乱的社会环境剥夺了他接受教育的机会，因此，他很早便进入了剧团工作，但内心对于知识的渴望对教育的尊重一直留在他的心底，即使社会上充斥着"读书无用论"的消极观念，陈彦还是坚信知识改变命运。他在自己的作品中通过各个阶层的人物，反映出对教育的信心和对文化的尊重。

改革开放以来，市场经济的浪潮席卷了神州大地上的每一个个体，有些人继续以旧有的价值观念生活，有些人激流勇进，在市场中搏杀后物质生活极大丰富。社会上贫富差异拉大，也出现了精神世界的差异。贫者物质匮乏，他们寄希望于下一代，希望通过教育改变现状；富者拥有了物质财富，却出现精神缺失，他们渴望通过提高文化素养来完善自身。《留下真情》中的刘姐是改革开放浪潮里的新女性，婚姻的不幸没有摧垮她，凭着自己的勤劳和奋斗，从一只小鸡起家，开办了远近闻名的大型养鸡场，成为众人口中的"富婆"。尽管生活条件变好了，但是刘姐始终对自己没有文化耿耿于怀，因此在征婚条件里唯有"必须是个舞文弄墨的"，这时穷困潦倒却是文学青年的金哥自然让刘姐倾倒。她为金哥布置写作室，购买办公桌，还出资出版小说，因为在她的心中由衷地尊重知识、尊重文化。在剧中，陈彦甚至赋予这个富婆更高的精神品格，那就是出资兴建学校。她不愿自己的悲剧在他人身上重演，她希望更多的乡亲能够接受教育，拥有文化，在物质文明丰富的同时精神文明也能够与之匹配。

如果说富者追求知识文化是弥补人生的缺憾，那贫者则视其为翻身脱贫的唯一路径。在社会底层群体的心中，只有读好书、学好知识才能出人头地,才能彻底翻身。《西京故事》中的罗天福深知唯有接受优质教育才能拥有美好生活,这种观念也影响和熏陶着他的两个孩子。他们先后考入了西京城里的名牌大学,学费的重担压在了年过半百的老罗肩上,他带着老伴进入西京城,通过自己的双手,每天起早贪黑打饼挣钱供养孩子,因为他坚信"梦想既有,苦就该尝,日子迟早会过亮堂,咬咬牙啥事都通畅,那太阳一定会照上咱脸庞"[1],即便苦了自己也没关系,孩子接受了教育,有了文化,就不用再像自己这一辈似的日子越过越"恓惶"。面对儿子的叛逆与不劳而获的心态,罗天福伤心与惆怅,但他并不动摇,坚持自己所坚持的,他对儿子唱道:"安下心扑下身子好好把书念,有了跟有了本路径自然宽。"[2]确实,"生活有苦恼、成才有煎熬",但是心态失衡、急于求成,过于自尊、偏执孤貌显然也不会获得成功。陈彦将教育的重要性深深烙印在像罗天福这样的小人物身上,引发大众共鸣,在笑与泪中体味作者的深刻思想。

《西部风景》(后改名《大树西迁》),写的本就是发生在知识分子阶层的事,与大多数人不同,他们本身就掌握着知识和文化,深受教育带给他们的便利与美好,同时也身处社会底层所羡慕的象牙塔。以孟冰茜和周长安所代表的知识分子阶层在任何时地都毫不怀疑地坚信知识的重要,这也是他们日复一日年复一年舍不得讲台舍不得实验室的原因。面对杏花"听说知识又贱了,搞导弹不如卖鸡蛋了"的言论,周长安坚定地说:"拿三十八块五,我们是这一干;拿三百八十五块还是这一干;不给钱,我们可能照样进实验室。……怎么说呢,是一种使命吧!"[3]知识文化在这些知识分子心中不光能实现个人的蜕变,更是国家强大的重要推动力。就算是刚刚大学毕业的苏家第四代苏哲,面对出国深造的机会,他还是希望回到教育十分落后的西部支教,在他心中永远牢记父亲说过的"一个知识分子要有出息,就必须把生命彻底完全地匍匐在大地上"。在陈彦的心中,没有什么比接受教育,学习文化更重要,因为这是中华民族伟大复兴的重要基础之一。

---

[1] 陈彦. 陈彦精品剧作选 西京三部曲[M]. 西安:太白文艺出版社,2018:194.
[2] 陈彦. 陈彦精品剧作选 西京三部曲[M]. 西安:太白文艺出版社,2018:220.
[3] 陈彦. 陕西省戏曲研究院剧作选(5)[M]. 西安:陕西人民出版社,2008:325.

二、陈彦剧作的人物形象分析

戏剧艺术是通过戏剧人物的表演，展开戏剧情节，并且通过复杂尖锐的戏剧冲突表现人物性格，凸显一定的戏剧主题。因此，生动而典型的戏剧人物对于一部戏剧的成功显得至关重要。陈彦在其剧作中为观众塑造了一批丰富感人、有血有肉、形象生动的人物形象，从农民到市民，从底层百姓到官员，从底层务工者到知识分子阶层，可以说涵盖了士、农、工、商各个社会阶层。这些人物给观众留下了深刻的印象。

1. 生动感人的小人物形象

在陈彦的剧作中，小人物是陈彦塑造最多的人物形象，也是他塑造最成功的。有人说，陈彦的戏剧创作是"为小人物立传"，笔者认为这个定位十分中肯和准确。在陈彦的戏剧中，表现民族英雄和时代伟人可歌可泣壮举和功绩的内容并不见身影，因为这些与现实民众的生活相去甚远，现实生活中的个体生存状态和生存环境才是他想传达给观众的。他通过各类形象的塑造，来探讨生命的价值意义，弘扬传统的道德美德，表现当代中国社会的人文精神。

在陈彦创作的戏剧作品中，在都市生活的小人物、小市民始终是他想要诉说和表达的形象载体。在他眼中，这些人物饱受生活的洗礼，尝尽人生的酸甜，在大时代经济发展和城镇化加速推进的背景下，逆来顺受，同时又坚守本心，他们有时会彷徨、失落和怀疑人生，但最终又能够坚定信心，找寻到生命的价值，展现出崇高的民族精神。这些小人物的代表就是《迟开的玫瑰》中的主人公乔雪梅。

乔雪梅生长在西部的一座小城市，从小的日子虽然清苦却也开心快乐。在十九岁的生日会上她和同学一起高唱"唱起来，跳起来，这是我们的大舞台"，一起憧憬着美好的大学生活。但是母亲的意外死亡使她不得不面对现实，她哭诉着："不，姨妈，我要上大学！我要上大学！"一边是自己的梦想，一边是父亲瘫痪、弟妹年幼的现实，乔雪梅作出第一次奉献自我的抉择。夏去秋来，冬尽春至，四年的时光转瞬即逝，理论上雪梅的任务已经完成，也该为自己考虑。但是，弟妹们一个个面临成才成家的大事却使乔雪梅不由自主地担忧起来。尽管这些年来她仍然对大学抱有希望，对初恋念念在怀，可是心底里对父亲的挂念和对弟妹的担忧使她毅然决然地再次牺牲自己。在她眼中只要弟妹能够踏上正轨，自己甘愿含笑做路碑。如果说第一次、第二次雪梅的选择是迫于无奈，但之后的抉择便更多地带有强烈的责任感，是那种血浓于水的亲情驱使着她直面生活。她并没有多么宏大的理想、远大的抱负，面对瘫痪的父亲，她哭着说道："爸，我要是连老父亲都不养活，我还算个人嘛！"[①]陈彦通过乔雪梅生活展示了普通人的生活日常，这个人物形象在平凡中打动了无数不平凡的人。

《西京故事》中的罗天福也是作者歌颂的小人物形象。在这部剧里，陈彦将人们的目光凝聚到进城务工的农民工阶层。四十多年来，中国城镇化快速发展，打破了旧有的生产模式，一大批从事农业生产的民众来到城市中谋生，追寻自己的城市梦。干过民办教师、当过村长的罗天福为了儿女的学业，与老伴来到西京城，租住在鱼龙混杂的棚户区，依靠自己的双手供养儿女求学。在他心中，有着儿女双双考入名牌大学的骄傲，同时也有着现实重压下的无奈。当看到女儿捡拾垃圾勉强度日，他泪如雨下："我真想给你们一个体面的家庭体面的爹娘"；面对不思进取、暴躁乖张的儿子，他彷徨自责："我是个失败的教书匠，把儿子教成了叛逆郎。我是个失败的领路爹，西京梦将夭折深感悲凉。"[②]但是，生活还要继续，"一切都不能往下放"。在西京城的四年中，他始终保持着对生活的乐观和勤勤恳恳的态度。面对房东的无理诋毁，罗天福尽量隐忍，因为在他的心中始终有重要的任务和信念支撑着，那就是养家糊口，供养孩子毕业。在他心中永远秉持着"要自尊咱先得自省自勉，要硬气咱就需硬在骨头里边"的信念。在他的坚持下，铁树开花，苦尽甘来。罗天福的形象与当下社会中的下层民众有着极高的契合度，在他身上发生的故事或多或少也在这些人身上发生，因此，陈彦塑造的罗天福有血有肉，生动感人，令人回味无穷。

可以说，陈彦笔下塑造的这些小人物形象，是他对现实世界最有深度的思考和殷切的希望。他们无论来自农村、城市，无论男性、女性，无论文化

[①] 陈彦.陕西省戏曲研究院剧作选（5）[M].西安：陕西人民出版社，2008：235.
[②] 陈彦.陈彦精品剧作选 西京三部曲[M].西安：太白文艺出版社，2018：233.

程度高低，都由内而外散发一种对生活的热爱，展现了中华民族乐观向上、不畏困苦的崇高民族精神。《西京故事》中反复出现的幕间曲："我大，我爷，我老爷，我老老爷就是这一唱，慷慨激昂，还有点苍凉。不管日子过得顺当还是恓惶，这一股气力从来就没塌过腔。"①

2.磊落正义的知识分子形象

出于对文化的尊崇和对知识的敬重，陈彦在戏剧中塑造了多位谦虚正直、磊落大方而且颇有性情的知识分子，他们大多学识丰富，在专业岗位上兢兢业业，对人诚恳大方，在他们身上我们能看到中国传统知识分子的性情与节操，同时也有新时代知识分子的责任与担当。其中最引人注目的是《大树西迁》中的知识分子形象。苏毅教授是交大西迁的坚决拥护者与实践先行官，在他的身上秉持着父亲持之以恒、甘于奉献的精神。当西迁出现变故时，他沉着冷静，态度坚决地留下来；当"文革"的风暴向他冲击时，他光明磊落，不愿连累妻子儿女，将她们送至乡下，独自一人留下面对黑暗，在危难时还不忘将科研心血交于知己保存，因为他坚信黑暗的日子总会过去，阳光终将来临。本土知识分子周长安，在他身上有着西北人的"生、冷、噌、倔"的个性，面对红卫兵对苏毅的迫害，他敢于站出来仗义执言；面对尹美兰世俗的价值观，他敢于在宴席上针锋相对；当听到苏小眠无私为西部建设奉献却买不起一套商品房时，惜字如金的他自愿卖字帮衬。周长安在生命历程中始终坚守自己的精神家园，他的人格魅力、道德情操和价值追求一方面感染着孟冰茜，使其每次在失落彷徨中能够更加坚定扎根西部的决心。另一方面也感染着观众，观众通过周长安感受到知识分子的独特魅力。

《西京故事》中的东方雨老人是一位典型的旧知识分子。当年他算得上是西京城里的大知识分子，正义耿直的性格使他戴上了头号右派的帽子，如今尽管不怎么说话了，但他一直在书写，"连咱一顿饭用几根葱、几瓣蒜都记录呢，对咱下苦人好着呢！"东方雨老人默默地守护着千年唐槐，这是他对精神文化家园的独特坚守；同时他还扮演着观察者的角色，注视着院里的日子。当叛逆的罗甲成不理解父亲为何放着能够改善生活的紫薇树不卖，甘

---

① 陈彦. 陈彦精品剧作选 西京三部曲[M]. 西安：太白文艺出版社，2018：204.

愿打工时，东方雨老人挺身而出，将自己一年多来的所见所闻讲给罗甲成，诉说父母养家糊口的辛酸与不易，最终感化甲成改过自新。不仅如此，在东方雨身上还显示着一位知识分子对国计民生的关心，他不仅申请保护城中古树建立文化广场，还向市政府提议农民工群体也应接受同样的医疗、教育和文化待遇，体现了知识分子的良心和操守。

3. 美好坚韧的女性形象

俗话说"三个女人一台戏"。女性天生心思细腻、情感丰富，本身较之男性而言占有表现优势。戏剧艺术以人物表演为重要手段，因此中国历来的剧作家都尽力去塑造女性形象。陈彦在他的作品中首先塑造了一批拥有中国传统美德的女性形象，体现了陈彦对女性的尊重。她们勤劳持家，坚强忍耐，温柔内敛。我们也能看到一些敢于追求、敢于表达的新时代女性人物。她们自立自强，敢于拼搏，有时可以不理会世俗的眼光，奋力追寻自己的人生价值。

传统女性形象是陈彦戏剧塑造的重心，《迟开的玫瑰》和《十里花香》中的乔雪梅和菊花十分引人注目。《迟开的玫瑰》中的乔雪梅坚韧勤劳，面对家中变故毅然放弃学业，挑起赡养父亲、拉扯弟妹的重担，几次牺牲自己的幸福，成全了全家人的幸福，最终也获得了属于自己的幸福。在乔雪梅身上，流淌着中国传统美德的血液。《十里花香》中的菊花面对丈夫的无情抛弃，伤心欲绝，拉着不会说话的儿子苦苦哀求。在这里，菊花是弱者，是被同情的对象。但是，当知道覆水难收时，面对弱小的儿子，菊花展现出的是为母则刚的意志和顽强坚毅的决心。菊花逐渐走出被抛弃的伤痛和阴影，爱情之雨似乎落到她的脸颊时，丈夫受伤致残的消息突然降临。面对这种情况，菊花展现了女性的宽容和大度，悉心照顾这个曾经抛弃自己的狠心男人。可以说，乔雪梅和菊花的身上集合了传统道德对女性的要求。同样的女性形象还有《西京故事》中的罗甲秀、《九岩风》中的孔素芬等。

新女性是陈彦对传统要求下女性形象的发展和开拓，因为改革开放以来，社会经济的发展和时代观念的改变深深地影响着每一个人。陈彦希望能够塑造出体现时代精神的女性形象，在她们身上既拥有传统女性的精神品质，同时也因受时代影响不自觉地展现新的精神面貌。《留下真情》中的刘姐，一出场就被冠上众人艳羡的"富婆"标签，这在20世纪八九十年代可以说是一个令人耳目一新的称谓，同时大众的误解和非议也包含在其中，因为与中国传统道德要求下的女性相去甚远。刘姐是新女性的代表。刘姐曾经也是一位传统的家庭妇女，她文化程度不高，思想单纯，仅仅因为丈夫获了个县级文学三等奖惨遭抛弃。面对人生的困苦，刘姐咬着牙硬着头皮，开启了自己的创业人生。尽管剧中并没有直接描写在当时环境下一个女人创业的艰难，但从刘姐的自述中我们可以感受到一个女性在改革开放初期的背景下自力更生勤劳致富的艰难："忙罢了饲养忙销售，忙罢了冬夏忙春秋。苦日子酿成一坛酒，我撑直了腰杆昂起了头。"①从中我们可以看到，"富婆"比其他人更加不易。刘姐给赵村长打电话谈出资办学的事，也谈到"这钱我挣得很苦"。从刘姐身上我们不光能看到传统女性的品质与美德，还看到了时代对女性的塑造与改变，勤劳善良且事业有成，敢于追求且不忘初心。

此外，陈彦在剧作中还塑造了一些其他类型的女性形象，比如以苗苗为代表的聪颖正直、秀外慧中的女青年形象，以阳乔为代表的城市小女人形象，还有以孟冰茜为代表的女性知识分子形象，等。这些个性鲜明、各具魅力的女性形象是陈彦戏剧人物的重要组成部分，她们吸引着观众的目光，传达着陈彦的社会思考和人生感悟。

4. 正直亲民的基层官员形象

尽管陈彦的戏剧作品大部分讲述的是普通平民大众的故事，但在其戏剧作品中还是为观众刻画了几位官员的形象。这些人物所处的时代不同、性别不同、职位不同，却都心系人民，正直善良，虽然是基层小官，但都兢兢业业，一丝不苟，时时刻刻站在最广大人民群众的一边。通过这些官员形象，我们可以看到陈彦心中所向往的公平正义、和谐稳定的政治生态环境。

《山乡县令》中的聂焘是古代人物，但陈彦将他向现代官员形象靠拢，并且赋予聂焘更多现代思维，使得人物形象贴近观众。知县在古代算是最低一级的官员，他们直接接触平民百姓，因此他们的所言所行直接受百姓的检阅。出身湖南的聂焘身为进士，却受朝中政治斗争影响，被派遣到秦岭大山

---

① 陈彦. 陕西省戏曲研究院剧作选（5）[M]. 西安：陕西人民出版社，2008：108.

中的镇安,到任路上便遇土匪拦截,但他并没有被吓退,而是以饱满的热情投身到镇安的治理中。在体察民情时,聂焘身体力行,抢先试过山涧独木桥;面对吴乡绅欺压乡里,聂焘毫不惧怕,甚至差点送上性命;当得知拦路抢劫的山贼其实性本纯良,只是新婚之夜新娘被掳才无奈被逼上梁,聂焘既往不咎,还送上五十两银子遣其出山探商路。在其后的八年,聂焘启智教化、兴桑养蚕、畅通道路、修建义仓,镇安的变化可谓翻天覆地。他在卸任离开时,还叮咛嘱咐新任知县一些建设发展的未办事宜。当他得知山城父老夹道送行时,立即决定从后门绕山路小径离开,不给百姓增添任何负担。

《西京故事》里的贺春梅,虽然只是一个街道办主任,但她身上依然表现出那种办事为民、正直刚正的风采。当阳乔故意夸大和激化罗甲成与金锁的小摩擦时,贺春梅不偏不倚,严厉训斥道:"阳乔,你把嘴放干净些,我给你说,保护农民工可是国策,我是政府领导,维护他们的合法权益是我的职责。"①当阳乔仍然不依不饶,对她进行言语攻击时,她始终处于一名基层官员的位置上,坚持正义,直面恶语的同时不忘告诉罗天福:"有事来街道办找我,就说找贺主任就行。"②当西门锁与阳乔发生争执,她也不会计较阳乔平日对自己的误解和调笑,而是心平气和地调解和撮合。在剧中,贺春梅虽不是主要人物,但为数不多的几次出场也能牢牢抓住观众。

第三节 陈彦剧作艺术特色

戏剧是集文学、音乐、舞蹈、美术于一体的综合性艺术。因此在创作中,陈彦精心构思,巧妙设计,运用多种手法使塑造的人物形象,使其生动真实、活灵活现,围绕人物展开的戏剧情节也引人入胜,扣人心弦。这种布局合理的戏剧结构,生动激烈的戏剧冲突,再加上富有生活气息、生动巧妙的戏剧语言共同构建了陈彦的戏剧,使其具有鲜明的艺术特色。

---

① 陈彦. 陈彦精品剧作选 西京三部曲[M]. 西安:太白文艺出版社,2018:191.
② 陈彦. 陈彦精品剧作选 西京三部曲[M]. 西安:太白文艺出版社,2018:192.

一、紧凑合理的戏剧结构

对于任何文学样式的创作来说首要任务就是组织好结构。因为受舞台和时间的限制,戏剧对结构的要求更为重要、突出,可以说,好的戏剧结构,不仅关系到剧本的完整性和统一性,而且也是戏剧获得成功的前提条件之一。完整的戏剧结构,包含矛盾冲突发生、发展、转化的全部过程,是剧作家根据塑造人物形象,表达思想主题的需要和戏剧艺术的特殊规律对全部剧情的设计和安排。清代戏曲理论家李渔在《闲情偶寄·词曲部》开篇就讲"结构第一",他谈道:"至于结构二字,则在引商刻羽之先,拈韵抽毫之始。如造物之赋形,当其精血初凝,胞胎未就,先为制定全形,使点血而具五官百骸之势。倘先无成局,而由顶及踵,逐段滋生,则人之一身,当有无数断续之痕,而血气为之中阻矣。"①陈彦的剧作一方面继承中国传统戏曲的单线叙事结构,所有情节安排、戏剧冲突均围绕主人公展开,摒弃了一些冗杂繁琐的场次安排,如戏曲中为主角休息而安排的垫场,为活跃剧场气氛设置的与剧情关系不大的过场;另一方面,在一条主线中又穿插着一条暗线,或者两条线索相互交织,使得剧情环环相扣,牢牢抓住观众,戏剧人物更加鲜活,戏剧主题更加突出,进而产生观演共鸣,以取得良好的戏剧效果。

《留下真情》中有两条线索,一条是金哥与叶子之间的爱情取舍,另一条是金哥与刘姐的情感纠葛。金哥与叶子相恋八年,因金钱问题不得已分手。金哥幻想通过傍富婆来改变自己的处境,经姨妈赵大兰介绍,无奈与年长的单身事业女性刘姐交往。刘姐对金哥一往情深,无私助其完成文学梦,将自己的全部感情投入进去。另一方面金哥与叶子旧情未断,相见会面。金哥的忽冷忽热多次反复使刘姐几次陷入苦闷与孤独,最终认清现实,成人之美,留下真情。在剧中,这两条线索相互交织,相互促进,往往在其中一条线索发展至高潮时,由狗子这个人物将另一条线索引入进来:在剧中,狗子分别两次接触叶子和刘姐,使得金哥与叶子相合相分又相合,刘姐对金哥钟情苦情到留情。最终金哥夙愿达成,刘姐成人之美,全剧达到高潮。

---

① 李渔. 闲情偶寄 [M] //俞为民,孙蓉蓉. 历代曲话汇编·新编中国古典戏曲论著集成:清代编 第一集. 合肥:黄山书社,2008:236.

《大树西迁》则是由一条线索贯穿全剧：从上海交大西迁西安的知识分子孟冰倩，一次次欲离陕东归，却一次次希望破灭，换来了祖孙三代扎根西部的伟大壮举，而她自己也获得了"哪里有事业，哪里有爱，哪里就是家"的人生感悟，书写了一代西迁人的无私奉献精神。陈彦以时间作为间隔，描写了五十年中孟冰倩的心路历程，通过每一个十年孟冰倩身边亲人的戏剧事件，爱人、儿子、女儿到孙子他们每一个人对西部建设的向往、对西部人民的热情讴歌，烘托反映出孟冰倩的精神世界。同时又加入周长安、尹美兰、杏花等不同阶层的角色，他们与孟冰倩的交往，加深了人物深度，使观众在这一脉络的递进中认识并理解这样一个有血有肉、生动真实的知识分子形象。

二、尖锐集中的戏剧冲突

冲突是构成戏剧情境的基础，是展现人物性格，推动剧情发展，反映生活本质，揭示作品主题的重要手段。从戏剧艺术诞生之日起，人类所面临的各种矛盾就是剧作家想方设法力图表现的重心。这些矛盾往往来自意愿、观念、性格等的差异。戏剧冲突可以强化所表现的人物与事件，引领观众进入剧作家设置的情节中，激发观看兴趣。可以说，戏剧冲突造就了戏剧艺术，因此在中国戏剧理论和批评中长时间流行一种说法：没有冲突就没有戏剧。戏剧冲突从内容上说，可分为三种：可能表现为某一人物与其他人物之间的冲突，有人把这种方式称之为外部冲突；也可能表现为人物自身的内心冲突，有人把它称为内部冲突；还可能表现为人同自然环境或社会环境之间的冲突，它往往把环境"人化"，这一般在西方戏剧中常常出现。用冲突塑造人物、推动剧情是陈彦戏剧创作的有力武器。在他的剧作中，我们往往看到前两种戏剧冲突，它们有时各自单独展开，有时则交错在一起，相互作用，互为因果，人物因冲突而丰满，剧情因冲突而跌宕，从而使作品达到一定的审美高度。

1.时代背景下阶级分化（外部冲突）

陈彦的戏剧创作，有九成是现代戏，而且这些现代戏都无一例外反映20世纪80年代改革开放背景下的人和事。一方面由于作者身处改革发展的浪潮中，对经济发展的理解、大众意识形态的转变的反思，希望在作品中表达自己的一些思考。另一方面，四十多年的经济腾飞和社会发展，产生了新的阶层和分化，而伴随着这样的改变，整个社会的意识形态、价值选择、情感欲望也出现了分化与摇摆。陈彦就将笔触深入到这些不同层面、不同阶层的人物精神、情感世界中，以强烈真实、尖锐集中的戏剧冲突展现这些变化。《九岩风》中的木秀林是走出大山进入城市读书的新知识青年，在高等教育和城市文明的洗礼下，无论世界观、人生观和价值观都与大山里的村民形成鲜明对比，因此也导致多次尖锐冲突。

陈彦善于表现多样、丰富的矛盾。如《西京故事》，在开场的电线着火事件中，作者就向观众勾勒出两个既对立又依赖的阶层：进城务工的农民工阶层和都市小市民阶层。农民工生活在都市底层，兢兢业业，任劳任怨，他们面对都市人有种天生的自卑和怯弱，尽管身处城市多年却还是外来人的身份。而都市小市民阶层，他们天生带有自豪感和骄傲感，他们对外来务工者带有天生的歧视和厌恶，却理所当然地依靠这些农民工生活。阶层的差异构成该剧的基本冲突，也是后面其他一切冲突的根源。个人冲突也在同一阶层中催生和爆发。作为典型个体的罗甲秀和罗甲成，是进城务工的罗天福的一双儿女，双双考入大学，对于生活的认知和身份的认同发生了偏差。姐姐自力更生捡拾垃圾勤工俭学，弟弟辛苦考学进入城市要摆脱过去，当这两种想法和行动相遇时必然会发生激烈的碰撞，造成更为直观的冲突，带动观众感情。随后，陈彦又将阶层冲突扩大化：女房东清晨发现门口拖鞋丢失，不分青红皂白出言侮辱罗家，罗天福逆来顺受，望息事宁人，罗甲成不堪侮辱，怒火中烧；在校园中，罗甲成告白失败，更加对自己山里人身份感到羞辱，终至与父反目离家出走。这一系列的冲突不仅展现了甲成性格思想的不成熟，也从侧面塑造了父亲和姐姐的坚韧和隐忍。最终的一场火灾，个人冲突与阶级冲突在相互交织中得到解决。《西京故事》里各种冲突并行，相互交织，将剧情推向高潮。

2.人物内心的两难抉择（内部冲突）

在戏剧创作中，除了外部冲突能够激化矛盾、推进剧情外，戏剧人物内心灵魂的挣扎对塑造人物、推进事件发展同样有着重要作用。这种内部冲突往往在主人公受到他人或环境的强烈冲击后爆发，继而表现为心灵的摇摆和挣扎，而通过自我调节、净化解决矛盾，整个心灵交锋的过程毫无疑问是最精彩的。例如我们熟知的西方戏剧《哈姆雷特》《李尔王》等，剧中主人公在受到外部冲击后，都展开了激烈复杂的心理斗争，发生了心理变化，莎士比亚通过个性鲜明的独白将主人公的内心世界完整地展现出来。这种向观众直接展示主人公内心冲突的方式使人物形象更加丰满完整，也促使剧情的发展。陈彦在其剧作中也巧妙地表现人物内心冲突。

《留下真情》中刘姐对金哥的感情不时伴随着突发的事件发生转变，而且均是通过内心活动表达出来。当刘姐初见金哥想的是"他英俊潇洒又腼腆……小伙子人还品貌端"，心生爱慕却怕落花有意流水无情，所以对赵大兰的关切脱口说道："情感培养要时间。水到渠自成，反正没有感情我是不愿谈婚姻的。"在与金哥的相处中越发觉得"他稳重可靠能相依"。物质财富极大满足精神世界却十分匮乏的刘姐爱上了这个怀有文学梦的年轻人："我要用片片心意、缕缕真情，把他深深的心窝掏。"[①]但是金哥的摇摆不定，养鸡的事故，还有金、叶二人后山相会等一系列事情使得刘姐越发觉得强扭的瓜不甜，就算留住了金哥的人也留不住他的心，在迷茫和痛苦过后刘姐通过一大段独白表现了自己情感的苦闷挣扎和无奈彷徨：

  一次次我把真情找，
  真情一次次将我嘲。
  连日来卧病在床细思考，
  为什么千金难买一至交？
  我总想万金使我分量重，
  又谁知百万富婆仍轻飘。
  苦闷中又读这书稿，
  几多次忍禁不住哭号啕。
  奋斗中虽使他穷困潦倒，
  青春史却留下历史坎坷、满腹才华、无悔人生一天骄。
  在书中自己身影似看到，

---

① 陈彦. 陕西省戏曲研究院剧作选（5）[M]. 西安：陕西人民出版社，2008：121.

>   同情泪为他挥洒为我抛。
>   同是历尽磨难人，
>   相逢何必相煎熬。
>   摧垮他我又得到啥回报？
>   无真情纵使高压也徒劳。
>   真情是心声在倾诉，
>   真情是灵魂在燃烧。
>   真情是付出不图报，
>   真情是获得再融消。
>   含悲忍泪吞恨恼，
>   为他们终成眷属架一桥。①

在经历了一系列的情感波折后，刘姐似乎对爱情、人生有了新的感悟和理解。在经济发展的大浪潮下，一个人通过勤劳，通过奋斗，很容易就会给自己积累大批的物质财富，而她一个女性，在成功的路上有数不清的崎岖和坎坷，因此她憧憬拥有文化素养，而不是被人背后说是"百万富婆"，她希望和一个有文化有知识的男人相守一生。金哥的出现使刘姐的内心泛起了波澜。为此，尽管出现多次误解，面对金哥的摇摆不定，刘姐选择委曲求全，她认为只要有钱就可以换来爱情。可是她错了，金钱可以使人暂时迷失，但并不能改变内心真实的情感。从刘姐的内心，我们既看到她渴望爱情、憧憬爱情的模样，也看到她面对感情时内心的无奈和挣扎。强扭的瓜不甜，金钱买不来爱情。这一系列心理描写，给刘姐的形象增添了几分厚度，也激化了戏剧冲突。

《迟开的玫瑰》中，乔雪梅本来可以如愿以偿与心爱的人共同踏入梦寐以求的大学校园，可犹如晴天霹雳的家庭变故使乔雪梅进退两难，无从抉择：一方面是学业爱情好事成双，"若不去，校门也许从此闭，若不去，航船也许从此迷"；一方面是家中现实无计可施，"若是去，爸爸身残谁体恤，若是去，弟妹年小谁怜惜"。面对现实的压力，雪梅经过内心反复的斗

---

① 陈彦. 陕西省戏曲研究院剧作选（5）[M]. 西安：陕西人民出版社，2008：145-146.

争,有期望也有任性,有失落更有无奈,但最终还是毅然决然地扛起了照顾全家的重任,牺牲自己,照亮他人。陈彦通过展现乔雪梅的内心冲突塑造了这个有血性有担当的普通女孩形象,使观众对她多了几分怜悯与尊敬。《九岩风》中,木秀林使计向孔贵仁借来一万元,替潘月明还上因孔贵仁暗中捣鬼而使其背负的一万元债务,孔女素芬心系木秀林连夜送钱过去,这反而成为孔家女婿贾川和孔贵仁的把柄,诬陷木秀林。面对着孔、贾二人的威逼羞辱和乡亲们不分青红皂白的责难,木秀林心灰意冷,连夜出走。在废弃的工地上,木秀林独自徘徊着,"愁我故乡贫困。抱残守缺至今。……纵有锑矿资源,富了少数恶人。……九岩沟,恶性循环,世代贫困难变更"[①]。陈彦通过此剧表现改革开放初期落后大山中官绅勾结欺压乡里,大部分人民群众文化素养低下,受人剥削和利用反而对其感恩戴德的事实。

陈彦的剧作中利用戏曲艺术的优势,将主人公内心的强烈冲突用大篇幅唱段或者独白表现出来,使得戏剧冲突被放大,一方面使人物形象更加鲜明,另一方面也取得了良好的舞台效果。这种内心冲突的立体展现也增强了其戏剧的艺术表现力。

三、特色鲜明的戏剧语言

戏剧语言是决定戏剧作品艺术性的重要因素,是展开剧情、塑造人物的重要手段,是观众与演员心灵接触的重要媒介,可以说,戏剧语言是戏剧的灵魂。亚里士多德说过:"悲剧是对于一个严肃、完整、有一定长度的行动的模仿;它的媒介是语言,具有各种悦耳之音,分别在剧的各部分使用……"[②]中国戏曲自元杂剧开始以来,创作出更加优美华丽的戏剧语言是各个时期剧作家的任务和追求,到了明代,戏剧语言文辞典雅、押韵整齐、对仗工整,产生了《牡丹亭》等优秀作品。近代以来,尽管西方话剧的传入,但传统戏剧这种写意性的语言风格还是被保留了下来。陈彦在其剧作中,一方面继承了中国戏曲写意押韵的创作传统;另一方面又注意戏剧语言的现实性,尤其在现代戏作品中,戏剧语言简明易懂、通顺自然、贴近现实生活,

---

① 陈彦. 陈彦现代戏剧作选[M]. 西安:陕西人民出版社,2006:296.
② 亚里斯多德. 诗学[M]. 罗念生,译. 北京:人民文学出版社,2002:16.

同时运用一些当地口语、俗语和俚语,既符合剧中的人物形象,也增添了舞台审美效果。

1.本色化的人物语言

俗话说,什么样的人说什么样的话。一个人说出的话必然与他的成长环境、教育背景和身份性格有直接联系。因此在戏剧舞台上,戏剧人物说出合适的戏剧语言是十分重要的。通过典型人物的典型语言,不仅使演员能够进入角色,更能够拉近观众与演员的距离,进而感染观众,引发共鸣。《迟开的玫瑰》中,乔雪梅放弃了上大学的机会,留在家里照顾父亲弟妹,在经历了四年的普通生活后,她所说的话也就和柴米油盐酱醋茶的生活息息相关了:

> 乔雪梅　黄瓜长,豆角扁
> 　　　　冬瓜茄子两头圆。
> 　　　　清早去买价难砍,
> 　　　　过了中午半价端。
> 　　　　南边菜市人和善,
> 　　　　斤斤秤杆翘上天。
> 　　　　北边肉市人凶悍,
> 　　　　半斤就短一两三。
> 　　　　那刀光还扑闪闪,
> 　　　　那人的眼光绿如蓝。[①]

这段唱词,简单明了,生活气息浓郁,一方面将雪梅四年来的平淡生活做了高度凝练的概括,另一方面也从侧面塑造了因为没有接受高等教育的普通家庭妇女形象。雪梅生日那天,西装革履的温欣出现在她面前,两人四年生活的差异在对话中显露无遗:

> 乔雪梅　怎么样,听说那边发展很快呀!
> 温　欣　(激情澎湃地)对,发展得很快发展得很快呀!可一回到咱这儿,就觉得憋闷得让人透不过气呀!

---

① 陈彦.陕西省戏曲研究院剧作选(5)[M].西安:陕西人民出版社,2008:204.

乔雪梅　不至于吧，我咋觉得一切都好好的呢。哎，深圳的菜
　　　　得是贵得很？

温　欣　不知道。

乔雪梅　听说一碗面就八块？

温　欣　（随话随答地）噢。

乔雪梅　听说煤也贵得要命？

温　欣　噢。

乔雪梅　猪肉啥价钱？

温　欣　雪梅，咱能不能说点别的。

乔雪梅　噢，咱说点别的。哎，北京人是不是爱储藏大白菜？

温　欣　雪梅，你咋……

乔雪梅　我咋了？

温　欣　没……没咋①

一个是大城市毕业的大学生，一个是西部小城市生活的小市民，四年的时间改变了各自的眼界格局，也改变了性格习惯，尽管两人心里还保有着初恋时的悸动，但沧海桑田确实是不置可否的。面对这样的尴尬局面，二人也只能无奈地唱道："年年今天都见面，一年比一年相认难。年年今天都相伴，一次比一次少波澜。"通过几句台词，就凸显了人物的典型差异和渲染了戏剧氛围，可以说是准确而又形象。

陈彦通过《西京故事》为观众展现了众多阶层：进城打工挣钱追寻城市梦的农民工阶层，祖居大城市的小市民阶层，接受了高等教育的大学生阶层，老一辈的知识分子阶层。为了写出符合人物身份的话语，陈彦多次与农民工同吃同住，观察农民工的生活状态和生活环境，将自己融入农民工兄弟的生活中，因此在《西京故事》中，每个出场人物的话白既贴合人物又生动形象。罗天福初次走入西京城，尽管屋烂身贫但儿女优秀使他能够骄傲得意："别嫌房矮少光线，出门在外百事难。你姐弟都把名牌大学念，是家乡最红最红的红杜鹃。你们就是咱家爆亮的灯捻，你们就是咱家正午的蓝

---

① 陈彦. 陕西省戏曲研究院剧作选（5）[M]. 西安：陕西人民出版社，2008：205-206.

天。"①当罗天福发现女儿捡拾垃圾勤工俭学时，埋怨女儿不该沉默辛苦的同时也对女儿的成熟懂事表示理解，感到欣慰："别难过，莫悲伤，有春绿就会有秋黄。苦日子咱要当歌唱，看天边晚霞正烧出火凤凰。"②当儿子幻想不劳而获，不理解父亲苦衷，甚至离家出走，罗天福尽管伤心欲绝却还是咬牙坚持，他唱道："真想蜷缩进家乡的热炕，真想醉卧在故乡的荷塘。……我真想一卧不起退下场，我真想一病不治皆亡。可老伴浑身病痛谁将养，女儿他毕业尚无落脚方。……一切都不能往下放，老罗的担子还得老罗咬紧牙关往前扛。"③当儿子迷途知返，女儿事业有成，罗天福也完成了自己的使命，面对这座自己打拼过的西京城，罗天福欣慰地唱道："恨你爱你的西京城，四年的收成比半生多。包容是你连天接地的气魄，文明是你千载绵延的品格。老罗走了，舍不得这西京的壮阔，走了老罗，从此乡眠中多了西京城梦一样的生活。"④这些唱词紧紧围绕罗天福的人生经历，把他在各个事件中的内心活动和态度情感清晰流畅地表达出来，使人听来合情合理，拨动心弦。

2.散文诗化的人物独白

在中国传统戏曲中，人物间的对白均是一定程式下的产物，其本身所具备的信息量较小，因此主人公的唱段、唱词绝对是讲述故事情节、抒发内心情感的重要手段。陈彦对人物内心独白的处理一方面继承了传统戏曲写意的优势，也加入了一些现代汉语的修辞和语习，形成了一种独特的散文诗化的风格。他善用多种意象来表达人物内心情感，既写意又写实，既抒情又叙事。《大树西迁》中，苏小枫面对母亲对自己恋情的反对唱道："幸福是心灵的体验，幸福是感觉的琴弦，与川麦心心相印事业共勉，这就是幸福的源泉。"⑤而孟冰茜意识到这是女儿在逼婚时后悔不已，她唱道："别把妈妈心灵揉碎，疼你是妈妈恒定的星辉。想你们所想是妈妈的梦寐，爱你们所爱是妈妈的情归。……跟川麦日子艰苦妈妈补缀，再攀登前路艰辛妈妈助推。望

---

① 陈彦. 陈彦精品剧作选 西京三部曲［M］. 西安：太白文艺出版社，2018：184-185.
② 陈彦. 陈彦精品剧作选 西京三部曲［M］. 西安：太白文艺出版社，2018：204.
③ 陈彦. 陈彦精品剧作选 西京三部曲［M］. 西安：太白文艺出版社，2018：233-234.
④ 陈彦. 陈彦精品剧作选 西京三部曲［M］. 西安：太白文艺出版社，2018：263.
⑤ 陈彦. 陕西省戏曲研究院剧作选（5）［M］. 西安：陕西人民出版社，2008：319.

你们事业有成含英咀华，祝福你们恩爱有加比翼奋飞。"[1]当年老的孟冰茜听过慷慨激昂的秦腔后，回想起自己一家扎根西部多年，她似乎也对人生有了更深的理解："生命是烛光盼闪亮，生命是绿洲盼芬芳。生命是烈焰盼燃放，生命是巨轮盼远洋。"[2]这些人物唱词，或叙事或抒情，同时对仗押韵整齐划一。类似的例子在陈彦的剧作中随处可见，散文诗化的人物独白给观众以审美愉悦，也加深了对观众心灵的冲击。

这种散文诗化的风格在叙事方面也获得了十分新颖和强烈的戏剧效果，例如在叙事中加入时间的渲染。在《迟开的玫瑰》里，面对成才的弟妹，雪梅一连运用了九个"不亏"来叙述十六年来自己的生活历程和牺牲自己换回弟妹成才的美好愿景："弟妹们莫要淌热泪，大姐的人生并不亏。一不亏家遭不幸未崩溃，二不亏手足未散情未摧。三不亏二妹成功弄潮水，四不亏三妹读完博士回。五不亏四弟英才文武备，六不亏老父寿终含笑归。七不亏自修毕业未荒废，八不亏办成公寓济困危。九不亏遇见知音爱相随，许师傅冰心堪与月映辉。"[3]一段唱词，既叙事又抒情，一位平凡而伟大的普通女性形象变得鲜活了起来。在《留下真情》中，金哥几经波折与叶子相会在后山，面对曾经的爱人，他从第一年一直唱到第八年自己去叶子家的遭遇：

  金　哥　千般羞愧欲说难，

      回想起八年好辛酸。

      第一年到你家受尽夸赞，

      说这娃勤奋好学非等闲。

      第二年到你家荷包鸡蛋，

      鼓励娃树大志勇往直前。

      第三年到你家杀鸡摆宴，

      奖励娃考文凭门门过关。

      第四年到你家渐渐随便，

      话里边挑出话人得有钱。

---

[1] 陈彦．陕西省戏曲研究院剧作选（5）[M]．西安：陕西人民出版社，2008：323．
[2] 陈彦．陕西省戏曲研究院剧作选（5）[M]．西安：陕西人民出版社，2008：345．
[3] 陈彦．陕西省戏曲研究院剧作选（5）[M]．西安：陕西人民出版社，2008：245．

> 第五年到你家行走看脸,
> 听的是男子汉腰包得圆。
> 第六年到你家提心吊胆,
> 盘子响碗碟飞坐立不安。
> 第七年到你家门前呼唤,
> 窗缝里飞出话穷鬼少缠。
> 第八年到你家房后干转,
> 一盆花砸得我暗地昏天。①

金哥与叶子相恋八年,因为一事无成,到叶子家受到的待遇也逐年变差,时代转变的印记渗透到大山的中来,婚姻越来越受到多种因素的掣肘。通过这种叙述,我们不光能够清晰地了解金哥的情感遭遇,更是折射出陈彦对时代发展对个体影响的思考。在戏曲舞台呈现上,主人公的大段独白、唱段被称为核心唱段,陈彦通过这段排比句式的诗化押韵唱段,叙述加抒情,强化了金哥的形象,将一个在情感上苦闷无奈的青年形象立体地展现在观众面前,从而引发观众的思考。这种手法在《大树西迁》中表现孟冰倩扎根西部的决心,《十里花香》中表现菊花对林子深厚眷恋,都取得了十分出彩的戏剧效果。

3.生活幽默的人物语言

对于戏曲艺术而言,有一句老话叫"千斤念白四两唱"。这一方面是肯定作为戏曲"四功五法"中念白的艺术操作难度,另一方面也表现出恰当合适的念白是一部优秀戏曲作品的重要组成部分。除此之外,娴熟地运用地方语言也是对一个剧作家基本艺术能力的考验,因为这些语言都经过生活的淬炼,最能代表某一地域的风土人情,也最能牵动观众的神经,引起观众的共鸣。陈彦自幼生活在陕南的大山中,因此掌握了地道的陕南方言,这是他进行戏剧创作的基础和优势。陈彦走出秦岭进入关中,从商洛花鼓创作转向秦腔、眉户等剧种,他的语言宝库也在不断扩充,为的就是在作品中呈现原汁原味、生活地道的陕西方言。而且在其每一部作品中,还加入了生活俗语、

---

① 陈彦.陕西省戏曲研究院剧作选(5)[M].西安:陕西人民出版社,2008:130.

俚语，为百姓喜闻乐见，增添了作品的艺术活力。

《霜叶红于二月花》故事发生在20世纪80年代中期的陕南某山城，因此戏剧人物的语言丰富幽默，极具陕南风味。在人物语言中，话语末尾多加入"哩"字以符合地方语言习惯，甚至有的唱段安排为"一七辙"来配合这种本土语言习惯。剧中钱老头是土生土长的山城人，因此话语中有很多方言词语，"老桄桄子"指老年单身，"烂包"指事情出现问题，"脑壳"是陕南地区对头的叫法，"张八佬"则是形容做事鲁莽，粗心慌张。这些词语听起来新颖有趣，有时还会逗得观众捧腹大笑。

《大树西迁》中，杏花伴随着孟冰茜一家四十年的成长。作为一个地道的关中农村妇女，杏花的淳朴善良、豪爽大气是整个关中人的品貌缩影。这种淳朴的人物形象就是通过她的语言传达出来的，比如第三场杏花一出场便唱道："东边雨，西边云，一跤子跌起来天放晴。压垮的梁柱铆上榫，打散的鸟儿归了林。学生的发条又拧紧，读书一夜成热门。"[①]第四场她出场时唱："手放开，脚放展，一出门大马路也放宽。领口放到了胸脯前，裤脚放过了一尺三，到处都放松又放胆，学校门卫咋这严？"[②]第五场她出场唱："大树遮，小树掩，一片绿网严了老校园。墙外的生意起火焰，院里的日子静如潭。都说导弹比鸡蛋贱，难道学问又窝酸。"[③]三场相似开场白，语言生动细致，表现了一位农村妇女对时事的调侃和不解，唱词非常自然，口语意味十足，充满了乡土气息和生活趣味，同时增添了几分幽默的意味，朗朗上口，韵味十足，杏花身上关中妇女的亲切、直爽便自然流露出来。《西京故事》中的金锁被罗天福询问年龄时，打趣地脱口而出"八十！还差六十四，你算去"，一个娇生惯养、青春叛逆的少年形象立刻被勾勒出来。对于比自己大好几岁的罗甲秀，金锁当着众多人面也毫不保留情感地表达，胡闹似的唱道："不是瞎讲！是《非诚勿扰》《坠入情网》，是《泰坦尼克号》上《爱你没商量》，你家《人在囧途》，我家《阿凡达》，姐姐《要嫁就嫁灰

---

① 陈彦．陕西省戏曲研究院剧作选（5）[M]．西安：陕西人民出版社，2008：306．
② 陈彦．陕西省戏曲研究院剧作选（5）[M]．西安：陕西人民出版社，2008：315．
③ 陈彦．陕西省戏曲研究院剧作选（5）[M]．西安：陕西人民出版社，2008：324．

太狼》……"①金锁的话语充满了单纯与天真，有一种无厘头的意味，将电影名连缀在一起表达内心，显得十分新颖但又并没有脱离人物身份。

陈彦在表现现实生活时尤其注重人物语言的运用，通过个性、自然、生动、形象的戏剧语言塑造人物，加之地方俚语、俗语和口语的帮衬，人物形象立刻鲜活了起来，同时为他的戏剧注入了浓郁的生活气息和鲜明的地域特征。

第四节　陈彦的戏剧创作理论

三十余年的专业编剧身份，陈彦除创作了多部精彩的作品，也在不断思考和探索如何能够创作出无愧于时代和人民的优秀作品。他一边创作一边思考一边总结，阐述自己对创作的感悟和经验，这些所思所想又逐渐灌注到他接下来的戏剧作品中。纵观这些创作杂谈和作品文本，联系陈彦的创作历程和工作实践，我们基本能够一窥他对戏剧创作的想法、定位以及戏剧观。这些零散的反复认知拼凑起来，便构成了陈彦的戏剧创作理论。对于现今的戏剧工作者而言，陈彦的戏剧理论毫无疑问为当代中国戏剧创作提供了极具价值的指导。

一、坚持人民性与时代性的统一

陈彦认为，当代戏剧创作的重要内涵，是要牢牢把握时代性和人民性这两个要点。因此在他创作的所有作品中，戏剧主题和价值取向有意识地，且不停地在向这两个方面靠拢。作为一个剧作家，他清楚地知道只有兼具时代性和人民性特质的戏剧作品才不会昙花一现或者被束之高阁。

中国传统戏曲艺术自从宋代形成以来，历经元、明、清三个封建时代，繁荣昌盛近千年，甚至告别封建帝制后，依然是社会主流的文艺形式。究其原因，就是因为它起源于民间，形成于广大劳动人民的生活之中，并且在人民生活中汲取养料。传统戏曲深深扎根于民间，自始至终与广大人民群众之间有一条天然的精神纽带。陈彦在创作中深知要牢牢把握传统戏曲人民性的

---

① 陈彦. 陈彦精品剧作选 西京三部曲[M]. 西安：太白文艺出版社，2018：188-189.

道理，他谈道："文艺创作，尤其是直接面对受众群体的舞台艺术创作，要想在这个异彩纷呈的世界找到自己的位置，发出自己的声音就必须深切时代脉搏，找准情感突破点，直逼大众心灵。我在创作《迟开的玫瑰》这部作品的时候，正是全国都在写'致富人'、'女强人'和'住别墅'的各类'新贵'的时期……漠视了支撑这个社会大厦的基础——成千上万默默无闻的普通人。"[1]陈彦一以贯之地在其剧作中把握这种人民性与时代性，在事件、人物的选择上，必须进行有价值的艺术甄别。这种甄别在一定程度上就是要考虑人物是不是具有普遍性，能否代表社会中一定数量的人民群众，于此之外还要考虑能否代表时代的主流思想，放在若干年后还能否拥有价值。有些戏剧作品在刚出来时受到极力热捧，名噪一时，但几年之后再拉出来演，就会发现哪哪都别扭。曾经感人的形象让人无感，曾经激烈的情节变得平淡，而那些原来耐人寻味的思考也突然变得索然无味。这是目前当代戏剧创作的通病，也是陈彦坚持戏剧创作必须结合人民性与时代性统一的原因。因为只有这样，戏剧创作才不会流于世俗，不会成为一现即逝的昙花。

二、重视传统文化和民族精神的价值

陈彦在一些公开发言和文章中多次提到当代戏剧创作一定要重视中国传统文化和民族精神的价值。中国传统文化是民族历史上道德传承、文化思想、精神观念形态的总体。而中国传统戏曲本身就是传统文化的重要组成部分，在戏曲中我们可以看到"礼义廉耻"，也可以看到"诗书礼乐"等传统文化，在很长的一段时间，戏曲艺术一直以自己独有的形式传承着优秀的中国传统文化。当代的中国，艺术样式丰富，娱乐活动多样，面对纷繁的文艺环境，剧作家不能随波逐流，必须对传统文化进行冷静地再认识，充分利用传统文化中的价值因子，这些对于讲好中国故事，书写时代人物具有重要的指导作用。

陈彦同样呼吁重视民族精神对戏剧创作的重要性。我们的民族精神是中华民族在长期发展中形成的精神样态，它是种族、血统、生活习俗、历史文化、哲学思想等的综合，也可说是一个民族的心态和存养。民族精神是一个

---

[1] 陈彦. 把握时代脉搏 坚持价值引领[N]. 人民日报，2007-10-20.

民族赖以生存和发展的精神支撑。一个民族，没有振奋的精神和高尚的品格，不可能自立于世界民族之林。在五千多年的发展中，中华民族形成了以爱国主义为核心的团结统一、爱好和平、勤劳勇敢、自强不息的伟大民族精神。中国戏曲艺术自古就有"高台教化"的作用，正是通过教化传达并弘扬熠熠生辉的民族精神。在陈彦看来，创作戏剧就是要通过剧中人物传达民族精神，这也是人物塑造的成功标志之一。在他所塑造的乔雪梅、孟冰茜、罗天福等一批戏剧人物形象中，民族精神的新时代展现永远是这些形象的闪光点。

三、直面市场　善用市场

当代戏剧创作步履艰难，困难重重。尽管陈彦的创作期正值戏剧创作的低谷时代，但他却创造了当代剧坛的辉煌。他既能直面戏曲所面临的困境，又能挖掘戏曲打动人心灵的东西，所以他创作的戏剧获得了久演不衰的市场效应。在这个戏曲艺术逐渐低迷，原创作品良莠不齐的时代，陈彦通过自身的努力，默默奉献三十余年。虽然他的身份在不断改变，但作为一个专业编剧他为观众奉献了《留下真情》《迟开的玫瑰》《大树西迁》《西京故事》等十余部优秀作品。更为难能可贵的是其中多部在十多年后还久演不衰，深受观众的喜爱和追捧，对于一个剧作家来说这种褒奖不亚于获得国家级的大奖。

陈彦的剧作带有强烈的现实主义色彩和时代感，他将自己的人生历程、人生思考和人生感悟融入戏剧创作。陈彦剧作紧贴大地的同时又走进人心，努力发出时代最有价值的声音。他的剧作题材丰富，内容繁多：既有描写农村生活趣事，也有反映都市生活现实；既有历史人物的重塑，也有广大群众的缩影。在他的剧作中，我们能看到身边的人、身边的事。他的作品深深根植于三秦大地的文化精神底蕴之中。他运用现实主义手法反映经济发展变革，塑造时代中的小人物形象。这些形象生动感人，与当下人民生活高度契合，使他当之无愧地成为当代陕西剧坛的领航者。他在创作中牢牢把握戏剧艺术的表现优势，同时在现代戏的创作中融入浓浓的秦风秦韵。虽然是表现现代生活，但在作品中完全继承了传统戏曲的表演程式、舞台调度和叙事手法。正是他几十年戏曲艺术实践的丰富营养使他华丽转身，创作的反映戏曲演员生活的长篇小说《主角》荣获中国长篇小说最高奖——茅盾文学奖。

余 论　丝绸之路与秦腔的形成与传播

遥远的秦地乐曲因素和秦陇民情风俗逐渐融合，促使秦腔逐渐走向成熟。秦风的同仇敌忾，秦声的慷慨悲壮，一直是秦腔的骨魂，直到现在，秦腔仍然具有它远祖的这种精神因子。秦腔从其形成之日起，就沿着丝绸之路一路向西，在秦陇大地繁荣昌盛，又不断与途经之地的民间乐调融合，适应当地人民欣赏习惯，从而传遍青海、宁夏、新疆，成为西北老百姓喜闻乐见的主要戏曲样式。

第一节　秦腔中的西域文化因子

秦腔形成的时间很关键，它形成于唐代。据任半塘先生在《唐戏弄》里考证，唐代戏曲已经相当成熟。此时的戏曲，其实就是后来的秦腔的雏形。清人严长明两度来陕，结识了很多当时的秦腔名家，著《秦云撷英小谱》。其在《小惠》篇云："演剧昉于唐教坊梨园子弟，金元间，始有院本，一人场内坐唱，一人场上应节赴焉。今戏剧出场，必扮天官引导之，其遗意也……陕西人歌之为秦腔。秦腔自唐、宋、元、明以来，音皆如此，后复间以弦索。至于燕京及齐晋中州，音虽递改，不过即本土所近者少变之。"[①]另外，秦腔著名剧作家范紫东先生也认为秦腔主要形成于唐代。他在《乐学通论》中认为："唐明皇设梨园子弟，歌法曲，兼容并蓄，李龟年赋性慷慨，其腔调激昂，引吭遏云，如悬崖瀑布，殊少回旋。《秦王破阵乐》属'秦王腔'，简称秦腔。安史之乱，梨园子弟散走各地，秦腔与民间乐舞相结合，

---

① 严长明. 秦云撷英小谱［M］//陕西省艺术研究所. 秦腔研究论著选. 西安：陕西人民出版社，1983：172.

就逐渐形成了民间的秦腔。""梨园为秦腔及二黄策源之地，开元、天宝为秦腔及二黄发祥之时（公元714—755），李龟年、李鹤年、黄幡绰、康昆仑为秦腔及二黄创造之人。而唐玄宗乃开山之始祖也。流风余韵，千载未沫，余子此三致意焉。"①王绍猷在《秦腔纪闻》中亦云："梨园子弟敷衍故事之剧，从此（指安史之乱）深入民间，歌声彻云，执御之子，扬鞭高歌，牧牛小儿，持挺飞舞，信口摹音，随手仿形，万口一词，八方同调，语用白话，雅俗共赏，秦中歌剧，终唐之世，已奠始基。今日之秦腔，盖亦开天之遗响也。"②

秦腔的伴奏乐器主要有板胡、月琴、京胡、三弦、四股弦等弦乐器，还有唢呐、笙、笛、管、喇叭等管乐器。其中琵琶、二胡等均是来自西域。板胡，又叫秦胡、胡琴，由1、5弦构成，宫商分明，音调清越悠扬，激昂哀怨，是秦腔的指挥乐器。清人杨静亭在《都门纪略》里说："秦腔随唱胡琴，善于传情。"秦腔的伴奏具有极强的胡乐特性，而这些恰恰是唐代西域音乐介入的效果。

泼寒胡戏也和秦腔有些历史渊源。泼寒胡戏，又名乞寒胡戏、苏幕遮，是一种源于西域的大型歌舞表演。唐人慧琳《一切经音义》云："苏幕遮，西戎胡语也，正云'飒磨遮'。此戏本出西龟兹国，至今犹有此曲，此浑脱、大面、拨头之类也。或作兽面，或象鬼神，假作种种面具形状。或以泥水沾洒行人，或持绢索搭钩，捉人为戏。每年七月初，公行此戏，七日乃停。土俗相传云：常以此法攘厌，驱赶罗刹恶鬼食啖人民之灾也。"③由此可见，泼寒胡戏原本是"深目高鼻，多须髯"的胡人一种驱鬼祈福的"乞寒"活动，他们以每年的十二月为年首，在年尾十一月时于道路上鼓乐歌舞，相互泼水为乐，以求来年的平安福禄，带有一定的宗教色彩。任半塘先生认为："《一切经音义》云在七月初，乃据其本土之实况，显然不误。惟在本土已由民俗演化而为戏，入我国后，复完全适应行乐之需，乃配合乐舞，演

---

① 焦文彬. 秦腔史稿[M]. 西安：陕西人民出版社，1987：6.
② 王绍猷. 秦腔记闻[M]//陕西省艺术研究所. 秦腔研究论著选. 西安：陕西人民出版社，1983：10.
③ 焦文彬. 秦腔史稿[M]. 西安：陕西人民出版社，1987：151.

出情节，人马杂沓，绵绣缤纷，更充分戏剧化矣。既不在其土，当不必谨守其俗，于是变驱暑为乞寒，转祛病为上寿，改盛暑为腊尽，都无足异。"①

泼寒胡戏大概在南北朝之际传入中土，最先在宫廷演出，到唐代时已经演变为一种在民间演出的大型歌舞表演。"苏幕遮""苏摩遮""苏莫遮"应该都是胡语的音译，指西域地区的一种帽子，用羊皮制成，在外边涂上油来防水，也是出演泼寒胡戏时所戴的帽子。后来就用"苏幕遮"来泛指泼寒胡戏了。

关于泼寒胡戏的演出情况，《旧唐书》卷九七《张说传》记载："自则天末年，季冬为泼寒胡戏，中宗尝御楼以观之。"《新唐书·睿宗本纪》载："十二月丁未，作泼寒胡戏。"《新唐书·中宗本纪》载："乙丑，幸洛城南门，观泼寒胡戏。"足可见其在唐代已经成为大型歌舞演出，并且一度作为欢迎藩王朝见时的节目。

据《资治通鉴》记载，演出泼寒胡戏时所使用的乐器大致有：大鼓、小鼓、琵琶、五弦、箜篌、笛子。这些乐器演奏出来的曲子均偏向欢快激昂的胡地风格，组合起来就形成豪迈奔放的曲风，而非中原音乐温柔婉转的曲风。此外，《资治通鉴》中还提到泼寒胡戏演出时，有不少演员是不穿衣服裸体而行的，他们一边行进一边用泥水浇灌两旁的道路，这也是吕元泰要求禁泼寒胡戏的一个十分重要的原因："何必裸身挥水，鼓舞衢路以索之！"②

另外，在唐代慧琳的《一切经音义》中又提到泼寒胡戏演出时戴着或像兽面或像鬼神一类的面具，他们有的用泥水泼洒路旁的行人，有的用锁链做捉人的游戏。这样与行人之间调笑打闹，加强了演员跟观众之间的互动。

大概由于泼寒胡戏太过胡地风情，且裸身泼水，于体不雅，多次有大臣上书要求禁止其演出。唐玄宗在开元元年（713）十二月十七日下令禁止泼寒胡戏。然而泼寒胡戏在唐代曾一度兴盛确是不争的事实。它能够如此兴盛，除了上文提到过的演出场面极为盛大和热闹，与观众的互动性强之外，还跟它的演出性质有关，即驱鬼祈福。当时的中书令张说就曾写过一组称颂的诗歌《苏摩遮》：

---

① 任半塘. 唐戏弄［M］. 上海：上海古籍出版社，2006：573.
② 司马光. 资治通鉴［M］. 北京：中华书局，1956：6957.

> 摩遮本出海西胡，琉璃宝眼紫髯胡。
> 闻道皇恩遍宇宙，来将歌舞助欢娱。亿岁乐！
> 绣装帕额宝花冠，夷歌骑舞借人看。
> 自能激水成阴气，不虑今年寒不寒。亿岁乐！
> 腊月凝阴积帝台，豪歌急鼓送寒来。
> 油囊取得天河水，将添上寿万年杯。亿岁乐！
> 寒气宜人最可怜，故将寒水散庭前。
> 惟愿圣君无限寿，长取新年续旧年。亿岁乐！
> 昭成皇后帝家亲，荣乐诸人不比伦。
> 往日霜前花委地，今年雪后树逢春。亿岁乐！[1]

整首诗的主题是宣扬皇恩浩荡，用苏幕遮来为君主祈求增寿。我们知道，无论是多么圣明的君主，总是希望自己可以福寿延年，再加上天朝的君主本就喜好盛大而华美的场面，泼寒胡戏首先在官方是有一定的市场。上行下效，民间也用来驱除鬼神和灾祸，在科学技术十分落后的古代，民众对于这种类似于巫术的活动有着很大的信任，于是泼寒胡戏得以流行起来。直到唐玄宗登基时，急于靠实际的政绩巩固政权，才彻底下令禁止泼寒胡戏。

然而，一切的艺术都不可能因为政治原因被完全禁止。泼寒胡戏的一些内容依然被保留下来：一个即他的音乐，后来以《苏幕遮》的名称作为曲牌词牌而受到乐师文人的青睐；另一个即其舞队"浑脱队"，也作为舞蹈的形式被保留下来。宋代宫廷中的"队舞"中的"玉兔浑脱队"，大概就是它的一种流传吧。

总之，泼寒胡戏作为从异域传入的一种巫戏，以致后来演变为大型的歌舞戏，始终带有浓厚的异域风采，最后虽然被禁止演出，却以各种形式流传下来，显示了其顽强的生命力，这也是唐代国力强盛、民族融合在艺术上的一种体现。

《秦王破阵乐》里的西域音乐因素。《秦王破阵乐》最初是三辅人民的创作，是一出歌颂秦王李世民征伐叛将刘武周的小型秦声戏曲，重在武打和

---

[1] 张说. 苏摩遮. [M]//彭定求. 全唐诗·卷八十九. 北京：中华书局，1960：982.

唱。《新唐书·礼乐志》载："太宗为秦王，破刘武周，军中相与作《秦王破阵乐》。"公元626年，李世民即位后，就把此乐搬入宫中，每次宴饮演出此乐，还作为将士出征前鼓舞士气的军乐。此乐以演唱为主，慷慨雄浑，伴有舞蹈。全剧分三场（即三变），十二阵，五十二编（唱段）。乐器以锣鼓为主，乐调以秦声为主，"杂以龟兹之乐，声振百里，动荡山谷"，雄壮的歌声与鼓点声十分和谐。唐玄宗时，著名乐工李延年、李鹤年兄弟，对此曲作创造性加工，并将此曲再带回民间。

王绍猷在《秦腔记闻》中亦云："梨园子弟敷衍故事之剧，从此（指安史之乱）深入民间，歌声彻云，执御之子，扬鞭高歌，牧牛小儿，持挺飞舞，信口摹音，随手仿形，万口一词，八方同调，语用白话，雅俗共赏，秦中歌剧，终唐之世，已奠始基。今日之秦腔，盖亦开天之遗响也。"[1]

《唐诗纪事》里有一条"胡琴"的记载。《唐诗纪事》卷八记载："子昂入京，不为人知。有卖胡琴者，价值百万。豪贵传视，无辨者。子昂突出，谓右左曰：'辇千缗市之。'众惊问。答曰：'余善此乐。'皆曰：'可得闻乎？'曰：'明日可集宜阳里。'如期偕往，则酒肴毕具，置胡琴于前，食毕，捧琴语曰：'蜀人陈子昂，有文百轴，驰走京毂，碌碌尘土，不为人知。此乐贱工之役，岂宜留心？'举而碎之，以文轴遍赠会者，一日之内，声华溢都下。"[2]

由以上材料可以看出，在唐代，西域和大唐之间的交流，西域音乐传入长安，对秦腔乃至中国戏曲的形成有极大的作用。这点，非常值得我们深入研究。

第二节　丝绸之路在秦腔传播中的作用

众所周知，秦腔发源于陕西、甘肃一带古秦地的民间歌舞，在此基础上经过无数艺人的不断改造而逐渐形成。起于秦汉，发展于唐，成熟于明，繁

---

[1] 王绍猷.秦腔记闻［M］//陕西省艺术研究所.秦腔研究论著选.西安：陕西人民出版社，1983：10.

[2] 计有功.唐诗纪事［M］.上海：上海古籍出版社，1987：102.

盛于清。"秦腔"一词，在现存资料中最早见于明万历间（1573—1620）传奇《钵中莲》，有段唱词注明【西秦腔二犯】，用的是上下句的七言体，说明秦腔在当时不但完全形成，而且传到的江南。秦腔在西北的传播，正是丝绸之路的功劳，顺着丝绸之路，经过清代和民国时期，秦腔传遍了大西北，成为西北人最喜欢的剧种。

一、秦腔在甘肃的传播

秦腔的故乡无疑是陕西，但秦腔在发展过程中又形成了东、西、南、北、中五路，并向四方传播。甘肃秦腔无疑是受到西府秦腔传播的影响而发展、繁盛起来的。陆晖先生言："沿丝绸之路出西安直至陇东、陇西一线，流行于这一带的西府秦腔另有'西路戏''西秦腔'之称。"①尽管对"西秦腔"的称谓还有争议，但甘肃秦腔受陕西秦腔影响应该是不争的事实。甘肃省戏剧家协会原主席王正强在他的专著《甘肃秦腔唱论·引言》中也如是说：

> 作为民族古老文化一体的甘肃秦腔，自也如同黄河之水由西向东而去的流向一样，也由过去"古凉州民习秦声已久，甘州亦然"、"西陲最尚"的甘肃河西中心地带，渐次向"偏于北地"的"陕西腔宗派"汇合。因为，南运商业路线的开通，在促成一度繁荣昌盛的河西走廊惨遭冷遇的同时，相应又使陕西关中成为接受进步文化的"近水楼台"，尽管当中国戏曲真正问世之时，它不再是宋元明清的京畿之地，但在接受外来文化和各种进步文化方面，却较甘肃占据了优越的天时地利条件。因此，不只促使了它的文化从此迅猛地发达进步，而且反转又对地处西陲的甘肃文化进行渗透，这就促使了甘肃秦腔与陕西秦腔的融合。其中至为关键的，就是近百年来甘、陕两省秦腔在艺术上、人才上的频繁交往，有力地充当了两者之间相互学习和相互"合璧"的媒介。②

甘肃的秦腔活动记载，最早出现在清代康熙时期。《甘肃通志》记载，

---

① 陆晖. 丝绸之路戏曲研究 [M]. 乌鲁木齐：新疆人民出版社，2009：133.
② 王正强. 甘肃秦腔唱论 [M]. 兰州：甘肃省文化艺术所，1990：1.

康熙初期，"靖远哈思堡旅社林立，万商云集，城堡内外有大戏两台演出，解旅客之寂寞，活市场之交易，民间传有'日进斗金'之说"。甘肃中部秦腔以兰州为中心，西至河西一带，至少已有三个秦腔职业班社。康熙四十七年（1708），高台乐善堡（大寨子）忠义班重建，乾隆二十五年（1760）敦煌驻军创建营武班，乾隆四十三年（1778）临泽沙和渠主创建秦腔忠义班。到了道光、咸丰以后，甘肃各地陆续组建起秦腔班社，秦腔演出已经较为普遍。其中比较有影响的班社，如兰州的东盛班、福庆班，张掖的王家老班子，武威的富贵班等，演出了很多有影响的剧目。清光绪后期，陕西秦腔艺人进入甘肃，如陕西的名角润润子、李云亭等都到甘肃演出，出现甘、陕艺人同台演出，展示不同流派的秦腔艺术，又促进了交流。

20世纪初期，随着谢玉堂、田德年、李夺山、郗德育等一大批陕西秦腔名家不断到甘肃演出，既对甘肃秦腔造成冲击，也促使陕、甘秦腔的融合。1912年，陕西易俗伶学社的成立，对秦腔进行全面的革新，使陕西秦腔得到大的发展。易俗社改良腔的春风也吹拂到甘肃大地。此时，甘肃各地也纷纷兴办学校、班社培养秦腔人才，如兰州的觉民学社、平凉的平乐学社、敦煌的塞光学社、酒泉的新光学社等，他们大都聘请陕西籍演员做教练，采用陕西改良唱腔作为教材，陕西的新秦腔席卷甘肃。先后到甘肃演出，甚至落户的陕西秦腔名家有李正敏、刘毓中、刘易平、何振中、沈和中、耿善民、汤秉中等，其中对甘肃秦腔影响比较大的是刘毓中、沈和中和何振中。

"衰派老生一绝"，这是京剧大师马连良对秦腔表演艺术家刘毓中的评价。刘毓中（1896—1982），字秀山，出生于陕西临潼雨金粉刘村一个农家，十四岁曾在临潼雨金镇杂货铺当学徒。受其父亲刘立杰（艺名木匠红，著名秦腔须生）的艺术熏陶，刘毓中酷爱戏剧，1912年冬，十六岁的他考入陕西易俗伶学社学艺，为该社第二期学生。由于他勤学苦练，锲而不舍，很快成为秦腔须生中文武兼备、黑白不挡的著名演员。刘毓中被誉为秦腔须生"泰斗"。他曾演出本戏一百多出，为观众所称道的拿手戏就有二十多出，塑造了许多栩栩如生、性格各异的艺术形象。他的老生戏有《烙碗计》之刘子明，《卖画劈门》之白茂林，《走雪》之老曹福，《大报仇》之刘备，《八义图》之程婴，《三滴血》之周仁瑞；正生戏有《春秋笔》之吴承恩，

《出汤邑》之伍子胥，《串龙珠》之徐达；还有小生戏《周仁回府》之周仁（著名秦腔表演艺术家李易平先生表示刘毓中《周仁回府》中的一出戏，令他佩服得五体投地）。特别是在历史剧《韩宝英》中他扮演的石达开，在《大渡败师》一场中他继承了秦腔传统靠甲戏的技巧，又吸收了京剧武打的套路，将它们融为一体，为秦腔须生的武打技巧创出了新路。他在《殷桃娘》中扮演楚霸王项羽时，运用红生行当的特点，吸收花脸的唱念及功架，化妆、冉口、服装都做了较大改革创新，誉满西安，曾有"活霸王"之称。由于他几十年不断刻苦钻研，精益求精，不但发展了秦腔表演艺术，而且创造了自己独特的艺术风格，深受广大群众赞赏。我国的许多艺术大师对他的表演给予很高的评价。梅兰芳为他题词，欧阳予倩为他题诗，荀慧生为他两次作画。他的表演风格极大地影响了同行后辈，在秦腔艺术领域里，可以说是独领风骚七十年。

沈和中（1900—1966），秦腔演员，陕西咸阳人。易俗社第一期学生，师承刘立杰、李云亭、唐虎臣等，工文武小生。他天赋条件好，身材修长，扮相英俊，音域宽厚，吐字清晰。他与刘箴俗多次配合演出生旦戏，可谓珠联璧合，效果特佳。1921年，随易俗社到武汉演出，在开幕式上，他与刘箴俗合演《女大王》，配合默契，深受武汉观众的喜爱。在《蝴蝶杯》里扮演田玉川、《青梅传》里扮演张介受、《玉镜台》里扮演的温峤、《殷桃娘》里扮演韩信等主要角色都较为成功，受到观众的广泛赞赏。1922年离开易俗社，赴兰州搭班演出。1928年，在西安反日同盟举行的游艺募捐活动中，他与刘毓中、王秉中等合演《黄鹤楼》，由于他表演传神，具有"活周瑜"之称。之后，他又再次到兰州，并组建中兴社，汇集很多秦腔名家，对推动兰州的秦腔艺术起到很大作用。1949年后，沈和中参加了甘肃省文工团。1955年获得甘肃省第一届戏剧观摩演出大会奖。1962年回西安参加易俗社成立五十周年的纪念活动，再次和刘毓中、王秉中合演《黄鹤楼》，与李可易、孙省国合演《辕门射戟》《激友》等名剧，深受观众喜爱，认为他尽管年逾六旬，但功夫不减当年。1966年，他在兰州病逝，享年六十六岁。

沈和中的表演细腻传神，气质朴素自然，音域宽厚甜美，他不仅天生条件好，而且善于钻研，从京剧、眉户等其他剧种吸取营养，以丰富自己的表演艺术。如他表演的武生戏《独木关》，胡品三在《易俗社顾曲记》中说："京门舞台沈华轩、杭州丹桂舞台高三魁等，不敢以此剧问世，而沈和中能以秦腔改演京调，很是不易。"他多才多艺，不仅擅长演文武小生，而且能扮演老生、须生，如他在《四进士》里扮演的宋士杰，在《三滴血》里扮演的周仁瑞，在《烈火扬州》里扮演的李庭芝、《韩宝英》里扮演的石达开、《满江红》里扮演的岳飞，他还在丑角戏《鸿鸾禧》里扮演了金松等角色，这些角色都被他塑造得栩栩如生，各有其性格，切合人物身份。新中国成立后，他还在现代戏《白毛女》《保卫村政权》《梁秋燕》等剧中扮演主要角色，都给观众留下了深刻的印象。尽管他在1922年就离开了易俗社，但他在易俗社练就的艺术功底却跟随其一生。

何振中（1908—1976），秦腔演员，陕西长安县人，工旦角。1921年，十三岁的何振中，因家境贫寒而入榛苓社学艺，拜张海牛、王果和曾建堂等老艺人为师，学习小旦、青衣和武旦行当。老师教导他："要当个好演员，想唱一辈子戏，必须先练好功。"在三年学习期间，他总是起早贪黑，勤学苦练，比别人下的功夫大，吃的苦多，他练唱也是不遗余力。他在榛苓社是一边学习一边演出，学戏刚满三个月，就登台演戏，开始时演的剧目有《花亭会》《小放牛》等，初露出其超人的艺术才华。1925年，何振中科班毕业，仍在榛苓社演出，这时他演出的剧目有《游西湖》《五典坡》《女丈夫》《红叶诗》等。后来，他随着榛苓社到关中各县演戏，走乡串镇，流浪糊口，演了几年，因军阀混战，无法维持生活，又回到西安。经李逸僧先生的介绍，加入三意社，而且在李先生的指点下，他在艺术有了进一步的发展，成为三意社的台柱子，被赞为："碧梧鸣凤，翠柳啼莺；壮士闻歌，默默无声。"

1933年前后，何振中西走甘肃、宁夏一带，在兰州等地演出，受到广大观众的喜爱。后来，因军阀逼迫，他不愿意在兰州待下去了，又回到了家乡西安。一段时间，他苦闷极了，想到华山上去出家，但戏曲艺术仍然活在他的心里，使他无法割爱，哪个班社来请他，他就去搭班演出。这个时期，他几乎走遍了关中各县镇。不久，他又上兰州创办振兴社，自任社长，接去了一批名演员，其中有高符中、耿善民、晋福长等，轰动了这皋兰山下、黄河之滨的山城兰州。但美景不长，又因国民党军队捣乱，剧社解散，他又回到西安。在西安演了一段时间，他不甘心以往的失败，和舞台美术家陶渠又西去兰州。这次西去兰州，他带有电光布景，在兰州影响甚大，从此，西路的剧社也开始搞起布景了。何振中时常西去，到处奔波演戏，几经浮沉，受尽磨难，直到1947年才回西安定居，参加尚友社，从而结束了他颠沛流离的苦难生活。

1949年，西安解放。1952年何振中参加全国第一届戏曲观摩演出大会，1953年又赴朝鲜为志愿军演出。1956年，他荣获陕西省第一届戏剧观摩演出大会奖状和演员一等奖。1956年以后，他积极参加发掘传统剧目遗产的工作，演出了《玉虎坠》《三娘教子》《赶坡》《游西湖》《抱斗》《黄河阵》《对银杯》和《五典坡》前后两本，被选为西安市人民代表、尚友社副社长。在十年"文革"中，何振中被戴上反动权威、大戏霸等帽子，遭到揪斗、凌辱，1976年打倒"四人帮"之后，他第二次获得解放，刚准备以有生之年，为秦腔艺术再尽自己一份力量的时候，病魔却夺去了他的生命，享年六十八岁。

正是有像刘毓中、沈和中、何振中等秦腔艺术家到甘肃演出、落户甘肃，带动了甘肃秦腔艺术的不断发展。新中国成立后，甘肃秦腔在基本遵循陕西戏路的基础上也有新的突破，甘、陕艺术交流、融合，共同探索着秦腔的发展新路，正如慧钵在《兰州秦剧二十年的概述》一文中所总结的："1918年我在兰州中学就读的时期，兰州有秦腔三班，分为三派，一是甘肃派，一是陕西派，一是陕甘合组派。……到1921年以后，有西安易俗、三意、正俗等社的演员和学生，先后到甘肃来演出于各剧社，才带来了许多经过改良的剧本。由此甘肃的秦剧，焕然一新，所有过去的一切腔调音效动作剧情，都改正了不少。这时纯粹的甘肃派已不存在，只有陕西和陕甘合派这两派了，一直到现在十几年来兰州的秦剧进步可以说是一日千里了。"[①]这段话非常公允，基本概括出经过丝绸之路，秦腔在甘肃的传播过程。

---

① 晓亮，杨长春，傅晋青，等．秦腔流播［M］．西安：太白文艺出版社，2010：79．

二、秦腔在新疆的传播

秦腔以兰州为中心,分别北上传入宁夏,向西南奔上青藏高原进入青海,沿着河西丝绸古道传入新疆。乾隆二十四年(1759),清朝平定了大小和卓叛乱,维护了新疆的稳定和统一,内地各省区大批汉族军民(其中不少是陕甘晋籍的官吏、军人、农民、商人、艺人及其家属)来到新疆,不仅使新疆地区的经济得到了长足的发展,而且内地的许多文化活动也被带进了新疆。秦腔首先落户新疆东大门哈密。《清实录》记载,乾隆四十年(1775),哈密就有秦腔戏班演出。秦腔传入迪化的时间,应当在清政府大规模开发迪化之后。乾隆四十一年(1776),来自津、晋、陕、湘、川、甘等地的商人在奇台古城行商,热闹空前。"由此,而使古城发展成为向周边各地行商的中心。之后,约在清同治年间(1862—1874),在陕西商号'复顺王'掌柜梁炳卿的支持下,由陕西会馆从关中搬来把式(演员、琴师、司鼓等)购置戏装道具,正式开戏。戏班多演整本的秦腔(大戏),有时也换换口味,演几折眉户戏,曾风靡一时。"[1]秦腔传入新疆首府乌鲁木齐的时间应在乾隆三十年(1765)之后。"清政府下令将甘肃与新疆接壤的居民,迁移到乌鲁木齐开垦。随着各种屯田制实施,其家眷、亲属、同乡等也相继川流不息进入屯区,随之而来的人流中,各种工匠、商人、戏曲艺人等也来垦区入驻。据张掖、酒泉《戏曲志》记载:这两地各县在清初便村村有戏班,人人喜秦音,已养成一种乡俗民俗。因而他们移居昌吉一线垦区难免不把这一带的文化习俗带入新区。自迪化新城建成以来,城区就出现了秦腔戏班。"[2]但乌鲁木齐出现秦腔戏班据史料所载却是光绪十六年(1890)的事。据《乌鲁木齐市志》记载:"秦腔最初是由个体艺人在街头卖唱,由于击打拉唱,节奏明快,粗犷有力,人们俗称'老桄桄'或'桄桄戏',进而组成自乐班。秦腔自随着军屯、民屯、商贸迁眷传来迪化,自乐班和个体艺人游走各地卖艺这样的组织形式出现,直到清光绪十六年(1890),在迪

---

[1] 陆晖.丝绸之路戏曲研究[M].乌鲁木齐:新疆人民出版社,2009:141.
[2] 晓亮,杨长春,傅晋青,等.秦腔流播[M].西安:太白文艺出版社,2010:140.

化城由甘肃艺人吴占鳌把流散的秦腔艺人组织起来成立'新盛班'。"①之后，由陕、甘、晋三省会馆将流入新疆的秦腔艺人充实其中，还招收培养当地演员。1917年，由陕西会馆出面，联合晋、甘会馆扩大该社规模，并更名为"三合班"，从西安买来戏箱，在乌鲁木齐设有专门演出的剧场。主要演员刘芳（须生）、朱留子（须生）、陈留子（花脸）、李德福（青衣、正旦）、三大王（大花脸）、王保顺（丑角）、党金贵（全能）等都是陕西籍，他们为秦腔在新疆传播作出了很大的贡献。

另外，使秦腔在新疆传播功不可没的还有新疆生产建设兵团猛进秦剧团。该团的前身是1940年在河南渑池由国民党第十七军十七师组建的秦剧团，其中著名演员有肖若兰、严振俗等。几年后该团解散，1948年在陕西周至再次组建，名角有秦腔表演艺术家苏蕊娥、肖若兰等。1950年，在王震将军的关怀下，该团改编为中国人民解放军第六军第十七师政治部猛进秦剧团。几十年来，该团"坚持为新疆各族人民服务的方向，演出足迹东至巴里坤草原、西到伊犁河畔、南行昆仑山脚下、北达阿尔泰山区，遍及新疆天山南北及西北省区，他们赴中印边界慰问边防官兵，到青海冷湖、甘肃玉门油田慰问演出。先后上演了数百个秦腔剧目……特别是该团排演了不少反映哈萨克、维吾尔族人民生活的秦腔剧，为民族团结作出了很大贡献"②。该剧团的台柱子也大多来自陕西，如郭孝民是陕西周至人，邸德民是陕西西安人，王省民是陕西渭南人，曹玉民是陕西合阳人，常新智是陕西大荔人，何玉琴是陕西长安人，苏玉琴是陕西西安人，等等，充分说明陕西秦腔艺术家在秦腔传播过程中所起的巨大作用。哪里有陕西人哪里必然有秦腔，因为秦腔是陕西人的灵魂。

清代是秦腔的繁盛期，不但以西安为中心组建了很多班社，辐射到西北，而且向全国传播，对很多新剧种的形成起到了很大的促进作用。正如戏曲研究专家齐如山在《中国戏曲源自西北》一文中所说："研究戏剧，须到西北去，因为各种戏剧的起发点，都是来自陕西，即现在的昆曲、弋阳腔，都是来自西北。大凡梆子腔调，亦是来源于陕西的秦腔，如山西蒲州梆子、

---

① 陆晖.丝绸之路戏曲研究［M］.乌鲁木齐：新疆人民出版社，2009：144.
② 晓亮，杨长春，傅晋青，等.秦腔流播［M］.西安：太白文艺出版社，2010：145.

代州梆子、河北梆子、老梆子、山东曹州梆子、青州梆子、河南梆子，都是由秦腔演变而来。其实不止这些，如四川云贵梆子、江浙的南梆子等等，都是源于秦腔。即使广东、福建的老戏，也含有梆子的意味，大概亦是由陕西传到四川、云贵，由云贵传到两广。"[①]秦腔从它的产生地陕西，向四面传播，在所到之地又与当地音乐结合，促成新的剧种产生，所以齐如山先生的论断是有一定的道理的。秦腔在西北主要通过四种途径传播：第一，秦晋商人的商业活动，这客观上促使了秦腔的传播。从明中叶前后随着手工商业的迅速发展，秦晋商人遍布全国，随之产生商业运作和娱乐的需求。他们在行商的大都市都建有行会性质的会馆，会馆里都建有戏台，时常请秦腔班社来演出，促使秦腔在当地的传播。第二，明末农民起义军的传播。据清人陆次云《圆圆传》载："李自成入北京，召陈圆圆歌唱，自成不惯听吴歌，遂命群姬唱'西调'（即秦腔），操阮筝、琥珀，自成拍掌和之，繁音激楚，热耳酸心……"再如《张掖县志》记载："崇祯十六年（1643）李自成派部将贺锦率部西征，一路直捣甘州，战七日城破，贺锦置官吏守甘州。"由于李自成的军中多陕西人，喜欢家乡戏曲，并把秦腔作为军乐，随军演唱，从而使秦腔随着军队的行动传播各地。第三，秦腔艺人的出外演出。从清初起，陕西的秦腔班社东出潼关，西至新疆，南到广州，到处演出，促使了秦腔流布各地。第四，军垦、民垦使大量的陕、甘人迁移到新疆，也把当地的戏曲带到了新疆，促进了秦腔在新疆的传播。

总之，秦腔由陕西出发，顺着丝绸之路，经甘肃，直达新疆，融入西域音乐因素，再流播整个西北，唱响整个西北。由此可以看出，丝绸之路在中华文化交流史上的伟大业绩！

---

① 束文寿. 京剧声腔源于陕西[M]. 西安：太白文艺出版社，2011：75.

附录一　秦腔主要剧目

秦腔剧目非常丰富，总数量估计有8000余种，可谓中国戏曲文学中十分宝贵的一笔财富。

20世纪五六十年代，根据中央指示，西北五省文化部门对秦腔剧目进行了抢救性整理，仅陕西省境内各路秦腔剧本就抄存了3000多本，其他如甘肃抄存了1500余本，青海、宁夏、新疆也抢救整理大量剧本，加之新编的，最少也有6000余种。这些剧目题材广泛，从神话传说故事，到现实生活，丰富多彩，琳琅满目，代表了秦腔文学的最高成就。按题材，可将秦腔主要的剧目分为以下几类：

上古故事戏：有《射九阳》《嫦娥奔月》《万宝袋》《收三苗》等。

先秦故事戏：有《黑逼宫》（又名《开国图》）、《斑衣记》、《进骊姬》、《反冀州》、《抱火斗》、《反五关》、《炮烙柱》、《龙凤剑》、《太师显圣》、《三山关》、《乌鸦阵》、《斩三妖》、《李广》、《催贡》、《无影簪》、《斩李广》、《百里奚》、《太师回朝》、《绝缨会》、《文昭关》、《摘星楼》、《浣纱女》、《刺王僚》、《孙武子演阵》、《文王哭狱》、《访西施》、《豫让割袍》、《孙庞斗智》、《万仙阵》、《庆阳城》、《碧天院》、《赠绨袍》、《白鹦鹉》、《刺侠累》、《碧游宫》、《桑园会》、《蝴蝶梦》、《敲骨术金》、《芦花计》、《绝龙岭》、《羊角哀》、《小儿难孔子》、《黄河阵》、《进褒姒》、《收灶王》、《卧薪尝胆》、《三迁教子》、《会孟津》、《广成子骂阵》、《渭水河》、《李刚打朝》、《群仙阵》、《崤山战》、《绍绫卷》、《打芦花》、《破渑池》（又名《定五岳》）、《清河桥》、《七箭书》、《过沙江》、《烟火墩》、《黄金台》、《收梅山七怪》、《淮都关》、《伐子都》、《回斗关》、《金桃会》、《八义图》、《挂图》、《专诸刺僚》、《战潼关》、《美人图》、《铁兽图》、《大劈棺》、《蛟龙驹》、《蔽尘帕》、《太和城》、《临潼斗宝》、《出樊城》（又名《出棠邑》）、《湘江会》、《刺庆忌》、《出汤邑》、《崔子弑齐》、《出庆阳》、《国士桥》、《五雷阵》、《杀狗劝妻》、《海潮珠》、《四大夫伐齐》、《火烧绵山》、《采桑》、《刺秦王》、《哭秦廷》、《荆轲刺秦》、《封相》、《孟姜女》、《追韩信》、《打城隍》、《宇宙锋》、《张良刺秦》、《九战章邯》、《鸿门宴》、《伯牙奉琴》、《伯牙摔琴》、《韩原山》、《火化纪信》、《广成通霸》、《马陵道》、《九里山》、《六义图》、《和氏璧》、《子期论琴》、《魁星卷》、《函谷关》、《打张仪》、《大郑宫》、《兰家庄》、《滚楼》、《激友》等120多本。

两汉故事戏：有《未央宫》《马前泼水》《盗宗卷》《上元夫人》《药酒台》《棘阳关》《剐王莽》《散潼关》《草桥关》《上天台》《赵五娘》《淮河营》《斩韩信》《渔家乐》《收岑彭》《东海黄公》《陌上桑》《曹献剑》《陈平保国》《盗金冠》《龙床剑》《马武考文》《玉虎坠》《劈寒犀》《玉梅绦》《斩经堂》《斩门官》《马武夺元》《解刘秀》《取洛阳》《走南阳》《青冢记》《昭君出塞》《苏武牧羊》《昭君和番》《龙凤旗》《双八卦》《二龙山》《白阳河》《姚期打朝》《碧玉环》《姚期招亲》《双贤一孝》《两合关》《琴操》《汉班超》《忠孝贤》《陈兴打娘》《安安送女》等50多本。

三国戏：有《桃园结义》《三顾茅庐》《舌战群儒》《定军山》《连环计》《白马坡》《三让徐州》《光武山》《青梅宴》《三闯辕门》《衣带诏》《破汝南》《怒斩于吉》《考于吉》《跳马澶溪》《回荆州》《丹阳郡》《三闯挡夏》《鼓滚刘封》《博望坡》《黄鹤楼》《取四郡》《取桂阳》《火烧赤壁》《三战吕布》《吕布戏貂蝉》《虎牢关》《断百案》《凤仪亭》《献西川》《截江》《讨荆州》《三气周瑜》《芦花荡》《落凤坡》《大报仇》《金雁桥》《赵颜求寿》《古城会》《白帝城》《马超哭头》《活捉潘璋》《水淹七军》《哭灵牌》《过巴州》《出五关》《八阵图》《别宫祭江》《五丈原》《骂王朗》《祭灵》《铁笼山》《割麦装疯》

《华容道》《渡阴平》《江油关》《单刀会》《哭祖庙》《战绵竹》《取长沙》《西凉遇马超》《淹下邳》《斩马谡》《汜水关》《哭刘表》《斩华雄》《斩郑文》《战马超》《如意带》《困土山》《屯土山》《辕门射戟》《战渭南》《白门楼》《取成都》《战宛城》《反西凉》《打黄盖》《群英会》《截江救主》《长坂坡》《借赵云》《荆州堂》《金雁桥》《大破黄巾》《空城计》《失街亭》《张飞拆书》《白逼宫》《荐诸葛》《收姜维》《天水关》《徐母骂曹》《姜维推碑》《关公显圣》《关公斩赤龙》《关公挑袍》《辞曹挑袍》《红逼宫》《击鼓骂曹》《张飞卖肉》《葫芦峪》《七擒孟获》《征南蛮》《祭长江》《祭东风》《祭灯》《诸葛吊孝》《诸葛亮招亲》《虎头桥》《五路伐蜀》《诸葛观星》《江东》《刮骨疗毒》《许田射猎》《许田追鹿》《神亭岭》《指关卖娃》《柴桑关》《伐吕蒙》等120多本。

两晋南北朝戏：有《春秋笔》《蛟龙驹》《六部审》《温太贞》《一两漆》《九莲灯》《哭道亭》《胭脂襦》《麟骨床》《九华山》《反亳州》《刘裕逼宫》《白雀匦》《拷冯庆》《双逼宫》《娄昭君》《伐北齐》《王敦篡位》《桑园寄子》《忠孝图》等20多本。

隋唐五代戏：有《哭杨广》、《淤泥河》、《男起解》、《三挡杨陵》、《秦王破阵》、《金堤关》、《望子楼》、《秦段争亲》、《临潼山》、《斩雄信》、《金琬钗》、《打临洮》、《药王卷》、《金刚庙》、《白良关》、《拾鞋》、《三劈老君堂》、《取帅印》、《摩天岭》、《宫门带》、《乾坤带》、《光武山》、《南阳关》、《董家山》、《棋盘山》、《马上缘》、《闹花灯》、《阳和摘印》、《夜打登州》、《刘交抢亲》、《三省庄》、《四杰村》、《九焰山》、《白鹿原》、《四望亭》、《扬州擂》、《观阵》（又名《打登州》）、《全家福》、《宏碧缘》、《卖人头》、《米粮川》、《满园春》、《虹霓关》、《金马门》、《百花亭》、《百花诗》、《文斩单童》、《武斩单童》、《少华山》（又名《富贵图》）、《罗通扫北》、《赤水驿》、《女逼宫》、《胭脂关》、《万福莲》、《刺目劝学》、《大登殿》、《五典坡》、《战洛阳》、《游六殿》、《御果园》、《洪江记》、《秦琼表功》、《秦琼卖儿》、《上元驿》、《困重台》、《秦琼认姑》、《吊打秦琼》、《秋风扇》、《封王》、《擒五侯》、《五龙斗》、《十道本》、《东宫扫雪》、《蝴蝶媒》、《麒麟山》、《寿山会》、《打刀》、《薛刚反唐》、《赤金镯》、《九连珠》、《孔家山》、《翠华宫》、《九宫桥》、《醉写》、《杀乐女》、《醉写吓蛮》、《端午门》、《大闹花灯》、《望儿楼》、《望景塔》、《七星庙》、《三劈关》、《游月宫》、《白虎堂》、《四平山》、《鸡爪山》、《九燕山》、《十里铺》、《海中楼》、《困王山》、《二度梅》、《薛刚打朝》、《薛刚祭坟》、《秦琼起解》、《秦琼打擂》、《铁钉床》、《秦英征西》、《曲江打子》、《薛强接彩》、《薛强回国》、《阳河托印》、《水门楼》、《金水桥》、《打金枝》、《罗成叫关》、《罗成捎书》、《牧羊圈》、《解薛刚》、《如意钩》、《移花接木》、《访白袍》、《送京娘》、《汾河湾》、《芦花河》（又名《女斩子》）、《雁塔寺》、《界牌关》、《杀四门》、《回龙阁》、《盘山》、《高平关》、《沙陀国》、《沙陀搬兵》、《救主》、《斩秦英》、《马踏五营》、《困铜台》、《汴梁图》、《李三娘》、《白兔记》、《观兵书》、《董家桥》、《打瓜园》、《打龙棚》、《黄巢起义》等160多本。

两宋戏：有《斩黄袍》《卖华山》《梅绛雪》《老辕门》《镔铁剑》《梅鹿镜》《索烙镜》《香毛带》《佘塘关》《陈桥兵变》《杨八姐闹馆》《碧玉簪》《竹林计》《下南唐》《小别母》《二王图》《七星庙》《夜明珠》《玉阳山》《刘金定别母》《下河东》《女杀四门》《双锁山》《石合计》《九华山》《五子魁》《花钱袋》《苦节传》《两狼山》《金沙滩》《鸳鸯误》《波二府》《阴送》《挡马》《飞龙策》《阴功传》《四郎探母》《五郎出家》《六郎坐帐》《七郎打擂》《八郎捎书》《五台会兄》《探地穴》《昊天塔》《红火棍》《打焦赞》《孟良跑山》《辕门斩子》《穆柯寨》《洪羊峪》《雁门关》《一度梅》《白龙关》《花柳林》《刀劈韩天化》《狄青借衣》《烈火旗》《琼林宴》《打砂锅》《天门阵》《四素》《清素庵》《穆桂英》《核桃园》《传枪》《北天门》《彩楼记》《木兰寺》《背靴》《二天门》《告御状》《精忠报国》《洪羊洞》《大闹相国寺》《朱仙镇》《玉仙塔》《牧虎关》《审潘洪》《雁门关摘印》《清官

册》《破洪州》《太君辞朝》《铁角坟》《赤桑镇》《明公断》《打銮驾》《铡美案》《游西湖》《红梅阁》《赛琵琶》《香联串》《铡赵王》《欧子英摆擂》《拜月亭》《五花洞》《烙碗计》《火化司马庄》《双钉计》《灭方腊》《铡判官》《探阴山》《乾坤鞘》《红灯计》《路遥知马力》《五虎平蛮》《九头案》《借衣》《八件衣》《抱妆盒》《火焰山》《火焰驹》《勋天关》《狸猫换太子》《血手印》《天仙帕》《杨八姐打店》《石佛口》《打秦》《花蝴蝶》《破金鳌》《青风亭》《搬场拐妻》《卖胭脂》《打花枝》《三难新郎》《武松打店》《翠屏山》《绣花袍》《巧连环》《打祝庄》《得胜图》《大明府》《收关胜》《永寿庵》《鲤鱼峡》《李陵碑》《攥御状》《拷寇》《草坡面理》《醉打山门》《牛头山》《八大锤》《神州擂》《蔡家庄》《回府刺字》《风波亭》《虎囊弹》《桃花山》《花田错》《胡迪骂阎》《吕蒙正赶斋》《宋江杀楼》《十字坡》《乌龙院》《鸳鸯楼》《蜈蚣岭》《八仙寿图》《活捉三郎》《斩侯英》《打洞房》《夹马河》《挑滑车》《镇澶州》《红桃山》《洞庭湖》《庆顶珠》《杀船》《汤怀自刎》《枪挑小梁王》《潞安州》《白水滩》《盗银壶》《陈姑赶船》《血手印》《时迁偷鸡》《独占花魁》《二龙山》《东平府》《牛皋批旨》等180多本。

元明清戏：有《九江口》《串龙珠》《兴隆会》《无影剑》《千里驹》《广泰庄》《百凉楼》《破宁国》《白玉钿》《香莲佩》《采石矶》《取金陵》《花云带箭》《百花亭》《福寿图》《挡亮》《柳河川》《八达岭》《梵王宫》《对银杯》《游武庙》《阴阳河》《永乐观灯》《对菱花》《贩马记》《三笑缘》《珍珠衫》《折桂斧》《梅龙镇》《三娘教子》《周仁回府》《三疑计》《香罗带》《斩李文忠》《鸳鸯坠》《斩莫成》《燕王破南京》《柳林会》《打严嵩》《于将军传》《四进士》《日月图》《卖画劈门》《忠保国》《大保国》《二进宫》《三打洞》《闹严府》《三上殿》《群英会》《玉凤楼》《广寒图》《三上桥》《马芳围城》《江东桥》《汲水》《肉龙夫》《忠义侠》《比翼鸟》《日月图》《走雪山》《意中缘》《忠孝图》《地风剑》《白玉楼》《春秋配》《女秀才》《苦节图》《双合进京》《玉龙钗》《广泰庄》《斩杨继盛》《药茶计》《鄱阳湖》

《黑叮本》《双贵图》《定盘珠》《蝴蝶杯》《关王庙》《烈海驹》《吉庆图》《白水滩》《顶砖》《百凤图》《鸡鸣山》《合凤裙》《双相容》《玉婵钗》《穷人计》《玉龙配》《孝廉卷》《乾坤报》《两不爱》《黄天荡》《洪山起义》《脱龙带》《铁冠图》《通天河》《通天犀》《六月雪》《康义卖桃》《双罗衫》《水化太平庄》《康熙王游陕西》《玉堂春》《祥麟镜》《背娃进府》《陈三两告状》《兰家庄》《剪红灯》《芙蓉剑》《三节义》《十五贯》《四莲梦》《七人贤》《白玉罗帕》《风云驹》《金钟罩》《滚钉板》《山海关》《九更天》《呢喃阁》《法门寺》《红门寺》《打金川》《上媒山》《飞天人钉娘》《拾玉镯》《三搜府》《一串珠》《考文》《八腊庙》《九龙杯》《帝王珠》《明月珠》《连环套》《珍珠塔》《梅花岭》《桃花案》《阴阳树》《恶虎山》《石墨镜》《蛟龙帕》《访苏州》《庚娘传》《雷火珠》《风萧媒》《收莫木西》《铁公鸡》《王元征兆》《盗御马》《碧天纱》《日月楼》《红衣计》《玉凤簪》《皇姑打朝》《双世缘》《珊瑚鱼》《宁武关》《东皇庄》《争龙寺》《乾隆杀花子》《困龙寺》《马芳困城》《哭五更》《百宝箱》《雅观楼》《乾隆下江南》等200多本。

神话戏：有《祭塔》、《劈华山》、《清石山》、《卖饽饽》、《万寿图》、《天河配》、《白猿脱壳》、《悟空盗府》、《二郎劈桃山》、《白蛇传》、《过沙江》、《槐阴树》、《水帘洞》、《征北海》、《大赐福》、《天官赐福》、《五福堂》、《斩三妖》、《封财神》、《青狮吐八宝》、《判官磨镜》、《白草山钉缸》、《鲤鱼跳龙门》、《钟馗嫁妹》、《阴阳河》、《司马貌告状》、《火焰山》、《闹天宫》、《花果山》、《五行山》、《降五魔》、《哭侧厅》、《反天宫》、《江流认母》、《闹地府》、《高老庄》、《无底洞》、《十万金》（又名《李翠莲》）、《沙挤别》、《白虎岭》、《白骨山》、《五庄观》、《金钱豹》、《收红孩》、《白龙潭》、《通天河》、《竹子城》、《盘丝洞》、《盗芭蕉扇》、《盗魂铃》、《稀天洞》、《真假美猴王》、《牛郎织女》、《八仙过海》、《蓝桥相会》、《张羽煮海》等60余本。

朝代不明一百本（实列五十本）：有《小放牛》《钉缸》《背板凳》

《小过年》《状元谱》《铁弓缘》《桃花岸》《老少换》《万花船》《三世修》《四劝》《瓮城子》《小寡妇上坟》《九件衣》《送银灯》《紫霞宫》《串龙珠》《丑配》《跪楼》《药茶记》《张连卖布》《翠香寄柬》《相面》《十八扯》《温凉盏》《小姑贤》《隔门贤》《拾萧金》《捉鹌鹑》《打面缸》《顶灯》《双摇会》《大观灯》《亲家打架》《九件衣》《王婆骂鸡》《错中错》《大割脚》《看女》《杨三小》《西湖主》《血换布》《当皮袄》《香山射技》《花换布》《二姐娃逛会》《袁文晋降妖》《丑别窑》《游花园》《拉骡子》等。

  以上只是整理出的秦腔传统剧目的一部分,多达1300多种,现在仍然演出的也有数百种。秦腔取材于中国历史各个时期,一部秦腔史可谓是一部通俗版的中国通史。随着20世纪新的秦腔团社易俗社、民众剧社等的建立,秦腔剧作家用秦腔这种传统的古老艺术样式反映现实生活,创作了大量的新编历史剧和反映现实生活的剧作,如李桐轩的《一字狱》《黑社会》,孙仁玉的《婚姻谈》《柜中缘》《三回头》《看女》,范紫东的《软玉屏》《三滴血》,封至模的《还我河山》《山河破碎》,马健翎的《查路条》《血泪仇》《穷人恨》,张剑颖的《黄花岗》《关中四杰》,田益荣的《回头是岸》,樊仰山的《长江会战》《血战永济》《湖北大捷》《民族魂》《中华儿女》等,这些都是秦腔的优秀剧目。中华人民共和国建立后,推行"改人、改戏、改制"的戏剧文化政策,催生了一批改编传统秦腔剧目的作品,其中有马健翎等的《游龟山》《游西湖》《四进士》《窦娥冤》《赵氏孤儿》,谢迈千执笔改编的《三滴血》《火焰驹》,王绍猷的《铡美案》,赵伯平的《破宁国》《辕门斩子》,袁多寿的《白蛇传》,冯杰三的《金玉奴》,姜炳泰的《法门寺》,鱼闻诗的《冼夫人》,等。随着改革开放的春风,秦腔剧本创作也迎来春天,涌现出一大批佳作,其中代表性的剧作有朱学的《千古一帝》,杨克忍等的《西安事变》,王保易的《卓文君》,冀福记的《秦俑魂》《郭秀明》,党小黄的《杜甫》,谢迎春、谢艳春的《柳河湾的新娘》《风雨老腔》,陈彦的《留下真情》《迟开的玫瑰》《大树西迁》《西京故事》,丁进龙、丁爱军的《白鹿原》,张泓的《司马迁》,张民翔的《村官郭秀明》《柳青》,等,这些都是非常优秀的秦腔剧目。

附录二 百种秦腔经典剧目提要

1.《玉梅绦》

本剧讲述了汉武帝以李陵去匈奴，久无消息，命卫青随苏武再去探查，并劝说李陵回朝之事。苏武到了北国，单于王肖主谋谓李陵已被招为驸马，并劝苏武投降，且凭其兵强马壮，要索取卫子夫娘娘和番。单于王一面命李陵劝说苏武降番，一面领兵杀奔中原。卫青兵败回朝时，即说明苏武被困番邦情况。霍仲孺奏准卫青为帅，李文、李广为先锋，镇守山桥关。霍仲孺之妻卫巧云，本子夫娘娘之妹，生一子霍去病，武帝收霍去病为义子。霍去病常往帝姐平阳公主府中，获赐玉梅绦一条。霍去病十四岁时在花园遇公主之女，并与女相爱，即以玉梅绦为信物定下婚约。当时单于领兵进犯京城，武帝无计，霍仲孺献策，以其妻卫巧云替子夫和番。霍仲孺回家途中，深感难以启齿，决定反激其妻。其妻果然慨允前去，随即起程。家仆喜童去平阳公主府中报知霍去病，去病气愤填胸，乃追杀单于，不但救回其母，且直追至番邦，得来降表，救回苏武。此剧又名《霍去病赶鞑子》《卫子夫和番》《霍仲儒回府》《霍大堂回府》等。事见《前汉书·卫青霍去病传》及《史记·卫将军骠骑列传》。

2.《四进士》

本剧背景为明朝。毛朋、田伦、顾读、刘题四人为同榜进士；由海瑞保奏，毛朋为河南八府巡按，田伦为江西巡抚，顾读为信阳州道台，刘题为上蔡县令。四人出京时，同到双塔寺对天盟誓，不许通贿贪污，以报海瑞知遇之德。田伦之姐，嫁上蔡县姚廷春为妻，为争家产，用药酒毒死小叔姚廷美，又串通商贩杨青，将弟媳杨素贞骗卖与杨春。素贞向杨春哭诉冤情，杨春不忍娶其为妻，与素贞结为兄妹，并愿助其申冤。适逢毛朋私访相遇，问明情由，代为写状，令其往信阳上告。杨春回店遭病困倒，素贞到信阳路遇无赖欺凌，幸得宋世杰夫妇搭救，宋又收素贞为义女，并代为筹划，设法要为素贞申明冤枉。田氏求助其弟，田伦为姐向顾读修书、赠银、通贿求情。下书人恰巧宿在宋世杰店中，宋察情生疑，半夜盗出书信，抄于衣襟之上，以备后来作证。顾读贪赃枉法，将原告收监，被告放回。宋世杰为素贞上告按院。毛朋见状，深知案情，秉公办理，将田伦、顾读、刘题依法查办；又将田氏、杨青等按律惩处，终为素贞申明冤枉。现有多个版本存世，有1962年陕西人民出版社刊行的马健翎同名改编秦腔本，陕西省艺术研究所藏阎泰芳口述抄录本，甘肃省文化艺术研究所藏抄录本，另有河南省戏曲研究所藏豫剧抄存本、中路梆子刊行本。事出《紫金镯》鼓词。

3.《钟馗择婿》

钟馗死后为神，欲为其在世的胞妹钟英择婿。先有书生侯俊求婚，未订。后钟英途遇恶少，得陈新相救，不留名而去。钟英觉得此人胜过侯俊，难以抉择，乃赴钟馗庙祈祷。适钟馗上天议事，众鬼乘机为祸乡里，假借钟馗名义，勒索供献。侯自以为与钟家即将结亲，又怕神鬼报复，曲意袒护；陈则仗义执言，写表章向天庭申诉。众鬼遂向陈散布瘟疫，又向钟馗告状诬陷。陈扶病至庙中，痛斥钟馗为神不正，杖击偶像。陈之正义更为钟英倾心。钟馗查明真相，严惩众鬼，亲往陈家赔情，当面允婚，于端阳之夜送妹完婚。《钟馗择婿》为新编秦腔历史本戏，张世元、黎廷刚、泥浪编剧，甘肃省平凉市秦剧团首演。事出《天下乐》传奇、《曲海总目提要》、《孤本元明杂剧》等。

4.《夜打登州》

隋朝末年，秦琼助程咬金等大反山东，被隋靠山王杨林所擒，杨林欲杀秦琼，并提登州问罪，命罗周赴历城提秦琼往登州城比武。秦琼起解后，投宿三家店中，思母念友，不胜嗟叹，为差官王周所闻。周系罗艺养子，欲助秦琼脱难。适逢史大奈奉瓦岗寨将令来探秦琼，遂与王周定计，由秦修书求救，约八月十五在登州由瓦岗寨众英雄救出秦琼。秦琼被解至登州后，瓦岗寨众将在程咬金的带领下，乔装成买卖经商各行混入登州。杨林得知，令秦琼背插红灯，与己较武，企图将瓦岗英雄一网打尽。赖王伯党神箭射落红灯，众英雄乘乱救出秦琼。《夜打登州》又名《男起解》《秦琼发配》，故事见《说唐》《隋唐演义》。

5.《二天门》

宋真宗赵恒，信奸臣王强（王钦），不赏杨家大破天门阵之功；辽国肖太后，用柏天佑二摆天门阵。宋王仓皇失措，命杨延景派人往北晋寻找大破天门阵时遗失的杨令公定宋刀，并说"刀在江山在，刀亡社稷休"。杨延景即命杨宗保往番邦找刀。穆桂英劝宗保不要到晋邦胡行。宗保刚到界牌关，遇见老翁张奎尘。张的女儿张巧英熟悉山川地理，能知宝刀所在，但爱宗保英勇，要求与宗保成亲，否则不领路去找。宗保急欲得刀，即允成亲，后夫妻同行找回宝刀。宗保得刀后，畏在北国私自招亲又犯军令，遂杀张女逃回。后张奎尘大闹辕门，杨延景要斩宗保，焦赞、孟良即请张讲情，延景乃赦宗保，命破二天门。但因刀法不熟，延景先后请岳胜、嫂嫂马氏教宗保刀法，均遭宗保轻视，马氏怒告延景，延景气极，又来柴郡主，三人同打宗保。穆桂英求情，延景即命桂英教刀，宗保更是不理，睡倒在床。杨令公忠魂入梦，指点孙儿，宗保遂精通刀法，破了二天门，大败辽兵。此剧又名《碧波潭》《找刀》，是须生（杨延景）、小生（杨宗保）、老丑（张奎尘）、小旦（穆桂英、张巧英）、正旦（于风）唱做并重戏。《穆桂英诫夫》一场，能预知宗保招亲杀人事，含有迷信宿命成分，可以改得更合情理。

6.《哑女告状》

小妹掌赛珠欲与考中状元的姐夫陈光祖成婚，与其母定计烧死异母姐姐掌上珠。掌上珠跳楼逃生，将腿摔伤，被哥哥呆大相救，后进京寻夫告状。状子落入刑部侍郎之手，其向掌赛珠通风报信。掌赛珠为绝后患，将掌上珠骗入府中，妄图将其毒死，却毒死呆大，又用金钗将掌上珠刺哑。公堂之上，哑女告状，掌赛珠反诬此为掌上珠所为。危急关头，掌府管家赶至，为掌上珠针灸，哑女复能说话，真相始白。含折子戏《背妹告状》。《哑女告状》为新编秦腔历史本戏，安建英、马金仙根据同名锡剧移植整理，咸阳市人众剧团首演，马金仙、王莲歌主演。闺门旦唱做并重戏。

7.《反延安》

狄青奉旨赴印唐国寻找所失二宝，途经鄯善国，被双羊公主招为驸马，并托丞相脱脱将印唐国所盗之二宝讨回。狄青得宝，不辞而别。双羊公主追之，狄青以法术使之不能说话。公主后为师兄鲁遇春搭救，治好哑症。公主得知狄青正在闽南受罪，即率兵倒反延安，搭救狄青。后双羊公主归宋，夫妻团圆。《反延安》又名《双羊追夫》《双羊公主》《狄青盗宝》《平定图》等，是秦腔传统本戏，含折子戏《双羊追夫》。陕西省艺术研究所藏阎泰芳口述秦腔抄录本。此剧为各路秦腔剧团常演剧目，其他梆子戏有同目。剧为武生、武旦唱做并重戏。事出《五虎平西传》。

8.《渔家乐》

东汉时大将军梁冀谋位，清河王刘蒜逃出，梁兵追杀于江边，射死渔翁绑洪，清河王为绑女菲香所救。适梁冀洛阳选美，菲香充御史之女马瑶草被选入梁府，以神针刺梁得报父仇。清河王复位，册封菲香为娘娘，瑶草亦与书生简仁同团圆。《渔家乐》又名《刺梁冀》《凤落池》等，是秦腔传统本戏，生、旦、净、丑行当齐全，唱、念、做、打四功并重戏。靖正恭代表剧目之一。事出《后汉书·梁统列传》。另有明代朱良卿《渔家乐》传奇。含折子戏《题诗》《藏舟》《相梁》《纳姻》《吃鱼》《刺梁》。

9.《无影簪》

一日，殷纣王去女娲庙降香，见尊神容貌非凡，故题浮诗一首。女娲大怒，遣九尾狐狸大闹殷朝，并赐无影金簪护身。逸臣费仲与冀州伯苏护不和，见纣王降香后思情忡忡，便言苏之女妲己有闭月羞花之容。纣王闻之，令苏献女。苏不愿，且在午门题反诗。纣王怒，令崇侯虎征苏。西伯侯姬昌闻知，下书冀州，劝苏进女。苏进女，路经恩州驿，九尾狐狸害死妲己，自己变作妲己随苏进朝。纣王见妲己甚喜，遂封为妃，并恕苏护无罪。此乃秦腔传统本戏，别名《反冀州》《进妲己》《纣王游庙》《女娲宫》等，含折子戏《杀己》，花旦、净、须生唱做并重戏。清光绪初年陕西德盛班须生十八红所演苏户、赵杰民高足曾鉴堂饰演的妲己均堪称一绝。清末民国初甘肃、西府秦腔班社常演此剧。事出《史记·殷本纪》《武王伐纣平话》《封神演义》。

10.《紫霞宫》

明时谷梁栋赴京应试得中，继母之子余子唤、女花瓣与谷妻吴晚霞有隙，二人定计勒死吴晚霞。土地神救活晚霞还阳，被绿林侠士花文豹安置于紫霞宫中。后晚霞告御状，杀余子唤、花瓣，与谷梁栋团圆。《紫霞宫》是秦腔传统本戏，各路秦腔常演剧目，含折子戏《揭墓》，是正旦、官丑、武生、红净唱做并重戏。清代大荔清义堂泯国西安德华书局梓行此本，陕西省艺术研究所藏程海清、李德元、谢兴隆口述秦腔抄录本，甘肃省图书馆藏口述抄录本。其他梆子戏有同目，情节略异。孙省国、樊新民代表剧目之一。事出清代李十三《紫霞宫》。

11.《守江阴》

明末清兵入关过江，大肆烧杀掠夺，江阴百姓不堪凌辱，杀降官方亨，公推典史阎应元、陈明遇为首领，于江阴固守拒敌。清兵屡攻不克，劝降不成，乃劫阎母威胁。阎母死节，以勉应元。应元一面向残明唐王求援，一面令子继祖诈降。明王室不发救兵，江阴军民坚守两月后，城池被破，阎率全城军民与敌巷战，直至全军覆没。《守江阴》是新编秦腔历史本戏，赵钺编剧，1958年甘肃省张掖七一秦剧团首演，苏永民、刘茂森、杜玉燕等演出；是须生为主，唱做并重戏。

12.《舍金牌》

宋时汴梁富户王忠庆之妻张素贞，信佛好善，劝夫娶李氏为妾。李氏性情狠毒，借张氏将金牌施舍与化缘僧人之机，唆使王忠庆醉打张氏，并挖掉其左眼。张为眼光神所救，躲入慈悲庵为尼。忠庆酒醒后悔悟，出外找寻。李氏复欲加害王子天禄和女茴香，得土地神托梦，兄妹外逃。茴香逃至慈悲庵与母相逢，天禄则由关圣梦赐神箭，投元帅胡忠邦，斩将立功。李氏家罹火焚，烧瞎双目，打砖求食。忠庆亦遭劫，落为乞丐。天禄封官，归故里祭祖，与母、妹团聚，并为父设棚放舍，忠庆、李氏均至求食，全家相认。

13.《临潼山》

隋文帝时，杨广率领文武群臣，庆贺唐国公李渊母亲寿诞，见李渊之妻窦氏貌美，遂起不良之心，以下棋为借口，要李渊以窦氏为赌注。李渊受辱，遂上殿奏本。文帝未责杨广，却劝李渊。李渊气愤辞朝，返回太原。途经临潼山，杨广差韩烈虎、魏福屯二将，截杀李渊，抢夺窦氏。魏、韩曾为李渊部下，李有恩于二人。临潼山前，李渊严斥二将恩将仇报的不义行为，韩烈虎羞愧自杀，魏福屯趁李渊不备欲杀之，反被李渊一刀劈死。适逢秦琼路过临潼山，用双铜相助，遂解李渊之围。杨广兵退潼关，秦助李攻克潼关。此剧系须生、武生念唱打并重戏。重念白，其旋空褶子，非一般武功技艺。其中有折子戏《金钢庙》《李渊辞朝》。

14.《柜中缘》

《柜中缘》是一部家喻户晓的传统戏。许门钱氏与子淘气去娘家，欲托兄为女翠莲择配。去后不久，适有李都堂之子映南被害逃出，急藏于翠莲柜中。捉拿的差人离去后，淘气回家取物，发现柜内有人，责妹行为不正，吵闹起来。母在途中久等不见子来，急转回家，见此状，怒斥其女。后问明情由，遂以女许与李公子。原剧为秦腔剧目，20世纪50年代中吴素秋将其移植为京剧演出；后来汉剧、锡剧、川剧、淮剧、豫剧、曲剧、河北梆子、蒲剧、苏剧等剧种均有上演。其他剧中改编后的剧情基本不变，唯人物有出入，把文弱书生李映南用岳飞之子岳雷替代，从文小生应工直接变为武生应工；把许翠莲改为刘玉莲。

15.《升迁图》

明嘉靖时，秀才贾忠上京应试，三载未归。未婚妻武侠进京寻夫，在京都卖艺，遭严嵩之孙严效忠戏拿，被邹应龙救出，得与贾忠完婚。严效忠与贾忠酒店相遇，贾卖妻投靠严嵩换来状元。武侠身陷严府，得丫鬟祁梅相救脱身。贾忠与严妹结亲，武侠洞房行刺，得严嵩通敌密书，为邹应龙弹劾严嵩提供铁证。贾忠丢失密信，严嵩欲斩。适值严嵩被抄，贾忠杀严女，再施骗局。在其庆贺荣升之时，武侠、祁梅当众揭其真貌，邹应龙斩除贾忠。

16.《生死牌》

明朝嘉靖时，衡阳贺总兵倚仗严嵩权势，其子三郎欲抢民女王玉环为妾，追至溪桥，却失足溺死。贺诬玉环行凶，逮交衡山县令黄伯贤，强令抵命。黄知玉环被冤，又查知其为恩人王志贤之女，欲放而无计。黄女秀兰、义女秋萍得知，争代玉环而死。玉环不肯，相持不下。家院思得一法，让三人入暗室共抢生死圣旨，带身牌，得死牌者受刑。结果死牌为黄女秀兰抢得，黄忍痛押生女于法场。适玉环生父王志坚赶到，怒骂伯贤负义，后发现所绑之女并非玉环，但事为贺总兵识破。贺欲杀伯贤及三女，正待行刑，湖广巡按海瑞私访到此，审明冤案，撤贺之官职，黄等的冤情得以昭雪。

17.《生死缘》

明末，太监魏忠贤专权，秦纲一家遭魏把持之特务机构锦衣卫残害，落草桃花寨。闻人杰救曹遭捕，藏于唐家茶馆，被茶女唐小莲相救，并与秦纲之妹秦梦兰结亲。巴二虎倚势强抢梦兰成亲，误捕闻人杰之弟人俊入监。唐小莲假亲探监，并往桃花寨报信。秦梦兰被抢入巴府，同丫鬟春燕刺死巴二虎而逃。途中又同唐小莲被巴府擒入监中，问成死罪。秦纲得信，路劫圣旨，带兵杀府，救出闻人俊、闻人杰、秦梦兰，闻人俊同唐小莲遂结生死之缘。

18.《忠义侠》

明世宗时严嵩专权，陷害朝臣杜鸾。严嵩的大管家严年欲占杜子文学之妻胡氏为妾，遂诬陷将文学流放岭南。文学临行，跪地将妻胡氏托于义弟周仁。杜文学门客凤承东告密，并向严年献计，骗周仁至严府，强与官职，逼周仁献嫂，以救其兄。周仁回家向妻李兰英说明原委，其妻毅然伪作杜妻前往，欲刺严年未成，自刎而死，周仁保嫂逃走。后文学之父冤明，文学被释归来，闻听其妻死于严府，杖责周仁，周仁奔至其妻坟头哭诉。后来胡氏赶至说明真情，文学十分悔恨，追回周仁，向其谢罪。《忠义侠》又名《周仁回府》《吊打周仁》《鸳鸯泪》《安乐州》，是秦腔传统本戏，含折子戏《悔路》《回府》《夜逃》《哭墓》。各路秦腔剧团常演。甘肃省图书馆藏清光绪三十一年（1905）刘敬廷抄存本，陕西省艺术研究所藏口述抄录本。其他梆子戏有同目。纱帽小生（当年易俗社以须生应工）唱做并重戏。李云亭、高希中、耿善民、刘毓中、雒秉华、任哲中、李爱琴代表剧目之一。事出明传奇《忠义烈》、废闲主人弹词《大红袍》等。

19.《失街亭》

诸葛亮拟派兵将驻守街亭，马谡请令欲往，孔明叮嘱务于山下近水处扎营，马谡得令而去，孔明仍不放心，又派辅将王平督之。马谡等既启行，诸葛亮又遣魏延、高翔等二军，为马谡后援。诸葛亮之设备调遣之周密，亦可谓至矣。马谡恃傲违令，扎营于山顶，王平屡劝不听。讵料司马懿用兵，神速机警，果不出王平所料，先绝汲水道路，并命张郃阻断王平军，使不能救，继乃率大兵四面围困，蜀兵早不战自乱，街亭遂断送。"实诸葛亮明知故犯,冀马谡为万一侥幸之罪,而非仅马谡之罪也。"此戏乃秦腔传统本戏,常与《空城计》《斩马谡》连演,统称"失、空、斩"。事出《三国志·蜀书·诸葛亮传》、《三国演义》第九十五回。

20.《白蛇传》

峨眉山白蛇(白素贞)、青蛇(青儿)到西湖游玩,遇见许仙,白乃托青儿为媒,与许仙结为夫妇。金山寺禅师法海得知此事,告诉许仙白素贞是一蛇精,唆使他在端阳节用雄黄酒向白劝饮。白酒醉,露出原形,将许仙吓死。白素贞醒后到长寿山去盗灵芝仙草,与看守仙草的鹤童交战,幸遇南极仙翁慨赠仙草,救活许仙。法海又以叫许仙到金山寺还愿为名,将其软禁寺内,劝他出家。白素贞与青儿赶来,并施用法力水漫金山,白因怀孕力弱,败回杭州。而许仙因思念白素贞,得小沙弥指引,逃出金山寺,路过断桥,二人相遇,夫妻和好如初。白素贞生下一子名仕林,弥月时法海又用金钵来捉素贞,将其压在雷峰塔下。后来仕林中状元,祭塔救母。《白蛇传》又名《金山寺》《雷峰塔》《金钵记》,含折子戏《盗仙草》《水漫金山》《断桥》《压发》《祭塔》《游湖》。此戏乃秦腔传统本戏,是小生、小旦、净唱做打并重戏。各路秦腔戏班常演。事出唐传奇《白蛇记》、宋话本《西湖三塔记》、冯梦龙《警世通言》卷二十八等。甘肃省靖远清嘉庆古钟有铸目。陕西省艺术研究所藏大荔冯玉怀收藏清代抄录本,甘肃省图书馆藏清道光九年(1829)田志荣收存秦腔本。其他梆子戏有同目。陈雨农、杨金声、何振中、李正敏、梁箴、孟遏云、张咏华、朱怡堂、关雪亭、赵桂玲、张玉莲代表剧目之一。

21.《狮子楼》

武大郎之妻潘金莲与恶徒西门庆私通,合谋毒死大郎。武松办案归来,见兄长纸幡灵牌,又见嫂嫂潘金莲慌穿孝衣,心下生疑。是夜武大郎托兆于武松,始知原委。次日武松将何九生及乔郓哥请至狮子楼饮酒,问出真情,奔公堂告状。王知县见武松神情不正,退堂不问。武松至狮子楼,见西门庆正与张、王二相公饮酒,持刀砍杀。二人搏斗,刀掉,武大郎显魂将刀递于武松。武松杀西门庆,又找来何九生,杀死潘金莲及王婆,书写状纸,至公堂自首。王知县惜其事,判武松充军之罪。此戏别名《毒大郎》《武松杀嫂》《药毒》《金瓶梅》。各路秦腔常演。事出《水浒传》第二十五至二十六回、《大宋宣和遗事》、元人高文秀《双献头武松大报仇》杂剧、《义侠记》传奇。

22.《十八扯》

刘黑娃之嫂，受继母虐待，令其整天在磨房推磨。黑娃同情，偕妹往磨房为嫂串演诸戏，为其遣闷，使之愉快。戏中串戏之一种，无固定演法。疑事出《双富贵》及焦循《花部农谭》。徽剧、秦腔、河北梆子均有此剧目。河南曲剧有《推磨》，其中唱词："吕荣儿来实可怜，悔不该嫁到董家湾。不争气的丈夫叫孝廉，生下个儿子叫金串串，爱打麻将耍洋片，把卖酒的本钱全输干。下河东路遇李映南，他二人一起游龟山。在山上遇见日本女人关中汉，还有那河湾洗衣的花木兰。"此戏又称《小磨房》《兄妹串戏》，是小丑、花旦唱工戏。

23.《十二寡妇征西》

天波府佘太君和穆桂英等正在为镇守边关的杨宗保庆五十寿辰，噩耗忽传，在抵抗西夏入侵中，杨宗保深入绝谷探道，不幸阵亡。朝廷震动，意欲求和。佘太君力抑悲痛，痛斥主和派谬见，毅然以百岁高龄挂帅，率儿媳、孙媳众女将阖家出征。两军交战，西夏王大败，退至老营，凭借天险顽守，并设计欲将宗保幼子杨文广诓进绝谷。佘太君、穆桂英根据宗保生前遗言和马童、张彪所述，证实魂芦谷内确有栈道，可飞越天险，奇袭敌营，决定将计就计闯进谷去。桂英等历尽艰险，终于在识途老马的引导和采药老人的帮助下，寻到栈道，越过天险，与佘太君前后夹攻，一举获得全胜。此戏别名《金山路》《杨门女将》。事出《杨家府演义》卷八。

24.《石敬瑭篡位》

五代时期，唐潞王纳妓女张美容为正宫，封其父张铎为太师。潞王寿诞之日，御妹莺莺进宫拜寿，王命美容在后宫设宴。莺莺与张美容因互不礼待而发生纠葛，美容进谗于王。翌日，王宣莺莺上殿，先将其子石龙、石虎当殿杀了，并欲杀莺莺。丞相冯道奏本，将莺莺囚于冷宫，暗与驸马石敬瑭修书。石敬瑭先派兵将莺莺救走，二次兵发长安，火烧玄武楼，烧死唐潞王。石敬瑭登极，改国号为晋，大封诸将，唯刘嵩被封为河南节度使，他行时带走镇国玉玺。戏别名《旋风楼》《玄武楼》《火化玄武楼》《石敬瑭拜刀》。事见《旧五代史·末帝本纪》《新五代史·晋本纪》。

25.《五典坡》

后唐相国王允，奉旨为其三女宝钏飘彩择婿，宝钏掷彩球与花子薛平贵，王允嫌贫悔婚，责令宝钏另择，宝钏不允，父女三击掌决绝。宝钏离开相府，与平贵寒窑成婚。适曲江池红鬃烈马伤人，平贵降伏，得王加封，随魏虎往西凉征战，行前与宝钏寒窑告别，误卯被魏虎责以军杖。其母往窑探视，见宝钏清贫如洗而落泪，劝其重返相府。宝钏表心铭志而拒之，挥泪劝母返回。平贵遭魏虎陷害，被西凉所俘，被代战公主招为驸马。十八年后，宝钏鸿雁捎书寻夫，平贵得书急回寒窑。夫妻于五典坡前相遇，似曾相识又不相识。平贵以金试妻贞操，反遭宝钏辱骂，平贵赶往寒窑赔礼，夫妻始得和好。宝钏、平贵团聚，宝钏借拜舟为名，往相府清算十八年之粮饷。王允不知平贵已回寒窑，误为宝钏借贷，邀请苏龙、魏虎劝其改嫁，反遭宝钏奚落而狼狈不堪。王允篡位，使高士其欲杀平贵，高刺平贵于马下见龙护身，知平贵乃真龙天子，即降。薛得代战公主相助，攻破长安，擒拿王允、魏虎。平贵登殿，分封宝钏、代战、苏龙，斩魏虎。欲斩王允，宝钏讲情方赦。最后迎请王母，共庆团圆。此为秦腔传统本戏，是须生、正旦唱做并重戏。各路秦腔常演。戏分前后两本：前本别名《武家坡》《彩楼配》，后本别名《大登殿》。前本含折子戏《三击掌》《别窑》《探窑》，后本含折子戏《赶坡》《算粮》《大登殿》。赵杰民、李正敏、靖正恭、何振中、刘全禄、马振华、和家彦等代表剧目之一。事出明无名氏《宝钏》曲词、无名氏《彩楼记》传奇、《龙凤金钗传》弹词及清无名氏《彩楼记》传奇等。现有多种版本存世：有清代同州清义堂梓行秦腔本，西安同兴书局刊行秦腔《别寒窑》改良折戏本及李正敏《探寒窑》演唱本，西安德华书局刊行秦腔李正敏《五典坡》演唱本及《三击掌》折戏本，西恒秦丰印书馆刊行秦腔《五典坡》改良本，1945年西安太华纯益成书局刊行秦腔《五典坡》改良本，长安书店刊行袁台中改编秦腔《五典坡》。

26.《反五关》

《反五关》全名为《黄飞虎反五关》，含折戏《反朝歌》《反五关》

《黄沙岭》等。殷纣王宠姬妲己于鹿台设宴，众狐精化为仙女往赴，酒醉皆现原形。比干将实情告知黄飞虎，黄寻踪追至轩辕坟，始知为狐精藏身老穴，便放火将坟烧之。妲己怀恨，佯称心疾发作，须比干之心方能祛病，纣王立命比干剜心而使之亡。妲己又计诱飞虎之妻贾氏于摘星楼，唆使纣王隐而戏之，贾氏不从，跳楼自毙。黄飞虎之妹黄贵妃知之，往楼斥责纣王无道，也被纣王摔于楼下身亡。飞虎一怒反出朝歌，连破五关，至黄沙岭，太师闻仲追至，飞虎得清虚道德真君相救，遂投奔西岐而去。《封神演义》第二十五回有载。

27.《出五关》

此戏别名《千里走单骑》《过关斩将》，含折戏《挑袍》《出五关》《古城会》等。关羽同刘备、张飞于许州失散，被困土山，后知刘备去向，急欲会兄，三次辞曹。曹操、张辽均避而不见。关羽挂印封金，留柬而辞，带甘、糜二位嫂嫂离开许都，行至灞陵桥，曹率众将追至。关羽屯马横刀以待，曹惊，反赠以锦袍，关羽于马上挑袍扬长而去。途经东岭、洛阳、汜水、荥阳、黄河渡口五道关隘，连斩孔秀、韩福、孟坦、卞喜、王植、秦琪六员猛将。至古城，张飞迎二嫂入城，拒关羽于城外。时，蔡阳追至，关羽以拖刀斩之。至此，桃园兄弟终得相会。事出《三国演义》第二十六回。

28.《双蝶记》

祝英台女扮男装到杭州尼山读书，与同窗梁山伯结为兄弟。三年以后，英台接到父信，要她立刻回家。山伯特意送行。路上，英台想把自己终身许给山伯，但为礼教所拘束，不敢直言，只好借吟诗，暗示自己是女性。但山伯没有了解其意。英台便托言家中有个九妹，望梁山伯邀媒下聘。祝英台回家后，其父祝公远贪图马太守之财势，竟将女许给其子马文才。山伯应约来到祝家，和英台楼台相会，才知九妹就是英台，后又知英台已许配马家，非常懊丧，归家后卧病不起，终于抱恨死去。英台得到山伯死讯，身穿孝服到山伯坟前祭奠。忽然风雨大作，雷电交加，墓裂，英台跳入而死，双双化蝶飞出。此戏别名《梁山伯与祝英台》，事出民间传说。有汉代《华山畿》乐府，宋置戏文《祝英台》，元白仁甫《祝英台死嫁梁山伯》杂剧，明朱少斋《英台记》传奇，朱春霖《牡丹记》传奇，佚名《同窗记》《访友记》传奇及《双蝴蝶宝卷》《梁山伯还魂团圆记宝卷》和《双蝴蝶》弹词、《柳荫记》鼓词等。

29.《双合印》

恶霸刘应龙恃严嵩势，害死前任巡按黄朝宗，又诬陷士人张荣，强抢其妻。新任知县董洪知乔装相士私访，遇张母，代之写状，后为刘识破，囚之水狱。董于牢中得一金印，断为黄朝宗所遗，但不得出。刘府丫鬟李瑞莲，夜闻水牢哭声，救出董洪。因墙高难越，董乃以自己金印与黄按院印交瑞莲，使之先逃。董复被刘所获，诬送县监，恰遇张荣。禁卒李虎仗义，三人结拜，李虎乃代董送书于顺德知府，兵围刘庄，擒获应龙，董洪与瑞莲成婚。此乃秦腔传统本戏，别名《广平府》《双水牢计》《水牢绽裹脚》。现有多个版本存世，有陕西省艺术研究所藏罗太坤口述秦腔抄存本、甘肃省文化艺术研究所藏曹洪友口述秦腔抄存本，另有北路梆子本等。

30.《双还魂》

元顺帝时，刘兰芳在西湖与书生文世高一见钟情。文托邻妇白十娘传书，相约夜间越墙相会。文赴约时不慎从墙头跌下身亡，刘兰芳恸甚，悬梁自尽。刘母为掩丑一棺殓葬二人。盗墓人盗墓时，文、刘竟复生，乃同行，后遇兵乱被冲散。刘与逃难的母亲在尼庵相会；文被征西元帅兰芳之父刘万春认作义子，考中状元。乱平后，全家团圆。此乃甘肃秦腔剧目，秦腔传统本戏。甘肃省图书馆藏有袁得全秦腔抄存本。

31.《双锦衣》

秦腔连台本戏，分前后两本。宋时，洛阳乡臣姜景范生有二女，长女名雪春，许学生王善；次女琴秋，许学生吴给。姜命二女各绣锦衣一件，以送各自未婚夫婿。王、吴有两个同学，名叫蒋成史、许本德。此二人系统绔子弟，对姜家二女垂涎三尺，同谋杀害王、吴而夺其妻。一日，蒋、许约王、吴同去钓鱼，蒋推吴落水。蒋向琴秋求婚，未得应允。姜设宴招待王及许、蒋，命琴秋与之相见。是夜，蒋、王被安排在园中不同房间歇息，蒋临时与王更换了住房，琴秋来窥，将王误认为蒋。王觉室外有人走动，贸然出，恰将灯笼碰灭，琴秋仓皇逃走。时许在暗中见琴秋，即冒充雪春，强求王善苟合，企图达到夺取雪春目的。王以为此行无耻，怒斥退之，留下休书而去。

蒋又冒充王至雪春房中求欢，被雪春以镜击昏。蒋求婚不成，即诬雪春因奸杀人。在父逼迫下，雪春自缢，被入室盗物的女侠金相凤救下，逃往外地。琴秋逃入尼庵。后金兵南下，落水获救的吴给扶康王自立，官拜御史，审明了雪春冤案，两对未婚夫妇终于在江南相遇，共庆团圆。此剧乃秦腔连台本戏，分前后两本。行当齐全，情节曲折复杂，一直是易俗社的看家戏。1924年鲁迅先生来西安讲学时曾观此剧。现很少演出全本，但《数罗汉》一折常与观众见面。事出《宋史》第三百二十六卷、《宋史纪事本末》第五十七卷。

32.《双灵牌》

高镇、梅仲乃好友，同时得官。梅约高一同赴任，高之家仆杜智达，怠慢梅仲被逐，怀恨在心，谋计盗梅的"红蝠"宝剑，并以高妻月娘之名留情诗于梅。高镇中计逐出月娘。杜又欲奸民女丁香，以梅剑杀伤其母，丁香持剑告于高衙，高判梅仲死罪，为家人解进替之。高镇升迁赴任，途遇杜智达卖"红蝠"宝剑，方知梅仲、月英被冤，遂抱双灵牌哭往京城求罪。此乃秦腔传统本戏，别名《抱灵牌》，含折子戏《双灵牌》。现有陕西省艺术研究所藏秦腔抄录本和甘肃省图书馆藏口述秦腔抄录本存世。

33.《双罗衫》

苏教谕赴任途中被水寇徐能杀害，苏妻逃走，产子，被徐能拾去收为义子。苏妻藏于尼庵，想伺机报仇。十九年后，苏子长大，应试高中，封任八府巡按巡视江南，其母前往诉冤。巡按徐继祖从冤状上看出疑点，询问家人连贤，并以罗衫对证，才知始末，惩办了杀害生父的养父徐能，母子相认团圆。此剧乃秦腔传统本戏，别名《黄天荡》《罗衫记》《白罗衫》，含折子戏《汲水》、《详状》（又称《夜审姚达》）、《哭灵》。现有多个版本存世，甘肃省图书馆藏田养公口述秦腔抄录本，陕西省艺术研究所藏王振鳌口述秦腔抄录本，另有中路梆子抄录本等。中国唱片社灌制何振中演唱该剧唱片。2004年甘肃百通影视发展有限公司录制甘肃省兰州市秦剧团黑西林、张小琴主演的该剧光碟并出版发行。沈和中、庄正中、伍富民、米钟华代表剧目之一。事出《太平广记》崔尉子事、明冯梦龙《警世通言》卷十一及《今古奇观》。另有清人《白罗衫》传奇。

34.《双熊梦》

明宣德年间，无锡屠户尤葫芦，于亲戚家借钱十五贯。当夜被赌徒娄阿鼠盗钱，并遭杀害，众邻报官并分头追查。当日尤借钱归家后，曾戏言乃女之卖身钱，其女苏戍娟惧而亥夜逃奔。途中苏戍娟遇熊友兰，结伴同行，恰好熊携款十五贯，为此被缉拿送无锡县衙。县令不做详察，便判定苏、熊通奸谋命，将二人问成死罪。苏州知府况钟奉命监斩，觉察罪证不实，冒革职之险重新审理。况钟乔装为测字先生，查明娄阿鼠为真正凶犯，最后使冤案得以昭雪。此剧为秦腔传统本戏，别名《十五贯》，含折子戏《审鼠》。现有多个版本存世，陕西省艺术研究所藏秦腔抄录本，甘肃省图书馆藏清光绪二十年（1894）刘兆元抄录秦腔本及王殿英抄录秦腔本，另有河北梆子抄录本和蒲州梆子本。事出《后汉书·汝南李敬传》、宋人话本《错斩崔宁》、冯梦龙《醒世恒言》第三十二卷、《明史·列传》第九十九回及《况太守集》、清朱素臣《十五贯》传奇、鸳湖逸史《十五贯》弹词、李渔《无声戏》小说及清黄奭辑《子史钩沉》第一五八卷与《黄氏逸书考》第一〇四卷。

35.《水淹七军》

关羽镇守荆州，刘备命取襄阳。曹退兵于樊城，命于禁、庞德率七军往救，关羽被庞德之箭射中左臂，于禁忌庞德贪功，拒不出营。关羽视曹营驻地低下，即命周仓掘开襄江，水淹曹营，擒于禁，斩庞德，取襄阳。秦腔传统本戏，别名《取襄阳》《威震华夏》，含折子戏《擒庞德》。西府、东府、甘肃班社常演。此剧现存多个版本，陕西省艺术研究所藏刘兴汉口述秦腔抄录本，《山东地方戏曲传统剧目汇编·莱芜梆子》书录本，山东省艺术研究所藏董世礼口述山东梆子抄录本，河南省戏剧研究所藏安阳豫剧团抄录本。事出《三国演义》第七十三、七十四回。

36.《水淹下邳》

曹操与刘备合兵围下邳，攻吕布，掘沂、泗二水淹城。吕布迷于酒色，又待部属不仁，部下侯成盗赤兔马降曹，宋宪、魏续内应献城，吕布被擒，被曹斩于白门楼。此剧乃秦腔传统本戏，别名《白门楼》《斩吕布》。现有多种版本存世，甘肃省靖远清嘉庆古钟有铸目，《陕西传统剧目汇编·汉调桄桄》第一集收录张庆云、陶隆富口述本，山西人民出版社刊行的《山西地方戏曲汇编》第十二集收录中路梆子本，《河南传统剧目汇编·豫剧》第四集收录苗喜月口述本，山东省艺术研究所藏时华亭口述山东梆子抄录本，山西省戏剧研究所藏蒲州梆子本，山西忻州文化局藏北路梆子抄录本。事出《三国志·魏志》第六卷，《三国演义》第十六至十九回，元人丁伯渊《白门斩吕布》。

37.《水月庵》

解元许筠因妻子失散续娶韩氏。韩氏终日郁郁寡欢，经询问方知其前夫韩孟苓借琴保银两，赴京应试，走后，久无音信。琴保逼韩氏抵债，韩氏无奈，卖身还债养母，才嫁与许筠。许筠为全韩氏贞节，代还欠债，又赠银与韩氏婆媳为生。后，韩孟苓中试得官，夫妻团圆。许筠中魁后赴河南上任，在水月庵与失散的妻子相会。有田氏者，一日携鲤鱼，过紫金林，花落罐内，其夫张郎食后七窍出血而亡。张父告田氏杀夫，经许筠勘审，以紫金花鱼羹喂狗，狗亡，田氏冤案得雪。此为甘肃秦腔剧目，秦腔传统本戏。甘肃省图书馆藏汪正良口述秦腔抄录本。

38.《四大夫伐齐》

晋、鲁、卫、曹四国，各派大夫使齐。四国大夫分患瞎、秃、跛、驼残疾，且容貌奇丑。齐顷公为取悦母后，宴请四大夫于后苑，亦选瞎、秃、跛、驼残疾四人，为四大夫驾车。母后登崇台观之，众嫔妃大笑不禁。四大夫受嘲，不辞而别，相约兴兵讨齐。四国兵至，齐国不敌，大败于青草坡。顷公向四大夫赔礼谢罪，割地求和，四国方退兵。此为秦腔传统本戏，别名《青草坡》《齐国乱》《登台笑客》等。现存版本有陕西省艺术研究所藏罗德庵口述秦腔抄录本，甘肃省图书馆藏沈德福口述秦腔抄录本，另有河北梆子手抄本。事出《左传·宣公十七年》、《左传·成公七年》、《东周列国志》第五十六回。

39.《四素》

水长清偕书童囊哉上京赴试，至镇江遇范真素，夜间幽会，天明贪睡误船，藏于真素箱中。囊哉寻找不见，闻真素有疾，遂扮医生前往范府，于真素绣阁中诈言诳主人长清出箱，约定夜晚逃走。却恰遇贼盗箱，长清与箱亦被盗走。幸遇薛玉素得救，二人订婚。长清妹若素偕母逃荒失散，遇薛清乾照应，遂缔婚约。颜付道被害，其女颜如素逃出，遇薛清乾相救，二人亦订婚。适囊哉带真素找长清，众人相遇一处，寄"四素"于白衣庵中。长清应试，清乾投军，一个得中状元，一个阵前立功。真素、玉素得配状元水长清，如素、若素配薛清乾。此为秦腔传统本戏，别名《清素庵》《囊哉装箱》，含折戏《囊哉装箱》。现存版本有《陕西传统剧目汇编·汉调桄桄》收录程海清口述本，甘肃省文化艺术研究所藏秦腔抄存本。山西蒲州梆子有同目。事见清代剧作家李芳桂所著碗碗腔剧本《清素庵》。

40.《苏护归周》

冀州侯苏护，奉命伐周。苏护早有归周之意，因偏将郑伦所阻，一时难以如愿。赤精子命殷洪下山助姜子牙伐纣，殷洪途中收四将，受申公豹之挑唆，违背师命，反戈助纣伐周。姜子牙请来赤精子阵前劝诫，殷洪不听，反而请来骷髅山白骨洞一气仙马元与乃师战，被赤精子收服，师徒反目，赤精子用太极图将殷洪连人带马化为灰烬，苏护率众归周。此戏为秦腔传统本戏，别名《太极图》《殷洪记》等。甘肃谢玉堂、罗树德、秦鸿德、赵毓华代表剧目之一。现存版本有甘肃省图书馆藏汪树存秦腔存收本。事出《封神演义》第五十九至六十一回。

41.《苏武牧羊》

汉朝中郎将苏武，奉旨往北方宣慰，被匈奴劫持。匈奴使李陵劝其投降，苏武宁死而不辱节，单于令其北海牧羊。汉几经与匈奴交涉，匈奴均伪称苏武已死。后苏武修书，缚于南飞鸿雁足下，为汉所得，乃再向匈奴索讨苏武，匈奴无奈，只好放苏而归。此剧为秦腔传统本戏，别名《苏武回国》，含折子戏《苏武牧羊》。各路秦腔常演。郗德育、李夺山、黄致中、陈基来、苏育民、袁兴民等代表剧目之一。事出《汉书·苏建传》。演此事的另有宋元戏文《苏武牧羊记》、元周伸彬《苏武持节》杂剧、明《牧羊记》传奇等。

42.《孙膑与庞涓》

孙膑与庞涓同随鬼谷山王栩学艺，庞闻魏国招贤，下山而去；孙膑得乃师祖传兵法。魏王命孙、庞摆阵斗法，试庞才华。庞不及，遂生骗取兵书并生杀孙之念。于是，唆使魏王削孙膑双膝，致孙残疾。孙以装疯避祸，得禽滑救于齐。魏伐赵，齐拜田忌为帅，孙膑为军师往救，大败庞涓。庞又率兵攻韩，田、孙于马陵道设伏，庞涓中计自刎，遂报孙膑之仇。此剧乃新编秦腔历史本戏，薛寿山编剧，须生为主唱做并重戏。事出《东周列国志》第八十九回。

43.《孙膑坐洞》

本剧讲述秦王命大将王翦攻打燕国，孙膑一家四口为燕国战死沙场之事。在秦攻打燕国危难时刻，孙焉搬请叔父孙膑下山，孙膑破戒而出，用"五雷碗"和"沉香拐"与挡道的王灵官大战于玄关。此乃秦腔传统本戏，别名《孙臁坐洞》《孙膑下山》《过玄关》等，生、净唱做打并重。现存版本有甘肃省图书馆藏秦腔抄录本，另有河南省戏剧研究所藏抄录本、山东省艺术研究院藏王会春口述《青龙阵》山东梆子抄录本，与秦腔情节略异。甘肃百通影视发展有限公司录制有甘谷县秦剧团杨安民主演的全剧音像光碟并出版发行。事出《东周列国志》第八十七至八十九回。

44.《孙庞之交》

孙膑与庞涓同随鬼谷山王栩学艺，庞闻魏国招贤，下山而去，孙膑得乃师祖传兵法。魏王命孙、庞摆阵斗法，试庞才华。庞不及，遂生骗取兵书并生杀孙之念，后唆使魏王削孙膑之双膝，致孙残疾。孙以装疯避祸，得禽滑救于齐。魏伐赵，齐拜田忌为帅，孙膑为军师往救，大败庞涓。庞又率兵攻韩，田、孙于马陵道设伏，庞涓中计自刎，遂报孙膑之仇。事出《东周列国志》第八十九回。此剧乃新编秦腔历史本戏，王烈、王纾编剧，须生为主唱做并重戏。

45.《索夫盘夫》

明代，曾铣为奸相严嵩陷害，惨遭灭门。曾铣之子曾荣，逃奔在外，为严党鄢茂卿收为义子，与严嵩的孙女兰贞结为夫妇。婚后，兰贞见曾荣终日脸无笑容，不与亲近，甚为怨恨，后问明曾荣身世，深明大义，力图救夫。此乃秦腔传统本戏，别名《鸳鸯坠》，含折子戏《索夫盘夫》，小生、武生、老生、小旦、大净唱做并重戏。中路秦腔剧目。现有陕西省艺术研究院所藏口述秦腔抄录本。

46.《锁麟囊》

登州富家之女薛湘灵出嫁之时，其母按当地习俗予之锁麟囊，取早生贵子之意，内藏珠宝。薛湘灵出嫁当日，中途遇雨，在春秋亭暂避，恰遇同日出嫁的贫家女赵守贞。赵守贞感家境贫寒、世态炎凉，在破旧的花轿中悲恸。湘灵闻知，慨然以锁麟囊相赠。六年后，登州遭遇水灾，薛、周两家逃难，湘灵与家人失散，流落莱州，遇旧仆胡婆，携至当地绅士卢员外所设粥棚。适逢卢家为儿子天麟雇保姆，湘灵应聘入卢府，伴天麟游戏中，百感交集。天麟玩耍中抛球入一小楼，促湘灵去取。湘灵登楼，见昔日之锁麟囊供奉桌上，不觉感涕。原来卢夫人即赵守贞，见状盘诘，方知湘灵为当年赠囊之人，敬其为上宾，与之结为金兰，助湘灵一家团圆。此剧为改编、移植秦腔历史本戏，由符胜、李学忠改编，2009年甘肃省秦剧团首演，导演李学忠、崔华功，作曲吴复兴、徐光明、邓幼奇，舞美马旭东，苏凤丽、王志萍、左育强、贺忠宏、陈金芳等演出。2011年，甘肃省音像出版社拍摄了由甘肃省秦剧团苏凤丽主演的该剧电影。

47.《太和城》

太和城守将庆忌谋反，吴王姬光命孙武子往剿。要离献策，愿以断臂苦肉之计刺杀庆忌。庆忌果然不疑，乃胜。庆忌被刺后，庆忌妻殷夫人举兵报仇，也被孙武子以五雷碗收复。此剧乃秦腔传统本戏，又称《太湖城》《收殷夫人》《要离刺庆忌》《五雷碗》等。前部以须生、小生唱工为主，后部以大净、须生做工为主。此戏在甘肃、陕西均盛行。陈德胜、张福庆、李炳南、常俊德、王庚寅、赵福海、耿忠义、秦鸿德等代表剧目之一。现有多个版本存世，包括上党梆子、中路梆子等，分别为甘肃省图书馆藏曹洪有口述秦腔抄录本，《陕西省传统剧目汇编·汉调桄桄》第一集收录本，河北省艺术研究所藏张富贵口述河北梆子抄录本，山西省戏剧研究所藏上党梆子、中路梆子抄录本。甘肃省靖远清嘉庆古钟有铸目。甘肃百通影视发展有限公司录制有甘肃省西和县秦剧团演出的全剧音像光碟并出版发行。事出《东周列国志》第七十四、七十五、七十六回，明杨慎有《太和城》杂剧。

48.《双官诰》

郎中薛子约往苏州探亲途中，救得王文性命，王文冒子约之名行医，死于店中。薛家人薛保搬尸回家。子约之大妇、二妇见夫已死，弃子薛倚哥盗物另嫁。时，圣上患病，被子约治愈，遂封御史，兼理太医院。其子倚哥，得三娘王春娥辛苦抚养，成人后得中状元，与父薛子约回乡祭祖，为三娘请来双官诰。此为秦腔传统本戏，别名《忠孝节义》《三娘教子》《机房训》，含折子戏《三娘教子》。各路秦腔常演。赵杰民、王玉琴、张秋惠等之代表作。事出《断机记》传奇及杨善之《双官诰》传奇，清李渔话本小说《无声戏》第十二卷，陈二白《双官诰》传奇及无名氏《双官诰》（一名《冠诰全传》）弹词。

49.《唐王游地狱》

唐王李世民灯下批阅奏章，困睡，梦遇泾河龙王前来求情，言说因私改天旨，犯下杀身之罪，要唐王明日午时三刻令监斩官魏徵陪驾，自己即可得救，言罢送宝物三件。唐王大喜，遂宣魏徵进宫陪驾。魏徵酒醉倒卧龙床接受天旨，梦斩龙君。时，刘全之妻李翠莲，虽然善心向佛，却因前世孽缘，今世有地狱之灾。当李翠莲以金钗斋僧，僧将钗予刘全，刘全曲解其妻翠莲，持钗质其妻，怒打经堂，翠莲上吊自缢明志。唐王、翠莲阴间相遇，同游地狱。翠莲地狱之灾已消，南海观世音菩萨奉如来之命度她离阴还阳。此为秦腔传统本戏，别名《拾万金》《刘全进瓜》《李翠莲游地狱》《打经堂》等，含折子戏《刘全进瓜》，生、旦唱做并重戏。甘肃省图书馆藏清代文明堂刻录本，另有《山东地方戏曲传统剧目汇编·东路梆子》第八集收录房源成口述本，《河北梆子传统剧目汇编》第七十二集收录赵殿元口述本，山西省戏剧研究所藏中路梆子抄录本。2008年，甘肃百通影视发展有限公司录制由甘肃省秦剧团排演的全剧光碟并出版发行。事出《西游记》第十二回，另有《唐王游地狱》小说。

50.《唐王征东》

薛仁贵在张士贵营中任伙头军，虽屡立战功，但均被张记在其婿何宗宪名下，仁贵依然为军中伙头军。唐王夜梦白袍，命敬德寻访。仁贵正在月下吟诗表功，敬德双手拦腰将其抱住，被白袍将军摔倒逃之。敬德急赶，扯下白袍半片，终于访得仁贵。此戏乃秦腔传统本戏，"江湖十八本"之一，别名《海神庙》《敬德访白袍》《鞭打张士贵》《淤泥河救驾》《龙门阵》，含折子戏《访白袍》《淤泥河救驾》，生、净唱做武打并重戏。现存版本有甘肃省图书馆藏曹洪有口述秦腔抄录本。事出《征东全传》第二十九回。

51.《棠棣园》

山西文水县棠棣园，系梁玉瑞、梁玉田昆仲之宅。玉田之友吴仁信，诱玉田入里康，纳妓女莲英为妾。莲英与吴私通，陷害玉田之妻蒋琼瑶，迫其离家投水，又将玉田家产暗转吴家后逃匿吴家。玉田不省己过，反恨其兄，执刀欲杀未遂，遭捕。吴信又欲逼娶贫女宋青凤，逼宋出逃，借宿琼瑶之弟蒋清鉴家。琼瑶投水为巡抚徐苎所救。徐于棠棣园中勘明案情，兄弟、夫妻团圆。此剧别名《弟兄和》，乃薛寿山所编剧目，为双生、双旦唱做戏，陕西易俗社首演。兰州薛寿山藏有抄录本。

52.《桃叶渡》

南宋赵构时，采石一战，金兵大败。山东耿京率领的天平义军行至济州城下，欲乘此时机一举灭金，差辛弃疾、贾瑞等将领，往南宋王朝请兵，合谋北征。赵构苟且临安，拒不出兵，只讲议和。适义军张安国等将领叛变，杀耿京，投降金国。金国总管郭拉们，派张安国返回，借机扑灭义军张帼英部。张国安行至桃叶渡，为北上将领辛弃疾所杀，其部下义军又反归辛。辛与张帼英等部合营，计图进兵北上。此乃新编秦腔历史本戏，关睢编剧。唱做并重戏。

53.《天齐庙》

潘仁美之子潘豹，于天齐庙摆下擂台，以暗器连伤几位英雄。杨继业七子延嗣，忍无可忍，上台打死潘豹。潘仁美上殿参本，宋王欲斩延嗣，适番邦犯境，宋王命杨家父子戴罪出征，潘、杨两家仇恨愈深。此剧乃秦腔传统本戏，别名《杨七郎打擂》《打潘豹》《劈潘豹》《天地庙》，含折子戏《天齐庙》，各路秦腔常演，是娃娃净做打并重。现有多种版本存世，《甘肃传统剧目汇编·秦腔》第一集收录本，河南省戏剧研究所藏豫剧抄录本，山东省艺术研究院藏山东梆子抄录本，山西省戏剧研究所藏李威风收存蒲州梆子抄录本。事出《杨家将演义》第四回。

54.《天水关》

诸葛亮以诱兵之计攻打天水，不料为魏营马遵帐下中郎将姜维识破，将计就计，反击败赵云。诸葛深爱姜的才干，乃先差赵云前往翼城搬请姜母，诱使姜维往救；再遣魏延假作姜维进攻天水，马遵果信姜维谋反，待姜维收兵回城时，闭门不纳。姜维进退无路，在诸葛亮劝说下，归降蜀汉。此戏乃秦腔传统本戏，别名《收姜维》《出师表》，须生、红生、老旦唱做并重戏。现存版本有陕西省城南院门义兴堂书局刊行秦腔本，陕西省艺术研究所藏秦腔抄录本，另有中路梆子本、蒲州梆子抄录本、山东梆子本、平调抄录本及《河北梆子传统剧目汇编》第十三集孙福祥口述抄录本。事出《三国演义》第九十三回。

55.《天仙配》

董永卖身葬父，孝心感动玉帝。玉帝命七女下凡，经槐荫老树撮合，与董永结为百日夫妻。玉帝又授董永武艺，边关立功，得胜还朝，七女产得一子，取名董仲舒。此戏是秦腔传统本戏，别名《天河配》《百日缘》《槐荫会》《卖身葬父》，各路秦腔常演，小旦、贫生反串武生唱做并重戏。现存版本有陕西省艺术研究所藏口述秦腔抄录本，甘肃省图书馆藏刘兆元清光绪二十年（1894）及王万种藏清光绪三十二年（1906）秦腔抄录本。事出汉刘向《孝子传》，另有曹植《灵芝篇》、干宝《搜神记》及唐叙事赋《董永行孝》、宋元《董永遇仙记》话本等。

56.《荆钗记》

南宋年间，温州秀才王十朋以荆钗为聘礼与钱玉莲结为婚姻。婚后王十朋赴临安大考，得中状元。丞相万俟贞欲招王为婿，被拒绝，由此万俟贞将他由饶州金判改为潮阳金判，饶州金判由榜眼王仕弘赴任。富豪孙有乾谋娶玉莲，暗将王十朋托交的家书改为休书，玉莲被孙逼婚投江自杀。之前，孙有乾为使钱玉莲嫁给自己，派人去饶谋杀王十朋，可刺死的是王仕弘。数月后，王十朋回乡接玉莲，知玉莲死，悲痛欲绝。孙有乾发现被刺死的王十朋惊恐万分，十朋遂设计捉孙突审，孙供出自己罪行。若干年后，十朋升任吉安太守，便在道观拈香悼念玉莲。适逢一少妇也在道观拈香悼念亡夫，二人相见十分震惊，少妇乃是钱玉莲，夫妻遂得以团圆。秦腔《荆钗记》乃新编秦腔历史本戏，李智根据古典同名剧改编；2005年由兰州市秦剧团首演，导演邢建仁，作曲姜云芳，配器邓增奇，舞美马步远，刘倩、王航、许扣、勾彪、吕友谊、马妮娜等演出。

57.《铁钉床》

西宫庞美容诬正宫罗太真谋反,唐王不辨是非,斩罗后于铁钉床。罗后之兄罗宏义乃渑池王,亦被太师庞文秀诬陷问斩,幸被马刚救去。罗子领兵围攻皇城,逼唐王杀庞太师父女,事遂平。此戏别名《火龙床》《马刚捉妖》,东路、西路秦腔剧目,秦腔传统本戏,净角、红生唱做并重戏。现存版本有甘肃省图书馆藏清光绪二十年(1894)张太和口述秦腔抄录本,陕西省艺术研究所藏秦腔抄录本,《甘肃传统剧目汇编·秦腔》第五集收录本,另有山西省戏剧研究所收藏的中路梆子抄录本。

58.《铁弓缘》

已故太原守备之女陈秀英与母设茶馆为生,其父留一铁弓,遗言能开弓者即以女许婚。一日,太原总镇石须龙之子石伦来饮茶,见秀英貌美,欲娶为妻,被陈母痛打而逃。陈母追之,遇匡忠解劝,邀回茶馆。秀英见匡忠一表人才,又能开弓,中意成婚。石须龙父子得知此事,派匡忠押解饷银至嘉峪关,并暗中派人抢劫。匡忠失落饷银,被发配边关。秀英母女闻知,趁石伦前来逼婚之际,用酒将其灌醉,将他杀死,逃出家门。秀英乔扮男子,假冒匡忠结义兄弟王富刚之名,路遇关月英,被邀上山。月英父向秀英许婚,秀英假约报仇之后完婚。后在月英父女相助下,起兵攻打太原,斩石须龙报仇。时,王督抚令王富刚迎敌,真假王富刚交战难分胜负,王乃调回匡忠,立功赎罪。匡与秀英交战,秀英以实相告,夫妻团圆。后来,秀英荐月英亦与王富刚结成姻缘。此戏乃秦腔传统本戏,别名《真假王富刚》《英杰烈》《开铁弓》,西路、中路秦腔剧目,小旦反串武旦唱念打并重戏。现有多个版本存世,有《陕西传统剧目汇编·秦腔》第二十七集收录本、《甘肃传统剧目汇编·秦腔》第十集收录本,另有中路梆子抄录本。事出汉《雨霖郎》乐府诗、清《铁弓缘》传奇。

59.《铁兽图》

晋献公向虞国借道伐虢,虞公不听劝谏而允之。结果晋灭虢灭虞。虞人百里奚别妻抛子,出外求仕,虞灭后,便在楚国放马。秦穆公闻其贤,以五张羊皮赎之,拜为相。时,虞国大饥,其妻杜氏及子孟明出外逃荒,清福神柏鉴即用铁兽图将母子二人送至秦国,全家团聚。秦穆公也得百里孟明、西乞术、蹇伯，封为三相，称霸于诸侯。此乃秦腔传统本戏，别名《孟明降妖》《假途灭虢》等，含折子戏《降妖》，正旦、武生唱做并重戏。事出《孟子·万章篇》《史记·秦本纪》《东周列国志》第二十六回。现存版本有《陕西省传统剧目汇编·秦腔》第一集收录本，甘肃省靖远清嘉庆古钟有铸目。

60.《铁血英雄》

岳飞、岳云父子风波亭遇害，秦桧、万俟卨对岳家继加迫害。万带人抄袭岳家庄，欲灭岳满门，女英雄梁红玉抗命闯宫，救下岳雷父子发配云南。小南王柴桂之妻深明大义，尽释旧怨，巧遇苗王李述甫，将公主许配岳雷为妻。后金兀术三犯中原，宋朝文武百官弹劾秦桧，请岳雷挂帅出征，大败金兵。此剧是新编秦腔历史本戏，杨岳宝编剧，武小生、武旦、白净、净角唱做打并重戏，宁夏银川市秦剧团首演。事出《宋史·岳飞传》等。

61.《王魁负义》

书生王魁病倒街头，被妓女敫桂英救活，两人十分恩爱，桂英供其读书，并盟誓永不相负。后王魁高中得官，攀为相婿，背约抛弃桂英。桂英愤诉于海神后自缢，其鬼魂致王魁死。此剧别名《情探》，是秦腔传统本戏，小旦、小生唱做工并重戏，各路秦腔常演。路玉玲代表剧目之一。现有多个版本存世，甘肃省图书馆藏民国口述秦腔抄录本，山西省临汾蒲剧院藏全本油印本。事出《焚香记》传奇。

62.《王婆骂鸡》

王婆养了一群鸡，每只鸡都有名字。邻居李七之妻，偷去王婆一只花母鸡并杀而食之。王婆寻鸡不着，乃撒泼大骂，咒尽各行各业，仍不罢口。李七回家，见家中有鸡毛，知为己妻所偷食，赔王婆一吊铜钱，纠纷始平息。此剧别名《骂鸡》，秦腔传统小戏，中路秦腔剧目，彩旦唱念做并重戏。现有多个版本存世，西安德华书局刊行秦腔本和陕西省艺术研究所藏牛桂英演出本。事出《目莲传》戏文。

63.《王祥卧冰》

晋代，王祥继母康氏为己子王贤霸产，屡次加害王祥夫妇。一次康氏命王祥出外办货，路过香山，被司马羁掳上山，王贤赶至，说明原委，司马羁赠金送走。辽王叛，晋惠帝召回司马羁往剿。康氏病重，欲食鲜鱼。时值隆冬，王祥卧冰破冰而得鲜鱼，并得落红珠一颗。康氏食鱼后，病愈，大为感悔。后落红珠为兵部侍郎刘瑛所得，助司马羁破辽王飞刀，大胜回朝。另有李祥者，宠妻虐母，其妻亦欲食鲜鱼，李祥卧冰，土地责其不孝母，使其坠入冰河。此戏为秦腔传统本戏，别名《落红珠》，小生、老旦唱做戏。各路秦腔常演。现存版本有陕西省艺术研究所有藏目，甘肃省图书馆藏秦腔抄录本，另有河北梆子抄存本。事出《晋书·列传第三》、刘向《孝子传》、元王仲文《感天动地王祥卧冰》杂剧、明沈璟《十孝记》传奇等。

64.《王佐断臂》

金兀术不敌岳飞，屡战不胜，调义子陆文龙前来助战，连杀宋军数员大将。参军王佐知道文龙乃潞安州节度使陆登之子，便献计岳飞，愿断臂诈降兀术，借说书为名，使文龙自知身世。文龙果真归宋，以内应打败兀术，重返故国。此戏是秦腔传统小戏，别名《断臂说书》《八大锤陆文龙》等，西路、中路秦腔剧目，须生、武小生唱做工戏。现存版本有陕西省艺术研究所藏秦腔抄录本、甘肃省图书馆藏秦腔抄录本。山西上党、北路梆子、蒲剧有同目，名《忠义图》等。事出《说岳全传》第五十五、五十六、五十七回。

65.《魏徵进谏》

唐贞观四年（630），国丈宇文士及图谋篡位，暗命心腹长安府尹霍行年召集党羽，培植亲信。为施美人计，将义子陆爽之妻郑线娘献于天子，嫁祸尚书右丞相魏徵，诱逼陆爽。唐太宗偏听谗言，欲封郑线娘华贵嫔。魏徵揭宇文士及阴谋，使李世民醒悟，严惩宇文士及等，为国除奸。此乃新编秦腔历史本戏，赵彪奎编剧，生、旦唱做戏。事出《贞观政要》《新唐书》《旧唐书》等。

66.《文天祥》

南宋末年，右相文天祥上疏皇帝，建议分兵抗元，并斩降者，以振军心，遭拒。后元军渡江南下，文天祥变卖家产，组织义军保卫临安，并再次上疏杀降者，愿与元军决一死战，仍未成功。后奉命同元军将领谈判，被出卖扣押。逃出后又领镇江起义军与元军交战，不幸在王坡岭被俘，囚在狱中。元将多次诱降，文天祥忠贞不屈，誓死不降，作《正气歌》，从容就义。此剧是新编秦腔历史本戏,有两个版本,一为李文德编剧,另一为田益荣所编。两版各有侧重,李文德版是须生为主唱做戏,1955年兰州市豫剧团首演;田益荣版则是以文武须生为主唱做打戏。两版所演内容皆以《宋史·文天祥本传》和明人《崖山烈》传奇为蓝本。

67.《文王访贤》

姜子牙于昆仑山学法成道归里,以卖草鞋和摆摊卖卦维持生计,其妻马氏不甘贫苦离去。一日,文王夜梦飞熊扑面,知其将得高人扶助,即外出访贤,于渭水河畔见正在垂钓的姜子牙。文王与之谈论治国之道,子牙对答如流。文王大喜,即拜子牙为相。子牙感念其诚,让文王拉纤,拉至八百零八步而索断,子牙答应保其江山八百零八年。此剧为秦腔传统本戏,别名《渭水河》《文王拉纤》《姜太公钓鱼》《夜梦飞熊》等,含折子戏《姜子牙卖草鞋》《渭水访贤》,是老生、红净、摇旦唱做并重戏。现存版本有甘肃省图书馆藏张艮根口述抄录本,《河北梆子剧目汇集》第一集收录范子瑞口述本,此外山西中路梆子有同目。事出《武王伐纣平话》,《封神演义》第十五、十六、二十三、二十四回。

68.《卧薪尝胆》

吴王夫差为报灭祖之仇,与伍员兴兵伐越,越军败。越王勾践使节礼贿向吴求和,夫妇赴吴做人质,囚于右室扫墓牧马,忍辱为夫差尝粪决疾,受信被释。勾践回国后,不入宫闱,卧薪尝胆,励精图治,终于灭吴,夫差自刎而亡。楼英杰、靖正恭、高符中、何振中、杨金凤等名家均擅演此剧。此戏别名《姑苏台》《越王尝粪》《尝粪疗疾》等,秦腔传统本戏,生、旦、净唱做并重。现存版本有《陕西省传统剧目汇编·汉调桄桄》第五集收录孙太正口述本,陕西省艺术研究所藏清同治七年(1868)抄录本。另有山西省戏剧研究所藏中路梆子《西施》抄录本,其情节与《卧薪尝胆》略异。事出《东周列国志》第八十回。

69.《无影剑》

汉景帝宠信奸妃唐凤高和太师沈祥。正宫吴后劝谏不纳,反被处死。太子盘龙斥之,唐、沈绑太子于雪地,冻饿将死,幸得东宫周太监救活,裙边扫雪,掩盖足迹。盘龙往江东搬来舅父吴荣兵马,火烧景帝,杀奸妃、太师。盘龙登基，是为武帝。此剧是秦腔传统本戏，别名《裙边扫雪》《东宫扫雪》《母子炮》等，含折子戏《裙边扫雪》，正旦、小生、武生唱做戏，各路秦腔常演。关雪亭代表剧目之一。现存版本有甘肃省图书馆藏沈德福口述秦腔抄录本，《陕西传统剧目汇编·秦腔》第三十二集收录抄存本。另有山西省临汾蒲剧院藏存抄本，山西省戏剧研究所藏蒲州梆子本及张春林口述中路梆子抄录本。事出《前汉书·列传》第十回。

70.《三滴血》

《三滴血》作为秦腔最成功的改编剧之一，20世纪60年代的全明星阵容演出更是将此剧广泛传播，闻名全国。故事讲述了明末时期，山西商人周仁瑞在陕西经商，生意失败穷困潦倒之时，恰好妻子又生了双胞胎儿子，生下孩子后妻子就去世了。周仁瑞望着襁褓中嗷嗷待哺的一双婴儿，万般无奈之下就想将一个儿子送人养活。在热心肠邻居王妈的建议帮助之下，找到了家境较为殷实的李三娘。李三娘将收养的孩子更名为李遇春，和自己的亲生女儿李晚春一起抚养。周仁瑞将留下的儿子取名周天佑，认王妈为奶妈，由其抚养长大。等到天佑长到十来岁时，周仁瑞自己的生意实在难以支撑下去，想着自己越来越年迈，孩子将无人依靠，就准备带儿子回老家山西五台县，在老家和弟弟周仁祥一家共同度日。好不容易回到老家见到弟弟一家人，没想到弟弟一家只想要钱，丝毫不念亲情。弟弟见哥哥不仅没有挣到钱，还领了儿子回来生活，为了避免被分掉一些家产，就在妻子的煽风点火之下坚决不承认这个儿子是哥哥的亲生骨肉。兄弟二人争执不下，只好报官。县令晋信书听了二人的陈述后，想到他在古书上看到的滴血认亲之法，就现场操作：一碗水，一根针，将周仁瑞父子血液滴入水中，如果二人血液融合就证明是亲生父子，反之则不是。因二人的血并不融合，他便当场判定二人不是父子，将周天佑驱逐出境。弟弟一家人兴高采烈如愿以偿了。

这边周天佑与父亲痛苦失散，那边李遇春和姐姐李晚春在李三娘膝下，越长大感情越好。李三娘当初抱养时也是为了将来孩子入赘李家，现在他长大就可以挑明关系。但李三娘和王妈商定后决定正话反说，就说弟弟是亲生的，姐姐反而是抱养的。就在准备二人的婚事时，李三娘却不幸病故。恶少阮自用一直垂涎晚春美貌，这时他便将遇春生辰八字做成假帖，想强娶晚春,并诬二人为亲姐弟,将二人告到县衙。这次官府又将晋信书从山西请到了陕西韩城,来专门滴血断定二人是否为亲姐弟。得意扬扬的晋信书再次滴血后判定二人为亲生,将晚春判给阮自用为妻。在与阮自用的花烛之夜,晚春逃出去寻找遇春。周仁瑞寻找天佑,遇晚春奶娘王妈,奶娘随周仁瑞前往县衙对质。晋信书竟然还以滴血法断定周仁祥与其子牛娃非血缘关系,错误百出。

李遇春在公堂被驱逐后碰到了周天佑,这对孪生兄弟在他乡遇到后同病相怜,便相约一起投军,最终苦尽甘来,荣立战功之后各自官拜五品。这时他们也商量把自己的亲人接过来生活,并提审晋信书。最终晋信书因主观断案而被罢官,冤案始明,阖家团圆。

《三滴血》是陕西著名剧作家范紫东先生的优秀剧作,著名剧作家曹禺曾称赞"秦腔之《三滴血》,简直可以同莎士比亚的剧作媲美"。戏里多条线索,矛盾迭起,引人入胜。

71.《哭祖庙》

《哭祖庙》是一个非常悲怆的故事,来自《三国演义》第一百一十八回。三国后期,邓艾攻下绵竹,刘禅担心遭遇灭国,众官便献计出降。刘禅之子刘谌(北地王)先斥众官,后又泣血谏阻,刘禅不听,为保住性命决意降魏。眼看一切已经无可挽回,刘谌伤心愤怒地回到自己宫里,其妻崔氏先触柱死,接着刘谌杀了自己的三个儿子,割头提至祖庙,哭诉祖业创造之难及己不忍国亡之心,自刎殉国。

72.《火焰驹》

《火焰驹》又名《买水记》,经过改编后,于1959年进京演出,后又在全国演出,大获成功,后又被搬上银幕,成为秦腔剧目中最早搬上银幕的舞台经典。

故事讲述的是北宋时,北狄王带兵进犯边关,兵部尚书李绶的长子李彦荣奉朝廷之命,带兵马前去驱逐,战争节节胜利。但奸臣王强和敌方勾结,扣住报喜的战书和军粮,使彦荣兵马被困,又乘机诬奏彦荣叛国投敌。朝廷偏听偏信,想着前方音讯全无,肯定是彦荣投降了,于是将李绶问成死罪押入监牢,查抄李家,将全家赶出汴梁。李老夫人与次子李彦贵及其他家人回到苏州老家，无家可归只好寄居在庙堂。

另一边已经和李家早早定下儿女婚事的户部尚书黄璋，在听闻李家遭遇后却忙着悔婚。因为当时结亲，黄璋无非是看着李家一门父荣子贵，想尽办法去攀附而已。而这时黄璋的女儿黄桂英还不知道李家的情况，只知道父亲已经给自己定下了婚事，正在幸福地憧憬自己的未来，在自家花园和丫鬟欣赏美景，心情愉悦。等她知道了这个噩耗，而父亲打算退婚时，她坚决反对，并给父亲讲了一番道理。但这并没打动父亲，还是坚持要退婚，而黄桂英也发誓一辈子不再嫁与他人。此时的她满腔忧伤，只苦于自己无法帮助那个落难的公子。

李家举目无亲，实在走投无路，只好来投奔黄家。黄璋刚好趁此机会当面退婚，并将一些碎银子扔给李彦贵称以后再无瓜葛。李彦贵愤怒甩掉银子，称决不食嗟来之食。无奈之下，李彦贵只好卖水度日。一天，彦贵卖水经过黄府花园，丫鬟芸香奉命引他与小姐相会。二人互诉了真情，黄桂英又约定当晚在柳荫下赠银。谁知此话被恶仆王良听见，便向黄璋告发。为了达到自己的卑鄙目的，黄璋命王良在彦贵取银时杀死芸香，栽赃于彦贵，再买通官府，将彦贵判成死罪。

曾受过李绶搭救的贩马商人艾谦得知此事，立即骑着日行千里的火焰驹飞奔边关给彦荣送信。中秋节这一天，正当行刑时刻到来，彦贵性命难保之际，彦荣从边关赶回来了。黄桂英也冒雨潜行，去法场祭桩，途中遇李母和大嫂，因受误解而遭打，经一番哭诉表露真情，共赴法场。冤情大白，朝廷赦免了李彦贵，处决了王强。李府全家团圆，彦贵，桂英也终于结成了美满夫妻。

73.《白逼宫》

东汉末年，丞相曹操专权，挟天子以令诸侯，欺压百官，汉献帝刘协畏其权势，与伏皇后商议，以衣带修血诏，命宦官董成联络王子服、马腾做外应，密谋除掉曹操。时太医吉平断指为誓，在为曹操诊病时，用毒药杀曹操未成。曹操百般拷问，吉平不屈而亡。董成家人苗泽与董妾私通，被董成发觉责骂而逃奔曹府，告发董成密谋欲诛杀曹操之事。曹操大怒，派人杀了董成、马腾、王子服，将伏皇后及其三族尽皆斩首，进而深夜佩剑入宫逼问献帝。为斩草除根，曹又赐药酒毒死献帝与伏皇后的两个皇儿。还威逼汉献帝册封自己的女儿曹贵妃为正宫皇后，以监视汉献帝，进而达到自己的政治目的。马超在西凉得知其父马腾被曹害死，即与马岱、庞德率兵欲为父报仇，至潼关，大破曹兵，曹操割须弃袍逃命。

此剧常作为折子戏演出，仅演曹操进宫威逼献帝并毒死皇儿一段，细致地表现出献帝在与皇儿诀别时激烈的思想斗争。其中的唱词堪称经典，表达汉献帝与曹操斗争失败后，深陷绝境，无力扭转乾坤，又失去皇后和太子的悲愤痛苦之情。演员将这一段汉献帝的苦难心路历程用秦腔特有的表现苦难的唱腔有力地表达出来，非常能打动观众。尤其是汉献帝表达对曹操的恨意，表达自己家破人亡的痛苦的精彩戏词，字字泣血，声声滴泪。剧中的十一个排比句"欺寡人"一气呵成，配合音乐节奏，演员唱腔的变化，成为秦腔舞台上无与伦比的经典唱词。一句长达二十六字成为秦腔苦音慢板中的最长句式。秦腔传统剧《白逼宫》是本戏《衣带诏》中的一折。

74.《法门寺》

明武宗时，陕西孙家庄少女孙玉姣坐在门前绣花，被青年世袭指挥傅朋所见。傅朋对孙玉姣心生爱慕，便借买鸡为名，和孙玉姣说起话来。傅朋的潇洒多情也打动了孙玉姣的心。傅朋故意将一只玉镯丢落在她的门前，她便含羞地拾起了它，表示接受傅朋的情意。两个年轻人的心意被不远处的刘媒婆看在眼里，想着这么一桩好姻缘自己不用跑路费口舌就能稳赚一笔。等傅朋走后，她便故意到孙玉娇家中探听姑娘的心意，主动提出由自己出头来撮合这件好事，还出主意让孙玉娇将自己的信物托她转交给傅朋，孙玉娇便将自己的绣鞋给了她，刘媒婆持孙玉姣绣鞋归家，为子刘彪所知。刘彪本来就是无恶不作之人，他认为两个人必有私情，便心生一计，打算持鞋去讹诈傅朋。谁知傅朋光明磊落，丝毫不受他的要挟，地保刘公道也加以解劝。刘彪心中怀恨，便想着去占孙玉娇的便宜，便夜至孙家庄，越墙闯入玉姣房中。谁知孙玉娇的舅舅和舅母借住在孙玉娇房内，被惊醒后，和刘彪打作一团。刘彪担心恶行暴露，遂将二人杀死，还将二人头颅割下，提着人头落荒而逃，在路上看到粽子房灯火通明，在煮粽子，便趁人不注意把人头扔在粽子锅内。

话说郿坞县内有个中年丧妻的穷生员宋国士，家里穷得揭不开锅，只好将儿子宋兴儿送到开粽子房的刘公道家打工。刘公道在粽子锅发现人头后，赶忙叫来宋兴儿，吓得宋兴儿大喊大叫。刘公道担心宋兴儿惹来衙门公差，便将他杀了灭口，扔进一口枯井里。孙母早上发现尸体后告至县衙，郿坞县令赵廉因为在凶案现场看到了刘彪遗留下的孙玉娇的绣鞋，竟将傅朋当成杀人凶手，傅朋被屈打成招后押入狱中。刘公道担心自己的杀人行为败露，便恶人先告状，向县官状告宋兴儿偷盗后逃跑了。县令便判断傅朋所杀的人和宋兴儿也有关系，便把宋兴儿的父亲宋兴国和姐姐宋巧娇抓来追查宋兴儿下落。二人暂时被羁押。宋巧娇聪明伶俐，在狱中已经查明了事情的来龙去脉，出狱后得知刘瑾侍太后至法门寺降香时，便拦路鸣冤告状。太后命刘瑾勘问得实，责赵廉复查，最终水落石出，斩刘彪、刘公道。刘瑾也做个顺水人情，将孙、宋二姣赐婚傅朋。傅朋也因祸得福，结局圆满。

这部戏情节丰富，人物众多，小生、须生、小旦、媒旦、丑唱等都贡献出非常精彩的表演。

《法门寺》是秦腔传统本戏，又名《双玉镯》《宋巧姣告状》《双娇奇缘》等，内含折子戏《拾玉镯》，最为著名。此戏京剧、豫剧等都有上演。陕西省艺术研究所藏清道光元年（1821）抄存本，后上演的基本为姜炳泰的改编本。

75.《四贤册》

荒旱年间，一家四口为了度日，变卖家产而一贫如洗。听说县府开仓放粮，丈夫方文珍匆匆而去，留下妻子赵月娥和儿子新郎、侄儿林郎在家中等候。由于"近日来炉灶中又断炊烟"，儿子、侄儿饥饿难忍，啼声不断。赵月娥抱着两个饥饿的孩子，在草堂外等待丈夫，望眼欲穿，等来的却是手提空袋、无望而归的丈夫。面对无粮断炊、饥饿难挨的困境，实在无路可走了，方文珍便想卖掉一个孩子，换些柴米暂度饥荒。这也是普天下劳苦大众在饥荒年间为了活命不得已而为之的普遍行为。如果林郎和新郎都是自己亲生的，也许卖谁都无可厚非，可偏偏这林郎是兄嫂病故前托付给他们抚养的孩子。究竟应该卖谁，就成了一个很难决断的棘手问题。卖掉侄子林郎，于情于理于良心都说不过去；另外，九泉之下又何以向兄嫂交代？然而卖掉亲子，又恐妻子不依。

方文珍在万般无奈之际，为试探其妻，假说欲卖侄子林郎。谁知却遭到妻子赵月娥的哭劝和反对，说什么也不能卖掉侄子林郎，应该卖的是亲子新郎。夫妻二人这般对话，恰被窗外的新郎、林郎两个孩子听见，他们两个跑进屋争着要求双亲卖掉自己。面对此情此景，谁忍决断？丈夫只好出策说，前院放一把草，谁先抢到就卖谁。林郎冲出去最先抢到草把，谁知新郎狠咬林郎的手背，又抢下草把。此刻看着新郎手中的草把，又看看林郎被咬破的手背，身为父母，看到这一举动，心如刀绞，肝肠寸断。在这么一个四人相依为命的特殊家庭里，面对苦难和饥荒，在生离死别的关键时刻，他们每个人所展示的复杂心态、灵魂的搏斗以及心理的变化、对命运的选择，都使得其人性魅力得到了巨大的升华。同时，观众也会因他们彼此之间比金子还亮的心，以及义薄云天的举动而感慨万千，潸然泪下！

《四贤册》是以生、旦为主角，以唱为主的唱功戏。陕西秦腔四大名旦之一的郭明霞从20世纪50年代开始，就以唱《四贤册》《三娘教子》而声名远扬，形成了风格鲜明的唱腔特点。

76.《忠保国》

明穆宗朱载垕去世时，太子万历皇帝继位，由于年纪太小，皇太后李艳妃垂帘听政。太师李良是李艳妃的父亲，他看到女儿垂帘，皇帝年幼，就想着篡位自己来做皇帝。于是唆使李艳妃将皇权交给他来执掌，等到皇帝长大了再把皇权再交还回去。对此，定国公徐彦昭和兵部侍郎杨波联名抵制，向李艳妃力谏未果。艳妃受其父李良诱骗，将朝政交李良执掌。李良执政后将艳妃及太子封锁在昭阳宫院内，图谋篡位。此时的艳妃方知其父的险恶用心，身在内宫，叫天天不应，叫地地不灵，终日以泪洗面。徐彦昭对李良的狼子野心早已料到，并有所准备，事先已将女儿派进昭阳宫侍奉艳妃，以便随时通风报信，及时采取对策。李艳妃见其父篡位面目彻底暴露，亲下密诏恳求徐、杨救她出困境。徐小姐将密诏用箭传至杨府，徐彦昭、杨波见令箭后情知有变，二次进宫。

李艳妃向二人控诉其父蛇蝎心肠，悔不当初。二人也以历史上外戚干政而亡国的事件告诫李艳妃，终使她认识到皇权旁落之后的可悲下场。李艳妃再三求二人发兵，挽救大明江山。杨波派义子赵飞出城搬兵，不日搬来杨俊明、杨俊青及马芳多路人马。徐、杨此番再见艳妃,艳妃跪地哀求,封杨波为太子太保。徐杨即时登殿发兵,拿住李良问罪,廓清朝班,国事始宁。

虽然这部剧的剧情毫无历史根据,故事荒诞不经,但由于其依据中国传统剧目价值观,鲜明地歌颂忠义之士,批判奸邪之人,剧中人物唱腔优美,做工独特,深受历代观众喜爱。其艺术上的成功也是百姓喜爱的重要原因。

此剧乃秦腔传统剧,又名《黑叮本》《二进宫》《赵飞搬兵》等。

77.《走雪山》

明熹宗天启年间,魏忠贤专权,残害忠良,欲夺王篡位,便借母寿诞,约文武百官过府画押。天官曹模不服,魏忠贤便记恨在心,参奏熹宗皇帝,要将曹模问斩。幸得同僚陈仲搭救,将曹削职归里。曹模途中夜宿官庄,魏又差人杀其家眷,曹模伤心自刎,夫人投井而死。家人曹福保曹女玉莲逃往大同投亲,投公父大同镇守李德政。途经四十里光华山,天降大雪,曹福将身穿衣服脱给曹玉莲御寒,而自己被冻毙。玉莲被打豹兵送至李德政官衙。魏忠贤又伪造圣旨,差人来拿李德政进京问斩。副将张守信窥破假旨,遂约十四王之兵进京讨贼,兵临城下,与天启王、魏忠贤对质。真相大白,魏忠贤被杀,曹模之冤大白,玉莲被封为女状元。

本剧故事简单,人物也不多,主要围绕小旦、老生来展开。曹玉莲在生活遭受重大变故之时,用唱腔和动作展现失魂落魄的凄苦怆惶,动作中表现大雪过山时的艰难,眼神、手势等也需要变化多样,营造出一个本来足不出户的千金小姐在黑夜大雪纷飞中慌忙逃命的紧张气氛。老生也需要用丰富的动作和唱词对话来表现老仆人细心照顾主人,一边好言安慰,一边与山上的复杂环境和凶猛动物作斗争的情景。最终毫不犹豫将牺牲自己,保全主人。

此剧是秦腔传统剧,又名《南天门》《反大同》《光华山》,老生、小旦唱做工并重戏,其中《走雪山》为著名折戏,单独演出。

78.《周仁回府》

严嵩的干儿子严年垂涎杜文学之妻,遂将杜文学父亲羁押,又诬告杜文学将其流放岭南。杜文学自知此行凶多吉少,临行前将妻子跪托义弟周仁。封承东乃杜文学门客,卖主求荣,向严年告密此事。严年心生一计,让人请来周仁,以功名利禄诱惑周仁,并骗他只要献出其嫂,便可救其兄。周仁回到家中思前想后，既不能将嫂嫂献于严年，又不能不救杜文学而陷自己于不义。他与妻暗中计议，决定以其妻扮作其嫂，献与严年，并连夜携嫂出逃。妻至严府，杀严贼不成，自戕身亡。多年后严嵩事败，严年亦身入牢狱，杜文学获释归来。不知情的杜文学见到周仁就怒责，指责他不仁不义，并将周仁暴打一顿。周仁无比委屈，只好到妻子墓前哭诉冤枉。后来杜文学之妻痛说原委，真相始明，杜文学知道冤枉了周仁，夫妻二人遂请周仁回府。

《周仁回府》又名《忠义侠》《鸳鸯泪》，经过王绍猷先生改编后加入了严嵩当政期间培植党羽、任人唯亲、私设牢狱等一系列罪行，从世俗角度切入，表现了更深刻的人性，语言也更工整对仗，排比错落、用字讲究。此剧为秦腔"八大本"之一，唱做工并重戏。剧中《悔路》《夜逃》《哭墓》等折戏可单独演出，广为流行。周仁在剧中有耍帽翅、甩发等特技，最大限度地将周仁的形象全面展现，表现了文人舍生取义、杀身成仁，为彰显道德力量作出的巨大牺牲。

79.《清风亭》

秀才薛荣进京赶考，善良贤淑的妾室周桂英生下一子，正室嫉妒，命人把孩子抛在荒郊，周桂英无奈在孩子褓褓内留下一封血书，仆人不忍心将孩子扔在野外，就将其放在了人来人往的清风亭里。婴儿恰好被膝下无儿以磨豆腐为生的张元秀夫妻拾得收养，取名张继保，夫妻二人将其视作珍宝，辛苦抚育成人。可这个孩子偏偏娇生惯养，脾气不小。他始终觉得自己不应该出生在这么贫穷的家里，终于机缘巧合下张继保在清风亭和生母周氏相认了，得知终于能摆脱贫穷爹娘时，他头也不回地跟着生母回了家。张元秀夫妻思儿成疾，老病所缠，沦为乞丐，闻继保得中状元返归故里，便至清风亭前相认。张继保忘恩负义，不肯相认，把老夫妻当成乞丐，只扔给了他们二百文铜钱。老婆婆悲愤至极，将铜钱扔在他脸上，万分痛心地碰死在清风亭前，张元秀见此情形悲苦难耐，也气绝身亡。一时间天色大变，狂风骤起，打雷闪电，逼死养父母的张继保，竟然活活被天雷劈死在了清风亭。

该剧为老生、老旦唱做工并重戏，悲怆华美、独具韵味，又名《天雷报》《雷打张继保》，是秦腔的经典之作。

80.《打镇台》

明永乐年间,八台总镇李庆若之子调戏民女,当时户部尚书文庆正在奉旨赈灾,看到其此番行径气愤不已,指挥随从将其打死。李庆若自知无权弹劾户部尚书,便奏于圣上,圣上将此案批于华亭县令王振审理。县官王振要审理二品大员,让他感到压力极大,而且一边是手握兵权的八台总镇李若庆,一边是户部尚书文庆,无论谁输谁赢,以后都没有自己的好日子过,正当他思想斗争时,李庆若已经闯进公堂。李庆若自恃权势显赫,把小小的县官不放在眼里,带领校尉来到华亭县衙,以八台总镇的威势胁迫知县,大闹公堂。王振据理相争,问得李庆若无言以对,责其毁辱王旨、大闹公堂,并以大闹公堂罪将李庆若暴打一顿,煞了李的威风,伸张了正义。文庆之子文玉投军效力,征剿草寇,华亭地方生民安宁,圣上发来旨意,褒奖有功之臣。

按说让七品县官来审原告被告都是二品大员的案子,本身就有矛盾有看点,本剧很好地将故事的转折发展和人物的心理活动紧密联系在一起,尤其是"皮鞭打不由人满腔怒火"的唱段是王振给自己壮胆打气时所唱,后面又回顾历史上的包公怒斩陈世美的故事,以此来激励自己,向前辈学习,也要做个不畏强权的好臣子,敢于为民做主的好县官,既能表现主人公人物心理,又能起到教化群众的目的。

此剧是秦腔传统剧《秋江月》之一折,多以折戏流行。此剧为须生唱工做工戏,"皮鞭打"一段唱腔已成为须生经典唱段。

81.《游西湖》

南宋时,御史之女李慧娘与丫鬟在后花园赏花,摘下一枝红梅戴在头上,正在赏花的太学生裴瑞卿看到李慧娘的美貌后从墙上掉了下来,随后二人一见钟情,互赠信物托付终身。当朝宰相的贾似道指使家人猎取美色,家仆看到李慧娘貌美如花便强求李慧娘做贾似道的小妾,慧娘誓死不从,但还是被贾似道强抢而去,而这一切身在太学府的裴瑞卿却浑然不知。一日在西湖上,裴瑞卿和朋友们正在游湖,看到贾似道携众多妻妾也在游玩,便追赶着要和贾似道理论,抗议他作为当朝宰相却不顾国家民族大义,只顾自己醉生梦死的生活,猛然间看到了慧娘也在此。李慧娘也看到了他,但苦于无法脱身，只能拿着红梅暗示自己是被抢来，二人只能于船头互诉衷肠。裴瑞卿和众生看到国破家亡之时，贾似道依然行乐放纵，强抢民女，不理朝政，便决心联名上奏朝廷，弹劾贾似道。贾似道回到府中后，大发雷霆，一剑刺杀慧娘，又命家奴拿着李慧娘留下的信物骗裴瑞卿来贾府，准备将其杀害。慧娘冤魂不散，怨气腾腾，着急地想要救出心上人。九天玄女怜其不幸，差土地神赠阴阳宝扇使其与裴相会。慧娘魂返贾府，正遇贾似道准备杀害裴瑞卿，便星夜救裴逃生，并严惩了奸相贾似道。

《游西湖》故事源自明人周朝俊所写《红梅记》，李慧娘的形象也见于明人笔记小说《剪灯新话》及冯梦龙《古今小说》中。秦腔《游西湖》由马建翎先生改编，上演也获得了巨大成功。时至今日，折子戏《鬼怨》《杀生》《救裴》依然是小生、小旦的经典演出剧目，表现了李慧娘的性格和悲惨命运，演员的唱、念、做、打功夫和秦腔绝活的掌握，都体现出一个优秀旦角的全面功力。鬼与人的爱情故事也展现大秦腔之艳美与悲壮。

82.《金沙滩》

北宋初年，辽宋对垒，宋太宗赵光义五台山进香还愿，北国天庆辽王定下毒计，在幽州摆下鸿门宴，邀宋王爷赴"双龙会"，欲灭宋室君臣。不想被金刀杨继业识破，令杨大郎假扮宋王，携七郎八虎杨家儿郎一同赴会，席间兵变，辽宋两军血战金沙滩，大郎用袖箭射死天庆王，大郎、二郎、三郎一同战死，四郎、八郎被俘失落番邦，五郎看破红尘出家五台，七郎杀出重围搬救兵不成反被奸臣潘仁美乱箭射死，救兵不至，杨继业带六郎死战两狼山，父子杀散，老令公怒触李陵碑。

此为秦腔传统剧，故事源于《杨家将演义》，也受到宋代民间说唱文学的影响，又名《双龙会》《八虎闯幽州》，行当齐全，剧情激昂，最能表现秦腔慷慨悲壮、以苦音见长的剧中特色。

83.《二堂舍子》

《二堂舍子》是秦腔传统戏《劈山救母》中的一折。

唐代有个书生叫刘延昌，上京赶考途中路过华山，闻听三圣母十分灵验，遂进庙求签，问问前程。他望着三圣母秀丽端庄的塑像，不仅心生爱慕之情，心想谁要是能娶她做妻子该多好呀，于是提笔在墙上写诗表达自己的爱慕之情。三圣母也看见刘延昌相貌堂堂，一表人才，也产生了爱慕之心。二人最终结为伉俪。一日，三圣母下嫁刘延昌并已有身孕的事传到二郎神杨戬的耳朵里。这位玉皇大帝的外甥，怎容得妹妹干出这种有失体面的事？便提起他的三尖两刃刀，匆匆向华山脚下的雪映宫奔去。到雪映宫，便大骂三圣母不知羞耻，私配凡人，违犯天条，有失仙体，后把她压在华山西峰顶上的一块大石头下面。

刘彦昌上京考中进士，做了洛州知县。可怜三圣母在那块石头下，受尽了各种苦难，生下了一个男孩起名沉香。她怕二郎神害了沉香，包好婴儿，写了血书，让人送往洛州，并要求刘彦昌另娶妻子抚养沉香。后刘彦昌娶了民女王桂英为妻。十几年后，沉香与同父异母的秋哥同在南学读书，因见太师之子秦官宝殴打书童，便打抱不平，二人失手将秦官宝打死，闯下大祸。回家后二人都争相承担后果，刘彦昌难以决断，王桂英舍弃亲子放沉香逃入山中。沉香知道自己身世后，决心到华山救出母亲，匆匆逃出洛州，在吕祖门下学艺。他每天起早贪黑精心学练，十八般武艺，样样精通，学成之后便去找杨戬，打败杨戬后，拿到了月牙斧。他登上西峰，高举铁斧，朝着峰顶奋力劈下，只见万道金光一闪，霹雳之声震天，山峰被劈开一道缝子，三圣母从中徐徐走了出来。刘彦昌在洛州听说沉香救出了三圣母，便弃官不做，来到华山，一家人得以团聚。

84.《白蛇传》

在峨眉山修炼的千年白蛇与青蛇为伴，漫无目的地来到了美丽的杭州，至西湖断桥边偶遇许仙，二人一见钟情。白娘子想和许仙有更多见面机会，就施了法术让西湖上下起了雨，借给许仙伞之后，为二人下次相见埋下伏笔。他们的感情逐渐深厚，遂由青蛇做媒，喜结良缘。怎料到了端阳节，许仙端回法海给的有雄黄的酒菜，白娘子饮酒后，现出原形，吓死了许仙。白娘子为救许仙，经过一番激烈的打斗后盗得仙草，许仙得救。法海坚决要收服白蛇，便诱许仙至金山寺焚香，言明其妻乃白蛇所化，强禁许仙于寺内。白娘子与青儿为救许仙，与法海相斗，水漫金山寺。法海借天兵天将战败青、白二蛇。许仙乘机逃离金山寺，行至断桥，与白娘子、青儿相逢。青儿拔剑欲杀许仙，白娘子念夫妻之情不忍。后白娘子生子，又被法海压于雷峰塔下。其子仕林，长大成人，得中状元，遇菩萨指点，毁了雷峰塔，救出母亲，一家人终于圆满团聚。

白娘子的故事，最早应是唐人的传奇小说《白蛇记》，后来到宋、明、清都有改编的故事。秦腔演出本以袁多寿先生的改编本为主。其中《断桥》一场诗意盎然，文辞典雅，唱段极富有动作性、音乐性、抒情性，令人百听不厌。《借伞》一折也将西湖美景和白娘子与许仙的情感交流表现得淋漓尽致。《盗草》和《水漫金山》则突出动作的辗转腾挪、刀光剑影的紧张感。整出戏将白娘子对爱情的坚贞不屈、法海对二人的阻挠的爱情悲剧描写得极为生动。

85.《九江口》

故事以元末朱元璋、陈友谅、张士诚三大割据势力之间的争斗为背景，以北汉大元帅张定边与朱元璋帐下卧底大将军华云龙之间的斗智斗勇为主线，通过盘问、闯宫、夺帅、拦驾、救驾等一系列充满戏剧冲突的情节诠释，成功塑造主人公张定边智勇兼备、忠心耿耿、有志难酬的艺术形象，将一代名将的忠、义、智、勇表现得淋漓尽致。又名《忠烈图》《忠义臣》《张定边》《火烧陈友谅》等。

86.《双官诰》

明代儒生薛子约家中有妻张氏、妾刘氏、通房丫鬟王春娥和仆人薛保，刘氏生一子，乳名倚哥，妻张氏生妒，家庭不和。薛子约前往扬州探亲，途中行医救了病重的王文，二人成为好友。圣上患疾，广求名医，薛子约被荐进京为皇帝治病。他药到病除，圣上病愈后封子约为御史，兼理太医院。当初薛子约离家之后，其妻妾二人均寂寞难耐去偷情，为三娘王春娥发现，刘氏反诬三娘不良。王文假冒薛子约之名行医，不料自身染病死在店中，仆人薛保误为薛子约，搬尸回家。张、刘二妇遂弃子盗物另嫁，仅剩三娘和老仆艰难度日，含辛茹苦抚养薛倚哥，将之送入学堂，自己则靠织布换口粮。倚哥在学堂被同学欺侮是无母之儿，气愤回家，遂不认三娘为母亲，言语冲撞。三娘怒不可遏，拿刀斩断机布，以示决绝。所幸薛保竭诚劝导，母子俩才和好如初。十九年后薛倚金榜题名，成为新科状元。与其父薛子约同回乡祭祖，为三娘求回了"双官诰"，御赐"忠孝节义"牌匾。

本故事最早见于明代传奇《断机记》及杨善之传奇《双官诰》，明末著名戏曲家李渔也将其演化为小说，编入《无声戏》中。本剧中《三娘教子》一场为著名折戏，常单独演出。此剧系旦角唱工戏。长达五十句的苦音慢板唱腔，将一位贤良淑德、忠孝两全、含辛茹苦的母亲的美好形象展现得淋漓尽致，是秦腔中极为经典的唱段。

87.《铡美案》

陈世美家境贫寒，与妻子秦香莲恩爱和谐，十年苦读进京赶考，中状元后被仁宗招为驸马。秦香莲久无陈世美音讯，携子上京寻夫。历尽艰辛，秦香莲终于找到陈世美，但陈世美不肯与其相认，还派韩琪半夜追杀。韩琪不忍下手只好自尽以求义，秦香莲反被误为凶手入狱。在陈世美的授意下，秦香莲被发配边疆，官差奉命在半途中杀她，幸为展昭所救。包拯欲治陈世美之罪却苦无实证。陈世美假意接秦香莲回驸马府，又以二子逼迫秦香莲在休书上盖印。展昭至陈世美家乡寻得人证祺家夫妇，半途上祺大娘死于杀手刀下。包拯最终找到人证物证，欲定驸马之罪，公主与太后皆赶至阻挡，但包拯终不让步将陈世美送上龙头铡。

《铡美案》所演故事为现今老百姓耳熟能详。坚贞不屈的秦香莲和忘恩负义的陈世美，这一故事自宋代开始广泛流传，宋元南戏中就有源头，此后被进行多次改编，也被评剧、京剧、晋剧、河北梆子、豫剧和越剧等多个版本进行演出，有着非常广泛的民间基础。秦腔演出本一般根据明代《秦香莲鼓词》《铡陈世美宝卷》及《琵琶记》改编而成的，《杀庙》一段中，所有矛盾都爆发，演员的唱功和做工都精彩亮相，非常有看点。

88.《斩秦英》

唐太宗时，秦琼之子秦怀玉随殿下征西，其子秦英在金水桥钓鱼，詹妃的父亲过桥时，鸣锣开道的声音惊散了水中鲤鱼。秦英钓鱼不得，迁怒于过桥的詹太师，一气之下，竟将太师殴死。詹妃见父命丧，忙哭诉于太宗。秦英之母银屏公主绑子上殿请罪，太宗欲斩秦英，从沙场返回搬救兵的鲁国公程咬金坚决要求唐皇赦秦英之罪。公主大表秦家功劳，詹妃则执意为父报仇，互不相让，长孙皇后出面说情，太宗赐御酒让公主向詹妃赔礼。公主跪求詹妃，口称"姨娘"，晓之以理，动之以情，终获詹妃宽宥。太宗赦免秦英,命其边关援救父帅,戴罪立功。

在完整本戏的情节中,秦英戴罪立功去征西,到对松关。罗章(罗成之孙)斩守将洪江、洪海。洪月娥为兄报仇,战罗章,却又爱慕罗章,故意不取其命。罗章受伤,在骊山老母之徒李月英家病愈,与李月英成亲。洪月娥去找罗章,也嫁给罗章。罗章与秦英大破对松关。而三阴阵又须洪月娥才能攻破,罗章回家求两位夫人出征破敌。薛仁贵之子薛丁山妻樊梨花率兵增援秦怀玉。罗章请了二位贤妻破阵,王禅老祖助阵,大败西凉军,苏海被擒,后在薛刚反唐中咒骂武则天而被武则天皇帝扔进油锅而死。

《斩秦英》又名《乾坤带》《女绑子》《金水桥》《秦英钓鱼》。这出折子戏矛盾集中,展现了驸马之子和贵妃之父的人命案件,通过皇帝的最终判决得到圆满解决。

89.《游龟山》

湖广总督卢林之子卢世宽,闲游龟山,因为一条娃娃鱼,纵犬行凶打死了卖鱼老翁胡彦。江夏县田云山之子田玉川亦闲游龟山,因抱打不平失手打死卢世宽。田玉川在逃避缉拿途中,得到胡彦女儿渔家女胡凤莲相助,并在共患难基础上,为相互性格之美所感动,萌生了爱情,遂于小舟中私订终身。田玉川将随身所带传家瑰宝蝴蝶杯赠予凤莲。胡凤莲想为自己父亲申冤报仇,但孤身女子没有好办法,只好借助田玉川所赠的祖传蝴蝶杯,闯入江夏县衙与田玉川父母相认,得到田玉川父母帮助。卢林因为儿子被打死,捉拿田玉川不得,便令将田云山三堂会审。胡凤莲机智勇敢,义正词严,要求总督卢林替父申冤缉拿杀人犯卢世宽,在公堂之上,有力地反击卢林。凭着田云山熟知律条和胡凤莲的机智大胆,在公堂上卢林理屈词穷,不得已怒而退堂,最终杀人案不了了之。布政司董威被胡凤莲英勇大气所感动,将其收为义女,依仗公理,不惧权势,替胡父申冤,也使有情人终成眷属。

《游龟山》是全本《蝴蝶杯》两本的前一本。《蝴蝶杯》在秦腔、蒲剧、豫剧、河北梆子等剧种中都有演出。其中《藏舟》《二堂献杯》《洞房》为著名折戏。著名编剧高培支和马健翎都对剧本进行过改编。

90.《王宝钏》

《王宝钏》是秦腔经典,是一部存活了数百年的秦腔传统本戏,其中

《三击掌》《别窑》《探窑》《赶坡》等已成为著名折子戏。

唐朝时，丞相王允为三女王宝钏飘彩招婿，但万万没有想到的是王宝钏竟然飘彩于乞儿薛平贵，王允非常生气，他嫌贫爱富，坚决不答应这门婚事。王宝钏却表明心意非薛平贵不嫁，宁愿与父亲和家庭决裂，于是有了著名的"三击掌"。与父亲三击掌后，王宝钏就彻底与家族断绝关系，头也不回地离开相府，与薛平贵来到五典坡下的寒窑之中，过着贫寒但也安稳的日子。

曲江池畔惊现红鬃烈马，连连伤人。薛平贵这个热血男儿不能不管，于是凭着胆识降服了烈马。皇帝赏识薛平贵派他去征西。二人依依不舍地分别后，王宝钏的日子就极为艰难了，只能靠挖野菜充饥，而且薛平贵这一去就是十八年。薛平贵征西遭陷被俘，代战公主欲招他为驸马，薛平贵用拒不依从捍卫了他和王宝钏的婚姻。十八年间，历经风霜雨雪，他们一个在寒窑，一个在大漠，苦苦地坚守着爱的承诺，情的选择。代战公主被他们这种人的崇高深深感动，做出了帮助他们终于团圆的义举。

该剧情节并不复杂，人物也不众多，主要围绕王宝钏这个女性角色展开，从开始的与父亲决裂到依依惜别丈夫，再到含辛茹苦地等待，最终与丈夫团聚，让人感受到她的执着坚韧、自信坦荡，对于诺言的坚守。

91.《斩单童》

《斩单童》的故事来自《隋唐演义》。该剧为秦腔花脸唱腔。唱工并作，慷慨激昂。此剧尽显秦腔慷慨悲壮之风，无怪乎百年传唱，经久不衰。

《斩单童》是出折子戏，只有一个场景。讲的是隋末唐初洛阳一役，李世民打败王世充擒获单童，劝降不果后，李世民和原瓦岗寨众弟兄在法场向单童祭酒，却被单童骂得掩面遮羞的故事。《斩单童》之精彩便是单童的骂人段子。从这些骂词即可感受历史和人生的百态，又可窥探根植于我们内心的文化传统。戏中最先向单童祭酒的是李世民，所以他也是第一个被骂的对象。单童说："天下君王禽兽都一般。"这一句道出了历代君王的私心，什么为天下为苍生，还不是为名利为女人。当然单童这样骂有一点过头了。第二个上来祭酒的是敬德。他骂敬德背主投唐，这单童对敬德除了鄙视其身侍二主之外，更多的是英雄相惜之情。接下来祭酒的人都是瓦岗寨的人，都是他的结义兄弟。这些人"一个一个都受过他的恩和爱"，而如今这些人背信弃义，所以其中的怨气非前两人可比。因为《斩单童》这出戏全场都是放声仇悲，此间的一段低唱所渲染出的悲情效果更为强烈。整出戏并不是以讲故事为主，而是展现一个末路英雄的悲壮情怀，对于人性、人生、历史等发出自己的声音和思考。

93.《赵氏孤儿》

《赵氏孤儿》是由马健翎改编的秦腔历史本戏。元杂剧《赵氏孤儿》闻名于世，王国维称之为"列为世界著名悲剧之一，亦无愧色"。后有昆曲《赵氏孤儿记》，秦腔传统本戏《八义图》《狗咬赵盾》等。

春秋时，晋灵公被弑，景公嗣位，向朝臣问起灵公被刺之事，史官董狐称当时赵盾为上卿。屠岸贾乘机妄奏称土番所进灵獒能识忠奸，景公命当殿试识。贾早欲加害赵盾，事先雕赵盾形象饰以赵盾服装，胸挂羊肉，使獒犬饿而食之。此时獒犬上殿一见赵盾形象，即扑咬之。秦继明打獒犬，当殿被杀。赵盾下狱，满门抄斩。盾子驸马赵朔逃匿盂山，周坚替死。赵朔妻公主庄姬怀孕，被囚寒宫，生儿赵武。程婴曾受赵朔托孤，遂扮草医藏孤儿于药匣，混出宫门。韩厥盘问，程婴讲出实情，韩放之出宫。屠岸贾搜宫未获，拷问宫女卜凤，卜凤触柱而死。屠岸贾又出榜文，不献出孤儿，将杀尽国中与孤儿同龄之男婴。程婴乃与公孙杵臼计议，程舍其亲子，杵臼舍命，以救孤儿。公孙杵臼献出程婴之子，屠岸贾腰斩假孤儿，杵臼撞墙而死，程救孤儿至盂山。十五年后，景公病笃，赵盾显魂索命，韩厥陈述赵氏之冤，景公乃悟。遂封韩厥为上大夫，命复审赵氏冤案，程知韩厥为相，来见韩厥。韩不知杵臼救孤儿之计，屈打程婴。程以实情告之，韩遂命接回孤儿，奏明景公。景公封孤儿为上大夫，仍作司寇，子承父职，并命去寒宫认母。程婴将杵臼等七名为救孤儿而死的义士一一绘制成图形，月夜挂画，讲述与孤儿。孤儿母子痛哭欲绝。程婴又告驸马赵朔仍在人世，母子喜出望外，即命程婴到盂山迎接驸马。赵回朝后，景公降旨命孤儿赵武手斩屠岸贾。程婴完成重任之后，赐官不坐，赠金不受，自刎以践与杵臼之约。赵朔遂修烈士祠，每年春秋二祭，以彰八人之义。

程婴是此剧的主要人物，可以说是把"八义"串起来的主线，藏起了孤儿赵武，他的使命也就该完成了。然而在他看来，完成救助只是第一步，关键还要能为赵家报仇申冤,那才是最终的结局。七位义士都已经惨烈牺牲,他作为亲历这些惨痛的人,需要在生前将这些义士的义举告知赵武,是这些人用他们的血肉之躯,前赴后继地为赵氏家族保护了血脉,保护了道义。就在大家为赵氏一门后继有人欢呼雀跃时,他却自刎身亡,成为八义中唯一没有画上去的义士。

94.《打金枝》

唐朝大将汾阳王郭子仪寿辰,众儿女前来拜寿,欢聚一堂。唯三子郭暧只身前来,席间被嫂弟戏谑。郭暧因其妻升平公主恃贵不到,受到嘲笑,气愤回宫,砸坏门前宫灯,一怒之下回宫打了公主。金枝遭打后进宫向唐王夫妇哭诉,并要求父王惩办郭暧。郭子仪绑郭暧上殿请罪。唐王以国事与君臣团结和睦为重,非但没有惩办郭暧,反将其官升三级,并与皇后一同劝说,使夫妻二人终归和好。

《打金枝》又名《满床笏》《大拜寿》。事出《隋唐演义》第九十九回。这出戏故事没有复杂情节,也没有震撼人心的波澜,是家庭发生的一些寻常琐事,只不过这个家庭琐事发生在皇家,故事非常具有世俗性、大众性,很能引发观众的共鸣,但同时也具有传奇性、观赏性。这些家庭矛盾是发生在帝王家庭,从家庭小事背后还需要牵扯到国家政治、军权皇权等一系列问题,所以对于台词唱段的设计就极富有挑战性。观众在欣赏时可以慢慢体会温和随意的家庭语言与严肃庄重的政治语言结合后的语言艺术。

95.《玉堂春》

明代吏部尚书之三公子王景龙留京代父领承恩俸,一日至平康遇京城烟花名妓苏三姑娘,二人一见钟情,王景龙还特意为苏三赠名"玉堂春",并约定终身。王公子在妓院耗尽银两后,被鸨儿数九寒天逐出院门,落难关王庙,苏三得知后,风雪中私奔至关王庙赠予王景龙银两,鼓励景龙返乡攻读,考取功名。景龙得苏三赠银后,准备回乡备考上京应试。景龙返乡途中遭人打劫,又得苏三再次资助。王景龙去后,苏三拒不见客,虽然老鸨威逼利诱、严刑拷打,但她矢志不移,非王景龙不嫁。鸨儿无法,乃将苏三以斗金身价卖予洪同客商沈燕林做妾。至其家,沈妻皮氏生妒,串通奸夫赵监生及丫鬟春锦,作药欲毒苏三,不意反致沈燕林身亡。皮氏等反诬苏三毒害本夫，县官受贿，苏三蒙冤被定死罪。王景龙终于高中状元，授八府巡按，至洪洞，见有"苏氏谋害本夫卷"案一宗，便提至太原会同布、按二司会审。苏三被起解太原，三堂会审，跪诉原委，冤案始明。苏三冤情大白，皮氏等就地正法。苏三与王景龙遂得团圆。

《玉堂春》又名《审苏三》，其中《苏三起解》《三堂会审》均为广为传唱的折子戏。该剧取材于明代冯梦龙白话短篇小说《警世通言》中的《玉堂春落难逢夫》，清代也有《玉堂春传奇》。

这是一出才子佳人爱情故事戏，它不同以往书生小姐的爱情故事，也不同于众多始乱终弃的爱情故事，而是历尽坎坷终于团圆的爱情故事。故事并不复杂，但人物众多，环环相扣，各色人物齐齐登场，看起来非常具有生活性。演员正旦、小生、丑角等唱做并重，非常具有观赏性。

96.《狸猫换太子》

宋真宗时，皇后死后，当时刘妃和李妃都怀了孕，很显然，谁生了儿子，谁就有可能立为正宫。刘妃久怀嫉妒之心，为了争宠夺位，唯恐李妃生了儿子被立为皇后，于是与宫中总管都堂郭槐合谋，定下"狸猫换太子"之计。李妃产子之时，在接生婆尤氏的配合下，将一狸猫剥去皮毛，血淋淋地换走了刚出世的太子，随后诬陷李妃"产下妖物，玷辱宫闱"。真宗听信谗言，看到被剥了皮的狸猫，以为李妃果真产下妖物，遂将李妃囚禁于冷宫。刘妃又命寇珠将太子抛入金水桥下溺死，寇珠不忍，与太监陈琳商定救太子之策。逢刘妃、郭槐查宫，多亏寇珠机智，暗中将太子交付宦官陈琳，陈琳将太子装在提盒中送至八贤王处抚养。不久刘妃临产，生了个儿子，被立为太子，刘妃如愿以偿地被册立为皇后。谁知六年后，刘后之子病夭。真宗再无子嗣，就将其皇兄八贤王之子（实为当年被换走的皇子）收为义子，并立为太子。十二年后，太子游园在冷宫与母相见，母子天性，两人都面带泪痕。刘妃得知后，拷问寇珠，寇珠触阶而死，又火焚冷宫。幸有陈琳报信，李妃逃生，流落民间，收一义子，相依为命，苦度终日。真宗死后，仁宗赵祯即位，包拯奉旨赴陈州勘察国舅庞煜放赈舞弊案。放粮途遇李妃，得知真情，与李妃假认作母子，将李妃带回开封。此时，真宗早已死去，李妃的儿子已经做了皇帝，史称宋仁宗。包拯又趁进宫向仁宗狄皇后贺寿之机，将李妃带进宫中，李妃才得以与自己的亲生儿子仁宗见面，并道出了真相。包公又设计让郭槐供出真相。已做了太后的刘氏知道阴谋败露，自尽而死。由于包拯在这一案中立了大功，被仁宗任为丞相。此剧虽然大加歌颂包拯明察秋毫，但也为很多小人物塑造了不朽丰碑，其实质还是在歌颂真善美，褒扬忠孝节义，歌颂仁义礼智信。故事情节复杂，回环往复，人物性格鲜明，在戏曲作品中独具特色。

《狸猫换太子》最早出自元杂剧《金水桥陈琳抱妆盒》，经过明代话本小说《三侠五义》《七侠五义》逐步发展而来，清末开始这个故事大为流行，基本被各个剧种都搬上舞台表演。秦腔《狸猫换太子》是传统剧，又名《铡郭槐》《打黄袍》《火化冷宫》。本剧除演出本戏外，《抱妆盒》《拷寇》常作折戏演出。

97.《下河东》

赵匡胤称帝后，河东白龙造反，赵匡胤御驾亲征，大臣欧阳芳挂帅，呼延寿廷兄妹为先锋。因将帅原有宿怨，欧阳芳又私通了北汉，暗约敌军共劫宋营，赵匡胤几乎被俘，幸呼延寿廷兄妹出马，打败敌军，转败为胜。欧阳芳奸谋未逞，反诬呼延叛乱，当着赵匡胤的面，以元帅身份斩了呼延寿廷，欲行篡逆。赵匡胤无可奈何，被困河东。呼延兰玉四处寻兄，恰遇赵匡胤巡营，被赵之盘龙棍误伤致死。呼延妻康氏携子呼延赞于山中教养，赞长大后下山"赶驾"寻赵报仇，赵匡胤使尽种种办法才说服呼延妻儿不计私怨原谅自己。之后康氏和儿子呼延赞、女儿呼延秀英，挂帅出征，哑儿呼延赞在路上恢复了说话能力，最终打败乱军，活擒欧阳芳，救下赵匡胤。

《下河东》亦名《龙虎斗》《斩呼延寿廷》。此戏本事见《杨家将演义》第一回。此剧是一本以红生为主及武生、净角唱打并重的戏，其中《祭灵》《赶驾》是著名的折子戏。

此剧最著名的唱段是赵匡胤的《三十六哭》。在这段长达四十八句的唱段中，赵匡胤历数历史上或由帝王藩王制造或者与自己不相干但确是重要臣子的冤假错案，剧作家借赵匡胤之口，为平民百姓讲述一部简明中国历史，一部良相名臣早死、错死、冤死的历史。演员用苦音板式作为唱腔基础，舞台环境也是灵位等肃杀的氛围，人物形象也穿上白孝，用疲惫的身子和令人泪下的唱词将一位皇帝的心路历程和悔过痛恨的心情表现得淋漓尽致。皇帝的孤独、无奈以及悲愤的心情深深地打动了观众。

98.《辕门斩子》

《辕门斩子》是秦腔传统须生戏，取材于《杨家将演义》。

北宋年间，辽国萧太后南下入侵，大摆天门阵。为破阵，八贤王、佘太君随大军驻守边关抵抗。元帅杨延景派其子杨宗保出营巡哨，宗保在穆柯寨与穆桂英交战，被绑赴穆柯寨。宗保、桂英一见钟情，遂结为夫妻。宗保返营后，杨延景大怒，要将宗保在辕门斩首示众，佘太君、八贤王两次求情未果。穆桂英得知消息后，救夫心切，向杨延景献上破阵急需的降龙木，并允宗保戴罪立功。杨延景得知穆桂英智勇双全、才貌出众，加之佘太君、八贤王作保，遂免宗保死罪。宗保、桂英披挂上阵，夫妻二人大破天门阵。

长期以来，人们都把《辕门斩子》当作歌颂杨家将执法严明的典型，其实这出戏的本质还在于杨延景对大宋事业的忠诚，在于表现杨延景出于公心为大宋网罗人才而采取"苦肉计"。《辕门斩子》之所以深受观众喜爱，因其虽为折子戏，但却包含秦腔须生唱腔的所有板式，其中《头帐》《二帐》既可以单独上演，也可以串缀连演。《头帐》主要呈现佘太君与杨延景母子二人的唇枪舌剑，是须生和老旦的唱腔集合。《二帐》主要呈现八贤王与杨延景的论战，是须生与小生的唱腔荟萃。

99.《朱春登放饭》

故事以唐代安史之乱为背景，讲述代宗时期中原郡宋家庄朱家兄弟二人之事。朱家哥哥亡故后，家庭更加贫穷了，留下一子朱春登，已经娶妻，和母亲一起居住。弟弟朱朝奉，家境还算殷实，娶了妻子叫宋安人，生下一子名朱春科。朱朝奉妻子实在不算贤惠，处处想着占便宜，算计自家长工，也算计如何把大哥家的房产搞到手，朱朝奉也拿她毫无办法，倒是儿子朱春科心地善良，时常想着接济堂哥堂嫂和大娘。适逢家里需要征兵，宋氏看到征兵的差人，就欺骗说自己丈夫卧病在床，却指着哥哥家。两个差人也不分青红皂白，直接将朱春登绑了，说是他叔叔让他代替从军。朱春登只好一边告别妻子，一边安慰母亲。宋氏不但不给盘缠，还将朱春登羞辱了一番，最后扔了五十个铜钱，朱春登代叔从军，婶母内侄宋成伴送。宋成垂涎朱春登妻赵锦棠，中途暗害春登未成，回家谎报春登战死。婶母谋占长房家产，逼赵改嫁宋成，赵不从，婶母嫉之，遂将赵氏、母亲赶至山中牧羊。春登立功，封侯归里，轻信婶母谎言，以为妻、母已故，便至坟茔哭祭，并舍饭七日。适妻、母行乞亦至坟茔，朱母食舍饭又失手碎碗，朱唤赵氏进棚问话，夫妻相认，母子团圆。最后宋成被雷电击死，婶娘也发疯了。

《朱春登放饭》是秦腔传统戏，原名《牧羊圈》，也叫《放饭》。此剧源自《牧羊宝卷》。"宝卷"是一种传统的说唱文学形式，由唐代寺院讲唱佛经的变文和宋代的说唱演变而来。明清以后，内容逐渐扩大到神仙故事、民间故事和历史故事。原为说唱文学，后来发展成曲艺。

100.《五典坡》

后唐相国王允，奉旨为其三女宝钏飘彩择婿，宝钏掷彩球与花子薛平贵，王允嫌贫悔婚，责令宝钏另择，宝钏不允，父女三击掌决绝。宝钏离开相府，与平贵寒窑成婚。适曲江池红鬃烈马伤人，平贵降伏，得王加封，随魏虎往西凉征战，行前与宝钏寒窑告别，误卯被魏虎责以军杖。宝钏母往窑探视，见宝钏清贫如洗而落泪，劝其重返相府，宝钏表心铭志而拒之，挥泪劝母返回。平贵遭魏虎陷害，被西凉所俘，代战公主招其为驸马。十八年后，宝钏鸿雁捎书寻夫，平贵得书急回寒窑。夫妻于五典坡前相遇，似曾相识又不相识。平贵以金试妻贞操，反遭宝钏辱骂，平贵赶往寒窑赔礼，夫妻始得和好。宝钏、平贵团聚，宝钏借拜舟为名，往相府清算十八年之粮饷。王允不知平贵已回寒窑，误为宝钏借贷，邀请苏龙、魏虎劝其改嫁，反遭宝钏奚落而狼狈不堪。王允篡位，请高士其欲杀平贵，高刺平贵于马下见龙护身，知平贵乃真龙天子，即降。薛得代战公主相助，攻破长安，擒拿王允、魏虎。平贵登殿，分封宝钏、代战、苏龙，斩魏虎。欲斩王允，宝钏讲情方赦。最后迎请王母，共庆团圆。

此剧分前后两本，前本别名《武家坡》《彩楼配》，后本别名《大登殿》。前本含折子戏《三击掌》《别窑》《探窑》，后本含折子戏《赶坡》《算粮》《大登殿》。事出明无名氏《宝钏》曲词、无名氏《彩楼记》传奇、《龙凤金钗传》弹词及清无名氏《彩楼记》传奇等。

附录三　秦腔剧本举例

三　滴　血

场次

第一场　托子
第二场　收儿
第三场　劝夫
第四场　拒兄
第五场　叙亲
第六场　误判
第七场　强亲
第八场　游山
第九场　离婚
第十场　反坐
第十一场　结盟
第十二场　投军
第十三场　惊途
第十四场　遇寇
第十五场　双控
第十六场　误认
第十七场　翻案
第十八场　认亲

第一场　托子

（周仁瑞抱二子上）

周仁瑞　（引）一乳两儿周八士，
　　　　千辛万苦寿五旬。
　　　　老夫周仁瑞，山西五台县人氏。弟兄二人，兄弟在家务农，是我在陕西经商，不曾回家，因此在陕西娶了一位妻室，谁料今春一胎竟产两男。临盆以后，中了产后风，竟然亡故。只是丢下两个小冤家，正在襁褓，叫我这男子汉怎生抚养成人也。
　　　　（唱）幸一胎产二男世上少有，
　　　　　　　谁知晓偏叫我喜上加忧。
　　　　　　　莽男子育双婴怎能成就，
　　　　　　　倒不如留一株好度春秋。
　　　　　　　心想着卖一儿叫人经手，
　　　　　　　亲骨肉付与人总觉含羞。
　　　　　　　今日里抱两儿庭前等候，
　　　　　　　忍不住双目中珠泪交流。

（王氏上）

王　氏　（唱）有老身好行善怜老恤幼，
　　　　　　　因此上到周家细问根由。
　　　　老身王氏，从来好行善事。只因周家婆子一胎产了二男，谁料中了产后风，竟然把命丧了。那两个孩子可怜的，心疼的，这两天不知饿成什么样子了。幸喜我的年纪虽大，胸前的奶还饱，一个孩子还吃不了，不免到周家屋里去看看这两个孩子，叫这两个孩子吃上一点奶才好。到了周家门首，不免一直进去。（进门）

周仁瑞　王大嫂到了。你看拙荆去世，给我丢下这两块肉，叫我们男子汉怎么抚养。（哭）

王　氏　且莫要哭，快把娃都给我抱上，教我给娃吃上些奶再说话。

（周仁瑞付儿王氏解衣襟接儿）

周仁瑞　嫂嫂大贤，实在感激的不能说了。

王　氏　你看把我娃饿得都不会哭了，可怜的。妈给我娃吃奶，就是这两个奶，一人嚼上一个。妈把我娃总要灌饱呢，怪道天爷给人生下两个奶，就防顾抓两个娃呢。你先听吃泊儿泊儿的，哎，把娃吃得香的。

周仁瑞　嫂嫂这一顿奶，这两个娃子将来他便报恩不尽。

王　氏　还说什么报恩的话，常言说金水子，银水子，买不下这个奶水子。人出世来，谁不是他娘的奶吃大的，那恩到底怎报得完呢吗。我也不过是见没娘的儿子可怜，特来发一点慈悲，怎么把话能讲到那里。

周仁瑞　嫂嫂，我今就将这两个孩子拜亲与你，你与我乳养上几年，我将来重重有谢。

王　氏　我家里还有小孩子呢，如何乳养得过。依我之见，你还是速快与你办个老婆儿才好。

周仁瑞　嫂嫂，你晓得我这几年的光景，好容易一个老婆子，我如何办得起。况且两个孩子等着吃奶，就是有钱有力，也得个三头五月。即就刻下娶得进了门，哪里便有嫂嫂这样饱的奶叫他两个吃嘛。

王　氏　照这样说，那就非找奶妈子不成。一个奶妈子还不行，更非两个不可。

周仁瑞　你看我现时的光景，连一个奶妈子也供不起，还供得起两个奶妈子吗。

王　氏　照你这样说，把恁心疼的两个娃，活活地饿死不成。

周仁瑞　嫂嫂权当救命呢，好歹给我总要想个法子。

王　氏　依我想来，这两个孩子，你舍上一个，或者能存一个。若说是一个儿都舍不得，照你这个光景，将来恐怕连一个儿都存不住。你还是卖上一个，留一个才好。

周仁瑞　嫂嫂，就是卖一个，也不容易。

王　氏	世上稀儿欠女的人很多。从前杏花村那个李三娘，对我曾说，她丈夫去世，只留下一个女孩儿，她心想买一个男孩儿抓养。拿上这样心疼的两个娃，无论哪个给了她，她岂不双手儿接上了。她总多少还能给你几两银子，拿上这几两银子，给这个孩子找上个奶妈子，岂不是两全之道吗。
周仁瑞	嫂嫂，这两日将我就愁闷坏了，一听你这话，我的忧愁就消失了大半。常言说得好，好的不在多，一个顶十个。只要有一个也就够了，说不了就舍上一个。嫂嫂你就将我两个孩子抱的去，无论哪一个，卖上一个，他给银子多少，都是你的，你便给我把这娃奶上，我实在感激匪浅，千万劳驾，劳驾。（揖）
王　氏	这倒可通，但是你卖哪一个，留哪一个，也要给我说个明白啊。
周仁瑞	你看这两个孩子，一个赛如一个，任他挑，任他拣，我全没有成见。
王　氏	这当真一个赛如一个。到底哪个为兄吗，那个为弟些。
周仁瑞	这个为兄，这个为弟。
王　氏	这两个孩子的模样儿一般一样，你怎生认得大小。
周仁瑞	嫂嫂哪知，他这个兄弟左手心有个十字纹，所以我认得的。
王　氏	果然左手心有十字纹。如此就将他这个兄弟卖了。将他哥哥与你留下。我便与你乳养。
周仁瑞	如此就连累嫂嫂了。 （唱）嫂嫂大贤真罕见， 　　　如不然小儿怎成全。（揖）
王　氏	（唱）怀抱两儿出门去， 　　　先与李家送儿男。（下）
周仁瑞	只见王妈抱儿去， 　　但留一子聊胜无。（下）

第二场　收儿

（李三娘孝服抱孩子上）

李三娘　（唱）可恨侬夫去世早，
　　　　　　　膝下无儿断根苗。
　　　　　　　纵然有子在怀抱，
　　　　　　　不幸是个女儿娇。
　　　　　　　想起来叫人好烦恼，
　　　　　　　独坐深阴太无聊。（坐）
　　　　　侬乃李三娘。侬夫去世，只留下这个女孩子。无有儿男，叫人怎生度日也。

（王氏抱子上）

王　氏　（唱）怀抱一双小孩子，
　　　　　　　来到李家旧门间。
　　　　　　　举手轻轻叩小户，（叩门）

李三娘　（唱）原来是王大嫂怀抱两儿。
　　　　　　　大嫂请坐。

王　氏　有座。

李三娘　大嫂你怀中哪里这两个小孩子。

王　氏　啊，嫂嫂你听呀！
　　　　（唱）周家一胎得双喜，
　　　　　　　产后母子便分离。
　　　　　　　他父亲痛哭还流涕，
　　　　　　　两个儿无有人提携。
　　　　　　　因此叫我定巧计，
　　　　　　　有儿无娘怎成立。
　　　　　　　我言说三娘通大义，
　　　　　　　为夫买子费心力。
　　　　　　　他愿将一个卖与你，

　　　　　这一个全当我亲生的。
　　　　　嫂嫂如果能收理，
　　　　　有子老来可凭依。
李三娘　（唱）三娘听言心欢喜，
　　　　　这事真正两便宜。
　　　　　走上前来施一礼，（拜）
　　　　　要将小儿看详细。
　　　　　大嫂，这两个孩子，一个赛如一个，到底把哪个卖给我呢吗？
王　氏　就把他这个兄弟卖给你吧。（付小儿，三娘接儿）
李三娘　这个孩子和那个孩子一模一样，你可怎晓得这是他兄弟来。
王　氏　嫂嫂你看，这个孩子左手心中有个十字纹，所以我认得。（李三娘看）
李三娘　果然左手心中，有个十字纹。要不是手心这个纹，谁也认他不得。
王　氏　正是的。你看你这个女孩子，不久便可以离乳，叫这个孩子吃个接奶，将来长大成人，为你送终，你看多好？
李三娘　你也太远虑了。只说人家把儿卖给我，到底得多少银子？
王　氏　贪和你说笑，就把正经话忘记了。他父亲也不是靠卖儿女过活的，只因这两个孩子，无人经管，因而卖给你一个，交与我一个。你给多给少，还是给我乳养这个孩子使用。我不过看着没娘的二子可怜（指小儿），没儿的人也可怜，（指三娘），因此发了一点慈悲，两向成全。彼此调剂，十两也不多，半斤也不少。就是嫂嫂十分无力，老身全当积些德，将这孩子干脆乳养上几年，有什么要紧。总比东庙里烧香，西庙里拨火，还强得许多呢。
　　　　　（唱）嫂嫂何必太客气，
　　　　　我只为小儿肚子饥。
　　　　　爱老慈幼是道理，
　　　　　哪个计较这高低。

李三娘	大嫂言得是理。家中现有纹银十两，你且随身带上。以后再有缓急，还可以随时接济。（付银）
王　氏	这就不用说了。只是我还有句话说。
李三娘	大嫂有什么话，可讲出口来。
王　氏	嫂嫂不知，我平日最爱说媒，今日不知不觉地这个旧病可犯了。
李三娘	大嫂真可笑，这样大的个孩子，哪里凑巧的就有个媒叫你说呢？
王　氏	这也不要南里北里的作合，现现成成的一对儿夫妻在这里呢。
李三娘	哪里凑巧的就有现成的媒叫你说哩。
王　氏	这不是现成的一对儿夫妻吗。你这个女孩子，将来总是要嫁人的，这个男孩子将来也是要娶妻的，还不如叫这两个孩子，小时仍呼作姐弟，大了便做成夫妻，倒省得你南里北里与儿择婿，岂不一举两得？将来女婿便是儿，媳妇便是女，倒省却许多麻烦。老身便于这两个孩子做媒，岂不凑巧万分。
李三娘	这倒可通。但是这话若早说明，倒叫他姐弟在一块儿难处，不如等他大了，再好说明。说明以后，便成婚礼，岂不是好。
王　氏	这更妥当了。
李三娘	大嫂你实在想得周到，还有一件事，请你费心。
王　氏	什么事情，你且讲来。
李三娘	也没有什么事讲，你费心与这孩子起个名字才好。
王　氏	这有何难，他既与你做儿，自然是要姓李，你这个女孩子名叫李晚春，这个儿子他母亲死后，今日遇着你，他才有了生机，便叫李遇春吧。
李三娘	这就妙极了。
王　氏	如此好好将遇春孩儿抚养，我便去也。 （唱）辞过三娘回家转。（出门）
李三娘	（唱）急忙送你到门前。
王　氏	免送了。（下）
李三娘	（唱）转身即便回家院， 　　　从今有了小儿男。

第三场　劝夫

（甄氏引贾莲香上）

甄　氏　（唱）侬的夫轻薄又浪荡，
　　　　　　　　偷花盗柳窥东墙。
　　　　　　　　屡次劝他出迷网，
　　　　　　　　唇焦舌敝口难张。
　　　　　　　　谁料他欠下风流账，
　　　　　　　　如蜂似蝶乱寻香。
　　　　　　　　今晚月光已东上，
　　　　　　　　还不见回家到小房。
　　　　　　　　莫不是又入他人帐，
　　　　　　　　横塘暗渡野鸳鸯。
　　　　　　　　说到此真叫人无法可想，
　　　　　　　　深闺里只觉得有脸无光。
　　　　　　侬乃贾门甄氏，身配贾连城为妻。只因侬夫轻薄浪荡，平日与东邻周仁祥之妻，竟做出苟且之事。今晚这般时候，怎么还不见回来，想必是又过东邻访旧。莲香孩儿，你父来这时怎么还不见回家，倒叫我提心在口。

贾连香　母亲，我爸爸今晚不晓得往哪里去了，半夜三更的还不见回来，我都候得瞌睡了。

甄　氏　你父亲走的那地方，你如何猜得着。夜已深了，你且睡去，待为娘独自等候了。

贾连城　（唱）耳听有将门唤。（在帘内）
　　　　（贾连城立墙上）

贾连城　（唱）急忙跃墙回家园。（跳下）

甄　氏　（唱）耳听墙角人声显，
　　　　　　　　且启门闩往外观。（开门，贾连城猛入怀，甄氏惊）

甄　氏　隔壁邻舍快来搭救，我家有了贼了。（贾连城掩甄氏口，甄氏

又喊）

贾连城　你不要胡乱喊叫，我并不是别人。

甄　氏　你是哪个。

贾连城　贤妻莫要惮怕，我便是你丈夫。再不要大惊小怪，看叫别人听见了。（同进门，甄氏看连城）

甄　氏　原来是你。（同坐惊，出气，不言，甄氏慢问）你几乎将人的魂吓掉了。既然是你，为什么不从门里走，反从墙上过，这是何故？

贾连城　哎，这个。

甄　氏　这个什么，你讲出口来。

贾连城　贤妻不知，为夫正在东邻周仁祥家中，忽听周仁祥从外边回家，叩门甚急，因此为夫着忙，从墙上跳过来了。

甄　氏　你既到他家去，想必是要见他家的人。为什么听得有人叩门，便将你吓得跳墙越堵，转脸失色。难道你偷人家不成？

贾连城　贤妻，你看我岂是做贼的那样人吗？

甄　氏　你既不做贼，为什么神出鬼没，猫颠狗窜地从墙上走起小路子来了。

贾连城　贤妻，你莫要佯装不晓，我实对你说。就是周仁祥家那个媳妇，不晓得和我有什么缘分，总是撕不开来扯不断。今晚又寻那旧好去咧，所以受了这场大惊。

甄　氏　怎么你和这个贱人还没有断绝。你还说你不是做贼的人。那些做贼的人，迫于饥寒，盗窃人家的财物，说起来还情有可原。照你这样偷花盗柳，与做贼有何差别。况且贬损自己的人格，破坏他人的闺阁，万一败露，连你的性命也不可保，比起那些盗贼的罪情还重也。

　　　　（唱）常言道万恶淫为首，

贾连城　这分明是行善呢，可做什么恶来些。

甄　氏　（唱）奉劝浪子早回头。

贾连城　人跌倒在这桃花运里头，就是想回头也由不得自己。

甄　氏　（唱）只怨你偷花又盗柳，
　　　　　　　全不念家中有女流。
　　　　　　　搂人妇女尽消受，
　　　　　　　自家妇女怎好休。
　　　　　　　投桃报李又反手，
　　　　　　　天道好还如辘轳。
　　　　　　　良药利病多苦口，
　　　　　　　斩断情种把心收。
　　　　　　　再莫寻碧桃花下语，
　　　　　　　蔓草零落结冤仇。
　　　　　　　纵然你色胆大如斗，
　　　　　　　野鸳鸯哪个能到头。

贾连城　野鸳鸯比这家鸳鸯还好得多。

甄　氏　（唱）迷津还要早回首，
　　　　　　　花月姻缘一笔勾。

贾连城　你说那些话，我都明白。但是我和周家媳妇，天造下的缘分没尽，总是谢绝不了，这也莫名其妙。

甄　氏　我且问你，怎么叫作有缘，从何知道缘分没尽。你既与她有缘，岂不是与我无缘。你连她缘分没尽，岂不是和我缘分尽了。为什么你二人不做夫妻，偏叫咱二人做了夫妻，这却怎么样说。

贾连城　贤妻，这有缘无缘，我也问不出个根底，说不出个道理来。只是见了面就爱，不见面蛮想，这便叫作有缘，所以我说缘分没尽。

甄　氏　你这又错了，常言说美色人人皆爱，好色人之常情。你爱周家那个媳妇，试问周家那个媳妇色在什么地方上长着呢。

贾连城　她还有什么色呢，把"新拜年"上那八大特色占全了。

甄　氏　这样不堪入目的人，你到底爱了她的头咧吗，中了她的脚咧。

贾连城　这事我也不解其故，不晓得中了那个的啥色气咧，心里总是个爱。

甄　氏　就是为妻这个人，虽说比不上别的，连她比起来，你看如何。

贾连城　你连她比起来，你还赛过天仙。

甄　氏　我不信人都爱吃香的,你可爱吃脏的,你到底是个什么脾气吗?
贾连城　我有什么脾气呢,你岂不知偷着吃香,难得者好。人说自己的文章,人家的婆娘。自己的文章不容易落笔,人家的婆娘不容易到手,所以都觉得好。这你跟前如果左边有个韦陀,右边有个护法,把你拥护住,总是不叫我近你的身,那我保不住黑明可给你打起卦来了。
甄　氏　你还说得头头是道。人说烟瘾好戒,贱病难改。你两个那些事,什么是缘分没尽,分明是贱病难改了。
贾连城　这岂止是贱病,简直是穷命,放着海菜席毛菇汤不爱吃,上下寻着吃杂碎呢,还把人吓得提心在口的。
甄　氏　你的贱病也罢,穷命也罢,照你这样胡行乱走,只恐酿出大祸,当真可怕也。

　　（唱）你只管胡行徒捣乱,
　　　　　全不怕弄出大祸端。
　　　　　自己有妻不爱恋,
　　　　　自己性命难保全。
　　　　　你外表修眉又大眼,
　　　　　我与你自幼结姻缘。
　　　　　谁料你反把家鸡厌,
　　　　　偏见野鹜情缠绵。
　　　　　只恐一时生事变,
　　　　　杀身之祸在目前。
　　　　　越思越想越危险,
　　　　　难道你寻入鬼门关。

贾连城　（唱）听贤妻讲话有见地,
　　　　　悔不该贪恋他人妻。
　　　　　人生在世要争气,
　　　　　为什么浪荡厌家姬。
　　　　　从今以后端品谊,

　　　　　叫贤妻再不必为我伤悲。
　　　　贤妻，你说的话一点也不错，佛说苦海无边，回头是岸，放下屠刀，立地成佛。我一时昏迷心窍，堕在桃花道中。从今以后，痛改前非，你再不要悲啼了。

甄　氏　那便好了，如此你我安眠了吧！
贾连城　（唱）人能改过不为过，
甄　氏　（唱）从今知错要认错。（同下）

第四场　拒兄

（前场设帐，马氏在帐内）

马　氏　（唱）夜晚西城曾弄险，（出帐）
　　　　　　　今晨睡到日三竿。
　　　　　　　醒来只觉腰肢倦，
　　　　　　　下床无力懒动弹。
　　　　　　　回头先把孩儿唤，
　　　　　　　牛儿快起来吧。（牛娃从帐中出来）

牛　娃　孩儿起来了。（马氏引牛娃）
马　氏　（唱）随为娘闲步大庭前。
　　　　侬乃周仁祥之妻马氏。我哥哥周仁瑞在陕西经商，十余年并无音信。我和侬夫连小儿三口人的过活，实在消遣自在。只是我和西邻贾连城有些情缘，昨夜侬夫叩门，几乎将人吓煞了。幸喜将贾郎从墙上抵弄过去，倒没什么踪迹。今晨起来，好不羞惭人也。

（周仁瑞引子周天佑上）

周仁瑞　（唱）在陕西经商十八载，
　　　　　　　只落下这个小男孩。
　　　　　　　客囊空虚又累债，

　　　　　却幸我年老回家来。

　　　　从前我将孪生二子，一个卖与他人，丢下这个孩子，起名周天佑。幸喜王大嫂与我乳养成人，今年一十六岁。只恨生意歇业，只得携儿回家。我且莫说兄弟呀，兄弟呀，为兄虽说生意不成，从今兄弟团聚，这也就算是天伦之乐了。讲话中间，已到门首。天佑儿，这便是咱家屋子，速快叩门阿，哈哈哈。（叩门）

周天佑　开门来，开门来。

马　氏　（唱）忽听门外有人唤，
　　　　　　　紧走几步到门前。
　　　　　　　双手启开门两扇，
　　　　　　　原来是一老者一个少年。

周仁瑞　（唱）老汉门外仔细观，
　　　　　　　见一妇人站门前。
　　　　　　　想必是兄弟成亲眷，
　　　　　　　膝下已有小儿男。

　　　　啊，哈哈哈。是我一十八年，不曾回家，我兄弟他已娶妻生子了，啊哈哈哈。

马　氏　这位老头子你是何人？

周仁瑞　你莫非是周仁祥之妻。

马　氏　是的，认得不错。

周仁瑞　是啊，我当真认得不错，啊哈哈哈。我不是别人。便是你哥哥周仁瑞回家来了，待我进门。（进门）

马　氏　慢着。人生面不熟的，只管往进走哩。待我给人家招呼一声，你且站着。

周仁瑞　是是是，我就站在这里，你回去与我兄弟招呼一声。

马　氏　待我招呼一声，看到底是不是。（看，转身）当家的快起来，门上有客人来了。（周仁祥自帐内出介）

周仁祥　哪里来的客人呢。

马　氏　我也认不得，听说是你哥哥。

周仁祥　哥哥在陕西十几年，没有音信，快叫我看去。

马　氏　还引着一个十五六岁的小孩子。

周仁祥　哪里个小孩子来。是了。大概当了掌柜的了，回来带的相公。你没有看外局面上带银子没有？

马　氏　外局上看起来，连讨饭的差不多，还带什么银子呢。

周仁祥　这个样儿羞得怎能回家呢。待我先看是不是。（出门）

周仁瑞　那是兄弟。

周仁祥　那是兄长。（同进门）

周仁瑞　（唱）一十八载不相见，
　　　　　　　谁料今日得团圆。

周仁祥　（唱）今日相见兄长面，
　　　　　　　不由叫人心痛酸。

周仁祥　哥哥你在陕西一十八年，生意可曾如意？

周仁瑞　你看弄成这般光景，还说什么如意。但得生还故乡，这便算是万幸。兄弟呀，你如今也娶了妻了？

周仁祥　为兄倒娶下妻了。贤妻，快与哥哥见个礼儿。

马　氏　哥哥在上，弟妻有礼。

周仁瑞　免礼了。兄弟呀，你如今也得下子了。

周仁祥　哥哥，为弟如今也得下子了。牛儿快来，给你伯伯作个揖儿。（牛娃作揖，周仁瑞拉牛娃）

周仁瑞　小侄说是你来来来啊。
　　　　（唱）一见吾侄心欢喜，

马　氏　这回来引下谁家的这个孩子？

周仁祥　待我问过。哥哥，谁家这个孩子？

周仁瑞　这便是为兄的儿子。
　　　　（唱）快与你叔父叔母先拜揖。（周天佑向周仁祥马氏作揖，马氏惊退）你弟兄二人也行礼，（引二子揖）
　　　　还望你让枣又推梨。

周仁祥
马　氏　这回来没挣下银钱,还给我引回来个侄男,这将来岂不是后患吗?
马　氏　你先问他这个儿子从哪里来的。
周仁祥　哥哥,你回来引下谁家这孩子?
周仁瑞　只管说是我的儿子,难道我把人家的儿子引回来不成。
周仁祥　哥哥你这个孩子,是哪里来的呢?
周仁瑞　这才问得可笑,听我与你讲来。

　　　　（唱）在陕西经商十八载,
　　　　　　　迫迫切切混过来。
　　　　　　　只因娶妻又累债,
　　　　　　　临死丢下两男孩。
　　　　　　　没奈何便将那个卖,
　　　　　　　留下这个引回来。
　　　　　　　娶妻生子何足怪,
　　　　　　　兄弟无须加疑猜。
　　　　　　　两鬓苍苍谁堪赖,
　　　　　　　有子不论才不才。

周仁祥　照这样说,你在陕西还办老婆子来?
周仁瑞　不错。
周仁祥　你为什么回来把我嫂嫂不搬上呢。
周仁瑞　只管说死了,我搬回来也是一副灵柩。
周仁祥　你说了个一干二净,拿下这无凭无据的这话,给我遣后患价。你说你在陕西娶了十二个金钗,谁见来呢?
马　氏　老哥哥,可说兄弟媳妇轻量了你了。你闹成这个光景,你还能办个老婆子,人家谁跟你着是寻着跳沟呢吗?这是谁的娃,叫人家的娃回去。你看咱家屋里,没个杂木屑儿,再不要拿这个野种乱先人的宗脉了。
周仁瑞　（唱）听言不由气上脸,
　　　　　　　我、我、我的儿呀。

（唱）丑妇出言真欺天。
　　十余年不曾回家转，
　　回家来无故生事端。
　　甜言对他三冬暖，
　　恶语伤我六月寒。
　　只说兄弟得相见，
　　谁料骨肉难成全。
　　只图你利己巧为幻，
　　全不想头上有青天。
　　这口恶气怎能咽，
　　忍不住一声声口呼祖先。
　　好不气，好不气。（闷坐）

周仁祥　哥哥且不用上气。你是我哥呢，虽然在外没有挣下银钱，我把你养活到老，也不要紧。只是这个没根底的儿子，我可是绝对的不承认。

周仁瑞　慢着，慢着。你晓得先人留下这覆郭百亩之田，面场五亩之宅，你我均有应得。你与我分给一半，这个儿子承认也在你，不承认也在你。

马　氏　我晓得你引上没底没案的这娃，指住这回家分家当来了，心里想来个美。（指周天佑）

周仁祥　哪里的神，哪里的鬼，跑到这儿分我的家当来了。

周仁瑞　（唱）恨气不过用头碰，
　　　　　我和你彻底要究清。（碰）

马　氏　这是异姓乱宗么，你不敢告他去吗。

周仁祥　（唱）我要往县去告你，
　　　　　和你总要见高低。

周仁瑞　（唱）我便随你到县里，
　　　　　哪怕你把堂鼓击。

周仁祥　（唱）家事一切交予你。

马　氏	一切有我，你去。
周仁祥	（唱）急忙到县辨是非。（下）
周仁瑞	（唱）我的儿随父莫短气，
	到公衙再好论高低。（引子下）
马　氏	（唱）兄弟一同到城里，
	这个官事好平息。
	见了官，官一看就明白，还要问呢吗。牛儿随着娘来。
	（下）

第五场　叙亲

（李遇春引李晚春上）

李遇春	姐姐随上些。
	（唱）先生今日不在馆，
	且在家中取书观。
	请姐姐伴我把书念，
	姐弟对坐在窗前。
李晚春	（唱）正在后院学针线，
	兄弟请我到庭前。
	手持女工出后院，
	问兄弟请姐姐有何事端。
	兄弟你不赶忙往书馆读书，请姐姐来到庭前，有什么事？
李遇春	姐姐不知，今天先生有些应酬，不在书馆，母亲恐怕我在书馆和人家孩子打架，着兄弟就在家中读书。因而兄弟请姐姐来到庭前，学习女工，为兄弟做伴。
李晚春	原来兄弟请姐姐给你当伴读呢。你看天朗气清，窗明几净，正是读书之时，待姐姐与你打扫书案。（收拾书案）兄弟，这光阴似箭，须要爱惜。姐姐与你做伴，你还是潜心向学也。（李

遇春坐前场左边观书，李晚春在右边刺绣）

（唱）兄弟窗前把书念，

　　　姐姐一旁把线穿。

　　　姐弟二人同做伴，

　　　天伦乐事非偶然。

　　　可恨女儿难久站，

　　　出嫁便要辞家园。

　　　母女姐弟怎分散，

　　　想起来叫人好心酸。

李遇春　（唱）在窗前细把唐诗玩。

　　　　　这首诗妙想出天然。（读诗）

　　　（诗）三日入厨下，

　　　　　洗手做羹汤。

　　　　　未谙姑食性，

　　　　　先遣小姑尝。

　　　　　王颖川先生这首诗，真是妙想天开。

李晚春　兄弟你读的什么诗，给他下了妙想天开四个字儿的评语。

李遇春　姐姐，先生前天与我讲了几首唐诗，兄弟读起来总觉得很有趣味，信口便加四个字儿的评语，这便是斗胆妄评了。

李晚春　那是什么诗句，你先与姐姐念两句儿，着姐姐听你评得恰当不恰当。

李遇春　这是王颖川咏新嫁娘一首五言绝句。首一韵便是三日入厨下，洗手做羹汤，这个话头很浅近，意思却很深远的了。

李晚春　兄弟，这首诗姐姐也曾知道，他首一韵也不过直叙其事，并没有什么深意思。

李遇春　姐姐你把这两句诗并没细心玩味。你想刚才出嫁的个新娘子，停了三天，便入厨下。进了厨房，自然要做羹汤，他老先生偏偏下了洗手的两个字，这两个字的意思实在深得很很。

李晚春　啊，这媳妇儿家进厨房做饭，自然是要洗手，所以他说洗手做羹汤。这不是叙事呢，不过叙事真切就是了，可有什么深意思呢。

李遇春　姐姐你不知道，若是娶上三头五载的那媳妇儿，进了厨房不洗手还不要紧。但是娶着来三两天的那新媳妇儿，进了厨房，这两个手实在非洗干净不可，所以我说是妙想天开。

李晚春　呸，哪是人家妙想天开，倒是你妙想天开了。你听你把那样好的诗讲得变了味了。

（李三娘、王氏同上）

李三娘　嫂嫂，你我一同在家中少坐片刻也。

（唱）嫂嫂随我家中坐，
　　　坐在家中叙过活。

王　氏　（唱）只见儿女前庭坐，
　　　　读书刺绣好快活。（晚春、遇春同起）

李遇春
李晚春　妈妈到了，孩儿这里有礼。（揖拜）

王　氏　嫂嫂，多日不见两个孩子，一下出息得不能说了。一个专心刺绣，一个专心读书，这才是书声女工，家庭美风。将来一定能光大门第，也不枉你受了这半辈子苦。

李三娘　嫂嫂过奖，你我一同坐了。（同坐，晚春、遇春仍坐刺绣读书）

（唱）小冤家亏你得收管，（指遇春）
　　　只说和她结姻缘。（指晚春）
　　　为的是家中难立站，
　　　并不曾与他说根源。
　　　他姐弟成长今有盼，
　　　也应对他仔细言。
　　　嫂嫂从前曾牵线，
　　　今日凭你叙一番。

王　氏　从前收养他的时候，我也是体贴你。你想你寡妇失孽的，给儿聘妻，也不容易，给女择婿，也不容易。你既养他为儿，何妨收他为婿，叫他姐弟二人做个夫妻，那是很省事的。你恐怕他姐弟二人在家，不好立站，为此不要说明。所以他姐弟二人结亲的这一层，只有咱两个人知道，别人并不曾知晓。前天还有咱北村阮自用，想聘你这姑娘为妻，再四托我作伐，我也只好胡乱推托，将那阮家公子都得罪下了。如今还是将这些话要与他姐弟二人说明，叫旁人也知晓，倒省得东家说媒，西家求亲，着你还要为难。

李三娘　这话我久欲说明，但是有一件。

王　氏　哪一件？

李三娘　既要他二人做夫妻，先要说他二人不是亲姐弟。你想那一层话，着他知道，他人大的心大，以后他想起他是外姓之人，要往山西找寻他父，叫我怎生处置。所以这话说出来，我觉得不妥。

王　氏　这也是一层难事。（想）有了，你还是打个颠倒儿给他说，才觉妥当。

李三娘　怎么打个颠倒儿说呢？

王　氏　你对他二人就说，他姐姐是你自幼儿抱养的，她兄弟是你自己亲生的，这便千妥万妥了。

李三娘　妙极了，妙极了。如此今日便与他说个明白。遇春孩儿，晚春女儿，说是你二人近前，听为娘与你讲来。

　　　　（唱）为娘与你把话讲，
　　　　　　　你二人近前听端详。
　　　　　　　晚春原是娘抱养，（晚春大惊）

李遇春　我姐姐原不是我娘亲生的。

李三娘　（唱）自幼海棠伴粉墙。
　　　　　　　你是娘亲生又见长，
　　　　　　　这门第凭你做主张。

王　氏　遇春，你是你娘亲亲儿亲蛋蛋儿娃，你姐姐那是娘抱养下人家的，你们都要知道。

李遇春　姐姐你听，我是娘的亲蛋蛋儿娃，你是要下的那叫花娃。

李晚春　我晓得你是亲的，把你高兴的成什么样子了。

李遇春　亲的气长么，我可不高兴着是怎的。

李晚春　我这不亲的气短，在你这屋子里，可能站几天吗，再不要多嫌我了。

李遇春　自然，你不久也要出门，可是你出了门的时候，进了人家的厨房，你切记着，总要把手洗净呢。

李晚春　去，你再不要和我说话。啊，好不酸心也。

　　　　（唱）听说我是娘抱养，

　　　　　　　想起不由好心伤。

　　　　　　　平常爱我珠在掌，

　　　　　　　为何今日说短长？

　　　　　　　这些话不该对我讲，

　　　　　　　纵然不讲有何妨。

　　　　　　　无端点破糊涂账，

　　　　　　　一语冰人六月霜。

　　　　　　　我的娘胸中最雪亮，

　　　　　　　片言半语不荒唐。

　　　　　　　甚心情提起这字样，

　　　　　　　一阵头上好冰凉。

李三娘　（唱）耳听得女孩儿哭声大放，

　　　　　　　请嫂嫂你我细说端详。

王　氏　晚春姑娘再莫要哭，还有一件事呢。

李遇春　妈妈还有什么事呢。

王　氏　你晓得你母亲抱养下你姐姐为什么来？

李遇春　我晓得。

王　氏　你晓得什么。

李遇春　我母亲见她没女儿，因此抱下我姐姐给她做女儿呢。

王　氏　错了，你母亲见你没媳妇，因此抱养你姐姐给你。

李遇春　给我做什么？

王　氏　给你要做媳妇儿呢。

李晚春　啊。

李遇春　我就全然不信。

王　氏　这你母亲在当面，我还能道谎吗？况且我还是你两个的媒人。以后结了亲，你还要谢媒呢。（遇春、晚春各看，现羞态）

李三娘　孩儿，这话当真事实。那是恐怕你姐弟二人不好立站，所以不曾说明。总之，你们如今虽是姐弟，将来总是夫妻。

李遇春　怪道我长了恁大，我母亲并不曾与我议亲，原来就是她。

李晚春　这倒羞得怎好见面呢吗？
李遇春

王　氏　嫂嫂请坐，我便告辞了。

　　　　（唱）辞别嫂嫂回家转，（出门）

李三娘　（唱）容后再好结姻缘。（王氏下）

　　　　　　今日将话讲当面，

　　　　　　一双儿女两无言。

　　　　　　孩儿随着娘来。（下）

李遇春　这我连我姐姐不说话，都由得我吗？姐姐，咱不管他那事，咱们两个人在后院里耍走。

李晚春　你去我不去。

李遇春　姐姐不要熬煎，这你给咱家做家常媳妇儿呢，就是日后进厨房不洗手也不要紧。（晚春举手，遇春跑下）

李晚春　（唱）这件事儿倒奇僻，

　　　　　　姐弟他日做夫妻。（下）

第六场　误判

（周仁瑞携周天佑上）

周仁瑞　（唱）手携小儿候堂下，

　　　　　　公堂以上说根芽。

（周仁祥上）

周仁祥　（唱）未上堂来先胆怕，

　　　　　　　只恐官司有错差。

　　　（人役上排衙，晋信书上）

晋信书　（引）读过五车书，

　　　　　　　做得七品官。（坐堂）

　　　本县晋信书，奉旨执五台县事。昨日接了一张状子，情节很觉得离奇，今日还是传案讯究才是。人役们，周仁瑞和周仁祥兄弟二人，可曾到案？

人　役　现在堂下伺候。

晋信书　唤他兄弟二人上堂。

人　役　周仁瑞、周仁祥快往上走，大老爷传你呢。（周仁瑞、周仁祥、周天佑同上堂，跪）

周仁瑞
周仁祥　伺候大老爷。

晋信书　周仁瑞，这是你的儿子？

周仁瑞　正是的。

晋信书　你这儿子从哪里来的，你与我从实的招来呀。

周仁瑞　大老爷容禀了。

　　　（唱）在陕西经商为生理，

　　　　　　　一十八载未回籍。

　　　　　　　只因生意不如意，

　　　　　　　不曾与家通消息。

　　　　　　　幸喜何氏不嫌弃，

　　　　　　　她愿与小人做发妻。

　　　　　　　结婚以后便有喜，

　　　　　　　一胎两男哭啼啼。

　　　　　　　谁料产后绝了气，

　　　　　　　两个儿无娘怎提携。

　　　　　他兄弟付人作子婿，
　　　　　把这个乳养得成立。
　　　　　谁料回家见兄弟，
　　　　　他说儿是收养的。
　　　　　大老爷在上听详细，
　　　　　年老只有这根基。
周仁祥　（唱）任你说得圆如米，
　　　　　大老爷在上总难欺。
　　　　青天大老爷上想，他在陕西经商，一十八年连音信都没有。如果娶下妻，生下子，难道给家中都没有一封信吗？
周仁瑞　大老爷，小的在陕西经商，生意太不如意，不能与家中带银钱，所以不好意思给家里捎书信，总想候得手中宽裕，再修家报。谁料一年不胜一年，所以未寄家信，大老爷还要原谅。
周仁祥　好说，好说。照你这样说，你在陕西干得就实在不得了。况且你回家的时候，漫说带下银钱，连个讨饭吃的差不多，你还能在陕西办个婆娘。难道人家老陕，谁把女子往沟里掀呢吗。你还说得毒的，一胎就生了两个，娶不起婆娘么，还能生下娃啊。就是你没有儿子，你看兄弟的那个儿子，也把你的门户能顶住，你何必把这外姓之人，杂粮杂种的，给你收拾下，乱先人的祖脉呢。况且异姓乱宗，律有明禁。大老爷也是通律例的人，还请按律处断。
晋信书　你这话倒还讲得有理。
周仁瑞　老爷，小的在陕西经商，前一二年倒还稍有盈余。自稔四十多岁，不曾娶妻。古人云，不孝有三，无后为大，所以累债成家。以后生意失败，就吃了娶妻的亏了。大老爷不信，给陕西韩城县牒文调查，自不难水落石出。
晋信书　你这话也讲得有理。
周仁祥　大老爷，到底谁有理吗？
晋信书　啊，都有理也。

(唱）两造讲得都有理，
　　　　我的心中有主意。
　　　　与陕西行文查详细，
　　　　往来要费多时期。
　　　　我还是滴血辨认你，
　　　　真和假自然能明晰。
　　　　周仁瑞，你总说这个孩子，是你的儿子。

周仁瑞　是小人的儿子。
晋信书　周仁祥，你总说这孩子不是你哥哥的儿子。
周仁祥　不是我哥哥的儿子。
晋信书　你二人也不用争论，本县自有主意。
周仁瑞　大老爷天断。（晋信书出前场）
周仁祥
晋信书　我从前曾读过汝南先贤传，见有陈业滴血的故事。今日这案官司，刚用着了。可见做官须用读书人。我这时还是用针将他父子二人手上刺破，将血滴在水盆内边。他若是亲骨肉，血滴必然融合。若不是亲骨肉，血滴必然分离。这样一试，这案官司，岂不登时就了结了。我便是这个主意。（转身）周仁瑞，你这个儿子，倒谎不过本县，我一试验，便知真假。
周仁瑞　大老爷怎生试验？
周仁祥
晋信书　我将你父子二人手上用针刺破，将血滴在水盆中，如能融合，便是父子，如若分离，便不是父子。一经试验，登时分辨。人役们，取一苗针，端一盆子水上来。
周仁瑞　大老爷，这恐怕靠不住吧。
晋信书　晓得什么。书上的话，怎么说靠不住？
周仁祥　大老爷的话，还有什么靠不住的呢。老爷你试，这一试就试出来了。
人　役　禀老爷，这是针，这是水盆，请老爷亲手试验。（晋信书离座）

晋信书　（唱）手执银针先试验，

　　　　　　　你父子二人都近前。（周仁瑞携周天佑同伸手）

　　　　（唱）刺破两手仔细看，（针刺）

　　　　　　　血在盆中并不粘。

　　　　你二人的血，并不黏合，你也不是他的父，他也不是你的子。
　　　　这是谁家的儿子，你便交与谁家，莫要异姓乱宗。

　　　　（唱）多亏读书理讼事，

　　　　　　　讼事理罢忙读书。

　　　　　　　此案已结，我老爷退堂。（下）

周仁瑞　啊，我的儿呀。

　　　　（唱）骂了声好狗官真个蛮干。

周仁祥　这大老爷断的才真个好。

周仁瑞　我的儿呀。

　　　　（唱）拆散了父子们不能团圆，

　　　　　　　说什么滴鲜血能认亲眷。

　　　　　　　害得我不由人口呼苍天。

周天佑　（唱）我的父在堂下泪流满面，

　　　　　　　劝爹爹到陕西且把身安。

周仁祥　大老爷都断开交了，还是这样割舍不开，说是你混蛋啊。（周仁祥掀周天佑下，周仁瑞追，周仁祥拦住）

周仁祥　大老爷都试验明白了，你还能谎过人吗。

周仁瑞　（唱）望不见我儿在何处，

　　　　　　　急忙找问到街衢。（急下）

周仁祥　总是舍不得这个野种，我还是将他拉住，总叫他不得见这娃的面才觉稳妥。

　　　　（唱）上前去将他要拉住，

　　　　　　　任奴才东跑又西驰。（下）

第七场　强亲

（前场设灵位，李遇春、李晚春孝服同上）

李遇春　（唱）母亲去世好伤惨。

李晚春　（唱）丢我姐弟太孤单。

李遇春　（唱）姐弟夫妻怎立站。

李晚春　（唱）你我两小无猜嫌。

李遇春　姐姐，你看母亲去世，家中只有你我姐弟二人，还是早成婚礼，才觉妥当。

李晚春　（滚）啊，啊，啊我叫一声兄弟，我的兄弟呀。你想服中娶妻，律有明禁。你我虽是夫妻，究竟如同姐弟，咱二人都算三年之丧。如今抔土未干，有什么心情成婚，你全不想也。

　　　　（唱）服中成亲律有禁，
　　　　　　　况且各自都伤心。
　　　　　　　甚心情交杯换盏齐眉举案，
　　　　　　　双双对对同鸳枕，
　　　　　　　抔土未干便成亲。
　　　　　　　目下仍作姐弟论，
　　　　　　　服阕再好说婚姻。
　　　　　　　一宅两院将孝尽，
　　　　　　　报答母亲养育恩。
　　　　　　　讲话到此情难忍，
　　　　　　　血泪交流湿罗巾。

李遇春　姐姐不知，兄弟并非情愿服中成亲。只因北村阮自用，极不安分，屡次托王妈妈为他做媒，求你为婚。如今母亲已死，若不早日结婚，诚恐生出祸变。

李晚春　啊，怎么阮自用奴才。还有这此举动。且等王妈妈到来，再行商议了。（王氏，上）

王　氏　（唱）李三娘一死真伤惨，

　　　　　　今日前去看一番。
　　　　　　只因阮家生事变，
　　　　　　恐怕后来起祸端，（进门）

李遇春
李晚春　妈妈到了，请坐。

王　氏　我还顾得坐吗。听妈妈与你说，你二人速快准备成亲，再不敢迟缓。

李遇春
李晚春　啊，妈妈，你看我二人重服在身，怎忍服中成亲。

王　氏　你二人还不晓得北村阮大公子从前托我求亲，我始终不曾答应。如今你母亲去世，他做了一张假庚帖，说是你母亲将你许配与他，不久便要强娶。你不赶速成礼，还等什么。

李遇春
李晚春　怎么说。

李晚春　（唱）听一言气得我浑身冰冷，
　　　　　　（喝场）我的母亲呀。

李遇春　我的姐姐呀。

李晚春　（唱）骂一声阮自用任意横行。
　　　　　　平地里起楼台说把亲定，
　　　　　　难道说全不顾天理人情。

李遇春　（唱）阮自用小奴才真个凶横，
　　　　　　你不该欺压我孤儿伶仃。
　　　　　　倘若是越礼法强纳红定，
　　　　　　我和他起诉讼要到公廷。

　　　　　　（阮自用带甲乙二人上）

阮自用　（唱）做假庚帖卖媒证，
　　　　　　要和晚春结鸳盟。（甲乙二人进门）

王　氏　做什么的？

甲　　　我家公子听他岳母去世，特送蜡烛铭旌各样礼物，亲来祭奠。

　　　　　　（遇春、晚春大惊）

王　氏	你家公子是哪个？
甲	北村阮自用。
王　氏	谁是他岳母？
甲	我家公子前曾聘定李三娘之女李晚春为妻，写有庚帖，死了的这位李三娘，岂不是他岳母吗。（遇春掌甲嘴）
李遇春	满口胡道。

（唱）小奴才出此言胆比天大，
　　　没来由到我家乱口喧哗。
　　　劝小儿再莫要糊涂打卦，
　　　如不然我和你要到官衙。

甲	见官便见官，谁还没见过官。我且问你，你的母亲便是我家公子的岳母，你母亲去世，给我家公子连丧都不报。如今我家公子备下礼物，亲来祭奠，你除了全不招承，又是打，又是骂，又说见官，又说入衙。难道你母亲一死，你还能把这亲赖了，把你姐姐留在家中，你自己使用不成。
李遇春	呸。
王　氏	你家公子这件亲事，可有媒证？
甲乙	我二人便是媒证。
王　氏	可有庚帖？
甲乙	这是庚帖，你看。（付李遇春帖，遇春扯介）
李遇春	（唱）两手扯碎这张纸， 　　　哪怕你和我到官司。
甲乙	连庚帖都扯烂了，在媒人面前竟然赖起婚来了。
王　氏	他原来是我做媒，和他母亲商定，着他姐弟二人成亲。并不曾许与别人，哪里钻出来你这两个媒人来吗！

甲 乙	我晓得是你个老妖精从中作祟。将来告到官上，也把你洗不离。
王　氏	你告人是个什么主语呢吗？
甲	这样有理的事，还愁没有主语。你想自周公制礼以后，尘世以上，哪有亲姐弟结亲的道理呢。春秋上说，男女同姓，其生不蕃，同姓都不能结亲，何况他是同胞呢。这是大干例禁的事。你先听我给他下这八个字的主语，把他告得倒告不倒。为悔亲乱伦，大伤风化事。
王　氏	人家并不是亲姐弟，也不是同姓，你怎么给人家下的这等主语。
甲	谁说他不是亲姐弟。李遇春，难道你还是要下的娃吗。
李遇春	我本是我娘亲生的，我姐姐乃是要下人家的。
甲	只要你说是你娘亲生的，那话便好说。看我把你姐姐的生年月日，还不晓得了，到了堂上再说。你家姐弟想成亲。连我家公子要退婚。你还要从中做媒人。女婿来你还不认亲。好好好，咱们走。（出门）大爷，人家不认你这个女婿，非告他不可。
阮自用	这还了得，如此进县。（同下）
李晚春	（唱）叫妈妈你与我还要做主，
	只恐怕到公堂斩断藕丝。
李遇春	（唱）谁料想平地里起这祸事，
	你还要费精神与我筹思。
王　氏	两个孩子莫要胆怕，有妈妈与你做主，说是你随着我来。
	（唱）有妈妈与你做媒证，
	哪怕他起诉到公廷。（同下）

第八场　游山

（贾连城背包裹引甄氏、贾莲香同上）

贾连城　（唱）改过自新凭忏悔，

　　　　　要往五台去散心。

　　　　娘子，你看我从前陷在昏迷阵中，真是痰迷心窍。多亏贤妻明白，屡次婉言劝勉。如今想起从前那些不道德的事情，不觉汗流浃背。今日五台山上过会，咱们一同上山游玩一回了。

　　　　（唱）五台风景真好看，

　　　　　　　和女儿一同去游山。

　　　　　　　山路曲折多弯转，

　　　　　　　好似羊肠十八盘。

甄　氏　（唱）绿树林中人影乱，

　　　　　　　白云深处鸟鸣喧。

　　　　　　　流水似布挂当面，

　　　　　　　叫人越看越喜欢。

贾莲香　爸，娘，你看五台山上风景真好，还是慢慢地走来。

　　　　（唱）正行走且把风景玩，

　　　　　　　山色空蒙指顾间。

　　　　　　　林外黄莺隔树啭，

　　　　　　　悬崖流水对岸喧。

　　　　　　　绿树如萍围四面，

　　　　　　　怪石似牛在当前。

　　　　　　　山障夕辉明复暗，

　　　　　　　云收暑气夏亦寒。

　　　　　　　上罢一涧又一涧，

　　　　　　　转过一湾更一湾。

　　　　　　　山地崎岖真危险，

　　　　　　　中途以上心胆寒。

贾连城　（唱）正行走来抬头看。

　　　　　　　只见猛虎下山巅。

　　　　娘子，孩儿你看，猛虎下山，速快躲避。（虎上，乱跑下）

　　　　（周天佑帘内唱）

		我的父分手不相见。（周天佑上）
周天佑	（唱）	心中好似钢刀剸，
		只见五台人踪乱。
		且到山上找一番。
		内那日下了公堂，与我父亲分散，四处找寻，不见踪影，今日五台山上有会，不免山上找寻我父。且坐在山路石上，少歇片时。（坐介）
内　喊	猛虎下了山了。	
周天佑	待我先上树。（上树，折树干）	
		（贾莲香帘内唱）
		猛虎吓得我神魂飘荡。
		（贾莲香上）
贾莲香	（唱）	倘若还入虎口怎能逃脱，
		相公速快救命。
		（周天佑持干下树，虎上，周天佑打虎，贾莲香藏周天佑身后。虎跑下，贾莲香坐地长吁。周天佑长吁坐地）
贾莲香	今日多亏相公救命，实在感恩不尽。	
周天佑	好说，好说。这一女娘儿，你是哪里人氏，缘何到此？	
贾莲香	啊，说是相公你听呀。	
		（唱）家住在五台县城南五里，
周天佑	你怎么也是五台县人氏？	
贾莲香	（唱）村落名叫周家堤。	
周天佑	怎么你也是周家堤人？	
贾莲香	（唱）	我父母和侬游此地，
		早间直到日偏西。
		谁料猛虎出崖底，
		爹娘和侬两失迷。
		只说身命临危地，
		虎口唇边怎脱离。

>　　　　穿林越涧自逃避，
>　　　　不辨南北与东西。
>　　　　事到着急偏遇你，
>　　　　到死地得了生谈何容易。

周天佑　（唱）听她说与我同乡里，
　　　　　　　转面来与你说详细。

　　　　听来听去，你还是我的乡党。小娘子，我也是五台县周家堤人，你并不曾认得。

贾莲香　（暗）村中并不曾见此人，他莫非道谎。（转身）我且问你，你既与我同村，我怎么认不得你？

周天佑　小娘子不知，我是随我父刚从陕西回家。并没有久站，家中便生出事故，所以并不曾见过。

贾莲香　你莫非就是我家近邻周老伯之子？

周天佑　正是。我父亲此时还不知下落，我还要上山找寻我父。小姐且站，我便去也。
　　　　（唱）撒手便向五台去，
　　　　　　　急忙行走莫迟疑。（贾莲香拉住）

贾莲香　（唱）叫相公且住莫走去，
　　　　　　　还要你把侬莫抛离。

周天佑　这个女娘儿，你把我拉住便怎么样，你快丢开些。

贾莲香　你看这空山无人，我不拉你，再拉何人。你走了我该怎么办呀，你且停住着些。

周天佑　你不晓得，我父亲尚无下落，我还要前去找寻。你快丢开些。

贾莲香　我二老也不知下落。

周天佑　你二老不知下落，你快找寻去吗，你将我拉住为什么来？

贾莲香　你和我把我二老寻着了，我让你走就是了。

周天佑　你看这连累不连累。我连我老人家也找不见，我还顾得找你老人家吗？

贾莲香　相公这一去，老虎又来了，我到底还是该死呀吗该活呀。

周天佑　老虎已经走了,你再莫要惮怕。

贾莲香　老虎走了,一会子再来个狼,把我叼得去了,那我越发不得活了。

周天佑　你是不见老子不见娘,前怕老虎后怕狼,难道叫我在这儿给你守着打狼不成吗?

贾莲香　好我的哥哥呢些,我把你叫亲哥哥呢。咱们都是乡党么,况且还是隔壁子住着呢,难道你连这点紧都不顾吗?你若是一去,我便不得活了!

　　　　（唱）未开言来泪先落。

周天佑　今天就该糟糕呢,碰见这个冤孽。

贾莲香　（唱）叫声相公小哥哥。

周天佑　你不要把我叫哥哥,我把你叫个姐姐得成。你别哭了,我的伤心,也哭不出来。

贾莲香　（唱）空山寂静少人过,
　　　　　　　虎豹豺狼乱如梭。
　　　　　　　除过你来唯有我,
　　　　　　　二老爹娘无下落。
　　　　　　　你不救我谁救我,
　　　　　　　你若走脱我奈何。
　　　　　　　侬如同鲜花结佳果,
　　　　　　　从来未受这风波。
　　　　　　　救人一命胜拨火,
　　　　　　　况是比邻同住着。
　　　　　　　这些话与你细说过,
　　　　　　　可怜我穷途遭坎坷。

周天佑　你把我哭得我也心软了。

　　　　（唱）你二老雯无去向,
　　　　　　　我的父不知在哪厢。
　　　　　　　你在一旁哭声放,
　　　　　　　我在一旁恸肝肠。

　　　　　前路茫茫各惆怅，

　　　　　声声不住叫爹娘。

　　　　　孤儿幼女相依傍，

　　　　　红粉青衫泪两行。

　　　　　猿啼鹤唳山谷响，

　　　　　同病相怜两情伤。

　　　　　如此我和你一同前行，找寻你二老爹娘。

贾莲香　啊，走呀

　　　　（唱）我随你缓步向前走，

周天佑　（唱）两眼不住泪交流。

贾莲香　（唱）可恨猛虎满山吼，

周天佑　（唱）只见日落西山头。（贾莲香坐地）眼看天色已晚，你怎么坐地不动？

贾莲香　我实在走不动了。

周天佑　这般时候，你坐地不动，难道今晚就睡在乱石中间，候着叫虎狼吃了不成？我便去也。

贾莲香　小哥哥，眼看天色已晚，你怎么可把我丢下要走呢，你真个不管我了吗。（拉住周天佑）

周天佑　这个冤孽，今天把我缠住了。走也走不动，扯也扯不脱，这却怎处？

　　　　（贾连城帘内唱：雾气沉沉天将晚）

甄　氏　（唱）但不知小冤家今在哪边。

贾连城　（唱）只恐怕逃不出虎口危险，

甄　氏　（唱）乱山中苦奔波眼泪不干。

贾连城　（唱）前路上雾朦胧仔细观看。

甄　氏　（唱）原来是我女儿和一儿男。（贾连城打周天佑）

贾连城　这一少年，你就不是。我四路找寻我女，你怎么将我女儿拦住，胡拉乱扯，成何事体？

周天佑　今天这真是瞎蛇咬腿呢。我也事大如天，心急如箭。你家姑娘叫老虎赶得着了急，把我当就她的护身符。好容易我给她把老虎打得跑了，把她的命救下，她还不叫我走，就是这样哥哥长，哥哥短，哥哥就叫了个数不清，总叫她承带上。从此把我连累了半天，我都没得上山，你还说我胡拉乱扯。你问你家姑娘，看我拉的是她吗？她拉的是我。你便给你爹娘从实说来。

贾莲香　人家是个好人，你再别冤枉人家了。不是人家，把孩儿都叫老虎叼得去了。你把他当就何人，他便是咱们隔壁我周老伯之子。刚从陕西回来，家中生了变故，他在山上找寻他父。从老虎口里，把我救出来。人家心里有事，抽身便走。孩儿着了忙，只恐怕从虎口里出来，又要从狼口里进去，把人家哥哥就叫了个数不清。人家总是撒手要走，孩儿看着没法，只好把人家拉住不丢手，就把人家连累坏了。爹娘你还不给人家道谢，怎么怪起人家来了。

周天佑　见怪不要紧，横竖我把你交代给你老人，想来再不连累我了。小生就此告辞。

贾莲香　爹娘，这是孩儿救命的恩人，人家要走，你把人家都不感谢一下吗？

贾连城　多亏小郎搭救我家姑娘，适才语言冒昧，多多得罪，多多得罪。（揖，拜，天佑还揖）

甄　氏

周天佑　有什么得罪。岂敢，岂敢，你看天色将晚，我还要上山抽签，小生便去也。

贾莲香　眼看四山黑暗，人家要走，你把人家也留一下吗？

周天佑　（唱）有事心急如火窜，
　　　　　　　恨不得一步赶上山。

贾连城　相公莫要着急。你看天色将晚，山路难行。这旁有一小小庙宇，不如就在庙内暂宿一晚，到了明天，一同上山才好。

周天佑　这也可通。

贾连城　如此咱们一同进庙投宿也。

	（唱）且在庙内宿一晚，
甄　氏	（唱）明日一同去上山。
周天佑	（唱）可恨生世太命浅，
贾莲香	（唱）转身已到庙门前。
贾连城	这个小小庙宇，内边寂无一人，咱们一同进庙歇息。请，（同进庙）还是赶紧把门关住，才觉稳妥。（关门）
贾莲香	你看也没个灯火，黑得连个古洞一样。（周天佑、贾莲香碰头）
周天佑 贾莲香	哎，哎，怎么这样黑呢。（转身，再碰）哎，哎，黑的胡碰呢，不晓得碰在什么东西上了，把人碰了一头的疙瘩。
贾连城 甄　氏	你两个快就地坐下，再不要胡碰，看碰得跌倒了（同坐地）。
贾连城	这一相公，听说你和你父刚才回家，便与你叔父动了词讼，未知老爷怎样判断？
周天佑	唉，你听！
	（唱）大老爷判断真无理，
	说起叫人好惨凄。
	他就该行文陕西地，
	前去调查问来历。
	我父在陕做生意，
	十八年岂能无踪迹。
	为什么全不究根底，
	霎时滴血将亲离。
	我父不知在哪里，
	因此上山寻踪迹。
贾莲香	世上怎么竟有这样糊涂的官，为什么把那些官都不得个瘟病死了呢？
贾连城	（唱）相公不必心生气，
	这事终须有转机。

　　　　　自古道离合有天意，
　　　　　劝君不必苦悲啼。
　　　相公不必伤感，这事终须要水落石出。你看天色已明，咱们还要上山，这是十两银子，带在身旁，准备找寻你父。
贾莲香　人家跟咱有恁大的恩，才给了人家十两银子，那如何打发的下呢。
周天佑　小生此时正在危急，这十两银子，我也不敢推辞。（接银）如此转上受我一拜了。
　　　（唱）拜过老伯恩义重。（跪拜）
　　　　　后来定要报恩情。
贾莲香　哎呀，哎呀，没见过什么，十两银子就给他跪拜道谢呢。
　　　（甄氏指莲香看天佑）
贾连城　呵呵呵，孩儿，咱们和他房连脊，墙连界，论起来你也应该把人家叫哥哥。况且人家救了你的命，孩儿你便认他为兄，他便认你为妹，快与你哥哥拜谢了。
贾莲香　到底还是个哥哥。啊，我的哥哥呀。
　　　（唱）多亏你今日救了我，
　　　　　权是妹妹拜哥哥。（跪）
周天佑　（跪唱）
　　　　　昨日虎口救大祸，
　　　　　说什么妹妹拜哥哥。
甄　氏　你倒糊涂了。如今叫哥哥呢，以后可叫什么价？
贾连城　以后，以后她还叫哥哥呢。
甄　氏　难道把这哥哥往老哩叫不成。
贾连城　不了以后还能长班辈吗。
甄　氏　这个孩子相貌很不俗，还是当面把女儿许给他才好。
贾连城　啊，我才明白了。（想）这个弯子到底怎么转价。有了，（转身）相公你和我家姑娘从此就认作兄妹了？
周天佑　正是。
贾连城　她从此就把你叫哥哥呢。

周天佑　那个自然。

贾连城　依我之见。

周天佑　便怎么样？

贾连城　依我之见，就叫她把你叫上一辈子的哥哥。

贾莲香　叫了个长。

周天佑　那何待说？

贾连城　不是这样说。

周天佑　又是怎样说？

贾连城　她如今权时把你叫哥哥，以后把你可不必叫哥哥了。

贾莲香　谁还爱叫哥哥。

周天佑　不叫也不要紧。

贾连城　这话总没说明白。你听我给你打破说。你二人今日作为兄妹，异日变成夫妇。我当面许亲，绝不食言，你的意下如何？

周天佑　老伯既如此厚待，小生又何敢推辞。（揖介）

贾莲香　十两银子的个人情，趴下磕了几个头。这就该磕头，才作了个揖，连轻重都掂不来。

贾连城　如此一同上山了。（同出门）

　　　　（唱）今日上山心欢喜，

周天佑　（唱）父子不见锁愁眉。

第九场　离婚

（李遇春帘内唱）

　　平地风波登时起，

（李遇春、李晚春、王氏同上）

李晚春　（唱）孤儿弱女共伤悲。

王　氏　（唱）老爷今日若问你，（指晚春）

　　　　　便说不是亲生的。

李晚春	记下了。

（阮自用带甲乙二人，从下场门上）

阮自用	（唱）这个官司真有理，
甲乙	（唱）岂容他姐弟做夫妻。
甲	大爷，你今日上堂，可要使个眼色哩。
阮自用	为什么来？
甲	你想这案官司，咱县里官问了几堂，都凭面子推下来了。如今上宪派的委员，特来办这个案子。这个委员不是别人，就是山西五台县的晋大老爷。听说这个老爷会滴血认亲，所以上宪为这案官司，特意把他从山西调着来，你今天可要小心一点。
阮自用	你放心，不怕什么。

（晋信书带人役上）

人役	老爷上来了。
晋信书	（引）做官能判断，
	隔省来问案。
	我便是五台知县晋大老爷。只因陕西韩城县有一件黏牙官司，他问不清，因此把我从山西调着来，今天便要坐堂，待我先把原被告传上堂来。（坐）人役。
人役	有。
晋信书	原被告可曾到齐？
人役	都在堂下伺候。
晋信书	传上堂来。
人役	大老爷传呢，都往上跪。
众人	伺候老爷。（同跪）
晋信书	这一少年，名叫什么？
李遇春	李遇春。
晋信书	啊，李遇春。（点头）这一女子，你叫什么名字？
李晚春	侬家李晚春。

晋信书	啊，李晚春。怎么都姓李，名字也像是姐弟。（出看）这模样儿也差不多。（坐）李遇春，你把她叫什么？
李遇春	小生现在把她叫姐姐。（晋信书拍惊堂木）
晋信书	你将她叫姐姐，她便是你姐姐，怎么说出现在的二字呢。
李遇春	大老爷你不知，我母亲在日，着我王妈妈为媒，将我二人定为夫妻。所以这个姐弟，就是现在的。（晋信书拍惊醒木）
晋信书	胡说。你二人是姐弟，焉能做得夫妻。你还明目张胆地要恋人退亲，竟然还说有媒人。这一婆子，他姐弟二人要做夫妻，可是你的媒人？
王　氏	他二人虽说是姐弟，并不是亲的，所以我与他做媒。
晋信书	照你这样说，二人是伯叔姐弟，就可以做夫妻不成？
王　氏	他也并不是伯叔姐弟。他姐姐原是他母亲自幼儿抱养别人的。
晋信书	抱下谁家的？
王　氏	他原是一个山西客，如今也不晓得到哪里去了。
晋信书	你说的还是没底没案的话。
阮自用	大老爷，据他说他兄弟是亲生的，他姐姐是抱养的。他兄弟就没要说起，姐姐原是三月二十八日生，何人不知吗何人不晓呢。况且他母亲把他姐姐许给我的时候，连四柱八字都给我开着来了。他母亲一死，家中只有他姐弟两个。不晓得做出什么苟且之事，割舍不开。这个婆子又从中挑唆。那日我与我岳母前去吊孝，竟然没得进门，连庚帖都给我扯了。我这番起诉，并不是为着悔亲。大老爷你想，拿我这样家道人物，还愁没有媳妇儿。况且他姐弟两个，闹成这等风气，就是他给我，我也是不要了。但是姐弟成亲，乱伦悖礼，伤风败俗，不可为训。小生为整饬风化起见，因而提起诉讼，还请大老爷按律处断。
晋信书	哎呀，这话说得很在情理。
王　氏	大老爷，阮自用屡次托我做媒，不能如愿，因此造谣生事、信口雌黄，还请大老爷调查。
晋信书	这还有调查的什么，我自有试验的法子。人役，端一盆子水、

	拿一苗大针来。
人　役	是。
阮自用	这大老爷怎么真个滴血认亲家，糟了、糟了。
王　氏	
李遇春	既不是亲姐弟，哪怕他怎样试。
李晚春	
人　役	禀老爷，针盆俱到。
晋信书	啊，我还是滴血认亲呀。
人　役	这个老爷到底法术大。（晋信书离座）
晋信书	（唱）我还是滴血将亲认，
	全凭血统认假真。
	又何必絮絮叨叨将他问，
	各伸中指挨一针。

你二人是亲姐弟不是亲姐弟，我一试便知。你二人将你中指伸出来。

李遇春	（唱）伸出中指凭试验，
	任你针刺有何难。
李晚春	（唱）真假一试自分辨，
	滴血指头用针尖。
晋信书	（唱）这一针便把官司断，（持针）
	断这官司有何难。（用针）

你大众都看，这两个人的血液融合在一处，分明是亲骨肉，你还想诳我。

（坐，遇春、晚春大惊、阮自用笑）

李遇春	（唱）我母亲与我讲当面，
	难道其中没根源。
李晚春	（唱）大老爷堂口亲试验，
	满腹有话口难言。
晋信书	（唱）这事一针便结案，

　　　　　两造仔细听我言。
　　　　　你姐弟两个这时候还有说的话没有？
李遇春
李晚春　哎，这个。
晋信书　这个什么。我晓得你也理屈词穷了。论起情由，本应大加斥责，姑念你年幼无知，尚未成亲，且从宽免。这一婆子，你既爱说媒、又怕跑路，怎么给人家亲亲儿亲姐亲弟说起媒来了。人役。
人　役　有。
晋信书　把打嘴巴子的那刑具拿上来。
人　役　是。
王　氏　大老爷，我实在冤枉。
晋信书　你还冤枉。吾老爷念了五车书，才做了个小小七品官。今天为你这一案官司，还把我从几百里外隔水过山的调着来，你还比吾老爷冤枉吗。打嘴。（打）
人　役　五十个。
晋信书　转过来把这面子再打五十个。（打毕）阮自用。
阮自用　伺候大老爷。
晋信书　你当初聘定她的时候，可有庚帖？
阮自用　刚才与老爷回过的，他把庚帖给我扯咧。
晋信书　可有媒证。
甲　乙　我二人便是媒证。
晋信书　这就是了。阮自用，这般时候，你还是要人不要人呢。
阮自用　你想他姐弟二人，闹成这样气味，小生哪里聘不下妻室，还要她做什么呢。
　　　　　我不要、我不要。
晋信书　他姐弟二人究竟没有成亲，那些暧昧之事，有何凭据。既是你聘定的妻，你便该娶你的人，你也莫要执固。
阮自用　大老爷这样吩咐，算咧、算咧。浑也罢，烂也罢，我收拾下就是了。

人　役　这种儿还恁麻的。

晋信书　如此你递个领状、当堂领下、择日成礼。不要他姐弟二人再到一处。

阮自用　遵断。

晋信书　案已了结，吾老爷退堂。（后场下，阮自用笑）

人　役　叫人家领人，亲姐执弟的，啬的怎做两口子呢。

李遇春
李晚春　哎呀，不好了

李遇春　（唱）霎时亲人要分手，

　　　　（喝场）我的姐姐呀！

李晚春　我的兄弟呀！

　　　　（唱）这事叫人怎罢休。

甲　　　这姐弟俩还是割舍不开。快叫人家领着去。（拉晚春付阮自用）

阮自用　（唱）这个佳人得到手。

　　　　　　回家便要看历头。（阮自用甲、乙拉李晚春下）

李遇春　（唱）只见姐姐被拉走，

　　　　　　从小姻缘一笔勾。

王　氏　（唱）事到如今怎下手，

　　　　　　此事叫人好惨羞。（同下）

第十场　反坐

（阮妹艳装上）

阮　妹　（唱）哥哥今日纳新宠，

　　　　　　不由叫人喜在胸。

　　　　　　听说官司已判定，

　　　　　　为什么还不见回程。

（阮自用、甲乙二人、李晚春同上）

阮自用　（唱）猫颠狗窜不敢停，

　　　　　　　到门首只见满天星。（同进门）

阮　妹　哥哥回来了。

阮自用　妹妹，今天这官司干脆得不能说了。滴了两点子血，把娃的秤定得准准儿的。妹妹快把你嫂嫂引到洞房里去。

阮　妹　嫂嫂说是你随着我来呀。

　　　　（唱）嫂嫂何必眼流泪，

　　　　　　　随我一同到内宅。（同下）

甲　乙　大爷，我二人与你成了这个大功，你今晚上岂不是便要云雨会巫峡。只说你把我两个怎样谢承？

阮自用　叫账房里给咱发海菜，咱们今晚上先痛饮一回再说。

　　　　（唱）人逢喜事精神爽，

　　　　　　　吃几杯喜酒入洞房。（同下）

（阮妹引李晚春上）

阮　妹　嫂嫂随上些。

　　　　（唱）生人生路紧随上，

　　　　　　　这便是花烛新洞房。

李晚春　（唱）今夜竟入了天罗地网，

　　　　　　　眼睁睁要失节怎好提防。（闷坐）

阮　妹　我媳嫂今晚总是不乐意，这样使性弄气的，怎好成亲？我还是准备些酒果，与我嫂嫂开心才是。

　　　　（唱）准备酒果先开窍，

　　　　　　　还要巧言解牢骚。（下）

李晚春　（滚白）苦呀，我的天呀。我想我母亲半世忧劳，一生苦节，因此抱养侬家，与亲生女儿无异，要与我兄弟成亲。谁料我母去世，竟将节孝家风，叫这个奴才破坏。今晚遭此冤辱，怎能偷生人世。侬死又何足惜，只恨兄弟伶仃孤苦，举目无亲，好不痛心也。

　　　　（唱）泪珠儿滚滚罗衫上，
　　　　　　　想起兄弟断人肠。
　　　　　　　堂上偏算糊涂账，
　　　　　　　离散了鸳鸯不成双。
　　　　　　　尘世上哪有这冤枉，
　　　　　　　无奈空中盖楼房。
　　　　　　　花烛明灭如波浪，
　　　　　　　这盘死棋怎下场。
　　　　（阮妹捧酒肴）
阮　妹　（唱）为着哥哥成婚配，
　　　　　　　先奉酒果劝一回。
　　　　我且莫说哥哥呀、哥哥，你这场好事，非离了妹妹联络，你这个姻缘，还不得美满。嫂嫂，今晚是场喜事，你还哭着是怎的。你看妹妹与你准备下这些酒果，又清洁、又新鲜，嫂嫂咱姐妹两个，随便先吃上几杯。（李晚春背白）
李晚春　今晚我吃几杯也好。妹妹请。（同坐饮）
　　　　（唱）今晚有酒还须醉。（饮）
阮　妹　嫂嫂你还怕喝醉了，你看妹妹还拿上这个大杯子喝哩。
李晚春　（唱）我的酒量向来浅。
阮　妹　嫂嫂，妹妹的酒量也不大宽，只是今晚上一见嫂嫂，不觉酒兴动起来了。
李晚春　（唱）你与我既然称姐妹，
　　　　　　　还请饮满这一杯。（斟介、阮妹饮醉介）
　　　　（甲乙二人扶阮自用上）
阮自用　（唱）人生有酒须当醉，
　　　　　　　况是今晚入罗帷。（甲乙扶阮自用进门）
甲　　　你看大爷酒喝得多了，你快扶他安眠。
李晚春　晓得。（扶入帐）
甲　乙　衣服脱了。

李晚春　晓得。

甲　乙　头枕高一点。

李晚春　晓得。

甲　乙　这一下咱们就不管他了。咱们也喝得多了，快睡走。

甲　　（唱）昏昏沉沉也要睡，

　　　　　　　任他二人入罗帷。（同下，晚春看自用、又看阮妹）

李晚春　（唱）他兄妹二人皆沉醉，

　　　　　　　我何不原礼又奉回。

　　　　有了，他昨日在堂上，就是那样信口雌黄，坏人名节。今晚他兄妹二人酒醉如泥，我还是如法炮制了。

　　　　（唱）奴才欺人也太甚，

　　　　　　　管叫你兄妹要成亲。

　　　　（脱自用衣、再脱阮妹衣。阮自用、阮妹坐桌两旁、睡、打三更）

李晚春　耳听谯楼喜打三更，我还是速快逃走。

　　　　（唱）他兄妹二人入鸳帐，

　　　　　　　任凭你莺颠燕子狂。

　　　　　　　想害人自己入罗网，

　　　　　　　叫儿酸苦各自尝。

　　　　　　　与他吹灯又掩帐，（吹灯、掩帐、开门出）

　　　　　　　出门去哪怕把命亡。（下）

　　　　（甲乙二人同上）

甲　　（唱）耳听鼓打三更响，

　　　　　　　咱二人上前去听房。

乙　　（唱）想必是贪恋娇模样，

　　　　　　　且听娇女唤新郎。

　　　　伙计、咱二人先听一听房。怎么房门大开，莫非是新人偷（进门）跑了。怎么不见新人？

甲　　这是何人？

乙	这是大爷的小妹。
甲	大爷怎么连他妹子在洞房呢?
乙	大爷，你还在醉梦中呢，新人哪里去了？（自用起）
阮自用	你二人怎么还在这里？
甲乙	新人哪里去了？
阮自用	这是何人？
甲乙	那是你妹子。
阮自用	那是我妹子。（阮妹起）
阮　妹	那是哥哥。
阮自用 阮　妹	怎么干出这场事，好不羞惭。（阮妹忙下）

阮自用　（唱）昨晚此事太颠倒，
　　　　　　　竟和妹妹度春宵。
　　　　　　　悔不该把人婚姻扫，
　　　　　　　醉梦中间羞同胞。
　　　　　　　这才是投桃将李报，
　　　　　　　天道原不差分毫。
　　　　　　　只说新人哪里去了？（甲乙忙）

甲乙　　大爷，你还问新人呢，赶快防顾你妹子上了吊着。

阮自用　（唱）只恐妹子上了吊，
　　　　　　　吓得我胆战心又跳。（同下）

第十一场　结盟

（李遇春上）

李遇春	（唱）生离死别各分散，
	姐弟夫妻不团圆。
	闻说那晚便逃窜，
	只落得过河到蒲关。

李遇春　自那日公堂以上，与我姐姐分离，闻说我姐姐一到阮家，黑夜逃走。心想过河找寻，来此已是蒲州，不免在城外歇息片时了。

（唱）举目无亲真伤惨，

满目路人有谁怜。（坐地）

周天佑　（内唱）莫非是我的父由山过陕，

（周天佑上）

周天佑　（唱）我只得犯星夜来到蒲关。

风尘冲骨肉失有谁怜念，

一路上不住地仰面呼天。

猛然见一少年坐在前面，

他和我好一似同气相连。（相视大惊，想）

周天佑
李遇春　此人怎么这样熟。（又想、再看）

周天佑
李遇春　此人的面目，好像我对镜自照，这才奇了。

李遇春　（唱）这个人模样儿现出真面，

莫非是他和我有甚根源。

周天佑　（唱）上前去且把他细问一遍，

哪里人因何事来到此间。

请问仁兄，你是哪里人氏，到此有何贵干？

李遇春　仁兄请坐，听我讲来。

（唱）祖籍陕西韩城县，

杏花村中有家园。

姐弟原来非亲眷，

>>>　我的母命我成姻缘。
　　　　　　北村富家有老阮，
　　　　　　他言说乱伦去禀官。
　　　　　　大老爷堂上滴血验，
　　　　　　鸳鸯分散各一边。
　　　　　　因此渡河寻亲眷，
　　　　　　说来讲去太屈冤。
周天佑　仁兄，你那大老爷是个谁，怎么也拿上这个滴血认亲害百姓呢？
李遇春　仁兄，那还是你山西的官，好容易隔省渡河的调到我县里来，给我掇出来这一盆浆子。
周天佑　我山西哪里来的这些子糊涂浆子官来，到底姓什么吗？
李遇春　听说是五台县的官，姓什么晋。
周天佑　仁兄，不错、不错。那便是我县里的那个晋大老爷、名字叫个晋信书。其还是个老进士，不晓得念了多少书，在什么书上记下个滴血认亲，随便儿试验，把我也整得一言难尽了。
　　　　（唱）滴血认亲也误我，
李遇春　仁兄，你怎么也受了这个滴血认亲的亏了？
周天佑　（唱）父子分离可奈何。
　　　　　　举目亲人无一个，
　　　　　　家庭生变难立脚。
　　　　　　我父膝下只有我，
　　　　　　四处寻亲没下落。
李遇春　仁兄，你原来也受了这晋大老爷的害了。
周天佑　仁兄，我父亲名叫周仁瑞，还在你贵县做过生意，我自幼就是在你陕西长大的。
李遇春　仁兄，你原是父子不相见，我也是姐弟夫妇离散。咱二人真是孤苦伶仃、同病相怜。依我之见，咱二人还是结为兄弟，患难相帮，你看如何？
周天佑　啊，我看你我的面目，也就像是弟兄两个。

李遇春	为弟一见仁兄，好像对镜自照。岂止像弟兄，简直像是一个人了。但不知仁兄多大岁数。
周天佑	一十八岁。
李遇春	为弟也一十八岁了。但不知仁兄几时生日。
周天佑	九月九日。
李遇春	为弟也是九月九日的生日。这才奇了。
周天佑	如此咱们结拜，谁该为兄，谁该为弟？
李遇春	咱二人就互为兄长，有何不可？
周天佑	说是咱二人八拜联盟了。 （唱）杵臼结交当八拜， 　　　　同病相怜真可哀。
李遇春	（唱）患难之中相依赖， 　　　　四海兄弟巧安排。 （甲乙二信差行装慌忙上）
甲	（唱）来到河东跑黑报，
乙	（唱）只怕有人问根苗。 伙计，前边便是蒲关，防顾有人查问，可总要小心。
甲	你带着几封信？
乙	我带着五封信。你带着几封信？
甲	我带着六封信。（甲乙各揣身上信件，遗一封） （唱）各自小心向前跑，
乙	（唱）有人查问便脱逃。（同下）
周天佑	（唱）前边有人慌张过，
李遇春	（唱）好似与满兵当细作。
周天佑	（唱）奔走骇行急如火，
李遇春	（唱）不知此情为什么。 仁兄，你看路旁遗下一封小书（拾）你我兄弟看过。（拆开，看）原是满兵要攻山西，吴三桂约同山西旧部响应，只说这却怎处？

周天佑　你我速向太行山镇守使报告，你看如何？

李遇春　如此你我兄弟一同前往了。

周天佑　（唱）满兵猖獗到内地，

李遇春　（唱）急向太行报消息。（同下）

第十二场　投军

（四卒引马士才戎装上，升账）

马士才　（引）国基尚未定，

　　　　　　满兵又入关。

　　太行山镇守使马士才。今乃大顺闯皇帝永昌元年。自从攻破北京，闯帝登极，命我镇守山西，驻扎太行山。不料吴三桂勾引满兵，山海关战事吃紧，叫人时刻悬心。

　　（唱）山海关战事正吃紧，

　　　　　叫人时刻记在心。

　　　　　派兵到处去探问，

　　　　　四面八方难留神。

（周天佑、李遇春同上）

周天佑　（唱）拾得满兵一封信，

李遇春　（唱）星夜奔走到太行。

卒　　　哪里的这两个孩子，好像是一个模子印下的。（转身问）这二位少年，来此有何事干？

周天佑
李遇春　烦禀大师，就说有机密要事，特来面禀。

卒　　　二位且住，待我去传。（跪禀）禀大帅，营门有二位少年言说有机密要事，特来面禀。

马士才　命他进帐。

卒　　　命你二人进帐。（进帐，跪）

周天佑	小生周天佑。
李遇春	小生李遇春。
马士才	有什么话，站起来再叙。（同起）
周天佑 李遇春	这就不恭了。
马士才	哎呀，这二位少年怎么这样相似。你有什么要事，可讲出口来。
李遇春	如今山海关战事吃紧，北京摇动。满兵心想进攻山西，扰乱北京的后方，望大帅早为防御。
周天佑	我二人在中途得了吴三桂的一封密信，言说满兵八月十五日进攻山西，约同旧部下响应。明日便是八月初一，望大帅速做准备。这是密信，大帅请看。
马士才	（唱）一见密信气上涌， 　　　　登时校场要点兵。 　　　　战鼓一击山河动， 　　　　要把满兵一马平。 　　　　你二人哪个能文？
李遇春	小生倒还能文。
马士才	哪个能武？
周天佑	小生倒还能武。
马士才	如此周天佑领带亲兵，充当先锋。李遇春帮办文案。即日点兵准备。（二武将带兵上，更衣）
马士才	（唱）大兵须要早准备， 　　　　只怕满兵攻山西。（上马，同下）、

第十三场　惊途

（李晚春行装上）

李晚春	（唱）破船舱又遭了滔天大浪，

　　　　思想起小兄弟心中惨伤。
　　　　自那日到阮家得脱罗网，
　　　　百忙中避患难奔走他乡。
　　　　又只怕满兵贼焚掠淫荡，
　　　　渡黄河过蒲关来到太行。
　　　　前路上又只见兵马来往，
　　　　且躲在森林中暂把身藏。

前面便是太行山，只见兵马经过，待我暗中观看。（藏身，周天佑、李遇春文武装，兵马绕场。周天佑在后，晚春偷看，兵马同下）

李晚春　那是兄弟。（周天佑不答，策马下）

　　（唱）分明兄弟前边过，
　　　　为什么见我无言说。

　　（滚）啊，我看后面这位军官，腰挂宝剑，身穿铠甲，分明是我那兄弟。是我上前去问，他为何不言，为何不语，倒叫我好不明白也。我想我那兄弟，自幼读书，并不会练习武艺，他怎能跃马弯弓，执戈从戎。前面不远，便是太行大营，不免前去打探消息才是了。

　　（唱）马上分明是兄弟，
　　　　为何见面把头低。
　　　　前面便是太行地，
　　　　急忙上前探消息。（下）

第十四场　遇寇

（忽拉海满洲装带兵上）

忽拉海　（引）攻破山海关，
　　　　　　要取好河山。

满洲大贝勒忽拉海。我兵攻破山海关，心想进攻北京，先命我带了兵马扰乱北京后方。巴图鲁，向太行山进攻。（马士才、周天佑带兵上，战介，忽拉海兵大败）

马士才　满兵败走，派兵防守要地，本帅回到太行。

（唱）派兵防守各要地，

准备兵马保京西。（同下）

第十五场　双控

（周仁瑞上）

周仁瑞　（唱）父子从今不相见，

可恨五台知县官。

为什么滴血定了案，

害得我父子不团圆。

老眼泪零风吹面，

愁眉恨锁口难言。

两鬓白发谁怜念，

转死沟壑不怨天。

（王氏上）

王　氏　（唱）烽火连天满兵到，

死中逃出命一条。

暗渡黄河连夜跑，

未知何处可安巢。

探亲来至五台道，

原来是周老哭号啕。

那是周老兄。

周仁瑞　那是王大嫂，你为何来至河东？

王　氏　周兄是你不知，我女儿嫁于五台县，我看女儿来了。你为何也成了这般光景?

周仁瑞　（滚）说是王大嫂、王大嫂！自那日从陕西回家，骨肉生变。我那兄弟仁祥，言说天佑并不是我的儿子，因此与我兴讼。谁料遇着县官晋大老爷，竟然滴血认亲，将我父子分离。至今我儿尚不知下落，因此伶仃孤苦，到了这步田地了。

　　（唱）日暮途穷时运蹇，
　　　　前瞻后顾两茫然。
　　　　骨肉分离如蓬转，
　　　　白发朱颜各一天。
　　　　倘若见了县官面，
　　　　咬他一口问一言。

王　氏　老兄，你还不知，你那个李家儿子的婚姻，也叫这个官滴血拆散了。

　　（唱）滴血认亲太无理，
　　　　拆散夫妻没来历。
　　　　只因阮家定巧计，
　　　　言说他姐弟成夫妻。
　　　　告到官衙同审理，
　　　　滴血一认便分离。
　　　　可怜我为人要争气，
　　　　责打一百太惨凄。
　　　　幸喜今日遇着你，
　　　　我要和他见高低。

周仁瑞　（唱）王大嫂若有这志气，
　　　　咱二人一同申冤抑。

王　氏　周老兄，你看你这光景，终久要转死沟壑。这两案官司，都是这个老晋胆大妄为，把人害到这步田地。倒不如咱二人一同前去击鼓喊冤。你的父子那一案，我与你做证。他的夫妻这一案，你给我做证。就放出死命，连他在堂上办。闹得水落石出，然后你给他要儿，我给他要女。再不对了。一同给他拼命，总叫他以后再不得拿这个滴血的术法害人，你看如何？

周仁瑞　大嫂言之是理。我如今形单影只，枯朽余生，还要下这个老命干什么事。大嫂一介女流，尚有这等义气。从前救我之急，今日又申人之冤，真算菩萨发心，如来降世，为弟何敢不追随后尘。说是咱二人走、走、走。

　　　　（唱）感谢大嫂义气重，

　　　　　　　我随你到县把冤鸣。

王　氏　（唱）忧患余生遭不幸，

　　　　　　　拼命为人打不平。（同下）

第十六场　误认

（周天佑暨院子上）

周天佑　（唱）我的父分手无音信，

　　　　　　　屈指流光又一春。

　　　　　　　回路差人去询问，

　　　　　　　为甚至今无好音。

　　　　　　　只恐年老精力尽，

　　　　　　　想起真个愁煞人。

（滚白）自从我带兵以后，官拜游击之职，至今父亲尚不知下落。却幸那日以在五台山上，虎口中间，结了那位姻缘。从前与贾岳丈修书，着他将我那妹妹送到太行，再作料理，怎么还不见送来，叫人好生愁闷也。

（唱）那一日曾寄八行纸，

　　　写就送亲红鸾书。

　　　想岳丈早把行装治，

　　　为什么踪迹太迟迟。（闷坐）

（李晚春上）

李晚春　哎，走呀。

　　　　（唱）前日中途看得准，
　　　　　　　分明是兄弟李遇春。
　　　　　　　一路逢人便询问，
　　　　　　　听说他当真去从军。（看介）

　　　　前面便是太行大营。（滚白）哎呀，人人曾说遇春兄弟，果然从军。想我从前在中途认得倒是不错，难道他不认得我，为什么不顾而去，叫人好不灰心也。

　　　　（唱）且到营门细探问，
　　　　　　　问他究竟是何心。

院　子　哪里这位妇人，你到营门口干什么来了。

李晚春　你这营中可有一位李大人？

院　子　倒有一位李大人。

李晚春　他可是陕西人？

院　子　你问他为何？

李晚春　啊，他可是名叫李遇春？

院　子　你是李大人的什么人，竟然叫起他的名讳来了。

李晚春　我是他的姐姐，前来探亲，你可能与我通知？（院背白）

院　子　我想李大人，原是我家大人的结拜兄弟，待我先给我家大人禀一声。（转身）禀大人，李大人的令姐姐来到？

周天佑　怎么李大人的令姐姐来到。

院　子　正是。

周天佑　我想李仁兄的姐姐，也和我的姐姐一样，传出有请。

院　子　有请。

李晚春　果然不错，那日想必是不曾看见。（进门）

周天佑　姐姐到了，请坐。

李晚春　那是兄弟。（向前扑天佑，天佑退）

周天佑　怎么这样的亲热。

李晚春　（唱）一见兄弟泪如雨，
周天佑　竟然将我叫起兄弟来了。
李晚春　（唱）为什么见我不亲密？
周天佑　才头一回见面，怎得亲近呢吗。
李晚春　（唱）自那日婚姻生变故，
　　　　　　　天各一方两不知。
周天佑　姐姐，我不是你兄弟，你把人认错了。
李晚春　哎哎哎，你不是我兄弟，谁着你把我叫姐姐呢。我才一年多没见你的面，难道我就认不得你了。怪道从前在中途以上见了我，大睁两眼，生硬装认不得，真是心瓷眼硬也。
　　　　（唱）恨小弟心瓷又眼硬，
周天佑　我可认得你是谁吗？
李晚春　（唱）大睁两眼不招承。
　　　　　　　侬和你姐弟夫妻，夫妻姐弟，天造地设将亲定。
周天佑　我什么时候定你来些？
李晚春　（唱）为你伴读到三更。
　　　　　　　谁料你今日身荣幸，
　　　　　　　当面不肯说衷情。
　　　　　　　纵然你另将婚配定，
　　　　　　　难道姐姐与你争。
　　　　　　　你既然传言将我请，
　　　　　　　你不该冷语把人冰。
　　　　　　　哭了声红颜真薄命，
　　　　　　　姐弟翻眼又弄睛。
周天佑　（唱）姐姐不必心伤痛
　　　　　　　听我与你讲分明。
　　　　　　　他和我结义相伯仲，
　　　　　　　参谋军府有声名。
　　　　　　　我这里差人将他请，

请到此再好叙详情。

家院，速快到参谋处请李大人去。

院　子　是。（下）

李晚春　你言说你不是遇春兄弟，我且问你姓什么？

周天佑　姐姐，我姓周，名叫周天佑。

李晚春　啊，你叫周天佑。（冷笑）竟然连姓也卖了，名字也换了。

周天佑　这才是冤枉人了，我几时卖过姓吗，换过名字呢？

李晚春　你意下说把姓名一变，将便瞒过了。你何苦置这等心机吗？我也明白你的心事，自那日当堂将我断给阮家，一个娇弱女流，有什么力量抵抗。想姐姐势必与阮家成亲，因此与姐姐义断恩绝，这也在乎情理。就是这样，你也该问个明白。为什么见面，给了我个大瞪眼，又说你姓张，又说你姓王。难道我是瞎子不成。

周天佑　姐姐你说的话，我一概不懂。再不要着气，一时他来，你便明白了。

李晚春　我有什么不明白。想来你如今已经另结名门，一时新人便来，因此和我捣蛋，你说是也不是啊。

　　（唱）纵然已聘名门女，

　　　　　为何对我不搭理。

　　　　　这才是得新便忘故，

　　　　　姐弟恩情全是虚。（闷坐）

周天佑　啊，这也是说不清白，还是候我李仁兄到来再说。（贾连城带马、甄氏、贾莲香坐轿同上）

贾连城　（唱）见信即便送亲眷，

甄　氏　（唱）来至太行大营前。

贾莲香　（唱）幸喜哥哥官高显，

　　　　　深山早结虎口缘。

院　子　做什么的。

贾连城　烦禀周大人，就说他岳丈给他送亲来了。

院　子	禀大人，岳老太爷给大人送亲来了。
周天佑	怎么说岳老太爷送亲来了，待我出迎。
李晚春	我看着人家另有亲事，果然老岳丈给人家送亲来了。（天佑出门）
周天佑	原是岳父到了，请。（同进门，天佑向贾连城、甄氏行礼）
贾连城	孩儿你与你哥哥也可先行个礼儿。
贾莲香	哥哥在上，妹妹这里有礼。（揖、拜）
李晚春	兄弟，你今日另有妹妹，难怪你不认姐姐，说是你来你来啊。（贾连城、甄氏、莲香同惊）
贾连城 甄　氏 贾莲香	这是怎么一回事呢？
李晚春	（唱）曾不记母亲把话讲，（莲香拭泪）
周天佑	我哪里见过我母亲些。
李晚春	（唱）你我姐弟要成双。
	纵然你与她同鸳帐，
	姐姐原不动心肠。
	为何置我高阁上？
	铁心冷面九秋霜。
	这才是无情生孽障，
	你死后怎生见亲娘。
周天佑	我那李仁兄怎还不见到来，这却怎处？
贾连城 甄　氏	贤婿，这一位女娘儿她是何人。
周天佑	岳丈且不用问，这一时也说不清，着我快请我那朋友去啊。
	（唱）李仁兄来得太迟缓，
	着我张口不能言。（下，贾连城、甄氏顿足）
贾莲香	我好悔也。
	（唱）自那日深山遇猛虎，
	独自孤单遇穷途。

　　　　　　　多亏他有胆有力，奋拳攘臂，
　　　　　　　白额丧胆穿山去，
　　　　　　　因此许他牵红丝。
　　　　　　　满兵突过太行去，
　　　　　　　射马擒贼得官职。
　　　　　　　得官就该将侬娶，
　　　　　　　何处又得这野妻。
　　　　　　　纵然得新不忘故，
　　　　　　　姐姐妹妹乱称呼。
　　　　　　　初次见面便冲突，
　　　　　　　日后姐妹怎同处。
贾连城　（唱）今日送亲真无兴，
　　　　　　　为什么大姑遇小姑。
甄　氏　（唱）女儿一旁诉冤苦，
　　　　　　　大妇小妻令人愁。
　　　　（李遇春上）
李遇春　（唱）耳听有人把我请，
　　　　　　　言说姐姐到营中。
　　　　　　　到门首不用你传禀，（进门）
　　　　　　　只见有客坐大庭。
贾连城　贤婿，你怎么又另换了一身衣裳。
李遇春　（唱）什么将我称贤婿，（撒袖介）
　　　　　　　只见姐姐在这壁。
　　　　　　　转面来我先施一礼。（揖）
李晚春　你又认不得我，可给我施什么礼。
李遇春　（唱）姐姐上气为怎的？
李晚春　这你又了一身衣裳。你把衣裳一换，难道我便认不得你了？
李遇春　姐姐这是怎么说？
李晚春　你再不要把我叫姐姐，那不是你妹妹吗。

（掀遇春于贾莲香身旁）

贾莲香　啊，我的哥哥呀。

李遇春　我可哪里个妹妹来吗？

贾莲香　（唱）曾不记五台山路上，

李遇春　我几时朝五台山来吗？

贾莲香　（唱）你我中途遇虎狼。

李遇春　啊，我长了恁大，连老虎的面都没见过。

贾莲香　（唱）多亏你与侬保障，

　　　　　　　性命身体两无伤。

　　　　　　　那一晚庙内相偎傍，

　　　　　　　兄妹相称话衷肠。

　　　　　　　我的父与你银十两，

　　　　　　　将侬许你配成双。

　　　　　　　你今日奋志虎牙帐，

　　　　　　　为什么又娶那一房？

李遇春　（唱）小生听言心暗想，

　　　　　　　必是错认说短长。

　　　　　　　小姐，你说的话，我全然不晓得，想必你把人认错了。

甄　氏　慢着，慢着。我母女刚到的时候，你说的语语相投，字字亲热，并没说将人认错的话么。因这位女娘儿和你理问，你说是她将你认错了。如今你出了门，打了个转身，换了一身衣裳，二回进来，又变了卦了，可说我女儿把你认错了。权当她两个都把你认错了，难道我老两口也把你认错了不成？

李遇春　你都没认错，我认错了得行吗？这实在说不清白。

贾连城　贤婿你看，我那女儿，也不是那悍妒妇人，就是你再娶上一房，也不大要紧，为什么穿了那一身衣裳，认这个不认那个。又换了这一身衣裳，认那个可不认这个。难道你倒过来倒过去，还能白毕了吗。

李遇春　我实在有口难辩。家院，你家大人到底哪里去了吗？

家　　院	我家大人候不着你来，亲身请你去了。
李遇春	哎，这可走了岔路了。
	（周天佑上）
周天佑	（唱）亲自去把仁兄请，
	谁知歧路各西东。
	急忙回家说名姓，（进门）
	只恐辨认不分明。（遇春、天佑见面）
李遇春	仁兄，你才回来了。
周天佑	仁兄，你才来了。
李遇春 周天佑	仁兄，各人招呼各人的人，防顾又闹出岔儿了（遇春向晚春）
李遇春	你这时认清白。（天佑向莲香）
周天佑	妹妹，你这时也认清白。（晚春、莲香看天佑、遇春各大惊）
李晚春 贾莲香	这今日莫非做梦。（连城、甄氏看天佑、遇春）
贾连城 甄　氏	这今天莫非遇着妖了。（晚春、莲香及连城、甄氏各惊退）
周天佑 李遇春	咱二人都给人家往清白地说。（李遇春向李晚春）
李遇春	姐姐，我便是李遇春。（晚春惊退）
周天佑	妹妹，我便是周天佑。（连香惊退，李遇春拉李晚春）
李遇春	我当真是你那兄弟。（李晚春撒手，周天佑拉贾莲香）
周天佑	我当真是你那哥哥。（贾莲香撒手）
贾连城 甄　氏	你二人到底谁都是谁，你快给我说个明白，再不要叫我胡叫冒答应了。
周天佑	岳丈，你认清白，他是陕西人，名叫李遇春。我便是那日在五台山给你女儿打老虎的那个周天佑。我二人是结拜弟兄，你看清白咧没有？（贾连城、甄氏看周天佑、李遇春）

贾连城　这你两个是一个色泽,到底从哪里辨认呢吗?
李遇春　如今这世事,都从衣服上认人呢,你老人家总是从模样上看呢,难怪你认不得人。
贾连城　说来说去,这人才从衣服上认呢,怪道我把人认错咧?
甄　氏　孩儿你记下,穿绿袍的这是你哥哥。那一位穿红袍的,乃是陕西人,是那位女娘儿的兄弟。以后再不敢认错了。
贾连城　再认错了,就不得了。
李遇春　姐姐你这时候,想必认清白了。
李晚春　啊,我的兄弟。哎,不对。
李遇春　姐姐对着呢。只说你那日到了阮家,怎能脱离以到这里?
李晚春　啊,我的兄弟。

　　　　（唱）自那日公堂相离散,
　　　　　　　姐弟夫妻不团圆。
　　　　　　　阮家妹妹见识浅,
　　　　　　　用酒劝我要合欢。
　　　　　　　本他兄妹二人酒上脸,
　　　　　　　扶他兄妹入套圈。
　　　　　　　想害人自己先乱伦,
　　　　　　　姐姐趁机出龙潭。
　　　　　　　怕只怕他将我又寻见,
　　　　　　　因此渡河避事端。

李遇春　（唱）姐姐有识又有胆,
　　　　　　　叫他自投巧机关。
　　　　　　　今日乱离得相见,
　　　　　　　这姐弟夫妻才团圆。

周天佑　仁兄的姐弟夫妻,今已凑合,为弟父子骨肉,尚无下落,只说这却怎处?
李遇春　仁兄莫忧,咱二人这两宗案件,为弟已经禀明镇守使。现发出八百里牌单,

	先提五台县到来，将此案质证明白，然后命他戴罪找寻老伯，岂不是好。
周天佑	这倒可通。
贾连城	明天便是良辰吉日，你弟兄那姐姐弟弟、哥哥妹妹，先准备成亲，岂不是好。
周天佑 李遇春	如此速快准备。请。
	（唱）时难年荒世业空，
李晚春 贾莲香	（唱）夫妻离散各西东。
贾连城	（唱）名传冀北无双士，
甄　氏	（唱）四美二难恰相逢。（同下）

第十七场　翻案

（周仁瑞、王氏同上）

周仁瑞	（唱）两点血害得我游魂无定， 　　　公堂上我和他要决死生。
王　氏	（唱）咱二人公堂上互相做证， 　　　这案情要和他质证分明。
周仁瑞	（唱）行来至大堂口先把鼓动。（拾砖块打鼓）
	（晋信书带人役忙上）
晋信书	（唱）哪一个击法鼓响声叮咚。 　　　带上来。（周仁瑞、王氏上堂立） 你两口子有什么冤枉，把那个鼓鼓子敲得包儿包儿的，噪的本县连书也看不成，你为着谁来？
周仁瑞	我就是为着你来。
王　氏	我就是为着你来。

晋信书	你们连吾老爷有什么冤，有什么仇？
周仁瑞	我晓得你会滴血。
晋信书	你们都叫什么名字？
周仁瑞	你老子周仁瑞。
王　氏	我便是陕西省韩城县你王妈。
晋信书	莫非就是那两宗案内的人。这一老头儿，你莫非就是周仁祥之兄？
周仁瑞	不错。
晋信书	这一婆子，你莫非就是韩城县李遇春的媒人？
王　氏	也不错。
晋信书	这两案官司，本县与你试验的明明白白，断得清清楚楚，你们还有说的什么？
周仁瑞	啊，你听。

　　（唱）我的妻产后把命丧，
　　　　　一胎产生两儿郎。
　　　　　周天佑原是她乳养，
　　　　　将遇春卖与李三娘。
　　　　　你与我判下糊涂账，
　　　　　害得我年老没下场。

王　氏	（唱）李三娘无子绝了望，

　　　　　买的遇春做才郎。
　　　　　虽然说姐弟同生长，
　　　　　原不是同胞要成双。
　　　　　批颊一百真冤枉，
　　　　　可怜无辜受凄惶。

晋信书	（唱）你二人讲话太鲁莽，

　　　　　这两案一点不荒唐。
　　吾大老爷给你断下的这两案官司，一点儿不含糊。你二人今日给我混闹公堂，像是不服判决的样子。

周仁瑞	我的儿子周天佑，便是这个婆子乳养大的，现有证人在此，你

先问过。

晋信书　此案已结，再不要拉扯这些证人。我这滴血认亲，也是从书上看下的，还能错吗。周仁瑞　你那兄弟也有儿子，你若不信，我将你那兄弟连你侄子的血，再试验一回，你就知道人家亲父子的血，没有不合的。

周仁瑞　我全然不信。

晋信书　不信了当下便试。人役。

人　役　有。

晋信书　速快将周仁祥父子传上堂来。

人　役　是。这老爷可要这个把戏介。（下）

晋信书　这一婆子，据你两个今天说，周天佑和李遇春还是弟兄两个？

王　氏　且是一胎生的。

晋信书　既是这样，你从前在堂上回的明白，说李遇春是李三娘亲生的，那么周天佑也就是李三娘亲生的了，怎能成他周家的儿子呢？

王　氏　这其中有个情由，你不晓得。李三娘因为无子，才抱养周天佑之弟，与她顶门立户，只恐怕这个孩子长大，要还本宗，所以她颠倒说他是亲生的，他姐姐是抱养的。

晋信书　这你岂不是当堂翻供，颠三倒四的由着你说。你还给他做证人来了，又该打嘴、打嘴、打嘴。

王　氏　总而言之，他总不是亲姐弟，你不该因血滴相合，便将人家夫妻拆散。

晋信书　这有什么要紧。权当他不是亲姐弟，他各人另行择配，有何不可。万一他是亲姐弟，岂不是连我的手都取不离了。你再不用多说，再说还要打嘴。

（周仁祥、马氏引牛娃上）

周仁祥　（唱）断了的官司又传案，

马　氏　（唱）家鸡往往下野蛋。

人　役　禀老爷，周仁祥父子到案。

晋信书　传上堂来。

人　役	把娃引上给上走。
周仁祥	你在堂下候着。（马氏立堂下，仁祥引牛娃上前，跪）伺候老爷。
晋信书	你是周仁祥？
周仁祥	是小人。
晋信书	本县从前与他断下的那一案官司，你哥哥心里总是不服。依本县之见，把你这个孩子，连你也试验一回，叫你哥哥知道这滴血认亲，是一点不错的。
马　氏	（暗）老爷今天怎么要试验我这娃呢。我这个娃的黑子红瓢我先不敢保。
周仁祥	大老爷，小的那儿子是真米实面的，还有试验的什么？
晋信书	本县曾与你说过，真金子不怕火炼，亲娃不怕试验。就因为你这个儿子是真米实面，所以才要试验。叫你哥哥把这亲人的血看一下，他便晓得这案我给他一点儿没错断。
周仁祥	如此老爷亲手试验，哥哥亲眼来看。这亲的假不得，假的亲不得，试验一下可怕啥呢。
马　氏	（暗）这真个胆大得很，咱这娃么都敢试验吗？
晋信书	快去取那一套儿家具去。
人　役	是，我老爷可拿这个血点点耍把戏介，待我取针连盆子去。（人役取具上）晋信书　周仁瑞，说是你来看啊。
马　氏	我这心怎么跳得突儿突儿的。（晋信书离座）
晋信书	（唱）我与你今日再试验， 　　　管叫你要服审判官。
周仁祥	牛儿快来，叫老爷把我娃试验一下。
晋信书	（唱）刺一针来滴一点。（刺，同看）啊！ （唱）为什么血点不粘连？ 　　　怎么血点不合？这才奇了。
马　氏	这个法子怎么恁灵应呢。
周仁瑞	老晋，哎，吓！老晋，据你说这个法子一点都不错，难道我兄弟这个孩子，也是假的不成？

周仁祥　这我婆娘现在堂下，难道这娃还不是我婆娘生下的吗？

晋信书　你不要忙，听我盼咐。这马下骡子，也是世上常有的。把你那婆子传上堂来。

晋信书　这是周马氏，你这儿子，叫什么名字？

马　氏　这个孩子名叫牛儿。

晋信书　原来是马下的牛娃子。你与我赶实地回，这个孩子是哪个的娃？

马　氏　那是我的娃，还问什么呢？

晋信书　我晓得是你的娃。只说是他的娃不是。

马　氏　可不是他的娃是谁的娃呢。

晋信书　吾老爷已经试验明白，你嘴里还敢强辩。（看马氏）你再没有外遇，我以后连书都不信咧。你和哪个男子私通，从实的招来。

马　氏　你看小女子这个模样儿，人家谁还看上我吗。

晋信书　这却说不去，料你不招。人来，与我拶起来。

周仁祥　哎呀，大老爷怎么生硬给我要戴绿帽子呢。（人役上刑）

马　氏　大老爷，我给你说。

周仁祥　看你给老爷说什么价？

马　氏　大老爷，我家隔壁子有个贾连城，从前连小女子有些……

周仁祥　有些什么，你先说，你先说。

马　氏　从前与小女子有些私情，早已断绝关系。

（周仁祥掩帽）

周仁祥　你什么时候给我交涉下这个朋友，我连影儿也不知道。

晋信书　你这个孩子，想必就是贾家的娃，你说是也不是？

马　氏　哎，这个……

晋信书　这个什么？你还想异姓乱宗不成，料你不招，人来。

马　氏　大老爷，小女子实对你说，这个孩子，就是贾家的娃。

周仁祥　你单会给贾家生娃。

晋信书　周仁祥，我说你这个娃是贾家的，你还不信，看是贾家的娃不是。人役。

人　役　有。

晋信书　速传贾连城到案。

人　役　大老爷，这个小的传不到。

晋信书　怎么传不到呢？

人　役　大老爷不知，这贾连城将女儿不知许与哪个大人为妻，如今一家子都在太行。谁敢在太行大营盘里抓岳老太爷吗？

晋信书　哎，这个。（想）有了，这个牛儿他母自己供称是贾连城的儿子，并无疑义，还有对质的什么。人役。

人　役　有。

晋信书　将这个孩子着你太太给把新衣服换上，好好看待。明日准备官车一辆，把舅老爷给贾家送到太行去。

人　役　是。快走，太太给你吃好东西介。（引牛儿下）

周仁祥　这大老爷一下给我断零干咧。

周仁瑞　这你把我家的儿子，给我断得干干净净的，一个儿子不留，岂不是连我周家的香烟都断了？

晋信书　这是你兄弟媳妇供出，此案谁也翻不过。

周仁祥　大老爷，你既把我的儿子断与贾家，我要下这个烂婆娘做什么用，你一下断给贾家，岂不干净。

晋信书　那可不行。儿子是人家的儿子，我岂能断给你。婆娘是你的婆娘，我岂能断给人。吾老爷是明经进士，这可一点儿不含糊。你嫌那婆娘不好了，请你自行处理，吾老爷可是不能与你做主的。你二人下堂去吧。（马氏，周仁祥同起）

马　氏　这实在活不成了。

周仁祥　我把你个贱人，蒜白子捣下你个烂人。你吃的我的饭，给人家生娃呢。我要你做什么，说是你滚蛋啊。（掀马氏）

马　氏　这就丢下死的一步路了。

周仁祥　（唱）小贱人还不快滚蛋，
　　　　　　　　我与你从今断前缘。

马　氏　这只有死。（跑下）

周仁祥　（唱）叫哥哥再不要将弟埋怨，

　　　　　　　咱弟兄快找寻我那儿男。

　　　　　　　哥哥，我才明白了，快找寻我那侄儿走。

周仁瑞　（唱）自那日下了堂并未见面，

　　　　　　　到如今在何处找寻儿男。

　　（差官执白牌上）

差　官　（唱）手执白牌来提案，

　　　　　　　要提五台知县官。（下马，进门）

　　　　　　　五台县看牌。（晋信书离位，战）这是白牌一面，前来提你，限三日以内到案。速快整装，毋得延缓。

晋信书　（唱）太行山忽来了白牌一面，

　　　　　　　但不知这其中有何事端。

　　　　　　　回头来我只把公差呼唤，

　　　　　　　请大人你与我细讲一番。

差　官　五台县你听。你在这里滴血认亲，将周家的父子断离。后来又在陕西滴血认亲，将李家的夫妻断离。如今周家的儿子，你晓得是谁，便是太行大营的游击。李家的儿郎，你晓是谁，就是太行大营的参军。李大人的夫妻，已经团圆，周大人的父亲，尚无下落。因此前来提你，你死也在这一回，活也在这一回，丢官也在这一回，送命也在这一回。你可总得小心。

周仁瑞　我先谢天谢地。

王　氏　我也谢天谢地。

周仁祥　我也谢一下。娃叫人家混的去了，可托侄儿的福呢么，那可怕什么呢。

晋信书　我且莫说晋信书、晋信书，说是你错了、错了。这两句子书，把我愚弄得说不成了。

　　　　（唱）不料诗书误了我，

　　　　　　　滴血认亲倒弄错。

　　　　　　　走向前来先拜过，（跪）

　　　　　　　我的老太爷，（向仁瑞）我的二老太爷（向仁祥）我的乳老太

　　　　　太啊。

　　　　（唱）这事与我要解脱。

　　　　　　　白牌今日要提我，

　　　　　　　到太行不知怎发落。

　　　　　　　还要大家原谅我，

　　　　　　　不然此事怎奈何。

　　　　　　　不由人眼泪双双堕，

　　　　　　　到太行还要费唇舌。

周仁瑞　（唱）一见县官急如火，

　　　　　　　老人心中自斟酌。

　　　　　　　只要我儿能见我，

　　　　　　　见面何妨把情说。

　　　　　请起、请起。

晋信书　听说周李二大人都是你的儿子。她还是二位大人的乳母。我这命就在你两个老人家手里攥着呢。到了太行，还要你善为我词。

周仁瑞
王　氏　你莫要惮怕，我与你解脱就是了。

晋信书　这是公差大人。本县有个贾连城，到底是哪个大人的岳老太爷？

差　官　那便是周大人的岳老太爷。

晋信书　这才妙极了。权当我那两案官司断错了，这一案是周马氏自招的，总没有错。随便给他把儿送到太行，叫他认子，他还有说的什么。

周仁祥　这贾连城还成了我亲家了，给亲家做的抬不起头了。

差　官　五台县，公事在即，即便启程。

晋信书　人役，速快与老太爷、二老太爷、乳老太太，连那个舅老爷，一同更衣打轿启程。请！

　　　　（念）且随白牌到大营，

差　官　（念）公事在身不稍停。（同下）

第十八场　认亲

（阮自用引阮妹上）

阮自用　（唱）那晚中了葡萄酒，
　　　　　　　想起叫人好惭羞。

阮　妹　（唱）遗人耻笑真难受，
　　　　　　　兄妹流离在路途。

阮自用　那年干出那样无理的事，闹得丑声四起，从此连我妹子也没人要了。闻听太行山前军官甚多，不免把我妹妹引到那边，再作料理，妹妹说是你走啊。

　　　　（唱）随为兄同到太行去，

阮　妹　（唱）何人千金买碧玉。（同下）

（四卒引周天佑李遇春上，升帐）

周天佑　（唱）净扫烽烟清满寇，
　　　　　　　游子思亲泪难收。

李遇春　（唱）却幸弟兄成婚媾，
　　　　　　　两江合并向东流。

　　　　仁兄，你看你我弟兄，既是同相貌、同生辰，又是同立军功，同寅同僚，前日又同拜花烛，真算一同而无不同了。只是还缺少一件。

周天佑　你我弟兄这真是同人大有，还缺少什么？

李遇春　仁兄，你我虽说亲如兄弟，只恨还不是个同胞。

周天佑　仁兄，你岂不知四海之内皆兄弟，一国尽同胞。人若同声同气、相亲相爱，这就算是兄弟，何必一定要是同胞。只是仁兄姐弟已经团圆，为弟父子尚未聚会，这真难乎为人也。

　　　　（唱）父子离散不相见，
　　　　　　　强作笑语心不安。

李遇春　仁兄莫忧，且待提那狗官到来，再作料理。

晋信书　（内唱　五台县到营门魂飞魄散）

（差官提五台县晋信书上）

晋信书　（唱）吓得我晋信书心似刀挖。

　　　　　　自幼儿在寒窗苦把书念，
　　　　　　为什么因滴血惹出祸端。（进门）
　　　　　　进营门只听得军人呐喊，（喊）
　　　　　　低下头忙跪倒虎牙帐前。（跪）

差　官　禀大人，五台县提到。

李遇春　（唱）我只见五台县跪倒当面，

周天佑　（唱）恨不得将狗官命丧黄泉，

　　　　　　下跪的你可是五台知县？

晋信书　伺候大人。

周天佑　这里有一案官司，问不明白，请你今日滴血认亲，你看如何？（晋信书叩头）

晋信书　大人，下官再不敢滴血认亲了。

李遇春　这个滴血认亲，原是你拿手的事业，有何不敢？（晋信书叩头）

晋信书　下官实在不敢。

周天佑　有什么不敢。你来，你来。（拉起）先把我二位试一下，看我二人是亲兄弟不是。（晋信书看）

晋信书　（暗）这便是周李二位大人，都是在我案下跪过堂的，面貌怎么一模一样。文的一定是李参军，武的一定是周游击了。怪道周老说二位大人是一胎所生，当真不错，当真不错。二位大人你听，你二公原是一母同胞，一胎所生。这还有试的什么呢？（周天佑怒）

周天佑　啊哈。（晋信书揖跪）好一狗官，你从前说我父子不是亲的，后来又说他姐弟总是亲的，今日又说我弟兄也是亲的，东拉西扯，前后矛盾，这样信口雌黄，真是荒谬绝伦，好不气、气煞人了。

　　　　（唱）狗官糊涂又混账，

胡拉乱扯太荒唐。

两姓哪有同胞样，

怎见得同胞生一双。（拔剑）

宝剑出匣星光放，（举剑）

斩掉头颅有何妨。（李遇春擎手）

李遇春　（唱）仁兄不必怒气上，

还要仔细问端详。（剑入匣）

你怎知道我二人是同胞兄弟，又是同胎生养呢？

晋信书　我听周老太爷说来。

周天佑　老太爷现在哪里？

晋信书　老太爷、二老太爷、乳老太太，还有那个贾舅老爷，都在后面坐的轿。

李遇春　仁兄恭喜。（揖）怎么亲属都到了。

周天佑　我想我妻并无兄弟，哪里来的舅老爷。这才奇了。

卒　　　禀大人，老太爷、二老太爷、乳老太太、舅老爷的轿子同到门首。

周天佑
李遇春　如此你我兄弟一同出迎。

（周仁瑞、王氏、周仁祥、牛儿同上）

周仁瑞　（念）天若有情天亦老。

王　氏　（念）月如无恨月常圆。（周仁瑞、王氏进，卒挡周仁祥牛儿）

卒　　　慢着，你二人且站在门外，候请的时候再进去。

周仁祥　怎么把咱搁在二斤半上了。

牛　娃　爹爹，怎么不要咱进门呢。

周仁祥　你把我还叫爹爹呢，我不是你爹爹。你爸爸一会就引你来了。

周天佑　那是父亲。

李遇春　那是妈妈。

周天佑　那是乳母。

李遇春　那是老伯。（周仁瑞惊）

周仁瑞	怎么一模一样，到底哪个是我的儿子呢？
王　氏	你到底老糊涂了，那个还不是你的儿子吗。
周仁瑞	啊、啊、啊，我明白了。
周天佑	父亲乳娘在上。
周天佑 李遇春	孩儿拜过。（同跪，周仁瑞惊退）
周仁瑞	哎，这个。
王　氏	你还疑惑什么呢？
周仁瑞	这两个谁是这个，谁是那个，我这个老眼怎么全然认不清楚啊？ （唱）你二人请起我眼混，（扶周天佑、李遇春起）
周天佑 李遇春	（唱）相逢犹如隔世人。（四人一同拭泪）
李遇春	仁兄，你我亲如兄弟，各样相同，只是仁兄有父，为弟独无，好不伤感人也。（拭泪）
周仁瑞	（唱）回头来我把大嫂问， 　　　　他二人哪个是何人。 大嫂，我半晌连话也不敢说，只恐怕把人认错，叫这些军士们耻笑。他二人却是怎样分别？
王　氏	要分辨也不难，这只有他母亲能认得。我虽不是他母，一个是我乳养成人的，一个是我见生见长的，所以我都能认得。你看这个武的便是周天佑，那个文的便是李遇春，你可记下？
周仁瑞	啊，我才认得了。 （唱）两个儿一旁哭声放。 　　　　周天佑。
周天佑	爹爹。
周仁瑞	啊，我的儿呀。李、李、李遇春。
李遇春	老伯。
周仁瑞	啊，我的儿呀。（遇春惊退）

李遇春	怎么把我也叫起儿来了。
周天佑	爹爹，你倒糊涂了，那是孩儿的朋友，你怎么把人家的名字提的醒醒儿的叫儿呢些。
周仁瑞	怎么说他不是我儿？
周天佑	我是你儿，他是孩儿的朋友，是结拜弟兄。爹爹你又知道他名叫李遇春，怎么也把人家叫起儿来了？
周仁瑞	他是李遇春。
周天佑	正是。
周仁瑞	你晓得什么，难道李遇春他不是我儿？
周天佑	这才老糊涂了，是你的儿么，可怎得姓李来吗？
周仁瑞	啊，我的遇春儿呀。（周天佑向李遇春揖）
周天佑	老人家年纪大了，仁兄莫要见怪。
李遇春	你的父亲和我的父亲一样，还见怪什么。（揖）
周仁瑞	（唱）见我儿不由人痛入肝肠。（闷坐）
李遇春	叫人怎不动心也。
	（唱）我的父去世难梦想，
	偏有人今日叫儿郎。
	转面来我把妈妈望，
	这其中一定有短长。
	妈妈，你知道我并没见过我父亲的面，今天我周老伯过来过去将我叫儿，这我好不明白。
王　氏	你二人进前，听我讲来。
	（唱）你二人原是一胎养，
周天佑 李遇春	啊！
王　氏	（唱）产后你母把命伤。
	你的父对我将话讲，
	把你卖与李三娘。
	你是我自幼哺乳养，

　　　　　你婚姻是我做主张。

　　　　　论起来你还是兄长，

　　　　　兄弟双双把名扬。

　　　　　父子当面把话讲，

　　　　　因此把你叫儿郎。

晋信书　我说你是亲弟兄，你还不信？

李遇春　（唱）今日算清糊涂账，

周天佑　（唱）咱弟兄还是一个娘。

王　氏　你二人记下，你为兄　他为弟。他手心里还有个十字纹，你先看来。（李遇春伸手看）

周天佑　果然不错啊。

　　　　（唱）咱二人一同拜堂上，（叩头）

李遇春　（唱）叫父亲儿我才梦醒黄粱。

周仁瑞　（唱）兄弟双双拜堂上，

　　　　　一胎生下两儿郎。

李遇春　（唱）上前拜过大兄长，（拜同）

周天佑

李遇春　（唱）可恨自幼不同堂。

王　氏　遇春孩儿，你那姐姐不知怎么样了？

李遇春　妈妈你还不知，我姐弟二人已经成了亲了。

王　氏　你们是怎么样成亲的？

李遇春　说起话长，还是命她见面，与你细讲。

周仁瑞　孩儿，听说你与东邻贾姓之女结亲，可曾是实？

周天佑　当真是实。还是命她出来，见过父亲。人役且退，（士卒退）请二位太太。

院　子　有请二位太太。

　　　　（李晚春、贾莲香同上）

李晚春　（念）人事变迁难回首，

贾莲香　（念）异样天伦乐事稠。

	我从前给你说过，人家弟兄两个，一个把一个称仁兄呢。你的岁数虽然长一点儿，我把你叫嫂嫂，你把我也可以叫嫂嫂，你总是不肯。你听今日才闹明白了，你还把我叫嫂嫂不叫。
李晚春	我如今真正成了你的兄弟媳妇儿，横竖就叫你把这便宜占了，我把你叫嫂嫂就是了。嫂嫂。
贾莲香	哎。兄弟媳妇快走，随上嫂嫂给咱爹爹和奶妈磕头走。（引进门）
李晚春 贾莲香	爹爹、乳母在上，媳妇这里有礼。（拜）
周仁瑞 王　氏	免礼了。
王　氏	这是遇春的姐姐晚春媳妇儿。（周仁瑞点头）这个媳妇你叫什么？
贾莲香	侬名莲香，贾连城便是我爹爹。
王　氏	晚春孩儿，你那日下了堂，怎样脱逃，后又怎样相遇，快与妈妈讲来。
李晚春	（唱）那一日下堂到北阮， 　　　　他心想与我结良缘。 　　　　他妹妹用酒把我劝， 　　　　他哥哥酒气上眉尖。 　　　　兄妹沉醉两不辨， 　　　　芙蓉帐倒凤又颠鸾。 　　　　趁机会逃走脱危险， 　　　　到太行得结旧鸳笺。
周仁瑞 王　氏	原来如此。
王　氏	莲香，你连我娃是怎样结亲，谁是媒人，也可讲来。
贾莲香	乳母，我的媒人就是五台山上那个老虎啊。
周仁瑞 王　氏	怎么老虎还能说媒？

贾莲香	（唱）那年深山遇猛虎，
	爹娘与侬分路途。
	幸喜郎君得相遇，
	拳打猛虎救碧玉。
	我的父见他勇且武，
	当面许亲在山沟。
	到今日父子兄弟、骨肉亲戚、千里一堂相团聚，
	天伦乐事庆有余。
周仁瑞 王　氏	这才奇怪，老虎竟然给找娃把媒说成了。
	（贾连城、甄氏同上）
贾连城	（唱）耳听亲翁来山上，
甄　氏	（唱）你我向前问端详。
贾连城 甄　氏	亲翁在哪里，乳老太太在哪里？
周仁瑞	啊，这个亲翁实在对不起人，说不了，说不了。
贾连城 甄　氏	那是亲翁，那是乳太太。
周仁瑞 王　氏	那是亲翁。（笑、揖）
贾连城	亲翁，你看为弟也没有儿子，只有这个小女，这就高攀了。
周仁瑞	亲翁，你实在对不起，我家给你把儿子已经养大了。
王　氏	谁说你没儿子，你的儿子还没谁长得高吗。
贾连城 甄　氏	我哪里还有儿子。
周天佑	我哪里还有舅子。
贾莲香	我哪里还有兄弟。
王　氏	你把大老爷问一下，看你有儿子没有。
晋信书	不是我这浆子官，他不知把多少娃都失落到番邦了。

贾连城　怎么老父台还在这里跪着呢。
晋信书　我给你把娃送着来了，你也给我讲个情儿吗。
周仁瑞　二位孩儿，看在为父的面上，可容他站起来吧。
周天佑
李遇春　站起去。
晋信书　站起便站起，这官司还没有毕呢，难道着我跪下给你断官司不成。
贾连城　老父台，我哪里还有儿子？
晋信书　你把儿子都失落在番邦了，如今长的十八咧，你还不知道，待我给你请去，把二老太爷连舅老爷请进来。
人　役　请你进来呢。
牛　娃　爹爹，请咱进去呢。
周仁祥　这娃总把我叫爹爹呢。
牛　娃　叫什么呢？
周仁祥　记下，以后把我叫二叔呢。
牛　娃　记下了。
周仁祥　你是舅老爷呢，给头里走。（进门，周天佑恨气背立）
贾连城　那是二亲翁。
周仁祥　啊，你给亲家做扎咧，把亲家做得抬不起头了。你看这是嘎。
晋信书　这是娃么是嘎。岳老太爷，你看这是你的儿子不是。
贾连城　哎，这个。
晋信书　这个什么。从前那两案官司，刚才我听了一遍，当真是我断错了。这一案糊里糊涂给射到靶子上咧，一点儿不含糊。还是你亲家母自己亲口招出来的，也不冤枉你，也不冤枉她。只要你承认，本县叫你认子就是了。
贾连城　怎么弄出此事，这羞得怎样认呢？
甄　氏　你才知道羞了。这个儿子我从前也不好说，你问咱村中的老老少少，谁不知道这是你的娃。如今已经揭明，还有说的什么话。牛儿随着娘来。（引牛儿介）

周仁祥　眼看着人家把牛拉着去了。

王　氏　嫂嫂，你这个娃，也就太便宜了，连一点难过都没受。牛儿，这是你姐姐，你认下。

贾莲香　把嫂嫂叫成姐了。无论叫什么，总是我兄弟。

周天佑　把我兄弟竟然成了舅子了。

周仁祥　婆娘也休咧，娃也走咧，弄成光杆了。

贾连城　亲家，这宗事我实在对不起。（揖）亲家，明日给你另娶老婆。

周仁祥　我有这两个侄子，连娃都不要咧，还要你给我办老婆呢。明日把山西浑源州那娃，叫我侄子给我办一个，经个世事。

甄　氏　今日收留下这个娃，我都发了熬煎了，谁肯给他媳妇儿吗。

人　役　岳老太太莫忧，外边有个老陕，引着他的妹子，人样还很好，给舅老爷收下，你看如何？

甄　氏　命他进来。

人　役　那个老陕，把你妹子引进来。

　　　　（阮自用引阮妹上）

阮自用　（念）前后人声喊，

阮　妹　　　　叫人心胆寒。

阮自用　妹妹跟上哥走。（进门）怎么老爷也在这里？

李遇春　阮自用，原来是你到了。

李晚春　原来还是你兄妹二人到了。

阮自用
阮　妹　呀，不好，怎么碰到钉子上了？（同跪）

李晚春　（唱）我一见蛮奴才气如潮涌，

王　氏　你两个奴才，竟自投罗网来了。

李晚春　（唱）平地竟把风云生。

晋信书　这两案的原被到齐咧。

李晚春　（唱）只顾心机对人用，

　　　　　　　全不知黑路走不通。

　　　　　　　你说我姐弟成鸾凤，

		你兄妹那晚怎定情。
		害得我萍踪流不定，
		孤苦颠连愈伶仃。
		谁料暗中有天幸，
		故剑依然重相逢。
王　氏	（唱）	好善原来出天性，
		害的我无辜受冤刑。
李遇春	（唱）	想起情由真伤痛，
		恨不得叫儿丧残生。
阮自用	（唱）	大人今日饶了命。
阮　妹	（唱）	侬作牛马报恩情。
周仁瑞	这是过去的事了，还要留一点余地。	
李遇春	孩儿遵命。	
甄　氏	依我之见，还是将这个女孩儿与牛儿成婚才好。	
李晚春	你不晓得，那晚上他兄妹二人做的丑事不堪言了，你要她做什么吗？	
甄　氏	自家的小名字自家知道啊。	
牛　娃	我不要她，我嫌她不干净。	
甄　氏	呸，你可有多干净的，还嫌人家呢。看把你耽搁了。	
李遇春	如此就将这女子留下，与牛儿做妻。家院，给这个不要脸的一百两银子，赶出去吧。	
阮自用	
阮　妹	大人恩宽。	
家　院	走，跟我领银子走。	
阮自用	（念）	小妹有着落，
		急忙渡黄河。（下）
（家院持马封上）		
院　子	禀大人，这是大帅发来公文一角，请大人观看。（周天佑看）	
周天佑	晋信书，这是你的知县，你看。（摔文、晋信书拾看）	

晋信书	把官丢得连影儿都没了。
李遇春	五台县过来。
晋信书	伺候大人。（跪）
李遇春	你糊里糊涂看了书上两句话，便拿这个滴血认亲冤枉百姓。你可晓得这个血液，若在冬日寒冷，血滴容易凝结。就是自己身上的血，也不能黏合。若在夏天炎热，血滴自然流动，就是牛血连马血，也可以黏合，为何不调查证据，滴血武断。我晓得你念的书多，孟子说尽信书则不如无书。你将书浑吞冷咽，既欠研究，又不检择，所以执固不通。你回去把你那五车书，慢慢儿往明白地念去吧。
周仁祥	回去把那法学也研究一下，省得再做这冷活。
李遇春	（唱）再向寒窗把功用， 　　　　莫叫书籍害苍生。
周天佑	（唱）今日饶了你的命， 　　　　前去交卸便起程。（晋信书起）
晋信书	（唱）读书不明难致用， 　　　　辞过大人。（揖） （唱）回家还要对青灯。 　　　　啊，书把我愚弄咧。（顿足下）
贾连城	（唱）过去事儿真幻梦， 　　　　深山有路莫妄行。 我想起从前的那事，只觉满脸含羞，实难见人，还是暗暗出门，暂时躲避为是。（下）
周仁瑞	二位孩儿媳妇，前事再也休提，快与你叔父行礼。（同拜）
周仁祥	以前的事都扑了。
周仁瑞	孩儿，你母亲早已去世，就在你乳母面前行孝。
周天佑 李遇春	孩儿记下了。
周仁瑞	遇春孩儿，你还是李家你母抓养成人，你便与李家承祧不庸回宗。

李遇春　孩儿遵命。

家　院　岳老太爷，霎时出走，不知哪里去了？

甄　氏：速快差人找寻。

家　院　是。（下）

周仁瑞　正是。

　　　　（念）秦晋一家天有约，

周天佑
李遇春　（念）兄弟两姓世争传。

贾莲香
李晚春　（念）姻缘骨肉乱离后，

甄　氏
马　氏　（念）萍水他乡同华筵。（下）

—剧　终—

参考文献

专著·秦腔著作

[1] 西安市政协文史资料委员会，西安曲江新区管理委员会. 西安秦腔剧本精编（68册）[M]. 西安：西安出版社，2011.

[2] 陕西省艺术研究所. 陕西传统剧目汇编·秦腔（42集）[M]. 1984.

[3] 甘肃省文化局. 甘肃传统剧目汇编·秦腔（16集），1964，1986.

[4] 鱼讯. 陕西省戏剧志·渭南地区卷[M]. 西安：三秦出版社，1994.

[5] 鱼讯. 陕西省戏剧志·咸阳市卷[M]. 西安：三秦出版社，1994.

[6] 鱼讯. 陕西省戏剧志·宝鸡市卷[M]. 西安：三秦出版社，1996.

[7] 鱼讯. 陕西省戏剧志·延安市卷[M]. 西安：三秦出版社，1997.

[8] 鱼讯. 陕西省戏剧志·汉中地区卷[M]. 西安：三秦出版社，1997.

[9] 鱼讯. 陕西省戏剧志·西安市卷[M]. 西安：三秦出版社，1998.

[10] 鱼讯. 陕西省戏剧志·省直卷[M]. 西安：三秦出版社，2000.

[11] 山西、陕西、河南、河北、山东省艺术（戏剧）研究所. 中国梆子戏剧目大辞典[M]. 太原：山西人民出版社，1991.

[12] 王正强. 中国秦腔艺术百科全书（上下卷）[M]. 西安：太白文艺出版社，2017.

[13] 焦文彬. 秦腔史稿[M]. 西安：陕西人民出版社，1987.

[14] 顾善忠. 明清秦腔传统曲目抄本汇编（17卷）[M]. 兰州：敦煌文艺出版社，2016.

[15] 孟繁树，周传家. 明清戏曲珍本辑选（上下）[M]. 北京：中国戏剧出版社，1985.

[16] 王朝中，孙瑾，潘改兰. 陕西民间曲艺作品精选［M］. 西安：陕西旅游出版社，2003.

[17] 陕西省艺术研究所. 秦腔剧目初考［M］. 西安：陕西人民出版社，1984.

[18] 杨志烈，何桑. 中国秦腔史［M］. 西安：陕西旅游出版社，2003.

[19] 焦文彬，阎敏学. 中国秦腔［M］. 西安：陕西人民出版社，2005.

[20] 焦文彬. 长安戏曲［M］. 西安：西安出版社，2002.

[21] 吕自强. 秦腔音乐概论［M］. 西安：太白文艺出版社，1997.

[22] 常静之. 论梆子腔［M］. 北京：人民音乐出版社，1991.

[23] 中国艺术研究院戏曲研究所，山西省文化厅戏剧工作研究室. 梆子声腔剧种学术讨论会文集［C］. 太原：山西人民出版社，1984.

[24] 刘宽忍. 秦腔百年［M］. 西安：太白文艺出版社，2011.

[25] 何桑. 百年易俗社［M］. 西安：太白文艺出版社，2010.

[26] 甄亮. 陕西戏剧六十年［M］. 西安：太白文艺出版社，2011.

[27] 李明瑛，甄亮. 中国西北"梅花奖"演员［M］. 太白文艺出版社，2010.

[28] 晓亮，杨长春，傅晋青，等. 秦腔流播［M］. 西安：太白文艺出版社，2010.

[29] 中国戏曲志编辑委员会，《中国戏曲志·陕西卷》编辑委员会. 中国戏曲志：陕西卷［M］. 北京：中国ISBN中心，2000.

[30] 潘哲. 秦腔音乐分析——记秦腔传统曲调及其发展［M］. 西安：陕西人民出版社，1993.

[31] 许德宝. 陕西戏曲音乐概论［M］. 西安：陕西旅游出版社，2001.

[32] 马凌元. 秦腔打击乐［M］. 西安：三秦出版社，1994.

[33] 王小民，王炎. 秦腔表导演艺术［M］. 香港：黄河文化出版社，1993.

[34] 陆晖. 丝绸之路戏曲研究［M］. 乌鲁木齐：新疆人民出版社，2009.

[35] 陕西戏剧志编委会编辑部. 陕西戏剧史料丛刊（第一辑、第二辑、第三辑）［M］. 《陕西省通志·戏曲志》《中国戏曲志·陕西卷》编委

会：1983.

[36] 玉振. 孙仁玉传［M］. 西安：三秦出版社，1992.

[37] 王鸿绵. 孙仁玉研究资料［M］. 西安：三秦出版社，1992.

[38] 王鸿绵. 戏剧论文集（内部资料）. 2006.

[39] 西安易俗社. 易俗社秦腔剧本选［M］. 北京：中国戏剧出版社，1982.

[40] 李桐轩. 甄别旧戏草［M］. 陕西易俗社，1917.

[41] 高益荣. 梨园百戏［M］. 西安：陕西师范大学出版总社，2011.

[42] 高益荣. 20世纪秦腔史［M］. 西安：陕西师范大学出版总社，2014.

[43] 师荃荣. 著名剧作家范紫东［M］. 北京：中国文化出版社，2004.

[44] 范紫东著，西安易俗社七十周年纪念办公室编. 范紫东秦腔剧本选［M］. 西安：陕西人民出版社，1982.

[45] 西安易俗社. 易俗社秦腔剧本选［M］. 北京：中国戏剧出版社，1982.

[46] 西安易俗社. 西安易俗社七十周年资料汇编（内部资料）. 1982.

[47] 苏育生. 范紫东研究资料［M］. 西安：三秦出版社，1992.

[48] 苏育生. 秦腔艺术谈［M］. 西安：西安出版社，1996.

[49] 苏育生. 易俗社八十年［M］. 西安：三秦出版社，1992.

[50] 苏育生. 中国秦腔［M］. 上海：百家出版社，2009.

[51] 静波. 秦腔名家［M］. 西安：三秦出版社，2005.

[52] 静波，田滨，王思智. 三意社百年演艺纪念文集［M］. 西安：三秦出版社，1998.

[53] 杨文颖. 秦腔清谈［M］. 西安：陕西旅游出版社，1999.

[54] 西安市政协文史资料委员会. 秦腔名家［M］. 西安：陕西人民出版社，2007.

[55] 姚春铎. 秦腔情结［M］. 西安：太白文艺出版社，2010.

[56]《赵伯平与文艺》编委会. 赵伯平与文艺［M］. 西安：陕西人民出版社，1997.

[57] 陈彦. 秦腔学府——陕西省戏曲研究院［M］. 西安：太白文艺出版社，2010.

[58] 陈彦. 陕西省戏曲研究院剧作选（10卷）[M]. 西安：陕西人民出版社，2008.

[59] 陈彦. 陕西省戏曲研究院理论文集（5册）[M]. 西安：陕西人民出版社，2008.

[60] 陕西省艺术研究所. 秦腔研究论著选[M]. 西安：陕西人民出版社，1983.

[61] 张咏华. 艺海搏击60年[M]. 西安：太白文艺出版社，2012.

[62] 陕西省文化厅. 陕西文化艺术名人录[M]. 西安：华岳文艺出版社，1990.

[63] 李培直，杨志烈. 秦腔探幽[M]. 西安：陕西旅游出版社，2001.

[64] 杨云峰. 新世纪陕西优秀剧作选[M]. 西安：陕西旅游出版社，2003.

[65] 杨云峰. 秦腔问道[M]. 西安：陕西人民出版社，2014.

[66] 杨云峰. 舞台问道[M]. 西安：陕西人民出版社，2014.

[67] 阎敏学. 秦腔发展历史纲要[M]. 西安：陕西科学技术出版社，2014.

[68] 郭红军. 民国时期西安秦腔班社戏报汇编（5卷）[M]. 上海：上海书店出版社，2017.

[69] 潘文魁. 秦腔流行唱段浅释[M]. 西安：陕西科学技术出版社，2016.

[70] 潘文魁. 秦剧剧目集趣[M]. 北京：中国文联出版社，2012.

[71] 周尚俊. 大戏秦腔[M]. 兰州：兰州大学出版社，2016.

[72] 李芳桂. 李芳桂剧作全集校注[M]. 王相民，校注. 西安：三秦出版社，2011.

[73] 高泽，王禾，辛景生. 李十三评传[M]. 陕西人民出版社，1987.

[74] 段景礼. 明代前七子诗曲大家王九思研究[M]. 西安：三秦出版社，2014.

[75] 西北戏曲研究院研究室音乐组，姚伶，等. 眉户音乐[M]. 西安：陕西人民出版社，1981.

[76] 陈彦. 陈彦现代戏剧作选［M］. 西安：陕西人民出版社，2006.

[77] 焦海民. 秦腔与丝路文化［M］. 南京：江苏人民出版社，2020.

[78] 余静. 易俗社大先生［M］. 西安：西北大学出版社，2020.

专著·中国戏曲著作

[1] 康海. 对山集［M］. 明万历十年潘允哲刻本.

[2] 王九思. 渼陂集［M］. 明嘉靖刻崇祯补修本.

[3] 孟称舜. 新镌古今名剧酹江集［M］. 明崇祯刻本

[4] 中国戏曲研究院. 中国古典戏曲论著集成（10册）［M］. 北京：中国戏剧出版社，1959.

[5] 昭梿. 啸亭杂录［M］. 北京：中华书局，1980.

[6] 李渔. 闲情偶寄［M］. 北京：中国社会出版社，2005.

[7] 李斗. 扬州画舫录［M］. 周春东，注. 济南：山东友谊出版社，2001.

[8] 王利器. 元明清三代禁毁小说戏曲史料［M］. 上海：上海古籍出版社，1981.

[9] 傅谨. 京剧历史文献汇编·清代卷（10卷）［M］. 南京：凤凰出版社，2011.

[10] 张次溪. 清代燕都梨园史料正续编［M］. 北京：中国戏剧出版社，1988.

[11] 《清代诗文汇编》编纂委员会. 清代诗文集汇编（800册）［M］. 上海：上海古籍出版社，2010.

[12] 王国维. 宋元戏曲史［M］. 上海：上海古籍出版社，1998.

[13] 王国维. 王国维戏曲论文集［M］. 北京：中国戏剧出版社，1957.

[14] 吴梅. 吴梅全集（理论卷）［M］. 王卫民，编. 石家庄：河北教育出版社，2002.

[15] 孙楷第. 元曲家考略［M］. 上海：上海古籍出版社，1981.

[16] 傅惜华. 元代杂剧全目［M］. 北京：作家出版社，1957.

[17] 赵景深,邵曾祺. 元明北杂剧总目考略[M]. 郑州:中州古籍出版社,1985.

[18] 庄一拂. 古典戏曲存目汇考[M]. 上海:上海古籍出版社,1982.

[19] 李修生. 古本戏曲剧目提要[M]. 北京:文化艺术出版社,1997.

[20] 张庚,郭汉城. 中国戏曲通史[M]. 北京:中国戏剧出版社,1992.

[21] 周贻白. 中国戏曲发展史纲要[M]. 上海:上海古籍出版社,1979.

[22] 李修生. 元杂剧史[M]. 南京:江苏古籍出版社,1996.

[23] 奚海. 元杂剧论[M]. 石家庄:河北教育出版社,2001.

[24] 徐扶明. 元代杂剧艺术[M]. 上海:上海文艺出版社,1981.

[25] 许金榜. 元杂剧概论[M]. 济南:齐鲁书社,1986.

[26] 钟林斌. 关汉卿戏剧论稿[M]. 西安:陕西人民出版社,1986.

[27] 黄克. 关汉卿戏剧人物论[M]. 北京:人民文学出版社,1984.

[28] 幺书仪. 元人杂剧与元代社会[M]. 北京:北京大学出版社,1997.

[29] 幺书仪. 元代文人心态[M]. 北京:文化艺术出版社,1993.

[30] 黄卉. 元代戏曲史稿[M]. 天津:天津古籍出版社,1995.

[31] 黄士吉. 元杂剧作法论[M]. 西宁:青海人民出版社,1983.

[32] 王季烈. 孤本元明杂剧[M]. 北京:中国戏剧出版社,1958.

[33] 徐子方. 明杂剧史[M]. 北京:中华书局,2003.

[34] 王季思. 中国十大古典喜剧集[M]. 上海:上海文艺出版社,1982.

[35] 许金榜. 中国戏曲文学史[M]. 香港:中国文学出版社,1994.

[36] 赵景深. 读曲随笔[M]. 上海:上海文艺出版社,1999.

[37] 焦文彬. 中国古典悲剧论[M]. 西安:西北大学出版社,1991.

[38] 焦文彬. 历史的艺术反思:中国古典悲剧自觉意识到的历史内容[M]. 西安:陕西师范大学出版社,1998.

[39] 郭英德. 明清传奇史[M]. 南京:江苏古籍出版社,2001.

[40] 周国雄. 中国十大古典喜剧论[M]. 广州:暨南大学出版社,1991.

[41] 门岿. 戏曲文学:语言托起的综合艺术[M]. 桂林:广西师范大学出版社,2000.

[42] 门岿. 粉墨功名:元代曲家的文化精神与人生意趣[M]. 济南:济南

出版社，2002.

[43] 王星琦. 元明散曲：大俗之美的张扬与泛化［M］. 桂林：广西师范大学出版社，1999.

[44] 吴新雷，丁放. 戏曲与道德传扬［M］. 南京：江苏古籍出版社，2002.

[45] 《郑传寅. 中国戏曲文化概论》（修订版）［M］. 北京：北京大学出版社，2012.

[46] 赵山林. 中国戏剧学通论［M］. 合肥：安徽教育出版社，1995.

[47] 吴晟. 瓦舍文化与宋元戏剧［M］. 北京：中国社会科学出版社，2001.

[48] 李昌集. 中国古代散曲史［M］. 上海：华东师范大学出版社，1991.

[49] 叶长海. 曲学与戏剧学［M］. 上海：学林出版社，1999.

[50] 华玮. 明清妇女之戏曲创作与批评［M］. 台北：中国文哲研究所，2003.

[51] 傅谨. 中国戏剧艺术论［M］. 太原：山西教育出版社，2000.

[52] 廖奔. 中国古代剧场史［M］. 郑州：中州古籍出版社，1997.

[53] 苏国荣. 宇宙之美人［M］. 北京：华文出版社，1999.

[54] 刘彦君. 栏杆拍遍——古代剧作家心路［M］. 北京：文化艺术出版社，1995.

[55] 周育德. 中国戏曲与中国宗教［M］. 北京：中国戏剧出版社，1990.

[56] 俞为民，孙蓉蓉. 历代曲话汇编·新编中国古典戏曲论著集成［M］. 合肥：黄山书社，2002.

[57] 齐森华，陈多，叶长海. 中国曲学大辞典［M］. 杭州：浙江教育出版社，1997.

[58] 胡志毅. 国家的仪式：中国革命戏剧的文化透视［M］. 桂林：广西师范大学出版社，2008.

[59] 余从，王安葵. 中国当代戏曲史［M］. 北京：学苑出版社，2005.

研究论文

[1] 孟繁树. 梆子腔源流概说［J］. 当代戏剧，1986（4）.

[2] 安葵. 马健翎在现代戏曲史上的地位［J］. 当代戏剧，1989（4）.

[3] 杨云峰，杨亚梅. 儒家文化人格的艺术塑造——简论新编秦腔古装剧《杜甫》的艺术定位［J］. 当代戏剧，2008（5）.

[4] 焦垣生，吴小侠. 共和国知识分子的颂歌——评《大树西迁》［J］. 西安交通大学学报（社会科学版），2009（4）.

[5] 齐雅丽. 现实主义的舞台力作——评秦腔现代戏《西京故事》［J］. 当代戏剧，2011（3）.

[6] 胡忌. 从《钵中莲》传奇看"花雅同本"的演出［J］. 戏剧艺术，2004（1）.

[7] 张腊梅. 从《蝴蝶杯》和《庶民情缘》看秦腔的平民意识［J］. 当代戏剧，2016（5）.

[8] 鱼讯. 从建国以来秦腔的发展谈振兴［J］. 陕西戏剧，1984（10）.

[9] 李斐. 从秦腔剧本看民国初年关中方言的语音特点［J］. 延安大学学报（社会科学版），2004（6）.

[10] 王怀中. 范紫东秦腔剧本所见民国时期关中方音特点［J］. 陕西师范大学学报（哲学社会科学版），2016（2）.

[11] 易雪梅. 甘肃明清戏曲抄本初鉴兼论甘肃戏曲文化背景的历史成因［J］. 兰州大学学报（社会科学版），2003（6）.

[12] 易雪梅. 甘肃清代戏曲剧本的保护和整理［J］. 图书馆理论与实践，2004（6）.

[13] 宋俊华. 山陕会馆与秦腔传播［J］. 文艺研究，2006（2）.

[14] 化一木. 继承传统 推陈出新——喜谈传统剧《状元媒》改编的成功［J］. 当代戏剧，1959（11）.

[15] 周传家. 坚实的足迹——《秦腔剧目初考》评述［J］. 当代戏剧，1988（1）.

[16] 赵家瑞. 从西府秦腔源探古"西秦腔"［J］. 当代戏剧，2007（2）.

[17] 一鸣. 剧本：秦腔发展的根本［J］. 当代戏剧，2001（3）.

[18] 张振秦. 秦腔旦角声腔的乾坤挪移——从《白蛇传》说起［J］. 金秋，2012（4）.

[19] 郭红军. 建国以来秦腔源流研究述评［J］. 当代戏剧，2007（1）.

[20] 马也. 看秦腔《狗儿爷涅槃》［J］. 中国戏剧，2016（2）.

[21] 邹言九. 刻画显示民族精神的鲜活人物——读秦腔《白鹿原》［J］. 湘潭师范学院学报（社会科学版），2002（6）.

[22] 李娜. 李十三戏剧《火焰驹》文化隐喻论析［J］. 渭南师范学院学报，2014（10）.

[23] 赵海霞. 李渔戏曲理念对秦腔创作的影响［J］. 陕西广播电视大学学报，2012（2）.

[24] 赵逵夫. 论秦腔的艺术传统与改革发展问题［J］. 陇东学院学报，2003（1）.

[25] 杨玉锋，杨瑶. 论孙仁玉剧本的大众性、世俗性与民间性［J］. 当代戏剧，2017（3）.

[26] 武小菁，辛雪峰. 论易俗社秦腔剧目改革的创新意义［J］. 戏曲艺术，2016（1）.

[27] 王烈. 略论《三滴血》及其改编［J］. 当代戏剧，1959（9）.

[28] 杨宜师. 民间小戏视野中的《搬场拐妻》研究——以乾隆三十五年刻印《缀白裘》西秦腔本为例［J］. 三门峡职业技术学院学报，2017（1）.

[29] 屠岸. 评秦腔《赵氏孤儿》［J］. 中国戏剧，1958（24）.

[30] 周育德. 乾隆末年秦腔在北京［J］. 陕西戏剧，1981（6）.

[31] 武元. 切合时宜 震撼人心——读秦腔剧本《打镇台》［J］. 当代戏剧，1979（5）.

[32] 彭雷. 秦腔《三滴血》蕴涵的关中方言特色［J］. 延安职业技术学院学报，2016（2）.

[33] 田有生，杨克忍，李哲明，等. 秦腔《西安事变》从创作到演出［J］. 陕西戏剧，1980（1）.

[34] 冀福记. 秦腔获奖剧目的辉煌与困惑［J］. 当代戏剧，2009（3）.

[35] 张芳. 晚清"花谱"文化与民初（1912—1919）剧评[J]. 戏剧文学, 2012（11）.

[36] 谢艳春. 秦腔经典剧目导读之《赵氏孤儿》[J]. 当代戏剧, 2013（2）.

[37] 李增厚. 秦腔经典剧目中的瑕疵[J]. 当代戏剧, 2016（1）.

[38] 王志直. 秦腔剧目源流谭[J]. 戏曲研究, 2001（1）.

[39] 刘文峰. 秦腔史料新得——清代秦腔刻本三十种简介[J]. 当代戏剧, 1985（3）.

[40] 陈志勇. 《钵中莲》传奇写作时间考辨[J]. 戏剧艺术, 2012（4）.

[41] 绮纭. 秦腔优秀传统剧目二十四本[J]. 当代戏剧, 1991（2）.

[42] 嵇思. 让秦腔艺术之花开放得更加艳丽芬芳——《西安日报》关于秦腔改革问题的讨论综述[J]. 陕西戏剧, 1979（3）.

[43] 肖润华. 如何继承文学遗产——从《桃花扇》的改编谈起[J]. 当代戏剧, 1960（1）.

[44] 陈培仲. 世纪回眸：戏曲传统剧目的整理改编[J]. 戏曲艺术, 1998（3）.

[45] 焦文彬. 试论孙仁玉秦腔短剧的艺术特色[J]. 陕西戏剧, 1982（8）.

[46] 白江波. 谈秦腔艺术的继承和发展[J]. 陕西戏剧, 1981（6）.

[47] 傅谨. 贴着老百姓的心窝写戏——论秦腔新剧目《西京故事》[J]. 商洛学院学报, 2011（5）.

[48] 杨云峰. 小议新编秦腔《李十三》的主题开掘[J]. 当代戏剧, 2014（6）.

[49] 高益荣. 易俗社的大编剧孙仁玉初论[J]. 渭南师范学院学报, 2012（1）.

[50] 苏育生. 易俗社的作家群——纪念易俗社成立八十周年[J]. 剧本, 1993（4）.

[51] 郭汉城. 与时代的需要相结合——《易俗社秦腔剧本选》序[J]. 陕西戏剧, 1982（8）.

[52] 薛拥军. 浅论秦腔戏曲艺术与现代观众［J］. 宁夏师范学院学报，2009（5）.

[53] 元鹏飞. 戏曲剧本的文献价值与"以戏证戏"［J］. 浙江师范大学学报（社会科学版），2009（6）.

[54] 苏育生. 秦腔要有艺术美［J］. 陕西戏剧，1981（5）.

[55] 张安峰. 从戏曲源流看秦腔的未来［J］. 当代戏剧，2008（5）.

[56] 季国平. 当秦腔遭遇现代文明［J］. 当代戏剧，2008（2）.

[57] 李昆杰. 秦腔艺术个性之我见［J］. 当代戏剧，2009（3）.

[58] 谢艳春. 秦腔现代化进程中的审美特征［J］. 当代戏剧，2008（2）.

[59] 陈国平. 中国戏曲审美特征的系统分析［J］. 湖北师范学院学报（哲学社会科学版），1994（1）.

[60] 何桑. 西安易俗社与进步文化人［J］. 戏曲研究，2004（1）.

[61] 傅谨. "易俗社"历史意义的再认知［J］. 艺术界，2001（3）.

[62] 王克耀. 易俗社的先驱——孙仁玉［J］. 陕西戏剧，1982（1）.

[63] 南志刚. 再造观众——论秦腔与观众的互进关系［J］. 渭南师范学院学报（综合版），1992（2）.

[64] 佘嫱. 从非物质文化遗产的保护看秦腔的文化创新［J］. 青海师范大学学报（哲学社会科学版），2006（5）.

[65] 王欢. 大众化和精致化的双重发展——以秦腔为例谈戏曲改革［J］. 赤峰学院学报（哲学社会科学版），2009（9）.

[66] 王宝麟. 对秦腔梆子戏中爱国忠君传统思想的再认识——梆子戏与传统文化［J］. 西安教育学院学报，1997（2）.

[67] 王东明. 浅论秦腔剧目［J］. 新疆艺术（汉文版），1999（5）.

[68] 张晋元. 秦腔流派与传播［J］. 当代戏剧，2005（2）.

[69] 何桑. 秦腔兴衰再谈［J］. 当代戏剧，2002（2）.

[70] 刘军华. 民间艺人的家国书写——秦腔传统"杨家将"剧目的文化精神特质论析［J］. 陕西师范大学学报（哲学社会科学版），2020（4）.

后　记

在完成《20世纪秦腔史》后，我一直具抱极大的遗憾。因为秦腔史涉及的内容相当广泛，尽管《20世纪秦腔史》重点从"剧作"与"演员"两个维度来展示20世纪秦腔的辉煌发展史，但仍然有挂一漏万之感，尤其是对自己钟爱的秦腔文学剧本的研究，很多该涉及的内容都未写进去。于是，总想发挥自己学文学，善于分析剧作文学性的特长，专门分析研究秦腔的剧作家、剧目的文学性，以显现秦腔剧本的文化精神和艺术特点，这便是这一项目产生的缘由。此项目从有幸立项之日，项目组就对数量可观的秦腔剧目与秦腔剧作家产生了浓厚的兴趣，我个人的研究和我的研究生的论文选题也都围绕着这一课题，经过长达五载的艰难探究，终于完成了，尽管仍然存在诸多的不尽如人意之处，但研究工作总算告一段落。

当初的宏大设想是，试图对秦腔文学剧目与剧作家一网打尽，对剧作全面整理，对剧作家深入研究，纵横交错，展示秦腔文学的丰富内涵与独特艺术魅力。但因时间与能力的限制，故在后续的研究过程中对内容做了调整，将重点落在秦腔剧作家身上，围绕他们的作品研究秦腔文学的特点。项目组还准备在此基础上继续深入研究，深掘秦腔剧作这座深山之宝藏，并顺此思路，继续秦腔文学的研究，展现秦腔剧目的文学性和文化精神。

在此成果即将付梓之际，我要真诚地感谢为此课题付出辛勤汗水的每一位成员，正是由于大家的共同努力，才使得该课题圆满结项。研究团队由我的博士、硕士研究生组成。其中"康海"一章初稿由郭晓芳完成，"王九思"一章初稿由王艳歌完成，"李十三"一章初稿由刘婷完成，"王筠"一章初稿由彭磊完成，"陈彦"一章初稿由王秦博完成，"百种秦腔剧目提要"初稿由博士李娅、吕允鸽完成，最后由我统稿并增删修订。另外，赵莎莎博士为该课题付出了很多汗水，在资料收集、组织力量、协调任务等方面都作出了贡献，她的学位论文《传统秦腔剧目研究》，也是围绕该课题选题，属于该项目的研究内容。最后还要感谢杨钰莹同学，在此课题结项时填写结项材料、排版校对等方面的付出，她的学位论文《秦腔三国戏研究》也属该课题之范畴。总之，大家拾柴火焰高，练中学、学中练。

该书能够顺利出版，我还要真诚地感谢陕西师范大学文化协同创新中心的领导李西建教授、陕西师范大学教育部中华优秀传统文化传承基地（陕西皮影）负责人孙清潮研究员给予的资金资助。同时还要感谢陕西师范大学出版总社社长刘东风、大众文化出版中心主任郭永新、编辑陈君明为该书付出的艰辛，使该书能以更为精美的样式公之于众。同时也感谢我的博士生刘爽在该书编辑过程中帮助编辑订正、校对文稿所付出的劳动。还须感谢陕西师范大学秦腔研究会会长崔创老弟，为本书有关秦腔音乐方面的知识把关。

最后，我还要由衷地感谢我的妻子徐娟屏女士，几十年来包揽了所有的家务，悉心照顾我的生活，使我毫无后顾之忧，一心读书、写书。此刻，深觉愧对妻子。平日对她为操持家务、养育孙女、孝敬老人诸多繁忙之事，我帮忙极少，此书的出版也算对她这位心中总是装着别人却极少关心自己的人的小小的回报！

庄子曰："人生天地之间，若白驹之过隙，忽然而已。"时间一晃，离我写《20世纪秦腔史》已整整十年，上次写后记时我的孙女车绮薇只有半岁，牙牙学语，如今已是十岁的小学四年级学生了，二孙女车绮杉也上小学一年级了，我也于2023年9月正式退休。应好友亢西民院长之约，我来到位于翠华山下太乙宫的西安翻译学院任教。此刻，山风吹来，柳丝摇曳，无限感慨，"可惜流年，忧愁风雨，树犹如此"，于是心头涌出几句散曲【双调·折桂令】：

　　用十年辛苦寻搜，敲打键盘，画点横勾。纵史宏观，康王创调，芳桂头筹。易俗社群雄并道，马健翎秦苑名流。书写秦文，陶醉秦声，作此秦讴。

　　今年华逼近七旬，两鬓横秋，几阵酸辛。数载读书，经年秉笔，几多为文。人老去西风华发，梦醒来病染浑身。举首斜阳，点点黄昏，密密愁云。

高益荣
2024年5月于太乙宫